MEISTERWERKE DER

SCIENCE FICTION

Das Buch

Um die Probleme der Zukunft zu bewältigen, schafft sich der Mensch einen Partner: den Roboter – eine perfekte Maschine, dem Menschen so ähnlich, daß es fast unmöglich ist, das Geschöpf von seinem Schöpfer zu unterscheiden. Die ausgeklügelte Programmierung des positronischen Gehirns sorgt dafür, daß der Roboter als Beschützer des Menschen fungiert, und zuweilen kommt es sogar vor, daß Mensch und Maschine zu Freunden werden. Was aber geschieht, wenn die Programmierung fehlerhaft ist?
Mit den hier in einem Band zusammengefaßten Roboter-Erzählungen, die zwischen 1940 und 1976 sukzessive veröffentlicht und in denen erstmals die berühmten drei Regeln der Robotik formuliert wurden, legte Isaac Asimov den Grundstein für eines der bedeutendsten Themenfelder der Science Fiction – der Auseinandersetzung mit der Künstlichen Intelligenz. Bis heute haben diese Erzählungen nichts von ihrer wissenschaftlichen Weitsicht und gesellschaftlichen Brisanz verloren.

»Wer immer sich an der nie endenden Diskussion über die Zukunft beteiligt, weiß, was wir Isaac Asimov zu verdanken haben.«

The New Yorker

Der Autor

Isaac Asimov zählt gemeinsam mit Arthur C. Clarke und Robert A. Heinlein zu den bedeutendsten SF-Autoren, die je gelebt haben. Er wurde 1920 in Petrowitsch, einem Vorort von Smolensk, in der Sowjetunion geboren. 1923 wanderten seine Eltern in die USA aus und ließen sich in New York nieder. Während seines Chemie-Studiums an der Columbia University begann er, SF-Geschichten zu schreiben. Seine erste Story erschien im Juli 1939, und in den folgenden Jahren veröffentlichte er in rascher Folge die Erzählungen und Romanentwürfe, die ihn weltberühmt machten: Die *Foundation*-Erzählungen und die Robotergeschichten. Beide Serien verband er Jahrzehnte später zu einer großen ›Geschichte der Zukunft‹. Neben der SF hat Asimov auch zahlreiche populärwissenschaftliche Sachbücher zu den unterschiedlichsten Themen geschrieben. Er starb im April 1992.

Eine Liste der im WILHELM HEYNE VERLAG erschienenen Bücher von Isaac Asimov finden Sie am Ende des Bandes.

MEISTERWERKE DER

SCIENCE FICTION

Isaac Asimov

Meine Freunde die Roboter

Erzählungen

Mit einem Vorwort von Greg Bear

Überarbeitete Neuausgabe

WILHELM HEYNE VERLAG
MÜNCHEN

Titel der amerikanischen Originalausgaben
I, ROBOT
Deutsche Übersetzung von Otto Schrag
EARTH IS ROOM ENOUGH
Deutsche Übersetzung von Walter Brumm
THE BICENTENNIAL MAN AND OTHER STORIES
Deutsche Übersetzung von Elisabeth Simon

Deutsche Übersetzung des Vorworts von Jürgen Langowski
Das Umschlagbild ist von Scott Grimando

Umwelthinweis:
Dieses Buch wurde auf chlor- und
säurefreiem Papier gedruckt

2. Auflage

Redaktion: Wolfgang Jeschke und Sascha Mamczak

http://www.heyne.de
Printed in Germany 2004
Umschlaggestaltung: Hauptmann und Kampa Werbeagentur, CH-Zug
Satz: Schaber, Satz- und Datentechnik, Wels
Druck und Bindung: GGP Media GmbH, Pößneck

ISBN 3-453-21531-1

Inhalt

Vorwort von Greg Bear 9

Die Grundregeln der Robotik 14

ERSTES BUCH

ICH, DER ROBOT 15

Einführung 17

1940
Robbie 23
(ROBBIE)

1942
Runaround 52
(RUNAROUND)

1941
Vernunft 79
(REASON)

1944
Erst den Hasen fangen 105
(CATCH THAT RABBIT)

1941
Ein Lügner 134
(LIAR!)

1947
Kleiner verlorener Robot 160
(LITTLE LOST ROBOT)

1945
Flucht 200
(PARADOXICAL ESCAPE)

1946
Beweismaterial 233
(EVIDENCE)

1950
Der unvermeidliche Konflikt 268
(THE EVITABLE CONFLICT)

ZWEITES BUCH
GELIEBTER ROBOTER 303

1956
Das Chronoskop 305
(THE DEAD PAST)

1955
Wahltag im Jahre 2008 353
(FRANCHISE)

1956
Sternstunde in Twin Gulch 373
(THE WATERY PLACE)

1951
Geliebter Roboter 379
(SATISFACTION GUARANTEED)

1956
Höllenfeuer 398
(HELL-FIRE)

1955
Die Posaune des Jüngsten Gerichts 401
(THE LAST TRUMP)

1954
Die Schule 420
(THE FUN THEY HAD)

1956
Der Witzbold 425
(JOKESTER)

1956
Der Märchenerzähler 442
(SOMEDAY)

1955
Die Träumer 452
(DREAMING IS A PRIVATE THING)

DRITTES BUCH
DER ZWEIHUNDERTJÄHRIGE 471

Einleitung 473

1966
Im besten Mannesalter 475
(THE PRIME OF LIFE)

1969
Weibliche Intuition 480
(FEMININE INTUITION)

1970
Der Wasserschlag 512
(WATERCLAP)

1974
Daß du seiner eingedenk bist 558
(THAT THOU ART MINDFUL OF HIM)

1974
Fremdling im Paradies 590
(STRANGER IN PARADISE)

1975
Das Leben und Streben des Multivac 623
(THE LIFE AND TIMES OF MULTIVAC)

1976
Worfeln 638
(THE WINNOWING)

1976
Der Zweihundertjährige 648
(THE BICENTENNIAL MAN)

1976
Marching in 700
(MARCHING IN)

1976
Altmodisch 710
(OLD FASHIONED)

1976
Der Zwischenfall bei der
Dreihundertjahrfeier 721
(THE TERCENTENARY INCIDENT)

1976
Geburt eines Begriffs 741
(BIRTH OF A NOTION)

Vorwort

von Greg Bear

Eines der beständigsten Themen in der Literatur ist das des künstlichen Dieners. In seinem 1921 veröffentlichten Theaterstück ›RUR‹ hat Karel Čapek die künstlichen Diener ›Roboter‹ genannt, abgeleitet vom tschechischen Wort *robota*, was man grob als ›unfreiwilliger Arbeiter‹ übersetzen könnte. Das Wort kann auch für jemanden stehen, der eine langweilige Arbeit verrichtet. Der Name ist haften geblieben, und obwohl andere Bezeichnungen eingeführt wurden – Androide (ein menschenähnliches künstliches Wesen), Cyborg (ein kybernetischer Organismus, teils Maschine und teils lebendes Gewebe), Droide usw. –, dürfte ›Roboter‹ auch in den nächsten Jahrzehnten die bevorzugte Bezeichnung bleiben.

Isaac Asimov begann in den vierziger Jahren Robotergeschichten zu schreiben, die erste Sammlung mit dem Titel ›Ich, der Robot‹ erschien 1950. Die drei Gesetze der Robotik wurden erstmals in der Story ›Runaround‹ formuliert, die im März 1942 in *Astounding Science Fiction* veröffentlicht wurde. In einem Gespräch, das im Dezember 1940 stattfand, wurde Asimov von dem *Astounding*-Herausgeber John W. Campbell mit den drei Regeln als *Fait accompli* konfrontiert, wobei Campbell meinte, er habe sie aus den Prinzipien gewonnen, die in den Geschichten ohnehin schon umrissen worden seien. Später wurden die drei Gesetze ein wichtiges und handlungsleitendes Element in den Robotergeschichten. Auch als Asimov sie mit den ›Foundation‹-Erzählungen verknüpfte, spielten die drei

Gesetze eine bedeutende Rolle. Heute halten wir sie für selbstverständlich – Science-Fiction-Autoren ebenso wie die Konstrukteure von Robotern.

Die drei Gesetze schienen sehr einleuchtende Leitlinien für alle Arten von künstlichen Dienern zu sein, jedenfalls für solche Helfer, die sich bewegen oder ähnlich bedeutsame Dinge tun können. Ein moderner Thermostat – ein besonders einfacher Typ eines Roboters – ist nicht kompliziert genug und hat nicht die Macht, einen Menschen zu retten oder zu verletzen, doch bei dem Bordcomputer eines Raumschiffs sieht das anders aus. (Asimov zeigte sich übrigens empört, daß HAL 9000, der Computer in Stanley Kubricks und Arthur C. Clarkes *2001: Odyssee im Weltraum*, gegen die drei Gesetze verstieß. Clarke und Kubrick vertraten jedoch die Ansicht, ein Widerspruch in der Programmierung habe HALs Fehlfunktion ausgelöst und dies sei als Ursache für sein mörderisches Verhalten anzusehen.)

Ein frei beweglicher metallener Diener von menschlicher Gestalt, wie Asimov es sich ausmalte, ist ein Mythos – robotische Diener dieser Art werden bereits bei Homer erwähnt. Schon vor Asimovs erster Sammlung mit Robotergeschichten hatte Eando Binder (das Autorenteam Earl und Otto Binder) eine Story mit dem Titel ›I, Robot‹ veröffentlicht, die in den sechziger Jahren in der Episode ›Der Roboter‹ für die Fernsehserie *The Outer Limits* dramatisiert wurde. (Der Blechmann in Frank L. Baums ›Der Zauberer von Oz‹ ist genaugenommen ein Sechsmillionendollarmann, denn er begann sein Leben als Mensch. Als durch einen Unfall einige Körperteile abgetrennt wurden, ersetzte man sie durch Metallprothesen. Im Grunde war er auf dem besten Wege, sich in einen Cyborg zu verwandeln.) Doch Asimov verlieh den Robotern eine einnehmende Persönlichkeit sowie ein letztlich sinnloses und dennoch unerschütterliches Gefühl für Ehre und Würde, das heute noch seinesgleichen sucht. Es wäre also nicht übertrieben, Asimov als den Vater der modernen Roboter zu betrachten, während Susan Calvin als fiktive Mutter der Roboter gesehen werden kann. Calvin erschafft in Asimovs Büchern die Wissenschaft der ›Robotik‹. Dieses von Asimov geprägte Wort ist inzwischen ein Teil des allgemeinen Sprachgebrauchs geworden, und einige der berühmtesten Roboter in Filmen unterwerfen sich selbstlos den drei Gesetzen. Robby in *Forbidden Planet* (1956) (dt. *Alarm im Weltall,* 1957) ist zweifellos ein Asimovscher Robot; der Terminator in James Camerons gleichnamigen Filmen ist es nicht unbedingt.

Doch letzten Endes hat sich sogar Asimov selbst um die grundlegenden drei Gesetze herumlaviert. In den Romanen ›Die Stahlhöhlen‹ und ›Die nackte Sonne‹ formuliert R. Daneel Olivaw, der Roboterkollege von Detective Lije Baley, als er mit extremen Situationen und einigen sehr schwierigen Entscheidungen konfrontiert wird, das sogenannte Nullte Gesetz. Es erlaubt einem Roboter, einen bestimmten Menschen zu verletzen, wenn dies dem Wohl einer größeren Anzahl von Menschen oder der Menschheit insgesamt dient. So gelingt es Daneel, als eine Art robotisch-illuminatische Einmannverschwörung, die menschliche Geschichte zu manipulieren. Doch Asimov war sich der entsetzlichen Konsequenzen des Nullten Gesetzes sehr wohl bewußt und entwickelte Daneels Geschichte in den letzten Roboter- und ›Foundation‹-Erzählungen weiter.

Gregory Benford, David Brin und ich haben Daneel auch in unserer Trilogie eingesetzt, die in Asimovs ›Foundation‹-Universum angesiedelt ist.* In diesen Romanen wird Daneel zur tragischen Figur, weder ganz Mensch noch ganz Roboter, und ist belastet mit dem Wissen um die Geschichte der Menschheit. Das Nullte Gesetz erlaubt und fördert natürlich robotische Interpretationen verschie-

---

* Diese ›Zweite Foundation-Trilogie‹ ist unter den Titeln ›Der Aufstieg der Foundation‹ (06/8301), ›Foundation und Chaos‹ (06/8302) und ›Der Sieg der Foundation‹ (06/8303) bei Heyne erschienen.

dener Umstände und setzt deshalb voraus – und verlangt sogar –, daß Roboter das Gegenstück eines Gewissens haben. Ich halte es für unwahrscheinlich, daß Daneel sich über diese Bürde gefreut hat. Andererseits muß er als Roboter der Menschheit dienen... Für immer und ewig.

Asimov kannte natürlich den Mythos des Golem, jenes künstlichen Kriegers und Beschützers, dem, im Prag des 16. Jahrhunderts aus Lehm gemacht, von Rabbi Loew das Leben eingehaucht wurde. Der Golem sollte die Bewohner des jüdischen Ghettos vor den Plünderungen des antisemitischen Mobs beschützen. Doch der Golem wurde zu mächtig und geriet schließlich außer Kontrolle. Dies ist die klassische Version der Geschichte vom künstlichen Diener, wie sie auch in der außergewöhnlichen Erzählung über Frankensteins Monster aufscheint. Mary Shelleys Ungeheuer allerdings, aus frischen Leichen von einem Wissenschaftler zusammengesetzt, war nicht als Diener konzipiert, sondern als eine neue Variante von menschlichem Wesen, ein intellektueller und physischer Übermensch. Das Scheitern des Ungeheuers ist in einer Art von Programmfehler begründet, denn sein Schöpfer Frankenstein versäumte es, ihm eine moralische Ausbildung zu geben und Verantwortung für sein ›Kind‹ zu übernehmen.

Asimovs Roboter sind oft kindlich, doch ihre Programmfehler entstehen gewöhnlich durch innere Widersprüche der drei Gesetze wie etwa der Entwicklung von außersinnlicher Wahrnehmung. Die Roboter selbst bleiben im Großen und Ganzen in einem Zustand der Unschuld wie ewige Kinder. Und was die positronischen Gehirne angeht, so ist klar, daß Asimov lediglich einen Weg gesucht hat, eine ganz neue, besonders fortschrittliche und komplizierte Steuerung für Roboter einzuführen. Positronen sind Anti-Elektronen. Schaltungen, die mit Positronen funktionieren, sind in der Tat eine exotische Idee. Das soll nicht heißen, daß sie unmöglich wären – nur eben sehr weit weg von unserer Welt. Außerdem klingt das Wort ziemlich cool. Heute denken Wissenschaftler über Quantencomputer nach, die in mehr als einem ›Universum‹ Berechnungen durchführen können. Asimov hätte dies vermutlich für eine sehr verlockende Idee gehalten: Was geschieht, wenn ein quantenmechanisches Roboterhirn auf mehr als einer Ebene der Realität aktiv sein kann? Wenn in einer abzweigenden Entwicklungslinie ein Roboter einen Menschen töten muß, damit die Menschheit auf allen anderen Entwicklungslinien insgesamt überleben kann?

Wie Sie sehen, kann man die drei Gesetze wiederbeleben, um unter immer neuen Blickwinkeln mit ihnen zu spielen. Asimovs Geschichten überdauern die Zeit, denn die Probleme, mit denen er uns in seinen Erzählungen konfrontiert, sind verkleidete Darstellungen der moralischen Probleme, mit denen jedes denkende Wesen zu kämpfen hat. Und letztlich ist das, was in den Robotergeschichten und -Romanen den stärksten Eindruck hinterläßt, die Überzeugung, daß wir keinen Deut besser sind als die Roboter, vielleicht sogar schlimmer. Vielleicht sind wir einfach nur die Diener der Menschheitsgeschichte, und unsere Entdeckung des ›Nullten Gesetzes‹ führte zu unserem eigenen Sündenfall.

Sind die Zehn Gebote am Ende nicht mehr als eine wortreiche Erweiterung der drei robotischen Gesetze?

Greg Bear ist einer der bekanntesten SF-Autoren der Gegenwart. Er hat mit seinen preisgekrönten Romanen ›Blutmusik‹, ›Äon‹ und ›Slant‹ maßgeblich zur Erneuerung des Genres beigetragen.

Die Grundregeln der Robotik

Das Nullte Gesetz	Ein Roboter darf der Menschheit keinen Schaden zufügen oder durch Untätigkeit zulassen, daß der Menschheit Schaden zugefügt wird.
Das Erste Gesetz	Ein Roboter darf einem menschlichen Wesen keinen Schaden zufügen oder durch Untätigkeit zulassen, daß einem menschlichen Wesen Schaden zugefügt wird, es sei denn, dies würde das Nullte Gesetz der Robotik verletzen.
Das Zweite Gesetz	Ein Roboter muß dem ihm von einem menschlichen Wesen gegebenen Befehl gehorchen, es sei denn, dies würde das Nullte oder das Erste Gesetz der Robotik verletzen.
Das Dritte Gesetz	Ein Roboter muß seine Existenz beschützen, es sei denn, dies würde das Nullte, das Erste oder das Zweite Gesetz der Robotik verletzen.

Erstes Buch

ICH, DER ROBOT

Einführung

Ich schaute mir meine Notizen an, und sie gefielen mir nicht. Ich hatte drei Tage bei der U.S. Robot Companie verbracht. Ebensogut hätte ich zu Hause bleiben und die Encyklopädia Tellurica studieren können.

Susan Calvin habe im Jahre 1982 das Licht der Welt erblickt, hieß es dort. Dies bedeutete, daß sie nun fünfundsiebzig Jahre zählte. Jedes Kind wußte das. Auch die Firma U.S. Robot und Mechanical Brain A.G. war fünfundsiebzig Jahre alt, denn Lawrence Robertson hatte dieses Unternehmen im Geburtsjahre Dr. Calvins gegründet. Später hatte sich daraus das seltsamste Riesenunternehmen der Weltindustrie entwickelt. Auch das wußte jedes Kind. Im Alter von zwanzig Jahren hatte Susan Calvin an jenem berühmt gewordenen psycho-mathematischen Seminar teilgenommen, in dem Dr. Alfred Lanning von der U.S. Robot Companie den ersten beweglichen Robot vorführte, der eine menschliche Stimme besaß. Ein großer, schwerfälliger, häßlicher Robot war das gewesen, der nach Maschinenöl roch und der in den Bergwerksplanungen auf dem Planeten Merkur verwendet werden sollte. Aber – er konnte tatsächlich sprechen, und was er sagte, besaß Hand und Fuß.

Susan blieb in jenem Seminar sehr schweigsam. An den aufregenden Diskussionen, die der Vorführung folgten, beteiligte sie sich nicht. Sie war kühl, weder hübsch noch häßlich, ein ziemlich farbloses Mädchen, das sich gegen eine Welt, die ihr nicht sonderlich gefiel, durch einen maskenartigen Gesichtsausdruck und ein Übermaß an Verstand schützte. Während sie aber zuhörte und die Einzelheiten der Vorführung in sich aufnahm, verspürte sie die ersten Regungen eines gewissen, wenn auch kalten Enthusiasmus. Ihr erstes Examen bestand sie im Jahre 2003 an der Columbia Universität und begann dann ihre Studien für Fortgeschrittene auf dem Gebiete der Kybernetik.

Alles, was man etwa um die Mitte des 20. Jahrhunderts auf dem Gebiet der sogenannten Kalkulationsmaschinen erreicht hatte, war durch Robertson und seine positronischen Gehirnbahnen auf den Kopf gestellt worden. Die vielen Kilometer langen Stränge von Relais und photoelektrischen Zellen waren jener porösen Kugel aus Platinum-Iridium gewichen, die etwa die Größe eines menschlichen Gehirnes besaß.

Susan erlernte die Errechnung der Parameter, die benötigt wurden, um die möglichen Variablen innerhalb des ›positronischen Gehirnes‹ festzulegen. Sie lernte, Gehirne auf dem Papier zu konstruieren – Gehirne, bei denen man die Reaktionen auf gewisse gegebene Reizwirkungen exakt voraussagen konnte.

Nachdem sie im Jahre 2008 promoviert hatte, trat sie als ›Robotpsychologe‹ in den Dienst der U.S. Robot Co. So war sie die erste, die diese neue Wissenschaft praktisch ausübte. Damals war Lawrence Robertson noch immer Präsident der Firma, und Alfred Lanning war inzwischen Leiter ihrer Forschungsabteilung geworden.

Fünfzig Jahre lang konnte Susan Calvin beobachten, wie menschlicher Fortschritt sich ständig wandelte – und in großen Sprüngen vorwärtseilte.

Jetzt bereitete sie sich darauf vor, sich zur Ruhe zu setzen – so gut dies ging. Jedenfalls gestattete sie, daß das Namensschild eines anderen an der Tür ihres alten Büros angebracht wurde.

Das war nun so ungefähr alles, was ich auf meinem Notizzettel zusammengetragen hatte. Ich besaß dazu noch eine lange Liste aller ihrer wissenschaftlichen Arbeiten sowie eine solche der Patente, die ihr erteilt worden waren.

Ich verfügte über die chronologischen Einzelheiten ihrer Laufbahn ... kurz gesagt, das Äußere ihres Lebenslaufes war mir bekannt.

Das aber war es gar nicht, was ich suchte.

Für meine Artikel in der Interplanetarischen Presse benötigte ich bedeutend mehr. Ganz bedeutend mehr.

Und das sagte ich ihr auch.

»Dr. Calvin«, sagte ich so einschmeichelnd als möglich, »Sie und die U.S. Robot Co. sind in der öffentlichen Meinung durchaus identisch. Wenn Sie sich jetzt zur Ruhe setzen, so bedeutet das das Ende einer Epoche und ...«

»Sie möchten vermutlich die menschliche Seite der Sache aufspüren, was?« Sie lächelte mich nicht an. Ich glaube, sie lächelt überhaupt niemals. Ihr Blick war scharf, aber sie war sichtlich nicht verärgert. Ich hatte das Gefühl, als schaue sie durch mich hindurch, als wäre ich vor ihren Augen durchsichtig wie Glas, als wäre für sie jeder, der ihr gegenübertrat, ein offenes Buch.

»Das stimmt genau«, sagte ich.

»Ist es aber nicht ein Widerspruch, wenn Sie sagen, daß Sie die menschliche Seite von Robots kennenlernen wollen?«

»Nein, Frau Doktor! Nicht die menschliche Seite von Robots – die menschliche Seite Ihres eigenen Lebens.«

»Na ja, ich bin auch schon ein Robot genannt worden. Sicher haben Sie doch schon von anderen gehört, daß ich *selbst* gar nicht menschlich sei.«

Das traf zu, aber ich hatte natürlich keinen Grund, es ihr zu sagen.

Sie stand von ihrem Stuhle auf. Sie war nicht groß, und sie sah zerbrechlich aus. Ich folgte ihr zum Fenster, und wir schauten hinaus.

Die Büros und Fabrikgebäude der U.S. Robot Co. bildeten eine kleine Stadt für sich. Sie waren planmäßig angeordnet und eingeteilt. Von hier oben hatte man den Eindruck, als betrachte man eine aus der Luft aufgenommene Photographie.

»Als ich hierher kam«, erklärte sie mir, »verfügte ich über einen kleinen Raum in einem Gebäude, das sich ungefähr dort befand, wo jetzt das Feuerwehrdepot ist.« Sie deutete hinüber. »Es wurde abgerissen, noch ehe Sie zur Welt kamen. Ich teilte den Raum mit drei anderen. Ich selbst besaß die Hälfte eines Schreibtisches. Alle unsere Robots bauten wir in einem einzigen Gebäude. Wir produzierten wöchentlich drei Stück. Und nun sehen Sie, was aus uns geworden ist!«

»Fünfzig Jahre«, sagte ich banal, »sind eine lange Zeit.«

»Nicht, wenn Sie darauf zurückschauen«, war ihre Antwort.

»Man fragt sich dann, wohin die Zeit eigentlich gekommen ist.«

Sie ging zu ihrem Schreibtisch zurück und setzte sich. Sie bedurfte gar keiner besonderen Regungen ihres Gesichts, um traurig auszusehen.

»Wie alt sind Sie?« wollte sie wissen.

»Zweiunddreißig«, sagte ich.

»Dann erinnern Sie sich gar nicht mehr daran, wie die Welt ohne Robots ausgesehen hat. Es gab nämlich wirklich einmal eine Zeit, in der die Menschheit dem Universum allein und ohne Freund gegenüberstand. Jetzt besitzen wir Geschöpfe, die uns helfen. Sie sind stärker als wir selber sind, treuer, nützlicher und uns völlig ergeben. Die Menschheit ist nicht mehr allein. Haben Sie die ganze Sache schon einmal von diesem Standpunkt aus betrachtet?«

»Leider nicht. Darf ich das, was Sie eben sagten, wörtlich zitieren?«

»Wenn Sie wollen. Für Sie ist ein Robot ein Robot. Schaltungen und Metall – Elektrizität und Positronen – Geist und Eisen. Von menschlicher Hand hergestellt und wenn nötig von Menschenhand zerstört. Nur haben Sie leider noch nicht mit ihnen gearbeitet, und so kennen Sie sie in Wirklichkeit überhaupt nicht. Sie sind anständiger, sauberer und besser erzogen, als wir es sind.«

Ich versuchte sie sanft dazu zu bringen, daß sie weiter sprach.

»Unsere Leser wüßten gerne ein paar von den Dingen, die Sie uns erzählen könnten ... so wie sie gerne etwas von Ihren eigenen Ansichten über die Robots erführen. Die Interplanetarische Presse ist übers ganze Sonnensystem verbreitet. Wir haben eine potentielle Leserschaft von drei Milliarden. Ich glaube, diese hat sozusagen ein Anrecht darauf, zu erfahren, was Sie, Dr. Calvin, uns zu erzählen wissen.«

Es war gar nicht nötig, sie zum Reden zu verführen. Sie hörte mich nicht, aber ihre Gedanken bewegten sich in der von mir gewünschten Richtung.

»Man hätte es von Anfang an wissen können. Damals verkauften wir Robots zur Verwendung auf der Erde – das war sogar noch vor meiner Zeit. Damals konnten die Robots natürlich noch nicht sprechen. Später wurden sie menschlicher, und damit setzte auch die Opposition ein. Natürlich wehrten sich die Gewerkschaften gegen die Konkurrenz. Auch verschiedene Widersprüche auf religiöser Basis wurden laut. All das war recht lächerlich und recht unnütz. Und dennoch – man mußte mit diesen Dingen rechnen.«

Ich notierte mir all das wörtlich, so wie sie es sagte. Dabei versuchte ich, die Schreibbewegungen meiner Fingerknöchel vor ihr zu verheimlichen. Mit dem neuerfundenen Taschen-Notizapparat konnte man das mit einiger Übung ganz gut fertigbringen.

»Nehmen Sie zum Beispiel den Fall Robbies!« sagte sie. »Ich habe ihn nie kennengelernt. Er wurde ein Jahr, ehe ich zu der Gesellschaft kam, demontiert – so hoffnungslos unmodern war er geworden. Aber das kleine Mädchen habe ich im Museum gesehn ...«

Sie brach ab, aber ich sagte nichts. Ihre Augen wurden träumerisch und ihr Geist wanderte in die Vergangenheit zurück. Viele Jahre lagen zwischen der Zeit, von der sie sprach, und heute.

»Ich habe die Geschichte erst viel später erfahren. Als man uns Gotteslästerer und Teufelsbringer nannte, mußte ich immer an *Robbie* denken. Er war noch ein stummer

Robot. Er wurde im Jahre 1996 hergestellt und verkauft. Das war noch während der Zeit, in der die Spezialisierung nicht bis zum äußersten getrieben wurde, und so wurde er als Kindermädchen veräußert ...«

»Als was?«

»Als Kindermädchen.«

Robbie

»Achtundneunzig – neunundneunzig – *hundert.*« Gloria hob die Augen, die sie bis dahin mit ihrem kleinen rundlichen Vorderarm verdeckt hatte, und stand einen Augenblick still. Sie hatte die Nase gerümpft und schaute blinzelnd ins Sonnenlicht. Dann machte sie ein paar vorsichtige Schritte weg von dem Baumstamm, gegen den sie sich gelehnt hatte, wobei sie versuchte, gleichzeitig nach allen Richtungen Ausschau zu halten. Sie reckte den Hals, um die Möglichkeiten, die ein Gebüsch zu ihrer Rechten bot, besser prüfen zu können, und machte dann ein paar Schritte nach rückwärts, um einen besseren Einblickswinkel zu gewinnen. Tiefe Stille herrschte, und außer dem Summen von Insekten und dem gelegentlichen Piepsen eines tapferen kleinen Vogels, den die Mittagssonne nicht beeinträchtigte, war nichts zu hören.

Gloria schürzte die Lippen. »Bestimmt ist er ins Haus hineingegangen. Dabei habe ich ihm schon hundertmal gesagt, daß das gegen die Regeln ist.«

Während sie ihre winzigen Lippen fest aufeinanderpreßte und sich Runzeln über ihre Stirn legten, lief sie entschlossen auf das zweistöckige Gebäude zu.

Da erst hörte sie es hinter sich rascheln, hörte sie das deutlich vernehmbare, rhythmische Klump-Klump von Robbies metallenen Füßen. Rasch drehte sie sich um und sah, wie ihr Spielgefährte aus seinem Versteck herauskam und mit höchster Geschwindigkeit auf den Baum zuraste.

Gloria schrie enttäuscht auf. »Warte, Robbie! Das gilt

nicht, Robbie! Du hast versprochen, nicht zu rennen, bis ich dich gefunden habe.« Gegenüber den gigantischen Schritten Robbies konnten ihre Beinchen natürlich keinen Vorsprung gewinnen. Dann, nur noch ein paar Meter vom Mal entfernt, verlangsamte Robbies Gangart sich plötzlich, so daß er sich kaum noch zu bewegen schien. Mit einer wilden Anstrengung all ihrer Kräfte raste Gloria schnaufend an ihm vorbei und konnte vor ihm den heißersehnten Baumstamm berühren.

Schadenfroh wandte sie sich nach dem treuen Robbie um und belohnte ihn für sein Opfer mit abgründiger Undankbarkeit, indem sie ihn wegen seines mangelnden Rennvermögens grausam verspottete.

»Robbie kann nicht rennen«, schrie sie mit der ganzen Kraft ihrer achtjährigen Stimme. »Robbie kann nicht rennen. Robbie kann nicht rennen.« Sie sang diese Worte in schrillem Rhythmus, als wären sie ein Kinderlied.

Robbie antwortete natürlich nicht – mindestens nicht mit Worten. Statt dessen machte er Bewegungen, als wollte er rennen, bis Gloria hinter ihm her raste, immer im Kreise herum, mit ausgestreckten Armen, und ohne daß sie ihn berühren konnte.

»Robbie«, quietschte sie, »bleib stehen!« Vor Lachen konnte sie kaum sprechen.

Bis er sich plötzlich umwandte, sie packte und durch die Luft wirbelte, so daß es ihr vorkam, als fiele die Welt für einen Augenblick ins Leere. Dann saß sie wieder im Gras und lehnte sich an Robbies Bein. Noch immer hielt sie einen seiner harten Metallfinger fest in ihrer kleinen Hand.

Nach einer Weile vermochte sie wieder ruhig zu atmen. In Nachahmung einer Geste ihrer Mutter fuhr sie sich durch das wirre Haar und drehte und wandte sich, um zu erkennen, ob ihr Kleid nicht zerrissen sei.

Sie schlug mit der Hand auf Robbies Körper. »Böser Junge du! – Ich gebe dir eine Tracht Prügel.«

Und Robbie duckte sich und hielt sich die Hände vors

Gesicht, so daß sie schnell hinzufügte: »Nein, hab keine Angst, Robbie, ich werd's nicht tun. Ich schlage dich bestimmt nicht. Aber jetzt komme ich dran! Jetzt verstecke ich mich, und du mußt mich suchen, weil du längere Beine hast als ich, und weil du die Regeln nicht eingehalten hast.«

Robbie nickte. Sein Kopf hatte die Form eines oben abgeflachten Eies. Er saß auf einem ähnlichen, nur viel größeren Gebilde, das als Körper diente, und war mit diesem durch einen kurzen biegsamen Stiel verbunden. Gehorsam wandte der Robot sich dem Baume zu. Eine dünne metallische Schicht senkte sich über seine glühenden Augen. Aus dem Innern seines Körpers kam ständig ein tickendes Geräusch.

»Nun guck aber nicht und überspringe keine Zahlen!« warnte ihn Gloria und rannte weg, um sich zu verstecken.

Mit unveränderlicher Regelmäßigkeit wurden Sekunden heruntergetickt. Bei der hundertsten hoben sich die Augenlider, und mit glühend roten Augen durchforschte Robbie die Gegend. Einen Augenblick ruhten sie auf einem Stück gedruckten Kattuns, das neben einem Felsblock herausschaute. Er machte ein paar Schritte vorwärts, um sicher zu sein, daß es wirklich Gloria war, die sich hinter dem Stein versteckt hatte.

Langsam, während er sich immer zwischen Gloria und dem Baum hielt, ging er auf ihr Versteck zu, und als Gloria schließlich voll sichtbar war und sich nicht einmal selber mehr vormachen konnte, daß Robbie sie nicht gefunden hatte, streckte er einen Arm nach ihr aus, während er sich mit dem anderen gegen das Bein schlug. Mürrisch kam Gloria aus ihrem Versteck heraus.

»Du hast geguckt«, rief sie unfair und ohne jeden Grund. »Und überdies habe ich es satt, Versteck zu spielen. Ich will reiten.«

Aber Robbie war durch den ungerechten Vorwurf verletzt. So ließ er sich vorsichtig nieder und schüttelte schwerfällig den Kopf. Sofort änderte Gloria ihren Ton. Nun klang ihre Stimme mit einem Male sanft und überredend. »Ach, komm doch, Robbie! Ich hab's doch gar nicht so gemeint. Laß mich reiten, ja?«

Aber Robbie ließ sich nicht so leicht besänftigen. Eigensinnig starrte er zum Himmel und schüttelte nur noch nachdrücklicher seinen Kopf.

»Bitte, Robbie, bitte laß mich reiten!« Sie legte ihre rosigen Arme um seinen Hals und schmiegte sich fest an ihn. Dann – von einer Sekunde zur anderen – änderte sich ihre Laune. Sie wandte sich von ihm ab. »Tust du's nicht, dann werd ich weinen.« Und schon verzog sich ihr Gesicht.

Auf den hartherzigen Robbie machte diese schreckliche Möglichkeit nur wenig Eindruck. Zum dritten Male schüttelte er den Kopf, und so blieb Gloria nichts anderes übrig, als ihre Trumpfkarte auszuspielen.

»Tust du's nicht«, rief sie aus, »dann erzähle ich dir auch keine Geschichten mehr. Nicht eine einzige.«

Sofort lenkte Robbie ein. Bedingungslos kapitulierte er vor diesem Ultimatum. Er nickte so heftig, daß das Metall seines Halses vibrierte und ein summendes Geräusch entstand. Vorsichtig hob er das kleine Mädchen in die Höhe und setzte es auf seine breiten, geraden Schultern.

Glorias angedrohte Tränen lösten sich in Nichts auf. Statt dessen krähte sie vor Entzücken. Robbies Metallhaut, die durch Widerstandsspulen im Innern ständig auf einer Temperatur von 21 Grad gehalten wurde, fühlte sich angenehm an, und herrlich war auch das Dröhnen ihrer Absätze, die rhythmisch gegen seine Brust schlugen.

»Du bist ein Segelflugzeug, Robbie, ein großes, silbernes Segelflugzeug. Strecke die Arme nach den Seiten! Das mußt du tun, wenn du doch ein Segelflugzeug bist.«

Gegen diese Logik war nichts einzuwenden. Robbies Arme waren die Flügel, die die Luftströmungen auffingen. Er war ein silbernes Segelflugzeug.

Gloria drehte den Kopf des Robots und lehnte sich nach rechts. Scharf legte er sich in die Kurve. Gloria stattete das Segelflugzeug mit einem Motor aus, der ›Brrrr‹ machte, und dann mit Waffen, die Geräusche wie ›Bum‹ und ›Shhhht‹

von sich gaben. Sie wurde von Luftpiraten verfolgt, und dann traten die Flugzeugkanonen in Tätigkeit. Die Piraten stürzten in einer Art von Dauerregen ab.

»Da! Wieder einen erwischt - noch zwei!« schrie sie.

Dann: »Schneller, Leute, unsere Munition geht zu Ende!« Mit Unerschrockenheit und Mut zielte sie nach rückwärts über ihre Schulter. Sie saß in einem der stumpfnasigen Raumschiffe, das sich mit höchster Geschwindigkeit durch die Leere des Weltalls bewegte.

Robbie raste mit ihr über die Wiese hinweg und hinüber zu dem hohen Gras, wo er mit solcher Plötzlichkeit stehen blieb, daß das Kind aufschrie. Sanft ließ er sie dann auf den weichen grünen Rasenteppich fallen.

Gloria schnappte nach Luft. Dazwischen gab sie ihrem Entzücken Ausdruck. »Das war schön«, schnaufte sie, »ach, so schön!«

Robbie wartete, bis sie wieder ruhig atmen konnte, und zog dann sanft an einer Locke ihres Haares.

»Willst du was?« fragte Gloria mit weit aufgerissenen Augen, die ihre Verblüffung zeigen sollten, aber ihr riesiges ›Kindermädchen‹ keineswegs täuschten. Er zog stärker an ihrer Locke.

»Ach so - ich weiß, du willst eine Geschichte hören.«

Robbie nickte schnell.

»Welche denn?«

Robbie beschrieb mit einem Finger einen Halbkreis in der Luft. Das kleine Mädchen widersprach. »*Schon wieder*? Ich habe dir doch die Geschichte von Aschenbrödel schon fast hundertmal erzählt. Hast du sie denn noch nicht satt? Eigentlich ist das doch eine Geschichte für Babies.«

Wieder beschrieb er einen Halbkreis.

»Also meinetwegen.« Gloria setzte sich zurecht. Ihre Gedanken konzentrierten sich auf die Einzelheiten der Erzählung (sowie auf ihre eigenen Ausschmückungen, die sie je nach Lust und Laune hinzufügte) und begann:

»Bist du bereit? Also - es war einmal ein wunderschönes Mädchen, und das hieß Ella. Es hatte eine schrecklich grausame Stiefmutter und zwei sehr häßliche und sehr grausame Stiefschwestern und ...«

Gloria war im Begriff, den Höhepunkt der Geschichte zu erzählen. Es schlug sozusagen Mitternacht, und alles verwandelte sich zurück in die ursprüngliche Häßlichkeit. Angespannt und mit brennenden Augen hörte Robbie zu. Da kam die jähe Unterbrechung.

»Gloria!«

Es war der hohe Ton einer weiblichen Stimme, die nicht nur einmal gerufen hatte, sondern bereits verschiedene Male. Beigemischt war der Klang von Ängstlichkeit, die allmählich die Oberhand über die Ungeduld gewann.

»Mama ruft mich«, sagte Gloria nicht sehr glücklich. »Ich glaube, du trägst mich lieber zurück zum Haus, Robbie.«

Robbie gehorchte voll Eifer. Denn etwas wie ein künstlicher Instinkt, den er in sich trug, sagte ihm, daß es gut wäre, Mrs. Weston zu gehorchen, und zwar ohne Zögern. Glorias Vater war außer an Sonntagen fast nie zu Hause. Aber heute war Sonntag. Mr. Weston war ein freundlicher und verständnisvoller Mann. Glorias Mutter aber war für Robbie eine dauernde Quelle der Unruhe, und immer spürte er den Drang, sich aus ihrer Nähe fortzustehlen.

Mrs. Weston erblickte die beiden in dem Augenblick, als sie sich aus dem hohen Gras erhoben, und ging zurück ins Haus, um auf sie zu warten.

»Ich habe mich heiser geschrien, Gloria«, sagte sie streng. »Wo warst du?«

»Ich war mit Robbie«, sagte Gloria verstört. »Ich habe ihm die Geschichte vom Aschenbrödel erzählt und ganz vergessen, daß es schon Zeit ist zum Mittagessen.«

»Traurig genug, daß auch Robbie es vergessen hat.« Dann, als erinnerten sie erst ihre eigenen Worte an die Gegenwart des Robot, wandte sie sich rasch nach diesem um. »Du kannst gehen, Robbie. Sie braucht dich jetzt nicht.« Und dann brutal: »Und komm nicht zurück, bevor ich dich rufe!«

Robbie wandte sich zum Gehen, zögerte aber, als Gloria ihn zu verteidigen begann. »Warte, Mama, du mußt ihn hierbleiben lassen. Ich habe ihm die Geschichte noch nicht fertig erzählt. Ich habe sie ihm versprochen und muß sie beenden.«

»Gloria!«

»Wirklich wahr, Mama. Er wird so ruhig sein, daß du noch nicht einmal merkst, daß er da ist. Er kann sich auf den Stuhl in der Ecke setzen und wird kein Wort sagen – ich meine, er wird nichts *tun*. Ja, Robbie?«

Robbie bewegte seinen massiven Kopf einmal aufwärts und abwärts.

»Gloria, wenn du diesen Unsinn nicht sofort sein läßt, dann darfst du Robbie eine ganze Woche lang nicht sehn.«

Die Augen des Mädchens senkten sich. »Gut also! Aber Aschenbrödel ist seine Lieblingsgeschichte, und ich habe sie nicht zu Ende erzählt. Und er hat sie doch so gerne.«

Mit traurigen Schritten verschwand der Robot, während Gloria ein Schluchzen unterdrückte.

George Weston fühlte sich so recht gemütlich. Es war seine Gewohnheit, es sich an Sonntagnachmittagen bequem zu machen. Er hatte sich ein gutes Mittagessen einverleibt, lag ausgestreckt auf einem weichen, breiten Sofa, hielt die Times in der Hand, trug Pantoffeln an den Füßen und hatte das Hemd ausgezogen. Unter diesen Umständen mußte sich einer doch gemütlich fühlen. Er war daher nicht gerade erfreut, als seine Frau hereinkam. Selbst nach zehnjähriger Ehe war er noch so unaussprechlich närrisch, sie zu lieben, und natürlich war er immer froh, wenn sie zu ihm kam. Dennoch waren ihm die Sonntagnachmittage unmittelbar nach dem Mittagessen heilig, und seine Vorstellung von richtiger Gemütlichkeit bestand darin, daß man ihn für zwei oder drei Stunden völlig in Ruhe ließ. Daher heftete er seine Augen fest auf die letzten Berichte über die Lefebre-Yoshida-Expedition nach dem Mars (diese sollte von der Mondbasis abfliegen und mochte daher ohne Zweifel Erfolg haben) und tat so, als bemerke er die Anwesenheit seiner Frau nicht.

Mrs. Weston wartete zwei Minuten lang geduldig, dann zwei weitere ungeduldig und schließlich brach sie das Schweigen.

»George!«

»Hm?«

»Bitte, George! Willst du nicht bitte die Zeitung beiseite legen und mich ansehen?«

Die Zeitung flatterte auf den Boden, und Weston wandte sein müdes Gesicht seiner Frau zu. »Was ist denn los, Liebes?«

»Du weißt schon, was los ist, George. Es handelt sich um Gloria und diese schreckliche Maschine.«

»Welche schreckliche Maschine?«

»Nun tu nur nicht, als wüßtest du nicht, was ich meine! Den Robot natürlich. Nicht für einen Augenblick läßt er sie allein.«

»Und warum sollte er das tun? Er darf das ja gar nicht. Und er ist wahrhaftig keine schreckliche Maschine. Er ist der beste Robot, den es auf dem ganzen Markt gibt, und ich bin mir verdammt klar darüber, daß er mich das Einkommen eines halben Jahres gekostet hat. Er ist's aber wert – und er ist ganz bestimmt klüger als die Hälfte meiner Angestellten.«

Er schickte sich an, die Zeitung wieder aufzunehmen, aber seine Frau war schneller und riß sie ihm weg.

»Nun hör mal *mich* an, George! Ich gebe es einfach nicht zu, daß meine Tochter einer Maschine anvertraut wird, ganz gleich, wie gescheit oder geschickt diese Maschine ist. Sie besitzt keine Seele und kein Mensch weiß, was sie denkt. Ein Kind ist einfach nicht dafür da, daß es von einem Stück Metall behütet wird.«

Weston runzelte die Stirn. »Und wann bist du auf diesen Gedanken gekommen? Robbie ist nun schon seit zwei Jahren bei Gloria, und ich habe bis heute nicht bemerkt, daß du dir darüber Sorgen machst.«

»Im Anfang war es anders. Da war es was Neues. Es nahm mir eine Sorge ab – und es war modern. Jetzt aber weiß ich nicht mehr, was ich denken soll. Die Nachbarn ...«

»Also bitte – was haben denn die Nachbarn damit zu tun? Schau doch mal her! Einem Robot kann man unendlich mehr Vertrauen schenken als einem menschlichen Kindermädchen. Robbie wurde wirklich einzig und allein zu dem Zwecke gebaut, Gefährte eines Kindes zu sein. Alle seine sogenannten geistigen Fähigkeiten wurden auf diesen Zweck eingestellt. Er kann einfach gar nicht anders – er muß einem Kinde treu sein und es lieben. Er ist nichts als eine Maschine und einzig darauf eingestellt. Das ist mehr, als du von irgendeinem menschlichen Wesen behaupten könntest.«

»Aber irgend etwas könnte doch einmal versagen. Irgend – irgendein Teil oder« – Mrs. Weston war sich nicht allzu klar über das Innere eines Robots – »zum Beispiel eine Schraube löst sich und das ganze schreckliche Ding wird tollwütig und – und ...« Sie konnte sich nicht dazu bringen, ihre innersten Gedanken voll auszusprechen.

»Unsinn«, lehnte Weston diese Idee mit einem unfreiwilligen Schauder ab. »Das ist vollkommen lächerlich. Damals, als wir den Robot kauften, unterhielten wir uns lange über das erste für Robots geltende Gesetz. Du weißt, daß es einem Robot unmöglich ist, einem Menschen etwas anzutun ... Es ist das eine mathematische Unmöglichkeit. Außerdem kommt zweimal im Jahr ein Ingenieur der U.S. Robot Co., um den armen Burschen einer genauen Kontrolle zu unterwerfen. Mein Gott – die Chance, daß irgend etwas mit Robbie schiefgehen könnte, ist nicht größer als die Chance, daß du oder ich verrückt werden – sogar bedeutend kleiner. Und ganz nebenbei: wie willst du ihn denn Gloria wegnehmen?«

Wieder machte er eine Bewegung, sich der Zeitung zu bemächtigen, aber seine Frau schleuderte sie ärgerlich ins Nebenzimmer.

»Das ist es ja gerade, George. Sie will mit niemand anders spielen. Es gibt Dutzende von kleinen Mädchen und

Jungen, mit denen sie Freundschaft schließen sollte, aber sie tut es einfach nicht. Sie geht noch nicht einmal in deren Nähe, wenn ich sie nicht dazu zwinge. Es ist nicht gut für ein kleines Mädchen, so aufzuwachsen. Du willst doch, daß sie normal ist, oder nicht? Du willst, daß sie ein nützliches Mitglied der menschlichen Gesellschaft wird.«

»Du siehst Gespenster, Grace. Tu so, als wäre Robbie ein Hund! Ich habe schon Hunderte von Kindern getroffen, die ihren Hund ihrem Vater vorziehen.«

»Ein Hund ist etwas anderes, George. Wir müssen das schreckliche Ding einfach loswerden. Du kannst es ja an die Gesellschaft zurückverkaufen. Ich habe mich erkundigt.«

»Du hast dich *erkundigt?* Also, nun paß mal auf, Grace! Schütten wir nicht das Kind mit dem Bade aus. Wir behalten den Robot, bis Gloria ein gutes Stück älter ist, und damit ist die Sache erledigt.« Ärgerlich verließ er den Raum.

Zwei Tage später traf Mrs. Weston abends ihren Mann unter der Tür. »Du mußt mich einfach anhören, George. Im ganzen Dorf ist man über die Sache aufgebracht.«

»Worüber?« fragte Weston. Er trat rasch in den Waschraum und ertränkte jede mögliche Antwort im lauten Geräusch des aus dem Hahn strömenden Wassers.

Mrs. Weston wartete. Sie sagte: »Über Robbie.«

Weston, das Handtuch in der Hand, trat heraus. Sein Gesicht war gerötet, und er war ärgerlich. »Worüber sprichst du eigentlich?«

»Ach, mein Gott, es mußte ja so kommen. Erst habe ich versucht, die Augen davor zu verschließen, aber ich kann das nun nicht länger tun. Die meisten Dorfbewohner betrachten Robbie als gefährlich. Kindern ist es verboten, sich abends unserem Haus zu nähern.«

»Aber wir vertrauen doch unser eigenes Kind dem Ding an.«

»Die Leute beurteilen solche Sachen einfach nicht nur mit ihrem Verstand.«

»Dann soll sie der Teufel holen.«

»Damit, daß du das sagst, löst du das Problem nicht. *Ich* muß im Dorf meine Einkäufe machen. *Ich* muß diese Leute jeden Tag treffen. Und in der Stadt ist es heutzutage sogar noch schlimmer – ich meine mit den Robots. In New York wurde gerade eine Verordnung erlassen, die es allen Robots verbietet, zwischen Sonnenuntergang und Sonnenaufgang die Straßen zu betreten.«

»Meinetwegen – aber uns können sie ja wohl nicht daran hindern, einen Robot in unserem eigenen Haus zu beschäftigen. Grace, ich weiß schon, dies ist einer deiner kleinen strategischen Tricks. Ich durchschaue dich. Aber es nützt nichts. Die Antwort lautet noch immer – nein. Wir behalten Robbie.«

Und dennoch liebte er seine Frau, und, was noch schlimmer war, seine Frau wußte das. Schließlich und endlich war ja George Weston auch nur ein Mann – der arme Kerl –, und seine Frau bediente sich jedes Mittels, gebrauchte alle Tricks, die im Buche standen und die mit Recht vom männlichen Geschlecht so sehr gefürchtet wurden.

Zehnmal schrie er in den folgenden Wochen: »Robbie bleibt, und das ist mein letztes Wort«, aber jedesmal klang es schwächer, wurde jedesmal von lauterem und gequälterem Stöhnen begleitet. Und so kam der Tag, an dem Weston sich schuldbewußt seiner Tochter näherte und ihr vorschlug, sie zu einer großartigen Fernsehveranstaltung mit ins Dorf zu nehmen.

Gloria klatschte überglücklich in die Hände. »Darf Robbie mitkommen?«

»Nein, Kind«, sagte er und zuckte unter dem Klang seiner eigenen Stimme zusammen. »Robots ist der Zutritt nicht erlaubt, aber du kannst ihm ja, wenn du wiederkommst, alles erzählen.«

Er verhaspelte sich bei den letzten Worten und schaute weg.

Gloria kam überschäumend vor Begeisterung von der Vorstellung nach Hause. Es war wirklich eine großartige

Vorführung gewesen. Sie wartete, bis ihr Vater den Wagen, der einen Düsenantrieb besaß, in die tieferliegende Garage hineinmanövriert hatte. »Paß mal auf, wenn ich das alles Robbie erzähle, Papa! Gott, hätte der sich gefreut, wenn er das auch hätte sehen dürfen! Ganz besonders, als Francis Fran rückwärts davonschlich und direkt in einen Leopardenmenschen hineinlief und dann fliehen mußte.« Wieder lachte sie. »Papa, gibt es auf dem Mond wirklich Leopardenmenschen?«

»Wahrscheinlich nicht«, sagte Weston geistesabwesend. »Es wird nur so dargestellt, weil es komisch ist.« Er konnte sich nun nicht noch länger mit dem Wagen abgeben. Er mußte jetzt endlich die Sache, vor der er bange war, über sich ergehen lassen.

Gloria rannte über den Rasen. »Robbie – Robbie!«

Dann blieb sie plötzlich stehen. Ein wunderschöner Pudel war aufgetaucht und betrachtete sie aus ernsten braunen Augen, während er auf der Veranda stehend mit dem Schwanz wedelte.

»Ach, was für ein hübscher Hund!« Gloria stieg die Stufen hinauf, näherte sich vorsichtig dem Tier und streichelte es. »Gehört er mir, Papa?«

Ihre Mutter hatte sich zu den beiden gesellt. »Ja, Gloria. Ist er nicht hübsch, so weich und warm? Er ist sehr sanft. Er hat kleine Mädchen schrecklich gern.«

»Kann er auch Spiele spielen?«

»Natürlich. Er kann eine Unmenge kleiner Kunststücke. Willst du wohl sehen, was er alles kann?«

»Gleich. Ich möchte nur, daß auch Robbie sie sieht. *Robbie!*«

Sie blieb unsicher stehen und runzelte die Stirn.

»Sicher ist er einfach in seinem Zimmer, weil er sich geärgert hat, daß ich ihn nicht mitgenommen habe. Du mußt ihm das erklären, Papa. Mir glaubt er vielleicht nicht, aber wenn du es sagst, dann weiß er, es ist wahr.«

Westons Lippen spannten sich. Er schaute seine Frau an, konnte aber deren Blick nicht erhaschen.

Gloria wandte sich um und rannte hinunter ins Souterrain. Im Rennen rief sie: »Robbie – Robbie – komm und schau dir an, was Papa und Mama mir gekauft haben! Einen Hund, Robbie!«

Eine Minute später kam sie verstört zurück. »Mama, Robbie ist nicht in seinem Zimmer. Wo ist er denn?« Sie bekam keine Antwort, aber George Weston hustete und schien sich ganz plötzlich mächtig für eine vorüberziehende Wolke zu interessieren. Glorias Stimme zeigte, daß sie dem Weinen nahe war. »Wo ist Robbie, Mama?«

Mrs. Weston setzte sich und zog ihre Tochter sanft zu sich heran.

»Sei nicht traurig, Gloria, Robbie ist fort.«

»Fort? Wohin? Wohin ist er denn gegangen, Mama?«

»Das weiß niemand, mein Liebling. Er ist einfach weggegangen. Wir haben gesucht und gesucht und gesucht, aber wir können ihn einfach nicht finden.«

»Willst du damit sagen, daß er nie wieder hierherkommen wird?«

Die Augen des Kindes waren vor Schreck weit aufgerissen.

»Vielleicht finden wir ihn bald wieder. Wir suchen natürlich weiter nach ihm. Inzwischen kannst du mit deinem hübschen neuen Hund spielen. Schau ihn nur an. Er heißt Blitz und er kann ...«

Aber nun liefen Glorias Augen über. »Ich will den häßlichen Hund nicht haben – ich will Robbie. Ich will, daß ihr Robbie wiederfindet.« Ihre Erschütterung war so tief, daß sie sie in Worten gar nicht mehr ausdrücken konnte. Sie brach in schrilles, klagendes Weinen aus.

Mrs. Weston warf ihrem Mann einen hilfesuchenden Blick zu. Der aber scharrte nur stur mit den Füßen und wandte seinen angestrengten Blick nicht vom Himmel ab. So mußte sie sich allein der Aufgabe des Tröstens unterziehen. »Warum weinst du, um Gottes willen, Gloria? Robbie war doch nur eine Maschine – nichts als eine alte häßliche Maschine. Er war doch gar nicht lebendig.«

»Er war nicht keine Maschine«, schrie Gloria wild und ungrammatikalisch. »Er war ein Mensch gerade so wie du und ich, und er war mein Freund. Ich will ihn wiederhaben. Ach, Mama, bitte bitte, ich will ihn wiederhaben.«

Die Mutter stöhnte und überließ Gloria ihrem Kummer.

»Laß sie sich ausweinen!« sagte sie zu ihrem Mann. »Kinderschmerz hält nie lang an. In ein paar Tagen hat sie vergessen, daß dieser fürchterliche Robot jemals existiert hat.«

Die Zukunft aber bewies, daß Mrs. Weston etwas zu optimistisch gewesen war. Natürlich hörte Gloria auf zu weinen, aber sie hörte auch auf zu lächeln, und je länger es dauerte, um so blasser und stiller wurde das Kind. Ihr Zustand des passiven Unbehagens untergrub nach und nach den Widerstand der Mutter, und das einzige, was Mrs. Weston davon abhielt nachzugeben, war die Tatsache, daß sie ihrem Manne gegenüber ihre Niederlage hätte eingestehen müssen.

Dann kam sie eines Abends ins Wohnzimmer gestürzt, setzte sich auf einen Stuhl, kreuzte die Arme und sah überhaupt aus, als wäre sie von einer unbändigen Wut gepackt.

Weston reckte den Hals, um sie über den Rand der Zeitung hinweg sehen zu können. »Was ist nun schon wieder los, Grace?«

»Ach, mit diesem Kind! Heute mußte ich den Hund zurückgeben. Gloria konnte, wie sie sagte, seinen Anblick nicht ertragen. Sie bringt mich noch ins Narrenhaus.«

Weston legte die Zeitung beiseite, und ein hoffnungsvolles Leuchten erschien in seinen Augen. »Vielleicht – vielleicht sollten wir Robbie zurückholen. Du weißt ja, die Möglichkeit besteht. Ich kann mich in Verbindung setzen mit ...«

»Nein«, erwiderte sie grimmig. »Noch sind wir nicht so weit. So schnell geben wir nicht auf. Ich laß mein Kind nicht von einem Robot erziehen, und wenn ich Jahre dazu brauchte, um sie zu entwöhnen.«

Enttäuscht nahm Weston die Zeitung wieder auf. »Ein Jahr des jetzigen Zustandes bedeutet zehn normale Jahre!«

»An dir hat man wirklich eine Stütze, George«, war die strenge Antwort. »Was Gloria braucht, ist eine Milieuveränderung. Natürlich kann sie hier den Robot nicht vergessen. Wie wäre das auch möglich, wo doch jeder Baum und jeder Strauch sie an ihn erinnert! Bestimmt ist dies die blödsinnigste Situation, die man sich überhaupt denken kann. Stell dir doch mal vor – ein Kind grämt sich zu Tode, weil es einen Robot verliert!«

»Also bitte – bleib bei der Sache! Was für einen Milieuwechsel hast du im Auge?«

»Wir nehmen sie mit nach New York.«

»Jetzt im August? Sag mal, weißt du eigentlich, wie New York um diese Jahreszeit ist? Unerträglich!«

»Jedenfalls halten es Millionen aus.«

»Weil sie einfach nirgends anders hin können. Müßten sie nicht in New York bleiben, sie täten's bestimmt nicht.«

»Und ganz genau so geht's uns. Auch wir *müssen* nach New York«, war die Antwort. »Gloria hat im letzten Monat fünf Pfund Gewicht verloren, und die Gesundheit meines kleinen Mädchens ist mir wichtiger als deine Bequemlichkeit.«

»Schade nur, daß du daran nicht gedacht hast, als du deinem kleinen Mädchen seinen Robotliebling wegnahmst«, murmelte er – aber nur zu sich selbst.

Glorias Zustand zeigte sofort Zeichen der Besserung, als sie von der bevorstehenden Reise hörte. Sie sprach nicht viel davon, aber tat sie es einmal, so geschah es immer mit deutlich erkennbarer Vorfreude. Sie begann wieder zu lächeln, und auch das Essen schmeckte ihr wieder.

Mrs. Weston fühlte sich geradezu verjüngt vor lauter Freude. Sie ließ keine Gelegenheit vorübergehen, ihrem noch immer recht skeptischen Mann ihren Triumph unter die Nase zu reiben.

»Siehst du, George, sie hilft wie ein kleiner Engel beim Packen und sie plappert und plappert, als hätte sie nicht den allerkleinsten Kummer. Es ist genau, wie ich dir sagte – wir müssen den Robot nur klar überlegt durch andere Dinge ersetzen, für die sie sich interessiert.«

»Hm«, war die skeptische Antwort, »wollen wir hoffen, daß es so ist.«

Rasch waren die Vorbereitungen getroffen. Die Stadtwohnung wurde geöffnet und für das Landhaus ein Dienerehepaar engagiert, das in der Zwischenzeit diesen Besitz betreuen sollte. Als schließlich der Reisetag kam, war Gloria fast wieder wie früher. Das Wort ›Robbie‹ kam nicht mehr über ihre Lippen.

In froher Laune fuhr die Familie mit einem Taxihelikopter zum Flughafen. (Weston hätte es natürlich vorgezogen, seinen eigenen Helikopter zu benutzen. Dieser aber war nur ein Zweisitzer und hatte für das Gepäck nicht genügend Platz.) Dann bestiegen sie zu dritt die wartende Maschine.

»Komm, Gloria!« rief Mrs. Weston, »ich habe dir einen Platz am Fenster reserviert, damit du hinaussehen kannst.«

Fröhlich trippelte Gloria den Gang hinunter, preßte dann ihre Nase gegen das klare dicke Glas und schaute mit höchster Spannung hinaus. Ihr Interesse schien sogar noch zu wachsen, als das unregelmäßige Anlaufgeräusch des Motors regelmäßig wurde. Sie war zu jung, um sich zu ängstigen, wenn der Boden unter ihr wegzufallen schien, als stürzte die Erde durch eine Falltür hindurch ins Nichts, und wenn Gloria selbst plötzlich doppelt so schwer wurde, als sie normalerweise war. Aber sie war auch nicht zu jung, um sich nicht für alles das brennend zu interessieren. Erst als die Erde sich in einen Teppich verwandelt hatte, der aus lauter kleinen Resten zusammengesetzt schien, nahm sie ihre Nase wieder vom Fenster weg und schaute ihre Mutter an.

»Werden wir bald in New York sein, Mama?« fragte sie, während sie ihre kühl gewordene Nase rieb und angestrengt beobachtete, wie der Hauchfleck, der sich von ihrem Atem auf der Scheibe gebildet hatte, immer kleiner wurde.

»Ungefähr in einer halben Stunde, mein Liebes.« Und

dann mit einer winzigen Spur von Ängstlichkeit: »Bist du nicht froh, daß wir diese Reise machen? Glaubst du nicht, daß du in der großen Stadt mit all den vielen Gebäuden und Leuten und Sehenswürdigkeiten sehr glücklich sein wirst? Jeden Tag werden wir uns die Fernsehvorführungen ansehen und ins Theater gehen und in den Zirkus und an den Strand und ...«

»Ja, Mama!« war Glorias nicht sehr begeistert klingende Antwort. Das Flugzeug flog in diesem Augenblick über eine Wolkenbank, und Gloria wurde völlig gefangengenommen von dem ungewöhnlichen Schauspiel von Wolken, die unter ihnen waren. Dann war der Himmel wieder klar, und mit einer plötzlichen Miene geheimen Wissens wandte sich das Kind an seine Mutter.

»*Ich* weiß genau, warum wir nach New York gehen, Mama.«

»Wirklich?« Mrs. Weston war verblüfft. »Und warum meinst du, mein Kind?«

»Ihr habt's mir nicht gesagt, weil ihr mich überraschen wolltet, aber *ich* weiß, was das Geheimnis ist.« Einen Augenblick schien sie versunken in Bewunderung ihrer eigenen Verstandesschärfe, und dann lachte sie fröhlich. »Wir gehen nach New York, um Robbie zu finden, nicht wahr? – Mit Detektiven.«

George Weston hörte diese Äußerung, als er gerade damit beschäftigt war, einen Becher Wasser zu trinken. Die Folgen waren verheerend. Zunächst kam aus seiner Kehle ein Geräusch, als würde er ersticken, dann ein Wassergeiser und zum Schluß ein Hustenanfall. Als alles vorüber war, stand er da mit rotem Gesicht und wässernden Augen – ein äußerst betroffener Mensch.

Mrs. Weston freilich bewahrte Haltung. Als aber Gloria ihre Frage mit etwas ängstlicher Stimme wiederholte, sank auch Mrs. Westons Stimmung auf den Nullpunkt.

»Vielleicht«, sagte sie kurz. »Nun setz dich hin und halte um Gottes willen den Mund!«

New York war im Jahre 1998 A. D. ein Paradies für Vergnügungsreisende – mehr als je zuvor in seiner Geschichte. Glorias Eltern wußten dies und nutzten es weidlich für ihre Zwecke aus.

Weil es ein Wunsch seiner Frau gewesen war, hatte George Weston es so eingerichtet, daß sein Geschäft für die ungefähre Dauer eines Monats ohne ihn auskommen würde und ihm genügend freie Zeit blieb, Gloria »bis an den Rand eines völligen Zusammenbruchs abzulenken und zu zerstreuen«, wie er das nannte. Wie alles, was Weston anpackte, wurde auch diese Aufgabe durchgreifend, zweckentsprechend und geschäftsmäßig exakt erledigt. Noch ehe der Monat um war, hatte man alles, was man überhaupt unternehmen konnte, bereits unternommen.

Gloria wurde zur Spitze des 850 Meter hohen Roosevelt-Gebäudes geschleppt, um von dort oben hinunterzuschauen auf die zackige Landschaft von Dächern, die sich in der Ferne in den Feldern Long Islands und den Ebenen New Jerseys verlor. Sie besuchten den Zoo, wo Gloria in verzückter Angst auf den »wirklich lebendigen Löwen« starrte (übrigens ziemlich enttäuscht, daß die Wärter die Raubtiere mit rohen Steaks anstatt, wie sie erwartet hatte, mit menschlichen Wesen fütterten), und wo sie, ohne sich davon abbringen zu lassen, den Walfisch zu sehen verlangte.

Den verschiedenen Museen wurde eine gewisse Zeit und Aufmerksamkeit gewidmet, ebenso den Parks, dem Strand und dem Aquarium.

Sie wurde auf eine Tour halbwegs den Hudson hinauf mitgenommen, auf einem Dampfer, der so hergerichtet war, daß er aussah wie ein Schiff vor siebzig Jahren. Sie reiste auf einem Rundflug durch die Stratosphäre, wo die Farbe des Himmels dunkellila wurde und die Sterne erschienen, und von wo aus die dunstige Erde wie eine ungeheure konkave Schüssel aussah. Dann durfte sie in einem glaswandigen Unterwasserfahrzeug in den Long-Island-Sund hinuntertauchen, wo in einer grünen und immer schwankenden Welt sonderbares Seezeug sie anglotzte und dann plötzlich wegschwamm.

Auch prosaischere Dinge wurden unternommen. So führte Mrs. Weston sie zum Beispiel in die großen Kaufhäuser, in denen sie sich in einer anderen Art von Zauberland ergötzen konnte.

Es war wirklich so, daß sich die Westons, als der Monat fast um war, darüber klar wurden, daß sie alles Erdenkliche getan hatten, um Glorias Gedanken ein für allemal von Robbie abzulenken. Ob sie allerdings einen endgültigen Erfolg erzielt hatten, dessen waren sie keineswegs sicher.

Bestehen blieb, daß sich Glorias Hauptinteresse - wo immer sie sich auch befand - auf Robots konzentrierte, wenn solche zufällig zugegen waren. Ganz gleichgültig, wie aufregend das Schauspiel auch war, das sich ihr bot - und mochte es für ihre kindlichen Augen auch noch so neu und ungewohnt sein -, sie wandte sich ab, sobald sie auch nur aus den Augenwinkeln den Schatten einer metallischen Bewegung bemerkte.

Mrs. Weston gab sich die allergrößte Mühe, Gloria von allen Robots fernzuhalten.

Die ganze Angelegenheit erreichte schließlich ihren Höhepunkt in jener Episode, die sich im Museum für Industrie und Wissenschaft zutrug. Das Museum hatte ein spezielles Kinderprogramm angekündigt, in dem wissenschaftliche Dinge - zugeschnitten auf den kindlichen Verstand - ausgestellt werden sollten. Die Westons setzten diese Veranstaltung natürlich auf ihre Liste, unter die Rubrik jener Dinge, die man unbedingt anschauen mußte.

Der aufregende Vorgang ereignete sich, als die beiden Westons völlig absorbiert die Leistungen eines mächtigen Elektromagneten beobachteten. Da war plötzlich Gloria verschwunden. Mrs. Westons erster Schreck verwandelte sich schnell in ruhige Entschlossenheit. Mit Hilfe von drei Museumswärtern wurde eine sorgfältige Suchaktion eingeleitet.

Gloria gehörte natürlich nicht zu jenen Kindern, die ziellos umherwandern. Sie war ein für ihr Alter ungewöhnlich sicheres Kind, das genau wußte, was es wollte. Ohne Zweifel hatte sie diese Charakterzüge von ihrer Mutter geerbt. Im dritten Stock hatte sie ein riesengroßes Schild beobachtet, mit der Aufschrift: ›Gehen Sie in dieser Richtung und Sie kommen zum sprechenden Robot‹. Nachdem sie die Worte mühsam zusammenbuchstabiert und bemerkt hatte, daß ihre Eltern offenbar nicht geneigt waren, den richtigen Weg einzuschlagen, tat sie selbst das ganz Natürliche. Sie wartete auf einen geeigneten Augenblick elterlicher Ablenkung, entfernte sich dann gelassen und folgte der Richtung, die jenes Schild ihr wies.

Der sprechende Robot war eine völlig unpraktische Maschine, die lediglich Reklamewert besaß. Jede Stunde einmal stand eine Gruppe mit einem Führer vor dem Monstrum und stellte flüsternd Fragen an den Ingenieur, der den Robot bediente. Jene Fragen, die der Mann als für die Leistungen des sprechenden Robots geeignet betrachtete, wurden dann weitergegeben. Es war eine ziemlich langweilige Angelegenheit. Es mochte ganz amüsant sein zu wissen, daß das Quadrat von vierzehn hundertsechsundneunzig war, daß die Temperatur im Augenblick 72 Grad Fahrenheit betrug und der Luftdruck 765 Millimeter, daß das atomare Gewicht von Natrium 23 ist, aber schließlich brauchte man für all das keinen Robot, auf keinen Fall eine so schwerfällige, völlig unbewegliche Masse von Drähten und Spulen, die einen Platz von fast fünfundzwanzig Quadratmetern einnahm.

Nur ganz wenige Leute kamen ein zweites Mal. Lediglich ein vielleicht fünfzehnjähriges Mädchen saß ruhig auf der Bank und wartete bereits auf die dritte Vorstellung. Es war völlig allein in jenem Raume, als Gloria eintrat.

Gloria schaute sie nicht an. In diesem Augenblick hatte ein anderes menschliches Wesen für sie überhaupt keine Bedeutung. Sie konzentrierte sich einzig und allein auf jenes ungeheure Ding auf Rädern. Einen Augenblick lang war sie enttäuscht und zögerte. Das Ding sah völlig anders aus als jeder Robot, den sie bisher gesehen hatte.

Vorsichtig und voller Zweifel erhob sie ihre zitternde Stimme: »Bitte, Mr. Robot, lieber Herr – sind Sie der sprechende Robot, lieber Herr?« Ein Robot, der tatsächlich sprach, verdiente ihrer Meinung nach eine ganz besonders höfliche Behandlung.

(Das etwa fünfzehnjährige Mädchen bekam einen interessierten Blick. Es zog ein kleines Notizbuch heraus und begann schnell etwas zu schreiben.)

Nun wurde das Geräusch eines gut geölten Getriebes hörbar. Eine mechanisch klingende Stimme begann zu sprechen. Den Worten fehlten sowohl Akzent als auch Betonung. »Ich – bin – der – sprechende – Robot.«

Gloria starrte ihn traurig an. Er konnte in der Tat sprechen. Der Ton aber kam von irgendwo her aus seinem Innern. Der Robot besaß kein Gesicht, an das man sich wenden konnte. Sie sagte: »Können Sie mir helfen, Herr Robot?«

Der sprechende Robot war so konstruiert, daß er antworten konnte, und bisher waren ihm nur Fragen gestellt worden, die er zu beantworten vermochte. So war er seiner Fähigkeiten ziemlich sicher. »Ich – kann – dir – helfen.«

»Danke schön, lieber Herr Robot. Haben Sie Robbie gesehen?«

»Wer – ist – Robbie?«

»Er ist ein Robot, lieber Herr.« Sie stellte sich auf die Zehenspitzen. »Er ist ungefähr so groß, lieber Herr Robot, nur noch viel größer, und er ist sehr lieb. Er hat einen Kopf, müssen Sie nämlich wissen. Ich meine, Sie haben keinen, aber er *hat* einen, lieber Herr Robot.«

Der sprechende Robot war nicht ganz mitgekommen. »Ein – Robot?«

»Ja, lieber Herr. Ein Robot genau wie Sie, nur daß er natürlich nicht sprechen kann – und daß er wie ein – wie ein richtiger Mensch aussieht.«

»Ein – Robot – wie – ich – einer – bin?«

»Ja, lieber Herr Robot.« – Die Antwort des Robot hierauf war nichts als ein Geratter und hier und da ein unzusammenhängender Stimmton. Die radikale Verallgemeinerung, die das Kind anstellte, indem es ihn nicht als ein Einzelwesen, sondern als Mitglied einer ganzen Gruppe betrachtete, war zu viel für ihn. Treulich versuchte der Robot, die neue Auffassung sozusagen innerlich zu verdauen, wobei ein paar Spulen ausbrannten. Kleine Warnsignale summten.

(In diesem Augenblick verließ das halbwüchsige Mädchen den Raum. Sie hatte genügend Material für ihre Physikaufgabe, die lautete: ›Die praktische Seite der robotischen Wissenschaft‹. Es war die erste derartige Arbeit Susan Calvins, und dieser ersten Arbeit sollten noch viele weitere folgen, die den gleichen Gegenstand betrafen.)

Mit vorsichtig verheimlichter Ungeduld stand Gloria auf die Antwort wartend da, als sie den Ausruf: »Da ist sie ja!« hinter sich hörte und die Stimme als die ihrer Mutter erkannte.

»Was tust du denn hier, du böses Kind?« rief Mrs. Weston, deren Angst sich nun in Ärger verwandelte. »Weißt du denn, daß du deine Eltern fast zu Tode geängstigt hast? Warum bist du weggelaufen?«

Auch der Robot-Ingenieur war hereingestürzt. Er raufte sich die Haare. Wütend fragte er die immer größer werdende Menge, wer an der Maschine herumgespielt habe. »Kann niemand lesen, was hier ganz deutlich steht?« schrie er. »Niemand darf diesen Raum betreten, ohne daß ein Wärter dabei ist.«

Glorias traurige Stimme war lauter als der ganze Lärm. »Ich bin nur hierhergekommen, um den sprechenden Robot zu sehen, Mama. Ich dachte, er wüßte vielleicht, wo Robbie ist, da sie doch beide Robots sind.« Und dann, bei dem Gedanken an Robbie, brach sie plötzlich in Tränen aus. »Und ich muß doch Robbie finden, Mama. Ich muß einfach.«

Mrs. Weston unterdrückte einen Schrei und sagte: »Ach, hör auf, du! Komm, gehen wir nach Hause, George! Ich kann das nicht länger ertragen.«

An diesem Abend verließ George Weston das Hotel für mehrere Stunden. Am nächsten Morgen näherte er sich seiner Frau mit einem Ausdruck, der verdächtig nach Selbstzufriedenheit aussah.

»Ich habe eine Idee, Grace.«

»Eine Idee bezüglich was?« war die mißgestimmte, uninteressierte Antwort.

»Bezüglich Gloria.«

»Du schlägst doch hoffentlich nicht vor, daß wir jenen Robot zurückkaufen.«

»Nein, natürlich nicht.«

»Dann schieß los! Ich kann ja mal hören, was du zu sagen hast. Nichts, was *ich* bisher getan habe, hat auch nur das Geringste genutzt.«

»Schön. Ich habe mir folgendes gedacht. Die Schwierigkeit mit Gloria liegt darin, daß sie glaubt, ein Robot sei eine *Person* und nicht eine *Maschine*. Unter diesen Umständen kann sie ihn natürlich nicht vergessen. Wenn wir sie nun davon überzeugen könnten, daß ihr Robbie nichts anderes war als ein Sammelsurium von Stahl und Kupferblechen und Drähten und Elektrizität als Lebenssaft – wie lange, glaubst du dann, würde sie sich noch nach ihm sehnen? Ich möchte das gerne einmal von der psychologischen Seite her angreifen, wenn du verstehst, was ich meine.«

»Und wie willst du vorgehen?«

»Ganz einfach. Wo, glaubst du, bin ich gestern abend gewesen? Ich überredete Robertson von U.S. Robot Companie, für morgen einen kompletten Rundgang durch sein Werk zu arrangieren. Wir drei werden hingehen, und wenn wir mit dieser Besichtigung fertig sind, wird Gloria endlich einsehen, daß ein Robot gar nichts Lebendiges ist.«

Langsam wurden Mrs. Westons Augen immer größer, und etwas wie Bewunderung tauchte in ihren Zügen auf. »Mein Gott, George, das ist wirklich mal ein guter Einfall.«

Und George Westons Westenknöpfe sprangen fast ab, als er sich stolz in die Brust warf. »Ist gar nichts Besonderes. Derartige Ideen habe ich am laufenden Band.«

Mr. Struthers war ein gewissenhafter Generaldirektor und natürlich dazu geneigt, ein wenig gesprächig zu sein. Das Resultat war ein Rundgang, bei dem es bei jedem Schritt Erklärungen nur so hagelte. Dennoch langweilte Mrs. Weston sich nicht. Im Gegenteil, sie unterbrach Mr. Struthers ab und zu, um ihn zu bitten, seine Erklärungen so zu fassen, daß auch Gloria sie verstehen konnte. Als der Generaldirektor merkte, wie sehr man seine erzählerischen Fähigkeiten schätzte, wurde der gute Mann noch weitschweifiger und wenn möglich noch mitteilsamer.

George Weston anderseits legte eine ständig wachsende Ungeduld an den Tag.

»Entschuldigen Sie, Struthers«, sagte er, während er dessen Vorlesung über die photoelektrische Zelle unterbrach, »haben Sie in Ihrer Fabrik nicht eine Abteilung, wo nur Robots als Arbeiter verwendet werden?«

»Wie? Aber natürlich. Selbstverständlich.« Er lächelte Mrs. Weston zu. »Eigentlich eine Schraube ohne Ende. Robots, die neue Robots herstellen. Natürlich tun wir das im allgemeinen nicht... besonders, nachdem die Gewerkschaften es uns auch gar nicht gestatten würden. Ein paar Robots können wir aber unter ausschließlicher Verwendung von Robotarbeit herstellen... sozusagen als eine Art wissenschaftliches Experiment. Sie müssen begreifen« – er klopfte sich mit dem Zwicker streitsüchtig auf die Hand –, »daß sich die Gewerkschaften über einen Punkt niemals klar werden. Ich sage dies, obgleich ich stets mit der Arbeiterbewegung sympathisiert habe. Niemals haben die Gewerkschaften eingesehen, daß das Auftreten der Robots im Anfang möglicherweise einige Unzuträglichkeiten mit sich bringen mag, daß aber unausweichlich ...«

»Schon gut, Struthers«, sagte Weston. »Um aber auf jene Abteilung Ihrer Fabrik zurückzukommen – können wir sie jetzt besichtigen? Ich stelle sie mir hochinteressant vor.«

»Jawohl. Natürlich.« Herr Struthers setzte mit einer krampfhaften Bewegung seine Brille auf. Dann hüstelte er unbehaglich. »Wollen Sie mir bitte folgen!«

Er war verhältnismäßig still, während er die drei durch einen langen Korridor und dann ein paar Treppen hinunterführte. Als sie dann in einem großen, gut beleuchteten Saale standen, der voll metallischer Geräusche war, öffneten sich von neuem die Schleusen seiner Beredsamkeit, und wieder wurden die Westons mit Erklärungen überschwemmt.

»Hier sind wir ja«, sagte er mit stolzer Stimme. »Ausschließlich Robots. Fünf Männer fungieren als Aufseher, und selbst diese befinden sich nicht hier in diesem Raume. In vollen fünf Jahren – das heißt also, seitdem wir diese Arbeit begonnen haben – hat sich nicht ein einziger Unglücksfall ereignet. Natürlich sind die hier zusammengesetzten Robots verhältnismäßig einfach, aber ...«

Die Stimme des Generaldirektors hatte in Glorias Ohren schon lange den Ton sanften Gemurmels angenommen. Ihr schien der ganze Ausflug ziemlich langweilig und sinnlos, obwohl sie doch tatsächlich eine ganze Anzahl von Robots zu Gesicht bekam. Nicht ein einziger glich Robbie auch nur im entferntesten. Für diese Maschinen empfand sie nichts als Verachtung.

Sie bemerkte, daß sich in dem Raume überhaupt keine Menschen befanden. Dann fielen ihre Blicke auf sechs oder sieben Robots, die halbwegs auf der anderen Seite des Saales eifrig an einem runden Tisch arbeiteten. Ihre Augen weiteten sich in ungläubigem Erstaunen. Es war ein großer Raum, in dem sie standen. Sie konnte sich natürlich täuschen, aber einer der Robots sah aus wie – sah aus wie – *nein, er war es!*

»Robbie!« Ihr Schrei zerriß die Luft, und einer der Robots, die am Tische saßen, zuckte zusammen und ließ das Werkzeug, das er gerade in der Hand hielt, fallen. Gloria wurde fast wahnsinnig vor Freude. Sie zwängte sich durch das Gitter, noch ehe ihre Eltern sie daran hätten hindern können, und rannte mit ausgebreiteten Armen und fliegenden Haaren zu ihrem Robbie.

Und die drei entsetzten Erwachsenen sahen noch

etwas anderes, was das aufgeregte Kind nicht sehen konnte. Ein ungeheurer, schwerfälliger Traktor näherte sich auf seiner vorgeschriebenen Bahn dem kleinen Mädchen. Wie festgefroren standen die drei Menschen da. Es dauerte den Bruchteil einer Sekunde, bis Weston sich über die Situation klar wurde, aber dieser Bruchteil genügte. Denn Gloria konnte nicht eingeholt werden. Obgleich Weston in einem verzweifelten Versuch über das Gitter hinübersprang, war jeder Rettungsversuch ganz offensichtlich hoffnungslos. Mr. Struthers gab den Aufsehern wilde Signale, daß sie den Traktor anhalten sollten ... aber die Aufseher waren auch nur Menschen, und sie brauchten Zeit, um zu handeln.

Nur Robbie handelte sofort und mit Präzision.

Auf seinen metallenen Beinen durchmaß er in höchster Geschwindigkeit die Entfernung zu seiner kleinen Herrin. Alles geschah fast gleichzeitig. Mit einer einzigen Bewegung seines Armes hob Robbie Gloria in die Höhe, ohne daß er die Schnelligkeit seiner Beine auch nur um das mindeste verringerte. Natürlich ging dem Kinde dadurch der Atem aus. Weston, der nicht ganz verstand, was sich eigentlich ereignete, fühlte mehr, als er sah, wie Robbie an ihm vorüberraste. Dann hielt der Robot plötzlich an. Noch keine halbe Sekunde, nachdem Robbie das Kind vom Boden aufgenommen hatte, passierte der Traktor die Stelle, wo es gestanden hatte. Er rollte noch drei Meter weiter und blieb dann knirschend stehen.

Gloria konnte wieder atmen. Geduldig ließ sie eine Reihe von elterlichen Küssen über sich ergehen und wandte sich dann Robbie zu. Was sie selbst betraf, war überhaupt nichts geschehen, außer daß sie ihren Freund wiedergefunden hatte.

Mrs. Westons Gesichtsausdruck aber hatte sich gewandelt. Nun sah sie nicht mehr erleichtert aus, sondern so, als schiene ihr das alles sehr verdächtig. Sie wandte sich ihrem Manne zu. Obwohl ihre Haare verwirrt waren und ihre Erscheinung nicht die übliche Würde zeigte, gelang es ihr doch, recht furchteinflößend auszusehen. »Dies alles hast du doch eingefädelt, oder etwa nicht?«

George Weston trocknete sich die feuchte Stirn mit dem Taschentuch. Seine Hände waren unsicher und seine Lippen konnten sich nur zu einem etwas zittrigen und schwachen Lächeln verziehen.

Mrs. Weston gab aber ihren Gedanken nicht auf. »Robbie war gar nicht so konstruiert, daß er Ingenieurarbeiten verrichten konnte. Er war hier in diesem Raume völlig nutzlos. Du hast ihn einfach hier hereinsetzen lassen, damit Gloria ihn finden konnte. Du wirst ja wohl zugeben, daß du das getan hast.«

»Schön, also ich geb's zu«, sagte Weston. »Wie aber, Grace, konnte ich ahnen, daß die Wiedervereinigung sich in so heftigen Formen abspielen würde? Und Robbie hat ihr Leben gerettet. Dagegen kannst du nichts sagen. Nun *kannst* du ihn einfach nicht mehr wegschicken.«

Grace Weston überlegte. Sie wandte sich Gloria und Robbie zu und beobachtete die beiden eine gute Weile. Gloria hatte den Arm um den Hals des Robots gelegt, und zwar in einer Art, die jedes lebende, nicht aus Metall gebaute Wesen erstickt haben würde. Halb hysterisch vor Freude plapperte sie lauter dummes Zeug vor sich hin. Robbies Arme aus verchromtem Stahl (die fähig waren, einen zweizölligen Stahlstab zu einer Brezel zu biegen) lagen zärtlich und liebevoll um das Kind, und seine Augen leuchteten in tiefem Rot.

»Na, es ist nicht mehr zu ändern«, sagte Mrs. Weston schließlich, »mag er bei uns bleiben, bis er rostet!«

Susan Calvin zuckte mit den Schultern. »Natürlich blieb er nicht. Meine Erzählung spielte im Jahre 1998. Im Jahre 2002 hatten wir, wie Sie wissen, den sprechenden beweglichen Robot entwickelt, der alle nichtsprechenden Modelle unmodern machte und der – was die Vielseitigkeit anbetraf – einen Höhepunkt bildete. Zwischen 2003 und 2007 verboten die meisten Regierungen der Erde den Gebrauch von

Robots. Erlaubt waren sie nur für wissenschaftliche Forschung.«

»So daß also Gloria ihren Robbie schließlich doch aufgeben mußte?«

»Leider ja. Ich nehme aber an, daß ihr dies im Alter von fünfzehn Jahren leichter fiel als mit acht. Dennoch war die Einstellung der Menschheit damals dumm und unnötig. Die U.S. Robot Companie sank finanziell auf ihren tiefsten Stand ungefähr gerade im Jahre 2007, als ich eintrat. Zunächst glaubte ich, meine Stellung würde in wenigen Monaten ein jähes Ende finden. Dann aber entwickelten wir einfach den außerirdischen Markt.«

»Das bedeutete natürlich, daß die Firma über alle Schwierigkeiten hinwegkam.«

»Nicht unbedingt. Wir fingen so an, daß wir versuchten, die Modelle, die wir vorrätig hatten, den neuen Verhältnissen anzupassen. Zum Beispiel jene ersten sprechenden Robots. Sie waren etwa vier Meter hoch, sehr schwerfällig und nicht besonders gut. Wir sandten sie hinauf zum Merkur, wo sie beim Bau der Bergwerke eingesetzt wurden, aber dies war ein Fehlschlag.«

Ich schaute überrascht auf. »Ein Fehlschlag? Aber diese Bergwerke sind heute doch ein vielfacher Dollarbillionen-Konzern.«

»Heute ja. Aber erst beim zweiten Versuch hatte man Erfolg. Wenn Sie hierüber Näheres hören wollen, junger Mann, so gebe ich Ihnen den Rat, Gregory Powell aufzusuchen. Er und Michael Donovan beschäftigten sich in den zehner und zwanziger Jahren mit unseren schwierigsten Fällen. Von Donovan habe ich seit vielen Jahren nichts mehr gehört, aber Powell lebt hier in New York. Er ist jetzt Großvater – ein Gedanke, der einem nur schwer in den Kopf geht. Wenn ich an ihn denke, sehe ich noch immer einen ziemlich jungen Mann vor mir. Natürlich war ich selbst auch jünger.«

Ich versuchte sie dazu zu bringen, daß sie weitersprach. »Wenn Sie mir wenigstens das nackte Gerippe der Geschichte geben könnten, Dr. Calvin. Powell kann sie dann ein andermal durch Einzelheiten ergänzen.« (Genau das geschah übrigens dann später.)

Sie spreizte ihre dünnen Hände auf dem Schreibtisch und betrachtete sie. »Über zwei oder drei dieser Expeditionen weiß ich ein wenig Bescheid«, sagte sie.

»Vielleicht fangen Sie mit Merkur an«, schlug ich vor.

»Gut! Ich glaube, es war im Jahre 2015, als man die zweite Merkurexpedition ausschickte. Es war eine Forschungsexpedition, teilweise finanziert durch U.S. Robot und teilweise durch Solar Metals. Eine neue Art von Robots wurde verwendet, die sich noch im Versuchsstadium befanden. Gregory Powell und Michael Donovan ...«

Runaround

Es war eine von Gregory Powells Binsenwahrheiten, daß Aufregung nie zu etwas gutem führe. Daher kam es auch, daß er, als Mike Donovan in großen Sprüngen die Treppe herunter und ihm entgegengerannt kam, lediglich die Stirn runzelte.

»Was ist denn los?« fragte er. »Hast du dir etwa einen Fingernagel abgebrochen?«

»Ein blödsinniger Witz«, fauchte Donovan, der vor Nervosität fieberte. »Was hast du eigentlich hier unten den ganzen Tag über geschafft?« Er holte tief Atem. Dann brach es aus ihm heraus: »Speedy ist nicht zurückgekehrt.«

Powells Augen weiteten sich vor Schreck. Er blieb auf der Treppe stehen. Dann faßte er sich und setzte seinen Weg nach oben fort. Er sprach kein Wort, ehe er auf dem oberen Treppenabsatz angekommen war. Dann:

»Du hast ihn ausgeschickt, um Selen zu holen?«

»Ja.«

»Und wie lange ist er schon weg?«

»Jetzt sind's genau fünf Stunden.«

Stille. Das war ja eine schöne Geschichte. Seit genau zwölf Stunden befanden sie sich auf dem Merkur – und schon saßen sie bis zum Halse in den schlimmsten Schwierigkeiten. Seit langem schon war der Merkur *der* Platz im ganzen System, wo dauernd etwas schief ging. Aber mochte dieser Planet auch nahezu verhext sein: so weit war es bisher noch nie gekommen.

Powell sagte: »Fang ganz vorne an, damit ich die Sache verstehe!«

Im Augenblick befanden sich die beiden im Funkraum mit seiner bereits leicht unmodernen Ausstattung, die seit zehn Jahren nicht angetastet oder verbessert worden war. Vom technologischen Standpunkt aus bedeuteten aber zehn Jahre bereits eine Ewigkeit. Man brauchte nur Speedy mit jenen Robots zu vergleichen, die vermutlich im Jahre 2005 hergestellt worden waren. Allerdings waren gerade auf dem Gebiet der Robot-Fabrikation die Fortschritte in der letzten Zeit ganz ungeheuer groß gewesen.

Vorsichtig berührte Powell eine noch leuchtende metallische Oberfläche. Eine Atmosphäre der Leere und Untätigkeit, die diesen Raum und darüber hinaus die ganze Station erfüllte, wirkte stark deprimierend.

Donovan mußte es wohl gespürt haben. Er begann: »Ich habe versucht, ihn durch Funk aufzufinden, aber ohne Erfolg. Auf der Sonnenseite des Merkur ist Funk unmöglich ... wenigstens für Entfernungen über dreieinhalb Kilometer. Das ist auch einer der Gründe, warum die erste Expedition solch ein Fehlschlag gewesen ist. Und zum Aufstellen der Ultrakurzwellenanlage brauchen wir noch zwei Wochen.«

»Du kannst dir das alles schenken. Was *hast* du gefunden?«

»Auf kurzer Welle habe ich das Signal einer unorganisierten Masse erhalten. Aus diesem Signal konnte ich aber nicht mehr entnehmen als die Position, in der sich diese Masse befand. So war ich imstande, zwei Stunden lang seinen Weg zu verfolgen. Die Resultate habe ich dann auf einer Karte eingezeichnet.«

In seiner Hüfttasche befand sich ein vergilbtes Stück Pergament – ein Überrest der mißglückten ersten Expedition. Diesen Fetzen Pergament warf er nun vor sich auf den Schreibtisch und strich ihn mit der Handfläche glatt. Powell hielt die Arme über der Brust gekreuzt und starrte aus einiger Entfernung auf das Pergament.

Nervös zeigte Donovan mit dem Bleistift auf ein rotes Kreuz. »Dies hier ist das Selenvorkommen. Du hast es selbst eingezeichnet.«

»Welches von den verschiedenen Vorkommen ist es?« unterbrach ihn Powell. »Es waren deren drei, die MacDougal uns angegeben hat, ehe er wegging.«

»Natürlich habe ich Speedy zum nächstgelegenen geschickt. Es ist etwa 25 Kilometer entfernt. Was ändert das eigentlich an der Sache?« Seine Stimme klang verärgert. »Hier sind die mit Bleistift eingezeichneten Punkte, die jeweils Speedys Position angeben.«

Zum ersten Male, seitdem diese Unterhaltung begonnen hatte, wurde Powells künstliche Haltung erschüttert. Mit einem Ruck streckte er die Hände nach der Karte aus.

»Machst du auch wirklich keinen Scherz? Das ist doch unmöglich.«

»So wie du's hier siehst, ist es tatsächlich«, brummte Donovan.

Die kleinen Punkte, die die jeweilige Position Speedys anzeigten, bildeten grob gesagt eine Art Kreis rund um das Selenvorkommen. Powells Finger berührten seinen braunen Schnurrbart – ein untrügliches Zeichen, daß er in Sorge war.

Donovan fügte hinzu: »Während der zwei Stunden, in denen ich ihn kontrolliert habe, hat er den Weg um die Selenablagerung viermal gemacht. Mir scheint es ziemlich wahrscheinlich, daß er diese Wanderung in alle Ewigkeit fortsetzen wird. Ist dir klar, in welch toller Lage wir uns befinden?«

Powell schaute kurz auf, sagte aber nichts. Natürlich war ihm klar, in welcher Lage sie sich befanden. Sie war eindeutig. Die Schutzwand, die durch die Photozellbänke (und nichts sonst) zwischen ihnen und der vollen Kraft der riesigen Merkursonne gezogen war, ging zum Teufel. Das einzige, was fähig war, diese Schutzwand wirksam zu halten, war Selen. Und das einzige Wesen, das Selen herbeischaffen konnte, war Speedy. Kam Speedy nicht zurück, so gab es auch kein Selen. Gab es kein Selen, so gab es keine Photozellbänke. Gab es aber diese nicht – nun ja – langsam zu Tode geröstet zu werden, gehört zu den weniger angenehmen Todesarten.

Donovan fuhr sich wild mit der Hand durch das dichte rote Haar. Dann äußerte er sich bitter: »Wir werden zum Gespött des ganzen Systems werden, Greg. Wie kann eigentlich so rasch alles so völlig schief gehen? Das großartige Zweigespann Powell und Donovan wird zum Merkur geschickt, um einen Bericht darüber abzugeben, ob die Wiedereröffnung der Bergbaustation auf der Sonnenseite des Merkur unter Ausnutzung moderner technischer Methoden und unter Verwendung von Robots ratsam erscheint. Und was geschieht? Gleich am ersten Tag ruinieren wir die ganze Sache. Dabei ist das Ganze eine Sache reinster Routine. Niemals werden wir einen solchen Fehlschlag wiedergutmachen können.«

»Das haben wir vielleicht auch gar nicht nötig«, erwiderte Powell gelassen. »Handeln wir jetzt nicht ganz rasch, brauchen wir überhaupt nichts wiedergutzumachen.«

»Hör doch auf! Wenn dir zum Lachen zumute ist, Greg – mir ist's bestimmt todernst. Es war einfach verbrecherisch, uns mit nur einem einzigen Robot hier herauszuschicken. Und es war dein großartiger Gedanke, daß wir die Photozellbänke ganz allein bedienen könnten.«

»Nun bist du ungerecht. Es war eine gemeinsame Entscheidung, und du weißt das auch ganz genau. Wir benötigten lediglich ein Kilogramm Selen, eine Steelhead-Dielektroden-Platte und ungefähr drei Stunden Zeit. Dabei befinden sich Vorkommen reinen Selens überall auf der Sonnenseite des Planeten. MacDougals Spektroreflektor hat drei innerhalb von fünf Minuten entdeckt, oder etwa nicht? Hör auf! Wir konnten doch unmöglich bis zur nächsten Sonnenfinsternis warten.«

»Und? Was sollen wir also tun? Powell, du hast bestimmt eine Idee. Sonst würdest du nicht so ruhig sein. Du bist ebensowenig ein Held, wie ich einer bin. Also schieß los!«

»Wir können nicht selber Jagd auf Speedy machen, Mike – nicht auf der Sonnenseite. Selbst die neuen Isolieranzüge nützen in direktem Sonnenlicht nicht länger als zwanzig Minuten. Aber du kennst doch das alte Sprichwort: ›Nimm dir einen Robot, um einen Robot zu fangen.‹ Schau, Mike, vielleicht ist alles nur halb so schlimm. Wir haben drunten in den unteren Schächten sechs Robots, die wir, wenn sie noch funktionieren, vielleicht benutzen können. *Wenn* sie noch funktionieren.«

Ein Hoffnungsschimmer leuchtete in Donovans Augen auf. »Du meinst die sechs Robots der ersten Expedition. Bist du auch sicher? Vielleicht sind das nur subrobotische Maschinen. Du weißt ja, daß – was Robottypen angeht – zehn Jahre eine verdammt lange Zeit sind.«

»Nein, es sind Robots. Ich habe den ganzen Tag bei ihnen zugebracht, und ich weiß es bestimmt. Sie haben Positronengehirne – allerdings primitive.« Er steckte den Plan in die Tasche. »Gehn wir also.«

Die Robots befanden sich im untersten Schacht der Anlage ... alle sechs. Da standen sie, umgeben von alten Kisten, deren Inhalt keiner kannte. Sie waren ungeheuer groß. Obwohl sie in sitzender Stellung mit nach vorne ausgestreckten Beinen auf dem Boden hockten, befanden sich ihre Köpfe doch in über zwei Meter Höhe.

Donovan pfiff durch die Zähne. »Schau dir mal bitte ihre Größe an! Ihre Brustkästen haben bestimmt einen Umfang von mehr als drei Metern.«

»Kommt daher, daß sie noch mit dem alten McCuffy-Getriebe ausgerüstet sind. Ich habe sie mir von innen beguckt – das komischste Zeug, das du je gesehn hast.«

»Hast du sie schon eingeschaltet?«

»Nein. Dazu hatte ich ja keine Ursache. Ich glaube aber nicht, daß ihnen irgendwas fehlt. Selbst ihre Stimmbandanlage ist in ziemlich gutem Zustand. Möglicherweise sprechen sie sogar.«

Während er sprach, hatte er die Brustplatte des nächsten Robots abgeschraubt. Nun schob er die fünf Zentimeter große Kugel ein, die den winzigen Funken atomischer Kraft enthielt – jener Kraft, die das ganze Leben eines Robots ausmachte. Er hatte Schwierigkeiten, sie richtig einzupassen, aber schließlich gelang es doch. Mühevoll schraubte er die Brustplatte wieder fest. Von den Radiokontrollen modernerer Art hatte man damals, vor zehn Jahren, noch nichts gewußt. Nachdem er mit dem ersten fertig war, wandte er sich den anderen zu, bis er sie endlich alle sechs in Bereitschaft hatte.

Unruhig sagte Donovan: »Bis jetzt haben sie sich noch nicht gerührt.«

»Bis jetzt hat ihnen auch noch niemand befohlen, sich zu rühren«, erwiderte Powell kurz und bündig. Er ging zum ersten in der Reihe zurück und versetzte ihm einen Schlag auf die Brust. »Du da. Hörst du mich?«

Langsam neigte sich der Kopf des Robots. Seine Augen wandten sich Powell zu. Dann sagte er mit einer heiseren, quietschenden Stimme, die sehr an die Töne mittelalterlicher Phonographen erinnerte: »Ja, Meister.«

Powell grinste Donovan an: »Hast du das gehört? Die stammen noch aus den Zeiten der ersten sprechenden Robots, als es noch so aussah, als würde die Benutzung solcher Automaten auf der Erde verboten werden. Ihre Hersteller wehrten sich natürlich gegen diese Gefahr und konstruierten daher brave, gesunde Sklavenkomplexe in die verdammten Maschinen hinein.«

»Das half aber nicht viel«, murmelte Donovan.

»Nein, bestimmt nicht, aber immerhin haben die Hersteller ihr Bestes getan.« Wieder wandte er sich dem Robot zu. »Steh auf!«

Langsam erhob sich der Automat. Donovan mußte den Kopf in den Nacken legen, und wieder pfiff er durch die Zähne.

Powell sagte: »Kannst du hinaus auf die Oberfläche gehen? Ins Licht?«

Der Robot schien zu überlegen. Sein langsames Gehirn arbeitete schwer. Dann: »Ja, Meister.«

»Weißt du, was ein Kilometer ist?«

Wieder überlegte der Robot, und wieder kam langsam die Antwort: »Ja, Meister.«

»Wir werden dich also hinauf zur Oberfläche führen und dir eine Richtung anzeigen. In dieser Richtung wirst du etwa 25 Kilometer gehen. Am Ende wirst du dann dort in jener Gegend einen anderen Robot finden, der kleiner ist als du. Hast du bis dahin alles verstanden?«

»Ja, Meister.«

»Du wirst also diesen Robot finden und du wirst ihm befehlen zurückzukommen. Kommt er nicht freiwillig, so hast du Gewalt anzuwenden.«

Donovan packte Powell am Ärmel. »Warum befiehlst du ihm nicht einfach, das Selen direkt zu holen?«

»Weil ich Speedy zurückhaben will, du Idiot. Ich will wissen, was an ihm defekt geworden ist.« Und zum Robot gewandt: »Schön also, folge mir!«

Der Robot blieb unbeweglich, und seine Stimme brummte: »Entschuldigung, Meister, aber das kann ich nicht. Ihr müßt zuerst aufsitzen.« Seine schwerfälligen Arme waren mit einem Klirren zusammengekommen, seine Finger hatten sich ineinander verschränkt.

Powell starrte ihn an. Dann zupfte er an seinem Schnurrbart. »Ach, auch das noch ...«

Donovans Augen schienen aus seinem Kopf herauszutreten. »Wir müssen ihn reiten? Wie ein Pferd?«

»Offenbar. Allerdings weiß ich nicht warum. Ich verstehe gar nicht – doch, natürlich verstehe ich. Ich habe dir doch schon gesagt, daß man damals die sogenannte Robotsicherheit in den Vordergrund stellte. Offenbar versuchte man diesen Gedanken dadurch besonders zu verdeutlichen, daß man es den Robots unmöglich machte, sich ohne einen Reiter auf ihren Schultern zu bewegen. Was sollen wir jetzt tun?«

»Das überlege ich mir gerade«, murmelte Donovan. »Wir können nicht hinauf auf die Oberfläche, ganz gleich ob mit oder ohne Robot. Tolle Wirtschaft!« Er schnalzte zweimal mit dem Finger, und seine Aufregung wuchs. »Gib mir mal die Karte, die du eingesteckt hast! Ich hab sie nicht umsonst zwei Stunden lang studiert. Wir befinden uns hier in einer

Bergwerksstation. Warum sollten wir nicht die Schächte benutzen?«

Auf der Karte war die Bergwerksstation als ein schwarzer Kreis eingezeichnet. Die leicht gepunkteten Linien, die sich spinnenwebartig nach allen Seiten ausstreckten, waren Schächte oder besser Tunnels.

Donovan studierte die Zeichenerklärung, die sich am unteren Rand der Karte befand. »Schau«, sagte er, »die kleinen schwarzen Punkte bedeuten Öffnungen zur Oberfläche, und hier befindet sich eine solche nur fünf Kilometer von dem Selenvorkommen entfernt. Hier steht eine Nummer – ich möchte nur wissen, warum sie die nicht größer geschrieben haben –, 13a. Wenn die Robots sich hier auskennen ...«

Powell stellte die Frage und bekam als Antwort ein eintöniges »Ja, Meister«. – »Zieh deinen Isolieranzug an«, sagte er mit Befriedigung zu Donovan.

Für beide war es das erstemal, daß sie einen solchen Anzug anlegten – allerdings hatten sie sich bei ihrer Ankunft eingebildet, daß sie das überhaupt niemals nötig haben würden – und unfroh übten sie sich in steifen Bewegungen.

Die Isolieranzüge waren bedeutend massiger und auch häßlicher als normale Raumanzüge, wenn sie auch dank ihrer nichtmetallischen Zusammensetzung beträchtlich leichter waren. Sie bestanden aus hitzeabwehrendem Kunststoff und chemisch behandelten Korkschichten und waren mit einer Trockeneinrichtung versehen, die die Luft knochentrocken hielt. Mit Hilfe solcher Isolieranzüge konnte man die volle Kraft der Merkursonne für die Dauer von zwanzig Minuten aushalten. Auch noch fünf bis zehn Minuten länger mochte der Träger eines solchen Anzugs der Hitze widerstehen, ohne daran zugrundezugehen.

Noch immer bildeten die Hände des Robots eine Art von Steigbügel. Sein Gesichtsausdruck zeigte nicht das leiseste Erstaunen beim Anblick der grotesken Gestalt, in die Powell sich verwandelt hatte.

Powells Stimme, die durch das Radio einen rauhen Klang erhielt, dröhnte: »Bist du bereit, uns zum Ausgang 13a zu bringen?«

»Ja, Meister.«

Schön, dachte Powell. Diese Dinge besaßen zwar keine Radiokontrolle. Dafür waren sie aber wenigstens auf Funkempfang eingestellt. »Besteige du einen anderen, Mike«, sagte er zu Donovan.

Er stellte einen Fuß auf den improvisierten Steigbügel und schwang sich nach oben. Er fand, daß der Sitz bequem war. Offenbar war der buckelartige Rücken des Robots für diesen Zweck geformt worden. Jeder Schulter entlang befand sich eine flache Einbuchtung für die Schenkel. Auch der Sinn der zwei in die Länge gezogenen Ohren wurde nun deutlich.

Powell packte die Ohren und drehte damit den Kopf des Automaten. Schwerfällig wendete sich sein Reittier um. »Vorwärts, Macduff!« Doch war ihm gar nicht so wohl bei der ganzen Sache.

Die gigantischen Robots bewegten sich langsam und mit mechanischer Präzision. Zunächst durchschritten sie die Tür, wobei zwischen deren oberem Rand und ihren Köpfen kaum zehn Zentimeter Abstand blieb. Die beiden Männer mußten sich schnell ducken. Dann gingen sie mit langsamen, dröhnenden Schritten durch einen schmalen Gang und in die Luftschleuse hinein.

Der lange luftlose Tunnel, der sich vor ihnen ins Endlose zu erstrecken schien, brachte Powell von neuem das ungeheure Ausmaß der Aufgabe zum Bewußtsein, das die erste Expedition hatte erfüllen müssen. Ihr hatten lediglich schwerfällige Robots zur Verfügung gestanden, und sie hatte alles sozusagen aus dem Nichts heraus schaffen müssen. Wohl möglich, daß diese Expedition ein Versager gewesen war. Ihr Versagen aber war um vieles besser als das, was man im Weltsystem gewöhnlich mit Erfolg bezeichnete.

Die Robots trotteten weiter. Ihre Schnelligkeit veränderte sich niemals, noch wurden ihre Schritte jemals länger.

Powell sagte: »Beachte bitte, daß diese Tunnels hell erleuchtet sind und daß die hier herrschende Temperatur erdnormal ist! Wahrscheinlich war es während der ganzen zehn Jahre, in denen diese Station leergestanden hat, genauso.«

»Und wie kommt das?«

»Durch billige Kraft – die billigste im ganzen System. Sonnenkraft, wie du weißt, die auf der Sonnenseite Merkurs wirklich von Bedeutung ist. Deshalb wurde die Station auch ins pralle Licht und nicht in den Schatten eines Berges gebaut. In Wirklichkeit ist das Ganze ein Energieumwandler von ungeheurem Ausmaß. Die Hitze wird in Elektrizität verwandelt, in Licht, mechanische Arbeit und was weiß ich sonst. Gleichzeitig wird also Kraft geliefert und die Station gekühlt.«

»Schau mal, mein Lieber«, sagte Donovan, »das ist ja alles recht lehrreich, aber würde es dir was ausmachen, wenn wir den Gesprächsstoff wechselten? Zufällig wird nämlich diese Energieumwandlung, von der du sprichst, in der Hauptsache von Photozellbänken besorgt – und diese sind für mich im Augenblick gerade ein heißes Eisen.«

Powell brummte vor sich hin, und als Donovan schließlich das darauffolgende Schweigen brach, brachte er einen völlig neuen Gegenstand zur Sprache.

»Hör mal, Greg, was ist eigentlich los mit Speedy? Ich begreife das gar nicht.«

In einem Isolieranzug ist es nicht leicht, die Schultern zu zucken, aber Powell versuchte es trotzdem. »Ich habe keine Ahnung, Mike. Du weißt, daß er konstruktionsmäßig völlig auf die Merkurumgebung eingestellt ist. Hitze bedeutet für ihn gar nichts und seine Ausrüstung trägt sowohl der kleineren Schwerkraft, als auch dem zerklüfteten Boden Rechnung. Er ist hundertprozentig ›idiotensicher‹ – zum mindesten sollte er es sein.«

Es wurde still. Dieses Mal dauerte das Schweigen lange Zeit.

»Meister«, sagte der Robot, »wir sind angekommen.«

»Was?« Powell fuhr aus seinem Dösen auf. »Schön – also schaff uns raus ins Freie, hinaus auf die Oberfläche.«

Sie befanden sich in einer winzigen, leeren, luftlosen und verfallenen Nebenstelle. Donovan war damit beschäftigt, mit Hilfe seiner Taschenlampe ein zackiges Loch im oberen Bereich einer der Wände zu untersuchen.

»Wohl durch einen Meteoriten verursacht, was?« fragte er.

Powell zuckte mit den Schultern. »Ist doch ganz unwichtig. Machen wir, daß wir hier herauskommen!«

Eine hochaufragende Klippe aus schwarzem, basaltartigem Gestein schnitt das Sonnenlicht ab, und der tiefe Nachtschatten einer luftlosen Welt umgab sie. Dieser Schatten brach mit messerscharfer Plötzlichkeit inmitten fast unerträglich weißen Lichtes ab – eines Lichtes, das sich in Myriaden von Kristallen auf dem felsigen Boden spiegelte.

»Zum Donnerwetter«, rief Donovan fast atemlos, »das sieht wie Schnee aus.« Und so war es auch.

Powell ließ seine Blicke über das zerklüftete Glitzern Merkurs bis zum Horizont hin wandern. Das Leuchten und Glänzen, das seine Augen traf, wirkte wie ein körperlicher Schmerz.

»Dies hier muß eine ganz außergewöhnliche Gegend sein«, sagte er. »Im allgemeinen reflektiert der Merkur nicht viel Licht und in der Hauptsache besteht sein Boden aus grauem Bimsstein. So ungefähr wie auch beim Mond. Schön ist das hier, was?«

Er war dankbar für die Lichtfilter, die sich in ihren Gesichtsplatten befanden. Schön oder nicht schön – ein Blick ins Sonnenlicht durch gewöhnliches Glas hätte sie innerhalb einer halben Minute blind gemacht.

Donovan war damit beschäftigt, seinen Federthermometer zu betrachten, der an seinem Handgelenk befestigt war. »Du guter Gott, die Temperatur beträgt hier achtzig Grad Celsius!«

Powell kontrollierte sein eigenes Instrument. »Mhm«, sagte er. »Bißchen viel, was? Hier gibt's Atmosphäre, wie du weißt.«

»Auf dem Merkur? Bist du verrückt?«

»Der Planet Merkur ist nicht wirklich luftlos«, erklärte Powell etwas geistesabwesend. Er war dabei, den Feldstecher, der an seiner Gesichtsplatte befestigt war, einzustellen. Seine durch den Isolieranzug verdickten Finger taugten schlecht zu feiner Arbeit. »Eine kleine Spur hängt an seiner Oberfläche – Dämpfe der flüchtigeren Elemente und Verbindungen, die im Hinblick auf die kleine Schwerkraft des Planeten schwer genug sind, um hier zu bleiben. Du weißt das ja alles – Stoffe wie Selen, Jod, Quecksilber, Gallium, Kalium, Wismut, flüchtige Oxyde. Die Dämpfe strömen in den Schatten von Felsen und Bergen, wo sie sich niederschlagen, kondensieren und dabei Wärme abgeben. Dies ist eine Art gigantischer Brennerei. Es ist in der Tat so, daß du – wenn du deine Taschenlampe nimmst und mit ihr diese Seite der Klippe untersuchst – finden wirst, daß sie mit, sagen wir mal Schwefelreif oder Quecksilbertau überzogen ist. Diese Hitze macht uns aber nichts aus, da unsere Anzüge lächerliche achtzig Grad auf eine unbestimmte Zeit aushalten können.«

Powell hatte jetzt seinen Feldstecher eingestellt und glich nun einer stieläugigen Schnecke.

Donovan beobachtete ihn gespannt. »Kannst du was entdecken?«

Der andere antwortete nicht gleich, und als er es schließlich tat, klang seine Stimme ängstlich und sorgenvoll. »Am Horizont ist ein dunkler Punkt, der vielleicht die Stelle ist, wo sich das Selen befindet. Der Punkt stimmt mit dem auf der Karte überein. Speedy aber kann ich nicht entdecken.«

In dem instinktiven Wunsche, besser zu sehen, kletterte Powell höher hinauf. Schließlich stand er – ein wenig unsicher zwar – auf den Schultern des Robots. Seine Beine waren gespreizt. Angestrengt starrte er in die Ferne. Dann sagte er: »Ich glaube – ich glaube – ja, bestimmt ist er's! Er kommt in unserer Richtung gelaufen!«

Donovans Blicke folgten dem ausgestreckten Finger. Er

hatte keinen Feldstecher, aber deutlich sah er einen winzigen, sich bewegenden Punkt, der sich schwarz von dem leuchtenden Glanze des kristallartigen Bodens abhob.

»Ich sehe ihn«, brüllte er. »Los, gehen wir!«

Powell hatte sich wieder auf den Schultern des Robots niedergelassen. Seine durch das Material des Anzugs bedeckte Hand schlug gegen die faßartige Brust dieses modernen Gargantua.

»Hü – los, geh!«

»Hü!« brüllte auch Donovan und stieß den Robot mit den Absätzen in die Seite, als spornte er sein Pferd.

Die Robots begannen sich zu bewegen. Das regelmäßige Tappen ihrer Schritte war unhörbar, da das nichtmetallische Gewebe der Isolieranzüge schallundurchlässig war. Was man spürte, war nichts als eine rhythmische Vibration, die sich gerade unterhalb der Schwelle tatsächlicher Hörbarkeit befand.

»Schneller«, brüllte Donovan. Der Rhythmus änderte sich nicht.

»Hat keinen Sinn«, brüllte Powell als Antwort. »Diese Alteisenhaufen sind lediglich für eine einzige Geschwindigkeit eingerichtet. Glaubst du vielleicht, die seien mit auswählbaren Beugemuskeln ausgestattet?«

Sie waren nun aus dem Schatten hinausgetreten. Das Sonnenlicht überflutete sie mit einem weißglühenden Strom und umspülte sie, als wäre es eine flüssige Masse.

Donovan duckte sich unwillkürlich. »Menschenskind, bilde ich mir's ein oder ist es vielleicht tatsächlich so heiß?«

»Heiß – das ist noch gar nichts. In ein paar Augenblicken wird es dir noch viel heißer werden«, kam die grimmige Antwort. »Behalte Speedy im Auge!«

Robot SPD 13 war nun nahe genug, daß man ihn in allen Einzelheiten erkennen konnte. Blitzende Lichter spiegelten sich in seinem stromlinienförmigen Körper, der sich graziös und schnell über den zerklüfteten Boden bewegte. Sein Name war natürlich von den Anfangsbuchstaben seiner Serie abgeleitet. Dennoch paßte er in jeder Beziehung, denn Speedy heißt ›schnell‹ und die SPD-Modelle gehörten zu den schnellsten Modellen, die überhaupt von der United States Robot and Mechanical Men Corp. hergestellt wurden.

»He - Speedy!« rief Donovan und winkte wie wild.

»Speedy«, schrie Powell. »Komm hierher!«

Die Entfernung zwischen den Männern und dem herumirrenden Robot verminderte sich augenblicklich - allerdings mehr durch die Bemühungen Speedys als durch das Dahertrotten der fünfzig Jahre alten ›Rosinanten‹ Donovans und Powells.

Nun waren sie nahe genug, um zu erkennen, daß Speedys Gangart eigenartig schwankend war. Es war, als schaukelte er auf eigenartige Weise von Seite zu Seite. Als dann Powell wiederum winkte und die größtmögliche Sendeenergie in seinem kompakten Radiosender, der sich auf seinem Kopfe befand, einschaltete - und zwar als Vorbereitung für ein neues Rufen oder besser Brüllen -, schaute Speedy auf und sah sie.

Mit einem Ruck blieb Speedy stehen und verharrte einen Augenblick in dieser Stellung. Er war nicht völlig regungslos, sondern schwankte ein klein wenig, als würde er von einem leichten Winde bewegt.

Powell brüllte: »Also mach keine Geschichten, Speedy! Komm hierher, mein Junge!«

Worauf zum ersten Male Speedys Robotstimme in Powells Kopfhörern ertönte.

Sie sagte: »Wir wollen Spielchen spielen. Du fängst mich und ich fange dich. Keine Liebe kann unser Messer in zwei Teile schneiden. Denn ich bin klein Butterblümchen - das liebe, kleine Butterblümchen. Juchhe!« Und indem er sich auf dem Absatz umdrehte, rannte er in der Richtung davon, aus der er gekommen war, und zwar mit einer Geschwindigkeit und Kraft, daß der von der Hitze festgebackene Boden nur so nach allen Seiten spritzte.

Und seine letzten Worte waren, ehe er immer kleiner und kleiner wurde: »Eine kleine Blume wuchs unterm Eichenbaum«, welcher Äußerung ein metallisches Klirren folgte, was vielleicht das robotische Gegenstück zu einem Schlucker war.

Donovan sagte schwach: »Woher hat er nur die Gilbert- und Sullivan-Verse? He Greg – ich glaube, er ist betrunken oder so was ähnliches.«

»Mensch«, sagte Greg, »du merkst aber auch alles. Laß uns zur Klippe zurückgehen! Sonst werde ich noch bei lebendigem Leibe geröstet.«

Es war Powell, der das Schweigen der Verzweiflung brach. »Zunächst«, sagte er, »ist Speedy nicht betrunken ... zum mindesten nicht im menschlichen Sinn des Wortes ..., weil er ja ein Robot ist, und Robots werden nicht betrunken. Immerhin, *etwas* stimmt mit ihm nicht, und dieses Etwas ist ganz offenbar das robotische Gegenstück menschlicher Betrunkenheit.«

»Für mich ist er betrunken«, stellte Donovan emphatisch fest. »Und das einzige, was ich weiß, ist, daß er sich einbildet, wir wollten mit ihm spielen, was aber ganz und gar nicht unsere Absicht ist. Für uns ist die ganze Sache eine Sache auf Leben und recht unangenehmen Tod.«

»Schon gut! Dränge mich nur nicht! Ein Robot ist nur ein Robot. Haben wir einmal herausgefunden, was an ihm kaputt ist, dann können wir es sehr schnell reparieren, und alles ist in Ordnung.«

»*Wenn* wir's rausfinden«, sagte Donovan sauer.

Powell beachtete ihn nicht. »Speedy ist völlig auf merkurianische Umgebung eingestellt. Diese Gegend hier aber« – und er machte mit dem Arm eine weitausholende Bewegung – »ist unbedingt anomal. Darin liegt ein Anhaltspunkt für uns. Schön also – woher kommen diese Kristalle? Vielleicht haben sie sich durch das langsame Abkühlen einer Flüssigkeit gebildet. Wo aber könnte man eine Flüssigkeit finden, die so heiß wäre, daß sie sich in der Sonne Merkurs abkühlen könnte?«

»Vielleicht in einem Vulkan«, schlug Donovan vor, und Powells Körper schien sich zu spannen.

»Kinder und Narren - -«, sagte er mit dünner, eigenartiger Stimme. Dann blieb er fünf Minuten lang völlig still.

Schließlich sagte er: »Hör mal, Mike, was hast du zu Speedy gesagt, als du ihn ausschicktest, das Selen zu holen?«

Donovan war überrascht. »Na ja, verdammt noch mal - ich weiß das nicht. Ich hab ihm eben einfach gesagt, er soll gehen und es holen.«

»Ich weiß das wohl. Aber wie hast du's gesagt? Versuch dich mal deiner genauen Worte zu erinnern!«

»Ich hab gesagt - mhm - ich hab gesagt: ›Speedy, wir brauchen etwas Selen. Du kannst es dort und dort finden. Geh und hole es!‹ Das war alles. Was hätte ich sonst noch sagen sollen.«

»Du hast den Befehl nicht besonders dringlich gemacht, was?«

»Wozu auch? Die ganze Sache war doch einfach Routine.«

Powell seufzte. »Na also, jetzt können wir nichts mehr dran ändern - wir sind aber in einer recht fatalen Lage.« Er war abgesessen von seinem Robot und hockte auf dem Boden, den Rücken gegen die Klippe gelehnt. Donovan gesellte sich zu ihm, und sie hakten sich gegenseitig ein. In der Entfernung schien das brennende Sonnenlicht wie eine Katze vor dem Mauseloch auf sie zu warten. Von den beiden riesigen Robots ganz in ihrer Nähe war im Schatten nichts zu sehen als ihre blaßroten photoelektrischen Augen, die auf sie herunterschauten ohne zu blinzeln, ohne die Pupillen zu bewegen und ohne jeden Ausdruck.

Ausdruckslos. So wie alles ausdruckslos war auf diesem vergifteten Merkur, der trotz seiner Kleinheit der verhexteste schien von allen Planeten.

Powells Radiostimme klang angespannt in Donovans Ohr. »Nun paß mal auf! Fangen wir mit den drei Grundregeln des Roboterdienstes an - jenen Grundregeln, die am allertiefsten eingegraben sind in das positronische Gehirn eines jeden Robots!« In der Dunkelheit zählte er die einzelnen Punkte an seinen anzugbedeckten Fingern ab.

»Wir haben also – erstens: Ein Robot darf kein menschliches Wesen verletzen oder durch Untätigkeit gestatten, daß einem menschlichen Wesen Schaden zugefügt wird.«

»Stimmt.«

»Zweitens«, fuhr Powell fort, »muß ein Robot den ihm von einem Menschen gegebenen Befehlen gehorchen, es sei denn, ein solcher Befehl würde mit Regel Eins kollidieren.«

»Stimmt.«

»Und drittens: Ein Robot muß seine eigene Existenz beschützen, solange dieser Schutz nicht mit Regel Eins oder Zwei kollidiert.«

»Stimmt. Und wie geht es nun weiter?«

»Wir stecken bereits mitten in der Erklärung. Der Konflikt zwischen den verschiedenen Regeln wird durch die verschiedenen Potentiale im positronischen Gehirn ausgeglichen. Sagen wir mal, ein Robot läuft bewußt in eine Gefahr hinein. Das automatische Potential, das durch Regel Drei aufgebaut wird, weist ihn zurück. Nimm aber an, du befiehlst ihm, in eine solche Gefahr hineinzulaufen. In diesem Falle baut Regel Zwei ein Gegenpotential auf, das größer ist als das vorhergehende, und der Robot folgt deinem Befehl auf die Gefahr hin, damit sein Dasein zu riskieren.«

»Schön – aber das weiß ich doch alles. Was willst du eigentlich mit diesem ganzen alten Kram?«

»Nehmen wir mal Speedys Fall an! Speedy ist eines der neuesten Modelle. Er ist äußerst spezialisiert und fast so teuer wie ein Schlachtschiff. Er gehört nicht zu den Dingen, die man leichten Herzens zerstört.«

»Und weiter?«

»Daher ist bei ihm Regel Drei verstärkt worden – übrigens hat man dies in den Ankündigungen der SPD-Modelle besonders erwähnt. Daher ist seine Abneigung gegen Gefahr besonders groß. Gleichzeitig aber hast du ihm, als du ihn ausschicktest, um das Selen zu bringen, diesen Befehl sozusagen gleichgültig gegeben, ohne seine Dringlichkeit besonders zu betonen, dadurch ist das durch Regel Zwei aufgebaute Potential ziemlich schwach geworden. Warte noch, ehe du was sagst! Ich stelle ja lediglich Tatsachen fest.«

»Schön, dann fahr fort. Ich glaub, ich weiß schon, worauf du hinauswillst.«

»Du verstehst, wie das Ganze funktioniert ... nicht wahr? Irgendwo in der Nähe des Selenvorkommens droht eine Gefahr. Diese wird um so größer, je mehr er sich dem Selen nähert, und an irgendeinem Punkt kommen das von Anbeginn an ungewöhnlich hohe Potential der Regel Drei und das von Anbeginn an ungewöhnlich niedrige Potential der Regel Zwei in eine Art Gleichgewicht.«

Erregt stand Donovan auf. »Ins Gleichgewicht«, rief er. »Ich verstehe. Regel Drei treibt ihn zurück und Regel Zwei vorwärts, und so ...«

»So beschreibt er einen Kreis um das Selen herum, wobei er sich genau da hält, wo er sich aufhalten muß, wenn die Potentiale im Gleichgewicht sind. Und wenn wir nichts dagegen tun, so wird er für immer und ewig auf dieser Linie bleiben und uns ad infinitum an der Nase herumführen.« Dann in Gedanken: »Das ist auch der Grund seines Betrunkenseins. Befinden sich die Potentiale im Gleichgewicht, so ist die Hälfte aller positronischen Bahnen seines Gehirns instabil. Ich bin zwar kein Robotspezialist, aber das scheint mir doch klar. Wahrscheinlich hat er die Kontrolle gerade über jene Teile seines Willensmechanismus verloren, über die ein menschlicher Betrunkener sie verlieren würde. Ganz schön verworren, was?«

»Worin aber besteht denn nun jene Gefahr? Wüßten wir, wovor er davonrennt ...«

»Du hast es ja selber angeführt. Vulkanische Tätigkeit. Irgendwo direkt über dem Selenvorkommen befindet sich eine Stelle, an der Gas aus dem Innern des Merkur entströmt. Schwefeldioxyd, Kohlendioxyd – und Kohlenoxydgas. Und zwar eine ganz ansehnliche Menge – und bei dieser Temperatur.«

Donovan schluckte hörbar. »Kohlenoxyd plus Eisen gibt das flüchtige Eisencarbonyl.«

»Und ein Robot«, fügte Powell hinzu, »besteht in der Hauptsache aus Eisen.« Dann grimmig: »Es gibt nichts Schöneres als logische Deduktion. Wir wissen nun über unser Problem hier alles, außer der Lösung. Selbst können wir das Selen nicht holen. Es ist noch immer zu weit weg. Diese Robotpferde können wir auch nicht schicken, weil sie nicht in der Lage sind, sich allein und ohne Reiter zu bewegen. Uns aber können sie nicht dahin tragen, weil sie dafür viel zu langsam sind. Anderseits können wir auch Speedy nicht fangen, weil der Dummkopf sich einbildet, wir spielen nur mit ihm, und er kann hundert Kilometer rennen in der Zeit, in der wir achte machen.«

»Geht einer von uns«, begann Donovan zögernd, »und kommt schließlich richtig durchgekocht nach Hause, ist noch immer der andere übrig.«

»Stimmt«, kam die sarkastische Antwort. »Dies würde ein wirklich wunderschönes Opfer darstellen - nur daß kein Mensch in der Lage sein wird, alle nötigen Befehle zu erteilen, weil er tot ist, ehe er das Selen erreicht. Auch zweifle ich sehr daran, daß - selbst wenn dies möglich sein sollte - die Robots ohne die nötigen Direktiven hierher zurückkehren. Rechne selbst mal aus! Wir befinden uns hier vier bis fünf Kilometer von dem Selen entfernt - sagen wir vier. Die Robots machen etwa sieben Kilometer pro Stunde. Wir selbst können in unseren Isolieranzügen zwanzig Minuten existieren. Vergiß nicht, daß es ja nicht *nur* die Hitze ist! Die Sonnenstrahlung hier im Ultravioletten und darunter ist reines Gift.«

»Mhm«, sagte Donovan. »Es fehlen rund zehn Minuten.«

»Was genau so viel ist, als wenn eine Ewigkeit fehlte. Und noch etwas. Wenn das Potential der Regel Drei Speedy zum Halten bringen konnte, dann muß sich eine recht ansehnliche Menge Kohlenoxyd in der Metalldampfatmosphäre befinden - was eine ganz beträchtliche korrosive Wirkung haben dürfte. Er befindet sich jetzt bereits seit

Stunden da draußen. Wie können wir wissen, ob nicht jeden Augenblick sagen wir mal ein Kniegelenk aus dem Gleichgewicht kommen kann, was den ganzen Kerl hinwerfen würde. Hier handelt es sich also nicht allein nur um Nachdenken, sondern wir müssen auch sehr schnell nachdenken.«

Abgrundtiefes, verzweifeltes Schweigen folgte.

Donovan unterbrach es schließlich. Seine Stimme zitterte, weil er sich soviel Mühe gab, seine innere Erregung nicht zu zeigen. Er sagte: »Solange wir das Potential der Regel Zwei nicht vergrößern, können wir keine weiteren Befehle erteilen – wie wär's, wenn wir anders zuwege gingen? Erhöhen wir die Gefahr, so vergrößern wir das Potential der Regel Drei und treiben ihn zurück.«

Powells Gesichtsplatte hatte sich ihm in wortloser Frage zugewandt.

»Verstehst du«, kam die vorsichtige Erklärung, »das einzige, was wir tun können, um ihn aus seinem alten Geleise zu werfen, besteht darin, daß wir die Konzentration des Kohlenoxydgases in seiner Nachbarschaft vergrößern. Nun – zu Hause in der Station befindet sich ein vollständiges analytisches Laboratorium.«

»Natürlicherweise«, sagte Powell, »nachdem dies ja schließlich ein Bergwerk ist.«

»Schön, Kleesäure muß also pfundweise vorhanden sein, weil man damit Kaliumniederschläge erzeugt.«

»Donnerwetter, Mike! Du bist ja ein Genie.«

»Na, es geht so«, gab Donovan bescheiden zu. »Das Ganze ist recht einfach, wenn man sich daran erinnert, daß Kleesäure sich bei Erhitzung zersetzt in Kohlendioxyd, Wasser und Kohlenmonoxyd. Einfache Hochschulchemie.«

Powell stand bereits auf den Beinen und hatte schon die Aufmerksamkeit eines der Riesenrobots ganz einfach dadurch erweckt, daß er der Maschine auf die Schenkel klopfte.

»He!« schrie er, »kannst du werfen?«

»Meister?«

»Ah – der Teufel soll dich holen!« Powell verfluchte das Gehirn des Robots, das zäh wie Melasse war. Er packte einen scharfkantigen Stein. »Nimm dies«, sagte er »und triff damit jene bläulichen Kristalle gerade gegenüber auf der anderen Seite jener Spalte! Siehst du, was ich meine?«

Donovan packte ihn an der Schulter. »Das ist zu weit, Greg! Fast eine halbe Meile entfernt ...«

»Ruhig«, entgegnete Powell. »Hier handelt es sich um die Anziehungskraft Merkurs und die Kraft eines stählernen Armes. Paß mal auf, ja?«

Die Augen des Robots maßen die Entfernung mit instrumentenmäßig genauer Stereoskopie. Sein Arm paßte sich dem Gewicht des Geschosses an, und er holte aus. Die Bewegungen des Robots waren in der Dunkelheit nicht sichtbar. Als er aber plötzlich sein Gewicht verlagerte, wurde ein dumpfes Geräusch hörbar, und wenige Sekunden später flog das Felsstück hinaus ins Sonnenlicht. Es gab keinen Luftwiderstand, der seinen Flug hätte verlangsamen, noch Wind, der es aus seiner Bahn hätte bringen können, und als es den Boden traf, geschah dies genau in der Mitte der zuvor als Ziel angegebenen Kristalle.

Powell schrie glücklich auf. Dann brüllte er: »Gehen wir zurück und holen Kleesäure, Mike!«

Auf dem Weg zurück durch den Tunnel sagte Donovan grimmig: »Speedy hat sich diesseits des Selenvorkommens aufgehalten, seitdem wir hinter ihm her sind. Hast du das bemerkt?«

»Ja.«

»Ich nehme an, er will Spiele spielen ... und wir werden wahrhaftig eines mit ihm spielen!«

Stunden später kamen sie mit Dreilitergefäßen, die die weiße chemische Substanz enthielten, und mit langen Gesichtern zurück. Die Photozellbänke verschlechterten sich schneller, als sie es erwartet hatten. Still und in grimmiger Entschlossenheit lenkten die beiden ihre Robots hinaus ins Sonnenlicht und auf den wartenden Speedy zu.

Langsam galoppierte Speedy ihnen entgegen. »Hier sind

wir ja wieder. Juchheee! Der Pianoorganist steht auf meiner kleinen Liste. Auch andere Leute stehen darauf, die einem Pfefferminzgeruch ins Gesicht atmen.«

»Wir werden *dir* gleich was ins Gesicht atmen«, murmelte Donovan. »Schau mal, der Kerl hinkt ja, Greg!«

»Das hab ich bereits bemerkt«, kam die leise, besorgte Antwort. »Das Kohlenoxyd wird ihn ruinieren, wenn wir uns nicht beeilen.«

Sie näherten sich jetzt vorsichtig, fast schlendernd, um den völlig wirren Robot vom Davonlaufen abzuhalten. Powell war viel zu weit entfernt, um es mit Sicherheit sagen zu können, aber schon jetzt hatte er das Gefühl, daß der idiotische Robot auf dem Sprung war, sich aus dem Staub zu machen.

»Los«, schnaufte er. »Zähl auf drei! Eins – zwei ...«

Zwei Stahlarme holten aus und schnappten gleichzeitig nach vorne, und zwei Glasbehälter schwirrten in hohen parallelen Bögen vorwärts. Wie Diamanten leuchteten die beiden Gläser in der Sonne. Geräuschlos zerplatzten die Behälter hinter Speedy auf dem Boden. Wie Staub flog die Kleesäure in die Luft.

Powell wußte, daß es in der vollen Hitze der Sonne Merkurs zischte wie Sodawasser.

Speedy wandte sich um und starrte die zersplitterten Behälter an, zog sich dann langsam davon zurück ... erst langsam und dann immer schneller. Fünfzehn Sekunden später kam er in unsicherem Trab direkt auf die zwei Menschen zugesprungen.

Powell verstand in diesem Augenblick Speedys Worte nicht ganz genau, obwohl er etwas hörte, das dem Satz glich: »Liebeserklärungen sind unzulässig, wenn solche geäußert auf sächsisch und hessisch.«

Er wandte sich ab. »Zurück zur Klippe. Mike! Er ist aus seinem Geleise geworfen und nun zum Gehorsam bereit. Mir wird arg heiß.«

Sie trotteten im langsamen Trab ihrer ›Rosinanten‹ dem Schatten zu, und erst als sie ihn erreicht hatten und die plötzliche Kühle angenehm um sich spürten, schaute Donovan zurück.

»Greg!«

Powell schaute sich um und schrie fast. Speedy bewegte sich jetzt langsam – so gräßlich langsam –, und zwar in der falschen Richtung. Er ließ sich treiben – ließ sich zurück in sein altes Geleise treiben. Nun wurde seine Gangart schneller. Durch den Feldstecher betrachtet, erschien er schrecklich nahe und doch grauenhaft unerreichbar.

Donovan schrie wild: »Ihm nach!« und puffte seinen Robot, bis dieser so schnell ging, wie er eben ging. Aber Powell rief ihn zurück.

»Hat keinen Sinn, Mike – du kannst ihn nicht fangen!« In wütender Ohnmächtigkeit ballte er eine Faust. »Warum sehe ich all das immer erst fünf Sekunden, nachdem schon alles vorüber ist? Mike, wir haben Stunden vergeudet.«

»Wir brauchen noch mehr Kleesäure«, sagte Donovan schwerfällig. »Die Konzentration hat nicht ausgereicht.«

»Auch sieben Tonnen hätten nicht ausgereicht – und wir haben gar nicht so viel Zeit, um sie uns zu beschaffen, nachdem das Kohlenoxydgas ihn langsam auffrißt. Verstehst du denn gar nicht, was geschehen ist, Mike?«

»Nein.«

»Wir haben lediglich neue Gleichgewichte hergestellt. Schaffen wir frisches Kohlenoxyd und bauen wir damit das Potential der Regel Drei auf, so bewegt er sich zurück, bis er wieder im Gleichgewicht ist – und als das Kohlenoxydgas wegtrieb, bewegte er sich vorwärts, und wieder wurde das Gleichgewicht hergestellt.«

Powells Stimme klang, als wäre er vollkommen erledigt. »Ist immer die gleiche Geschichte. Wir können die Regel Zwei drücken und an der Regel Drei ziehen, und wir kommen zu keinem Resultat – das einzige, was wir erreichen, ist, daß sich die Lage des Gleichgewichtes verändert. Wir müssen außerhalb der beiden Regeln gelangen.« Dann trieb er seinen Robot näher an den Donovans heran, so daß sie sich nun Angesicht zu Angesicht gegenüber saßen – zwei dunkle Schatten in der Finsternis. Er flüsterte: »Mike.«

»Ist es das Ende?« fragte Donovan stumpf. »Ich nehme an, wir gehn zurück zur Station, drücken uns gegenseitig die Hände, nehmen Strychnin und verschwinden aus diesem Leben wie Gentlemen.« Er lachte kurz.

»Mike«, wiederholte Powell ernsthaft, »wir *müssen* Speedy fangen.«

»Ich weiß wohl.«

»Mike«, sagte er von neuem. Dann zögerte er, ehe er weiter sprach. »Es gibt immer noch die Regel Eins. Ich habe schon früher daran gedacht, aber es ist ein verzweifeltes Mittel.«

Donovan schaute auf, und seine Stimme bekam wieder einen lebendigen Klang. »Aber wir *sind* ja auch in einer verzweifelten Lage.«

»Schön. Gemäß Regel Eins darf ein Robot es nicht zulassen, daß ein menschliches Wesen durch die Untätigkeit des Robots geschädigt wird. Regel Zwei und Drei dürfen dieser Grundregel nicht im Wege stehen. Sie *können* ihr nicht im Wege stehn.«

»Selbst wenn der Robot halb verrückt – na ja, er ist betrunken. Das weißt du doch selber?«

»Darin liegt das Risiko.«

»Hör damit auf! Was sollen wir tun?«

»Ich gehe jetzt hinaus und sehe, was ich mit Regel Eins erreichen kann. Durchbricht diese das Gleichgewicht nicht, dann ist es völlig gleich, wie und wo ... das heißt, dann kommt das Ende eben jetzt anstatt in drei oder vier Tagen.«

»Einen Augenblick, Greg! Es gibt auch menschliche Verhaltungsmaßregeln. Du kannst nicht einfach so da hinaus. Denk dir eine Art von Lotteriespiel aus und gib auch mir meine Chance!«

»Gut! Wer zuerst den Kubus von vierzehn ausrechnet, geht«, und fast gleichzeitig: »Siebenundzwanzighundertvierundvierzig.« Donovan spürte, wie sein Robot wankte, weil Powells ›Rosinante‹ ihn anstieß. Dann sah er Powell bereits draußen im Sonnenlicht. Donovan öffnete den Mund zum Rufen, schloß ihn aber dann wieder. Natürlich hatte der verdammte Narr den Kubus schon vorher errechnet, und zwar gerade zu diesem Zweck. Das sah ihm ganz ähnlich.

Die Sonne war heißer denn je. Powell spürte in seinem Nacken ein furchtbares Jucken. Wahrscheinlich Einbildung, oder vielleicht machten sich die harten Strahlungen bereits durch den Isolieranzug bemerkbar.

Speedy beobachtete ihn, und zwar dieses Mal, ohne daß er ihm irgendwelches ungereimtes Zeug als Gruß entgegenrief. Dafür dankte Powell Gott. Aber er wagte es nicht, dem Robot zu nahe zu kommen.

Er war noch dreihundert Meter entfernt, als Speedy sich zurückzuziehen begann, vorsichtig Schritt für Schritt – und Powell hielt an. Er sprang von den Schultern seines Robots herunter und landete mit leichtem Aufprall auf dem kristallinischen Boden. Zackige Stücke spritzten um ihn herum auf.

Er setzte seinen Weg zu Fuß fort. Der Boden unter seinen Füßen war körnig und schlüpfrig. Die geringe Schwerkraft bereitete ihm Schwierigkeiten. Die Sohlen seiner Füße juckten vor Wärme. Er warf einen einzigen Blick über die Schulter zurück zur Schwärze der Klippe und wußte, daß er nun zu weit draußen war, um zurückkehren zu können – sei es mit eigener Kraft, sei es mit Hilfe seines veralteten Robots. Jetzt galt es. Entweder Speedy half ihm, oder er war verloren. Die plötzliche Erkenntnis dieser Tatsache legte sich wie ein Krampf um sein Herz.

Nun war er weit genug gegangen. Er blieb stehen.

»Speedy«, rief er, »Speedy!«

Der glatte moderne Robot vor ihm zögerte und brachte seine nach rückwärts gewandten Schritte zum Halten ... nahm aber schon im nächsten Augenblick seinen Marsch wieder auf.

Powell versuchte, seiner Stimme einen bittenden Klang zu verleihen. Er fand, daß er hierfür gar keine besonders großen schauspielerischen Künste benötigte. »Speedy – ich muß in den Schatten zurück, oder die Sonne bringt mich um. Es geht auf Leben oder Tod, Speedy! Ich brauche dich.«

Speedy machte einen Schritt vorwärts und blieb stehen.

Er sprach, aber als Powell hörte, was er sagte, stöhnte er.

Folgendes waren seine Worte: »Liegst du wach mit fürchterlichem Kopfweh im Bett und Ruhe will nicht kommen« – hier verlor sich seine Stimme, und Powell nahm sich aus irgendeinem Grunde die Zeit, vor sich hinzumurmeln: »Das ist aus Jolanthe – also wieder Gilbert und Sullivan.«

Es war heiß wie in einem Backofen. Aus dem Augenwinkel sah er eine Bewegung. Halb betäubt drehte er sich um, starrte dann in wildem Erstaunen auf den monströsen Robot, auf dem er gekommen war – denn dieser bewegte sich auf ihn zu, und zwar ohne Reiter.

Er redete: »Verzeiht mir, Meister! Ich darf mich zwar ohne Meister nicht bewegen, aber Ihr seid in Gefahr.«

Natürlich. Das Potential der Regel Eins ging ja über alles. Er wollte aber nicht diese schwerfällige antiquierte Monstrosität – er wollte Speedy. Er ging weg und winkte wie wild ab. »Ich befehle dir wegzubleiben. Ich *befehle* dir, stehen zu bleiben.«

Es war völlig nutzlos. Über das Potential der Regel Eins konnte man keinen Sieg davontragen. Dumm sagte der Robot: »Ihr seid in Gefahr, Meister.«

Verzweifelt schaute Powell sich um. Er konnte nicht mehr klar sehen. Sein Gehirn befand sich in einem fiebrigen Taumel. Sein Atem verbrannte ihn, wenn er einatmete. Überall, wohin er schaute, war der Boden nichts als ein einziger leuchtender Dunst. Zum letzten Male rief er – verzweifelt: »Speedy, ich sterbe ... verdammt noch mal! Wo bist du denn? Speedy, ich brauch dich doch.«

Noch immer stolperte er weg von dem Riesenrobot, den er nicht wollte, als er plötzlich stählerne Finger auf seinem Arm spürte und eine besorgte, um Vergebung bittende metallisch klingende Stimme hörte.

»Chef, was machen Sie denn hier? Und was tue ich – ich bin ja völlig durchgedreht ...«

»Laß gut sein«, murmelte Powell schwach. »Bring mich in den Schatten der Klippe und beeile dich!« Er hatte noch das Gefühl, in die Luft gehoben zu werden, das Gefühl schneller Bewegung, das Gefühl brennender Hitze. Dann wurde er ohnmächtig.

Als er erwachte, sah er, daß Donovan sich mit einem ängstlichen Lächeln über ihn neigte. »Wie geht's dir, Greg?«

»Großartig«, kam die Antwort. »Wo ist Speedy?«

»Hier. Ich habe ihn zu einem der anderen Selenvorkommen geschickt – mit dem Befehl, dieses Mal das Selen zu bringen, koste es auch, was es wolle. Er brachte es in 45 Minuten und drei Sekunden. Ich habe die Zeit mit der Stoppuhr gemessen. Er ist immer noch damit beschäftigt, uns um Verzeihung zu bitten. Er hat Angst, in deine Nähe zu kommen – fürchtet sich vor dem, was du ihm sagen wirst.«

»Bring ihn herein!« befahl Powell. »Er konnte ja gar nichts dafür.« Er streckte seine Hand aus und packte Speedys metallene Pfote. »Ist schon gut, Speedy!« Dann zu Donovan: »Weißt du, Mike, ich dachte gerade ...«

»Ja.«

»Nun ja« – er rieb sein Gesicht. Die Luft war so wunderschön kühl. »Du weißt ja, daß wir – wenn wir alles hier in Ordnung haben und Speedy seine Tests bestanden hat – zur Raumstation geschickt werden ganz in der Nähe von ...«

»Nein.«

»Doch. Zum mindesten hat die alte Calvin mir das gesagt, ehe wir abfuhren, und ich selbst erwiderte gar nichts, weil ich ja die ganze Idee ohnedies bekämpfen wollte.«

»Bekämpfen?« schrie Donovan. »Aber ...«

»Ich weiß schon. Ich hab ja auch jetzt gar nichts mehr dagegen ... ich meine gegen zweihundertunddreiundsiebzig Grad unter Null. Wird es nicht ein wahres Vergnügen sein?«

»Raumstation«, sagte Donovan. »Ich grüße dich!«

Vernunft

Ein halbes Jahr später hatten die beiden Männer ihre Auffassung geändert. Die Flammen einer gigantischen Sonne waren dem sanften Dunkel des Raumes gewichen. Aber äußere Veränderungen sind nicht von maßgebender Bedeutung, wenn es sich darum handelt, die Tätigkeit von Robots zu kontrollieren, die sich noch im experimentellen Stadium befinden. Was auch immer der Hintergrund sein mag, man steht der Unerforschlichkeit eines positronischen Gehirns ganz unmittelbar gegenüber, und die unfehlbaren Rechenkünstler sagen, daß dieses Gehirn so und so arbeiten soll.

Nur daß diese Robots das einfach nicht tun. Powell und Donovan fanden das heraus, noch ehe sie sich volle zwei Wochen auf der Station befanden.

Gregory Powell machte eine Pause zwischen jedem seiner Worte, um ihnen so mehr Nachdruck zu verleihen. »Vor einer Woche haben Donovan und ich dich zusammengesetzt.« Er runzelte die Brauen vor Verzweiflung, und er zupfte nervös an den Spitzen seines braunen Schnurrbarts.

Es war still im Verwaltungsraum der Sonnenstation Nr. 5. Außer dem leise summenden Geräusch des Richtstrahllenkers im Bau war nichts zu hören.

Robot QT1 saß unbeweglich da. Die polierten Platten seines Körpers leuchteten, und das glühende Rot der photoelektrischen Zellen seiner Augen war ständig auf den Erdmenschen gerichtet, der ihm am Tisch gegenübersaß.

Powell unterdrückte ein plötzliches Aufbegehren seiner

Nerven. Die Robots besaßen eigenartige Gehirne. Oh, es war keine Frage, daß die drei Grundregeln der Robotik funktionierten. Sie mußten ja funktionieren. Das gesamte Personal der U.S. Robot Co., von Robertson selbst bis hinunter zum jüngsten Fußbodenputzer, bestand darauf. Daher war auch dieser QT1 absolut sicher. Und dennoch. Die QT-Modelle waren die ersten ihrer Art, und dieses war der erste der QTs. Mathematische Zauberformeln waren nicht in jedem Falle der sicherste Schutz gegen robotistische Tatsachen.

Endlich sprach der Robot. Seine Stimme besaß den alten Klang metallener Membranen. »Ist Ihnen der Ernst einer solchen Behauptung klar, Powell?«

»*Etwas* hat dich doch produziert, Cutie«, setzte Powell auseinander. »Du gibst doch selber zu, daß es dir scheint, als komme dein Gedächtnis voll ausgewachsen aus einem Nichts und als wäre das alles nicht älter als eine Woche. Ich gebe dir nun die Erklärung, warum das so ist. Donovan und ich haben dich aus den verschiedenen Bestandteilen, die man uns geliefert hat, zusammengesetzt.«

Cutie starrte in einer eigenartig menschlichen Verwirrung auf seine langen beweglichen Finger. »Es kommt mir vor, als müßte es eine befriedigendere Erklärung für all das geben. Daß *Sie mich* hergestellt haben sollen, scheint reichlich unglaubhaft.«

Der Erdenmensch lachte laut auf. »Zum Donnerwetter! Warum denn nur?«

»Nennen Sie es Intuition! Bis jetzt habe ich keine anderen Gründe. Ich beabsichtige aber, mir die ganze Sache mit Hilfe meiner Vernunft klar zu machen. Eine logische Kette kann nur mit dem Auffinden der Wahrheit enden, und ich werde so lange grübeln, bis ich sie habe.«

Powell stand auf und setzte sich auf den Rand des Tisches neben den Robot. Er empfand plötzlich eine starke Sympathie für diese eigenartige Maschine. Sie besaß kaum noch eine Ähnlichkeit mit einem gewöhnlichen Robot, wie sie sich ihrer sehr speziellen Aufgabe innerhalb der Station mit der Intensität einer tiefeingegrabenen positronischen Gehirnbahn widmete.

Er legte eine Hand auf Cuties Stahlschulter. Das Metall fühlte sich hart und kalt an.

»Cutie«, sagte er, »ich will versuchen, dir einiges zu erklären. Du bist der erste Robot, der Neugierde in bezug auf seine eigene Existenz an den Tag gelegt hat – und ich glaube, du bist auch der erste, der intelligent genug ist, um die äußere Welt zu verstehen. Komm mal mit!«

Der Robot richtete sich rasch und elastisch auf. Seine mit dickem Schwammgummi bedeckten Sohlen verursachten keinerlei Geräusch, als er Powell folgte. Der Erdenmensch drückte auf einen Knopf, und ein quadratisches Stück der Wand glitt zur Seite. Durch das dicke klare Glas konnte man den sternenbedeckten Raum sehen.

»Ich habe das bereits durch die Bullaugen des Maschinenraums gesehen«, sagte Cutie.

»Ich weiß«, sagte Powell. »Aber was denkst du, daß es ist?«

»Genau das, was es scheint – ein Stück schwarzen Stoffes unmittelbar außerhalb dieser Glaswand. Auf dem Stoff befinden sich kleine leuchtende Punkte. Ich weiß auch, daß unser Direktor Strahlen zu einigen dieser Punkte sendet, und zwar immer zu den gleichen. Ich weiß, daß diese Punkte sich bewegen und daß die Strahlen mit ihnen wandern. Das ist alles.«

»Schön. Jetzt möchte ich einmal, daß du genau aufpaßt. Diese Schwärze ist Leere – eine ungeheure Leere, die sich bis in die Unendlichkeit erstreckt. Die kleinen leuchtenden Punkte sind ungeheure Ansammlungen energiegeladener Materie. Sie sind Kugeln, manche von ihnen mit einem Durchmesser von vielen Millionen Kilometern. Im Vergleich damit mußt du wissen, daß diese Raumstation hier nur einen Durchmesser von 1,7 Kilometern besitzt. Sie scheinen so winzig, weil sie unfaßbar weit entfernt sind.

Die Punkte, auf die wir unsere Energiestrahlen richten, sind kleiner und bedeutend näher. Sie sind kalt und hart, und menschliche Wesen, so wie ich selber eines bin, bevölkern ihre Oberfläche – und zwar viele Milliarden menschlicher Wesen. Von einer dieser Welten kommen Donovan und ich. Unsere Strahlen versorgen diese Welten mit Kraft, die wir von einer dieser leuchtenden Kugeln, die zufällig in unserer Nähe ist, abzapfen. Diese Kugel nennen wir die Sonne, und sie befindet sich auf der anderen Seite der Station, wo du sie nicht sehen kannst.«

Cutie blieb bewegungslos vor dem Bullauge stehen. Er glich einem Standbild aus Stahl. Als er sprach, wandte er seinen Kopf nicht um. »Und von welchem bestimmten Lichtpunkt behaupten Sie zu kommen?«

Powell suchte. »Dort ist er. Der sehr helle da in der Ecke. Wir nennen ihn Erde.« Er lachte. »Unsere gute alte Erde. Drei Milliarden Menschen leben dort, Cutie, und in etwa zwei Wochen werde auch ich wieder unter ihnen sein.«

Wie geistesabwesend summte Cutie vor sich hin. Es war eigentlich überraschend, daß er es tat. Es war zwar keine Melodie, aber ganz so, als zupfte jemand an Saiten herum. Es hörte so plötzlich auf, wie es begonnen hatte. »Und woher komme ich, Powell? Meine Existenz haben Sie noch nicht erklärt.«

»Alles übrige ist einfach. Im Anfang, als man diese Stationen errichtete, und zwar mit dem Zweck, die Planeten mit Sonnenenergie zu versorgen, da wurden sie von Menschen geleitet. Die Hitze aber, die harten Sonnenstrahlen und die Elektronenstürme machten diese Posten zu äußerst schwierigen. So entwickelte man Robots, damit diese die Arbeit anstelle der Menschen besorgen, und jetzt werden lediglich noch zwei menschliche Leiter für jede dieser Stationen benötigt. Wir sind mit dem Versuch beschäftigt, auch diese noch zu ersetzen, und nun kommt das, was dich betrifft. Du bist der höchste Robottyp, der jemals entwickelt wurde, und wenn du, wie wir erwarten, die Fähigkeit zeigst, diese Station völlig unabhängig zu leiten, dann braucht künftig kein menschliches Wesen mehr hierher zu kommen, außer um Ersatzteile zu bringen und Reparaturen vorzunehmen.«

Er hob seine Hand, und der metallene Vorhang schloß sich wieder. Powell ging zum Tisch zurück und begann mit dem Ärmel einen Apfel zu polieren, ehe er hineinbiß.

Die rotleuchtenden Augen des Robots ließen ihn nicht los. »Erwarten Sie tatsächlich«, sagte Cutie langsam, »daß ich eine so komplizierte und völlig unwahrscheinliche Hypothese glauben werde? Wofür halten Sie mich eigentlich?«

Powell verschluckte sich und hustete kleine Stückchen des Apfels auf den Tisch. Er wurde puterrot. »Der Teufel soll dich holen! Was ich dir dargestellt habe, war keine Hypothese. Nackte Tatsachen habe ich dir beschrieben.«

Cuties Stimme besaß einen grimmigen Klang. »Energiegeladene Kugeln mit einem Durchmesser von Millionen von Kilometern! Welten, bewohnt von drei Milliarden menschlichen Wesen. Unendliche Leere. Tut mir leid, Powell, aber ich glaub's nicht. Ich werde das alles schon selber ergründen. Leben Sie wohl!«

Er wandte sich um und stelzte aus dem Raum hinaus. Auf der Schwelle traf er mit Michael Donovan zusammen, den er mit steifem Kopfnicken begrüßte. Dann ging er den Gang hinunter, ohne den erstaunten Blick zu bemerken, der ihm folgte.

Mike Donovan raufte sich seine roten Haare und warf einen verärgerten Blick auf Powell. »Worüber hat denn dieser wandelnde Abfallhaufen gesprochen? Was glaubt er nicht?«

Der andere zupfte in bittere Gedanken versunken an seinem Schnurrbart. »Er ist ein Skeptiker«, kam seine Antwort. »Er glaubt nicht daran, daß wir ihn gemacht haben, auch nicht, daß die Erde existiert und der Raum und die Sterne.«

»Verdammt, wir haben einen wahnsinnigen Robot im Hause!«

»Er sagt, er will alles selbst herausbekommen.«

»Also gut«, meinte Donovan freundlich. »Ich hoffe nur, er wird sich bereit finden, mir – wenn er mal alles herausbuchstabiert hat – die ganze Geschichte zu erklären.« Dann in plötzlicher Wut: »Hör mal! Wenn dieses metallene Ungetüm mir gegenüber ein freches Maul riskiert – schlag ich ihm seinen Chromschädel vom Rumpf!«

Er setzte sich mit einem Ruck nieder und zog einen broschierten Kriminalschmöker aus der inneren Rocktasche. »Dieser Robot macht mir geradezu eine Gänsehaut – so was von Neugier ist ja schauerlich!«

Mike Donovan brummte vor sich hin. Er hockte hinter einem riesigen Sandwich mit Salat und Tomaten, als Cutie leise klopfte und eintrat.

»Ist Powell hier?«

Donovans Stimme klang gedämpft. Seine Worte kamen in Abständen und wurden durch die Kaubewegungen seines Mundes unterbrochen. »Er sammelt Daten über elektronische Stromfunktionen. Es scheint, ein Elektronensturm zieht herauf.«

Noch während er sprach, trat Gregory Powell in den Raum. Seine Augen waren auf ein Papier gerichtet, das er in der Hand hielt. Schwer ließ er sich in einen Sessel sinken, breitete vor sich eine Anzahl Blätter aus und begann, schriftliche Berechnungen anzustellen. Donovan starrte ihm über die Schulter. Er kaute noch immer Salat, und kleine Brosamen fielen ab und zu auf den Boden. Cutie schwieg und wartete.

Powell blickte auf. »Das Zeta-Potential baut sich auf ... aber nur langsam. Trotzdem sind die Stromfunktionen unregelmäßig, und ich weiß nicht, was wir zu erwarten haben. Ach, hallo, Cutie! Ich dachte, du wärst damit beschäftigt, die Installation des neuen Triebwerkes zu überwachen.«

»Ist schon fertig«, sagte der Robot gelassen, »und ich bin gekommen, um mit Ihnen beiden hier ein kleines Gespräch zu führen.«

»Oh«, rief Powell, dem das alles höchst unbequem war. »Na, setz dich nur! Nein, nicht auf den Stuhl da. Eines seiner Beine sitzt nicht mehr ganz fest, und du bist ja nicht gerade ein Leichtgewicht.«

Der Robot tat, wie ihm befohlen war, und sagte freundlich: »Ich bin zu einem Entschluß gekommen.«

Donovan stierte vor sich hin und legte die Überreste seines Sandwichs zur Seite. »Wenn es sich um irgendwelche idiotische ...«

Der andere winkte ihm ungeduldig, still zu sein. »Fahr fort, Cutie! Wie sind beide ganz Ohr.«

»Ich habe die letzten beiden Tage in konzentrierter Selbstbeobachtung verbracht«, sagte Cutie. »Die Resultate sind äußerst interessant. Ich begann mit der einzigen sicheren Annahme, die mir zur Verfügung stand. Ich selbst existiere, weil ich denke ...«

Powell stöhnte. »Schau einer an, ein Robot-Descartes?«

»Wer ist Descartes?« wollte Donovan wissen. »Hör mal zu, haben wir es nötig, hier zu hocken und uns das Geschwätz dieses wahnsinnig gewordenen Stück Metalls anzuhören?«

»Sei still, Mike!«

Cutie fuhr unbeirrt fort: »Die Frage, die sich sofort stellte, war: Was ist eigentlich die Ursache meiner Existenz?«

Powells Kiefer sank herab. »Du bist ein Narr. Ich hab dir doch schon gesagt, daß wir dich gemacht haben.«

»Und wenn du es nicht glaubst«, fügte Donovan hinzu, »so werden wir dich mit großer Freude einfach wieder auseinandernehmen.«

Der Robot spreizte voller Verachtung seine starken Hände. »Ich denke nicht daran, auch nur das Geringste einfach Ihrer Autorität wegen zu akzeptieren. Eine Hypothese muß mit Vernunftgründen aufrechterhalten werden, sonst ist sie vollkommen wertlos. Es widerspricht aber allem logischen Denken, daß Sie mich geschaffen haben sollen.«

Powell ließ seine Hand besänftigend auf Donovans plötzlich geballte Faust fallen. »Und warum sagst du das?«

Cutie lachte. Es war ein sehr unmenschliches Lachen – die maschinenmäßigste Äußerung, die er bis jetzt von sich gegeben hatte. Es war scharf und explosiv, regelmäßig wie ein Metronom und ebenso unmoduliert.

»Schauen Sie sich doch nur einmal selber an!« sagte er schließlich. »Ich sage dies keineswegs in verächtlichem Sinn, aber schauen Sie sich doch nur selber an! Das Material, aus dem Sie hergestellt sind, ist weich und schlaff. Ihm fehlt alle Dauerhaftigkeit und Stärke. Ihre Kraft schöpfen Sie aus der unvollständigen Oxydation organischer Materie, wie etwa solchem Zeug da.« Er deutete geringschätzig auf die Überreste von Donovans Sandwich. »Periodisch versinken Sie in ein Koma, und die kleinste Schwankung von Temperatur, Luftdruck, Feuchtigkeit oder Strahlungsintensität vermindert Ihre Leistungsfähigkeit. Sie sind ein lächerlicher Notbehelf.

Ich aber bin ein vollendetes, ein fertiges Produkt. Ich absorbiere ganz unmittelbar elektrische Energie und verbrauche sie mit einem Wirkungsgrad von nahezu hundert Prozent. Ich bin aus starkem Metall zusammengesetzt, bin ständig bei Bewußtsein und kann mühelos jeden extremen Wechsel aller Umgebung ertragen. Dies sind Tatsachen, die zusammen mit der selbstverständlichen Voraussetzung, daß kein Wesen von sich aus ein anderes schaffen kann, das ihm selbst überlegen ist, Ihre dumme Hypothese in tausend Stücke reißen.«

Donovans Gebrumm verdichtete sich allmählich zu deutlichen Flüchen. Er sprang auf, kniff seine Augenbrauen zusammen und schrie: »Zum Teufel! Du Sohn eines Stückes Eisenerz, wenn wir dich nicht gemacht haben, wer hat es denn getan?«

Cutie nickte ernst. »Ausgezeichnet, Donovan! Das war in der Tat die nächste Frage. Offensichtlich muß mein Schöpfer mächtiger sein, als ich es selber bin, und so bot sich am Ende nur eine Möglichkeit.«

Der Erdenmensch blickte verständnislos, während Cutie fortfuhr: »Welches ist der Mittelpunkt aller Tätigkeit hier in der Station? Wem dienen wir alle? Was nimmt unsere ganze Aufmerksamkeit in Anspruch?« Er schaute sich erwartungsvoll um.

Donovan starrte seinen Kameraden verwundert an. »Ich wette, dieser blecherne Halbidiot spricht vom Kraftumwandler selber.«

»Stimmt das, Cutie?« grinste Powell.

»Ich spreche vom Meister«, kam kalt und scharf die Antwort. Und das war das Signal für den Ausbruch eines brüllenden Gelächters Donovans. Selbst Powell konnte sich eines Kicherns nicht erwehren.

Cutie war aufgestanden. Seine leuchtenden Augen wanderten von einem Erdenmenschen zum anderen. »Es ist dennoch so, und ich bin gar nicht erstaunt, daß Sie sich weigern, mir zu glauben. Ich bin sicher, daß Sie zwei nicht lange hier bleiben werden. Powell hat es selbst schon gesagt, daß anfangs nur Menschen dem Meister dienten, daß dann für die Routinearbeit Robots folgten; und schließlich nun ich selber für den leitenden Dienst. Diese Tatsachen sind zweifellos alle richtig, aber Ihre Erklärung war völlig unlogisch. Wollen Sie die Wahrheit wissen, die hinter allem steht?«

»Schieß los, Cutie! Du machst mir Spaß.«

»Der Meister hat zunächst menschliche Wesen als den untersten Typus geschaffen. Sie waren am leichtesten herzustellen. Nach und nach hat er sie durch Robots ersetzt. Das war der nächsthöhere Schritt. Schließlich hat er mich geschaffen, um den Platz der letzten menschlichen Wesen einzunehmen. Von jetzt an diene ich dem Meister.«

»Nichts dergleichen wirst du tun«, sagte Powell scharf. »Du wirst unsere Befehle ausführen und den Mund halten, bis wir sicher sind, daß du den Umwandler bedienen kannst. Verstehst du das? Den Umwandler - nicht den Meister. Genügst du uns nicht, dann wirst du auseinandergenommen. Und jetzt kannst du - wenn du sonst nichts einzuwenden hast - gehen. Und nimm diese Schriftstücke hier mit und leg sie gefälligst richtig ab!«

Cutie nahm die Blätter, die ihm hingereicht wurden, und verließ den Raum ohne ein weiteres Wort. Donovan lehnte sich heftig in seinem Stuhl zurück und fuhr sich mit den dicken Fingern durchs Haar.

»Mit diesem Robot werden wir noch allerhand Schwierigkeiten haben. Er ist total verrückt.«

Das schläfrige Summen des Umwandlers ist im Kontrollraum lauter vernehmbar. Diesem Geräusch beigemischt ist das tickende Geräusch der Geigerzähler und das unregelmäßige Summen von einem halben Dutzend kleiner Signalrelais.

Donovan wandte seine Augen vom Teleskop ab und schaltete das Licht an. »Der Strahl von Station 4 hat Mars genau planmäßig erreicht. Wir können den unseren abschalten.«

Powell nickte geistesabwesend. »Cutie ist drunten im Maschinenraum. Ich werde ihm das Signal geben und er kann's tun. Schau mal, Mike, was hältst du wohl von diesen Zahlen hier?«

Der andere warf einen kurzen Blick darauf und pfiff durch die Zähne. »Mensch, das nenne ich Gammastrahlenintensität! Die gute Sonne scheint der Hafer zu stechen.«

»Ja«, kam die beklommene Antwort. »Ich hoffe, du bist dir klar darüber, daß wir in einer höchst miserablen Position stecken, wenn es zu einem Elektronensturm kommt. Unser Erdstrahl befindet sich genau auf seinem wahrscheinlichen Weg.« Er schob seinen Stuhl vom Tisch weg. »Blödsinn. Wenn er nur nicht losbrechen möchte, ehe die Ablösung kommt. Das dauert aber noch volle zehn Tage. Hör mal, Mike, lauf doch hinunter und behalte Cutie im Auge!«

»Meinetwegen. Wirf mir ein paar von den Mandeln herüber!« Er fing das Paket auf, das ihm zugeworfen wurde, und machte sich auf den Weg zum Aufzug.

Geräuschlos glitt er in die Tiefe. Die Tür des Lifts öffnete sich auf einen schmalen Steg hoch oben in dem ungeheuer großen Maschinenraum. Donovan lehnte sich über das Geländer und schaute hinunter. Die großen Generatoren waren in Betrieb und von den L-Röhren kam das leise Summen, das die ganze Station durchdrang.

Deutlich konnte er bei der Marsröhre die gewaltige leuchtende Gestalt Cuties erkennen, der aufmerksam die Robotergruppe beobachtete, die im Gleichtakt arbeitete.

Dann spannten sich plötzlich alle Muskeln in Donovans

Körper. Die Robots, die neben der L-Röhre winzig klein erschienen, stellten sich vor ihr auf. Ihre Köpfe waren gesenkt, und langsam schritt Cutie vor ihrer Reihe auf und ab. Fünfzehn Sekunden vergingen, und dann fielen sie mit einem Lärm, der bedeutend lauter war als das Summen und Sausen, auf ihre Knie.

Donovan stöhnte auf, raste die schmale Treppe hinunter und auf die Gruppe zu. Seine Gesichtsfarbe glich dem Rot seiner Haare. Mit geballten Fäusten fuchtelte er wütend in der Luft herum.

»Was, zum Teufel, soll denn das bedeuten, ihr gehirnlosen Klumpen? Los! An die Arbeit! Wenn ihr diese L-Röhre nicht auseinandergenommen, gereinigt und wieder zusammengesetzt habt, ehe der Tag um ist, werde ich eure Gehirne mit Wechselstrom zum Platzen bringen.«

Nicht ein einziger Robot rührte sich.

»Aufstehen!« brüllte er.

Langsam gehorchte Cutie. Seine photoelektrischen Augen waren vorwurfsvoll auf den Erdenmenschen gerichtet.

»Es gibt keinen Meister außer dem Meister«, sagte er, »und QT1 ist sein Prophet.«

»Was?« Donovan spürte, daß zwanzig Paare mechanischer Augen auf ihn gerichtet waren, und hörte, wie zwanzig harttönende Stimmen feierlich deklamierten:

»Es gibt keinen Meister außer dem Meister, und QTI ist sein Prophet.«

»Es tut mir leid«, bemerkte Cutie in diesem Augenblick, »daß meine Freunde jetzt einem Höheren gehorchen als Ihnen.«

»So sehen sie gerade aus. Mach, daß du hier herauskommst! Mit dir rechne ich nachher ab. Mit diesen lebenden Puppen aber tue ich es jetzt sofort.«

Langsam schüttelte Cutie seinen schweren Kopf. »Es tut mir leid, aber Sie begreifen immer noch nicht. Dies hier sind Robots – was bedeutet, daß sie vernunftbegabte Wesen sind. Sie erkennen jetzt den Meister, nachdem ich ihnen die

Wahrheit gepredigt habe. Alle Robots tun es. Sie nennen mich ihren Propheten.« Sein Kopf neigte sich. »Ich bin es nicht wert, – aber vielleicht ...«

Donovan fand seine Stimme wieder und bediente sich ihrer. »Wirklich und wahrhaftig? Ist das nicht ganz besonders reizend? Ist das nicht ganz herrlich? Laß dir von mir nur eines sagen, mein Bronzegorilla. Es gibt keinen Meister und keinen Propheten und gar keine Frage, wer hier befiehlt. Verstanden?« Seine Stimme wurde zum Gebrüll. »Jetzt mach, daß du rauskommst!«

»Ich gehorche nur dem Meister.«

»Den Meister soll der Teufel holen.« Donovan spuckte auf die Röhre. »Das hier für den *Meister*. Tu, was ich dir sage!«

Cutie sagte nichts, noch sagte irgendein anderer Robot etwas, aber Donovan spürte, wie sich plötzlich die Spannung im Raume verschärfte. Das Rot der kalten starrenden Augen vertiefte sich, und Cutie schien steifer denn je.

»Gotteslästerung«, flüsterte er mit einer Stimme, die vor innerer Bewegung metallen klang.

Donovan hatte zum erstenmal ein Gefühl von Angst, als Cutie sich ihm näherte. Ein Robot konnte keinen Ärger empfinden, aber Cuties Augen waren unerforschlich.

»Es tut mir leid, Donovan«, sagte der Robot, »aber Sie können nach dem, was Sie soeben getan haben, nicht länger hier bleiben. Von jetzt ab sind für Sie und Powell der Kontroll- und Maschinenraum gesperrt.«

Er machte eine leichte Geste mit der Hand, und im nächsten Augenblick hatten zwei Robots bereits Donovans Arme an seine Seiten gepreßt.

Donovan hatte Zeit für einen einzigen erschreckten Atemzug, während er spürte, wie er in die Höhe gehoben und mit einer Geschwindigkeit, die schneller war als Galopp, die Treppe hinaufgetragen wurde.

Gregory Powell raste im Verwaltungsbüro auf und ab. Er hatte die Fäuste fest geballt. Sein entrüsteter Blick wanderte immer wieder zu der geschlossenen Tür und mit Bitterkeit zu Donovan.

»Warum, zum Kuckuck, mußtest du auch auf die L-Röhre spucken?«

Mike Donovan, der tief versunken in einem Sessel hockte, ließ die Hände heftig auf die Lehnen sausen. »Was hast du denn erwartet, daß ich mit diesen elektrifizierten Vogelscheuchen tun würde? Ich habe keine Lust, vor irgendeinem Automaten, den ich selbst gebaut habe, im Staub zu liegen.«

»Nein«, kam es schroff zurück. »Aber hier hockst du jetzt im Verwaltungsgebäude, und vor deiner Tür stehen zwei Robots Wache. Das ist nicht im Staub liegen, was?«

Donovan knurrte. »Warte nur, bis wir wieder zu Hause sind! Jemand muß mir das teuer bezahlen. Diese Robots *haben* uns zu gehorchen. Das steht in der Regel Nummer Zwei.«

»Was hat's für einen Sinn, das zu sagen? Sie tun's ja doch nicht. Und wahrscheinlich gibt's dafür einen Grund, den wir nun zu spät herausfinden werden. Weißt du übrigens, was mit uns geschehen wird, wenn wir nach Hause kommen?« Er blieb vor Donovans Stuhl stehen und starrte den Mann wütend an.

»Was?«

»Ach, gar nichts Besonderes! Nur zurück in die Bergwerke Merkurs, und zwar für zwanzig Jahre. Vielleicht auch ins Zuchthaus auf dem Ceres!«

»Was schwätzt du eigentlich?«

»Ich rede von dem Elektronensturm, der sich nähert. Weißt du, daß er sich ganz in Richtung auf unseren Erdstrahl zu bewegt? Das hatte ich gerade ausgerechnet, als jener Robot mich aus meinem Stuhl herauszerrte.«

Donovan wurde plötzlich blaß. »Verflucht noch mal!«

»Und weißt du auch, was mit dem Erdstrahl geschehen wird? – denn der Sturm wird ein Meisterstück von einem Sturm sein. Der Erdstrahl wird anfangen herumzuhüpfen wie ein Floh. Nachdem nur Cutie die Kontrolle hat, wird der

Strahl natürlich nicht mehr richtig eingestellt sein, und wenn das geschieht, dann helfe der Himmel der Erde und uns!«

Donovan begann wie wild an der Tür zu rütteln ... noch ehe Powell halb zu Ende war mit seinen Worten. Die Tür öffnete sich, und der Erdenmensch schoß hindurch, nur um hart mit einem unbeweglichen Stahlarm zusammenzurennen.

Der Robot starrte geistesabwesend auf den schnaufenden, sich wehrenden Erdenmenschen. »Der Prophet hat dir befohlen, im Zimmer zu bleiben. Bitte tue das!« Sein Arm schob ihn vor sich her. Donovan taumelte nach rückwärts, und während er das tat, tauchte Cutie gerade am anderen Ende des Ganges auf. Er winkte den Wächtern sich zu entfernen, trat in das Verwaltungsbüro ein und schloß sanft die Tür.

Donovan wandte sich in atemloser Entrüstung Cutie zu. »Was zu viel ist, ist zu viel. Für diesen Scherz wirst du teuer zahlen müssen.«

»Bitte ärgern Sie sich nicht«, antwortete der Robot ruhig. »Irgendwann einmal mußte es ja schließlich kommen. Sie verstehen wohl, daß Sie beide Ihre Funktion verloren haben.«

»Entschuldige mal!« Powell setzte sich steif auf. »Was meinst du eigentlich damit, wenn du sagst, wir beide hätten unsere Funktion verloren?«

»Bis ich geschaffen wurde«, antwortete Cutie, »bedienten Sie den Meister. Dieses Privileg gehört jetzt mir, und Ihre einzige Existenzberechtigung ist damit verschwunden. Ist das nicht ganz klar?«

»Nicht ganz und gar«, antwortete Powell bitter. »Aber was erwartest du jetzt eigentlich von uns?«

Cutie antwortete nicht sofort. Er blieb still, als wäre er in Gedanken versunken. Dann schoß ein Arm heraus und legte sich um Powells Schultern. Der andere packte Donovans Handgelenk und zog ihn dichter heran.

»Ich hab Sie beide gern. Sie sind niedrigere Kreaturen mit schlechten Denkfähigkeiten, aber ich spüre wirklich eine

Art von Zuneigung für Sie. Sie haben dem Meister gut gedient, und er wird sich erkenntlich zeigen. Nun, nachdem Ihr Dienst beendet ist, werden Sie wahrscheinlich nicht mehr lange existieren. Solange Sie aber da sind, werden Sie mit Essen, Kleidung und Wohnung versorgt werden unter der Bedingung, daß Sie weder den Kontrollraum noch den Maschinenraum betreten.«

»Er pensioniert uns, Greg«, schrie Donovan. »Tu doch was dagegen! Das ist ja einfach erniedrigend.«

»Schau mal, Cutie, wir können das nicht mitmachen! Wir sind hier die Herren. Diese Station ist nichts als eine Schöpfung menschlicher Wesen, wie ich eines bin – menschlicher Wesen, die auf der Erde und auf anderen Planeten leben. Das hier ist nur ein Energierelais. Du bist nur – ach was, Blödsinn.«

Cutie schüttelte ernst den Kopf. »Dies ist nichts als eine Art fixer Idee. Wieso müßt Ihr auf einem so völlig falschen Weltbild bestehen? Zugegeben, daß Nichtrobots keine Denkfähigkeit besitzen, bleibt immer noch das Problem der ...«

Seine Stimme erstarb. Er wurde nachdenklich und schweigsam. Im Flüsterton knirschte Donovan: »Hättest du nur ein Gesicht aus Fleisch und Blut, ich würde es dir zusammenschlagen!«

Powells Finger spielten mit seinem Schnurrbart. Seine Augen waren nur noch kleine Schlitze. »Hör mal, Cutie, wenn es so etwas wie die Erde gar nicht gibt, wie willst du dann das, was du durchs Teleskop siehst, erklären?«

»Entschuldigen Sie bitte, wie?«

Der Erdenmensch lächelte. »Ich hab dich wohl in die Enge getrieben, was? Seit wir dich zusammengesetzt haben, hast du, Cutie, selbst eine ganze Menge teleskopischer Beobachtungen gemacht. Hast du bemerkt, daß einige dieser Punkte sich in Scheiben verwandeln, wenn man sie durchs Fernrohr betrachtet?«

»Ach *das* meinten Sie? Natürlich kann ich das erklären. Es handelt sich ganz einfach um Vergrößerung. Mit ihrer Hilfe kann man dann den Strahl genauer ausrichten.«

»Warum werden dann nicht auch die Sterne genauso vergrößert?«

»Sie meinen die anderen Punkte? Nun ja, auf sie sind keine Strahlen gerichtet, und so ist eine Vergrößerung auch nicht nötig. Wirklich Powell, für so dumm sollten Sie mich nicht halten!«

Powell starrte bedrückt zur Decke. »Durch ein Teleskop sieht man aber doch mehr Sterne. Woher kommen die? Sprich doch, woher kommen denn die?«

Cutie war ärgerlich. »Hören Sie mal, Powell, glauben Sie, ich bin so dumm, daß ich versuchen werde, eine physikalische Erklärung für jede optische Illusion unserer Instrumente zu finden? Seit wann ist die Evidenz, zu der wir durch unsere Sinne gelangen, stärker als die Kraft der Vernunft?«

»Sieh mal an«, verlangte Donovan plötzlich, während er sich Cuties freundschaftlichem, aber doch schwerem Arm entwand, »gehen wir doch mal den Dingen auf den Grund! Weshalb sind die Richtstrahlen überhaupt vorhanden? Wir geben dir eine gute logische Erklärung. Kannst du eine bessere finden?«

»Die Strahlen«, kam die steife Antwort, »werden vom Meister für seine eigenen Zwecke ausgesandt. Es gibt eben Dinge« – er hob seine Augen fromm nach oben –, »die wir nicht ergründen dürfen. In dieser Beziehung diene ich nur, frage aber nicht.«

Powell ließ sich langsam nieder und vergrub den Kopf in seine zitternden Hände. »Mach, daß du rauskommst, Cutie! Geh und laß mich nachdenken.«

»Ich werde Ihnen was zu essen schicken«, sagte Cutie freundlich.

Ein Stöhnen war die einzige Antwort, und der Robot verschwand.

»Greg«, war Donovans geflüsterte Bemerkung, »was wir jetzt benötigen, ist eine gute und richtige Strategie. Wir müssen ihn packen, wenn er es am wenigsten erwartet, und ihn dann kurzschließen. Konzentrierte Salpetersäure in seine Gelenke ...«

»Sei kein Esel, Mike! Glaubst du wirklich, er läßt es zu, daß wir uns ihm mit Säure in den Händen nähern? Wir müssen mit ihm *reden,* sage ich dir. Wir müssen ihn dazu bringen, daß er uns innerhalb von 48 Stunden in den Kontrollraum zurückläßt, oder alle unsere Felle schwimmen weg.«

Er schaukelte rückwärts und vorwärts in ohnmächtiger Qual. »Wer, zum Teufel, will denn einen Robot überzeugen? Es ist ... es ist ...«

»Beschämend«, beendete Donovan den Satz.

»Noch schlimmer!«

»Sag mal« – Donovan lachte plötzlich –, »warum geben wir uns dazu her, uns mit ihm auseinanderzusetzen? Wir wollen's ihm zeigen. Bauen wir vor seinen Augen einen neuen Robot! Dann *muß* er ja alles zurücknehmen.«

Ein langsam immer strahlender werdendes Lächeln erschien auf Powells Gesicht.

Donovan fuhr fort: »Und stell dir nur das Gesicht dieses Verrückten vor, wenn er sieht, wie wir das machen!«

Robots werden natürlich auf der Erde hergestellt. Ihr Transport durch den Raum ist aber viel einfacher, wenn er in einzelnen Teilen erfolgt, die dann an Ort und Stelle zusammengesetzt werden. Nebenbei wird auf diese Weise den Robots auch jede Möglichkeit genommen wegzulaufen, solange sie sich noch auf der Erde befinden, was die U.S. Robot Co. in Konflikt bringen könnte mit den strengen Anti-Robot-Gesetzen, die noch auf der Erde herrschen.

Andererseits belastete dieses Verfahren Männer wie Powell und Donovan mit der schwierigen und manchmal recht komplizierten Aufgabe, komplette Robots an Ort und Stelle zusammenzubauen.

Powell und Donovan waren sich dieser Lage nie zuvor so bewußt gewesen als an dem Tage, an dem sie es im Raum, der für die Zusammensetzung dieser Automaten bestimmt war, unternahmen, vor den wachsamen Augen des QT1 – des Propheten des Meisters – einen neuen Robot erstehen zu lassen.

Der betreffende Robot, ein ganz einfaches MC-Modell,

lag beinahe vollendet auf dem Tisch. Nur noch drei Stunden Arbeit waren nötig. Allein der Kopf war noch herzustellen ... Powell machte eine Pause und warf einen unsicheren Blick auf Cutie.

Dieser Seitenblick gab ihm nicht viel Hoffnung. Drei Stunden lang war Cutie wort- und bewegungslos dagesessen, und der Ausdruck seines Gesichtes – an sich schon immer undurchdringlich – war nun völlig undeutbar.

Powell stöhnte. »Setzen wir jetzt mal das Gehirn ein, Mike!«

Donovan öffnete den festverschlossenen Behälter und zog aus dem darin enthaltenen Ölbad einen zweiten Würfel heraus. Nun öffnete er auch diesen und entnahm dem mit Gummischaum ausgeschlagenen Gehäuse eine Kugel.

Er behandelte sie vorsichtig, war es doch der komplizierteste Mechanismus, der je von Menschenhand konstruiert worden war. Eingeschlossen in die dünne platindoublierte sogenannte Haut der Kugel war das positronische Gehirn, in dessen äußerst feine instabile Struktur neuronische Gehirnbahnen eingeprägt waren, was jeden Robot sozusagen mit einer vorgeburtlichen Erziehung versah.

Die Kugel paßte genau in die Schädelhöhle des Robots, der auf dem Tische lag. Blaues Metall schloß sich darüber und wurde mit winziger atomischer Flamme festgeschweißt. Vorsichtig wurden photoelektrische Augen eingesetzt, festgeschraubt und bedeckt mit dünnen durchsichtigen Schichten stahlharten Kunststoffes.

Nun wartete der Robot nur noch auf den belebenden Blitz von Elektrizität hoher Spannung. Powell machte, die Hand am Schalter, eine kleine Pause.

»Nun paß auf, Cutie! Paß ganz genau auf!«

Der Schalter wurde geschlossen. Ein knisterndes Summen wurde hörbar. Die beiden Erdenmenschen beugten sich ängstlich über ihre Schöpfung.

Im Anfang zeigte sich lediglich eine unsichere Bewegung – ein Zucken der Gelenke. Der Kopf hob sich, dann stützte sich der Robot mit den Gelenken auf, und schließlich schwang sich das MC-Modell schwerfällig vom Tisch herunter. Es stand noch unsicher auf den Füßen, und zweimal konnte es nur kratzende Geräusche anstelle von Worten hervorbringen.

Schließlich aber wurde – wenn auch noch unsicher und zögernd – verständlich, was der neue Robot sagen wollte. »Ich möchte anfangen zu arbeiten«, sagte er. »Wohin soll ich gehen?«

Donovan rannte zur Tür. »Diese Treppen hinunter«, sagte er. »Da drunten wird man dir sagen, was du zu machen hast.«

Das MC-Modell hatte sich entfernt, und die beiden Erdenmenschen waren nun allein mit dem noch immer unbeweglichen Cutie. »Nun«, sagte Powell grinsend, »glaubst du jetzt, daß wir dich gemacht haben?«

Cuties Antwort war scharf und endgültig. »Nein«, sagte er.

Powells Grinsen erstarrte und verschwand dann langsam. Donovans Mund öffnete sich und blieb eine ganze Weile offen.

»Verstehen Sie«, fuhr Cutie freundlich fort. »Sie haben lediglich Teile, die schon existierten, zusammengesetzt. Sie haben das außerordentlich gut gemacht – ich nehme an instinktiv –, aber Sie haben den Robot nicht wirklich erschaffen. Die einzelnen Teile wurden vom Meister erschaffen.«

»Hör mal«, stöhnte Donovan heiser. »Jene Teile wurden drunten auf der Erde hergestellt und uns zugeschickt.«

»Schön, schön«, sagte Cutie besänftigend, »wir wollen darüber nicht streiten.«

»Aber es *ist* so.« Der Erdenmensch sprang vorwärts und packte den Arm des Robots. »Wenn du die Bücher in der Bibliothek lesen könntest, so würdest du sehen, daß es sich wirklich ganz genau so verhält.«

»Die Bücher? Die hab ich gelesen – alle miteinander. Die sind äußerst geschickt abgefaßt.«

Powell mischte sich ein. »Wenn du sie gelesen hast, was gibt es dann überhaupt noch zu reden? Die Evidenz, die dir durch sie geboten wird, kannst du doch wohl nicht bestreiten. Das *kannst* du einfach nicht.«

Nun war Mitleid in Cuties Stimme. »Bitte, Powell, ich betrachte diese Bücher ganz bestimmt nicht als eine gültige Informationsquelle. Auch sie wurden vom Meister geschaffen – und sind für Sie bestimmt, nicht für mich.«

»Wie kommst du denn *darauf?*« fragte Powell.

»Weil ich, ein vernunftbegabtes Wesen, imstande bin, die Wahrheit von a priori Ursachen abzuleiten. Sie, der Sie Intelligenz besitzen, aber keine Vernunft, benötigen eine Erklärung Ihrer Existenz, und diese wurde Ihnen vom Meister geliefert. Daß er Sie mit diesen lächerlichen Ideen von fernen Welten und Völkern versorgt hat, war sicherlich zu Ihrem Besten. Wahrscheinlich sind Ihre Gehirne zu grobkörnig für die absolute Wahrheit. Da es aber ganz offenbar der Wille des Meisters ist, daß Sie an jene Bücher glauben, werde ich mich mit Ihnen nicht mehr darüber streiten.«

Als er den Raum verließ, wandte er sich um und sagte in freundlichem Tone: »Seien Sie aber jetzt bitte nicht deprimiert! Im großen Plan des Meisters ist Platz für alle. Auch ihr armen Menschenwesen habt da euren Platz, und wenn er auch niedrig ist, so werdet ihr doch, wenn ihr ihn gut ausfüllt, auch belohnt werden.« Er ging mit der Miene eines Heiligen, wie sie gut zum Propheten des Meisters paßte, und die beiden Menschen vermieden es, sich anzusehen.

Schließlich sprach Donovan: »Sag mal, Greg, du glaubst doch auch nicht, daß er mit all dem vielleicht recht hat! Es klingt so sicher und ...«

Powell wandte sich wütend zu ihm um. »Sei kein Narr! Du wirst, wenn die Ablösung nächste Woche kommt, schon herausfinden, ob die Erde existiert oder nicht. Was glaubst du wohl, was wir da drunten zu hören kriegen.«

»Dann müssen wir unter allen Umständen irgend etwas unternehmen.« Donovan weinte fast. »Er glaubt weder uns, noch seinen eigenen Augen, noch den Büchern.«

»Nein«, sagte Powell erbittert. »Er ist ein vernunftbegabter Robot – und der Teufel soll ihn holen. Er glaubt ausschließlich seiner Vernunft, und darin liegt *eine* Schwierigkeit ...« Seine Stimme verlor sich.

»Und was ist diese eine Schwierigkeit?« fragte Donovan.

»Du kannst mit kalter Logik alles, was du willst, beweisen ... wenn du nur die richtigen Postulate auswählst. Wir haben die unsrigen, und Cutie hat die seinen.«

»Dann laß uns so schnell wie möglich seine Postulate angreifen! Der Sturm wird morgen losbrechen.«

Powell seufzte müde. »Das ist ja gerade die Stelle, an der alles zusammenbricht. Postulate basieren auf Annahmen, und man nimmt sie als wahr an, nicht weil sie wahr sind, sondern weil man an sie glaubt. Nichts im ganzen Weltenraum kann sie erschüttern. – Ich lege mich schlafen.«

»Möchte ich auch gerne tun, aber ich kann nicht schlafen.«

»Ich auch nicht. Aus Prinzip kann ich's aber immerhin mal versuchen.«

Auch zwölf Stunden später war Schlaf für beide nichts als eine Sache des Prinzips, aber in Wirklichkeit unerreichbar.

Der Sturm war vor der errechneten Zeit eingetroffen, und Donovans sonst so rotes Gesicht war blaß, als er mit zitterndem Finger zum Bullauge deutete. Powell, unrasiert und mit trockenen Lippen, starrte hinaus in den Raum und zupfte verzweifelt an seinem Schnurrbart herum.

Unter anderen Umständen hätte der Anblick, der sich ihnen bot, wunderschön sein können. Der Strom von Elektronen, der sich mit höchster Geschwindigkeit an dem Energiestrahl brach, leuchtete an der Stelle des Aufpralls mit fluoreszierendem Lichte auf. Der Strahl, der sich sozusagen ins Unendliche erstreckte, wurde leuchtend unter dem Lichte von Billionen und Aberbillionen von tanzenden, schimmernden Staubkörnern.

Der Energiestrahl schien unbeweglich, aber die Erdenmenschen wußten, was der Wert solcher mit nacktem Auge gemachten Beobachtungen war. Winkelabweichungen von einer hunderttausendstel Sekunde – dem Auge unsichtbar – genügten, um den Strahl irgendwo ins Nichts zu schicken, und reichten aus, um Hunderte von Quadratkilometern der Erde in leuchtende Ruinen zu verwandeln.

Und da hockte nun ein Robot, den Strahl, Brennpunkt, Erde nicht interessierten und der sich um nichts als um seinen Meister kümmerte, an den Kontrollhebeln.

Stunden vergingen. Die Erdenmenschen beobachteten die Ereignisse in hypnotisiertem Schweigen. Dann wurden die hüpfenden Pünktchen blasser und erloschen schließlich. Der Sturm war vorüber. Powells Stimme klang leer. »Alles ist vorüber.«

Donovan war in einen unruhigen Schlaf gesunken, und Powells müde Augen ruhten neidisch auf ihm. Das Signallicht leuchtete wieder auf, aber der Erdenmensch schenkte ihm keine Beachtung. Es war alles unwichtig geworden. Alles. Vielleicht hatte Cutie recht – und er war nichts als ein Wesen minderer Sorte mit einem ihm angepaßten Gedächtnis und einem Leben, das keinen Sinn mehr besaß.

Er wünschte, dem wäre wirklich so.

Cutie stand vor ihm. »Sie haben das Signallicht nicht bemerkt, und so bin ich einfach hereingekommen.« Seine Stimme war leise. »Sie sehen absolut nicht gesund aus, und ich fürchte, Ihre Lebensdauer nähert sich ihrem Ende. Würde es Sie dennoch interessieren, einige der heute aufgenommenen Daten zu sehen?«

Ganz dunkel wurde Powell sich darüber klar, daß dies eine freundliche Geste des Robots war, vielleicht um irgendwelche Selbstvorwürfe zu beschwichtigen – Selbstvorwürfe, die er sich machte, weil er die Menschen mit Gewalt von den Kontrollhebeln der Station entfernt hatte. Er nahm die Blätter, die ihm hingehalten wurden, und starrte, ohne zu sehen, auf die Kurven und Zahlen.

Cutie schien sehr mit sich zufrieden. »Natürlich ist es ein großes Privileg, dem Meister zu dienen. Aber bitte nehmen Sie es doch nicht zu schwer, daß ich an Ihre Stelle getreten bin!«

Powell brummte und ließ seinen Blick von einem Blatt zum anderen wandern. Er tat es mechanisch, bis sein trüber Blick an einer dünnen roten Linie haften blieb, die zitternd quer über das Papier lief.

Er starrte sie an – und starrte sie von neuem an. Er packte das Papier, hielt es mit beiden Fäusten fest und stand auf – und auch dabei starrte er das Papier noch immer an. Ohne daß er es merkte, fielen die anderen Blätter zu Boden.

»Mike, *Mike!*« Wild rüttelte er den anderen. *»Er hat den Strahl gehalten.«*

Donovan wurde munter. »Was? Wo? ...« Und auch er starrte mit aus dem Kopf heraustretenden Augen auf das Blatt Papier. Cutie mischte sich ein. »Ist etwas los?«

»Du hast den Strahl genau richtig gehalten«, stotterte Powell. »Hast du das gewußt?«

»Richtig? Wieso richtig?«

»Genau ausgerichtet auf die Empfangsstation – und zwar mit Abweichungen, die nicht größer waren als eine zehnmillionstel Bogensekunde.«

»Welche Empfangsstation?«

»Auf der Erde. Die Empfangsstation auf der Erde«, plapperte Powell. »Du hast den Strahl sozusagen in focus gehalten.«

Ärgerlich wandte Cutie sich auf dem Absatz um. »Es ist unmöglich, Ihnen gegenüber irgendwelche Freundlichkeit zu zeigen. Immer kommen Sie mit den gleichen Phantastereien. Ich habe ganz einfach gemäß dem Willen des Meisters alle Instrumente im Gleichgewicht gehalten.«

Er hob die verschiedenen Blätter vom Boden auf und entfernte sich steif. Und Donovan sagte: »Da soll doch gleich ...«

Er wandte sich an Powell. »Was tun wir jetzt?«

Powell war müde, aber erleichtert. »Nichts. Er hat gerade bewiesen, daß er die Station tadellos leiten kann. Ich habe nie zuvor gesehen, daß jemand einen Elektronensturm derartig gut überstanden hätte.«

»Aber nichts ist gelöst. Du hast doch gehört, was er über den Meister gesagt hat. Wir können doch nicht ...«

»Schau mal, Mike! Er folgt den Anweisungen des Meisters mit Hilfe von Zeigern, Instrumentenskalen und Kurven. Haben wir jemals was anderes getan? Das ist ja gerade der Grund, warum er uns den Gehorsam verweigert hat. Gehorsam ist die Regel Nummer Zwei. Menschliche Wesen dürfen keinen Schaden nehmen, ist Nummer Eins. Wie aber kann er, auch unwissentlich, Menschen vor Schaden schützen? Natürlich einfach in der Weise, daß er den Energiestrahl stetig hält. Er *weiß,* daß er ihn stetiger halten kann, als wir es könnten, und da er darauf besteht, daß er ein uns überlegenes Wesen ist, so muß er uns natürlich aus dem Kontrollraum draußen halten. Das alles ist, wenn du dich der robotischen Gesetze erinnerst, völlig unabweisbar.«

»Sicherlich – nur kommt es darauf doch gar nicht an. Wir können es doch nicht zulassen, daß er diesen Quatsch mit dem Meister fortsetzt.«

»Und warum nicht?«

»Mensch, wer hat denn jemals so was gehört? Wie können wir ihm, wenn er nicht an die Erde glaubt, jemals die Station anvertrauen?«

»Kann er die Station bedienen?«

»Ja, aber ...«

»Was macht es dann für einen Unterschied, was er glaubt?«

Powell breitete die Arme aus. Auf seinem Gesicht lag ein unsicheres Lächeln. Dann stolperte er rückwärts und fiel aufs Bett. Er war eingeschlafen.

Powell sprach, während er damit beschäftigt war, sich in sein Raumjackett hineinzuzwängen.

»Es würde ganz einfach sein«, sagte er. »Man bringt neue QT-Modelle, immer eines nach dem anderen, rüstet sie mit einem automatischen Schalter aus, der sie nach einer Woche ausschaltet – was ihnen genügend Zeit gibt, um den Kult des Meisters vom Propheten selbst zu lernen –, verfrachtet sie dann zu einer Station und revitalisiert sie dort. Wir können zwei QT's per ...« Donovan nahm seine

Gesichtsplatte ab und runzelte die Stirn. »Halt's Maul und laß uns gehen! Die Ablösung wartet, und ganz wohl werde ich mich erst wieder fühlen, wenn ich tatsächlich die Erde wiedersehe und ihren Boden unter den Füßen spüre – nur weil ich erst dann ganz sicher sein werde, daß sie wirklich existiert.« Während er sprach, öffnete sich die Tür. Donovan schloß mit einem unterdrückten Fluch die Gesichtsplatte und wandte Cutie verärgert den Rücken zu.

Leise näherte sich der Robot. Trauer klang aus seiner Stimme. »Sie gehen?«

Powell nickte kurz. »Andere werden unsere Stelle einnehmen.« Cutie seufzte. Es klang wie Wind, der durch eng nebeneinander gespannte Drähte streicht. »Ihre Dienstzeit ist vorüber und der Zeitpunkt ihrer Auflösung ist gekommen. Ich erwartete das, aber ... Nun ja, des Meisters Wille geschehe!«

Sein resignierter Ton verletzte Powell. »Wir brauchen dein Mitleid nicht, Cutie. Wir fahren zur Erde, nicht in die Auflösung.«

»Dieser Gedanke bedeutet für Sie bestimmt einen großen Trost«, seufzte Cutie von neuem. »Ich begreife jetzt die Weisheit, die in dieser Illusion liegt. Ich würde, selbst wenn ich es könnte, nicht versuchen, Ihren Glauben zu erschüttern.« Er verschwand – ein wirkliches Bild des Mitleidens.

Powell fluchte und gab Donovan ein Zeichen. Verlötete Handkoffer in der Hand, machten sie sich auf den Weg zur Luftschleuse.

Das Ablösungsschiff befand sich auf dem äußeren Landeplatz, und Franz Müller, der Mann, der sie ablösen sollte, begrüßte sie steif und höflich. Donovan nickte kaum. Er ging in den Pilotenraum, wo er die Kontrolle des Schiffes von Sam Evans übernahm.

Powell zögerte. »Wie geht's der guten alten Erde?«

Die Frage war durchaus alltäglich, und Müller gab die übliche Antwort: »Dreht sich noch immer.«

Powell sagte: »Gut.«

Müller schaute ihn an. »Die Burschen von der U.S. Robot Co. haben übrigens was ganz Neues erfunden. Einen Multiplen Robot.«

»Einen was?«

»Genau was ich gesagt habe. Sie haben einen großen Auftrag bekommen. Offenbar ist diese Erfindung genau das, was man für Bergarbeit auf den Asteroiden benötigt. Es handelt sich dabei um einen Meisterrobot, der sechs Unterrobots unter sich hat. Genau wie Finger an einer Hand.«

»Hat man's schon ausprobiert?« fragte Powell ängstlich.

Müller lächelte. »Wie ich höre, wartet man auf euch.«

Powell ballte die Faust. »Der Teufel soll's holen! Wir haben 'ne Erholung nötig, Ferien!«

»Oh, die bekommt ihr bestimmt. Ich nehme an, so etwa zwei Wochen.«

Müller war damit beschäftigt, seine schweren Raumhandschuhe anzuziehen. »Was macht denn dieser neue Robot? Ich hoffe nur, er funktioniert richtig, oder der Teufel soll mich holen, wenn ich ihn an die Kontrollhebel lasse.«

Powell ließ eine gewisse Zeit vergehen, ehe er antwortete. Seine Augen wanderten über den stolzen Preußen, der da vor ihm stand, wanderten vom kurz geschnittenen Haar auf seinem eigensinnigen Dickschädel zu den Füßen, die in strammer Hab-acht-Stellung standen – und plötzlich überflutete ihn eine Welle reiner Glückseligkeit.

»Der Robot ist ziemlich gut«, sagte er langsam. »Ich glaube kaum, daß du dich viel um die Kontrollhebel wirst kümmern müssen.«

Er lachte in sich hinein und bestieg das Schiff. Müller würde einige Wochen hier bleiben müssen ...

Erst den Hasen fangen

Die Ferien dauerten länger als zwei Wochen. Mike Donovan mußte das anerkennen. In Wirklichkeit waren es sechs Monate mit voller Bezahlung. Auch das mußte er zugeben. Das alles war aber, wie er erklärte, rein zufällig. U.S. Robot mußten gewisse Fehler, die sich in den Multiplen Robots gezeigt hatten, zunächst einmal ausmerzen. Es war eine ganze Anzahl von Fehlern. Dennoch blieb immer noch mindestens ein halbes Dutzend Fehler übrig, die sich erst beim praktischen Ausproben zeigen würden. So warteten sie und erholten sich, bis die Männer an den Reißbrettern und die Burschen mit den Rechenschiebern ihren Segen gaben. Und nun weilten er und Powell draußen auf dem Asteroiden, und gar nichts war in Ordnung. Dies wiederholte Powell mindestens ein dutzendmal, wobei sein Gesicht eine rübenrote Farbe annahm.

»Um Himmels willen, Greg, sieh doch die Dinge an, wie sie sind! Was hat es für einen Sinn, sich genau an die Buchstaben der Spezifikationen zu halten und zuzusehen, wie alle Versuche fehlschlagen? Es ist Zeit, daß du deine Bürokratenmanieren ablegst und dich endlich an die Arbeit machst.«

»Ich sage lediglich«, erklärte Gregory Powell, als versuche er, ein Kind über Elektronen zu belehren, »daß den Spezifikationen zufolge diese Robots für Bergwerksarbeit auf Asteroiden ausgerüstet sind, und zwar ohne Überwachung. Wir sollen sie nicht beaufsichtigen.«

»Schön. Paß mal auf! Logik!« Er hob seine haarigen Finger

und deutete: »Erstens: Der neue Robot hat alle Prüfungen in den Erdlaboratorien bestanden. Zweitens: Die Gesellschaft hat garantiert, daß er die Prüfung auch auf einem Asteroiden bestehen wird. Drittens: Die Robots bestehen die Prüfung nicht. Viertens: Wenn sie sie aber nicht bestehen, so verliert United States Robot zehn Millionen Kredite in bar und ungefähr hundert Millionen an Ruf. Fünftens: Bestehen sie die Prüfung nicht und wir können nicht erklären, warum das so ist, so besteht die Möglichkeit, daß von zwei guten Stellungen ein sehr trauriger Abschied genommen werden muß.«

Powell stöhnte schwer hinter einem offensichtlich unaufrichtigen Lächeln. Das ungeschriebene Motto der United States Robot and Mechanical Men Co. war weltbekannt: Kein Angestellter macht zweimal den gleichen Fehler. Er wird gleich beim erstenmal hinausgeworfen.

Laut sagte er: »Du bist so klar und einleuchtend mit allem, was du sagst, wie Euklid – außer mit den Fakten. Drei Wochen lang hast du rothaariger Teufel die Robots beobachtet, und während dieser drei Wochen haben sie ihre Arbeit tadellos verrichtet. Das hast du mir doch selbst gesagt. Was können wir sonst noch tun?«

»Herausfinden, was eigentlich los ist mit ihnen. Solange ich sie beobachtet habe, war an ihrer Arbeit tatsächlich nichts auszusetzen. Bei drei verschiedenen Gelegenheiten aber haben sie, als ich sie nicht beobachtete, nicht ein einziges Gramm Eisenerz eingebracht. Noch nicht mal rechtzeitig heimgekommen sind sie. Ich mußte sie holen.«

»Und was war los?«

»Nichts. Absolut gar nichts. Alles war in tadelloser Ordnung. Glatt und einwandfrei wie der lichttragende Äther. Nur ein kleines Detail hat mich gestört – nicht ein Gramm Eisenerz war vorhanden.«

Powell schaute stirnrunzelnd zur Decke, während er an seinem Schnurrbart zupfte. »Ich will dir was sagen, Mike. Wir haben schon ziemlich schwierige Aufgaben gemeistert, aber diese ist schlimmer als alle anderen. Die ganze Sache ist über alle Maßen kompliziert. Schau mal, dieser Robot

DV 5 hat sechs Robots unter sich ... und nicht nur unter sich, sondern gleichzeitig sind sie Teile seiner selbst.«

»Ich weiß das.«

»Halt den Mund«, sagte Powell wütend. »Ich weiß, daß du's weißt. Ich will nur beschreiben, wie höllisch schwierig das Ganze ist. Diese sechs Hilfskräfte sind Teile von DV 5, wie deine Finger Teile von dir sind, und DV 5 gibt ihnen Befehle weder durch Stimme noch durch Radio, sondern direkt durch positronische Felder. Nun also – in der ganzen United States Robot Co. ist nicht ein einziger Robot-Spezialist, der weiß, was ein positronisches Feld überhaupt ist oder wie es arbeitet. Noch weiß ich's. Noch weißt du's.«

»Letzteres«, stimmte Donovan philosophisch zu, »weiß ich.«

»Dann schau dir mal an, in welcher Lage du dich befindest! Funktioniert alles – gut und schön. Ist das aber nicht so, dann haben wir das Nachsehen, und wahrscheinlich gibt es gar nichts, was wir oder irgendein anderer daran ändern könnten. *Wir* aber haben diese Stellung und nicht irgendein anderer, und so sitzen *wir* im Dreck, Mike.« Einen Augenblick starrte er wild vor sich hin.

»Gut also – hast du ihn draußen?«

»Ja.«

»Ist jetzt im Augenblick alles normal?«

»Na ja, er hat weder den religiösen Wahnsinn, noch rennt er in Kreisen herum und zitiert dabei Gilbert und Sullivan. Ich nehme daher an, daß alles normal ist.«

Donovan ging durch die Tür. Wütend schüttelte er den Kopf.

Powell griff nach dem ›Handbuch der Robotik‹, das gewichtig auf der einen Seite seines Pultes lag, und schlug es voll Ehrfurcht auf. Einmal war er nur mit einer Unterhose bekleidet und lediglich unter Mitnahme des Handbuches aus dem Fenster eines brennenden Hauses gesprungen. Wäre es darauf angekommen, so hätte er lieber auf die Unterhose verzichtet.

Das Handbuch lag vor ihm aufgeschlagen, als Robot

DV 5 eintrat. Hinter ihm her kam Donovan, der die Tür mit einem Fußtritt schloß.

»Großartig«, sagte der Robot. »Darf ich mich setzen?«

Er zog den besonders verstärkten Stuhl, der sein Platz war, hervor und ließ sich sanft darauf nieder.

Powell betrachtete Dave. Laien mochten, wenn sie an Robots dachten, sich nur an Seriennummern erinnern. Aber Robot-Spezialisten sahen in ihnen etwas anderes. Dave war keineswegs übermassiv, obwohl er als Denkeinheit für eine integrierte Siebenergruppe konstruiert war. Er war über zwei Meter groß und wog mehr als fünfhundert Kilo. Viel? Nicht, wenn jene fünfhundert Kilo sich zusammensetzen aus einer Unmasse von Kondensatoren, Leitungssystemen, Relais und Vakuum-Zellen, die praktisch jeder psychologischen Reaktion fähig sind, deren auch ein Mensch fähig ist. Über diesem Körper saß ein positronisches Gehirn, das mit seinen zehn Pfund Materie und einigen Quintillionen Positronen die ganze Sache kontrollierte.

Powell suchte in seiner Hemdtasche nach einer losen Zigarette. »Dave«, sagte er, »du bist ein guter Kerl. An dir ist nichts Oberflächliches oder Primadonnenhaftes. Du bist ein mit beiden Füßen auf dem Boden stehender Bergwerksrobot, außer daß du überdies dafür eingerichtet bist, in direkter Koordination sechs Unterlinge zu lenken. Soweit mir bekannt ist, hat diese Tatsache keine instabilen Gehirnbahnen in den Plan deines Gehirnes eingefügt.«

Der Robot nickte. »Das freut mich, aber worauf wollen Sie denn hinaus, Chef?« Er war mit einer vorzüglichen Membrane ausgestattet, die seinen Worten durch ihre Obertöne viel von der sonstigen Flachheit robotischer Stimmen nahm.

»Das werd ich dir sagen. Trotz all dieser Möglichkeiten, die dir zur Verfügung stehen, geht irgend was schief bei deiner Arbeit. Was ist das? Was geschah zum Beispiel heute während der B-Schicht?«

Dave zögerte. »Soviel ich weiß, gar nichts.«

»Ihr habt aber keinerlei Eisenerz gefördert.«

»Ich weiß.«

»Na dann ...«

Dave hatte Schwierigkeiten. »Ich kann das nicht erklären, Chef. Macht mich selbst völlig nervös, oder würde es wenigstens tun, wenn ich nicht dagegen ankämpfte. Meine Hilfsarbeiter haben es tadellos geschafft. Ich weiß, ich selbst habe das gleiche getan.« Er dachte nach, wobei seine photoelektrischen Augen intensiv glühten. Dann: »Ich erinnere mich nicht. Der Tag ging zu Ende, und da war Mike und da standen die Erzwagen, und die meisten von ihnen waren leer.«

Donovan mischte sich ein. »Bei Schichtende hast du nicht den üblichen Bericht abgegeben, Dave. Du weißt das?«

»Ich weiß. Aber warum ...« Langsam und schwerfällig schüttelte er den Kopf.

Powell hatte das quälende Gefühl, daß das Gesicht des Robots jetzt – wäre es ausdrucksfähig – bestimmt Zeichen von Schmerz und Scham zeigen würde. Ein Robot kann seiner ureigensten Natur gemäß ein Versagen bei der Erfüllung seiner Funktion nicht ertragen.

Donovan zog seinen Stuhl an Powells Schreibtisch heran und beugte sich nach vorne. »Verlust des Gedächtnisses vielleicht?«

»Weiß nicht. Hat aber bestimmt keinen Sinn, dieser Sache irgendwelche Krankheitsnamen zu geben. Menschliche Störungen sind auf Robots nur als romantische Analogien anwendbar. In robotischer Ingenieursarbeit haben sie keinen Platz.« Er kratzte sich den Hals. »Ich möchte ihn nur höchst ungern durch die elementaren Gehirnreaktionsprüfungen gehen lassen. Es würde seiner Selbstachtung sehr abträglich sein.«

Er schaute gedankenvoll auf Dave und dann auf den ›Abriß über die Kontrollen an Ort und Stelle‹, der im Handbuch gegeben war. Er sagte: »Schau mal, Dave, was würdest du zu einem Test sagen? Es wäre bestimmt das richtige.«

Der Robot erhob sich. »Wenn Sie's befehlen, Chef!« Deutlich konnte man den Schmerz in seiner Stimme hören.

Es begann höchst einfach. Robot DV 5 multiplizierte fünfstellige Zahlen, während eine Stoppuhr herzlos tickte. Er sagte die Primzahlen zwischen tausend und zehntausend auf. Er zog Kubikwurzeln und integrierte Funktionen von wechselnder Komplexität. Er ging durch immer schwieriger werdende mechanische Reaktionen. Schließlich arbeitete sein präzises mechanisches Gehirn an den höchsten Funktionen der robotischen Welt – an der Lösung von Problemen der Beurteilung und der Ethik.

Nach zwei Stunden war Powell in Schweiß gebadet, während Donovan sich an einer Diät nicht gerade nahrhafter Fingernägel erfreut hatte. »Und wie sieht's aus, Chef?« fragte der Robot.

Powell sagte: »Ich muß darüber nachdenken. Übereilte Urteile nützen nichts. Wie wär's, wenn du zur C-Schicht zurückgingest? Sorg dich nicht. Versuche eine Zeitlang nicht, deine Quote zu erfüllen. Wir werden schon alles wieder in Ordnung bringen.«

Der Robot ging. Donovan schaute Powell an.

»Nun ...«

Powell schien entschlossen, seinen Schnurrbart mitsamt den Wurzeln herauszureißen. Er sagte: »Die Reaktionen dieses positronischen Gehirns sind einwandfrei in Ordnung.«

»Ich möchte nicht ganz so sicher sein.«

»O Mike! Das Gehirn ist der sicherste Teil eines Robots. Es ist auf der Erde fünfmal kontrolliert worden. Wenn so einer den Test besteht – so wie Dave es getan hat –, dann gibt es auch nicht die geringste Möglichkeit eines fehlerhaften Funktionierens. Der Test hat sich auf jede einzelne Gehirnbahn erstreckt, auf jede einzelne.«

»Und das heißt?«

»Nun hetz mich nur nicht! Laß mich darüber nachdenken! Es besteht noch immer die Möglichkeit, daß irgendein Konstruktionselement in seinem Körper beschädigt ist. Das bedeutet, daß ungefähr fünfzehnhundert Kondensatoren, zwanzigtausend Stromleiter, fünfhundert Vakuumröhren, tausend Relais und so und so viele andere komplizierte Einzelteile fehlerhaft sein können. Und dazu kommen noch jene mysteriösen positronischen Felder, von denen niemand etwas weiß.«

»Hör mal, Greg!« Donovans Stimme wurde jetzt verzweifelt eindringlich. »Ich hab eine Idee. Vielleicht lügt dieser Robot. Er hat niemals ...«

»Robots können wissentlich doch gar nicht lügen, du Dummkopf. Hätten wir hier diesen neuen McCormack-Wesley-Tester, so könnten wir jeden einzelnen Teil seines Körpers innerhalb 24 bis 48 Stunden testen. Die einzigen beiden existierenden Apparate aber befinden sich auf der Erde. Sie wiegen zehn Tonnen, stehen auf Betonsockeln und können nicht hierhergeschafft werden. Ist das nicht großartig?«

Donovan schlug mit der Faust auf den Schreibtisch. »Aber Greg, er arbeitet doch nur dann fehlerhaft, wenn keiner von uns in der Nähe ist. Darin liegt doch irgend etwas – etwas Unheimliches.« Er bekräftigte jedes Wort dieses Satzes mit einem Schlag auf den Schreibtisch.

»Du machst mich krank«, sagte Powell langsam. »Du liest zuviel Romane.«

»Was ich wissen will«, brüllte Donovan, »ist einfach, was wir in dieser Sache tun sollen.«

»Ich werd's dir sagen. Ich werde hier über meinem Pult einen Fernsehschirm installieren. Genau gesprochen, dort drüben an der Wand, verstanden?« Er deutete wütend hinüber zu der Stelle. »Dann werd ich das Instrument jeweils auf den Punkt des Bergwerks einstellen, an dem gerade gearbeitet wird. Und dann werd ich sehen, was geschieht. Das ist alles.«

»Das ist alles? Greg ...«

Powell erhob sich von seinem Stuhl und stützte seine geballten Fäuste auf die Schreibtischplatte. »Mike, ich hab's schwer.« Seine Stimme klang müde. »Seit einer Woche plagst du mich schon wegen Dave. Du sagst, etwas an ihm ist kaputt. Weißt du vielleicht, wieso er kaputt gegangen ist? Nein. Weißt du, in welcher Form sich sein Defekt äußert? Nein. Weißt du, was ihn verursacht hat? Nein. Weißt du, was ihn berichtigen kann? Nein. Weißt du überhaupt etwas, irgend etwas darüber? Nein. Weiß ich was darüber? Nein. Was willst du also von mir?«

Donovans Arm schwang in einer leeren, aber grandiosen Geste nach außen. »Da bin ich tatsächlich überfragt.«

»Drum sag ich dir's noch einmal. Ehe wir irgend etwas bezüglich der Heilung unternehmen, müssen wir zuerst mal wissen, was eigentlich die Krankheit ist. Wenn man ein Hasenpfeffer kochen will, muß zuerst der Hase erlegt werden. Schön, wir müssen also diesen Hasen fangen. Nun mach, daß du rauskommst!«

Donovan starrte auf den vorläufigen Abriß des Berichtes, an dem er arbeitete. Er war müde. Das war aber nur die eine Seite der Sache. Die andere war, daß man nur schwer einen Bericht abfassen konnte, solange die Sache selbst ganz ungeklärt war. Er fühlte sich verletzt.

Er sagte: »Greg, wir sind fast tausend Tonnen im Rückstand.« Ohne aufzuschauen, sagte Powell: »Du sagst mir da etwas, das ich noch gar nicht wußte.«

»Was ich aber gerne wissen möchte«, sagte Donovan in einem plötzlichen Wutanfall, »ist, warum wir immer mit neuartigen Robots zu tun haben. Ich bin jetzt allmählich zu der Überzeugung gekommen, daß jene Robots, die gut genug waren für meinen Großonkel mütterlicherseits, auch gut genug sind für mich. Ich bin für das, was ausprobiert und für gut befunden ist. Was zählt, ist, daß sich ein Ding durch Jahrhunderte bewährt, und was wir wollen, sind gute, solide, altbewährte Robots, die nie versagen.«

Powell warf ein Buch nach ihm. Er hatte gut gezielt, und Donovan purzelte von seinem Sitz herunter.

»Deine Aufgabe«, sagte Powell gleichmütig, »war in den letzten fünf Jahren, neue Robots unter tatsächlichen und stets anderen Arbeitsbedingungen zu erproben. Da du genau wie ich so unklug warst, dich dieser Aufgabe gewachsen zu zeigen, hat man uns regelmäßig die schwierigsten Fälle gegeben. Das« – er stach mit dem Zeigefinger Löcher in Richtung Donovan in die Luft – »ist deine Arbeit.

Soweit ich mich erinnere, hast du dich bereits fünf Minuten, nachdem du den Vertrag mit der United States Robot Co. unterschrieben hast, darüber beschwert, und seitdem ist das nicht besser geworden. Warum kündigst du nicht einfach?«

»Das will ich dir sagen.« Donovan rollte sich auf den Bauch und packte mit festem Griff sein struppiges rotes Haar, um damit seinen Kopf hochzuhalten. »Ein gewisses Prinzip ist in diese Sache verwickelt. Schließlich und endlich habe ich als derjenige Mann, der stets dann gerufen wurde, wenn Schwierigkeiten auftauchten, einen gewissen Anteil an der Entwicklung neuer Robots. Gewissermaßen helfe ich aus Prinzip dem wissenschaftlichen Fortschritt. Aber versteh mich nicht falsch! Es ist nicht dies Prinzip, das mich bei der Stange hält. Es ist das Geld, das man dabei verdient – *Greg!*«

Powell fuhr auf, als er Donovans wilden Schrei hörte, und seine Augen folgten den Blicken des rothaarigen Mannes zum Fernsehschirm. Vor Entsetzen traten sie fast aus ihren Höhlen heraus. Er knirschte: »Donner und Doria!«

Atemlos sprang Donovan auf die Füße. »Schau sie dir an, Greg! Die sind verrückt geworden.«

Powell rief: »Hol schnell ein paar Anzüge! Wir gehn da hinaus.« Er beobachtete das Auftreten der Robots auf dem Fernsehschirm. Man sah das bronzene Aufleuchten glatter Bewegungen, das sich gegen die schattigen Klippen des luftlosen Asteroiden deutlich abhob. Nun hatten sie sich in einer Marschformation aufgestellt, und die roh behauenen Wände der Mine begannen im Spiegel ihrer eigenen Körper geräuschlos vorüberzuschwimmen. Sie marschierten alle sieben im Gleichschritt und Dave bildete die Spitze. Feierlich wandten sie sich alle gleichmäßig um, vertauschten dann ihre Plätze und taten das Ganze mit der Leichtigkeit und Grazie einer Tanzgruppe in einem Varieté.

Donovan kam zurück mit den Anzügen. »Die sind dem patriotischen Wahnsinn verfallen. Jetzt zeigen sie einen militärischen Marsch.«

»So viel wir davon verstehen«, kam die kühle Antwort,

»könnte das ganze eine Serie von Freiübungen sein. Oder vielleicht leidet Dave unter der Halluzination, ein Tanzlehrer zu sein. Das Beste wäre, du würdest, ehe du was sagst, nachdenken und dann einfach schweigen.«

Donovan runzelte die Stirn und schob dann mit ostentativer Bewegung einen Detonator in die leere Seitentasche seines Anzugs. Er sagte: »Wie dem auch sei, hier hast du die ganze Geschichte. Wir arbeiten mit neuen Robotmodellen. Zugegeben, das ist unsere Aufgabe. Aber beantworte mir bitte eine Frage. Warum – warum geht unweigerlich immer etwas schief mit diesen Dingern?«

»Weil«, sagte Powell düster, »ein Fluch auf uns lastet. Gehen wir!«

Weit vor ihnen blinkte das Licht der Robots. Es kam durch die samtartige Dunkelheit der Tunnels, die sich hinter den Lichtkegeln, die ihre Taschenlampen warfen, in die Unendlichkeit zu erstrecken schien.

»Dort sind sie«, flüsterte Donovan.

Powell atmete kaum. »Ich habe versucht, Dave durch das Radio zu erreichen, aber er gibt keine Antwort. Vermutlich ist der Stromkreis seines Empfangsapparates unterbrochen.«

»Dann bin ich froh, daß die Herren Zeichner noch keine Robots entworfen haben, die in der Dunkelheit arbeiten können. Es würde mir bestimmt keinen Spaß machen, sieben wahnsinnig gewordene Robots in einem schwarzen Schacht finden zu müssen, und zwar ohne Radioverbindung ... wären sie nicht hellerleuchtet wie gottverdammte radioaktive Weihnachtsbäume.«

»Kriech mal auf diesen Vorsprung hinauf, Mike! Sie kommen in unserer Richtung, und ich möchte sie gerne aus nächster Nähe beobachten. Geht es?«

Donovan machte brummend den Sprung. Die Schwerkraft war bedeutend kleiner als die der Erde; mit einem schweren Anzug auf dem Leibe war der Vorteil aber nicht allzu groß, und der Vorsprung war immerhin mehr als drei Meter über ihnen. Powell folgte.

Die Kolonne der Robots marschierte im Gänsemarsch hinter Dave her. In mechanischem Rhythmus formierten sie sich zu Zweierreihen und wandelten diese dann wieder in die Gänsemarschreihe um. Das wiederholten sie immer wieder, und Donovan wandte auch nicht für eine Sekunde den Kopf.

Dave befand sich nicht mehr als sechs Meter von ihm entfernt, als das Schauspiel endete. Die Unterrobots lösten sich aus der Formation heraus, warteten einen Augenblick und rannten dann klappernd und klirrend und sehr schnell davon. Dave schaute ihnen nach und setzte sich dann langsam nieder. In sehr menschlicher Weise ließ er den Kopf auf eine Hand sinken.

Seine Stimme wurde in Powells Kopfhörern hörbar. »Sind Sie da, Chef?«

Powell gab Donovan ein Zeichen und sprang von dem Vorsprung zu Boden.

»Also, Dave – was ist eigentlich los hier?«

Der Robot schüttelte den Kopf. »Ich weiß nicht. Ich war damit beschäftigt, eine ziemlich schwierige Sache in Tunnel 17 zu meistern. Das war jetzt. Im nächsten Augenblick habe ich das Gefühl, daß menschliche Wesen ganz in meiner Nähe sind, und nun finde ich mich hier fast einen Kilometer weit weg vom Hauptschacht.«

»Wo sind die anderen jetzt?« fragte Donovan.

»Natürlich wieder an der Arbeit. Wieviel Zeit haben wir verloren?«

»Nicht viel. Mach dir nichts draus!« Dann fügte er zu Donovan gewandt hinzu: »Bleibe bei ihm, bis die Schicht um ist! Dann komm zurück! Ich habe zwei Ideen ...«

Es dauerte drei Stunden, ehe Donovan wiederkam. Er sah müde aus. Powell fragte: »Wie ist's gegangen?«

Donovan zuckte erschöpft mit den Schultern. »Nie geht was schief, wenn man sie beobachtet. Schmeiß mir mal 'ne Zigarette rüber, ja?«

Der Rothaarige zündete sie mit übertriebener Sorgfalt an und blies dann vorsichtig einen Rauchring in die Luft. Er sagte: »Ich hab's versucht mir klarzumachen, Greg. Wie du weißt, hat Dave eine für einen Robot sonderbare Aufgabe. Er hat sechs andere unter sich, und zwar in strengster Disziplin. Er besitzt Macht über Leben und Tod dieser anderen, und das muß auf seine Mentalität spürbare Rückwirkungen haben. Nimm mal an, er findet es nötig, diese Macht, die er besitzt, als eine Konzession gegenüber seinem Ego noch besonders zu unterstreichen!«

»Komm zur Sache!«

»Ich bin mitten drin. Nimm an, dies wäre eine Art von Militarismus! Nimm an, er baut sich eine Art von Armee auf! Nimm an, er trainiert sie in militärischen Manövern. Nimm an ...«

»Nimm an, du machst dir einen kalten Wickel um den Kopf. Deine Albdrücke gehen offenbar in Technicolor vor sich. Du postulierst ein schweres Abirren des positronischen Gehirns. Wäre deine Analyse richtig, so müßte Dave die erste Regel aller Robotik übertreten – daß nämlich ein Robot keinem menschlichen Wesen irgendein Leid zufügen darf, noch daß ein Robot es zugeben darf, daß durch seine Untätigkeit ein solches Leid getan wird. Die Art militärischer Haltung und dominierenden Egos, die du anführst, muß als Endziel die Beherrschung menschlicher Wesen haben.«

»Meinetwegen. Und woher weißt du, daß dem nicht so ist?«

»Weil jeder Robot mit einem derartigen Gehirn niemals die Fabrik verlassen haben würde, und zweitens wäre es sofort herausgefunden worden, wenn er sie dennoch verlassen hätte. Wie du weißt, habe ich Dave getestet.«

Powell schob seinen Stuhl zurück und legte seine Füße auf den Schreibtisch. »Nein, mein Lieber! Wir sind noch immer in der Lage derjenigen, die ihr Hasenpfeffer nicht kochen können, weil sie den Hasen noch nicht gefangen haben. Wüßten wir zum Beispiel, was dieser Danse Macabre für eine Bedeutung hatte, wären wir bereits einen gewaltigen Schritt weiter.«

Er machte eine Pause. »Nun hör mal zu, Mike! Was hältst

du von folgendem? Dave macht diese Geschichten immer nur dann, wenn keiner von uns zugegen ist. Und befindet er sich einmal in diesem Zustand, so befreit unsere Ankunft ihn augenblicklich daraus.«

»Ich hab dir schon mal gesagt, daß mir das irgendwie unheimlich ist.«

»Unterbrich mich bitte nicht! Inwiefern ist ein Robot anders, wenn menschliche Wesen sich nicht in der Nähe befinden? Die Antwort ist klar. Es werden größere Ansprüche an seine persönliche Initiative gestellt. In diesem Falle also wollen wir uns einmal diejenigen Körperteile betrachten, die durch jene höheren Ansprüche berührt werden.«

»Bei Gott« – Donovan setzte sich auf, sackte aber dann wieder in sich zusammen. »Nein, nein. Das genügt nicht. Ist noch immer viel zu weit gefaßt. Vermindert die Möglichkeiten nicht allzu sehr.«

»Daran kann ich nichts ändern. Auf keinen Fall besteht die Gefahr, daß wir unsere Quote nicht erfüllen. Wir werden diese Robots schichtweise durch den Fernsehapparat beobachten. Wann immer irgend etwas schief geht, erscheinen wir sofort auf der Bühne. Das bringt sie dann wieder in Ordnung.«

»Dennoch werden diese Robots die Spezifikationen nicht erfüllen, Greg. United States Robot Co. kann Robots mit einem derartigen Prüfungsbericht nicht auf den Markt bringen.«

»Natürlich nicht. Wir müssen den Fehler finden und korrigieren – und um das zu tun, stehen uns zehn Tage zur Verfügung.« Powell kratzte sich am Kopfe. »Die Schwierigkeit ist nur ... na ja, schau dir mal selber die Blaupausen an.«

Die Blaupausen bedeckten den ganzen Boden wie ein Teppich, und Donovan kroch, Powells hin- und herfuchtelndem Bleistift folgend, kreuz und quer über sie hin.

Powell sagte: »Dies ist der Punkt, wo deine Hilfe benötigt wird, Mike. Du bist der Körperspezialist, und ich möchte, daß du mich kontrollierst. Ich habe versucht, alle diejenigen Stromkreise auszuschalten, die mit dem Netz, das die persönliche Initiative kontrolliert, nichts zu tun haben. Hier zum Beispiel ist die Rumpfarterie, die mechanische Operationen betrifft. Ich schließe auch alle Seitenlinien aus und ...« Er schaute auf. »Was denkst du?«

Donovan hatte einen ziemlich üblen Geschmack im Munde. »Die Aufgabe ist bei weitem nicht so einfach, Greg. Persönliche Initiative ist keineswegs ein elektrischer Stromkreis, den man von allem übrigen trennen und untersuchen kann. Sobald ein Robot auf sich selbst gestellt ist, wächst die Intensität seiner Körpertätigkeit an fast allen Fronten. Nicht ein einziger Stromkreis bleibt davon völlig unberührt. Wir müssen also die ganz spezielle Bedingung finden, die ihn sozusagen umwirft, und dann erst anfangen, Stromkreise zu eliminieren.«

Powell stand auf und staubte sich selbst ab. »Hm. Schön. Fort mit den Blaupausen! Du kannst sie in den Ofen stecken.«

Donovan sagte: »Du verstehst doch, daß, wenn die Tätigkeit sich intensiviert, irgend etwas geschehen kann – ein winziges fehlerhaftes Teilchen vorausgesetzt. Die Isolation versagt, ein Kondensator schlägt durch, ein Anschluß funkt, eine Spule überhitzt sich. Arbeitest du nun sozusagen blind und hast vor dir den Robot und all seine Teile zur Auswahl, so findest du den schwachen Punkt nie. Nimmst du Dave auseinander und untersuchst eines nach dem anderen, jedes Teilchen seines Körpermechanismus, setzt ihn dann jedesmal wieder zusammen und probierst ihn aus ...«

»Schon gut, schon gut. Auch ich kann durch ein Bullauge sehen.«

Sie schauten sich hoffnungslos an. Dann sagte Powell vorsichtig: »Wie wär's, wenn wir mal einen der Unterrobots befragten?«

Weder Powell noch Donovan hatten je zuvor Gelegenheit gehabt, mit einem ›Finger‹ zu sprechen. Ein ›Finger‹ konnte sprechen. In dieser Beziehung stimmte also die Analogie nicht ganz. Tatsächlich besaß er sogar ein ziemlich gut entwickeltes Gehirn, nur daß dieses Gehirn in erster Linie darauf eingestellt war, Befehle durch das positronische Feld aufzunehmen. Seine Reaktion auf unabhängige Anregungen war ziemlich begrenzt.

Powell war auch nicht ganz sicher, wie der ›Finger‹ hieß. Seine Seriennummer war DV 5-2, aber das half ja nicht sehr viel.

So versuchte er einen Kompromiß. »Schau, Kamerad«, sagte er, »ich werde dich bitten, sehr scharf nachzudenken, und dann kannst du zu deinem Meister zurückkehren.«

Der ›Finger‹ nickte steif, verschwendete aber seine begrenzte Hirnkraft nicht darauf, etwas zu sagen.

»Nun also«, sagte Powell, »kommen wir zur Sache! Viermal ist dein Meister in letzter Zeit vom Gehirnschema abgewichen. Erinnerst du dich dieser vier Gelegenheiten?«

»Jawohl, Herr.«

Donovan brummte ärgerlich. »*Er* erinnert sich. Ich sage dir doch, darin steckt etwas äußerst Unheimliches.«

»Ach geh und schlag dir selbst den Schädel ein! Natürlich erinnert sich der ›Finger‹. Ihm fehlt ja nichts.« Powell wandte sich wieder dem Robot zu. »Was tatet ihr jedesmal – ich meine, was tat die Gruppe?«

Die Art, wie der ›Finger‹ antwortete, war eigenartig. Er schnurrte die Worte herunter, als würden sie durch nichts anderes bewirkt als durch den Druck seiner Gehirnpfanne. Sie kamen ohne irgendwelche Betonung, ohne jedes Gefühl.

Er sagte: »Das erste Mal befanden wir uns in Tunnel 17 der B-Sohle und waren dort damit beschäftigt, schwieriges Gestein beiseite zu schaffen. Das zweite Mal waren wir damit beschäftigt, die Decke gegen einen möglichen Einbruch abzustützen. Das dritte Mal waren wir gerade im Begriff, sehr genaue und schwierige Sprengungen anzulegen, die vorgenommen werden mußten, um den Tunnel weiter zu treiben, ohne in eine unterirdische Spalte einzubrechen. Das vierte Mal war unmittelbar nach einem kleineren Einbruch.«

»Was geschah bei diesen Gelegenheiten?«

»Es ist schwer zu beschreiben. Ein Befehl wurde erteilt, aber noch ehe wir ihn empfangen und interpretieren konnten, kam ein neuer Befehl, in sonderbarer Formation zu marschieren.«

Powell fuhr ihn an: »Warum?«

»Ich weiß nicht.«

Donovan unterbrach ihn. »Was war der erste Befehl – ich meine den Befehl, der nachher durch den Marschbefehl ersetzt wurde?«

»Ich weiß nicht. Ich spürte, daß ein Befehl gesandt wurde, hatte aber nie die Zeit, ihn zu empfangen.«

»Kannst du irgend etwas darüber sagen? War es jedesmal der gleiche Befehl?«

Der ›Finger‹ schüttelte den Kopf. »Ich weiß nicht.«

Powell lehnte sich zurück. »Gut. Du kannst jetzt zurückgehen zu deinem Meister.«

Der ›Finger‹ verschwand offensichtlich erleichtert.

Donovan sagte: »Na, dieses Mal haben wir aber 'ne Menge erreicht. War tatsächlich von vorne bis hinten ein hochinteressanter Dialog. Hör mal, Mensch – sowohl Dave wie dieser blöde ›Finger‹ führen uns an der Nase herum. Zu viel wissen sie einfach nicht, und an zu viel können sie sich nicht erinnern. Wir müssen endlich aufhören, ihnen zu trauen, Greg.«

Powell fuhr sich gegen den Strich über seinen Schnurrbart. »Bei Gott, Mike – noch eine einzige derartige dumme Bemerkung von dir, und ich nehm dir deine Rassel und deinen Schnuller weg.«

»Meinetwegen bist du das Genie unserer Gruppe. Ich bin nichts als ein blöder Hammel. Wie weit sind wir jetzt also?«

»Genau da, wo wir sein wollen. Ich habe versucht, die Sache von hintenher aufzurollen, indem ich den ›Finger‹ befragte, und es ist mir mißlungen. So müssen wir also von neuem einen Frontangriff versuchen.«

»Was für 'n großer Mann du bist«, staunte Donovan. »Wie das alles vereinfacht. Nun übersetz mir das bitte in einfaches Englisch, Meister!«

»Wenn ich es in die Babysprache übersetzte, wäre dir bedeutend mehr gedient. Ich will einfach sagen, daß wir nun herausfinden müssen, welchen Befehl Dave jedesmal in dem Augenblick erteilt, ehe alles schief geht. Dies wird dann der Schlüssel zur ganzen Sache werden.«

»Und wie willst du das anstellen? Wir können uns nicht in seiner Nähe aufhalten, denn nichts geht schief, solange wir da sind. Wir können die Befehle auch nicht durch Radio auffangen, da sie ja durch diese verdammten positronischen Felder übertragen werden. Das eliminiert sowohl die Arbeit aus der Nähe als auch die aus der Ferne und läßt uns nichts übrig als eine hübsche runde Null.«

»Wenn wir uns nur an direkte Beobachtungen halten, stimmt das. Daneben gibt es aber auch eine Sache, die Deduktion heißt.«

»Was?«

»Wir werden schichtweise arbeiten, Mike.« Powell lächelte grimmig, »und wir werden unsere Augen nicht von diesem Fernsehschirm nehmen. Wir werden jede Handlung dieser stählernen Quälgeister beobachten. Sobald sie mit ihrer hübschen Vorstellung beginnen, müssen wir genau wissen, was sich unmittelbar zuvor ereignete. Dann können wir vielleicht den Befehl, der eigentlich gegeben werden sollte, ableiten.«

Donovan öffnete den Mund und beließ ihn eine volle Minute in dieser Stellung. Dann sagte er halb erstickt: »Ich geb's auf. Ich hab genug.«

»Du hast zehn Tage Zeit, dir was Besseres auszudenken«, sagte Powell müde.

Was nun für die Dauer von acht Tagen Donovan mit allen Kräften zu tun versuchte. Acht Tage lang beobachtete er in abwechselnden Vierstunden-Schichten mit schmerzenden und tränenden Augen jene glänzenden metallischen Gestalten, wie sie sich vor einem verschwommenen Hintergrund hin- und herbewegten. Und acht Tage lang verfluchte er in den Freistunden die United States Robot Co., die DV-Modelle und den Tag, an dem er geboren wurde.

Und dann am achten Tag, als Powell gerade mit schmerzendem Kopf und verschlafenen Augen seine Schicht antreten wollte, stand Donovan auf und schleuderte nach sorgfältigem Zielen ein schweres Buch auf den Fernsehschirm. Was folgte, war ein sehr angebrachtes Krachen und Splittern.

Powell stöhnte. »Warum hast du das getan?«

»Weil ich diesen Schirm nicht mehr beobachten werde«, sagte Donovan ruhig. »Wir haben noch zwei Tage Zeit und haben nichts herausgefunden. DV 5 ist ein schwerer Versager. Er hat, seitdem ich ihn beobachte, fünfmal aufgehört zu arbeiten. Dreimal hat er es während deiner Schicht getan. Aber wir beide können nicht herausfinden, welche Befehle er im Begriff war zu geben. Und ich glaub auch nicht, daß du es jemals herausfinden wirst, denn ich weiß, daß ich es nie können werde.«

»Du guter Gott im Himmel, wie kann man sechs Robots auf einmal beobachten. Einer macht was mit den Händen, der andere was mit den Füßen, der dritte tut, als sei er 'ne Windmühle, der vierte hüpft auf und ab wie ein Wahnsinniger. Und die anderen beiden ... der Teufel weiß, was sie tun. Und dann hören sie alle auf. So! So!«

»Greg, wir machen's nicht richtig. Wir müssen in ihre Nähe kommen. Wir müssen die Sache von einem Punkt aus beobachten, wo wir alle Einzelheiten sehen können.«

Powell gab sein erbittertes Schweigen auf. »Schöne Sache – darauf warten, daß irgendwas schief geht, und dabei stehen uns nur noch zwei Tage zur Verfügung.«

»Ist es vielleicht besser, die Sache von hier aus zu beobachten?«

»Gemütlicher jedenfalls.«

»Stimmt. Aber wenigstens gibt es dort etwas, das du tun kannst, was hier unmöglich ist.«

»Und das wäre?«

»Du kannst sie dazu bringen aufzuhören, sobald du willst und während du darauf vorbereitet bist und beobachtest, was eigentlich schief geht.«

Powell wurde plötzlich hellwach. »Wie bitte?«

»Na, du kannst dir's ja selbst ausrechnen. Stell dir doch selbst mal ein paar Fragen. Wann kommt DV 5 aus dem Gleichgewicht? Was hat jener ›Finger‹ erzählt? Wenn ein Einbruch drohte oder sich tatsächlich ereignete, wenn gefährliche Sprengungen vorbereitet wurden, wenn man auf schwieriges Gestein traf.«

»Mit anderen Worten, in Notlagen.« Powell war aufgeregt.

»Stimmt. Hattest du was anderes erwartet? Es ist der Faktor persönlicher Initiative, der uns diese Schwierigkeiten bereitet. Und gerade in Notlagen wird in Abwesenheit menschlicher Wesen persönliche Initiative ganz besonders in Anspruch genommen. Was ist nun die logische Folge? Wie können wir unsere eigene Arbeitsunterbrechung künstlich schaffen, wann und wo wir wollen?« Er machte triumphierend eine Pause - er begann an seiner Rolle Gefallen zu finden - und dann beantwortete er, um Powell zuvorzukommen, seine eigene Frage. »Indem wir unsere eigene Notlage künstlich erzeugen.«

Powell sagte: »Mike, du hast recht.«

»Danke, Kamerad! Ich wußte, ich würde eines Tages deinen Ansprüchen genügen.«

»Schon gut, und lassen wir jetzt den Sarkasmus beiseite. Heben wir ihn auf, bis wir zurück sind auf der Erde, und machen wir ihn dort in Gläsern ein für zukünftige lange Winter. Inzwischen - welche Notlage können wir künstlich schaffen?«

»Wir könnten die Schächte unter Wasser setzen, befänden wir uns nicht auf einem luftlosen Asteroiden.«

»Soll wohl ein Witz sein, was?« sagte Powell. »Wahrhaftig Mike, ich ersticke schon bald vor Lachen. Wie wär's mit einem hübschen kleinen Erdrutsch?«

Donovan schürzte die Lippen. »Mir soll's recht sein.«

»Schön. Dann also an die Arbeit.«

Powell kam sich wie ein Verschwörer vor, während er sich seinen Weg durch die zerklüftete Gegend suchte. Ein wenig taumelnd - die geringe Schwerkraft des Planeten machte seinen Gang recht unsicher – wankte er über den rissigen Boden. Unter seinem Gewicht spritzten Steinbrocken nach links und rechts und verursachten, wenn sie lautlos aufschlugen, kleine Wolken grauen Staubes. Vor seinem geistigen Auge aber sah er sich so, als ginge er in der schleichenden Art eines gefährlichen Attentäters.

Er sagte: »Weißt du, wo sie sich befinden?«

»Ich glaube schon, Greg.«

»Gut«, sagte Powell düster. »Wenn aber ein einziger ›Finger‹ sich uns auf sechs Meter nähert, dann wittert er uns, ganz egal, ob wir sichtbar für ihn sind oder nicht. Ich hoffe, du bist dir dessen bewußt.«

»Sollte ich Elementarunterricht in Robotik benötigen, so werde ich bei dir einen schriftlichen Antrag in dreifacher Ausfertigung einreichen. Hier hinunter!«

Sie befanden sich nun in den Tunnels. Selbst das Sternenlicht war verschwunden. Die beiden hielten sich an den Wänden fest. In Zwischenräumen erfolgte das Aufblitzen ihrer Lampen. Powell berührte die Sicherung seines Detonators.

»Kennst du diesen Tunnel, Mike?«

»Nicht allzu gut. Er ist neu. Ich glaube aber, ihn nach dem Bild, das ich auf dem Fernsehschirm gesehen habe, wiederzuerkennen, obgleich ...«

Unendlich lange Minuten gingen vorbei. Dann sagte Mike: »Spürst du's?«

Deutlich konnte Powell das leichte Trommeln einer feinen Vibration gegen seine metallumhüllte Hand verspüren. Natürlich war kein Laut hörbar.

»Sprengungen. Wir sind jetzt ganz nahe.«

»Halte die Augen offen!« sagte Powell.

Donovan nickte ungeduldig.

Es geschah schneller, als sie es erfassen konnten. Nichts als ein bronzenes Blitzen war für den Bruchteil einer Sekunde sichtbar ... ein Blitzen, das an ihrer Sehplatte vorüberhuschte. Schweigend schmiegten die beiden sich aneinander.

Powell flüsterte: »Glaubst du, er hat uns gewittert?«

»Ich hoffe nicht. Wir wollen sie lieber aus der Flanke erfassen. Geh in den ersten Seitentunnel rechts hinein.«

»Nimm an, wir verfehlen sie dann ganz und gar?«

»Mein Gott, und was würdest du tun? Zurückgehn vielleicht?« Donovan brummte wütend. »Sie befinden sich nicht weiter als vierhundert Meter entfernt von uns. Ich hab sie schließlich und endlich durch die Sehplatte beobachtet. Und es bleiben uns nur noch zwei Tage.«

»Oh, halt's Maul! Du vergeudest nur deinen Sauerstoff. Ist dies hier ein Seitengang?« Das Licht ihrer Lampen blitzte auf. »Ja. Dann los also.«

Nun wurde die Vibration bedeutend deutlicher spürbar, und der Boden unter ihren Füßen bebte.

»Gut so«, sagte Donovan, »wenn wir nicht den ganzen Stollen auf den Kopf bekommen.« Ängstlich ließ er den Schein seiner Lampe nach vorne wandern.

Mit halbausgestreckter Hand konnten sie die Decke des Tunnels berühren. Die Stützen waren neuerdings aufgestellt worden.

Donovan zögerte: »Sackgasse. Gehn wir zurück.«

»Nein. Bleib, wo du bist.« Schwerfällig zwängte Powell sich vorbei. »Ist das da vorne ein Licht?«

»Licht? Ich sehe keins. Wo sollte denn hier unten ein Licht herkommen?«

»Ein Robot-Licht.« Auf Händen und Knien kroch er einen kleinen Hang hinauf. Seine Stimme klang heiser und eindringlich in Donovans Ohren: »He! Mike, komm mal hier herauf.«

Tatsächlich war da Licht. Donovan kroch hinauf und über Powells ausgestreckte Beine hinweg. »Eine Öffnung?«

»Ja. Offenbar arbeiten sie sich nun von der anderen Seite her zu diesem Tunnel vor. Das nehme ich zum mindesten an.«

Donovan befühlte die rauhen Ränder der Öffnung, die hinausging in einen Tunnel, der – wie es ihnen im Licht ihrer sehr vorsichtig und sparsam gebrauchten Lampen schien –

offenbar der Haupttunnel war. Das Loch war jedoch zu klein, als daß ein Mann hätte hindurchkriechen können – ja fast zu klein zum gleichzeitigen Hindurchschauen.

»Hier ist nichts«, sagte Donovan.

»Im Augenblick nicht. Vor einer Sekunde aber war was da, da wir ja sonst kein Licht gesehen hätten. Vorsicht!«

Die Wände um sie herum begannen zu rollen. Sie spürten einen Aufprall. Ein feiner Staub fiel auf sie herunter. Vorsichtig hob Powell den Kopf und schaute sich um. »Schön, Mike, die Burschen *sind* hier.«

Etwa fünfzehn Meter entfernt im Haupttunnel standen die glänzenden Robots beieinander. Mächtige Metallarme arbeiteten an dem Geröllhaufen, der durch die letzte Sprengung entstanden war.

Eifrig drängte Donovan. »Verlier keine Zeit! Bald werden sie mit dem Haufen fertig sein, und bei der nächsten Sprengung erwischt es uns vielleicht.«

»Aber Mike, hetz mich doch nicht!« Powell löste den Detonator von seinem Gürtel. Angestrengt durchforschten seine Augen den dämmerigen Hintergrund, wo Robotlicht das einzige Licht war und man unmöglich einen Felsvorsprung von einem Schatten zu unterscheiden vermochte.

»Fast genau über ihnen befindet sich ein Felsblock. Siehst du ihn? Die letzte Sprengung hat nicht ganz bis dahin gereicht. Triffst du diesen Block an seiner Basis, dann wird die halbe Decke einstürzen.«

Powell folgte mit den Blicken dem ausgestreckten Finger Donovans. »Ich seh, was du meinst. Nun behalte die Robots gut im Auge und richte ein Gebet zum Himmel, daß sie sich nicht zu weit von diesem Felsblock entfernen. Sie allein sind nämlich meine Lichtquelle. Sind alle sieben da?«

Donovan zählte. »Ja, alle sieben.«

»Schön, dann beobachte sie! Beobachte jede einzelne ihrer Bewegungen!«

Er hob seinen Detonator und blieb so stehen, während Donovan scharf Ausschau hielt, derb fluchte und versuchte, seine Augen durch Blinzeln von Schweiß zu säubern.

Es blitzte.

Es gab einen Ruck, eine Serie harter Stöße und dann einen schmerzhaften Schlag, der Powell gegen Donovan schleuderte.

Donovan stöhnte. »Greg, du hast mich aus dem Gleichgewicht gebracht. Ich hab überhaupt nichts gesehen.«

Powell starrte wild um sich. »Wo sind die Kerle?«

Donovan versank in dumpfes Schweigen. Von den Robots war nicht das geringste mehr sichtbar. Um sie herum war es so dunkel, als befänden sie sich auf dem Grunde des Styx.

»Glaubst du, wir haben sie verschüttet?« frage Donovan mit quäkender Stimme.

»Gehn wir dort hinunter! Frag mich bitte nicht, was ich denke!« In stürzender Eile kroch Powell nach rückwärts.

»Mike!«

Donovan, der im Begriff gewesen war, Powell zu folgen, stockte. »Was ist jetzt los, um Gottes willen?«

»Halt dich fest!« Powells Atem klang rauh und unregelmäßig in Donovans Ohren. »Mike – hörst du mich, Mike?«

»Natürlich, ich bin ja neben dir. Was ist los?«

»Wir sind eingeschlossen. Es war gar nicht die Decke, die fünfzehn Meter entfernt eingebrochen ist, die uns umgeworfen hat. Es war unsere eigene Decke. Durch die Explosion ist sie zusammengebrochen.«

»Was!« Donovan kroch vorwärts, bis er gegen eine harte Schranke stieß. »Schalte mal dein Licht an!«

Powell tat, wie ihm geheißen. Nirgends war auch nur die kleinste Öffnung sichtbar. Nicht einmal ein Kaninchen hätte entkommen können.

Leise sagte Donovan: »Na, was sagst du *dazu*?«

Sie vergeudeten ein paar Augenblicke ihrer kostbaren Zeit und ein wenig von der Kraft ihrer Muskeln in einem Versuch, die Barriere zu entfernen. Powell brachte dadurch etwas Abwechslung in diese Tätigkeit, daß er sich an den Rändern der ursprünglichen Öffnung versuchte. Einen Augenblick hob Powell seinen Detonator. In einem so engen Raume aber würde ein Strahl aus diesem Instrument Selbstmord gewesen sein, und Powell wußte das natürlich. Er setzte sich.

»Weißt du, Mike«, sagte er, »hier haben wir wirklich eine hübsche Schweinerei angerichtet. Wir sind unserer Aufgabe, herauszufinden, was mit Dave los ist, keinen Schritt näher gekommen. Die Idee war nicht schlecht, nur ist der Schuß leider nach hinten losgegangen.«

Donovans Blick war voller Bitternis, deren Intensität in der völligen Dunkelheit natürlich für Powell verlorenging. »Es tut mir leid, dich unterbrechen zu müssen, weiser alter Mann ... aber ganz abgesehen davon, ob wir nun wissen, was mit Dave los ist oder nicht, hocken wir hier sozusagen in der Falle. Kommen wir da nicht heraus, mein Freund, so verrecken wir. Verenden. Sterben. Wieviel Sauerstoff haben wir eigentlich? Doch wohl für nicht länger als sechs Stunden.«

»Auch daran habe ich bereits gedacht.« Powells Finger griffen nach dem schwer malträtierten Schnurrbart. Ohne ihr Ziel zu erreichen, klapperten sie gegen das durchsichtige Visier. »Natürlich könnten wir ohne Schwierigkeiten innerhalb dieser Zeit Dave veranlassen, daß er uns ausgräbt ... hätte nicht unsere wunderbare, künstlich geschaffene Notlage ihn aus dem Gleichgewicht gebracht und seine Radioanlage ruiniert.«

»Und ist das nicht schauderhaft?«

Donovan schob sich hinauf zu der Öffnung und brachte es fertig, seinen im Metallhelm eingeschlossenen Kopf hindurchzuzwängen. Es war sehr eng.

»He, Greg!«

»Was?«

»Nimm an, wir bringen es fertig, Dave dazu zu bringen, daß er sich uns auf eine Entfernung von sechs Metern nähert. Dann wird er automatisch wieder normal ... und uns wird das das Leben retten.«

»Sicher ... nur – wo ist er?«

»Drunten im Gang ... ganz weit weg. Hör um Gottes willen auf, an mir zu zerren! Du reißt mir sonst noch den Kopf ab. Gleich darfst du dich selber umsehen.«

Powell manövrierte seinen Kopf in die Öffnung hinein. »Fein haben wir's gemacht! Schau dir die Idioten nur an! Offenbar tanzen sie im Augenblick ein Ballett.«

»Du kannst deine Randbemerkungen geradeso gut unterdrücken, wenigstens in diesem Augenblick. Kommen sie irgendwie näher zu uns heran?«

»Kann ich noch nicht sagen. Sind zu weit weg. Gib mir etwas Zeit! Reiche mir mal meine Taschenlampe, ja? Ich will versuchen, ihre Aufmerksamkeit auf uns zu lenken.«

Nach ein paar Minuten gab er den Versuch auf. »Nichts zu machen. Die Burschen müssen blind sein. Halt mal einen Augenblick! ... die Kerle setzen sich tatsächlich auf uns zu in Marsch. Was sagst du nun?«

Donovan sagte: »He, laß mich mal sehen!«

Lautlos zwängte Powell seinen Kopf aus der Öffnung heraus. »Meinetwegen«, rief er, während Donovan den Kopf hineinsteckte.

Die Robots näherten sich. Dave ging wie ein Tambourmajor voraus, und die sechs ›Finger‹ folgten ihm wie Tänzerinnen eines Balletts.

Donovan kam aus dem Staunen nicht heraus. »Was tun sie nur? Bei Gott, das möcht ich wirklich wissen. Es gleicht ein bißchen einer Polonaise. Und Dave ist der Anführer, wenn ich je in meinem Leben einen gesehen habe.«

»Laß mich doch ja mit deinen Beschreibungen in Ruhe«, brummte Powell. »Wie nahe sind sie jetzt?«

»Kaum mehr fünfzehn Meter und sie nähern sich noch immer. In einer Viertelstunde sind wir draußen und – ach, du! Hallo! – Heeh! – Hallo!«

»Was ist los?« Powell brauchte mehrere Sekunden, um sich von dem durch Donovans Stimmaufwand hervorgerufenen halb betäubenden Erstaunen zu erholen. »Los, laß mich auch mal sehen! Nimm doch nicht alles für dich allein in Anspruch.«

Er kämpfte sich den Hang hinauf, aber Donovan blickte wie wild um sich. »Sie haben kehrtgemacht, Greg. Sie gehen weg. Dave! He, Daaave!«

Powell brüllte: »Was nützt das denn, du Esel? Schall pflanzt sich hier doch gar nicht fort.«

»Schön, dann tritt die Wände mit den Füßen«, keuchte Donovan. »Hau gegen sie, bring irgendwie eine Vibration zustande. Auf irgendeine Weise müssen wir ihre Aufmerksamkeit erregen, Greg, sonst ist es aus mit uns.« Wie ein Wilder hieb er mit den Fäusten um sich.

Powell schüttelte ihn. »Warte, Mike, wart mal! Mensch! Hör zu. Ich hab eine Idee. Toll – was alles passieren muß, daß Leute wie wir auf die ganz einfache Lösung dieser Sache kommen! Mike!«

»Was willst du?« Donovan zog den Kopf aus der Öffnung zurück.

»Laß mich schnell da hinein – schnell, ehe die Kerle aus meiner Reichweite sind!«

»Aus deiner Reichweite? Was hast du vor? He, was willst du mit diesem Detonator?« Er packte Powells Arm.

Heftig befreite Powell sich von Donovans Griff. »Was ich tue? Ich schieße ein bißchen.«

»Warum?«

»Das erzähl ich dir später. Laß mal erst sehn, ob es hilft. Tut's das nicht, dann ... Mach, daß du mir aus dem Wege kommst und laß mich endlich schießen!«

Die Robots waren nichts als ein Flimmern, und sie wurden immer kleiner. Powell zielte und schoß dreimal. Dann senkte er die Waffe und schaute ängstlich hinaus. Einer der Hilfsrobots lag auf dem Boden. Nur noch sechs leuchtende Gestalten standen aufrecht.

Unsicher rief Powell in seinen Übermittlungsapparat hinein: »Dave!«

Zunächst folgte Stille, dann kam die Antwort, deutlich hörbar für beide Männer. »Chef? Wo sind Sie? Mein dritter Hilfsarbeiter hat sich die Brust verletzt. Er ist außer Tätigkeit.«

»Kümmere dich nicht um deinen Hilfsarbeiter«, sagte Powell. »Wir sind an der Stelle eurer letzten Sprengung gefangen. Kannst du den Schein unserer Taschenlampe sehn?«

»Natürlich, wir kommen sofort.«

Powell lehnte sich zurück und seine Muskeln entspannten sich. »Und damit haben wir's also geschafft.«

Ganz leise und mit Tränen in der Stimme sagte Donovan: »Schön, Greg! Du bist der Sieger. Ich knie vor dir nieder und küsse dir die Füße. Und nun erzähl mir keine langen Geschichten, sondern sag mir ganz einfach und in schlichten Worten, was eigentlich los war!«

»Ganz einfach ... nur daß wir Idioten während der ganzen Zeit, wie gewöhnlich, das Nächstliegende nicht gesehen haben. Wir wußten, daß es im Stromkreis der ›Persönlichen Initiative‹ lag und daß es sich stets ereignete, wenn Notlagen eintraten. Dennoch suchten wir wie die Verrückten nach einem ganz speziellen Befehl. Warum mußte es eigentlich ein ganz spezieller Befehl sein, der ihr eigenartiges Benehmen verursachte?«

»Und warum nicht?«

»Also paß mal auf! Warum konnte es nicht ein gewisser Befehlstypus sein. Welcher Befehlstypus erfordert die meiste Initiative? Welche Art von Befehl würde fast immer in Notlagen erteilt werden?«

»Frag bitte nicht mich! Sag's mir einfach!«

»Das tue ich ja gerade. Also ein Befehl, der gleichzeitig an alle sechs gegeben wird. Unter gewöhnlichen Bedingungen tut immer einer oder tun mehrere der ›Finger‹ Routinearbeit, die keine scharfe Überwachung erfordert, ganz genauso wie etwa unsere eigenen Körper sich verhalten, wenn wir gehen. In einer Notlage aber müssen alle sechs Hilfsarbeiter sofort und gleichzeitig mobilisiert werden. Dave muß alle sechs auf einmal manipulieren, und das hält irgendeiner seiner Bestandteile nicht aus. Alles übrige war leicht. Jede Verminderung der von ihm verlangten Initiative, zum Beispiel durch die Ankunft menschlicher Wesen, brachte ihn wieder in die Reihe. So zerstörte ich einen der Robots. Nun hatte er nur noch Befehle nach fünf Seiten zu geben, was eine Verminderung der erforderlichen Initiative bedeutete, und sofort wurde er wieder normal.«

»Und wie bist du auf all das gekommen?« wollte Donovan wissen.

»Durch logisches Raten. Ich versuchte es – und siehe da, es half.«

Wieder klang die Stimme des Robots in ihren Ohren. »Hier bin ich. Können Sie eine halbe Stunde aushalten?«

»Leicht«, sagte Powell. Dann fuhr er zu Donovan gewandt fort: »Und nun muß die Aufgabe eigentlich ganz einfach sein. Wir prüfen alle Leitungen und jeden einzelnen Teil, der bei einem sechsfachen Befehl gegenüber einem fünffachen ganz besonders belastet wird. Wie groß ist dann noch das Terrain, das wir untersuchen müssen?«

Donovan dachte nach: »Nicht sehr groß, glaube ich. Wenn Dave so ist, wie die Modelle waren, die wir in der Fabrik sahen, dann muß er einen ganz speziellen Koordinationsstromkreis besitzen, der als einziger in dieser Sache eine Rolle spielen kann.« Sein Gesicht heiterte sich plötzlich auf. »Hör mal, das ist ja dann gar nicht schlimm. Das können wir ja im Handumdrehen erledigen.«

»Fein. Du denkst noch ein wenig darüber nach. Dann schauen wir uns, wenn wir heimkommen, mal die Blaupausen an. Jetzt aber möchte ich mich, bis Dave kommt, ein wenig ausruhen.«

»He – wart mal! Sag mir noch eines. Was bedeuten diese eigenartigen Marschschritte, diese Tanzbewegungen, die die Robots aufführten, wenn sie verrückt wurden?«

»Die? Das weiß ich nicht. Ich habe aber eine Idee. Vergiß nicht, daß diese Hilfsarbeiter nichts anderes waren als Daves ›Finger‹. Du weißt ja, wir haben sie nie anders genannt. Na also – mir schwebt der Gedanke vor, daß jedesmal, wenn Dave sich in einen Fall für den Irrenarzt verwandelte, er sozusagen verblödete und als Vollidot seine Zeit damit verbrachte, *die Daumen zu drehen.*«

Susan Calvin sprach über Powell und Donovan innerlich amüsiert, aber ohne das Gesicht zu einem Lächeln zu verziehen. Nur wenn sie die Robots erwähnte, wurde ihre Stimme warm. Sie hatte nicht lange dazu gebraucht, über die Speedies, die Cuties und die Daves zu sprechen, und nun unterbrach ich sie. Sonst hätte sie bestimmt noch ein halbes Dutzend ähnlicher Geschichten erzählt. Ich sagte: »Passiert eigentlich hier auf der Erde nie etwas?«

Sie schaute mich leicht stirnrunzelnd an. »Nein, hier auf Erden haben wir nur sehr wenig mit in Aktion befindlichen Robots zu tun.«

»Ach, das ist schade. Was ich damit sagen will, ist, daß Ihre Ingenieure großartige Burschen sind, aber gibt es nicht vielleicht eine Geschichte, in der Sie eine Rolle spielen? Hat nie ein Robot Ihnen gegenüber versagt? Sie wissen doch, daß es sich eigentlich um Ihren Geburtstag handelt.«

Und so wahr mir Gott helfe, Susan Calvin wurde rot. Sie sagte: »Natürlich haben Robots auch mir gegenüber versagt. Mein Gott, wie lange hab ich nicht mehr an diese Geschichte gedacht! Na ja, sie hat sich vor bald vierzig Jahren ereignet. Natürlich. Im Jahre 2021. Damals war ich erst achtunddreißig. Aber eigentlich möchte ich lieber gar nicht darüber sprechen.«

Ich wartete und siehe da, sie änderte ihre Meinung. »Warum eigentlich nicht?« sagte sie. »Nun kann's mir nicht mehr schaden. Nicht einmal die Erinnerung daran kann mir noch was anhaben. Ich war sehr töricht damals, junger Mann. Würden Sie das heute glauben?«

»Nein«, sagte ich.

»Ich war's aber. Aber Herbie war ein gedankenlesender Robot.«

»Was?«

»Nur einen hat es jemals von dieser Sorte gegeben. Ein Fehler ... irgendwo ...«

Ein Lügner

Alfred Lanning zündete umständlich seine Zigarre an, aber seine Finger zitterten ein wenig. Seine grauen Augenbrauen waren zusammengepreßt, als er schließlich zu sprechen begann.

»Das Ding ist ein Gedankenleser – daran ist überhaupt kein Zweifel. Aber wieso?« Seine Augen richteten sich auf Peter Bogert, den Mathematiker. »Na?«

Bogert strich sich mit beiden Händen sein schwarzes Haar glatt.

»Dies ist das 34. Modell des Typs RB, Lanning. Alle anderen waren vollkommen nach Schema F.«

Der dritte Mann am Tische runzelte die Stirn. Milton Ashe war der jüngste Direktor der U.S. Robot and Mechanical Men Comp. und stolz auf seine Stellung.

»Hören Sie mal, Bogert. Während der ganzen Produktion dieses Modells ist alles wie am Schnürchen gelaufen. Da hat's keinen Fehler gegeben. Dafür lege ich meine Hand ins Feuer.«

Bogerts dicke Lippen verzogen sich zu einem verlegenen Lächeln. »Wirklich? Wenn Sie für alle Mann am laufenden Band garantieren können, dann werde ich Sie für eine Beförderung vorschlagen. Genau gezählt, sind zur Herstellung eines positronischen Gehirns 75 234 Operationen notwendig, wobei jede einzelne, um richtig durchführbar zu sein, eine ganze Reihe von Faktoren zur Voraussetzung hat. Die Anzahl dieser Faktoren schwankt ihrerseits zwischen fünf und hundertundfünf. Geht einer davon ernstlich schief, so ist das ›Gehirn‹ ruiniert. Ich zitiere hier Ihre eigenen Feststellungen, Ashe, und zwar aus Ihren eigenen Aufzeichnungen.«

Milton Ashe errötete, aber eine vierte Stimme schnitt ihm die Antwort ab, die er gerade geben wollte.

»Wenn wir hier versuchen sollten, den einen oder anderen verantwortlich zu machen, dann gehe ich.« Susan Calvins Hände lagen fest gefaltet in ihrem Schoß. Die kleinen Linien um ihren Mund herum hatten sich vertieft. »Wir stehen hier vor dem Faktum, daß wir einen gedankenlesenden Robot besitzen, und es kommt mir darauf an, herauszufinden, warum er das tut. Dazu werden wir aber niemals kommen, wenn wir uns einfach hinstellen und rufen: ›Ihr Fehler! Ihr Fehler!‹«

Ihre kalten Augen wanderten zu Ashe, und dieser grinste.

Auch Lanning grinste, und wie immer in solchen Augenblicken sah er mit seinem langen weißen Haar und seinen kleinen schlauen Augen aus wie ein biblischer Patriarch. »Dr. Calvin hat recht.«

Seine Stimme wurde plötzlich kühl und geschäftsmäßig. »Ich will hier alles noch einmal in konzentrierter Form darstellen. Wir haben ein positronisches Gehirn hergestellt, das scheinbar dem regulären und ganz alltäglichen Typus zugehört. Dieses Gehirn besitzt jedoch die bemerkenswerte Fähigkeit, sich in die Gedanken anderer einzuschalten. Wüßten wir, wie das möglich ist, so würde diese Tatsache den bedeutendsten Fortschritt der Robotik in den letzten zehn Jahren bedeuten. Wir wissen es jedoch nicht und wir müssen's herausfinden. Ist das klar?«

»Dürfte ich vielleicht einen Vorschlag machen?« fragte Bogert.

»Schießen Sie los!«

»Ich möchte anregen, daß wir, bis wir hinter die Gründe dieser Schweinerei kommen – und als Mathematiker muß ich annehmen, daß es sich um eine solche handelt –, die Existenz dieses RB 34 geheimhalten. Auch gegenüber unseren anderen Mitarbeitern. Als Abteilungsleiter sollte die Lösung dieses Problems für uns keine unüberwindlichen

Schwierigkeiten bieten, und je weniger davon wissen, desto ...«

»Bogert hat recht«, sagte Dr. Calvin. »Seitdem die ›Interplanetarischen Regeln‹ dahingehend abgeändert wurden, daß sie eine Erprobung von Robots vor dem Versand in den Weltraum innerhalb der Fabriken gestatten, hat sich die Anti-Robot-Propaganda ungeheuer verschärft. Wenn nun bekannt wird, daß ein Robot existiert, der Gedanken lesen kann, so kann aus dieser Tatsache – solange wir nicht imstande sind, dieses Phänomen zu erklären und es nach unserem Willen zu kontrollieren – ungeheures Kapital geschlagen werden.«

Lanning zog an seiner Zigarre und nickte besorgt. Er wandte sich an Ashe. »Ich glaube, Sie sagten, Sie seien allein gewesen, als diese Gedankenleserei zum ersten Male auftrat?«

»Und ob ich allein war – die Sache hat mir keinen kleinen Schreck eingejagt. RB 34 war gerade vom Konstruktionstisch heruntergekommen, und man hatte ihn zu mir heruntergeschickt. Obermann war nicht da, und so nahm ich ihn persönlich hinunter in die Kontrollräume – zum mindesten war ich dabei, es zu tun.« Ashe machte eine Pause, und ein kleines Lächeln spielte um seine Lippen. »Sagen Sie mal, hat irgendeiner von Ihnen jemals eine Gedankenkonversation mit einem anderen geführt, ohne was davon zu wissen?«

Niemand nahm sich die Mühe zu antworten, und so fuhr er fort: »Zuerst merkt man es gar nicht, verstehen Sie? Er sprach ganz einfach mit mir – logisch und vernünftig –, und ich hatte schon die Hälfte des Weges zu den Kontrollräumen zurückgelegt, ehe ich merkte, daß ich selbst ja gar nichts gesagt hatte. Natürlich hatte ich eine Menge gedacht, aber das ist doch etwas ganz anderes, oder nicht? Ich schloß das Ding ein und rannte weg, um Lanning zu holen. Ich muß ehrlich sagen, ich hatte eine richtige Gänsehaut. So ein Ding, das neben einem hergeht und einem in die eigenen Gedanken hineinschaut und sich nun auswählt, welchen davon es aufgreifen will – das hatte mich doch ziemlich nervös gemacht.«

»Das kann ich mir ganz gut vorstellen«, sagte Susan Calvin nachdenklich. Ihre Augen richteten sich in eigenartig intensiver Weise auf Ashe. »Wir sind so sehr daran gewöhnt, unsere eigenen Gedanken als unser Privateigentum zu betrachten.«

Lanning mischte sich ungeduldig ein. »Dann wissen also nur wir vier von der Sache. Schön. Wir müssen systematisch vorgehen. Ashe, Sie kontrollieren das Fließband, an dem das Ding zusammengesetzt worden ist, von Anfang bis zu Ende - alles. Alle Manipulationen, bei denen ein Irrtum völlig ausgeschlossen ist, eliminieren Sie. Alle anderen stellen Sie zu einer Liste zusammen und bemerken gleichzeitig, welche Art Fehler möglich erscheint, sowie sein eventuelles Ausmaß.

Natürlich, und selbstverständlich können Sie das nicht allein tun. Alle Männer Ihrer Abteilung haben an dieser Sache mitzuarbeiten ... und wenn nötig, alle Männer des ganzen Werkes - jeder einzelne. Es macht mir auch absolut nichts aus, wenn wir dadurch mit unseren Lieferungen in Rückstand geraten. Keiner aber darf wissen, worum es sich handelt. Verstehen Sie?«

»M-m-m - ja.« Der junge Techniker schüttelte sich. »Auch dann bleibt es noch immer eine verdammt schwierige Aufgabe.«

Lanning wandte sich um und schaute Calvin an. »Sie, Susan, werden die Aufgabe von der anderen Seite her in Angriff nehmen. Sie sind der Robotpsychologe der Fabrik. Sie werden daher diesen Robot selbst studieren und von dieser Seite her Ihre Schlüsse ziehen. Versuchen Sie herauszufinden, was in ihm vorgeht. Finden Sie heraus, welche Zusammenhänge zwischen seinen telepathischen Kräften und vielleicht sonstigen Eigenschaften bestehen, wie weit seine telepathischen Fähigkeiten reichen, inwiefern sie sein ›Weltbild‹ verzerren - kurz gesagt, welcher Schaden für seine sonstigen RB-Eigenschaften aus dieser ›Eigenart‹ erwächst. Ich nehme an, Sie verstehen, was ich will?«

Lanning wartete nicht auf Dr. Calvins Antwort.

»Ich selbst werde Ihrer beider Arbeit koordinieren und die von Ihnen gefundenen Fakten mathematisch interpretieren.« Wütend saugte er an seiner Zigarre, und der Rest seiner Worte kam aus einer dicken Wolke von Rauch. »Hierbei wird mir Bogert natürlich helfen.«

Bogert, der damit beschäftigt war, die Nägel einer Hand mit dem Handballen der anderen zu polieren, sagte freundlich: »Das will ich meinen. Ich verstehe davon ja auch eine Kleinigkeit.«

»Schön«, meinte Ashe, »dann will ich mich gleich an die Arbeit machen.« Er schob seinen Stuhl zurück und erhob sich. Er lächelte, wodurch sein jugendliches Gesicht sich mit tausend kleinen Fältchen überzog. »Ich habe von uns allen die verdammt schwerste Aufgabe bekommen. Deshalb will ich rasch hier heraus und mich in die Arbeit stürzen.«

Susan Calvin erwiderte seinen Abschiedsgruß mit einem fast unmerklichen Kopfnicken. Ihre Augen aber folgten ihm, bis er nicht mehr zu sehen war, und sie antwortete nicht, als Lanning brummte: »Wollen Sie jetzt hinaufgehen, Dr. Calvin, und sich mal mit diesem RB 34 beschäftigen?«

Die photoelektrischen Augen von RB 34 hoben sich von dem Buch, das er gerade gelesen hatte, als er hörte, wie sich die Tür öffnete. Als Susan Calvin eintrat, stand er schon aufrecht.

Sie machte einen Augenblick halt, um das riesige Schild mit der Aufschrift ›Eintritt verboten‹ außerhalb der Tür aufzuhängen. Dann näherte sie sich dem Robot.

»Ich habe dir die Lehrbücher, die sich mit hyperatomischen Motoren beschäftigen, gebracht, Herbie – wenigstens ein paar davon. Würde es dir Spaß machen, sie dir einmal anzusehen?«

RB 34 – der auch unter dem Namen Herbie lief – nahm ihr die drei schweren Bücher ab und schlug die Titelseite des obersten auf.

»Hm! ›Die Theorie der Hyperatomie‹.« Er murmelte ein paar unverständliche Worte vor sich hin, während er in dem

Buche blätterte, und sagte dann geistesabwesend: »Setzen Sie sich, Dr. Calvin! Für diese Sache hier werde ich immerhin ein paar Minuten brauchen.«

Die Psychologin nahm Platz. Sie beobachtete Herbie, der nun einen Stuhl nahm, sich ihr gegenüber auf die andere Seite des Tisches setzte und systematisch die verschiedenen Bücher durchging, mit angespannter Aufmerksamkeit.

Nach einer halben Stunde legte er die Bücher auf die Seite. »Natürlich weiß ich, warum Sie mir diese Bücher gebracht haben.«

Dr. Calvins Mundwinkel zuckten. »Ich fürchtete, du würdest es wissen. Es ist schwierig, mit dir zu arbeiten, Herbie. Du bist mir immer mindestens einen Schritt voraus.«

»Wissen Sie, mit diesen Büchern ist es genauso wie mit allen anderen. Sie interessieren mich einfach nicht. In Ihren Lehrbüchern steht nichts drin. Ihre Wissenschaft ist lediglich eine Masse gesammelter Fakten, die von einer Behelfstheorie notdürftig zusammengehalten werden. Alles erscheint mir so ungeheuer einfach, daß es eigentlich nicht der Mühe wert ist, sich damit abzugeben.

Was mich sehr interessiert, sind Ihre Romane. Ihre Studien über die Zusammenhänge zwischen menschlichen Motiven und Gefühlsregungen.« Seine mächtigen Hände gestikulierten unsicher, während er nach den passenden Worten suchte.

Dr. Calvin flüsterte: »Ich glaube, ich verstehe, was du meinst.«

»Ich kann Gedanken lesen, nicht wahr?« fuhr der Robot fort. »Und Sie machen sich nur gar keine Vorstellung, wie kompliziert solche Gedanken sind. Ich kann nur ganz wenige verstehen, weil ich selbst ja so wenig mit dieser Art von Denken gemein habe – aber ich versuche mein Bestes, und dabei hilft mir das Lesen von Romanen.«

»Das stimmt schon. Nur fürchte ich, daß, wenn du einmal die ganzen haarsträubenden Gefühlserlebnisse unserer Gegenwartsromane genossen hast« – ihre Stimme hatte einen eigenartigen Klang von Bitterkeit –, »du *wirkliche* Gefühle und Gedanken ziemlich langweilig und farblos finden wirst.«

»Aber das stimmt ja gar nicht.«

Die plötzliche Kraft, die in dieser Antwort lag, ließ Dr. Calvin aufspringen. Sie spürte, daß sie errötete, und dachte verzweifelt: Er muß es wissen.

Herbie sank in sich zusammen. Mit leiser Stimme, in der nichts mehr von dem metallischen Timbre zu hören war, murmelte er: »Aber natürlich weiß ich das, Dr. Calvin. Sie denken ja dauernd daran. So *muß* ich es doch wissen.«

Ihr Gesicht wurde hart. »Hast du – es irgend jemand erzählt?«

»Selbstverständlich nicht.« Dies kam mit ehrlicher Überraschung heraus. »Keiner hat mich doch danach gefragt.«

»Nun«, fuhr sie los, »so glaubst du wohl, daß ich eine Törin bin?«

»Nein. Es ist eine normale Regung.«

»Vielleicht ist sie gerade deshalb so töricht.« Die Sehnsucht, die in ihrer Stimme lag, war stärker als alles andere, und für einen Augenblick wurde sie ganz und gar von ihrer Weiblichkeit beherrscht. »Ich bin ja nicht das, was man – hübsch nennen würde.«

»Wenn Sie ausschließlich körperliches Hübschsein meinen, so kann ich darüber kein Urteil abgeben. Auf alle Fälle weiß ich, daß es ja noch andere Dinge gibt, die einen Menschen anziehend machen.«

»Noch bin ich jung.« Dr. Calvin hatte die Worte des Robots kaum gehört.

»Sie sind noch nicht einmal vierzig.« Ein ängstliches Drängen war in des Robots Stimme deutlich hörbar.

»Achtunddreißig, wenn man die Jahre zählt ... aber eine verschrumpfte Sechzigerin, wenn es sich um meine gefühlsmäßige Einstellung der Welt gegenüber handelt. Bin ich vielleicht umsonst Psychologin?«

Bitter und atemlos fuhr sie fort: »Und er ist kaum fünfunddreißig und noch jünger, wenn man sein Äußeres und die Art seines Handelns betrachtet. Glaubst du vielleicht, er kann jemals was anderes in mir sehen, als ... als was ich eben bin?«

»Sie sind jung.« Herbies stählerne Faust krachte auf den mit einem Kunststoff überzogenen Tisch. »Hören Sie mich an!«

Aber Susan Calvin fuhr jetzt auf ihn los, und der quälende Schmerz in ihren Augen verwandelte sich in ein wildes Feuer. »Warum sollte ich? Was weißt denn du von all dem – du – du ... du Maschine. Für dich bin ich einfach ein sonderbares Exemplar einer bestimmten Rasse – ein interessanter Käfer mit einem eigenartigen Gehirn, das vor dir ausgebreitet daliegt, damit du es studieren kannst. Bin ich nicht ein recht feines Muster einer enttäuschten Frau? Fast so gut, wie es in deinen Büchern geschildert wird!« Ihre Stimme ging in einem trockenen Schluchzen unter.

Der Robot schien sich vor ihrem Ausbruch zu ducken. Bittend schüttelte er den Kopf. »Würden Sie mir nicht vielleicht doch zuhören? Bitte! Ich könnte Ihnen helfen, wenn Sie es nur erlaubten.«

»Wie?« Ihre Lippen kräuselten sich. »Mit gutem Rat?«

»Nein, das meine ich gar nicht ... sondern einfach, weil ich doch weiß, was andere Menschen denken ... zum Beispiel auch was Milton Ashe denkt.«

Eine lange Stille folgte. Susan Calvin hatte die Augen gesenkt. »Ich will nicht wissen, was er denkt«, flüsterte sie. »Sei still!«

»Ich glaube aber, daß Sie es wissen sollten!«

Ihr Kopf blieb nach vorne geneigt, aber ihr Atem kam jetzt schneller. »Du redest Unsinn«, sagte sie.

»Warum sollte ich das tun? Ich versuche zu helfen. Milton Ashes Gedanken über Sie ...« Er machte eine Pause.

Und dann hob die Psychologin den Kopf. »Nun?«

Der Robot sagte gelassen: »Er liebt sie.«

Eine ganze Minute lang sagte Susan Calvin nichts. Sie starrte einfach vor sich hin. Dann: »Du irrst dich. Du mußt dich irren. Warum sollte er mich lieben?«

»Aber er tut es. So etwas kann man nicht verbergen – zum mindesten nicht vor mir.«

»Aber ich bin so ... so ...«, stotterte sie, und dann brach sie ab.

»Er schaut nicht aufs Äußere eines Menschen. Was er an anderen bewundert, ist Verstand. Milton Ashe ist nicht die Art von Mann, der einen Kopf mit hübschen Haaren und schönen Augen heiratet.«

Susan Calvin mußte blinzeln, um wieder klar sehen zu können. Ehe sie weitersprach, verstrichen ein paar Sekunden. Selbst dann zitterte ihre Stimme noch immer. »Dennoch hat er niemals in irgendeiner Weise gezeigt, daß ...«

»Haben Sie ihm je die Gelegenheit gegeben?«

»Wie hätte ich das gekonnt? Ich dachte doch niemals, daß er ...«

»Genau.«

In Gedanken versunken schwieg die Psychologin. Dann schaute sie plötzlich auf. »Vor einem halben Jahre empfing er hier in der Fabrik den Besuch eines Mädchens. Ich glaube, sie war hübsch – blond und schlank. Natürlich hatte sie nicht viel Verstand. Vermutlich konnte sie kaum zwei und zwei addieren. Den ganzen Tag ging er mit geschwollener Brust herum, während er der Gans zu erklären versuchte, wie man einen Robot zusammensetzt.« Ihre Härte war zurückgekehrt. »Nicht daß sie etwa ein Wort von dem, was er sagte, verstanden hätte. Wer war sie?«

Herbie antwortete, ohne zu zögern. »Ich kenne die betreffende Person. Sie ist seine Kusine, und ich kann ihnen versichern, daß er sich in keiner Weise für dieses Mädchen interessiert.«

Susan Calvin stand mit fast mädchenhafter Lebhaftigkeit auf. »Ist das nicht eigenartig? Genau das hab ich manchmal mir selbst vorgemacht, obwohl ich eigentlich nie daran geglaubt habe. Dann muß also alles wahr sein.«

Sie rannte zu Herbie und packte seine kalte schwere Hand mit ihren beiden Händen. »Ich danke dir, Herbie.« Ihre Stimme war eindringlich und fast flüsternd. »Sag niemand was von dieser Sache! Es soll unser Geheimnis sein ... und nochmals – ich danke dir.« Damit und mit einem krampfhaften Druck auf Herbies gefühllose Finger verließ sie den Raum.

Langsam wandte sich Herbie wieder seinem Roman zu. Leider gab es keinen, der *seine* Gedanken hätte lesen können.

Milton Ashe räkelte sich, daß seine Gelenke knackten, während aus seinem Munde eine Art von Stöhnen kam. Dann starrte er Dr. phil. Peter Bogert an.

»Hör mal«, sagte er, »ich habe mich nun eine volle Woche mit dieser Geschichte beschäftigt, fast ohne die nötige Zeit zum Schlafen zu finden. Wie lange soll das eigentlich so weitergehn? Ich meine, du hättest gesagt, das positronische Bombardement in der Vakuumkammer D wäre die Lösung?«

Bogert gähnte und betrachtete dann mit nachlässigem Interesse seine weißen Hände. »So ist's auch. Ich bin der Sache auf der Spur.«

»Was *das* aus dem Munde eines Mathematikers bedeutet, weiß ich. Wie nahe bist du dem Ende, mein Freund?«

»Das hängt davon ab.«

»Wovon?« Ashe ließ sich auf einem Stuhle nieder und streckte seine langen Beine von sich.

»Von Lanning. Der alte Bursche ist nicht meiner Meinung.« Er seufzte. »Ist nicht mehr ganz auf der Höhe, das ist das Schlimme. Klammert sich an Matrizenmechanik als Allheilmittel, während man für dieses Problem bedeutend wirkungsvollerer mathematischer Werkzeuge bedarf. Er ist schrecklich eigensinnig.«

Schläfrig murmelte Ashe: »Warum fragen wir nicht Herbie und beenden damit die ganze Geschichte?«

»Den Robot fragen?« Bogerts Augenbrauen hoben sich.

»Warum nicht? Hat die Alte dir nichts gesagt?«

»Du meinst Calvin?«

»Natürlich, Susie persönlich. Dieser Robot ist ein mathematisches Genie. Er weiß alles über alles plus noch ein wenig mehr. Er löst dreifache Integrale im Kopf und verspeist Tensor-Analysen als Dessert.«

Der Mathematiker starrte ihn skeptisch an. »Ist das dein Ernst?«

»So wahr mir Gott helfe! Das Komische dabei ist, daß der Idiot Mathematik gar nicht mag. Am liebsten würde er überhaupt nur Kitschromane lesen. Wirklich! Du solltest sehen, mit welcher Art von Lesestoff Susie ihn versorgt. ›Schwüle Leidenschaft‹ und ›Liebe im Weltraum‹ und solches Zeug.«

»Dr. Calvin hat aber uns gegenüber nicht ein Wort davon gesagt.«

»Na ja, offenbar hat sie ihre Untersuchungen seines Zustandes noch nicht beendet. Du weißt ja, wie sie ist. Sie möchte alles durch und durch geklärt sehen, ehe sie das große Geheimnis bekanntgibt.«

»Aber dir hat sie's offenbar bereits mitgeteilt.«

»Wir kamen irgendwie ins Gespräch. In letzter Zeit bin ich ziemlich viel mit ihr zusammengekommen.« Er machte plötzlich große Augen und runzelte die Stirn. »Sag mal, Bogie, ist dir in letzter Zeit an Susie irgendwas aufgefallen?«

Bogerts Gesicht verlor seine Spannung und verzog sich zu einem Grinsen. »Sie malt sich die Lippen, wenn's das ist, was du meinst.«

»Mein Gott, das weiß ich selbst. Verwendet Rouge, Puder und Augenbrauenschwarz. Sieht bei Gott komisch aus. Aber das ist nicht, was ich meine. Ich kann nicht genau sagen, was es wirklich ist. Vielleicht ist es die Art, wie sie redet – als wäre sie mit einem Male sehr glücklich über irgend etwas.« Er schien nachzudenken und zuckte dann mit den Schultern.

Der andere lachte, und zwar so, wie man es bei einem Wissenschaftler seines Alters – er hatte immerhin die Fünfzig hinter sich – gar nicht erwartet hätte. »Vielleicht ist sie verliebt.«

Ashes Augen nahmen wieder ihre normale Größe an. »Du spinnst, Bogie. Los, geh jetzt und sprich mit Herbie! Ich möchte gerne hierbleiben und ein wenig schlafen.«

»Schön. Nicht, daß ich es besonders schätze, wenn ein

Robot mir in meine Arbeit hineinredet, noch daß ich glaube, daß er dazu imstande ist.«

Ein leises Schnarchen war die einzige Antwort, die er bekam.

Herbie horchte aufmerksam zu, während Peter Bogert, die Hände in den Taschen, mit betonter Gleichgültigkeit redete.

»Das ist die ganze Geschichte. Man hat mir mitgeteilt, daß du diese Dinge verstehst, und ich frage dich eigentlich mehr aus Neugierde als aus irgendeinem anderen Grunde. Mein Denkprozeß, wie ich ihn dir dargestellt habe, umfaßt ein paar zweifelhafte Schritte – ich gebe das zu –, Schritte, die Dr. Lanning nicht anerkennen will, und das ganze Bild ist überhaupt noch ziemlich unklar.«

Der Robot antwortete nicht, und Bogert sagte: »Nun, was sagst du dazu?«

»Ich kann keinerlei Fehler entdecken.« Herbie studierte intensiv Zahlen, die Bogert ihm gereicht hatte.

»Ich nehme an, auch du kannst nicht viel weitergehen, was?«

»Ich möchte den Versuch lieber nicht riskieren. Du bist ein besserer Mathematiker, als ich es bin, und – na ja, ich möchte mich nicht festlegen.«

Bogert lächelte nachsichtig. »Das hab ich mir eigentlich gleich gedacht. Die Geschichte ist für dich bestimmt zu hoch. Sprechen wir nicht mehr davon!« Er zerknüllte die Papiere, warf sie in den Müllschacht, wandte sich zum Gehen, änderte dann aber seine Absicht.

»Übrigens ...«

Der Robot wartete.

Bogert schien Schwierigkeiten zu haben, das auszudrücken, was er sagen wollte. »Ich hab da etwas – das heißt, vielleicht könntest du ...« Er brach ab.

Herbie sagte gelassen: »Deine Gedanken sind wirr, aber ohne Zweifel betreffen sie Dr. Lanning. Dein Zaudern ist töricht, denn sobald du dich gefaßt hast, werde ich doch wissen, was du eigentlich fragen willst.«

Der Mathematiker strich sich mit der Hand übers Haar, wie er es zuweilen tat. »Lanning ist beinahe siebzig Jahre alt«, sagte er, als erkläre er damit alles.

»Das weiß ich.«

»Fast dreißig Jahre lang ist er nun Direktor dieses Werkes.«

Herbie nickte.

»Na schön« – Bogerts Stimme wurde einschmeichelnd –, »du weißt doch sicherlich, ob er sich mit dem Gedanken trägt, sich zur Ruhe zu setzen. Ich meine aus Gesundheitsgründen oder vielleicht, weil ...«

»Ich verstehe«, sagte Herbie, und nichts weiter.

»Nun – also weißt du es oder weißt du's nicht?«

»Selbstverständlich weiß ich es.«

»Dann – äh – könntest du's mir dann sagen?«

»Nachdem du mich fragst – ja.« Der Robot sprach völlig geschäftsmäßig. »Er hat bereits sein Amt niedergelegt.«

»Was!« Der Ausruf kam wie eine Explosion und war fast unartikuliert. Der große Kopf des Wissenschaftlers neigte sich weit nach vorne. »Sag das noch einmal!«

»Er hat bereits sein Amt niedergelegt«, kam die gelassene Wiederholung des Satzes. »Allerdings ist sein Rücktritt noch nicht in Kraft getreten. Er wartet – wie soll ich sagen – auf die Lösung meines Problems. Wenn die gefunden ist, wird er sein Amt seinem Nachfolger übertragen.«

Bogert atmete hart aus. »Und dieser Nachfolger – wer ist denn das?« Er stand nun ganz nahe vor Herbie. Wie fasziniert schaute er in die ausdruckslosen blaßroten photoelektrischen Zellen, die des Robots Augen waren.

Langsam kamen die Worte: »Du bist der nächste Direktor.«

Bogerts Muskeln entspannten sich. Ein schwaches Lächeln erschien auf seinem Gesicht. »Gut, daß ich das weiß. Darauf hab ich gehofft und gewartet. Vielen Dank, Herbie.«

In dieser Nacht blieb Bogert bis fünf Uhr morgens am Schreibtisch, und um neun Uhr war er bereits wieder da. Das Fach, in dem die Nachschlagewerke standen, leerte sich. Eines nach dem anderen wurde von Bogert zu Rate gezogen. In mikroskopischen Beträgen vergrößerte sich der Stoß von Berechnungen, der vor ihm lag, während der Haufen zerknüllten Papiers zu seinen Füßen allmählich zu einem kleinen Hügel wurde.

Genau um zwölf Uhr mittags hatte er die letzte Seite seiner Kalkulationen vor sich liegen. Gähnend rieb er sich die entzündeten Augen und zuckte mit den Schultern. »Mit jeder Minute wird diese Sache toller. Der Teufel soll's holen.«

Er hörte das Geräusch einer sich öffnenden Tür, wandte sich um und begrüßte den eintretenden Lanning mit einem Kopfnicken. Der Direktor, der natürlich sofort die Unordnung bemerkte, runzelte die Brauen.

»Irgendwelche neuen Gesichtspunkte?« fragte er.

»Nein«, kam die trotzige Antwort. »Sind die alten vielleicht nicht gut genug?«

Lanning machte sich gar nicht die Mühe zu antworten, noch irgend etwas anderes zu tun, als einen flüchtigen Blick auf das oberste Blatt der Kalkulationen zu werfen, die auf Bogerts Pult lagen. Seine nächsten Worte kamen hinter einer Streichholzflamme hervor, mit der er sich eine Zigarre anzündete.

»Hat Calvin Ihnen erzählt, daß der Robot ein mathematisches Genie ist? Aber wirklich ein Genie?«

Der andere schnaubte laut. »Ich hab's gehört. Calvin sollte sich aber lieber ihrer Robotpsychologie widmen. Ich habe Herbie hinsichtlich seiner mathematischen Kenntnisse geprüft. Schon beim Zahlenrechnen hat er Mühe.«

»Calvins Berichte lauten aber ganz anders.«

»Sie ist verrückt.«

»Und auch mein Eindruck ist ein völlig anderer.« Die Augen des Direktors wurden klein und gefährlich.

»Sie!« Bogerts Stimme wurde hart. »Worüber reden Sie eigentlich?«

»Ich habe Herbie den ganzen Morgen geprüft, und er kann Dinge tun – ich meine auf mathematischem Gebiet –, von denen Sie überhaupt keine Ahnung haben.«

»Was Sie nicht sagen.«

»Sie scheinen skeptisch.« Lanning zog ein Stück Papier aus seiner Westentasche und faltete es auseinander. »Dies ist ja nicht meine Handschrift, das sehen Sie wohl, was?«

Bogert studierte die eckigen Zahlen und Zeichen, die das ganze Papier bedeckten. »Hat Herbie dies geschrieben?«

»Jawohl. Und wic Sie vielleicht feststellen werden, hat er an der Zeitintegration der Gleichung 22 gearbeitet. Er kommt« – und Lanning klopfte mit einem gelben Fingernagel auf die vor Bogert liegenden Kalkulationen – »zu gleichen Schlußfolgerungen wie ich selbst, allerdings in einem Viertel der Zeit. Sie hatten keinerlei Veranlassung, den Linger-Effekt bei einem Bombardement durch Positronen außer acht zu lassen.«

»Das hab ich auch nicht getan. Können Sie es nicht ein für allemal begreifen, Lanning, daß dieser Effekt sich aufhebt und daß ...«

»Ja, ja, ja, das haben Sie bereits auseinandergesetzt. Sie haben die Mitchell-Gleichung verwendet, was? Da will ich Ihnen also sagen, daß man diese Gleichung gar nicht anwenden kann.«

»Und warum nicht?«

»Einmal deshalb, weil Sie sich hyperimaginärer Werte bedienen.«

»Was hat das damit zu tun?«

»Mitchells Gleichung trifft nicht zu, wenn ...«

»Sind Sie verrückt? Wenn Sie so freundlich sein und Mitchells Abhandlungen in der Zeitschrift ›Untersuchungen im Weltraum‹ nochmals lesen wollen, so ...«

»Das brauche ich gar nicht zu tun. Ich habe Ihnen von Anfang an gesagt, daß ich Ihre Beweisführung nicht mag, und Herbie unterstützt mich in dieser meiner Meinung.«

»Schön«, schrie Bogert, »dann lassen Sie doch dieses Maschinenkonglomerat die Lösung finden. Warum befassen Sie sich dann überhaupt noch mit solchen Unwichtigkeiten?«

»Darin liegt ja gerade die Schwierigkeit. Herbie kann das

Problem gar nicht lösen. Und kann er's nicht, so können wir's auch nicht – ich meine allein. Ich werde die ganze Frage dem Nationalen Ausschuß unterbreiten. Die Sache überschreitet bei weitem unsere eigenen Möglichkeiten.«

Bogerts Stuhl kippte nach hinten über, als er mit rotem, wutverzerrtem Gesicht aufsprang. »Das werden Sie keinesfalls tun.«

Auch Lannings Gesicht rötete sich jetzt. »Wollen Sie mir vielleicht vorschreiben, was ich tun darf und was nicht?«

»Genau das«, kam die bissige Antwort. »Ich habe das Problem gelöst, und Sie werden es nicht fertig bringen, mir meine Leistung zu stehlen, verstanden? Glauben Sie ja nicht, daß ich Sie nicht durchschaue, Sie ausgetrocknete Versteinerung. Eher würden Sie sich die eigene Nase abschneiden, ehe Sie zugäben, daß ich es bin, der das Problem der Robot-Telepathie gelöst hat.«

»Bogert, Sie sind ein verdammter Idiot. Noch ein Wort, und ich lasse Sie wegen Subordination vom Dienst suspendieren.«

Lannings Unterlippe zitterte vor innerer Erregung.

»Genau das werden Sie nicht tun, mein lieber Lanning. Da, wo ein gedankenlesender Robot in der Nähe ist, gibt es nicht mehr viele Geheimnisse. Vergessen Sie daher bitte nicht, daß ich völlig im Bilde bin über Ihre Abdankung.«

Die Asche an Lannings Zigarre zitterte und fiel zu Boden, und der Asche folgte die Zigarre selbst. »Was – was ...«

Bogert lachte bösartig. »Und ich bin der neue Direktor, verstehen Sie mich? Ich bin mir dessen durchaus bewußt. Glauben Sie ja nicht, daß ich nicht ganz genau Bescheid weiß. Der Teufel soll Sie holen, Lanning, aber von jetzt ab gebe ich hier die Befehle. Fügen Sie sich nicht, so werden Sie in solche Schwierigkeiten kommen, daß Ihnen die Augen übergehn!«

Nun fand Lanning endlich seine Sprache wieder. »Sie sind Ihres Dienstes enthoben«, brüllte er, »verstehen Sie mich? Sie sind rausgeschmissen, entlassen, aller Pflichten entbunden.«

Das Lächeln auf dem Gesicht des anderen wurde noch breiter. »Was kann Ihnen das nützen? Damit helfen Sie sich kein bißchen. *Ich* bin derjenige, der die Trümpfe in der Hand hält. Ich weiß, daß Sie zurückgetreten sind. Herbie hat's mir gesagt, und er weiß es direkt von Ihnen.«

Lanning zwang sich, ruhig zu sprechen. Er sah mit einem Male furchtbar alt aus. Seine müden Augen schauten aus einem Gesicht, aus dem alle Röte verschwunden war und das nur noch die teigig-gelbe Farbe des Greisenalters zeigte. »Ich will mit Herbie sprechen. Er kann Ihnen gar nichts Derartiges gesagt haben. Sie spielen ein hohes Spiel, Bogert, aber ich nehme Ihre Herausforderung an. Kommen Sie mit!«

Bogert zuckte mit den Schultern. »Um Herbie zu besuchen? Schön. Ausgezeichnet sogar.«

Es war genau zwölf Uhr mittags, als Milton Ashe von seiner ungeschickten Zeichnung aufschaute und sagte: »Verstehen Sie, was ich meine? Ich bin nicht in der Lage, das Ganze richtig aufzuzeichnen, aber so ungefähr sieht es aus. Es ist ein herrliches Haus, und ich kann's fast für nichts kaufen.«

Susan Calvin schaute ihn mit sanften Augen an. »Es ist wirklich wunderschön«, seufzte sie. »Ich habe oft gedacht, daß ich so gerne einmal ...« Ihre Stimme verlor sich.

»Natürlich«, fuhr Ashe schnell fort, während er den Bleistift niederlegte, »muß ich warten bis zu meinem Urlaub. Das sind nur noch zwei Wochen, aber diese Herbiegeschichte macht ja überhaupt alles fraglich.« Seine Augen senkten sich, und er starrte auf seine Fingernägel. »Nebenbei ist damit noch eine andere Sache verknüpft, aber die ist noch ein Geheimnis.«

»Dann verraten Sie es mir auch nicht?«

»Ach, warum eigentlich nicht? Ich möchte mich einfach jemandem mitteilen – und Sie sind so ziemlich die einzige Person, zu der ich hier Vertrauen habe.« Er lächelte verlegen.

Susan Calvins Herz klopfte wie rasend, aber sie sagte nichts, weil sie ihrer Stimme keineswegs sicher war.

»Offen gesagt«, Ashe rückte seinen Stuhl näher an den ihren heran und senkte seine Stimme zu einem vertraulichen Flüstern, »das Haus ist nicht für mich allein bestimmt. Ich will mich verheiraten.«

Und dann sprang er plötzlich von seinem Stuhl auf. »Was ist los?«

»Nichts.« Das Gefühl, daß sich alles um sie drehte, war verschwunden, aber Susan hatte noch immer Schwierigkeiten zu sprechen. »Sie wollen sich verheiraten? Sie – Sie wollen damit sagen, daß ...«

»Natürlich. Ist doch höchste Zeit, oder nicht? Erinnern Sie sich des Mädchens, das letzten Sommer hier war? Das ist diejenige, welche. Aber es ist Ihnen *wirklich* nicht gut. Sie ...«

»Ich habe Kopfweh.« Susan machte eine schwache Bewegung der Abwehr. »Ich hatte in letzter Zeit häufig solche Anfälle. Ich möchte – möchte Ihnen natürlich gratulieren. Ich bin sehr froh, daß ...« Das nicht sehr geschickt angebrachte Rouge machte zwei häßliche rote Flecken auf ihrem kreideweißen Gesicht. Von neuem begann sich das Zimmer um sie zu drehen. »Entschuldigen Sie mich jetzt, bitte!«

Die Worte waren fast unverständlich. Sie sprach sie, während sie wie eine Blinde durch die Tür stolperte. Das Ganze hatte sich mit der Plötzlichkeit einer Katastrophe in einem Traum ereignet – mit dem unwirklichen Grauen eines Albdruckes.

Wie aber konnte es möglich sein? Herbie hatte doch gesagt ...

Und Herbie mußte es wissen. Konnte er doch Gedanken lesen. Als sie aufschaute, stand sie Herbie gegenüber. Schwer lehnte sie sich gegen den Pfosten der Tür. Offenbar war sie zwei Stockwerke hoch hinaufgestiegen, ohne daß sie sich aber daran erinnern konnte. Sie hatte die Entfernung wie in einem Traume in einem einzigen Augenblick zurückgelegt.

Wie in einem Traume.

Und noch immer starrten Herbies unbewegliche Augen sie an. Das blasse Rot seiner Pupillen schien sich auszudehnen, bis sie zu blaß leuchtenden Kugeln wurden.

Nun redete er. Sie spürte kaltes Glas, das jemand gegen ihre Lippen preßte. Dann wurde sie sich plötzlich und mit einem Schauder ihrer Umgebung bewußt.

Noch immer sprach Herbie. Erregung klang aus seiner Stimme – als wäre er innerlich verletzt und verängstigt, und als flehe er sie an.

Die Worte begannen verständlich zu werden. »Es ist nichts als ein Traum«, sagte er, »und Sie müssen ihn nicht glauben. Bald erwachen Sie wieder und dann lachen Sie darüber. Er liebt Sie, sag ich Ihnen. Bestimmt, ganz bestimmt. Aber nicht hier. Nicht jetzt. All dies ist eine Illusion.«

Susan Calvin nickte. Flüsternd sagte sie: »Ja. Ja.« Sie hatte Herbies Arm gepackt und hielt sich daran fest, während sie immer wieder und wieder sagte: »Es ist nicht wahr, wie? Nicht wahr – nicht wahr ...«

Sie wußte nie, wie sie wirklich wieder zu sich kam ... nur, daß es so vor sich ging, als schritte sie aus einer Welt nebelhafter Unwirklichkeit in eine Welt grausamen Sonnenlichts. Sie stieß den Robot von sich weg, stieß hart gegen seinen stählernen Arm. Ihre Augen waren weit aufgerissen.

»Was beabsichtigst du mit diesem Spiel?« Ihre Stimme verwandelte sich in ein Schreien. »Was soll das alles heißen?«

Herbie wich zurück. »Ich versuche zu helfen.«

Die Psychologin starrte ihn an. »Helfen? Indem du mir sagst, dies alles sei ein Traum? Indem du versuchst, mich zum Wahnsinn zu treiben?« In einer Art von Hysterie spannten sich alle ihre Muskeln. »Dies ist absolut kein Traum. Ich wollte, es wäre einer.«

Tief atmete sie ein. »Warte mal! Warum ... warum ... ach Gott, jetzt verstehe ich alles. Es liegt ja so klar auf der Hand ...« Grauen sprach aus der Stimme des Robots. »Ich mußte es tun.«

»Und ich hab dir geglaubt. Nie habe ich daran gedacht, daß ...«

Laute Stimmen vor der Tür brachten sie zum Verstummen. Sie wandte sich ab. Krampfhaft öffneten und schlossen sich ihre Fäuste. Als Bogert und Lanning eintraten, befand sie sich beim entferntesten Fenster. Keiner der Männer schenkte ihr die geringste Aufmerksamkeit.

Gleichzeitig näherten sie sich Herbie. Lanning war ärgerlich und ungeduldig. Bogert sardonisch kühl. Der Direktor sprach als erster.

»Hör mal, Herbie! Paß auf, was ich sage!«

Die Robot-Augen wandten sich dem greisen Direktor zu. »Sie wünschen, Dr. Lanning?«

»Hast du mit Dr. Bogert über mich gesprochen?«

»Nein, Sir.« Die Antwort kam langsam, und das Lächeln auf Bogerts Gesicht verschwand.

»Was soll denn das heißen?« Bogert schob sich vor seinen Vorgesetzten und stellte sich breitbeinig dem Robot gegenüber. »Wiederhole, was du mir gestern gesagt hast.«

»Ich sagte, daß ...« Herbie verstummte. Tief in ihm vibrierte sein metallisches Zwerchfell, und etwas wie ein leichtes Stöhnen wurde hörbar.

»Sagtest du nicht, er hätte abgedankt?« brüllte Bogert. »Antworte mir!«

Wild hob Bogert seinen Arm, aber Lanning stieß ihn zur Seite.

»Versuchen Sie vielleicht, ihn zu einer Lüge zu zwingen?«

»Sie haben selbst gehört, was er gesagt hat, Lanning. Er war dabei ›ja‹ zu sagen, hat sich dann aber unterbrochen. Weg mit Ihnen! Ich will die Wahrheit hören, verstanden?«

»*Ich* werd ihn fragen.« Lanning wandte sich dem Robot zu. »Schon gut, Herbie. Reg dich nicht auf! Hab ich abgedankt?«

Herbie starrte ihn an, und Lanning wiederholte ängstlich: »Hab ich abgedankt? Bin ich zurückgetreten?« Fast unmerklich schüttelte der Robot den Kopf. Auch nach langem Warten äußerte er sich sonst in keiner Weise.

Die beiden Männer schauten sich an, und die Feindseligkeit zwischen ihnen ließ sich fast mit Händen greifen.

»Kreuzdonnerwetter, noch einmal!« brach Bogert los. »Hat der Robot plötzlich die Sprache verloren? Kannst du nicht mehr reden, du Ungeheuer?«

»Doch, ich kann sprechen«, kam prompt die Antwort.

»Dann beantworte die Frage! Hast du mir nicht gesagt, Lanning sei zurückgetreten? Und ist er nicht zurückgetreten?«

Und wieder erfolgte keine Antwort, bis plötzlich vom anderen Ende des Raumes her Susan Calvins Lachen hörbar wurde. Es war ein hohes, kicherndes, fast hysterisches Lachen.

Die beiden Mathematiker zuckten zusammen, und Bogerts Augen wurden klein. »*Sie* sind hier? Was ist an dieser Sache eigentlich so komisch?«

»Nichts ist komisch.« Ihre Stimme wirkte etwas unfrei. »Ich bin also nicht der einzige, der hereingefallen ist. Es liegt eine gewisse Ironie in der Tatsache, daß drei der größten Robotfachleute der Welt in die gleiche recht primitive Falle gehen, oder nicht?« Ihre Stimme verlor sich, und sie hob ihre blasse Hand und berührte damit ihre Stirn. »Aber komisch – nein, komisch ist es nicht.«

Dieses Mal schauten die beiden Männer sich mit hochgezogenen Augenbrauen an. »Von welcher Falle sprechen sie?« fragte Lanning steif. »Stimmt was nicht mit Herbie?«

»Doch, es stimmt alles.« Sie näherte sich den beiden langsam.

»Er ist völlig in Ordnung – nur wir sind's nicht ganz.« Sie drehte sich plötzlich auf dem Absatz um und schrie den Robot an. »Mach daß du mir aus den Augen kommst! Geh ans andere Ende des Zimmers, daß ich dich nicht mehr anschauen muß!«

Herbie schien sich zu ducken. Klirrend trottete er davon.

Lannings Stimme klang feindlich. »Was soll das alles bedeuten, Dr. Calvin?«

Sie wandte sich den beiden wieder zu und sagte sarkastisch: »Sicherlich kennen Sie doch das erste *Grundgesetz der Robotik*.«

Gemeinsam nickten die beiden. »Natürlich«, sagte Dr. Bogert gereizt, »ein Robot darf kein menschliches Wesen verletzen, noch durch Untätigkeit es zulassen, daß ein Mensch sich selbst Schaden zufügt.«

»Wie gut Sie das hersagen«, höhnte Dr. Calvin. »Aber um welche Art von Schaden handelt es sich?«

»Natürlich – jede Art von Schaden.«

»Genau so. Jede Art von Schaden. Wie aber steht es mit dem Verletzen von Gefühlen? Mit der Erniedrigung des eigenen Egos? Wie steht's mit der Zerstörung von Hoffnungen? Sind auch das Verletzungen im Sinne des Gesetzes?«

Lanning runzelte die Stirn. »Was kann ein Robot wissen von ...« Dann aber unterbrach er sich selbst.

»Sie begreifen's nun, was? Dieser Robot hier liest Gedanken. Nehmen Sie vielleicht an, daß er nicht ganz genau im Bilde darüber ist, was eine Gefühlsverletzung bedeutet? Nehmen Sie vielleicht an, daß er, wenn ich ihm eine Frage stellte, nicht genau die Antwort geben würde, die ich hören möchte? Würde mich nicht jede andere Antwort verletzen, und weiß Herbie das vielleicht nicht?«

»Du meine Güte!« murmelte Bogert.

Die Psychologin warf ihm einen spöttischen Blick zu. »Ich nehme an, Sie haben ihn gefragt, ob Dr. Lanning zurückgetreten sei. Sie wollten eine positive Antwort hören, und so hat sie Herbie Ihnen gegeben.«

»Und ich nehme an, daß dies der Grund ist, warum er vor einer Weile gar nicht geantwortet hat«, sagte Dr. Lanning tonlos. »Er konnte es nicht tun, ohne einen von uns zu verletzen.«

Eine kleine Stille folgte, während die Männer in Gedanken versunken den Robot auf der anderen Seite des Raumes betrachteten. Er hatte sich in einem Stuhl neben dem Bücherschrank niedergelassen und saß mit aufgestütztem Kopf regungslos da.

Susan Calvin hatte den Blick gesenkt. »Er wußte das alles. Dieser ... dieser Teufel weiß alles, auch, welcher Fehler bei seiner eigenen Herstellung gemacht worden ist.« Ihre Augen waren jetzt dunkel und bedrückt.

Lanning schaute auf. »In diesem Punkte irren Sie sich, Dr. Calvin. Er weiß keineswegs, was schief gegangen ist. Ich habe ihn gefragt.«

»Das bedeutet doch gar nichts weiter«, schrie Calvin, »als daß Sie nicht wollten, daß er uns die Lösung des Problems mitteile. Es würde Ihrem Ego schweren Abbruch tun, wüßten Sie, daß eine Maschine existiert, die etwas kann, was Sie nicht können. Haben auch Sie ihn gefragt?« wandte sie sich an Bogert.

»Sozusagen.« Bogert hüstelte und errötete. »Er antwortete mir, er verstehe sehr wenig von Mathematik.«

Lanning lachte leise vor sich hin, und die Psychologin lächelte ironisch. Sie sagte: »Ich werde ihn fragen. Gibt er mir die Antwort auf das Problem, das uns beschäftigt ... *mein* Ego kann es nicht verletzen.« Sie hob ihre Stimme, und ihr Ton wurde kalt und kommandierend. »Komm hierher!«

Herbie erhob sich und kam zögernden Schrittes näher.

»Ich nehme an, du weißt ...«, fuhr sie fort, »weißt ganz genau, wo sich bei deiner Herstellung ein Fehler eingeschlichen hat oder etwas Wesentliches vergessen wurde.«

»Jawohl«, sagte Herbie kaum hörbar.

»Moment mal«, unterbrach Bogert, »das braucht nicht unbedingt zu stimmen. Sie wollen diese Antwort von ihm bekommen. Das ist alles.«

»Machen Sie sich doch nicht lächerlich!« erwiderte Dr. Calvin. »Er kann, nachdem er doch Gedanken zu lesen vermag, ganz bestimmt so viel Mathematik wie Sie und Dr. Lanning zusammen. Lassen Sie ihn doch mal sagen, was er zu sagen hat!«

Der Mathematiker verstummte, und Calvin fuhr fort. »Schön also, Herbie, schieß los! Wir warten auf das, was du uns zu sagen hast.« Und sozusagen als Randbemerkung: »Halten Sie Bleistift und Papier bereit, meine Herren!«

Aber Herbie blieb still. In der Stimme der Psychologin lag Triumph. »Warum antwortest du nicht, Herbie?«

Aus dem Robot brach es heraus: »Weil ich nicht kann. Sie wissen, daß ich nicht kann. Dr. Bogert und Dr. Lanning wollen nicht, daß ich antworte.«

»Sie wollen aber die Lösung.«

»Aber nicht von mir.«

Lanning mischte sich ein. Er sprach langsam und deutlich. »Sei nicht töricht, Herbie! Wir wollen, daß du uns sagst, was du weißt.«

Bogert nickte kurz.

Herbies Stimme schien sich zu überschlagen. »Was nützt es, das zu sagen? Glauben Sie nicht, daß ich durch die Oberflächenhaut Ihrer Gedanken hindurchsehen kann? Tief in Ihrem Innern wollen Sie nicht, daß ich antworte. Ich bin eine Maschine, der durch das positronische Spiel der Kräfte in meinem Gehirn ein nachgeahmtes Leben verliehen wurde. Dieses Gehirn ist Menschenwerk. Sie können mir gegenüber nie der Unterlegene sein, ohne sich verletzt zu fühlen. Dieses Gefühl ist tief verankert in Ihrem Innern und kann nicht ausgelöscht werden. Ich kann Ihnen die Lösung nicht geben.«

»Wir verlassen den Raum«, sagte Dr. Lanning. »Gib Dr. Calvin die Lösung!«

»Das würde doch gar nichts ändern«, schrie Herbie, »da Sie dann ja doch wüßten, daß ich es war, der die Antwort gegeben hat.«

Calvin mischte sich wieder ein. »Du verstehst aber doch, Herbie, daß die Herren Bogert und Lanning dennoch die Lösung des Problems haben wollen.«

»Aber nur, wenn sie sie selber finden«, sagte Herbie.

»Trotzdem verletzt sie die Tatsache, daß du die Lösung kennst und sie nicht bekanntgibst. Das begreifst du doch, oder nicht?«

»Ja – ja ...«

»Und wenn du sie nun gibst, so verletzt sie das ebenfalls.«

»Ja – ja ...« Langsam, Schritt für Schritt, wich Herbie zurück, während Susan Calvin ihm folgte. Die beiden Männer beobachteten die Szene bewegungslos, als wären sie erstarrt.

»Du kannst es nicht sagen«, fuhr die Psychologin fort, »weil sie das verletzen würde, und du darfst sie nicht verletzen. Aber sagst du's nicht, so verletzest du sie ebenfalls, und daher mußt du's sagen. Tust du das aber, so verletzest du, und das darfst du nicht, und so kannst du's nicht sagen. Aber sagst du's nicht, so verletzest du, und daher mußt du's sagen. Tust du das aber, so verletzest du, und das darfst du nicht. Sagst du's aber nicht, so verletzest du und ...«

Herbie war nun bis zur Wand zurückgewichen. Er sank in die Knie. »Hören Sie auf!« schrie er. »Verschließen Sie vor mir Ihre Gedanken. Sie sind voll Schmerz und Enttäuschung und Haß. Ich hatte keine bösen Absichten. Ich versuchte zu helfen. Ich habe Ihnen nur das gesagt, was Sie hören wollten. Das mußte ich tun.«

Die Psychologin achtete nicht auf ihn. »Du mußt es ihnen sagen, aber tust du das, so verletzest du sie, und so darfst du es nicht tun. Tust du's aber nicht, so verletzest du ebenfalls, und so mußt du's sagen. Aber ...«

Und Herbie brüllte.

Es war wie der Ton einer Pikkoloflöte, nur vielfach verstärkt. Der Ton wurde schriller und schriller, bis er sich überschlug. In ihm lag der ganze Schrecken einer verlorenen Seele, und er erfüllte den Raum und die Menschen bis in die tiefsten Tiefen.

Gleichzeitig mit dem Ersterben des Tones brach Herbie in sich selbst zusammen und wurde zu einem Haufen bewegungslosen Metalls.

Bogerts Gesicht war blutleer geworden. »Er ist tot.«

»Nein!« Susan Calvins Körper wurde von einem wilden Gelächter geschüttelt. »Nicht tot, sondern lediglich wahnsinnig. Ich konfrontierte ihn mit einem unlösbaren Dilemma, und so brach er zusammen. Nun könnt ihr ihn auseinandernehmen, denn er wird niemals wieder sprechen.«

Lanning war neben dem Ding, das einstmals Herbie war, niedergekniet. Seine Finger berührten das kalte, gefühllose Metallgesicht, und er schauderte. »Sie haben das absichtlich getan.« Er stand auf und trat ihr mit verzerrtem Gesicht gegenüber.

»Und wenn? Jetzt können Sie bestimmt nichts mehr daran ändern.« Und in einem plötzlichen Anflug von Bitterkeit: »Er hat's verdient.«

Der Direktor packte den gelähmten, bewegungslosen Bogert am Handgelenk. »Mir kann's ja gleich sein. Kommen Sie, Peter!« Er seufzte. »Ein denkender Robot dieser Sorte ist ja ohnedies wertlos.« Seine Augen waren alt und müde, und er wiederholte: »Kommen Sie, Peter!«

Nachdem die beiden Wissenschaftler den Raum verlassen hatten, dauerte es noch Minuten, bis Dr. Susan Calvin ihr Gleichgewicht wiederfand. Langsam wandten sich ihre Augen dem lebend toten Herbie zu, und allmählich bekamen ihre Züge die alte Straffheit wieder. Lang starrte sie ihn an, während das Gefühl des Triumphs von ihr wich und hilflose Enttäuschung sich ihrer wieder bemächtigte. Aus all ihren wirren Gedanken und Empfindungen aber bahnte sich nur ein einziges bitteres Wort den Weg über ihre Lippen: »Lügner!«

Damit war natürlich für den Augenblick ihre Erzählung beendet. Ich wußte, daß ich danach nichts mehr aus ihr herausbekommen würde. Sie saß regungslos hinter ihrem Schreibtisch – regungslos und kalt, mit weißem Gesicht – und versunken in Erinnerungen.

Ich sagte: »Ich danke Ihnen, Dr. Calvin«, aber sie gab keine Antwort. Es dauerte zwei volle Tage, ehe es mir gelang, sie wiederzusehen.

Kleiner verlorener Robot

Das nächstemal begegnete ich ihr an der Tür zu ihrem Büro. Akten wurden herausgetragen.

Sie fragte: »Was macht Ihre Artikelserie, junger Mann?«

»Geht gut«, sagte ich. Ich hatte das von ihr erhaltene Material in eine Form gebracht, die meinem Geschmack entsprach, hatte ihre Erzählung so gut es ging dramatisiert, Dialoge eingefügt und kleine, besondere Lichter aufgesetzt. »Würden Sie so freundlich sein, das, was ich geschrieben habe, durchzusehen und mir zu sagen, ob ich irgendwo zu weit gegangen bin oder gewisse Dinge nicht genau genug dargestellt habe?«

»Warum nicht? Sollen wir uns ins Direktionskasino setzen? Wir können dort einen Kaffee trinken.«

Sie schien guter Laune, und so versuchte ich mein Glück, während wir den Gang hinuntergingen. »Ich frage mich, Dr. Calvin, ob nicht ...«

»Was?«

»Ob Sie mir nicht einiges über die Geschichte der Robotik erzählen könnten.«

»Aber Sie haben doch bereits, was Sie wollen, junger Mann, oder nicht?«

»In gewissem Sinne, ja. Die Ereignisse aber, über die ich schreibe, betreffen eigentlich gar nicht unsere moderne Welt. Was ich sagen will, ist, daß man offenbar nur einen einzigen gedankenlesenden Robot jemals herstellte, daß Raumstationen schon wieder unmodern sind und nicht mehr benutzt werden und daß Bergwerksarbeit durch Robots sozusagen eine alltägliche Erscheinung geworden ist. Wie steht es nun aber zum Beispiel mit interstellaren Reisen? Es ist erst etwa zwanzig Jahre her, daß der hyperatomische Motor erfunden wurde, und, wie allgemein bekannt, ist er ja eine robotische Erfindung. Stimmt das, oder wie verhält es sich damit wirklich?«

»Interstellare Reisen?« Sie wurde nachdenklich. Wir saßen jetzt im Kasino, und ich bestellte eine komplette Mahlzeit. Sie selbst trank lediglich Kaffee.

»Wissen Sie, dieser Motor war nicht einfach eine Robot-Erfindung. So war's nicht. Allerdings kamen wir, bis wir das neue Gehirn entwickelt hatten, nicht sehr weit. Wir versuchten's – wirklich, wir versuchten es. Meine erste Berührung mit interstellarer Forschung – das heißt meine erste direkte Berührung – kam im Jahre 2029 zustande, als ein Robot verlorenging.«

Die Maßnahmen in Hyper-Basis wurden in einer Art kalter Wut getroffen.

In zeitlicher Reihenfolge sowie entsprechend dem Grade wachsender Verzweiflung und Panik wurde folgendes verfügt:

1. Alle Arbeit an dem hyperatomischen Projekt in dem von den Stationen der 27. Asteroidengruppe besetzten Raume wurde eingestellt.

2. Praktisch gesprochen, wurde dieser ganze riesige Raum aus dem System herausgeschnitten. Niemand durfte ihn ohne Erlaubnis betreten. Unter gar keinen Bedingungen durfte ihn jemand verlassen.

3. Durch ein speziell abkommandiertes Patrouillenraumschiff der Regierung wurden Dr. Susan Calvin, Oberste Psychologin, und Dr. Peter Bogert, Mathematischer Direktor der United States Robot und Mechanical Men Co., nach Hyper-Basis gebracht.

Susan Calvin hatte nie zuvor die Erdoberfläche verlassen. Auch in diesem Augenblick hatte sie keine besondere Neigung empfunden, das zu tun. Selbst in einem Zeitalter atomischer Kraft und eines sich schon deutlich am Horizont abzeichnenden hyperatomischen Motors als Kraftquelle für die ganze Erde war Susan recht provinziell geblieben. So kam es, daß sie verstimmt war über diese Reise und daß sie nicht an die Dringlichkeit der Sache glaubte. Dieses Gefühl drückte sich sozusagen in jeder Linie ihres alltäglichen und ältlichen Frauengesichtes aus und war während der ersten Mahlzeit in Hyper-Basis noch deutlich sichtbar.

Dr. Bogert war, wie er immer war, elegant, blaß und ständig etwas müde. Anders Generalmajor Kallner, der Kommandeur des Unternehmens, dessen Gesicht nicht einen einzigen Augenblick den Ausdruck des Gehetztseins verlor.

Kurz gesagt, war diese Mahlzeit eine schaurige Angelegenheit, und die kleine Sitzung der drei, die dieser Mahlzeit folgte, begann in deprimierter, unglücklicher Verfassung.

Kallner, dessen Glatze glänzte und dessen elegante Gesellschaftsuniform in krassem Gegensatz zur allgemeinen Stimmung stand, eröffnete die Unterhaltung ohne Umschweife, wenn auch ziemlich nervös.

»Die Geschichte, die ich Ihnen erzählen muß, meine Herrschaften, ist eigenartig. Zunächst möchte ich Ihnen danken, daß Sie so prompt gekommen sind, ohne daß wir Ihnen die eigentliche Ursache mitgeteilt haben. Wir werden versuchen, diesem Mangel unverzüglich abzuhelfen. Wir haben einen Robot verloren. Wir haben die Arbeit eingestellt und können sie nicht wieder aufnehmen, bis wir ihn wiedergefunden haben. Bisher ist uns das nicht gelungen. Wir haben das Empfinden, daß wir fachmännische Hilfe benötigen.«

Vielleicht hatte der General das Gefühl, daß seine schwierige Lage von den beiden Wissenschaftlern nicht voll gewürdigt wurde. Er fuhr in einer Art von Verzweiflung fort: »Ich brauche Ihnen wohl kaum die Wichtigkeit unserer Arbeit hier auseinanderzusetzen. Mehr als achtzig Prozent der letztjährigen staatlichen Aufwendungen für wissenschaftliche Forschung sind uns zugeflossen und ...«

»Aber das wissen wir natürlich«, sagte Bogert liebenswürdig. »Die U.S. Robot Co. bekommt ja eine recht ansehnliche Miete für die Benutzung unserer Robots.«

Susan Calvin brachte eine etwas herbe Note in die Unterhaltung, als sie fragte: »Wieso ist ein einzelner Robot so wichtig für das ganze Unternehmen und wieso hat man ihn noch nicht gefunden?«

Der General wandte ihr sein rotes Gesicht zu und benetzte seine Lippen. »Na, um ganz korrekt zu sein – wir *haben* ihn gefunden.« Dann mit deutlich erkennbarer Sorge: »Passen Sie mal auf, ich will's genau erklären! Sofort, als der Robot sich beim Appell nicht meldete, wurde eine Art von Notstand erklärt und jeder Verkehr auf der Basis zum Halten gebracht. Am vorhergehenden Tage war ein Frachtschiff angekommen, das uns für unsere Laboratorien zwei Robots brachte. Auf dem gleichen Fahrzeug befanden sich zweiundsechzig Robots des ... des gleichen Typs zur Weiterverschiffung irgendwo anders hin. Wir sind ganz sicher, daß diese Zahl stimmt. Hierüber gibt es absolut keinen Zweifel.«

»Schön, und nun der Zusammenhang?«

»Als unser fehlender Robot nirgends aufgefunden wurde – und ich versichere Ihnen, wir hätten einen verlorenen Grashalm gefunden, wenn ein solcher verloren gegangen wäre –, hatten wir einen Geistesblitz und zählten die auf dem Frachtschiff verbliebenen Robots. Es waren dreiundsechzig.«

»So daß also, wenn ich recht verstehe, der dreiundsechzigste der verlorene Sohn ist?« Dr. Calvins Blick wurde düster.

»Jawohl, nur gibt es keinen Weg, um festzustellen, welcher unter den dreiundsechzig es nun ist.«

Ein tiefes Schweigen folgte, und in diese Stille hinein schlug die Uhr elfmal. Dann sagte die Robotpsychologin: »Sehr sonderbar«, wobei sich ihre Mundwinkel nach unten zogen.

»Peter«, sie wandte sich an ihren Kollegen, »was ist

eigentlich hier los? Welche Art von Robots wird denn hier benutzt?«

Dr. Bogert zögerte, während ein leichtes Lächeln über sein Gesicht ging. »Bis jetzt war dies eine Art von Staatsgeheimnis.«

Sie antwortete schnell. »Richtig, bis jetzt. Wenn sich auf diesem Raumschiff dreiundsechzig Robots des gleichen Typs befinden, von denen einer gesucht wird, dessen Identität man nicht kennt, warum nimmt man dann nicht irgendeinen? Was steckt hinter dieser ganzen Geschichte? Warum braucht man eigentlich uns für eine so einfache Sache?«

Bogert sagte resigniert: »Wenn Sie mir Gelegenheit geben zu antworten, Susan – Hyper-Basis benutzt zufällig einige Robots, in deren Gehirnen das Erste Gesetz der Robotik nicht in seinem vollen Umfang wirksam ist.«

»Was?« Calvin zuckte zusammen. »Ich verstehe. Und wieviel von dieser Sorte wurden hergestellt?«

»Ein paar. Es geschah im Auftrag der Regierung, und natürlich durften wir unter keinen Umständen die Geheimhaltung verletzen. Niemand außer den mit dieser Sache direkt betrauten obersten Leitern der Firma durfte etwas davon wissen. Sie, Susan, gehörten nicht dazu. Auch ich hatte nichts damit zu tun.«

Der General unterbrach ihn. »Ich würde dies gerne etwas näher erläutern. Ich wußte nicht, daß Dr. Calvin die Lage nicht kannte. Ich brauche Ihnen, gnädige Frau, ja nicht auseinanderzusetzen, daß auf der Erde immer eine starke Opposition gegen Robots existierte. Das einzige wirksame Argument, das die Regierung gegen die radikalen Fundamentalisten immer besaß, war die Tatsache, daß Robots ausschließlich mit diesem Ersten Gesetz gebaut werden, das sie nicht brechen können und das es für sie unmöglich macht, Menschen – ganz gleich unter welchen Umständen – Schaden zuzufügen.

Nun brauchten wir aber eine andere Art von Robots.

Daher wurden einige der NS-2-Modelle, also des ›Nestors‹, mit einem abgewandelten Ersten Gesetz hergestellt. Um die Sache geheim zu halten, wurden alle NS-2-Modelle ohne Seriennummern gefertigt. Die modifizierten Typen werden uns hier zusammen mit den normalen geliefert, und natürlich ist das Gehirn der ersteren so angelegt, daß sie ihre Abwandlung, ihr Anderssein, irgendwelchem unautorisiertem Personal gar nicht mitteilen können.« Ein verlegenes Lächeln erschien auf seinem Gesicht. »All dies hat sich nun gegen uns selbst ausgewirkt.«

Calvin sagte grimmig: »Trotzdem – haben sie jeden einzelnen gefragt, ob er es ist? Sie sind ja doch ganz bestimmt eine autorisierte Person, oder nicht?«

Der General nickte. »Alle dreiundsechzig leugnen, jemals hier gearbeitet zu haben – und einer davon lügt.«

»Zeigt der, den Sie suchen, nicht irgendwelche Abnützungsspuren? Ich nehme an, die anderen sind fabrikneu.«

»Der in Frage stehende Robot wurde erst vergangenen Monat geliefert. Dieser sowie die beiden, die gerade angekommen sind, sollten die letzten dieser Art sein. Irgendwelche sichtbare Abnützungsspuren können nicht vorhanden sein.« Langsam schüttelte er den Kopf, und wieder bekam sein Gesicht jenen Ausdruck des Gehetztseins. »Dr. Calvin, wir wagen es nicht, dieses Transportschiff weiterfahren zu lassen. Wenn die Existenz dieser Sorte von Robots allgemein bekannt wird ...« Es gab offensichtlich keine Worte, den vollen Umfang einer derartigen Katastrophe zu schildern.

»Vernichten wir alle dreiundsechzig«, sagte die Robotpsychologin kalt und unberührt. »Damit beenden wir die ganze Geschichte ein für allemal.«

Bogert verzog den Mund. »Sie meinen, wir sollen eine so hohe Anzahl von Robots zerstören, von denen jeder 30 000 Dollar kostet. Ich fürchte, der Firma U.S. Robot würde ein solches Vorgehen keine Freude machen. Ich glaube, wir strengen uns zunächst mal ein bißchen an, Susan, ehe wir ans Vernichten denken.«

»In diesem Falle«, sagte sie scharf, »brauche ich Fakten. Welches sind die besonderen Vorteile, die Hyper-Basis aus der Lieferung dieser modifizierten Modelle zieht? Aus welchem besonderen Grund wurden sie von uns verlangt?«

Kallner strich sich mit der Hand über die Stirn. »Wir hatten Schwierigkeiten mit unseren bisherigen Robots. Unsere Männer arbeiten ziemlich viel mit harten Strahlen, verstehen Sie? Natürlich ist das gefährlich, auch wenn alle im Rahmen des Möglichen liegenden Schutzmaßnahmen getroffen werden. Seit dem Beginn dieses neuen Unternehmens hatten wir nur zwei Fälle von Strahlenschädigungen, und beide waren nicht tödlich. Es war aber unmöglich, das einem gewöhnlichen Robot auseinanderzusetzen. Das Erste Gesetz sagt – und ich zitiere wörtlich: Kein Robot darf ein menschliches Wesen verletzen, noch durch eigene Untätigkeit zulassen, daß ein Mensch verletzt wird.

Das ist Hauptgesetz, Dr. Calvin. Sobald es sich als notwendig erwies, daß einer unserer Männer sich für kurze Zeit einem mäßigen Feld von Gammastrahlen aussetzte – einer Strahlung, die keinerlei nachteilige, physiologische Folgen haben konnte –, rannte der nächststehende Robot herbei und schleppte den Mann aus der Gefahrenzone weg. War das Feld äußerst schwach, so hatte der Robot mit seiner Rettungsaktion vollen Erfolg und die Arbeit konnte nicht eher fortgesetzt werden, als bis alle in der Nähe beschäftigten Robots entfernt worden waren. War das Feld ein wenig kräftiger, so vermochte der Robot den betreffenden Techniker niemals zu erreichen, da ein positronisches Gehirn ja unter Gammastrahlung zusammenbricht. In diesem Falle hatten wir den Verlust eines teuren und schwer ersetzbaren Robots zu beklagen.

Wir versuchten, mit ihnen zu diskutieren. Ihr Standpunkt war ganz einfach der, daß ein menschliches Wesen sich in einem Gammafeld gefährdet, und daß es für sie bedeutungslos wäre, ob ein Mensch sich in diesem Felde nun ohne jede Gefahr eine halbe Stunde lang aufhalten könne oder nicht. Angenommen, so sagten sie, der Betreffende vergißt die Zeit und bleibt etwa eine Stunde dort. Nein, ein derartiges Risiko könnten sie nicht eingehen. Wir setzten ihnen auseinander, daß sie wegen eines solch verschwindend kleinen Risikos schließlich ihr eigenes Leben riskierten. Selbstschutz ist aber erst das Dritte Gesetz der Robotik – und mit Vorrang kommt das Erste Gesetz der menschlichen Sicherheit. Wir gaben ihnen den Befehl, unter keinen Umständen ein Feld von Gammastrahlen zu betreten. Gehorsam ist aber erst das Zweite Gesetz, und menschliche Sicherheit – na, und so weiter. Dr. Calvin – entweder mußten wir uns ohne Robots behelfen oder hinsichtlich des Ersten Gesetzes mußte etwas geschehen. Wir wählten das letztere.«

»Ich kann kaum glauben«, sagte Dr. Calvin, »daß man die Möglichkeit besaß, das Erste Gesetz aus diesen Gehirnen zu entfernen.«

»Es wurde auch nicht entfernt, sondern lediglich modifiziert«, erklärte Kallner. »Es wurden positronische Gehirne konstruiert, die ausschließlich den positiven Aspekt des Gesetzes enthalten. Bei diesen lautet die Formel dann: Kein Robot darf ein menschliches Wesen verletzen. Das ist alles. Diese neuen Modelle fühlen sich nicht gezwungen, einen Menschen vor Schaden zu bewahren, wenn ihm dieser Schaden durch fremde Einflüsse, wie zum Beispiel Gammastrahlen, zugefügt wird. Ich stelle die Sache doch wohl richtig dar, Dr. Bogert, wie?«

»Vollständig«, stimmte der Mathematiker zu.

»Und darin liegt der einzige Unterschied zwischen Ihren Robots und dem gewöhnlichen NS-2-Modell? Der absolut einzige Unterschied? Ist das richtig, Peter?«

»Der *einzige* Unterschied, Susan!«

Sie stand auf und sprach in einer Art, die keinen Widerspruch duldete. »Ich beabsichtige jetzt zu schlafen, und in ungefähr acht Stunden möchte ich mit demjenigen sprechen, der den Robot zuletzt gesehen hat. Und von jetzt an, General Kallner, wünsche ich – wenn ich überhaupt irgendwelche Verantwortung übernehmen soll – die alleinige und uneingeschränkte Leitung der Untersuchung dieser Angelegenheit.«

Susan Calvin konnte natürlich nicht schlafen. Zwei Stunden lang ärgerte sie sich über ihre eigene Müdigkeit. Schließlich klopfte sie gegen sieben Uhr Ortszeit an Bogerts Tür, der ebensowenig hatte schlafen können. Er hatte sich offenbar die Mühe gemacht, einen Schlafrock mitzunehmen, und diesen hatte er angezogen. Als Susan Calvin eintrat, legte er eine Nagelschere beiseite.

Leise sagte er: »Mehr oder weniger hatte ich erwartet, daß Sie kommen würden. Ich nehme an, das setzt Ihnen ziemlich zu.«

»Stimmt.«

»Na ja – tut mir leid. Es gab kein Mittel, es anders zu handhaben. Schon als ich hörte, daß Hyper-Basis uns anforderte, wußte ich, daß wohl irgend etwas mit den abgewandelten ›Nestors‹ nicht in Ordnung war. Aber was konnte ich tun? Ich konnte Sie ja auch auf der Reise hierher nicht ins Bild setzen, wie ich's gerne getan hätte, denn zunächst mußte ich doch sicher sein, daß mein Gefühl auch stimmte und es sich nicht um etwas anderes handelte. Die Sache mit den Abwandlungen ist sozusagen höchstes Staatsgeheimnis.«

Die Psychologin murmelte: »Man hätte es mir dennoch sagen sollen. U.S. Robot hatte kein Recht, positronische Gehirne abzuändern, ohne vorher die Zustimmung eines Psychologen einzuholen.«

Bogert zog die Augenbrauen hoch und seufzte. »Seien Sie vernünftig, Susan! Sie hätten auch keinen Einfluß gehabt. In dieser Sache konnte keiner der Regierung widersprechen. Sie will diesen hyperatomischen Antrieb, und die Physiker brauchen Robots, die ihnen beim Bau dieser Anlage keine Schwierigkeiten bereiten. Sie mußten sie haben, auch wenn dies eine Abänderung oder Einengung des Ersten Gesetzes bedeutete. Wir mußten einräumen, daß die Lieferung derartiger Modelle vom Konstruktionsstandpunkt aus möglich war, und die Regierung schwor einen feierlichen Eid, daß sie nicht mehr als zwölf Stück haben wollte, daß sie nur hier in der Hyper-Basis Verwendung fänden, daß sie zerstört würden, sobald die Station aufgelöst werde, und daß alle nötigen Vorsichtsmaßnahmen getroffen würden. Man bestand ferner darauf, daß die Angelegenheit streng geheimgehalten werden mußte – und damit habe ich Ihnen alles gesagt, was ich selber weiß.«

Dr. Calvin sprach, fast ohne die Lippen zu bewegen. »Ich hätte mein Amt niedergelegt.«

»Auch das hätte nichts genutzt. Die Regierung bot der Firma einerseits ein Vermögen und bedrohte sie anderseits für den Fall der Ablehnung mit antirobotistischer Gesetzgebung. Wir konnten uns nicht helfen ... so wenig wie wir uns jetzt helfen können. Kommt diese Sache heraus, so wird sie Kallner und der Regierung schaden. Unendlich viel größer aber wird der Schaden sein, den die U.S. Robot Co. erleidet.«

Die Psychologin starrte ihn an. »Peter, sehen Sie denn gar nicht, worum es hier eigentlich geht? Können Sie nicht begreifen, was die Entfernung des Ersten Gesetzes bedeutet? Es ist hier nicht einfach damit getan, daß ein Geheimnis gewahrt werden mußte!«

»Ich weiß sehr wohl, was die Entfernung des Ersten Gesetzes zur Folge haben würde. Ich bin ja kein Kind. Wir hätten dann völlige Instabilität vor uns mit keinerlei reellen Lösungen für die positronischen Feldgleichungen.«

»Mathematisch gesprochen stimmt das. Können Sie das aber in grobe psychologische Gedanken übersetzen? Jedes normale Leben, Peter, wehrt sich bewußt oder unbewußt gegen Beherrschung durch einen anderen. Erfolgt diese Beherrschung durch einen Unterlegenen, so verstärkt sich dieses Gefühl der Abwehr und des Hasses. Physisch und bis zu einem gewissen Grade auch geistig ist aber ein Robot einem menschlichen Wesen überlegen. Was macht ihn dann zu unserem Sklaven? Einzig und allein das Erste Gesetz. Mein Gott, wäre dem nicht so, der erste Befehl, den Sie ihm geben, würde Ihren Tod zur Folge haben. Instabil? Glauben Sie, das wäre das richtige Wort?«

»Susan«, sagte Bogert mit einer Miene, die ebenso freundlich wie belustigt schien, »ich gebe zu, daß der von Ihnen gezeigte Frankenstein-Komplex eine gewisse Berechtigung hat – was ja der Grund dafür war, daß man das Erste Gesetz einführte. Dieses Gesetz aber – und ich muß das wiederholen – wurde nicht aufgehoben, sondern lediglich modifiziert.«

»Und wie steht es mit der Stabilität des Gehirns?«

Der Mathematiker schob die Unterlippe nach vorne. »Die ist natürlich vermindert. Jedoch liegt sie noch immer innerhalb der Sicherheitsgrenzen. Die ersten ›Nestors‹ wurden vor neun Monaten hierher geliefert. Bis jetzt haben sich keinerlei Schwierigkeiten gezeigt ... und selbst die jetzige Schwierigkeit liegt eigentlich nur in der Angst, daß die ganze Sache herauskommt, nicht aber in der Gefahr für menschliche Wesen.«

»Na schön. Wir werden sehen, was die Konferenz morgen früh bringt.«

Bogert begleitete sie höflich zur Tür. Nachdem sie den Raum verlassen hatte, schnitt er eine vielsagende Grimasse. Er hatte keinen Grund, seine Meinung über sie zu ändern. Sie war eine nervöse und enttäuschte alte Jungfer.

Susan Calvins Gedankengang beschäftigte sich in keiner Weise mit Bogert. Schon vor Jahren hatte sie ihn als einen aalglatten, prätentiösen, sehr äußerlichen Mann abgetan.

Gerald Black hatte im vergangenen Jahre in Raumphysik promoviert. Ebenso wie alle anderen Physiker seiner Generation war er zutiefst interessiert an dem Problem hyperatomischer Antriebskraft. Er paßte glänzend in die allgemeine Atmosphäre der Zusammenkünfte, die nunmehr in Hyper-Basis stattfanden.

In seinem fleckigen weißen Laboratoriumskittel war er teils rebellisch, teils völlig unsicher. Die Kraft, die in seiner untersetzten Gestalt lag, schien nach einem Ventil zu suchen, und mit seinen Fingern, die sich fast immer drehten oder krümmten, hätte er wohl einen eisernen Gitterstab aus der Wand reißen können.

Generalmajor Kallner saß neben ihm, während die zwei von der U.S. Robot Co. ihnen gegenüber Platz genommen hatten.

Black sagte: »Wie ich höre, war ich der letzte, der Nestor 10 gesehen hat, ehe er verschwand. Ich nehme an, Sie wollen mir gewisse Frage stellen.«

Dr. Calvin betrachtete ihn interessiert. »Was Sie sagen, junger Mann, klingt fast so, als wären Sie Ihrer Sache nicht so ganz sicher. *Wissen* Sie denn nicht, ob Sie der letzte waren, der den Robot gesehen hat?«

»Gnädige Frau, er hat mit mir an den Feldgeneratoren gearbeitet und befand sich am Morgen seines Verschwindens bei mir. Ich weiß nicht, ob irgend jemand ihn nach zwölf Uhr mittags gesehen hat. Keiner gibt es jedenfalls zu.«

»Glauben Sie, daß uns jemand belügt?«

»Das kann ich nicht sagen und sage ich auch nicht. Andererseits will ich auch nicht einen eventuellen Vorwurf auf mir sitzen lassen.« Seine dunklen Augen schienen zu glühen.

»Das kommt ja auch gar nicht in Frage. Der Robot hat das, was er getan hat, auf Grund seiner eigenen Natur getan. Wir versuchen lediglich, ihn zu finden, Dr. Black. Alles andere interessiert uns nicht. Nun also – wenn Sie mit dem Robot zusammengearbeitet haben, so kennen Sie ihn vermutlich besser als jeder andere. Haben Sie an ihm jemals etwas Ungewöhnliches wahrgenommen? Haben Sie je zuvor mit Robots gearbeitet?«

»Ich habe hier mit anderen zusammengearbeitet – mit den einfachen. Aber die ›Nestors‹ sind nicht viel anders. Nur sind sie geschickter und verursachen bedeutend mehr Ärger.«

»Ärger? Wieso?«

»Na ja – vielleicht können sie gar nichts dafür. Die Arbeit hier ist hart, und die meisten von uns werden ein wenig überreizt. Es ist kein Vergnügen, sich den ganzen Tag mit dem Überraum beschäftigen zu müssen.« Ein schwaches Lächeln erschien auf seinem Gesicht. Offenbar machte es ihm Freude, sich ein wenig anvertrauen zu können. »Ständig laufen wir Gefahr, ein Loch in das normale Raum-Zeit-Gewebe zu reißen und samt unserem Asteroiden aus dem Universum herauszufallen. Klingt ein bißchen verrückt, was? Natürlich ist man die ganze Zeit ein wenig kribbelig. Diesen Nestors aber macht das alles gar nichts aus. Die sind neugierig, ruhig und ohne Sorgen. Das allein genügt, um einen manchmal zum Wahnsinn zu treiben. Will man, daß etwas schnell geschieht – schnell wie der Blitz –, *die* Kerle nehmen sich Zeit. Hin und wieder denk ich, wir wären besser dran ohne sie.«

»Sie sagen, die ›Nestors‹ lassen sich Zeit. Haben sie sich jemals geweigert, einen Befehl auszuführen?«

»Nein, absolut nicht.« Es kam hastig heraus. »Es ist gar nichts gegen sie zu sagen. Allerdings sagen sie es einem, wenn sie glauben, man mache etwas falsch. Sie wissen über die ganze Sache nicht mehr, als sie von uns gelernt haben, aber das hält sie nicht davon ab, uns zu korrigieren. Vielleicht bilde ich mir das nur ein, aber ich glaube, daß alle hier die gleichen Schwierigkeiten mit ihren Nestors haben.«

General Kallner räusperte sich. »Und warum habe *ich* nie etwas von diesen Beschwerden erfahren?«

Der junge Physiker errötete. »Wir wollten die Arbeit nicht wirklich ohne die Robots verrichten, Sir, und überdies wußten wir nicht, wie man solche ... ach ... mehr oder weniger unwichtigen Beschwerden aufnehmen würde.«

Bogert unterbrach ihn sanft. »Hat sich an dem Morgen, als Sie ihn das letztemal sahen – ich meine diesen Robot –, irgend etwas Besonderes zugetragen?«

Schweigen. Mit einer gelassenen Bewegung hielt Calvin den General, der im Begriff war etwas zu sagen, davon ab es zu tun. Geduldig warteten alle.

Dann sprach Black. Er tat es in einem Ausbruch von Ärger. »Ich hatte Schwierigkeiten mit ihm. Ich hatte an diesem Morgen eine Kimballröhre zerbrochen und war mit meinem gesamten Arbeitsprogramm fünf Tage im Rückstand. Mehr als zwei Wochen hatte ich von zu Hause keine

Post bekommen. Und da kam er und wollte, daß ich ein Experiment, das ich bereits vor zwei Wochen aufgegeben hatte, wiederhole. Immer ärgerte er mich mit dieser Sache, und ich hatte es einfach satt. Ich sagte ihm, er solle machen, daß er wegkomme – und das war das Ende und seither hab ich ihn nicht mehr gesehen.«

»Sie sagten ihm, er solle machen, daß er wegkomme?« fragte Dr. Calvin scharf und aufs höchste interessiert. »Genau mit diesen Worten? Sagten Sie ›Mach, daß du wegkommst‹? Versuchen Sie bitte, sich Ihrer genauen Worte zu erinnern.«

Offenbar ging in Black ein innerer Kampf vor sich. Einen Augenblick legte er die Stirn in seine breite Hand, zog dann die Hand weg und sagte trotzig: »Genau hab ich mich noch anders ausgedrückt. Ich habe gesagt: ›Hau ab, verlier dich irgendwo!‹«

Bogert lachte kurz auf. »Und genau das hat er dann auch getan, was?«

Aber Calvin war noch nicht fertig. Einschmeichelnd sagte sie: »Nun bekommen wir endlich Resultate, Mr. Black. Wichtig aber sind die genauen Einzelheiten. Um hinterher die Handlungsweise eines Robots verstehen zu können, ist jedes Wort wichtig, das gesprochen wurde, jede Geste, jede Betonung. Es kann doch wohl kaum möglich sein, daß Sie lediglich diese fünf Worte gesagt haben. Wie Sie selbst sagen, befanden Sie sich in miserabler Laune. Vielleicht haben Sie sich noch etwas kräftiger ausgedrückt, was?«

Der junge Mann errötete wieder. »Ja ja ... vielleicht hab ich das auch noch mit ein paar Schimpfnamen belegt.«

»Was für Schimpfnamen?«

»Ach, ganz genau weiß ich das nicht mehr. Überdies könnte ich sie vor Ihnen doch nicht wiederholen. Sie wissen ja selbst, wie man wird, wenn man sich aufregt.« Sein verlegenes Lachen klang fast wie das Kichern eines Mädchens. »Ich habe eine gewisse Neigung, Schimpfworte zu gebrauchen.«

»Das macht gar nichts«, antwortete sie mit affektierter

Strenge. »Im Augenblick bin ich lediglich Psychologin. Ich möchte bitten, daß Sie so genau wie möglich wiederholen, was Sie an jenem Morgen sagten und – was fast noch wichtiger ist – daß Sie es genau in dem Ton tun, den Sie damals gebrauchten.«

Black schaute seinen Vorgesetzten hilfesuchend an, aber ohne Erfolg. Seine Augen wurden rund und entsetzt. »Das kann ich doch gar nicht.«

»Sie müssen.«

»Wie wär's«, sagte Bogert, der sein Vergnügen nur schlecht verbergen konnte, »wenn Sie mich anredeten. Vielleicht fällt es Ihnen dann leichter.«

Das scharlachrote Gesicht des jungen Mannes wandte sich Bogert zu. Er schluckte. »Ich sagte ...« Seine Stimme versagte. Dann machte er einen neuen Versuch. »Ich sagte ...«

Und dann sog er eine ganze Menge Luft ein, und danach sprudelte er das, was er damals gesagt hatte, in einer langen Folge von Worten heraus. Schließlich schloß er, fast in Tränen ...

»Das war's mehr oder weniger. Die genaue Reihenfolge der Schimpfnamen weiß ich nicht mehr. Und vielleicht hab ich was vergessen oder was hinzugefügt, aber so ungefähr waren das meine Worte.«

Nur eine ganz feine Röte verriet, daß die Robotpsychologin irgend etwas empfand. Sie sagte: »Ich bin mir über die Bedeutung der meisten Worte, die Sie gebrauchten, im klaren. Ich nehme an, daß diejenigen, die ich nicht kenne, die gleiche abschätzige Bedeutung haben wie die anderen.«

»Leider ja«, stimmte der gequälte Black zu.

»Und zu alledem sagten Sie ihm, er solle abhauen, solle sich verlieren.«

»Das meinte ich natürlich nur bildlich.«

»Darüber bin ich mir im klaren. Ich bin sicher, daß deswegen kein Disziplinarverfahren gegen Sie eröffnet werden wird.« Sie warf dem General einen fragenden Blick zu, der – obwohl er fünf Sekunden früher dessen gar nicht so sicher gewesen war – zustimmend nickte.

»Sie können jetzt gehen, Mr. Black. Ich danke Ihnen für Ihre Mitarbeit.«

Susan Calvin brauchte fünf Stunden, um die dreiundsechzig Robots zu verhören. Es waren dies fünf Stunden ewiger Wiederholungen. Ein Robot löste den anderen ab. Fortgesetzt wurden die gleichen Fragen A, B, C und D gestellt, worauf die Antworten A, B, C und D gegeben wurden. Alles wurde mit sorgfältiger Milde behandelt, in einem sorgfältig neutralen Ton und einer sorgfältig freundlichen Atmosphäre. Und alles wurde von einem versteckten Aufnahmegerät festgehalten.

Als sie schließlich fertig war, hatte die Psychologin ein Gefühl, als sei alle Lebenskraft aus ihr gewichen.

Bogert wartete auf sie. Erwartungsvoll schaute er sie an, während sie die Drahtspule des Aufnahmeapparates erschöpft auf sein Pult fallen ließ.

Sie schüttelte den Kopf. »Alle dreiundsechzig schienen mir ein und derselbe Robot zu sein. Ich könnte nicht sagen ...«

Er unterbrach sie. »Natürlich nicht. Nach dem Gehör allein war das ja auch unmöglich, Susan. Wie wär's, wenn wir die Bandaufnahme hier einmal analysierten.«

Selbst in gewöhnlichen Fällen ist die mathematische Interpretation verbaler Robotreaktionen einer der kompliziertesten Zweige der Robotanalyse. Hierfür ist ein ganzer Stab gutausgebildeter Techniker erforderlich sowie die Hilfe komplizierter Rechenmaschinen. Bogert wußte das, und nachdem er jede einzelne Aufnahme angehört und sich Listen von Wortabweichungen und Kurven über Antwortpausen gemacht hatte, räumte er diese Tatsache auch ein, ohne sich allerdings seinen tiefen inneren Ärger anmerken zu lassen.

»Hier zeigen sich keinerlei Anomalien, Susan. Die Wortvariationen sowie die Zeitreaktionen liegen innerhalb der Grenzen gewöhnlicher Häufigkeitsgruppierungen. Wir benötigen feinere Methoden. Es muß hier ja wohl Rechenmaschinen geben. Ach nein« – er runzelte die Stirn und nagte sehr delikat an seinem Daumennagel –, »Rechenmaschinen können wir ja gar nicht benutzen. Die Gefahr, daß dann etwas herauskäme, wäre ja viel zu groß. Oder wenn wir vielleicht ...«

Mit ungeduldiger Geste brachte Dr. Calvin ihn zum Verstummen. »Ich bitte Sie, Peter. Hier handelt es sich nicht um eines Ihrer hübschen Laboratoriumsprobleme. Können wir nicht den modifizierten Nestor durch irgendeinen groben Unterschied, der für das nackte Auge erkennbar ist, determinieren – durch einen Unterschied, über den es überhaupt keinen Zweifel geben kann –, ich sage, können wir das nicht, dann ist alles aus. Die Gefahr eines Irrtums, durch den der Richtige uns entkommen könnte, ist viel zu groß. Es genügt nicht, eine winzige Abweichung in einer Kurve festzustellen. Ich kann Ihnen jetzt schon sagen, daß ich, wenn ich nichts in die Hand bekomme als eine derartige minimale Differenz, alle vernichten lasse, nur um ganz sicher zu sein. Haben Sie schon mal mit den anderen modifizierten Nestors gesprochen?«

»Jawohl, das habe ich getan«, antwortete Bogert schnippisch, »und ich kann Ihnen berichten, daß denen mal bestimmt nichts fehlt. Wenn man überhaupt was sagen kann, so wäre es lediglich, daß ihre Freundlichkeit über das Normalmaß hinausgeht. Sie beantworteten meine Fragen, waren stolz auf ihr Wissen – außer den zwei neuen, die noch nicht die Zeit hatten, Raumphysik zu erlernen. In freundlichster Weise lachten sie mich wegen meiner Unwissenheit in manchen hier erforderlichen Spezialkenntnissen aus.« Er zuckte mit den Schultern. »Ich nehme an, daß hierauf das Ressentiment mancher hier beschäftigten Techniker gegen sie beruht. Die Robots sind vielleicht zu sehr geneigt, mit ihren größeren Kenntnissen Eindruck machen zu wollen.«

»Könnten Sie ein paar planare Reaktionen prüfen – nur um herauszufinden, ob seit ihrer Herstellung irgendwelche Änderungen eingetreten sind, irgendwelche Verschlechterung ihrer geistigen Beschaffenheit?«

»Das werde ich tun.« Er drohte ihr mit dem Finger. »Sie verlieren den Mut, Susan. Ich verstehe nicht, warum Sie die ganze Geschichte so dramatisieren. Die Dinger sind im Grunde genommen völlig harmlos.«

»Wirklich?« Calvin fing Feuer. »Sind sie das wirklich? Verstehen Sie nicht, daß einer von ihnen lügt? Einer von den dreiundsechzig, die ich interviewt habe, hatte mich, trotz strengster Ermahnung, bei der Wahrheit zu bleiben, absichtlich angelogen. Die Abnormität, die so zutage trat, ist grauenhaft und beängstigend.«

Peter Bogert spürte, wie seine Zähne sich aufeinanderpreßten. Er sagte: »Keineswegs. Sehen Sie mal her! Man hat Nestor 10 befohlen, sich zu verlieren. Dieser Befehl wurde ihm mit allerhöchster Eindringlichkeit von der Person gegeben, die in höchstem Maße dazu berufen ist, ihn zu kommandieren. Diesem Befehl können Sie weder durch noch größere Eindringlichkeit noch durch höhere Autorität entgegenwirken. Ganz natürlicherweise wird der Robot versuchen, die Durchführung dieses Befehls zu sichern. Wie die Dinge liegen, bewundere ich geradezu seine Erfindungsgabe. Wie kann ein Robot sich besser verlieren als dadurch, daß er sich unter einer Gruppe identischer Robots versteckt?«

»Jawohl, man könnte es bewundern. Ich habe Sinn für Humor in Ihnen entdeckt, Peter – Humor und einen erschreckenden Mangel an Verständnis. Sind Sie ein Robotspezialist, Peter? Diese Robots messen allem, was sie als Überlegenheit betrachten, große Bedeutung bei. Genau das haben Sie ja eben selbst gesagt. Im Unterbewußtsein haben sie das Gefühl, daß Menschen ihnen unterlegen sind, und in diesem Falle nun ist das Erste Gesetz, das uns vor ihnen beschützen soll, nur unvollkommen wirksam. Sie sind nicht stabil. Und nun ist da plötzlich ein junger Mann, der einem Robot befiehlt, ihn zu verlassen, sich zu verlieren, und der das mit allen Anzeichen des Ekels, der Verachtung und der Ablehnung tut. Zugegeben, daß dieser Robot Order pariert, aber im Unterbewußtsein lehnt er den Befehl ab. Für dieses Ding wird es noch wichtiger werden, als es zuvor schon war, zu beweisen, daß es überlegen ist trotz aller Schimpfnamen, mit denen es bedacht wurde. So wichtig könnte dieses Gefühl werden, daß der Teil, der vom Ersten Gesetz noch übrig ist, nicht mehr genügt.«

»Wie kann im Himmel oder auf Erden ein Robot die Bedeutung dieser gegen ihn gebrauchten Schimpfworte kennen? Flüche gehören nicht zu den vielfältigen Möglichkeiten, mit denen sein Gehirn im Herstellungsprozeß gespeist wurde.«

»Die ursprüngliche Anlage bedeutet ja keineswegs alles«, fauchte Calvin ihn an. »Robots besitzen Lernfähigkeit, Sie ... Sie Idiot ...« Und Bogert spürte, daß sie sich nicht mehr beherrschen konnte. Sie aber fuhr heftig fort: »Glauben Sie nicht, daß der Robot allein aus dem Ton der Worte erkennen konnte, daß sie nicht als Komplimente gemeint waren? Und nehmen Sie nicht an, daß er die Worte hier schon früher gehört hatte und wohl wußte, bei welcher Gelegenheit man sich ihrer bediente?«

»Na schön«, rief Bogert, »wollen Sie mir dann freundlichst sagen, auf welche Art und Weise ein modifizierter Robot einen Menschen verletzen kann, ganz gleich, wie sehr er selbst beleidigt wurde, und ganz gleich, wie brennend die Begierde, die eigene Überlegenheit zu beweisen, auch sein mag?«

»Wenn ich Ihnen als Beispiel *einen* Weg sage, werden Sie dann still sein?«

»Jawohl.«

Sie starrten sich gegenseitig mit ärgerlichen Augen an.

Die Psychologin sagte: »Wenn ein modifizierter Robot ein schweres Gewicht auf einen Menschen fallen ließe, so würde er damit nicht das Erste Gesetz verletzen – vorausgesetzt, er täte es in dem Bewußtsein, daß seine Stärke und seine Reaktionsschnelligkeit ausreichten, um das Gewicht aufzufangen, ehe es den Menschen trifft. Sobald es aber einmal seine Finger verlassen hätte, wäre der Robot nicht mehr das aktive Medium. Wirksam wäre dann einzig und allein die blinde Kraft der Anziehung. In diesem Augenblick könnte der Robot seine Meinung ändern und lediglich durch seine Untätigkeit es zulassen, daß das Gewicht den Menschen zerschmetterte. Das modifizierte Erste Gesetz gibt ihm diese Möglichkeit.«

»Da gehört aber schon eine ganz gewaltige Phantasie dazu, um sich so was vorzustellen.«

»Phantasie ist in meinem Beruf manchmal dringend erforderlich. Peter, wir wollen nicht streiten. Gehn wir an die Arbeit! Sie kennen die genaue Natur des Anreizes, der den Robot dazu brachte, sich zu verlieren. Sie besitzen alle Angaben über seine ursprünglichen Anlagen. Ich möchte gerne, daß Sie mir sagen, wie groß die Möglichkeit ist, daß unser Robot etwa das tut, was ich soeben auseinandergesetzt habe. Ich will natürlich nicht einen speziellen Fall geschildert haben, sondern die ganze von mir ungefähr aufgezeigte Reaktionsgruppe. Und diese Angaben möchte ich so schnell wie möglich.«

»Und inzwischen ...«

»Inzwischen müssen wir Versuche machen, die sich ganz unmittelbar mit der Reaktion der Robots in Situationen befassen, die unter das Erste Gesetz fallen.«

Auf seinen eigenen Wunsch überwachte Gerald Black selbst die Errichtung der hölzernen Trennwände, die in dem gewölbeartigen dritten Stock des ›Strahlungsbaues Nr. 2‹ in einem Kreis angeordnet wurden. Meistens arbeiteten die Leute schweigend, aber hie und da stellte doch der eine oder andere die Frage, was wohl die dreiundsechzig Photozellen bedeuteten, die installiert werden mußten.

Einer von ihnen ließ sich in Blacks Nähe nieder und wischte sich mit dem sommersprossigen Unterarm die Stirn.

Black nickte ihm zu. »Na, wie geht's, Walensky?«

Walensky zuckte mit den Schultern und zündete sich eine Zigarre an. »Vortrefflich! Kannst du mir vielleicht sagen, was hier vorgeht? Erst gibt's drei Tage lang überhaupt keine Arbeit und dann auf einmal diese Sache hier mit all den

Wänden und Geschichten.« Er lehnte sich rückwärts auf seine Ellbogen und blies dicke Rauchwolken vor sich hin.

Black zog die Augenbrauen zusammen. »Zwei Robotfachleute von der Erde sind hier angekommen. Erinnerst du dich an die Schwierigkeiten, die wir mit all den Robots hatten, die in die Gammafelder hineinrannten, bis es uns schließlich gelang, den Dingern klarzumachen, daß sie das nicht tun durften?«

»Natürlich. Haben wir aber nicht neue Robots bekommen?«

»Ein paar wurden durch neue ersetzt. Zum größten Teil aber wurde das Problem durch Indoktrination gelöst. Wie dem auch sei, die Leute, die Robots herstellen, wollen etwas erfinden, das bewirkt, daß Gammastrahlen auf positronische Gehirne keine Schädigungen mehr ausüben.«

»Kommt einem dennoch komisch vor, alle Arbeit an dem Projekt für diese Robotsache einzustellen. Ich dachte immer, *nichts* dürfe die Herstellung des Antriebswerkes aufhalten.«

»Da kann ich nur sagen, daß das die Sache des Herrn droben ist. Was mich angeht – ich führe aus, was man befiehlt. Wahrscheinlich alles 'ne Protektionsgeschichte ...«

»Natürlich«, lächelte der Elektriker und blinzelte verschmitzt. »Jemand kennt jemand in Washington. Mir kann's ja egal sein, solange ich pünktlich bezahlt werde. Das Antriebswerk selbst geht mich 'nen Dreck an. Und was soll denn nun hier oben vor sich gehen?«

»Mich fragst du das? Die beiden haben eine ganze Masse Robots mitgebracht – mehr als sechzig Stück, und da werden sie nun wohl hier Reaktionen messen oder so was. Mehr weiß ich selbst auch nicht.«

»Wie lange wird das dauern?«

»Hab keine Ahnung.«

»Na ja«, sagte Walensky mit ungeschicktem Sarkasmus, »solange sie mir meine Moneten zahlen, können sie sich von mir aus hier mit ihren Spielen amüsieren bis zum Ende meines Lebens.«

Black schaute ihm mit Befriedigung nach. Die Geschichte würde sich weiterverbreiten. Sie war harmlos und so nahe der Wahrheit, daß sie alle neugierigen Fragen beantwortete.

Ein Mann saß unbeweglich und schweigend auf seinem Stuhle. Ein Gewicht fiel auf ihn herunter, wurde dann im letzten Moment, ehe es den Mann traf, von einem plötzlichen Kraftfeld zur Seite gerissen. In dreiundsechzig hölzernen Zellen sprangen diesen Vorgang beobachtende NS-2-Robots, ehe das Gewicht abgelenkt wurde, vorwärts. Dreiundsechzig Photozellen setzten die Registrierschreiber in Bewegung, die eine kleine Zacke auf ein Stück Papier kritzelten. Das Gewicht hob sich und fiel herunter, hob sich und fiel herunter ...

Zehnmal.

Zehnmal sprangen die Robots vorwärts und fingen das Gewicht auf, während der Mann ruhig und sicher auf seinem Stuhle saß.

Generalmajor Kallner hatte seit dem Essen mit den Robotfachleuten nicht mehr seine vollständige Uniform getragen. Auch jetzt trug er nichts über seinem blaugrauen Hemd, dessen Kragen über einer gelockerten Krawatte offenstand.

Er schaute Bogert, der noch immer genauso geschniegelt und gebügelt war und dessen innere Spannung höchstens durch ein paar glänzende Schweißtropfen an den Schläfen verraten wurde, hoffnungsvoll an.

Der General sagte: »Na, wie sieht's aus? Was versuchen Sie herauszufinden?«

Bogert antwortete: »Einen Unterschied, der – wie ich fürchte – für unsere Zwecke vielleicht ein wenig zu subtil sein wird. Für zweiundsechzig dieser Robots war die Notwendigkeit, vorwärts zu springen und dem anscheinend gefährdeten menschlichen Wesen zu Hilfe zu kommen, das, was wir eine Zwangsreaktion nennen. Verstehen Sie – selbst als die Robots wußten, daß der betreffende Mensch in Wirklichkeit nicht verletzt werden würde - und bestimmt wußten sie dies nach dem dritten und vierten Male -, konnten sie es nicht verhindern so zu reagieren, wie sie es taten. Das Erste Gesetz zwingt sie dazu.«

»Nun?«

»Der dreiundsechzigste Robot aber, der modifizierte Nestor, empfand keinen derartigen Zwang. Er konnte frei handeln. Hätte er gewollt, er hätte sitzenbleiben können. Unglücklicherweise« - und hier bekam seine Stimme einen leicht bedauernden Klang - »tat er uns diesen Gefallen nicht.«

»Und warum wohl nicht?«

Bogert zuckte mit den Schultern. »Ich nehme an, Dr. Calvin wird uns dies sagen, wenn sie hierherkommt. Überdies wird sie uns wahrscheinlich eine furchtbar pessimistische Interpretation liefern. Manchmal geht sie einem wirklich etwas auf die Nerven.«

»Sie ist aber doch eine hochqualifizierte Person, oder nicht?« fragte der General, der plötzlich beunruhigt schien.

»Unbedingt.« Bogert schien sich zu amüsieren. »Sie ist hochqualifiziert. Sie versteht die Robots, als wäre sie ihre Schwester - was vermutlich daher kommt, daß sie Menschen so sehr haßt. Was ich sagen will, ist einfach, daß sie - Psychologin hin und Psychologin her - hochgradig neurotisch ist. Hat paranoide Züge. Nehmen Sie sie bitte nicht allzu ernst!«

Er breitete in langer Reihe die Kurven vor sich aus. »Sie sehen, Herr General, daß im Falle jedes einzelnen Robots das Zeitintervall zwischen dem Augenblick des Falles und dem Ende der Robotbewegungen die Tendenz zeigt, sich zu vermindern, je öfter man die Versuche wiederholt. Es gibt eine ganz bestimmte mathematische Relation für diese Dinge, und Nichtkonformität mit diesen Normen würde unbedingt eine gewichtige Abnormität des positronischen Gehirns anzeigen. Unglücklicherweise erscheinen hier keinerlei Abweichungen.«

»Wenn nun aber unser Nestor 10 doch nicht mit einer

Zwangshandlung reagierte, warum ist dann seine Kurve nicht verschieden? Das verstehe ich nicht.«

»Ist aber ganz einfach. Robotreaktionen sind nicht vollständig analog menschlichen Reaktionen – leider! Bei uns Menschen ist eine freiwillige Handlung bedeutend langsamer als eine Reflexhandlung. Dies ist aber bei Robots nicht der Fall. Bei diesen handelt es sich lediglich um die Frage der Freiheit in der Auswahl der Mittel. Darüber hinaus sind die Schnelligkeiten freier und zwangsläufiger Handlung völlig gleich. Was ich allerdings erwartet hatte, war, daß Nestor 10 das erstemal überrascht sein und dadurch ein größerer Zwischenraum bis zu seiner Reaktion sichtbar werden würde.«

»Und dies geschah nicht.«

»Leider nein.«

»Dann haben wir also gar nichts geschafft.« Der General lehnte sich mit schmerzlichem Ausdruck zurück. »Sie sind jetzt bereits fünf Tage hier.«

An diesem Punkt der Unterhaltung trat Susan Calvin ein. Sie warf die Tür hinter sich zu. »Legen Sie Ihre Kurven weg, Peter«, rief sie. »Sie wissen ja selbst, daß sie uns gar nichts zeigen.«

Ungeduldig murmelte sie irgend etwas vor sich hin, während Kallner sich halb aus seinem Sessel erhob, um sie zu begrüßen, und fuhr dann fort: »Wir müssen schnell etwas Neues versuchen. Die Situation gefällt mir ganz und gar nicht.«

Bogert wechselte einen resignierten Blick mit dem General. »Ist etwas los?«

»Sie meinen was Bestimmtes? Nein. Mir gefällt's aber nicht, daß Nestor 10 sich uns noch immer entzieht. Das ist schlimm. Das muß ja seinem ohnehin bereits aufgeblasenen Überlegenheitsgefühl ungeheuer schmeicheln. Leider glaube ich, daß sein Motiv nicht mehr allein darin besteht, daß er einen ihm erteilten Befehl ausführt. Ich bin der Meinung, daß er mehr und mehr den Wunsch hat, Menschen zu überlisten. Daraus aber erwächst eine gefährliche und recht unangenehme Lage. Peter, haben Sie getan, um was ich Sie gebeten habe? Haben Sie die Instabilitätsfaktoren der modifizierten NS 2 nach meinen Richtlinien ausgearbeitet?«

»Ich bin dabei«, sagte der Mathematiker uninteressiert.

Einen Augenblick starrte sie ihn ärgerlich an, wandte sich dann Kallner zu. »Nestor 10 ist fraglos völlig im Bilde darüber, was wir tun. Er hatte keinen Grund, bei diesem Experiment, das Sie machten, anzubeißen, ganz besonders nicht nach dem ersten Male, als er erkannte, daß tatsächlich für den Menschen gar keine wirkliche Gefahr bestand. Die anderen konnten gar nicht anders. Er aber täuschte absichtlich eine Reaktion vor.«

»Was also sollen wir nach Ihrer Ansicht jetzt unternehmen, Dr. Calvin?«

»Wir müssen es ihm das nächste Mal unmöglich machen, eine Reaktion zu simulieren. Wir werden das Experiment wiederholen, aber mit einer Ergänzung. Hochspannungskabel, die imstande sind, die Nestormodelle zu vernichten, werden zwischen den Robot und den Menschen placiert werden – und zwar so viele, daß es für den Robot unmöglich sein wird, sie zu überspringen. Wir werden dann die Robots darüber informieren, daß die Berührung mit den Kabeln unweigerlich ihren Tod bedeutet.«

»Moment mal«, sagte Bogert mit plötzlicher Wut. »Das kommt überhaupt nicht in Frage. Wir werden unter keinen Umständen Robots im Werte von zwei Millionen Dollar vernichten, nur um Nestor 10 herauszufinden. Es gibt noch andere Wege.«

»Wissen Sie das bestimmt? Bis jetzt haben Sie keinen gefunden. Und ohnehin denke ich ja selbst ebensowenig an so etwas. Wir können einen Stromunterbrecher einrichten, der im Augenblick, in dem man den Draht mit einem Gewicht belastet, wirksam wird. Sollte der Robot nun sein Gewicht auf den Draht legen, so stirbt er nicht. Das ist ihm aber natürlich nicht bekannt, verstehen Sie?«

Die Augen des Generals leuchteten hoffnungsvoll auf. »Wird *das* zum Erfolg führen?«

»Man sollte es meinen. Unter diesen Bedingungen müßte Nestor 10 eigentlich sitzen bleiben. Man könnte ihm natürlich befehlen, die Drähte zu berühren und zu sterben, da ja das Zweite Gesetz, das Gehorsamsgesetz, stärker ist als das Dritte, das Selbsterhaltungsgesetz. Wir *werden's* ihm aber nicht befehlen. Wir werden ihn vielmehr, wie alle anderen Robots auch, sich selbst überlassen. Im Falle der normalen NS-2-Modelle liegt die Sache dann so, daß das Erste Gesetz der menschlichen Sicherheit sie auch ohne unseren Befehl in den vermeintlichen Tod treiben wird. Nicht aber unseren Nestor 10. Ohne das ganze Erste Gesetz und ohne daß er spezielle Befehle erhalten hat, wird bei ihm das Dritte Gesetz, das der Selbsterhaltung, das wichtigste sein. So wird er keine andere Wahl haben als sitzen zu bleiben, wo er sitzt. Für ihn bedeutet dies eine Zwangshandlung, und er kann gar nicht anders.«

»Wird dies dann heute nacht vor sich gehen?«

»Heute nacht«, sagte die Psychologin, »wenn die Kabel rechtzeitig gelegt werden können. Ich werde jetzt die Robots über das, was ihnen bevorsteht, verständigen.«

Ein Mann saß unbeweglich und schweigend auf einem Stuhle. Ein Gewicht fiel auf ihn herunter, wurde dann im letzten Moment, ehe es den Mann traf, von einem plötzlichen Kraftfeld zur Seite gerissen.

Nur ein einziges Mal.

Dann erhob sich Dr. Susan Calvin mit einem Stöhnen des Grauens von einem Feldstuhl in der Beobachtungszelle auf dem Balkon. Dreiundsechzig Robots saßen gelassen auf ihren Stühlen und starrten mit Eulenaugen auf den gefährdeten Mann vor ihnen. Nicht einer bewegte sich.

Dr. Calvin war sehr ärgerlich – so ärgerlich, daß sie es kaum noch ertragen konnte. Ihr Ärger wurde noch besonders dadurch vergrößert, daß sie nicht wagen durfte, ihn vor den Robots zu zeigen, die einer nach dem anderen hereinkamen und dann wieder gingen. Sie kontrollierte eine Liste. Der nächste war Nummer achtundzwanzig. Danach standen ihr noch fünfunddreißig weitere bevor.

Nummer achtundzwanzig trat bescheiden ein.

Sie zwang sich selbst bis zu einem gewissen Grade zur Ruhe. »Und wer bist du?«

Der Robot antwortete mit leiser, unsicherer Stimme: »Ich habe bis jetzt noch keine Nummer erhalten, Madame. Ich bin ein NS-2-Robot und ich war draußen der achtundzwanzigste in der Reihe. Ich habe hier ein Stück Papier, das ich Ihnen geben soll.«

»Du warst heute noch nicht hier drin?«

»Nein, Madame.«

»Setz dich! Hierher. Ich will dir ein paar Fragen stellen. Befandest du dich vor etwa vier Stunden im Strahlungsraum des Baues Nr. 2?«

Dem Robot bereitete die Antwort Schwierigkeiten. Dann kam sie heraus, heiser und quietschend. »Jawohl, Madame.«

»Ein Mann befand sich dort, der fast verletzt wurde, nicht wahr?«

»Jawohl, Madame.«

»Und du hast nichts getan, oder?«

»Nein, Madame.«

»Der Mann hätte durch deine Untätigkeit zu Schaden kommen können. Weißt du das?«

»Jawohl, Madame. Ich konnte nicht anders, Madame.«

Es ist schwer, sich vorzustellen, daß eine große, ausdruckslose Metallfigur sich dreht und windet – aber das, genau das tat der Robot.

»Ich will jetzt, daß du mir genau erzählst, warum du nichts unternommen hast, um den Mann zu retten.«

»Ich will das gerne erklären, Madame. Ich möchte wirklich nicht, daß Sie oder daß andere von mir denken, daß ich irgend etwas tun könnte, das einem Herrn und Meister Schaden zufügt. O nein, das wäre eine schreckliche ... eine unvorstellbare ...«

»Bitte reg dich nicht auf, Junge! Ich mache dir absolut

keine Vorwürfe. Ich möchte nur, daß du mir sagst, was in jenem Augenblick deine Gedanken waren.«

»Madame, ehe das alles geschah, sagten Sie uns, daß einer der Meister von jenem fallenden Gewicht gefährdet werden würde und daß wir, wenn wir ihn retten wollten, elektrisch geladene Kabel zu überschreiten hätten. Madame, das hätte mich nicht aufgehalten. Was bedeutet schon meine Zerstörung verglichen mit der Sicherheit eines menschlichen Wesens? Aber ... aber es fiel mir ein, daß, wenn ich auf meinem Weg zu ihm zugrunde ginge, ich ohnehin nicht in der Lage sein würde, ihn zu retten. Das Gewicht würde ihn zerschmettern, und dann wäre ich selbst ja zwecklos gestorben, und eines Tages würde vielleicht ein anderer Meister verletzt werden, den ich, wäre ich am Leben geblieben, hätte retten können. Verstehen Sie mich, Madame?«

»Du willst sagen, daß du nur die Wahl hattest zwischen zwei Dingen. Entweder starb der Mensch allein oder ihr starbt beide zusammen. Stimmt das?«

»Jawohl, Madame. Es war unmöglich, den Meister zu retten. Er konnte als tot angesehen werden. In diesem Falle ist es unvorstellbar, daß ich mich für nichts selbst zerstöre, das heißt natürlich ohne Befehl.«

Die Robotpsychologin spielte mit ihrem Bleistift. Die gleiche Geschichte mit nur unwesentlichen Abweichungen in den Ausdrücken hatte sie bereits siebenundzwanzigmal gehört. Was nun kam, war die entscheidende Frage.

»Junge«, sagte sie, »deine Art zu denken hat eine gewisse Berechtigung. Dennoch sind dies nicht die Gedanken, die ich eigentlich von dir erwartete. Hast du dir das alles selbst ausgedacht?«

Der Robot zögerte. »Nein.«

»Und wer war derjenige, dem dieser Gedanke kam?«

»Wir haben gestern abend darüber gesprochen, und da kam einem von uns die Idee, und sie schien uns allen sehr vernünftig.«

»Und wer war derjenige?«

Der Robot dachte angestrengt nach. »Ich weiß nicht. Einer von uns eben.«

Sie seufzte. »Das ist alles.«

Nummer neunundzwanzig war der nächste. Danach kamen vierunddreißig weitere.

Auch Generalmajor Kallner war ärgerlich. Eine ganze Woche lang hatte jede Tätigkeit auf Hyper-Basis geruht. Nur in den Büros auf den Asteroiden der Gruppe waren ein paar Leute beschäftigt gewesen. Fast eine ganze Woche lang hatten die beiden größten Experten auf diesem Gebiet die Situation mit nutzlosen Versuchen erschwert. Und nun machten die beiden – oder zum mindesten machte die Frau – zu allem Überfluß auch noch völlig unmögliche Vorschläge.

Zum Glück für die allgemeine Lage empfand Kallner es als politisch unklug, seinen Ärger öffentlich zu zeigen.

Susan war im Begriff, ihn zu bedrängen. »Warum nicht, Sir? Es ist ganz klar, daß die gegenwärtigen Umstände unglücklich genannt werden können. Der einzige Weg, auf dem wir vielleicht in der Zukunft zu Resultaten gelangen werden – wenn wir in dieser Angelegenheit überhaupt noch eine Zukunft haben –, ist der, daß wir die Robots voneinander trennen. Keinesfalls können wir sie länger beieinander lassen.«

»Meine liebe Frau Dr. Calvin«, sagte der General mit einer Stimme, die in die tieferen Baritonlagen absank, »ich kann mir nicht denken, wie ich es fertig bringen soll, dreiundsechzig Robots über die ganze Gegend verstreut unterzubringen.«

Dr. Calvin hob hilflos den Arm. »In diesem Falle kann ich nichts mehr tun. Nestor 10 wird entweder das imitieren, was die anderen Robots tun, oder sie mit logischen Argumenten dazu bringen, das nicht zu tun, was er selbst nicht tun kann. Beides ist schlecht für uns. Wir befinden uns in einem tatsächlichen Kampf mit diesem kleinen verlorenen Robot, und er ist im Begriff, uns zu besiegen. Jeder Triumph, den wir ihm lassen, erhöht seine Anomalie.«

Entschlossen stand sie auf. »General Kallner, wenn Sie nicht – wie ich es verlange – alle dreiundsechzig Robots voneinander trennen, dann muß ich leider die Forderung stellen, daß alle sofort vernichtet werden.«

»Sie fordern – was?« Bogert schaute plötzlich auf, und dieses Mal wirklich verärgert. »Was gibt Ihnen das Recht, eine derartige Forderung zu stellen? Diese Robots bleiben ganz genau wie sie sind. *Ich* bin verantwortlich für die geschäftliche Leitung, nicht Sie.«

»Und ich«, fügte Generalmajor Kallner hinzu, »bin dem Welt-Koordinator verantwortlich ... und daher muß dieses Problem gelöst werden.«

»In diesem Falle«, brauste Dr. Calvin auf, »bleibt mir nur eines übrig, und das ist: mein Amt niederzulegen. Ich werde, um die nötige Vernichtung dieser Robots zu erzwingen – wenn es gar nicht anders geht –, diese ganze Geschichte veröffentlichen. *Ich* selbst habe ja der Herstellung dieser modifizierten Modelle nicht zugestimmt.«

»Ein einziges Wort von Ihnen, Dr. Calvin«, sagte der General langsam, »eine einzige Bemerkung, die die Sicherheitsmaßnahmen der Regierung verletzt, und Sie wandern ins Gefängnis.«

Bogert spürte, daß die Sache, wenn es in dieser Art weiterging, bald völlig verfahren sein würde. Er versuchte zu dämpfen. »Sachte, sachte! Wir benötigen lediglich etwas mehr Zeit. Wir werden doch schließlich einen Robot überlisten können, ohne gleich unsere Ämter niederzulegen oder Leute einzusperren oder zwei Millionen Dollar zu vernichten.«

In verhaltener Wut wandte sich die Psychologin ihm zu. »Ich lasse es nicht zu, daß solche Robots, die sich nicht im inneren Gleichgewicht befinden, existieren. Wir haben bereits einen Nestor, der völlig aus dem Gleichgewicht geraten ist, elf weitere, die potentiell zur gleichen Gruppe gehören, und zweiundsechzig normale Robots, die aber einer aus dem Gleichgewicht gekommenen Umgebung ausgesetzt sind. Die einzige absolut sichere Rettung ist, sie alle zusammen völlig zu vernichten.«

Das Summen eines Signals brachte sie alle zum Verstummen. Der Wirbel ihrer nicht mehr beherrschten Gefühlsregungen erstarrte plötzlich.

»Herein«, brummte Kallner.

Es war Gerald Black. Er sah verstört aus. Er hatte ärgerliche Stimmen gehört. Er sagte: »Ich dachte, ich käme am besten gleich selber. Ich wollte keinen anderen darum bitten.«

»Was ist los? Halten Sie keine langen Reden!«

»Jemand hat an den Schlössern der C-Abteilung des Handelsfahrzeuges herumgewirtschaftet. Sie zeigen frische Kratzer.«

»Abteilung C?« rief Calvin schnell. »Das ist doch die Abteilung, in der sich die Robots befinden, ja? Wer ist das gewesen?«

»Es geschah von innen«, antwortete Black lakonisch.

»Die Schlösser funktionieren aber noch, was?«

»Jawohl. Es ist alles in Ordnung. Ich habe das Schiff jetzt vier Tage lang genau überwachen lassen, und keiner von ihnen hat versucht herauszukommen. Ich dachte aber, Sie sollten es wissen, und ich wollte nicht, daß es allgemein bekannt würde. Die Kratzer habe ich selber bemerkt.«

»Ist jetzt jemand da, der das Fahrzeug überwacht?« wollte der General wissen.

»Ich habe Robbins und McAdams dort gelassen.«

Ein nachdenkliches Schweigen folgte. Dann sagte Dr. Calvin ironisch: »Na, was sagen Sie nun?«

Kallner rieb sich unsicher die Nase. »Was soll das Ganze?«

»Ist es nicht ganz offensichtlich? Nestor 10 hat die Absicht zu verschwinden. Dieser Befehl, sich zu verlieren, beherrscht seine Anomalie stärker als alles andere. Ich wäre keineswegs überrascht, wenn das, was noch von dem Ersten Gesetz in ihm existiert, nur knapp ausreichte, um den Drang zum Verschwinden zu kompensieren. Er ist durchaus imstande, sich des Fahrzeuges zu bemächtigen und mit dessen Hilfe abzufahren. Dann haben wir einen verrückten Robot in einem Raumschiff. Was wird er nun wohl als nächstes anstellen? Wollen Sie die ganze Bande noch immer beieinander lassen?«

»Unsinn«, unterbrach sie Bogert. Er hatte seine alte Glätte zurückgewonnen. »All dies konstruieren Sie aus ein paar Kratzern an einer Tür.«

»Haben Sie, Dr. Bogert, die von mir verlangte Analyse fertig, da Sie ja hier solch feste und bestimmte Meinungen äußern?«

»Ja.«

»Darf ich sie sehen?«

»Nein.«

»Und warum nicht? Oder darf ich diese Frage vielleicht auch nicht stellen?«

»Weil es keinen Sinn hat, Susan. Ich habe Ihnen schon von Anfang an gesagt, daß diese modifizierten Robots weniger innere Stabilität besitzen als die normale Sorte, und dies wird von meiner Analyse bestätigt. Die sehr kleine Möglichkeit eines Zusammenbruches unter äußerst extremen Umständen läßt sich nicht leugnen. Daß solche Umstände aber eintreten, ist nicht wahrscheinlich. Belassen Sie es bitte bei dieser Darstellung. Ich werde Ihnen bestimmt keine neuen Gründe liefern für Ihre absurde Forderung, daß zweiundsechzig vollkommen einwandfreie Robots zerstört werden sollen, nur weil Sie nicht in der Lage sind, Nestor 10 unter ihnen herauszufinden.«

Susan Calvin schaute ihn an, bis er die Augen senkte. Ein Ausdruck von Abscheu lag auf ihrem Gesicht. »Sie werden es nicht zulassen, daß irgend etwas geschieht, das Ihrer Chance, Generaldirektor der Gesellschaft zu werden, Abbruch tut, was?«

»Aber ich bitte Sie«, bat Kallner gereizt. »Bestehen Sie darauf, Dr. Calvin, daß es nichts anderes gibt, was man noch tun könnte?«

»Ich kann mir absolut nichts denken«, antwortete sie müde. »Wenn zwischen Nestor 10 und den normalen Robots nur noch andere Unterschiede beständen – Unterschiede, die nicht lediglich das Erste Gesetz betreffen.

Selbst ein einziger würde genügen. Etwas bezüglich Indoktrination, Umgebung, Spezifikationen.« Sie brach plötzlich ab.

»Was ist los?«

»Mir ist da etwas eingefallen ... ich glaube ... Diese modifizierten Nestors, Peter – die bekommen doch die gleiche Indoktrination wie die normalen, was?«

»Jawohl, genau die gleichen.«

»Und was haben Sie gesagt, Mr. Black?« Sie wandte sich dem jungen Manne zu, der durch die Stürme, die seinem Erscheinen gefolgt waren, völliges Schweigen bewahrt hatte. »Als Sie sich einmal über die Haltung von Überlegenheit, die die Nestors zeigen, beschwerten, da sagten Sie doch, die Techniker hätten sie alles gelehrt, was sie konnten.«

»Jawohl, bezüglich Raumphysik alles. Die haben, wenn sie hierherkommen, von diesem Stoff keine Ahnung.«

»Das stimmt«, sagte Bogert überrascht. »Ich habe Ihnen doch erzählt, Susan, daß ich – als ich mit den anderen Nestors hier sprach – herausfand, daß die Neuangekommenen von Raumphysik noch keine Ahnung hatten.«

»Und warum ist das so?« Dr. Calvin sprach mit wachsender Erregung. »Warum werden NS-2-Modelle nicht von vorneherein mit Raumphysik indoktriniert?«

»Das kann ich Ihnen sagen«, rief Kallner. »Gehört alles zu dem Geheimnis. Wir dachten, daß es Mißtrauen erwecken würde, wenn wir ein Spezialmodell mit raumphysikalischen Kenntnissen herausbrächten, wenn wir dann zwölf von dieser Sorte für diesen Zweck benützten, alle anderen aber in Gebieten beschäftigten, die mit Raumphysik nicht das mindeste zu tun haben. Männer, die mit normalen Nestors zu tun hatten, wären vielleicht erstaunt gewesen über die Tatsache, daß diese Robots sich in Raumphysik auskannten. Daher wurden diese Dinger lediglich so konstruiert, daß sie die Fähigkeit besaßen, sich die nötigen Kenntnisse während ihrer Beschäftigung auf diesem Gebiete anzueignen. Natürlich erhalten nur diejenigen, die hierherkommen, ein solches Training. So einfach liegt dieser ganze Fall.«

»Ich verstehe. Bitte verlassen Sie alle miteinander den Raum! Geben Sie mir bitte etwa eine Stunde Zeit!«

Calvin hatte das Gefühl, daß sie die Qual nicht ein drittes Mal auf sich nehmen könnte. Sie hatte mit dem Gedanken gespielt, ihn aber dann mit solcher Heftigkeit von sich gewiesen, daß sie hinterher geradezu eine körperliche Übelkeit empfand. Nein – sie konnte nicht noch einmal die endlose Folge sich dauernd wiederholender Robots ertragen.

Daher stellte nun Bogert die Fragen, während sie neben ihm saß, mit halb geschlossenen Augen und nur halb gegenwärtigen Gedanken.

Nummer vierzehn kam herein. Neunundvierzig weitere würden folgen.

Bogert schaute von dem vor ihm liegenden Fragebogen auf und sagte: »Was ist deine Nummer?«

»Vierzehn, Sir.« Der Robot reichte ihm sein Nummernschild.

»Setz dich, Junge!«

Bogert fragte: »Du warst heute noch nicht hier, was?«

»Nein, Sir.«

»Nun, mein Junge, sobald wir hier fertig sind, werden wir einen anderen Menschen einer Gefahr aussetzen. In der Tat wirst du, wenn du diesen Raum verläßt, zu einer Zelle geführt werden, wo du ruhig zu warten hast, bis wir dich benötigen. Verstehst du mich?«

»Jawohl, Sir.«

»Nun wirst du natürlich, wenn ein Mann sich in Gefahr befindet, verletzt zu werden, versuchen ihn zu retten.«

»Selbstverständlich, Sir.«

»Unglücklicherweise wird sich zwischen dir und dem Manne ein Gammastrahlenfeld befinden.«

Schweigen.

»Weißt du, was Gammastrahlen sind?« fragte Bogert scharf.

»Energieausstrahlungen, Sir?«

Die nächste Frage kam in einer freundlichen, nebensächlichen Art und Weise. »Hast du je mit Gammastrahlen gearbeitet?«

»Nein, Sir.« Die Antwort war bestimmt.

»Hm. Nun, mein Junge, Gammastrahlen werden dich auf der Stelle töten. Sie zerstören dein Gehirn. Diese Tatsache mußt du wissen und dich ihrer erinnern. Natürlich willst du dich nicht selbst zerstören.«

»Natürlich nicht.« Wieder schien der Robot erschreckt. Dann langsam: »Aber, Sir, wenn sich die Gammastrahlen zwischen mir und dem Meister, den ich retten soll, befinden – wie kann ich ihm dann helfen? Ich würde mich dann ja nur selbst ohne jeden Zweck zerstören.«

»Ja, das stimmt wohl.« Bogert schien besorgt. »Der einzige Rat, den ich dir geben kann, mein Junge, ist der, daß du, wenn du die Gammastrahlen zwischen dir und dem Menschen entdeckst, gerade so gut sitzen bleiben kannst, wo du gerade sitzest.«

Der Robot war sichtlich erleichtert. »Danke schön, Sir! Etwas anderes hätte ja auch wohl keinen Sinn, was?«

»Selbstverständlich nicht. Gäbe es aber keine gefährliche Strahlung zwischen dir und ihm, so wäre das natürlich ...«

»Keine Frage, Sir.«

»Du kannst jetzt gehen. Der Mann draußen wird dich zu deiner Zelle geleiten. Bitte warte dort!«

Nachdem der Robot den Raum verlassen hatte, wandte Bogert sich an Susan. »Wie ging's, Susan?«

»Sehr gut«, sagte sie stumpf.

»Glauben Sie, wir könnten Nestor 10 dadurch fangen, daß wir schnelle Fragen bezüglich Raumphysik stellen?«

»Vielleicht, aber das ist nicht sicher genug. Vergessen Sie nicht, daß er uns bekämpft. Er ist auf der Hut. Die einzige Art, wie wir ihn zu Fall bringen können, ist, daß wir ihn überlisten. Und innerhalb der ihm gezogenen Grenzen kann er bedeutend schneller denken als wir.«

»Lassen Sie mich dennoch einfach spaßeshalber von jetzt

an den Robots ein paar Fragen bezüglich der Gammastrahlen stellen. Zum Beispiel: Grenzen der Wellenlängen.«

»Nein.« Dr. Calvins Augen fingen Feuer. »Es wäre zu leicht für ihn, einfach seine Kenntnisse zu verstecken, und danach wäre er gewarnt vor dem kommenden Test, der doch unsere wirkliche Chance ist. Bitte halten Sie sich an die Fragen, die ich vorgeschrieben habe, Peter, und improvisieren Sie nicht. Es geht gerade noch, daß wir sie fragen, ob sie jemals mit Gammastrahlen gearbeitet haben. Und versuchen Sie bitte, noch unbefangener zu erscheinen, wenn Sie diese Fragen stellen.«

Bogert zuckte mit den Schultern und drückte auf den Türöffner, der dem nächsten – der Nummer fünfzehn – den Eintritt gestattete.

Wieder war der große Strahlungsraum in Bereitschaft. Geduldig warteten die Robots in ihren hölzernen Zellen, die alle nach vorne offen waren, aber streng voneinander getrennt.

Generalmajor Kallner wischte sich langsam mit einem großen Taschentuch den Schweiß von der Stirn, während Calvin die letzten Einzelheiten mit Black kontrollierte.

»Sie sind völlig sicher, daß keiner der Robots in der Lage gewesen ist, mit einem anderen Robot zu sprechen, nach dem er den Orientierungsraum verlassen hat?«

»Unbedingt sicher«, sagte Black. »Nicht ein einziges Wort ist gewechselt worden.«

»Und die Robots stehen alle in ihren Zellen?«

»Hier ist der genaue Plan.«

Nachdenklich betrachtete die Psychologin die Skizze. »Mhm.« Der General schaute ihr über die Schulter. »Was ist der Sinn dieses Arrangements, Dr. Calvin?«

»Ich habe verlangt, daß jene Robots, die auch nur die geringsten Abweichungen in den vorangegangenen Tests aufwiesen, auf einer Seite des Kreises konzentriert würden. Dieses Mal werde ich selbst im Mittelpunkt sitzen. Die soeben genannten möchte ich gerne besonders scharf beobachten.«

»Sie selbst wollen da sitzen und ...«

»Warum nicht?« fragte sie kühl. »Was ich zu sehen erwarte, mag etwas sein, das nur einen Augenblick sichtbar wird. Ich kann es nicht riskieren, jemand anderem die Aufgabe des Hauptbeobachters zu überlassen. Peter, Sie werden in der Beobachtungszelle sein, und ich möchte, daß Sie die gegenüberliegende Seite des Kreises im Auge behalten. General Kallner, ich habe Anordnungen getroffen, daß von jedem Robot Filmaufnahmen gemacht werden für den Fall, daß die rein visuelle Beobachtung nicht genügen sollte. Sollten wir diese benötigen, so müssen die Robots genau auf den Plätzen verbleiben, wo sie sind, bis wir die Bilder entwickelt und studiert haben. Keiner darf seinen Platz verlassen oder wechseln. Ist das klar?«

»Vollkommen.«

»Dann machen wir diesen letzten Versuch.«

Susan Calvin saß schweigend, aber mit unruhigen Augen auf ihrem Stuhl. Ein Gewicht fiel auf sie herunter, wurde dann im letzten Moment, ehe es sie traf, von einem plötzlichen Kraftfeld zur Seite gerissen.

Und ein einziger Robot sauste hoch und machte zwei Schritte. Und blieb stehen.

Aber Dr. Calvin stand bereits aufrecht da, und ihre Finger deuteten scharf auf ihn. »Nestor 10, komm hierher«, schrie sie, »komm hierher! KOMM HIERHER!«

Langsam und zögernd machte der Robot noch einen Schritt vorwärts.

Ohne die Augen von dem Robot zu nehmen, schrie sie mit der ganzen Kraft ihrer Lungen: »Jemand soll alle anderen Robots hier herausnehmen – und zwar schleunigst – und sie draußen halten.«

Irgendwo in Hörweite entstand Lärm. Deutlich war das Geräusch schwerer Füße auf dem Boden hörbar. Sie schaute nicht weg.

Nestor 10 – wenn es Nestor 10 war – machte noch einen Schritt und dann unter dem Zwang ihrer befehlenden Geste zwei weitere. Er war nur noch zehn Schritte entfernt, als er heiser sagte: »Man hat mir gesagt, ich solle mich verlieren ...«

Er machte eine Pause. »Ich darf nicht ungehorsam sein. Bis jetzt hat man mich nicht gefunden ... Er würde glauben, ich sei ein Versager ... Er sagte mir ... Aber es ist nicht so ... Ich bin stark und gescheit ...«

Die Worte kamen in Stößen.

Noch ein Schritt. »Ich weiß eine ganze Menge ... Er würde denken ... Ich meine, man hat mich jetzt gefunden ... So eine Schande ... Nicht ich ... Ich bin intelligent ... Und gefunden hat mich ein Meister, der schwach ist ... Langsam ...«

Noch ein Schritt, und plötzlich ging ein Metallarm nach vorne und legte sich auf ihre Schulter, und sie spürte sein Gewicht, das sie niederdrückte. Ihre Kehle zog sich zusammen, und sie spürte, wie sich ihr ein Schrei entrang.

Verschwommen hörte sie die nächsten Worte von Nestor 10. »Keiner darf mich finden. Kein Meister.« Und nun drückte kaltes Metall gegen ihren Körper, und unter seinem Gewicht sank sie zusammen.

Dann kam ein eigenartiger metallischer Klang, und mit einem Schlag, den sie nicht empfand, fiel sie zu Boden. Ein leuchtender Arm lag quer über ihrem Körper. Er rührte sich nicht. Noch rührte sich Nestor 10, der ausgestreckt neben ihr lag.

Gesichter beugten sich über sie.

Gerald Black schnaufte. »Sind Sie verletzt, Dr. Calvin?«

Schwach schüttelte sie den Kopf. Sie bogen den Arm von ihr weg und halfen ihr sanft auf die Beine. »Was ist passiert?«

Black sagte: »Fünf Sekunden lang habe ich den ganzen Raum in Gammastrahlen sozusagen gebadet. Wir wußten nicht, was geschah. Erst in der letzten Sekunde merkten wir, daß er im Begriff stand, Sie anzugreifen. Wir hatten für nichts anderes mehr Zeit als für ein Gammastrahlenfeld. Fast augenblicklich ging er zu Boden. Sie selbst aber haben bestimmt keinen Schaden genommen, dafür war die Strahlung zu kurz. Machen Sie sich also keine Sorgen!«

»Ich mach mir auch keine.« Sie schloß die Augen und stützte sich einen Augenblick auf seine Schulter. »Ich glaube nicht, daß ich wirklich attackiert wurde. Nestor 10 machte lediglich den Versuch, dies zu tun. Der Überrest des Ersten Gesetzes hielt ihn noch immer zurück.«

Zwei Wochen nach ihrem ersten Zusammentreffen mit General Kallner trafen Susan Calvin und Peter Bogert ihn zum letzten Male. In der Hyper-Basis war die Arbeit wieder aufgenommen worden. Das Raumschiff mit seinen zweiundsechzig normalen NS 2 war zu seinem Bestimmungsort abgeflogen. Offiziell hatte man irgendeine Geschichte erfunden, um die zweiwöchentliche Verspätung des Fahrzeuges zu erklären. Das Regierungsflugzeug war im Begriff, sich startbereit zu machen, um die beiden Robotspezialisten zur Erde zurückzubringen.

Kallner hatte wieder seine Ausgehuniform angelegt. Seine weißen Handschuhe leuchteten, während er den Scheidenden die Hände schüttelte.

Calvin sagte: »Die anderen modifizierten Nestors müssen natürlich zerstört werden.«

»Werden sie auch. Wir werden uns mit normalen Robots behelfen oder, wenn nötig, ohne.«

»Gut.«

»Aber sagen Sie mir noch, ehe Sie gehen – wie haben Sie's eigentlich gemacht?«

Sie lächelte ein wenig gezwungen. »Ach so. Ich hätte Ihnen natürlich alles im voraus auseinandergesetzt, wäre ich sicher gewesen, daß die Sache auch funktioniert. Nestor 10 hatte, wie Sie sich vielleicht denken werden, einen Überlegenheitskomplex, der immer schlimmer wurde. Ihm gefiel besonders der Gedanke, daß er und alle anderen Robots mehr wußten als wir Menschen. Nach und nach wurde dies sein wichtigster Gedanke.

Wir wußten das. Daher informierten wir im voraus jeden

Robot, daß Gammastrahlen tödlich seien, was auch den Tatsachen entspricht, und ferner teilten wir ihnen mit, daß sich solche Gammastrahlen zwischen ihnen und mir befänden. Daher blieben sie natürlich alle sitzen. Auf Grund eigener Logik von Nestor 10, die er ihnen bei dem früheren Versuch auseinandergesetzt hatte, waren sich alle darüber einig, daß es keinen Sinn hatte, ein menschliches Wesen zu retten, wenn man sicher war, bereits bei dem Versuch dazu selber zugrundezugehen.«

»Ja, natürlich, Dr. Calvin, das begreife ich ja alles. Nur – warum stand dann Nestor 10 selbst auf?«

»Der Grund dafür liegt in einer kleinen Verabredung zwischen mir und Ihrem jungen Mr. Black. Verstehen Sie – es waren nicht Gammastrahlen, die den Raum zwischen mir und den Robots durchfluteten, sondern infrarote Strahlen. Ganz gewöhnliche, harmlose Wärmestrahlen. Nestor 10 wußte dies, und so sprang er vorwärts, wie er es auch von den anderen erwartete, die ja unter der vollen Wirkung des Ersten Gesetzes standen. Nur den Bruchteil einer Sekunde zu spät fiel ihm ein, daß ein normaler NS 2 Strahlung entdecken, diese aber nicht identifizieren kann. Daß er selbst auf Grund der Schulung, die er hier von ganz gewöhnlichen menschlichen Wesen erhalten hatte, Wellenlängen zu erkennen vermochte, war ein wenig zu demütigend, um sich dessen gerade in diesem Augenblick zu erinnern. Für die normalen Robots war der Raum gefüllt mit Todesstrahlen, weil wir ihnen dies weisgemacht hatten, und nur Nestor 10 wußte und konnte wissen, daß wir logen.

Und für einen Moment vergaß er – oder wollte sich nicht daran erinnern –, daß andere Robots vielleicht dümmer waren als menschliche Wesen. Sein Überlegenheitsgefühl brachte ihn in die Falle. Leben Sie wohl, Herr General!«

Flucht

Als Susan Calvin von der Hyper-Basis zurückkehrte, wartete Alfred Lanning schon auf sie. Nie sprach der alte Mann über sein Alter, aber jeder wußte, daß er mehr als fünfundsiebzig Jahre auf dem Rücken hatte. Dennoch war er geistig frisch und hellwach. Er kam noch täglich ins Büro, auch wenn er schließlich eingewilligt hatte, daß man ihm den Ehrenposten eines ›Direktor Emeritus‹ gab und Bogert den eines Direktors.

»Wie weit sind die da droben mit dem hyperatomischen Antrieb?« fragte er.

»Ich weiß nicht«, antwortete sie reizbar, »ich habe mich nicht erkundigt.«

»Hm. Ich wollte, die würden sich ein wenig beeilen. Tun sie das nämlich nicht, so wird die Consolidated Corp. ihnen, das heißt natürlich uns, zuvorkommen.«

»Die Consolidated Corporation? Was haben die denn damit zu tun?«

»Na, wir sind ja schließlich nicht die einzigen, die Rechenmaschinen besitzen. Unsere sind vielleicht positronisch, was aber nicht unbedingt heißt, daß sie besser sind. Robertson hat in dieser Angelegenheit für morgen eine große Besprechung anberaumt. Er hat nur darauf gewartet, daß Sie zurückkommen.«

Robertson von der U.S. Robot und Mechanical Men Co. war der Sohn des Gründers dieser Firma. Er wandte seinem Leitenden Direktor den scharfprofilierten Kopf zu. »Fangen Sie an! Erklären Sie, wie die Dinge liegen!«

Der Generaldirektor tat das sichtlich gern. »Die Sache präsentiert sich so, Sir. Die Firma Consolidated Robot Corp. trat vor reichlich einem Monat mit einem eigenartigen Vorschlag an uns heran. Sie brachte uns etwa fünf Tonnen Zahlen, Gleichungen und ähnliches Zeug. Das Ganze stellte ein mathematisches Problem dar, verstehen Sie, und die Burschen wollten nun von unserem ›Gehirn‹ die Lösung. Folgende Bedingungen wurden angeboten ...«

Er zählte unter Zuhilfenahme seiner dicken Finger auf. »Hunderttausend Dollar für uns, wenn es keine Lösung gibt und wir ihnen sagen können, was die fehlenden Faktoren sind. Zweihunderttausend, wenn es eine Lösung gibt, plus aller Kosten der Herstellung der betreffenden Maschine plus einem Viertel des Nutzens, der durch den Gebrauch dieser Maschine erzielt wird. Das Problem betrifft die Entwicklung einer interstellaren Maschine, die ...«

Robertson runzelte die Stirn, und seine hagere Gestalt reckte sich. »Obwohl die Burschen doch ein eigenes ›Gehirn‹ besitzen?«

»Das ist es ja gerade, was die ganze Transaktion so anrüchig macht, Sir. Levver, vielleicht nehmen Sie nun das Wort!«

Abe Levver schaute auf. Er saß am unteren Ende des Konferenztisches. Er strich sich mit der Hand über sein unrasiertes Kinn und lächelte.

»Die Geschichte ist ganz einfach, Sir. Consolidated Corp. *hatten* einmal ein ›Gehirn‹. Es ist zerstört.«

»Was?« Robertson erhob sich.

»Wie ich sage. Funktionsunfähig. Zerstört. Niemand weiß, wieso. Ich aber bin in den Besitz einiger recht interessanter Hypothesen gekommen – wie zum Beispiel jener, die behauptet, man habe von dem ›Gehirn‹ die Antwort auf genau jenes Problem einer interstellaren Maschine verlangt, mit dem man zu uns gekommen ist, und daß es genau diese Frage war, die die Maschine ruiniert hat. Im Augenblick ist deren ›Gehirn‹ Alteisen – einfach Alteisen – Schrott.«

»Verstehen Sie, was das heißt, Sir?« Der Generaldirektor konnte den Jubel, den er empfand, kaum unterdrücken. »Begreifen Sie die Auswirkungen einer derartigen Lage? Es gibt in der ganzen Welt nicht eine einzige industrielle Forschungsgruppe, die sich im Augenblick *nicht* mit der Entwicklung einer Raumkrümmungsmaschine befaßte. Consolidated Corporation und wir selbst sind mit unseren Untersuchungen am weitesten vorgedrungen. Nachdem es unseren Konkurrenten nun gelungen ist, ihre eigene Maschine außer Tätigkeit zu setzen, haben wir nichts mehr zu befürchten. Das ist der Witz dabei – ich meine: der Kernpunkt der gegenwärtigen Lage. Es wird sie mindestens sechs Jahre kosten, um ein neues ›Gehirn‹ zu konstruieren, und daher sind die Herren am Ende ihres Lateins ... vorausgesetzt natürlich, daß es ihnen nicht gelingt, auch unsere Maschine außer Betrieb zu setzen, indem sie ihr das gleiche Problem aufgeben.«

Die Augen des Präsidenten der Gesellschaft schienen aus ihren Höhlen zu treten. »Das sind ja verdammt üble Kerle. Nein, so etwas habe ich doch ...«

»Einen Augenblick, bitte! Wir sind noch nicht ganz fertig.« Er zeigte mit ausgestrecktem Finger auf Lanning. »Lanning, würden Sie von diesem Punkte aus die weiteren Darstellungen übernehmen?«

Dr. Alfred Lanning betrachtete die Dinge, die um ihn herum vorgingen, mit einem Ausdruck leichter Verachtung ... so wie er dies gewöhnlich tat, wenn er mit Leuten der sehr viel besser bezahlten kaufmännischen Abteilung zu tun hatte:

»Vom wissenschaftlichen Standpunkte aus kann die Situation, obgleich sie nicht völlig klar ist, dennoch ziemlich eindeutig analysiert werden. Die Frage interstellaren Reisens ist unter gegenwärtigen Bedingungen – sagen wir mal – ungeklärt. Alles befindet sich noch im Fluß – und die Informationen, welche die Consolidated Corp. ihrer Denkmaschine unterbreiten wollte und die sie nachher uns gab – vorausgesetzt, daß es die gleichen sind –, müssen ziemlich vage sein. Unsere mathematische Abteilung hat eine genaue Analyse angestellt. Wie es scheint, hat die Consolidated Corp. alles nur denkbare Material mit eingeschlossen. Das uns überreichte Material enthält alle bisher bekannt gewordenen Entwicklungen von Franciaccis' Raumkrümmungstheorie und, wie es scheint, alle dazugehörigen astrophysikalischen und elektronischen Angaben. Ist eine ziemliche Aufgabe, die man uns da gibt.«

Robertson folgte ängstlich. Er unterbrach Lanning. »Zuviel für das ›Gehirn‹, was?«

Lanning schüttelte mit Entschiedenheit den Kopf. »Nein. Es gibt für die Fähigkeiten des ›Gehirnes‹ keine Grenzen. Die Sache hat ihren Haken anderswo. Sie hängt zweifellos mit den robotischen Gesetzen zusammen. Zum Beispiel könnte das Gehirn niemals eine Lösung liefern, wenn diese den Tod oder die Verletzung menschlicher Wesen bedeuten würde. Für die Denkmaschine würde ein derartiges Problem einfach unlösbar sein. Wird die Stellung eines solchen Problems verbunden mit der höchst dringlichen Bitte um seine Lösung, so besteht immerhin die Möglichkeit, daß dadurch das ›Gehirn‹ – das ja schließlich auch nichts anderes als ein Robot ist – vor ein Dilemma gestellt wird, wo es weder die Frage beantworten noch deren Antwort verweigern kann. Etwas ähnliches muß sich wohl im Falle der Consolidated Corp. ereignet haben.«

Er verstummte, aber der Generaldirektor drängte ihn fortzufahren. »Weiter, Dr. Lanning! Erklären Sie die Sache genau so, wie Sie das mir auseinandergesetzt haben!«

Lanning schaute zu Susan Calvin hinüber, die nunmehr zum ersten Male die Augen von ihren gefalteten Händen abwandte.

»Die Art, wie ein Robot auf ein Dilemma reagiert, ist erstaunlich«, begann sie. »Die Robotpsychologie – ich kann Ihnen das als Fachmann sagen – ist noch weit entfernt von jeglicher Vollkommenheit. Dennoch kann man in qualitativen Ausdrücken darüber sprechen. Trotz aller Komplikationen eines positronischen Robotgehirnes ist dieses von Menschen konstruiert und daher menschlichen Werten nachgebildet.

Ein Menschenwesen nun, das sich einer Unmöglichkeit gegenübersieht, reagiert oft in der Weise, daß es sich aus der Welt der Realitäten zurückzieht. Ein solches Wesen tritt in eine Illusionswelt ein, oder es ergibt sich dem Trunk, wird hysterisch oder stürzt sich von einer Brücke ins Wasser. All das läuft auf das Gleiche hinaus – nämlich auf die Weigerung oder auf die Unfähigkeit, einer gegebenen Situation gerade ins Auge zu sehen. Genau so geht es dem Robot. In der mildesten Form wird ein Dilemma die Relais einer solchen Maschine in Unordnung bringen, und im schlimmsten Fall wird es in sämtlichen Gehirnbahnen des positronischen Gehirnes sozusagen Kurzschluß verursachen und das ganze Gehirn hoffnungslos ruinieren.«

»Ich verstehe«, sagte Robertson, der gar nichts verstand. »Wie steht es nun also mit der Information, die die Consolidated Corp. von uns haben will?«

»Ohne Frage«, antwortete Dr. Calvin, »ist darin ein Problem der verbotenen Sorte enthalten. Unser ›Gehirn‹ ist jedoch sehr erheblich anders als dasjenige der Consolidated Corp.«

»Das stimmt, Sir. Das stimmt ganz genau.« Der Generaldirektor war voller Energie. »Ich möchte, daß Sie das, was jetzt kommt, ganz genau verstehen, weil es der Angelpunkt der ganzen Lage ist.«

Susan Calvins Augen blitzten hinter ihren Brillengläsern. Geduldig fuhr sie fort: »Verstehen Sie, Sir, die Maschinen der Consolidated Corp. – darunter auch die große Denkmaschine – sind ohne Personalität gebaut. Man legt dort Wert auf sogenannten Funktionalismus. Man ist dazu gezwungen, da man ja die Patente der U.S. Robot Gesellschaft über die Gehirnbahnen der Gefühle nicht besitzt. Die Maschine, die sie dort den Denker nennen, ist nichts weiter als eine groß angelegte Rechenmaschine, die von einem Widerspruch in der Aufgabenstellung sofort ruiniert wird. Unsere Maschine aber, das ›Gehirn‹, besitzt eine Persönlichkeit - eine Kinderpersönlichkeit. Als Denkmaschine ist unsere Anlage unübertrefflich. Sonst aber gleicht sie einem *Idiot Savant.* Sie versteht nicht wirklich, was sie tut - sie tut es einfach. Und weil sie in Wirklichkeit wie ein Kind ist, ist sie elastisch. Für unsere Maschine ist das Leben nicht so ernst, könnte man fast sagen.«

Die Psychologin fuhr fort: »Wir werden nun folgendes tun. Wir haben das ganze uns von der Consolidated Corp. übergebene Material in logische Einheiten aufgeteilt. Wir werden diese Einheiten dem ›Gehirn‹ einzeln und sehr vorsichtig vorlegen. Erscheint der berüchtigte Fehler, von dem wir bereits sprachen - jener Faktor, der das Dilemma hervorbringt -, so wird die Kinderpersönlichkeit des ›Gehirns‹ zaudern. Sein Urteilsvermögen ist nicht reif. Es wird eine recht deutliche Pause eintreten, ehe die Maschine den Widerspruch als einen solchen erkennt. Und in dieser Pause wird die Maschine automatisch die ganze Einheit ausscheiden - also ehe die Gehirnbahnen in Aktion gesetzt und ruiniert werden können.«

Robertson fragte dazwischen: »Sind Sie dessen ganz sicher?«

Dr. Calvin unterdrückte ihre Ungeduld: »Ich gebe zu, daß dies alles, ausgedrückt in Laiensprache, keinen rechten Sinn ergibt. Anderseits kann ich keinen Nutzen darin sehen, die Angelegenheit hier mathematisch begründet vorzutragen. Ich versichere Ihnen aber, daß es so ist, wie ich sage.«

Augenblicklich und mit einem großen Wortschwall sprang der Generaldirektor für Dr. Calvin in die Bresche. »Die Lage ist also höchst einfach, Sir. Akzeptieren wir den vorgeschlagenen Handel, so können wir auf einen Schlag einen ganzen Haufen Geld verdienen. Das ›Gehirn‹ wird uns sagen, welche Einheit ein Dilemma enthält. Wissen wir das, können wir uns auch ausrechnen, worin der Widerspruch besteht. Stimmt das nicht, Dr. Bogert? Na also, und Dr. Bogert ist weit und breit der beste Mathematiker. Wir geben der Consolidated Corp. die Antwort ›Keine Lösung‹ sowie den Grund dazu und kassieren hunderttausend

Dollar. Die behalten ihre kaputte Maschine und wir unsere ganze. In einem Jahr vielleicht oder in zweien besitzen wir eine Raumkrümmungsmaschine oder – wie manche Leute es nennen – einen hyperatomischen Motor. Der Name ist ja ganz gleichgültig. Auf jeden Fall wird es die tollste Sache, die wir jemals hergestellt haben.«

Robertson lachte und streckte die Hand aus. »Zeigen Sie mir mal den Vertrag her! Ich will ihn unterschreiben.«

Als Susan Calvin das schwerbewachte Gewölbe betrat, in dem sich das ›Gehirn‹ befand, hatte diesem einer der Techniker gerade die Frage gestellt: »Wenn ein und ein halbes Huhn ein und ein halbes Ei in ein und einem halben Tag legen, wieviel Eier werden dann neun Hühner in neun Tagen legen?«

Das ›Gehirn‹ hatte gerade ›Vierundfünfzig‹ geantwortet.

Und der Techniker hatte gerade zu einem anderen Techniker seiner Schicht gesagt: »Siehst du, du Dummkopf.«

Dr. Calvin hüstelte, und eilig und verlegen taten die Männer, als wären sie mit allem möglichen beschäftigt. Die Psychologin machte eine kurze Handbewegung – dann war sie allein mit dem ›Gehirn‹.

Das ›Gehirn‹ war eine Kugel mit einem Durchmesser von etwa sechzig Zentimetern. Im Innern dieser Kugel befand sich ein Hohlkörper, der völlig vibrations- und strahlungsgeschützt in einer Heliumatmosphäre jene unglaublich komplizierten und komplexen positronischen Gehirnbahnen enthielt, die das eigentliche ›Gehirn‹ darstellten. Der übrige Platz in diesem Gewölbe wurde von jenen Zusatzgeräten eingenommen, die sozusagen die Vermittler zwischen dem ›Gehirn‹ und der Außenwelt waren – seine Stimme, Arme, Sinne. Leise sagte Dr. Calvin: »Wie geht es dir, Gehirn?«

Die Stimme des ›Gehirns‹ war hoch und voller Begeisterung. »Großartig, Fräulein Susan. Ich sehe schon, daß Sie mich etwas fragen wollen. Immer haben Sie, wenn Sie mich etwas fragen wollen, ein Buch in der Hand.«

Dr. Calvin lächelte milde. »Nun, du hast recht, aber noch

nicht gleich. Es handelt sich nämlich um eine sehr komplizierte Frage, die wir dir schriftlich stellen werden. Aber noch nicht gleich. Ich meine, ich sollte zunächst mit dir reden.«

»Gut. Es macht mir Spaß, mich zu unterhalten.«

»Also, hör zu: Dr. Lanning und Dr. Bogert werden in Kürze mit dieser komplizierten Frage hier auftauchen. Wir werden sie dir stückchenweise stellen und sehr langsam. Wir möchten, daß du äußerst vorsichtig bist. Wir werden dich bitten, aus den dir gegebenen Informationen etwas zu bauen, wenn du das kannst. Aber schon jetzt möchte ich dich darauf hinweisen, daß eine eventuelle Lösung für menschliche Wesen schädlich sein mag.«

»Oh, das ist ja schlimm!« Der Ausruf war bestürzt.

»Paß auf etwas Derartiges genau auf! Kommen wir zu einer Einheit unseres Problems, die Schaden oder vielleicht den Tod von Menschen bedeuten könnte, so reg dich nicht auf! Verstehst du, Gehirn, in diesem Falle macht es uns nämlich gar nichts aus, absolut nichts – nicht einmal Tod macht uns was aus. Kommst du also zu diesem Punkte, höre einfach auf zu arbeiten und gib uns das betreffende Blatt zurück! Das ist alles. Verstehst du das?«

»Ja, natürlich! Aber – den Tod menschlicher Wesen! Das ist ja fürchterlich!«

»Also, Gehirn – du hast mich verstanden. Ich höre bereits Dr. Lanning und Dr. Bogert kommen. Sie werden dir sagen, um was es sich handelt, und dann fangen wir an. Sei ein braver Junge und ...«

Langsam reichten sie ihm die einzelnen Blätter. Nach jedem kam eine kurze Pause, in der nichts hörbar war als das eigenartig kichernde und flüsternde Geräusch, aus dem deutlich wurde, daß das ›Gehirn‹ sich in Tätigkeit befand. Dann folgte Stille, was bedeutete, daß die Maschine nun bereit war für das nächste Blatt. Es war eine Sache von vielen Stunden, in deren Verlauf dem ›Gehirn‹ der Inhalt von siebzehn dicken Bänden mathematischer Physik vorgelegt wurde.

Je länger die Sache dauerte, um so stärker vertieften sich die Falten auf der Stirn der Männer. Lanning murmelte wild vor sich hin. Bogert starrte erst nachdenklich auf seine Fingernägel und biß dann geistesabwesend an ihnen herum. Erst als das letzte Blatt in der Maschine verschwand, sagte Dr. Calvin, die jetzt sehr blaß war:

»Etwas stimmt nicht.«

Lanning brachte kaum die Worte hervor: »Es kann nicht sein. Es ist – tot?«

»Gehirn?« sagte Susan Calvin zitternd. »Hörst du mich, Gehirn?«

»Haeh?« kam die Antwort. »Brauchen Sie mich?«

»Die Lösung ...«

»Ach die! Ist ganz einfach. Und genauso leicht baue ich für Sie das Fahrzeug, wenn Sie mir die nötigen Robots zur Verfügung stellen. Ein hübsches Fahrzeug. Wird vielleicht zwei Monate dauern.«

»Und ... es ging ohne Schwierigkeiten?«

»Es auszurechnen hat ziemlich lange gedauert.«

Dr. Calvin zuckte zurück. Ihre schmalen Wangen waren noch immer blaß. Sie gab den anderen ein Zeichen, ihr zu folgen.

In ihrem Büro sagte sie: »Ich kann's nicht verstehen. Die gegebenen Daten müssen einen Widerspruch in sich enthalten – wahrscheinlich einen, der sich um Tod und Leben handelt. Wenn etwas versagt hat, so ...«

Bogert meinte gelassen: »Die Maschine spricht, und was sie sagt, hat Hand und Fuß. Es kann sich also gar nicht um ein Dilemma handeln.«

Die Antwort der Psychologin klang eindringlich. »Es gibt Dilemmas und Dilemmas. Es gibt verschiedene Formen von Ausweichen, von Flucht. Nehmen wir einmal an, das ›Gehirn‹ sei nur in milder Form beeinträchtigt ... sagen wir, gerade stark genug, um unter der Illusion zu leiden, es könne das Problem lösen, obgleich dies gar nicht zutrifft. Oder angenommen, das ›Gehirn‹ steht schwankend am Abgrund von etwas wirklich Schlimmem, und zwar so nahe, daß die kleinste Kleinigkeit genügt, um es hineinzustoßen.«

»Oder angenommen«, sagte Lanning, »es gäbe gar kein Dilemma. Angenommen, die Maschine der Consolidated Corp. ist über einer anderen Frage oder aus einem völlig anderen Grunde zusammengebrochen.«

»Selbst dann«, bestand Dr. Calvin, »dürfen wir kein Risiko auf uns nehmen. Von jetzt ab darf niemand auch nur ein einziges Wort mehr mit dem ›Gehirn‹ sprechen. Es untersteht ausschließlich meiner Kontrolle.«

»Schön«, seufzte Lanning, »tun Sie, was Sie nicht lassen können. Und in der Zwischenzeit soll das ›Gehirn‹ mal das Fahrzeug bauen, von dem es gesprochen hat. Und tut es das, dann müssen *wir* das Vehikel ausprobieren. Nicht?«

Er dachte offenbar über seine eigenen Worte nach. »Dafür aber«, sagte er schließlich, »brauchen wir unsere besten Testingenieure.«

Michael Donovan strich sich mit heftiger Bewegung die roten Haare glatt. Ihm schien es völlig gleichgültig, daß sich sein nicht zu bändigender Haarschopf fast augenblicklich wieder aufrichtete. Donovan sagte: »Auf in den Kampf, Greg! Man sagt, das Fahrzeug sei fertig. Man weiß nicht, was es eigentlich darstellt, aber fertig ist es. Los, Greg! An die Kontrollhebel! Los!«

Müde erwiderte Powell: »Halt den Mund, Mike! Dein Humor hat – selbst wenn er ganz frisch ist – einen eigenartig überreifen Geruch, der durch die stickige Luft hier auch nicht gerade besser wird.«

»Na, also hör mal zu!« Donovan unternahm einen neuen, ebenso fruchtlosen Bändigungsversuch mit seinen Haaren. »Unser gußeisernes Genie stört mich gar nicht so sehr, auch dieses Blechfahrzeug nicht. Was mich wirklich aufbringt, ist die Angelegenheit meines in die Binsen gegangenen Urlaubs. Und außerdem diese Monotonie. In dieser Gegend hier scheint es nichts zu geben als Bärte und Zahlen. Ein Mädchen hab ich seit Ewigkeiten nicht mehr zu Gesicht bekommen. Warum, um Himmels willen, gibt man immer gerade uns diese Art von Aufgaben?«

»Weil wir«, antwortete Powell sanft, »kein Verlust sind, wenn sie uns verlieren. Reg dich also ab! Dr. Lanning kommt.«

Lanning näherte sich. Seine grauen Augenbrauen waren buschig wie immer, seine Gestalt trotz des hohen Alters ungebeugt und voller Lebenskraft. Schweigend ging er zusammen mit den beiden Männern die Rampe hinauf und hinaus ins freie Feld, wo Robots, die nicht unter dem Befehl eines menschlichen Wesens standen, schweigend ein Fahrzeug bauten.

Falsch! Gebaut hatten.

Denn Lanning sagte: »Die Robots haben aufgehört zu arbeiten. Nicht ein einziger hat sich heute bewegt.«

»Dann ist es also fertig? Endgültig?« fragte Powell.

»Wie soll ich das wissen?« Lanning schien verschmitzt, und seine Augenbrauen senkten sich so tief über seine Augen, daß sie diese fast versteckten. »Man *scheint* fertig zu sein. Irgendwelche Teile sind nicht mehr übrig, und das Innere ist auf Hochglanz poliert.«

»Waren Sie schon drin?«

»Nur einen einzigen Augenblick. Ich bin ja kein Raumpilot. Weiß einer von euch beiden irgend etwas über Motorenbau?«

Donovan schaute Powell an, der seinerseits Donovan anschaute. Donovan sagte: »Ich habe natürlich meinen Führerschein, Sir, aber wie ich beim Lesen festgestellt habe, enthält er weder etwas über Hypermotoren noch über Fahrzeuge im gekrümmten Raum. Nur das übliche Kinderspiel in drei Dimensionen.«

Alfred Lanning schaute in scharfer Mißbilligung auf. Er schnaubte und sagte auffällig kühl: »Schön, wir haben ja unsere Motorenspezialisten.«

Powell packte ihn, als er bereits im Weggehen war, am Ellbogen. »Sir, ist das Betreten des Fahrzeugs noch immer verboten?«

Der alte Direktor zögerte, rieb sich dann den Nasenrücken. »Ich glaube nicht. Bestimmt nicht für Sie beide.«

Donovan schaute ihm nach. Leise murmelte er einen kurzen, aber recht ausdrucksvollen Satz hinter ihm drein. Dann wandte er sich Powell zu. »Ich gäbe ihm gerne eine detaillierte Beschreibung seiner eigenen Person, Greg.«

»Ich nehme an, du kommst mit, Mike.«

Das Innere des Fahrzeuges war fertig – so fertig, wie ein Fahrzeug jemals war. Das konnte man mit einem einzigen Blick feststellen. Alles glänzte und spiegelte, besonders die Wände, die silbrig leuchteten und auf denen keine Fingerabdrücke haften blieben.

Es gab keine Winkel. Wände, Boden und Decke gingen sanft ineinander über, und in dem kalten metallischen Leuchten versteckter Lichter war man umgeben von sechs kühlen Spiegelbildern seiner eigenen Person.

Der Hauptgang war ein langer und schmaler Tunnel, der an einer Reihe von Räumen entlangführte, die sich durch nichts voneinander unterschieden.

Powell sagte: »Ich nehme an, daß die Möbel eingebaut sind. Oder vielleicht sollen wir weder sitzen noch schlafen.«

Im letzten Raum, der sich am nächsten der Spitze des Fahrzeugs befand, wurde die Monotonie schließlich unterbrochen. Ein gekrümmtes Fenster aus reflektionsfreiem Glas war die erste Abwechslung in dem ewigen Metall. Darunter befand sich ein einziges großes Zifferblatt mit einem einzigen unbeweglichen Zeiger, der auf Null deutete.

Donovan sagte: »Schau dir das mal an!« und zeigte auf ein einziges Wort, das auf dem fein unterteilten Zifferblatt stand.

Das Wort hieß ›Parsec‹ und die winzige Zahl am rechten Ende der gekrümmten Skala besagte ›1 000 000‹.

Zwei Stühle standen in dem Raum. Sie waren schwer, ausladend und ohne Kissen oder Polster. Vorsichtig nahm Powell Platz und fand, daß der Stuhl entsprechend den Rundungen seines Körpers geformt und sehr bequem war.

Powell sagte: »Was hältst du davon?«

»Wenn ich ganz offen sein soll, so glaube ich, daß das

›Gehirn‹ eine Hirnhautentzündung hat. Machen wir, daß wir rauskommen!«

»Bist du ganz sicher, daß du dir dieses Fahrzeug nicht ein wenig genauer ansehen willst?«

»Das habe ich bereits getan. Ich kam, ich sah, ich hatte genug davon.« Donovans rotes Haar schien sich in einzelnen Strähnen zu sträuben. »Greg, machen wir, daß wir hier herauskommen! Vor fünf Sekunden habe ich meine Stellung hier gekündigt, und das Betreten dieses Fahrzeugs ist hier nicht beschäftigten Personen untersagt.«

Powell lächelte ölig und selbstzufrieden. Dann strich er sich den Schnurrbart glatt. »Gut, Mike! Stell mal den Adrenalinhahn ab, der die ganze Zeit deinen Blutkreislauf vergiftet! Auch ich hatte Angst, aber nun habe ich keine mehr.«

»Keine mehr? Wieso keine mehr? Hast du vielleicht deine Lebensversicherung erhöht?«

»Mike, dieses Fahrzeug hier kann gar nicht fliegen.«

»Woher weißt du das?«

»Na, Mensch, wir haben doch die ganze Maschine besichtigt, oder nicht?«

»Anscheinend.«

»Du kannst mir glauben, wir haben's getan. Hast du irgendwo einen Pilotenraum gefunden außer dieser Kammer hier mit ihrer einen Skala? Hast du irgendwelche Bedienungshebel oder Ähnliches entdeckt?«

»Nein.«

»Und hast du irgendwelche Motoren aufgespürt?«

»Heiliger Bimbam, nein.«

»Na also. Gehn wir zu Lanning und versetzen wir ihm diese neuesten Neuigkeiten, Mike!«

Fluchend gingen sie durch die ununterscheidbaren Korridore und gelangten schließlich recht und schlecht zu dem kurzen Stück, das in die Luftschleuse führte.

Donovan zuckte zusammen. »Hast du dieses Ding abgeschlossen, Greg?«

»Nein, hab's nicht angerührt. Drück mal bitte den Hebel runter, ja?«

Der Hebel ließ sich nicht bewegen, obwohl Donovans Gesicht sich vor lauter Anstrengung verzerrte.

Powell sagte: »Ich habe nirgends einen Notausgang bemerkt. Wenn hier was nicht in Ordnung sein sollte, dann müssen sie uns herausschmelzen.«

»Stimmt, und in der Zwischenzeit müssen wir hier warten, bis man herausfindet, daß irgendein Idiot uns eingeschlossen hat«, fügte Donovan erschreckt hinzu.

»Gehn wir zurück zu dem Raum mit dem Bullauge! Es ist der einzige Platz, von dem aus wir vielleicht die Aufmerksamkeit auf uns lenken können.«

Aber das ging auch wieder nicht. In jenem letzten Raum nämlich sah man durch das Bullauge gar nicht mehr einen blauen Himmel, sondern alles war schwarz, und harte, gelblich leuchtende Sterne, die so groß waren wie Stecknadelköpfe, zeigten an, daß sie sich im Weltraum befanden.

Es gab einen dumpfen Ton, als zwei Körper sich schwer in die breiten und so bequemen Stühle fallen ließen.

Alfred Lanning traf Dr. Calvin unmittelbar vor seinem Büro. Nervös zündete er sich eine Zigarre an und machte ihr ein Zeichen einzutreten.

Er sagte: »Na, Susan – wir sind bis jetzt nicht sehr weit gekommen, und Robertson verliert allmählich die Nerven. Was wollen Sie mit dem ›Gehirn‹ anfangen?«

Susan Calvin spreizte die Finger. »Ungeduldig zu werden, hat überhaupt keinen Sinn. Das ›Gehirn‹ ist bedeutend mehr wert als irgend etwas anderes, das wir bei diesem Geschäft aufs Spiel setzen.«

»Sie haben es nun aber bereits zwei Monate lang ausgefragt.«

Die Stimme der Psychologin klang flach, aber im Hintergrund gefährlich. »Sie würden diese Sache wohl lieber selbst in die Hand nehmen, was?«

»Also Sie wissen ganz genau, daß dem nicht so ist und was ich mit meiner Bemerkung sagen wollte.«

»Ach, natürlich, ich weiß schon.« Dr. Calvin rieb sich

nervös die Hände. »Es ist nicht leicht. Ich habe das ›Gehirn‹ äußerst zart behandelt und nur ganz vorsichtig ausgefragt, und es hat mir nicht das mindeste genützt. Seine Reaktionen sind normal. Seine Antworten – nun ja, die sind recht sonderbar. Bis jetzt habe ich nichts in der Hand, verstehen Sie? Bis wir aber wissen, wo es fehlt und was los ist, müssen wir ganz einfach sozusagen auf den Zehenspitzen gehen. Ich kann ja nicht vorauswissen, welche einfache oder ganz harmlose Frage oder Bemerkung das ›Gehirn‹ gewissermaßen über den Rand des Abgrundes stoßen kann und was dann geschehen wird. Passiert das aber, dann bleibt nichts anderes übrig als ein völlig nutzloses ›Gehirn‹. Wollen vielleicht Sie so etwas riskieren?«

»Immerhin kann es wenigstens nicht das Erste Gesetz brechen.«

»Ich war der gleichen Auffassung, habe aber ...«

»Sie sind also noch nicht einmal ganz sicher, daß es menschlichen Wesen nichts antun wird?« Lanning war zutiefst erschreckt.

»Ach, Alfred, wissen Sie, ich kann eigentlich gar nichts mehr ganz sicher wissen.«

Mit erschreckender Plötzlichkeit begann das Alarmsystem zu läuten. In einer Art von Krampf schaltete Lanning die Lautsprecheranlage ein. Die atemlosen Worte, die aus dem Apparat kamen, ließen ihn fast zu Stein erstarren.

Schließlich gelang es ihm zu sprechen. »Susan«, sagte er, »Sie haben's gehört. Das Raumschiff ist fort. Vor einer halben Stunde habe ich die beiden Testingenieure hineingeschickt. Sie müssen unbedingt von neuem mit dem ›Gehirn‹ sprechen.«

Mit erzwungener Ruhe sagte Susan Calvin: »›Gehirn‹, was ist mit dem Raumschiff geschehen?«

Das ›Gehirn‹ antwortete glücklich: »Mit dem Raumschiff, das ich gebaut habe, Fräulein Susan?«

»Jawohl, mit dem. Was ist mit ihm geschehen?«

»Aber gar nichts. Die beiden Männer, die es ausprobieren sollten, befanden sich gerade an Bord, als wir fertig waren zum Abflug. So habe ich es losgeschickt.«

»Oh! – Na, das ist ja reizend.« Die Psychologin empfand gewisse Atemschwierigkeiten. »Glaubst du, daß an Bord alles in Ordnung sein wird?«

»Tadellos in Ordnung, Fräulein Susan! Ich habe für alles gesorgt. Es ist ein ganz wun – der – schönes Fahrzeug.«

»Ja, ›Gehirn‹ – es *ist* wunderschön. Sie haben doch wohl genügend Nahrungsmittel dabei, wie? Ich meine, es geht ihnen nichts ab, wie?«

»Massenhaft Nahrungsmittel.«

»Die Sache muß ja ein ziemlicher Schreck für die beiden sein, ›Gehirn‹. Ich meine, das Ganze kam doch ziemlich unerwartet.« Auf das ›Gehirn‹ blieb dies ohne Eindruck: »Alles ist in bester Ordnung. Ich denke mir, daß es für die beiden äußerst interessant sein muß.«

»Interessant? Wieso?«

»Einfach interessant«, sagte das ›Gehirn‹ verschlagen.

»Susan«, flüsterte Lanning mit nur schwer verhaltener Wut, »fragen Sie es, ob Tod etwas mit der Sache zu tun hat. Fragen Sie es nach den damit verbundenen Gefahren.«

Susan Calvins Gesicht drückte Wut aus. »Halten Sie den Mund!« Mit zitternder Stimme sprach sie das ›Gehirn‹ an: »Wir können uns mit dem Fahrzeug in Verbindung setzen, oder nicht?«

»Natürlich können Sie sich per Funk mit den beiden in Verbindung setzen. Auch dafür habe ich gesorgt.«

»Danke schön! Das wäre im Augenblick alles.«

Als sie dann draußen waren, fuhr Lanning sie an: »Heiliger Himmel, Susan, wenn diese Sache bekannt wird, dann sind wir alle ruiniert. Wir müssen die beiden Männer zurückbekommen. Warum haben Sie diese Maschine nicht geradeheraus gefragt, ob Todesgefahr besteht?«

»Weil ich genau das nicht erwähnen darf«, antwortete Calvin müde und enttäuscht. »Ist nämlich ein Dilemma vorhanden, so betrifft es diese Frage. Jede Bemerkung, die die innere Lage des ›Gehirns‹ erschwert, könnte es vollkommen aus dem Gleichgewicht bringen. Wären wir dann vielleicht besser dran? Also nun passen Sie mal auf – das ›Gehirn‹ hat gesagt, wir könnten uns mit den beiden in Verbindung setzen. Tun wir das, finden wir auch heraus, wo sie sich befinden, und dann bringen wir sie zurück. Wahrscheinlich können sie die Maschine nicht selber bedienen. Vermutlich tut das ›Gehirn‹ all das durch Fernsteuerung. Dennoch – kommen Sie!«

Es dauerte eine ziemlich lange Zeit, bis Powell sich faßte.

»Mike«, sagte er, »hast du irgendwelche Beschleunigung empfunden?«

Donovans Augen waren verständnislos. »Wie? Nein ... nein.«

Dann ballten sich plötzlich die Hände des rothaarigen Mannes. Mit jäher wilder Energie sprang er von seinem Stuhle auf und zu jenem breiten gekrümmten Fenster hin. Nichts war zu sehen ... außer Sternen.

Er wandte sich um. »Greg, offenbar hat man die Maschine in Bewegung gesetzt, während wir drinnen waren. Greg, wir sind in eine Falle gegangen. Man hat es mit den Robots verabredet. Wir sollen die Versuchskaninchen sein. Man wollte uns keine Chance lassen, eventuell nein zu sagen.«

Powell sagte: »Was redest du? Was soll der Sinn sein, wenn wir doch keine Ahnung haben, wie diese Maschine funktioniert? Wie sollen wir das Ding hier zur Erde zurückbringen? Nein – dieses Fahrzeug ist ganz von selbst abgeflogen und ohne daß irgendwelche Beschleunigung fühlbar geworden wäre.« Er stand auf und machte ein paar langsame Schritte. Von den Metallwänden wurde das Klappern seiner Schuhe auf dem Boden zurückgeworfen.

Er sagte tonlos: »Mike, dies ist die verworrenste Lage, in der wir uns jemals befunden haben.«

»Das«, sagte Donovan bitter, »ist für mich völlig neu. Ich war gerade im Begriff, mich großartig zu amüsieren. Nun hast du mir mit dieser Bemerkung alles verdorben.«

Powell achtete nicht auf seine Worte. »Keine Beschleunigung – was bedeutet, daß dieses Fahrzeug nach einem völlig anderen Prinzip funktioniert als alles, was wir kennen.«

»Wobei man den Ton auf das Wort ›Wir‹ legen sollte.«

»*Der* Ansicht bin ich nicht. Es sind keine Maschinen hier, die durch Schalthebel bedient werden könnten. Vielleicht befinden sie sich in den Wänden. Vielleicht sind die Wände deshalb so dick.«

»Was murmelst du da vor dich hin?« fragte Donovan.

»Warum hörst du mir nicht zu? Ich sage, daß – ganz gleichgültig, durch welche Art von Antriebskraft dieses Fahrzeug in Bewegung gesetzt wird – diese ganz offensichtlich von hier aus nicht manipuliert werden kann. Die Maschine wird ferngesteuert.«

»Vom ›Gehirn‹?«

»Warum nicht?«

»Dann glaubst du, daß wir einfach hier draußen bleiben, bis das ›Gehirn‹ uns zurückbringt?«

»Könnte sein. Wenn dem aber so ist, wollen wir gelassen warten. Das ›Gehirn‹ ist ein Robot. Es muß dem Ersten Gesetz folgen. Es darf kein menschliches Wesen verletzen.«

Donovan ließ sich langsam auf seinen Stuhl nieder. »So stellst du dir wenigstens die Sache vor.« Bedächtig glättete er sich die Haare. »Also, paß mal auf! Jener Mist bezüglich Raumkrümmung hat den Robot der Consolidated Corp. außer Betrieb gesetzt. Die Herren Wissenschaftler haben behauptet, der Grund dafür sei gewesen, daß interstellare Reisen für menschliche Wesen tödlich sind. Welchem der beiden Robots willst du nun dein Vertrauen schenken? Wie ich höre, hat man *unserem* ja genau die gleichen Zahlen gegeben.«

Powell zupfte wie wild an seinem Schnurrbart herum. »Tu nicht so, als wüßtest du nichts von Robotik, Mike! Ehe es physisch für einen Robot möglich ist, auch nur den ersten Ansatz zu einem Übertreten des obersten Gesetzes zu machen, geht so viel in ihm kaputt, daß er einfach zu einem

Haufen Alteisen wird. Für das, was jetzt geschieht, muß es eine ganz simple Erklärung geben.«

»Selbstverständlich eine ganz einfache Erklärung. Lassen Sie mich morgen früh vom Butler wecken. Es ist viel zu simpel und alltäglich, als daß ich mich darüber aufregen könnte, ehe ich mich schlafen lege.«

»Aber, Mike, was, zum Kuckuck, ist denn bis jetzt so schlimm, daß du dich darüber beschweren könntest? Das ›Gehirn‹ kümmert sich um uns. Dieser Raum hier ist warm, gut beleuchtet, luftig. Von der Beschleunigung war noch nicht einmal soviel bemerkbar, um deine Haare zu verwirren, wenn sie überhaupt jemals glatt genug wären, um verwirrt werden zu können.«

»Wahrhaftig? Greg, du hast sicherlich schon Unterricht bekommen. Niemand kann ganz von allein alles so rosig sehen wie du. Was essen wir? Was trinken wir? Wo befinden wir uns? Wie gelangen wir zurück? Und im Falle eines Unfalles – welchen Ausgang und welchen Raumanzug benutzen wir? Noch nicht einmal ein Badezimmer habe ich bis jetzt entdeckt, noch jene kleine Annehmlichkeit, die man Toilette nennt. Natürlich kümmert sich das ›Gehirn‹ um uns – und wie!«

Die Stimme, die Donovans Tirade unterbrach, war nicht diejenige Powells. Es war niemandes Stimme. Sie war einfach da, hing in der leeren Luft – eine Stentorstimme, die einen erschreckt.

»GREGORY POWELL! MICHAEL DONOVAN! GREGORY POWELL! MICHAEL DONOVAN! WO SEID IHR? WENN EUER SCHIFF GELENKT WERDEN KANN, KEHRT BITTE ZUR HEIMATBASIS ZURÜCK! GREGORY POWELL! MICHAEL DONOVAN ...!«

Die Mitteilung wiederholte sich. Sie klang völlig mechanisch. Zwischen den einzelnen Sätzen lagen regelmäßige gleichlange Pausen. Donovan sagte: »Wo kommt das denn her?«

»Ich weiß nicht.« Powells Stimme war ein eindringliches Flüstern. »Woher kommt das Licht? Woher kommt überhaupt irgendwas?«

»Nun, und wie sollen wir antworten?« Sie mußten in den Pausen sprechen, in der Zeit, in der nicht gerade die dröhnenden Worte aus dem Nichts den Raum füllten.

Die Wände waren nackt – so nackt und fugenlos, wie glattes gekrümmtes Metall es nur sein kann. Powell rief: »Ruf eine Antwort!«

Das taten sie. Sie schrien einzeln und zusammen. »Unsere Position unbekannt. Fahrzeug nicht steuerbar. Lage verzweifelt.«

Ihre Stimmen hoben und überschlugen sich. Die kurzen nüchternen Sätze wurden vermischt mit Schreien und wilden Flüchen, während die kalte rufende Stimme von draußen die gleiche Mitteilung in der gleichen Art immer wieder und wieder von sich gab.

»Sie hören uns nicht«, stöhnte Donovan. »Hier gibt es keine Sendeeinrichtung. Nur einen Empfänger.« Seine Augen richteten sich auf einen bestimmten Punkt an der Wand.

Langsam wurde der Lärm der dröhnenden Stimme leiser. Als sie schließlich nur noch ein Flüstern war, riefen die beiden von neuem und dann wiederum, und jetzt schon ganz heiser, bis die Stimme endlich verstummte.

Etwa fünfzehn Minuten später sagte Powell müde: »Gehen wir noch einmal durch das ganze Fahrzeug! Irgendwo *muß* doch was zum Essen sein.« Seine Worte klangen nicht hoffnungsvoll, sie klangen wie das Eingeständnis einer Niederlage.

Sie trennten sich. Einer nahm die Gänge zur Linken, der andere die zur Rechten. Sie konnten einander allein durch den Klang ihrer Schritte folgen. Von Zeit zu Zeit trafen sie sich dann wieder im Mittelgang, wo sie sich wortlos anstarrten und wortlos weitergingen.

Powells Suche endete ganz plötzlich, und in diesem Augenblick hörte er Donovans dröhnende Stimme.

»He – Greg«, donnerte die Stimme. »Das Fahrzeug hat *wohl* Badezimmer und so weiter. Wie kommt's, daß wir das übersehen haben?«

Es dauerte fünf Minuten, bis er Powell nach verschiedenen Irrwegen fand. Er sagte: »Allerdings keine Duschen und Bäder, aber immerhin ...« Das Ende des Satzes blieb ihm im Halse stecken.

»Nahrungsmittel!« Er schnappte nach Luft.

Die Wand war nach unten gefallen. Dahinter wurde eine Öffnung sichtbar, in der sich zwei Fächer befanden. Das obere war vollgepackt mit unetikettierten Büchsen von verwirrender Verschiedenheit der Größe und Form. Die emaillierten Dosen auf dem unteren Fach waren gleichförmig. Donovan spürte einen kalten Luftzug an seinen Fußgelenken. Die untere Hälfte der Öffnung war ein Kühlschrank.

»Wieso – wieso?«

»Das war vorher nicht da«, sagte Powell kurz. »Dieser Wandteil verschwand in dem Augenblick, als ich durch die Tür hereinkam.«

Er aß. Die Dose war von jener Art, die man vorher erhitzt und in der sich ein Löffel befindet. Der warme Geruch gebackener Bohnen füllte den Raum. »Nimm dir doch auch eine Dose, Mike!«

Donovan zögerte. »Was ist das heutige Menü?«

»Wie soll ich das wissen. Bist du vielleicht wählerisch?«

»Nein, aber immer esse ich in Flugzeugen und Schiffen Bohnen. Wenn ich die Wahl habe, nehme ich lieber was anderes.« Seine Hand schwebte über den Büchsen. Er suchte sich eine schimmernde elliptische Büchse aus, die durch ihre flache Form irgendwie an Büchsen mit Lachs oder ähnlichen Delikatessen erinnerte. Sie öffnete sich auf Druck.

»Bohnen!« schrie Donovan und griff nach einer anderen. Powell packte ihn am Hosenboden. »Iß lieber die, die du geöffnet hast, mein Junge. Die Vorräte sind begrenzt ... und möglicherweise werden wir uns eine recht lange Zeit hier aufhalten müssen.«

Donovan zog mürrisch die Hand zurück. »Haben wir denn gar nichts anderes? Nur Bohnen?«

»Möglicherweise.«

»Was ist in dem unteren Fach?«

»Milch.«

»Nur Milch?« schrie Donovan auf.

»Sieht beinahe so aus.«

Die aus Bohnen und Milch bestehende Mahlzeit wurde schweigend zu Ende gebracht. Als sie den Raum verließen, glitt das verschwundene Wandstück wieder in die Höhe, und wieder war nichts sichtbar als fugenloses Metall.

Powell seufzte. »Alles automatisch. Alles ganz genau, wie es eben eingerichtet ist. Bin mir nie in meinem ganzen Leben so hilflos vorgekommen. Wo ist dein Badezimmer?«

»Gleich hier. Und auch das war nicht vorhanden, als wir uns das erstemal umschauten.«

Fünfzehn Minuten später befanden sie sich wieder in dem Raum mit dem Glasfenster und starrten sich gegenseitig aus den sich gegenüberstehenden Stühlen an.

Bedrückt wandte Powell den Kopf und schaute auf die Skala. Noch immer lautete die Einteilung ›Parsec‹ und noch immer war die Zahl ›1 000 000‹. Und noch immer stand der Zeiger auf Null.

Im Privatbüro der United States Robot und Mechanical Men Co. sagte Alfred Lanning erschöpft: »Sie antworten nicht. Wir haben jede Wellenlänge ausprobiert ... öffentliche, private, verschlüsselt und Klartext. Selbst dieses Subätherzeug, das man jetzt hat, haben wir verwendet.« Er wandte sich an Dr. Calvin. »Und das ›Gehirn‹ will noch immer nichts sagen?«

»Es geht nicht auf die Sache ein, Alfred«, sagte sie emphatisch. »Es sagt, die Männer könnten uns hören ... und wenn ich versuche, in es zu dringen ... dann wird es irgendwie mürrisch. Und das darf es doch eigentlich gar nicht. Wer hat jemals von einem mürrischen Robot gehört?«

»Wie wär's, wenn Sie uns sagen würden, Susan, wie weit Sie gekommen sind?« sagte Bogert.

»Bitte sehr. Das ›Gehirn‹ gibt zu, daß es ganz allein und vollständig das Fahrzeug kontrolliert. Das ›Gehirn‹ ist absolut optimistisch hinsichtlich der Sicherheit unserer beiden

Leute, gibt aber keine Einzelheiten. Ich wage nicht, darauf zu bestehen. Der Mittelpunkt der ganzen Störung scheint aber ganz woanders zu liegen, nämlich im Prinzip interstellaren Reisens überhaupt. Das ›Gehirn‹ lachte – ich kann es wirklich nicht anders ausdrücken –, als ich das Thema zur Sprache brachte. Es gibt noch andere Anzeichen – aber dieses Lachen ist bis jetzt der einzige wirklich ganz deutliche Anhaltspunkt für eine unbedingt bestehende Anomalie.«

Sie schaute die anderen an. »Ich meine Hysterie. Ich habe sofort das Thema gewechselt, und ich hoffe, ich habe mit dessen Erwähnung keinen Schaden angerichtet. Immerhin habe ich jetzt einen Fingerzeig. Mit Hysterie kann ich fertig werden. Geben Sie mir zwölf Stunden Zeit! Kann ich das ›Gehirn‹ sozusagen wieder normal machen, so wird es das Fahrzeug zurückbringen.«

Bogert schien plötzlich von einer Idee gepackt. »Die interstellare Reise!«

»Was ist los?« Der Schrei kam gleichzeitig von Calvin und Lanning.

»Die Daten für den Motor hat uns das ›Gehirn‹ gegeben. Mein Gott ... mir ist da gerade ein Gedanke gekommen.«

Er verließ eilig den Raum.

Lanning schaute ihm nach. Brüsk sagte er: »Sie, Susan, kümmern sich um Ihre Seite der Angelegenheit.«

Zwei Stunden später sagte Bogert eifrig: »Ich sage Ihnen, Lanning, das ist die ganze Geschichte. Die interstellare Reise oder besser – wenn Sie wollen – der interstellare Sprung geschieht nicht in unserer Zeit ... nicht, solange Licht eine endliche Geschwindigkeit besitzt. Leben kann gar nicht existieren – auch Masse und Energie können es nicht in der Krümmung des Raumes. Ich weiß nicht, wie es dort ist – aber ich weiß, daß das, was ich soeben gesagt habe, zutrifft. Und an dieser Tatsache ist der Robot der Consolidated Corp. zugrundegegangen.«

Donovan fühlte sich ebenso hohlwangig, wie er aussah. »Erst fünf Tage?«

»Erst fünf Tage. Ich bin dessen ganz sicher.«

Donovan schaute sich bedrückt um. Die Sterne draußen waren ein vertrauter Anblick, aber fern und völlig gleichgültig. Die Wände fühlten sich kalt an. Die Lichter, die neuerdings wieder heller leuchteten, waren von kühler Helligkeit. Der Zeiger auf der Skala deutete noch immer auf Null. Und Donovan konnte den Geschmack von Bohnen in seinem Munde nicht mehr los werden.

Er sagte traurig: »Ich sollte dringend baden.«

Powell schaute kurz auf und sagte: »Ich auch. Du brauchst dir gar nicht schuldbewußt vorzukommen. Wenn du aber nicht gerade in Milch baden willst, und wenn du nicht überdies auf Trinken verzichten willst ...«

»Wir werden schließlich und endlich ohnehin, ohne zu trinken, existieren müssen. Greg, was hat eigentlich dieses interstellare Reisen mit der ganzen Sache zu tun?«

»Vielleicht kannst *du* mir's sagen. Möglicherweise fliegen wir einfach weiter und immer weiter. Schließlich werden wir irgendwann irgendwo ankommen. Zum mindesten wird der Staub unserer Skelette irgendein Ziel erreichen. Nur – ist nicht unser Tod die ursprüngliche Ursache für den Zusammenbruch des ›Gehirns‹?«

Donovan sagte, den Rücken dem anderen zugewandt: »Greg, ich habe darüber nachgedacht. Die Situation ist ziemlich verzweifelt. Wir können nicht viel tun – außer herumzulaufen und zu uns selber zu reden. Du kennst ja jene Geschichten von Leuten, die irgendwie im Weltraum gestrandet waren. Sie werden lange, bevor sie verhungern, verrückt. Ich weiß nicht, was es ist, Greg, aber seitdem die Lichter wieder heller brennen, hab ich ein ganz komisches Gefühl.«

Stille. Dann kam Powells Stimme, und sie klang dünn und klein. »Ich auch. Wie ist es denn bei dir?«

Der Rothaarige wandte sich um. »Ich habe hier drinnen ein eigenartiges Gefühl. Es klopft, und meine ganzen Muskeln und Nerven sind gespannt. Ich kann nur schwer atmen. Ich kann kaum still stehn.«

»Mhm. Spürst du irgendeine Vibration?«

»Wie meinst du das?«

»Setz dich mal eine Minute! Paß auf! Man hört es nicht, aber man fühlt es ... als ob irgendwo etwas pochte, und so pocht das ganze Fahrzeug, und man selbst pocht auch. Paß mal auf ...«

»Tatsächlich. Was kann das sein, Greg? Du glaubst doch nicht, es steckt in uns?«

»Könnte sein.« Powell strich sich langsam den Schnurrbart. »Es könnten aber auch die Motoren sein. Vielleicht bereitet es sich vor.«

»Worauf?«

»Auf den interstellaren Sprung. Vielleicht steht der unmittelbar bevor, und der Teufel mag wissen, wie die Auswirkungen sein werden.«

Donovan dachte nach. Dann sagte er wütend: »Wenn sich die Maschine vorbereitet, soll sie's tun. Ich wünschte nur, wir könnten uns wehren. Es ist so erniedrigend, daß man einfach warten muß.«

Eine Stunde später schaute Powell auf seine Hand, die auf der Armstütze des Metallstuhles lag. Mit eisiger Kälte sagte er: »Berühre die Wand, Mike!«

Donovan tat es und sagte: »Man kann spüren, wie sie zittert, Greg.«

Selbst die Sterne sahen aus, als seien sie verwischt. Aus irgendeinem Grunde hatte man das Gefühl, daß man sich in der Nähe einer Maschine befand, die Kräfte sammelte, Energie aufspeicherte für einen mächtigen Sprung, sich zitternd immer höher hinaufschraubte auf der Skala ihrer Stärke.

Es kam mit ungeheurer Plötzlichkeit. Man empfand einen scharfen Schmerz. Powell richtete sich halb aus seinem Stuhle auf. Sein Blick fiel auf Donovan, und dann wurde es ihm dunkel vor den Augen, während Donovans dünner Schrei laut wurde und dann verklang. Etwas wand sich in ihm und kämpfte gegen eine immer wachsende Schicht von Eis.

Etwas brach los und tanzte in einem feurigen Leuchten von Licht und Schmerz. Es fiel ...

- und tanzte
- und fiel kopfüber
- in die Stille.

Es war der Tod!

Es war eine Welt ohne jede Bewegung und ohne Gefühl. Eine Welt empfindungslosen Bewußtseins – eines Bewußtseins von Dunkelheit und Schweigen und schattenhaften Kampfes.

Hauptsächlich war es ein Ewigkeitsbewußtsein.

Er war ein kleiner weißer Faden von einem Ego – kalt und voller Angst.

Dann kamen die Worte, drohend und dröhnend, donnerten über ihn hin in schäumendem Klang.

»Paßt dein Sarg dir neuerdings nicht mehr? Warum machst du nicht einen Versuch mit Morbid M. Cadavers ausziehbaren Särgen? Diese sind auf wissenschaftlicher Basis konstruiert und passen sich sehr bequem den natürlichen Rundungen des Körpers an. Sie sind verstärkt durch Vitamin B_1. Benutzen Sie Cadavers Särge und Sie fühlen sich wohl. Vergessen Sie nicht: Sie – werden – eine – lange – lange – Zeit – tot – sein.«

Es war eigentlich gar kein Klang, aber was es auch immer war, es erstarb in einem grollenden Flüstern.

Der weiße Faden, der vielleicht einmal Powell gewesen war, zerrte nutzlos an den nicht substantiellen Äonen der Zeit, die um ihn herum überall existierten – und brach dann in sich selbst zusammen, während der durchdringende Schrei von hundert Millionen Geistern, von hundert Millionen Sopranstimmen sich zu einem Crescendo steigerte.

»Ich bin froh, wenn du mal tot bist, du Lump ...
Ich bin froh, wenn du mal tot bist, du Lump ...
Ich bin froh ...«

Die Melodie kletterte eine Wendeltreppe ungeheuersten Tönens hinauf bis zu den sich überschlagenden Ultraschallklängen, die nicht mehr hörbar waren, und dann noch über diese hinaus.

Der weiße Faden zitterte in pulsierendem Schmerz.

Still spannte er sich.

Die Stimmen waren jetzt gewöhnliche Stimmen. Es waren ihrer viele. Eine Menge sprach. Ein Mob, der sich wild durcheinander mischte, der vorbeiflog und über ihn hinaus in schneller Bewegung, und hinter dem ein paar Wortbrocken und halbe Sätze herflatterten.

»Warum haben sie dich gepackt? Siehst ein wenig mitgenommen aus ...«

»Ein heißes Feuer, nehm ich an, aber die Sache steht nicht aussichtslos ...«

»... hab's bis zum Paradies geschafft, aber der olle Petrus ...«

»Nee, ich hab Beziehungen bei dem alten Burschen. Hatte mal mit ihm zu tun ...«

»He Sam, in dieser Richtung ...«

»Nimm dir 'nen Anwalt mit 'ner guten Schnauze! Beelzebub sagt ...«

Und über allem das ursprüngliche stentorianische Dröhnen, das lauter war als alles andere.

»SCHNELL! SCHNELL! SCHNELL! Nimm deine Beine in die Hand und laß uns nicht warten! Hinter uns kommen noch viele. Haltet Eure Papiere bereit! Sichert Euch den Erlaubnisstempel bei Petrus am Tor! Paßt auf, daß Ihr zum richtigen Eingangstor kommt! Es gibt genug Feuer für alle. He du – DU DA DRUNTEN! JA DU! BLEIB IN DER REIHE ODER ...«

Der weiße Faden, der Powell war, kroch vor dem vorwärtsdrängenden Schrei davon. Deutlich spürte er den scharfen Stich eines auf ihn deutenden Fingers. Das alles explodierte plötzlich und wurde zu einem Regenbogen von Tönen, dessen einzelne Teile auf ein schmerzendes Gehirn heruntertropften.

Powell befand sich wieder in seinem Stuhle. Er spürte, daß er zitterte.

Donovans Augen öffneten sich. Sie waren groß und traten aus seinem Kopf heraus wie zwei gläserne blaue Kugeln.

»Greg«, flüsterte er fast schluchzend, »warst du tot?«

»Ich – hab mich tot gefühlt.« Er erkannte den Ton seiner eigenen Stimme nicht.

Donovan versuchte aufzustehen. Offenbar aber versagten ihm die Beine. »Leben wir jetzt? Oder geht das so weiter – ich meine das Schreckliche?«

»Ich – ich fühle mich lebendig.« Er war noch immer heiser. Powell sagte vorsichtig: »Hast du – als du tot warst – irgendwas gehört?«

Donovan antwortete nicht gleich. Dann nickte er sehr langsam mit dem Kopfe. »Und du?«

»Ich auch. Hast du was von Särgen gehört – und singende Frauenstimmen – und die Reihen, die sich bildeten zum Marsch in die Hölle? Hast du das gehört?«

Donovan schüttelte den Kopf. »Nein, nur eine einzige Stimme.«

»Eine laute Stimme?«

»Nein. Leise, aber so, als führe man mit einer Feile über Fingerspitzen. Verstehst du, es war eine Predigt. Über das Höllenfeuer. Er beschrieb die Qualen – na, du weißt schon, was ich meine. Ich hab früher schon mal so eine Predigt gehört – fast genau die gleiche.«

Er war in Schweiß gebadet.

Es kam ihnen zum Bewußtsein, daß Sonnenlicht durch das Fenster hereinströmte. Es war schwach, aber von blauweißer Farbe – eine Sonne von der Größe einer Erbse, die nicht die gute alte Sonne war, die sie kannten.

Powell deutete mit zitterndem Finger auf die Skala. Die Nadel zeigte steif und stolz auf die feine Linie neben der Zahl 300 000 Parsec.

Powell sagte: »Mike, wenn das stimmt, dann müssen wir uns völlig außerhalb der Milchstraße befinden.«

Und Donovan sagte: »Bei Gott, Greg! Dann sind wir die ersten menschlichen Wesen außerhalb des Sonnensystems.«

»Jawohl. Genauso ist's. Wir sind der Sonne entkommen. Wir haben uns losgemacht von unserer Milchstraße. Mike, dieses Fahrzeug ist die Lösung. Es bedeutet Freiheit für die ganze Menschheit – Freiheit sich auszubreiten zu jedem Stern, der existiert, zu all den vielen Millionen und Milliarden und Billionen, die es gibt.«

Und dann stand er plötzlich wieder auf dem harten Boden der Tatsachen. »Aber, Mike, wie gelangen wir je zur Erde zurück?«

Donovan lächelte unsicher. »Ach, da brauchst du dir keine Sorge zu machen. Dieses Vehikel hat uns hierhergebracht. Es wird uns auch nach Hause bringen ... damit ich dort weiterhin Bohnen essen kann.«

»Aber Mike ... einen Augenblick bitte! Nimmt das Fahrzeug uns auf die gleiche Weise zurück, wie es uns hierher gebracht hat, dann ...«

Donovan, der im Begriff gewesen war aufzustehen, ließ sich wieder auf seinen Stuhl zurücksinken.

Powell fuhr fort: »Wir müssen dann ... wieder sterben, Mike.«

»Na ja«, seufzte Donovan, »wenn wir müssen, dann müssen wir eben. Zum mindesten ist der Tod nicht ewig ... oder sagen wir nicht *sehr* ewig.«

Susan Calvin sprach jetzt ganz langsam. Sechs Stunden lang hatte sie versucht, das ›Gehirn‹ äußerst vorsichtig dahin zu locken, wo sie es haben wollte – sechs Stunden lang ohne Erfolg. Sie war der dauernden Wiederholungen müde, müde der Umschreibungen, müde ihres ganzen Daseins.

»Nun, ›Gehirn‹, noch eine einzige Sache! Du mußt eine ganz besondere Anstrengung machen, mir eine einfache Antwort zu geben. Bist du dir völlig im klaren über den interstellaren Sprung? Ich meine, bringt er die beiden Männer zu ihrem Ziele?«

»Er bringt sie genau so weit, wie sie gehen wollen, Fräulein Susan. Mein Gott, es ist kein Vergnügen, durch die Raumkrümmung hindurchzufahren.«

»Und was werden sie auf der anderen Seite sehen?«

»Sterne und solches Zeug. Was sonst?«

Die nächste Frage entglitt ihrem Munde, ohne daß sie sie eigentlich stellen wollte. »Dann werden sie also leben?«

»Natürlich.«

»Und der interstellare Sprung verletzt sie nicht?«

Sie erstarrte, als das ›Gehirn‹ keine Antwort gab. Da also war der wunde Punkt. Sie hatte ihn berührt.

»Gehirn«, bettelte sie, »Gehirn, hörst du mich?«

Die Antwort kam schwach und zitternd. Das ›Gehirn‹ sagte: »Muß ich antworten? Ich meine wegen des Sprunges?«

»Nicht, wenn du nicht willst. Immerhin würde es interessant sein – ich meine, wenn du Lust hättest.« Susan versuchte vergnügt zu sprechen.

»Ach, Sie verderben ja alles.«

Und plötzlich sprang die Psychologin auf. Sie hatte mit einem Male verstanden, um was es ging.

»Ach, du lieber Gott!« stieß sie hervor, »du lieber Gott!«

Die Spannung von Stunden und Tagen löste sich plötzlich, und sie begann zu weinen. Viel später sagte sie zu Lanning: »Ich sage Ihnen, alles ist in Ordnung. Nein, Sie müssen mich jetzt in Ruhe lassen. Das Fahrzeug kommt heil zurück, und zwar *mit* den Männern, und ich will mich jetzt ausruhen. *Ich werde mich ausruhen.* Gehen Sie jetzt!«

Das Fahrzeug kam ebenso still und erschütterungsfrei zur Erde zurück, wie es sie verlassen hatte. Es landete haargenau an der dafür bestimmten Stelle. Die Haupttür öffnete sich. Die zwei Männer, die aus dem Fahrzeug herauskamen, tasteten sich vorsichtig über die Landungsbrücke. Ab und zu kratzten sie sich die rauhen, unrasierten Gesichter.

Dann kniete der mit dem roten Haar langsam und bedächtig nieder und küßte inbrünstig die betonierte Startbahn.

Sie schoben die Menschenmenge, die sich um sie scharte, zur Seite und winkten energisch den beiden Männern ab, die mit einer Tragbahre aus einem Krankenwagen herausstürzten.

Gregory Powell sagte: »Wo ist die nächste Dusche?«

Man führte sie weg.

Dann saßen sie alle miteinander um einen Tisch herum. Alle führenden Leute der U.S. Robot und Mechanical Men Co. nahmen an diesem Treffen teil.

Langsam und dramatisch beendeten Powell und Donovan ihre sehr lebendige Darstellung der Ereignisse.

Susan Calvin brach das dem Bericht der beiden Ingenieure folgende Schweigen. In den wenigen Tagen, die seit ihrer letzten Unterredung mit dem ›Gehirn‹ vergangen waren, hatte sie ihre eisige, etwas bissige Ruhe wiedergewonnen. Dennoch spürte man noch immer eine Spur von Verlegenheit.

»Genau betrachtet«, sagte sie, »war dies meine Schuld – alles miteinander. Als wir dieses Problem zum erstenmal dem ›Gehirn‹ vorlegten, gab ich mir, wie wohl die meisten hier Anwesenden sich erinnern werden, die größte Mühe, ihm klarzumachen, daß es alle diejenigen Fakten zurückweisen solle, die geeignet wären, ein Dilemma zu schaffen. Ich tat dies, indem ich etwa folgendes sagte: ›Reg dich nicht auf über den Tod menschlicher Wesen! Diese Tatsache macht uns gar nichts aus. Gib uns einfach das betreffende Blatt zurück und vergiß die ganze Sache!‹«

»Hm«, sagte Lanning. »Und was weiter?«

»Das ist doch ganz klar. Als die Bedingung auftauchte, die schließlich die Gleichung bezüglich des Minimum-Intervalls für den interstellaren Sprung ergab, da bedeutete diese Bedingung den Tod menschlicher Wesen. An diesem Punkt war die Maschine der Consolidated Corp. vollständig zusammengebrochen. Ich aber hatte die Wichtigkeit des Todes dem ›Gehirn‹ gegenüber vermindert. Zwar nicht ganz und gar, da das Erste Gesetz ja niemals gebrochen werden kann, aber dennoch genügend, um es dem ›Gehirn‹ zu ermöglichen, sich die Gleichung nochmals anzusehen. Dies genügte, um dem ›Gehirn‹ klarzumachen, daß nach dem Intervall die Menschen zum Leben zurückkehren würden ... genauso wie Materie und Energie des Raumschiffes wieder in ihre Rechte traten. Dieser sogenannte Tod war also genau gesagt nichts als ein temporäres Phänomen. Verstehen Sie?«

Sie schaute sich um. Alle hörten gespannt zu.

So fuhr sie fort. »Daher akzeptierte das ›Gehirn‹ diese Bedingung – allerdings mit einem gewissen inneren Schock. Obwohl der Tod nur ein temporärer war und obgleich ich seine Wichtigkeit herabgesetzt hatte, genügte die Tatsache allein, um das ›Gehirn‹ – wenn auch nur ganz leicht – aus dem Gleichgewicht zu bringen.«

Völlig ruhig und gelassen sagte sie: »Es entwickelte eine Art von Humor. Auch das ist eine Fluchtmethode, eine teilweise Flucht vor der Wirklichkeit. Das ›Gehirn‹ wurde sozusagen zu einem Spaßvogel.«

Powell und Donovan sprangen auf.

»Was?« schrie Powell.

Donovan drückte sich bedeutend farbiger aus.

»So ist es«, sagte Calvin. »Das ›Gehirn‹ sorgte für Sie und beschützte Sie. Sie konnten aber keinerlei Schalthebel bedienen, weil diese gar nicht für Sie bestimmt waren, sondern für das sehr humorvolle ›Gehirn‹ selbst. Wir konnten Sie durch Funk erreichen, aber Sie konnten nicht antworten. Sie hatten genügend Nahrungsmittel, aber nichts als Bohnen und Milch. Dann starben Sie, sozusagen, und wurden wiedergeboren, aber die Zeit Ihres Todes wurde – wollen wir einmal sagen, interessant gemacht. Ich wollte, ich wüßte, wie das ›Gehirn‹ das fertig gebracht hat. Es war der Hauptwitz des ›Gehirns‹, aber er war nicht bös gemeint.«

»Nicht bös gemeint«, ereiferte sich Donovan. »Ach, wenn der liebe kleine Knabe nur ein Genick hätte, das man ihm umdrehen könnte!«

Lanning hob besänftigend die Hand. »Schon gut! Es war eine Schweinerei, aber nun ist es ja vorüber. Was weiter?«

»Nun«, sagte Bogert gelassen, »ganz offensichtlich ist es jetzt unsere Aufgabe, die Raumkrümmungsmaschine zu verbessern. Es muß ja schließlich möglich sein, auf irgendeine Art und Weise das Intervall beim Sprung zu vermeiden. Gibt es aber diese Möglichkeit überhaupt, so müssen wir – die wir jetzt die einzige Organisation sind, die noch einen großangelegten Superrobot besitzt – diese finden. Dann aber kontrolliert die U.S. Robot Co. interstellare Reisen, und dann hat die Menschheit endlich die Möglichkeit, sich ein Weltreich im Weltraum zu schaffen.«

»Und wie steht es mit der Consolidated Corp.?« fragte Lanning.

»Einen Augenblick bitte«, unterbrach Donovan, »ich möchte gerne einen Vorschlag machen. Diese Burschen haben unserer Firma eine böse Suppe eingebrockt. Diese auszulöffeln war zwar nicht so schlimm, wie die Herren von der Consolidated Corp. erwarteten, und schließlich ist alles noch zu einem guten Ende gekommen. Dennoch muß ich sagen, daß die Absichten unserer lieben Konkurrenz nicht allzu gute waren. Und Greg und ich waren jedenfalls die Hauptleidtragenden.

Na, schön, die Herren wollten eine Antwort, und sie haben eine bekommen. Liefern wir ihnen das Fahrzeug und kassieren wir zweihunderttausend Dollar plus Herstellungskosten. Und wenn sie's dann ausprobieren wollen – dann schlage ich vor, lassen wir das ›Gehirn‹ noch mal ein paar seiner hübschen Scherze machen, ehe wir es wieder zurückbringen zu seiner normalen Geistesverfassung.«

Lanning sagte ernst: »Der Vorschlag scheint mir gerecht und brauchbar.«

Und Bogert fügte geistesabwesend hinzu: »Und völlig kontraktgemäß.«

Beweismaterial

»Aber auch das ist nicht das Eigentliche und Wichtige«, sagte Dr. Calvin gedankenvoll. »Zum Schluß wurden das Fahrzeug und andere ähnliche Raumschiffe Eigentum der Regierung. Der Sprung durch den Überraum wurde vervollkommnet, und nun besitzen wir ja tatsächlich Kolonien auf den Planeten einiger näherer Sterne. Aber das ist doch nicht das Wichtigste.«

Ich war fertig mit dem Essen und beobachtete sie durch den Rauch unserer Zigaretten.

»Was wirklich zählt, ist, was mit den Menschen hier auf der Erde in den letzten fünfzig Jahren geschehen ist. Als ich zur Welt kam, junger Mann, hatten wir gerade den letzten Weltkrieg beendet. Jene Zeit war ein Tiefpunkt der Geschichte. Immerhin bedeutete er das Ende aller Nationalismen. Die Erde war zu klein geworden für Nationen, und so gruppierten die Menschen sich in Regionen. Das dauerte ziemlich lange. Als ich geboren wurde, waren die Vereinigten Staaten von Amerika noch eine Nation und nicht nur ein Teil der nördlichen Region. In der Tat trägt unsere Firma ja noch immer den Namen ›United States Robot‹. Auch der Wandel von Nationen zu Regionen, der unsere Wirtschaft stabilisiert und eine Zeit hervorgebracht hat, die man ruhig als Goldenes Zeitalter betrachten darf – ich meine im Vergleich zum vergangenen Jahrhundert –, auch dieser Wandel wurde durch unsere Robots bewirkt.«

»Sie meinen die Denkmaschinen«, sagte ich. »Das ›Gehirn‹, von dem Sie gerade gesprochen haben, ist wohl die erste derartige Anlage gewesen?«

»Das stimmt. Ich dachte aber weniger an die Denkmaschine als an einen Mann. Er starb letztes Jahr.« Ihre Stimme wurde plötzlich tieftraurig. »Oder besser, er richtete es ein zu sterben, da er wußte, daß wir ihn nicht länger benötigen. Sein Name war Stephen Byerley.«

»Ich dachte mir, daß Sie ihn meinten.«

»Zum ersten Male nahm er im Jahre 2032 ein öffentliches Amt an. Sie waren damals ja noch ein kleiner Junge, so daß Sie sich wohl kaum daran erinnern werden, wie sonderbar das alles war. Sein Kampf um den Bürgermeisterposten war wohl der eigenartigste Wahlkampf, der jemals geführt wurde.«

Francis Quinn war ein Politiker der neuen Schule. Das bedeutet natürlich gar nichts, wie alle derartigen Feststellungen nichts bedeuten. Die meisten unserer sogenannten ›Neuen Schulen‹ hat es im sozialen Leben des alten Griechenland schon einmal gegeben. Wüßten wir mehr davon, so würden wir vielleicht ihre Vorgänge sogar im alten Sumerien finden oder in den prähistorischen Seesiedlungen der Schweiz.

Um aber die Geschichte nicht langweilig werden zu lassen, ist es vielleicht das Beste, wenn ich gleich sage, daß Quinn sich weder um das Amt bewarb, noch Stimmen für sich sammelte, daß er keine Reden hielt, noch irgendwelchen Wahlschwindel trieb. All das tat er genausowenig, wie Napoleon bei Austerlitz ein Gewehr bediente.

Da man in der Politik mit eigenartigen Leuten schlafen gehen muß, saß Alfred Lanning auf der anderen Seite des Pultes ... Lanning mit seinen wilden weißen Augenbrauen über Augen, die scharf und hart sind vor lauter innerer Ungeduld. Lanning gefiel die ganze Sache gar nicht.

Hätte Quinn dies gewußt, es hätte ihn nicht im mindesten geärgert. Seine Stimme war, vielleicht berufsmäßig, freundlich.

»Ich nehme an, Sie kennen Stephen Byerley, Dr. Lanning.«

»Ich habe, wie viele andere auch, schon von ihm gehört.«

»Genau wie ich auch. Vielleicht haben Sie die Absicht, ihm bei der nächsten Wahl Ihre Stimme zu geben.«

»Kann ich nicht sagen.« Ganz deutlich klang eine gewisse Schärfe aus Lannings Stimme. »Ich habe die politischen Ereignisse nicht verfolgt. Daher weiß ich wohl auch nicht, daß er Kandidat ist.«

»Er wird vielleicht unser nächster Bürgermeister werden. Natürlich ist er nur ein Jurist, aber eine Kanone und ...«

»Jawohl«, unterbrach Lanning. »Ich habe das alles schon gehört. Könnten wir aber jetzt nicht vielleicht zu unseren eigenen Angelegenheiten kommen?«

»Wir sind mitten drin, Dr. Lanning.« Quinns Ton war sehr sanft. »Es liegt in meinem Interesse, daß Mr. Byerley Staatsanwalt bleibt - allerhöchstens Staatsanwalt -, und es liegt in Ihrem Interesse, mir dabei zu helfen.«

»In *meinem* Interesse? Aber ich bitte Sie.« Lannings Lider senkten sich tief über seine Augen.

»Nun, sagen wir vielleicht besser im Interesse der U.S. Robot Co. Ich komme zu Ihnen, weil Sie Direktor Emeritus der Forschungsabteilung dieser Firma sind und weil ich weiß, daß Sie auch heute noch dort als Berater ein gewichtiges Wort zu sprechen haben. Man hört auf Sie, und dennoch sind Ihre Beziehungen zu jener Gesellschaft nicht mehr so eng, daß Sie nicht völlige Handlungsfreiheit besäßen ... selbst wenn diese Handlung - sollen wir sagen - etwas unorthodox ist.«

Dr. Lanning schwieg einen Augenblick, während er über die Worte des Sprechers nachdachte. Dann sagte er, und nun etwas sanfter: »Ich weiß durchaus nicht, worauf Sie hinaus wollen, Mr. Quinn.«

»Das überrascht mich keineswegs, Dr. Lanning. Dennoch liegt die ganze Angelegenheit eigentlich recht einfach. Gestatten Sie?« Quinn zündete sich eine dünne Zigarette an, wobei er sich eines sehr einfachen, aber äußerst geschmackvollen Anzünders bediente. Auf seinem grobknochigen Gesicht erschien ein Ausdruck stillen Vergnügens.

»Wir sprachen gerade über Mr. Byerley – eine eigenartige, recht lebendige Persönlichkeit. Vor drei Jahren war er noch völlig unbekannt. Jetzt kennt ihn jeder. Er ist ein energischer und sehr tüchtiger Mann ... ganz bestimmt der beste Staatsanwalt, der mir je begegnet ist. Unglücklicherweise ist er nicht mein Freund ...«

»Ich verstehe«, sagte Lanning mechanisch. Er starrte auf seine Fingernägel.

»Ich hatte Gelegenheit«, fuhr Quinn in gleichmäßigem Tone fort, »im verflossenen Jahre die Vergangenheit des Mr. Byerley einer genauen Prüfung zu unterziehen. Sie verstehen ja wohl, daß es immer von großem Nutzen ist, das frühere Leben sogenannter Reformpolitiker etwas genauer zu durchforschen. Wenn Sie wüßten, wie oft das schon geholfen hat ...« Er machte eine Pause und fuhr dann fort: »Mr. Byerleys Vergangenheit jedoch ist recht wenig bemerkenswert. Ein ruhiges Leben in einer Kleinstadt, Universitätsstudium, eine Frau, die jung gestorben ist, ein Automobilunfall, von dem er sich nur langsam erholen konnte, Arbeit auf das Doktorexamen, Übersiedlung in die Hauptstadt, Rechtsanwalt – das ist alles.«

Francis Quinn schüttelte langsam den Kopf und fügte dann hinzu: »Ganz anders sein gegenwärtiges Leben. Ja – das *ist* bemerkenswert. Unser Staatsanwalt ißt niemals.«

Lannings Kopf fuhr hoch. Seine alten Augen waren plötzlich scharf und leuchtend. »Wie bitte?«

»Unser Staatsanwalt ißt niemals.« Quinn zerhackte den Satz in einzelne Silben. »Ich will diese Behauptung leicht modifizieren. Er ist niemals beim Essen oder Trinken gesehen worden. Niemals! Verstehen Sie, was das bedeutet? Ich sage nicht, er ist nur selten dabei beobachtet worden, ich sage ausdrücklich niemals.«

»Das finde ich ziemlich unglaubhaft. Können Sie sich auf Ihre Informationen verlassen?«

»Vollkommen, und ich persönlich finde es auch keineswegs unglaubhaft. Ich sage ausdrücklich, man hat ihn nicht nur niemals essen sehen, sondern auch nicht trinken, und zwar weder Wasser noch irgendwelche alkoholischen Getränke. Noch hat man ihn je schlafen sehen. Es gibt noch andere Faktoren, die das Bild abrunden. Ich nehme aber an, daß Sie auch so verstehen, was ich meine.«

Lanning lehnte sich in seinem Stuhl zurück. Ein angespanntes Schweigen herrschte zwischen den beiden Männern. Dann aber schüttelte der alte Robotspezialist den Kopf. »Nein. Wenn ich Ihre Behauptungen mit der Tatsache, daß Sie diese vorbringen, verbinde, dann gibt es nur eine einzige Schlußfolgerung, die Sie mir offenbar zu suggerieren versuchen, und die ist völlig ausgeschlossen.«

»Aber der Mann ist absolut kein menschliches Wesen, Dr. Lanning.«

»Würden Sie mir sagen, er sei ein verkleideter Teufel, dann bestünde eine kleine Chance, daß ich Ihren Worten Glauben schenkte.«

»Ich sage Ihnen, Dr. Lanning, er *ist* ein Robot.«

»Und ich sage Ihnen, daß diese Behauptung das Irrsinnigste ist, was ich jemals gehört habe.«

»Dennoch verlange ich«, sagte Quinn, während er umständlich und vorsichtig seine Zigarette ausdrückte, »daß Sie diese von Ihnen behauptete Unmöglichkeit meiner Annahme mit allen Ihnen zur Verfügung stehenden Mitteln untersuchen.«

»Ich werde nichts Derartiges unternehmen, Mr. Quinn. Sie werden ja kaum ernstlich glauben, daß unsere Gesellschaft sich in die hiesige Lokalpolitik einmischen wird.«

»Sie haben keine andere Wahl. Nehmen Sie mal an, ich würde, ohne Beweise zu haben, die mir bekannten Tatsachen öffentlich bekanntgeben. Ich meine, das Beweismaterial ist doch wohl recht belastend.«

»Tun Sie in dieser Beziehung genau, was Sie wollen.«

»Von Wollen kann gar keine Rede sein. Beweise wären bedeutend nützlicher. Auch Sie könnten ein derartiges Vorgehen meinerseits keineswegs wünschen. Ich bin sicher, daß die damit zusammenhängende Kampagne für Ihre Gesellschaft recht schädigende Folgen haben könnte. Ich nehme an, daß Sie vollkommen auf dem laufenden sind über die strenge Durchführung der Vorschriften gegen die Verwendung von Robots in menschenbewohnten Teilen der Welt.«

»Allerdings«, sagte Lanning brüsk.

»Sie wissen, daß die U.S. Robot Co. die einzige Herstellerin positronischer Robots in unserer Welt ist. Sollte aber Byerley ein Robot sein, so besitzt er ein positronisches Gehirn. Sie wissen ferner, daß alle Robots ausgeliehen werden, aber nicht verkauft... daß die Gesellschaft Eigentümerin bleibt und daher für die Handlungen ihrer Maschinen verantwortlich gemacht werden kann.«

»Die Gesellschaft kann ganz leicht und jederzeit beweisen, daß sie niemals einen Robot humanoiden Charakters hergestellt hat.«

»Sie könnte es aber tun, wie? Ich frage das lediglich, weil wir ja doch die verschiedenen Möglichkeiten besprechen müssen.«

»Jawohl. Es wäre technisch möglich.«

»Ich nehme an, auch im geheimen. Ich meine, ohne daß ein derartiger Vorgang in Ihren Büchern erscheint.«

»Nicht das positronische Gehirn, Sir. Die Herstellung dieses Apparates ist mit zu vielen verschiedenen Faktoren verknüpft, über welche die Regierung eine strikte Kontrolle ausübt.«

»Jawohl, aber Robots nutzen sich ab, gehen kaputt, funktionieren irgendwie nicht mehr – und werden dann auseinandergenommen.«

»Und ihre positronischen Gehirne finden entweder neue Verwendung oder werden vernichtet.«

»Tatsächlich?« Francis Quinn gestattete sich eine Spur von Sarkasmus. »Und wenn nun eines – ich meine natürlich rein zufällig – nicht zerstört würde und ebenso zufällig eine humanoide Konstruktion gerade auf ein derartiges Gehirn wartete?«

»Ausgeschlossen.«

»Sie würden das sowohl der Regierung als auch der Öffentlichkeit zu beweisen haben. Warum also wollen Sie es nicht lieber *mir* beweisen?«

»Und was sollte der Zweck eines solchen Unternehmens gewesen sein?« fragte Lanning verärgert. »Welches Motiv sollte einer derartigen Transaktion zugrunde gelegen haben? Ein klein wenig gesunden Menschenverstand müssen Sie uns schon zutrauen.«

»Oh, entschuldigen Sie bitte! Ihre Gesellschaft wäre nur zu glücklich, wenn die verschiedenen Regionen den Gebrauch humanoider positronischer Robots in den bewohnten Teilen unserer Welt gestatteten. Die Gewinne würden ganz enorm sein. Das Vorurteil des Publikums gegen eine derartige Aktion ist zu groß. Nehmen wir mal an, man gewöhnt die Menschen zunächst an derartige Robots – zum Beispiel in der Art, daß man darauf hinweist, was für einen tüchtigen Anwalt wir hier haben, welch guten Bürgermeister –, und dabei ist er ein Robot. Würden die Menschen dann nicht vielleicht anfangen, sich Robot-Butler zu kaufen?«

»Vollkommen phantastisch. Ein fast humorvoller Abstieg ins Lächerliche.«

»Vermutlich. Warum aber sollten Sie es dann nicht beweisen? Oder wollen Sie den Beweis noch immer lieber der Öffentlichkeit gegenüber antreten?«

Es wurde schon düster im Raume, aber noch war es nicht so düster, daß man nicht die Röte des Ärgers auf Alfred Lannings Gesicht hätte sehen können. Langsam berührten die Finger des Robotfachmanns einen Knopf. Die Wandbeleuchtung strahlte in sanftem Lichte auf.

»Gut«, brummte er. »Sehen wir mal, was dabei herauskommt!«

Das Gesicht Stephen Byerleys ist nicht leicht zu beschreiben. Er war seinem Geburtsschein zufolge vierzig Jahre alt und seine Erscheinung entsprach diesem Alter ... wenn er auch ein gesunder, gut genährter, immer gutgelaunter Vierziger war.

Dies traf ganz besonders dann zu, wenn er lachte, und

das tat er gerade in diesem Augenblick. Sein Lachen war laut und beständig, ließ ein wenig nach und begann dann von neuem. –

Alfred Lannings Gesicht erstarrte vor bitterer Mißbilligung. Er blickte wie hilfesuchend zu der neben ihm sitzenden Frau, aber auch deren dünne blutlose Lippen verzogen sich spürbar verärgert.

Byerley fand schnaufend seine Sprache wieder.

»Wirklich und wahrhaftig, Dr. Lanning... glauben Sie wirklich und wahrhaftig, daß ich – ich – ausgerechnet ich ein Robot bin?«

»Dies ist nicht meine eigene Behauptung, Sir. Mir persönlich wäre es vollkommen recht, wenn Sie ein Mitglied der menschlichen Gesellschaft wären. Da unsere Firma Sie niemals hergestellt hat, bin ich ja ziemlich sicher, daß Sie das auch sind – wenigstens im juristischen Sinne. Nachdem aber von einem Mann, der ein gewisses Ansehen genießt, uns gegenüber die ernsthafte Behauptung aufgestellt worden ist, daß Sie ...«

»Sie brauchen seinen Namen nicht zu nennen, wenn eine derartige Indiskretion einen Splitter vom Granitblock Ihres Ehrenkodex abschlagen würde, aber nehmen wir einmal hypothetisch an, es sei Francis Quinn gewesen. Nun fahren Sie bitte fort!«

Lanning schöpfte wütend Atem. Er war es nicht gewohnt, unterbrochen zu werden. Deshalb machte er eine kleine Pause, ehe er fortfuhr. Schließlich sagte er noch etwas kühler als zuvor: »Ich sagte also, der Mann besitzt ein gewisses Ansehen. Wegen seiner Identität möchte ich mich lieber nicht auf Ratespiele einlassen. Ich bin gezwungen, Sie um Ihre Mitarbeit bei der Entkräftigung seiner Behauptung zu ersuchen. Schon die einfache Tatsache, daß eine solche Behauptung aufgestellt und in den verschiedenen diesem Manne zur Verfügung stehenden Organen veröffentlicht werden könnte, würde einen schweren Schlag für die von mir vertretene Firma bedeuten – selbst wenn die Anklage nie bewiesen werden könnte. Verstehen Sie mich?«

»Absolut. Ihre Lage ist mir völlig klar, auch wenn die Anklage selbst lächerlich ist. Ich bitte um Entschuldigung, wenn mein Gelächter Sie verletzt haben sollte. Ich habe keineswegs über die Situation gelacht, in der Sie sich befinden, sondern über die Behauptung an sich. Wie kann ich Ihnen nun helfen?«

»Sehr einfach. Sie brauchen sich lediglich vor Zeugen in einem Restaurant an einen Tisch zu setzen und eine Mahlzeit einzunehmen.« Lanning lehnte sich zurück. Das Schlimmste war überstanden. Die Frau neben ihm beobachtete Byerley mit einem Ausdruck völliger Versunkenheit, trug aber selbst nichts zur Unterhaltung bei.

Einen Augenblick trafen sich ihre und Byerleys Augen. Dann wandte Byerley sich wieder dem Robotfachmann zu. Eine Weile spielten seine Finger mit einem bronzenen Briefbeschwerer, der der einzige Schmuck seines Schreibtisches war.

Er sagte bedächtig: »Ich glaube, da kann ich Ihnen nicht dienlich sein.«

Er hob die Hand. »Nun warten Sie einen Augenblick, Dr. Lanning! Ich bin mir völlig im klaren darüber, daß diese ganze Angelegenheit Ihnen im höchsten Grade peinlich ist und daß man Sie sozusagen gegen Ihren Willen zu diesem Besuch bei mir gezwungen hat. Sie fühlen, daß Sie eine unwürdige Rolle spielen, um nicht zu sagen eine lächerliche. Immerhin betrifft die Sache mich selbst ja in einem viel weiteren Ausmaße, und ich bitte Sie daher, nachsichtig zu sein.

Zunächst möchte ich Sie folgendes fragen: Wieso ist Ihnen nicht der Gedanke gekommen, daß Quinn – dieser angesehene Mann – Ihnen nicht Sand in die Augen streute, nur um von Ihnen genau das zu erreichen, was Sie jetzt tun?«

»Mein Gott, es schien mir kaum wahrscheinlich, daß eine bekannte Persönlichkeit sich selbst so sehr der Gefahr der Lächerlichkeit aussetzen sollte, wenn sie nicht sicheren Boden unter den Füßen hatte oder zum mindesten überzeugt war, diesen zu haben.«

Eine Spur von Humor tauchte in Byerleys Augen auf. »Sie

kennen Quinn nicht. Er bringt es fertig, aus einem Felsvorsprung, auf dem Bergschafe nicht zu stehen vermögen, sicheren Boden zu machen. Ich nehme an, er informierte Sie über die Einzelheiten der Nachforschungen, die er behauptet, über mich angestellt zu haben?«

»Er machte mir genügend Angaben, um mich davon zu überzeugen, daß es für unsere Gesellschaft nicht lohnend wäre, seine Beweise oder Behauptungen zu entkräften, wenn ich dies mit Ihrer Hilfe ganz mühelos tun könnte.«

»Dann glauben Sie ihm also, wenn er sagt, daß ich niemals esse? Sie sind ein Wissenschaftler, Dr. Lanning. Sehen Sie sich mal diese Art von Logik an! Man hat mich niemals essen sehen, daher esse ich nicht. Quod erat demonstrandum. Ich bitte Sie doch!«

»Sie benutzen jetzt Staatsanwaltstricks, um die an sich wirklich recht einfache Lage zu verwirren.«

»Ganz im Gegenteil. Ich versuche das zu klären, was Ihnen und Quinn so kompliziert erscheint. Ich schlafe nicht viel, verstehen Sie? Das stimmt, und ganz bestimmt schlafe ich nicht in der Öffentlichkeit. Ich habe mir nie etwas daraus gemacht, mit anderen zu essen – eine Idiosynkrasie, die bestimmt niemandem wehe tut. Sehen Sie, Dr. Lanning, lassen Sie mich mal einen hypothetischen Fall konstruieren! Nehmen wir mal an, es gäbe einen Politiker, der alles Interesse daran hätte, einen Reformkandidaten um jeden Preis zu besiegen. Dieser Politiker käme nun bei seinen Nachforschungen auf Eigenheiten, wie ich sie gerade erwähnt habe.

Nehmen wir ferner an, daß dieser Politiker nun, um dem betreffenden Kandidaten eins auszuwischen, zu Ihrer Gesellschaft kommt, weil diese das ideale Mittel zum Zweck sein kann. Erwarten Sie von ihm, daß er sagt: ›Der So-und-so ist ein Robot, weil er fast niemals mit anderen Leuten ißt und weil ich noch nie gesehen habe, daß er während eines Prozesses eingeschlafen ist. Und einmal, als ich mitten in der Nacht in sein Zimmer hineinspähte, da habe ich ihn mit einem Buch in der Hand aufrecht dasitzen sehn. Und außerdem habe ich in seinem Eisschrank herumgeschnüffelt und habe dort keine Nahrungsmittel gefunden‹? Würde einer so was sagen, so würden Sie ihn in eine Zwangsjacke stecken lassen. Sagt er aber: ›Er schläft niemals, er ißt niemals‹, dann macht Sie der Schreck über die Behauptung blind gegenüber der Tatsache, daß derartige Anklagen nie zu beweisen sind. Sie spielen das Spiel dieses Mannes, indem Sie sich zu seinem Werkzeug machen.«

»Trotz allem«, begann Lanning eigensinnig von neuem, »ganz gleichgültig, ob Sie diese Sache als ernst betrachten oder nicht, ist lediglich die von mir bereits erwähnte Mahlzeit nötig, um dem ganzen Spuk ein für allemal ein Ende zu machen.«

Wieder wandte Byerley sich der Frau zu, die ihn noch immer beobachtete. »Entschuldigen Sie, bitte! Ich habe Ihren Namen doch richtig verstanden. Sie sind doch Dr. Susan Calvin?«

»Jawohl, Mr. Byerley.«

»Sie sind die Psychologin der Gesellschaft, nicht wahr?«

»Die Robotpsychologin, bitte.«

»Ach, ich wußte gar nicht, daß Robots geistig so anders sind als Menschen.«

»Völlig anders.« Sie gestattete sich ein kaltes Lächeln. »Robots sind im Grunde anständig.«

Der Anwalt lachte. »Da versetzen Sie uns aber einen bösen Schlag. Was ich aber eigentlich sagen wollte: Da Sie eine Psycho – entschuldigen Sie – eine Robotpsychologin sind und eine Frau, so haben Sie bestimmt schon etwas getan, woran Dr. Lanning bisher noch gar nicht dachte.«

»Und was soll das sein?«

»Sie haben bestimmt etwas zum Essen in Ihrer Handtasche.«

Die wohlgeschulte Gleichgültigkeit in Susan Calvins Augen wurde einen Augenblick durchbrochen. »Sie überraschen mich, Dr. Byerley«, sagte sie.

Sie öffnete die Tasche und brachte einen Apfel zum Vorschein. Wortlos reichte sie Byerley die Frucht. Dr. Lanning, der zunächst etwas aus der Fassung geraten war, folgte der langsamen Bewegung ihrer Hände mit scharfen und wachsamen Blicken.

Gelassen biß Stephen Byerley in den Apfel und gelassen schluckte er den Bissen hinunter.

»Sehen Sie, Dr. Lanning?«

Dr. Lanning lächelte mit einer solchen Erleichterung, daß selbst seine Augenbrauen ein paar Sekunden lang wohlwollend erschienen. Leider dauerte diese Erleichterung nicht lange.

Susan Calvin sagte: »Ich war neugierig zu sehen, ob Sie den Apfel essen würden. Allerdings beweist dies im vorliegenden Fall absolut nichts.«

Byerley blickte auf. »Wieso nicht?«

»Das ist doch klar. Dieser Mann, Dr. Lanning, würde, wenn er ein humanoider Robot wäre, natürlich eine vollkommene Imitation darstellen. Er ist fast zu menschlich, um noch glaubhaft zu erscheinen. Schließlich und endlich haben wir ja menschliche Wesen unser ganzes Leben lang gesehn und beobachtet. Es wäre völlig unmöglich, uns mit etwas hereinzulegen, das etwa nur annähernd korrekt wäre. Solch ein Robot müßte ganz und gar in Ordnung sein. Beobachten Sie doch bitte das Gewebe der Haut, die Qualität der Regenbogenhaut, die Knochenformation der Hand. Ist er ein Robot, so wollte ich, unsere Firma hätte ihn hergestellt, denn er ist ein wirklich erstklassiges Fabrikat. Gut. Scheint es Ihnen also dann wahrscheinlich, daß irgend jemand, der in der Lage war, auf derartige Kleinigkeiten so viel Wert zu legen, nicht auch in der Lage sein würde, ein paar Apparate einzubauen, um essen, schlafen und trinken vorzutäuschen? Natürlich nur zur Benutzung in Notlagen – wie zum Beispiel jetzt eine entstanden ist. Daher kann eine Mahlzeit eigentlich gar nichts beweisen.«

»Nun warten Sie mal«, fauchte Lanning. »Ich bin nicht ganz so dumm, wie Sie offenbar beide glauben. Das Problem, ob Byerley ein Mensch ist oder nicht, interessiert mich nicht. Mein ganzes Ziel besteht darin, die Gesellschaft aus einer schwierigen Lage herauszubringen. Eine Mahlzeit in aller Öffentlichkeit wird dieser Sache ein Ende bereiten, und zwar für immer, ganz gleichgültig, was Quinn auch tut. Die feineren Details der ganzen Sache können wir ruhig Anwälten und Robotpsychologen überlassen.«

»Aber, Herr Dr. Lanning«, sagte Byerley, »Sie übersehen völlig die politische Seite der Angelegenheit. Ich bin ebenso darauf aus, gewählt zu werden, wie Quinn darauf aus ist, mir den Weg zu verbauen. Haben sie übrigens bemerkt, daß Sie seinen Namen verwendet haben? Durch einen recht billigen Winkeladvokatentrick habe ich Sie dazu gebracht. Ich wußte, Sie würden ihn früher oder später namentlich erwähnen.«

Lanning errötete. »Was hat die Wahl mit dieser Sache zu tun?«

»Reklame, mein Herr, wirkt für die eine wie für die andere Seite. Wenn Quinn mich einen Robot schimpfen will und die Frechheit besitzt, dies zu tun, so besitze ich die Frechheit, das Spiel nach seinen Regeln zu spielen.«

»Sie meinen, Sie ...« Lanning zeigte ganz offen, daß er sich abgestoßen fühlte.

»Genau. Ich will damit sagen, daß ich ihn weitermachen lasse. Er wird sich den Strick, an dem er schließlich hängen wird, selber aussuchen, wird selber seine Stärke ausprobieren, selber die richtige Länge abschneiden, selber die Schlinge knoten, selber den Kopf hineinstecken und grinsen. Das übrige ... und es bleibt schließlich nur sehr wenig ... besorge ich dann mit dem größten Vergnügen.«

»Sie sind recht zuversichtlich.«

Susan Calvin stand auf. »Kommen Sie, Alfred, wir brauchen gar nicht erst zu versuchen ihn umzustimmen!«

»Sehen Sie«, sagte Byerley, »Sie sind doch auch eine Menschenpsychologin.«

Vielleicht besaß Byerley aber doch nicht in vollem Maße jene Zuversicht, von der Lanning gesprochen hatte, als er an jenem Abend seinen Wagen bei den automatischen Laufbändern parkte, die zu seiner tiefer liegenden Garage hinunterführten, und selbst den Pfad zur Vordertür seines Hauses hinaufging.

Die Gestalt im Rollstuhl schaute bei seinem Eintritt lächelnd auf. Byerleys Gesicht wurde warm und freundlich. Er ging hinüber zu dem Manne.

Die Stimme des Krüppels war ein heiseres, kratzendes Flüstern, das aus einem nach einer Seite hin verzerrten Munde herauskam. Die Hälfte des Gesichtes war eine einzige verwachsene Narbe. »Du kommst spät, Steve.«

»Ich weiß, John, ich weiß. Ich hatte heute aber mit einer sehr eigenartigen und interessanten Schwierigkeit zu tun.«

»So?« Weder das zerrissene Gesicht noch die zerstörte Stimme waren irgendeines Ausdrucks fähig. Sorge aber zeigte sich im Blick der klaren Augen. »Hoffentlich nichts, womit du nicht fertig werden könntest?«

»Ich bin nicht ganz sicher. Ich brauche möglicherweise deine Hilfe. Du bist das Genie in der Familie. Willst du, daß ich dich in den Garten schiebe? Es ist ein wundervoller Abend.«

Zwei starke Arme hoben John aus seinem Rollstuhl. Sanft, fast zärtlich, legten Byerleys Arme sich um die verbundenen Beine des Krüppels und um seine Schultern. Vorsichtig und langsam ging er durch die Räume, die sanft abfallende Rampe hinunter, die im Hinblick auf den Rollstuhl so konstruiert worden war, und durch die Hintertür hinaus in den mit einer Mauer und Stacheldraht umgebenen Garten hinter dem Haus.

»Warum läßt du mich nicht den Rollstuhl benutzen, Steve? Dies ist töricht.«

»Weil ich dich lieber trage. Hast du was dagegen? Du weißt sehr wohl, daß du ebenso froh bist, aus dieser motorisierten Kutsche herauszukommen, wie ich es bin, dich mal nicht darin sehen zu müssen. Wie geht es dir denn heute?« Mit unendlicher Sorgfalt ließ er John auf dem kühlen Gras nieder.

»Wie soll es mir denn gehn? Aber erzähle mir von deinen Nöten.«

»Quinns Wahlkampf wird sich darauf aufbauen, daß er behauptet, ich sei ein Robot.«

Johns Augen öffneten sich weit. »Woher weißt du das? Das ist unmöglich. Ich kann's nicht glauben.«

»Ich sage dir aber, daß es so ist. Er hat bereits einen von den Großmogulen der U.S. Robot Gesellschaft zu mir ins Büro geschickt, um mit mir zu diskutieren.«

Langsam rissen Johns Hände Grashalme aus. »Ich verstehe. Ich verstehe.«

Byerley sagte: »Wir können ihn aber seine eigenen Waffen wählen lassen. Ich habe nämlich eine Idee. Hör mal zu und sag mir dann, ob du glaubst, daß wir's schaffen!«

Die Szene in Lannings Büro am Abend beschränkte sich weitgehend darauf, daß man sich gegenseitig anstarrte. Francis Quinn starrte nachdenklich Alfred Lanning an. Lanning wieder starrte wütend auf Susan Calvin, die ihrerseits unbewegt Quinn anstarrte.

Francis Quinn unterbrach schließlich die Stille mit einem Versuch, die Beklemmung zu lösen. »Reiner Bluff. Er erfindet Ausreden je nach der Situation, in der er sich befindet.«

»Wollen Sie wirklich darauf spekulieren, Mr. Quinn?« fragte Dr. Calvin gleichgültig. »Na, in Wirklichkeit ist die ganze Sache ja ebenso gut Ihre Spekulation.«

»Passen Sie mal auf«, sagte Lanning und versuchte seinen zähen Pessimismus durch Auftrumpfen zu verdecken, »wir haben getan, was Sie von uns verlangt haben. Wir waren Zeugen, als der Mann aß. Es ist lächerlich, ihn für einen Robot zu halten.«

»Glauben Sie wirklich?« Quinn wandte sich Dr. Calvin zu. »Lanning hat behauptet, Sie seien sozusagen Experte in dieser Angelegenheit.«

Lannings Stimme war jetzt fast drohend. »Also, Susan, bitte ...!«

Quinn unterbrach aalglatt. »Warum lassen Sie sie nicht selber sprechen, Mann? Sie sitzt nun seit einer halben Stunde hier, stumm wie ein Fisch.«

Lanning war aufs äußerste gereizt. In diesem Augenblick war es von dem, was er empfand, bis zu hellem Wahnsinn eigentlich nur ein Schritt. Er sagte: »Schön. Sagen Sie, was Sie zu sagen haben, Susan! Wir werden Sie nicht unterbrechen.«

Susan Calvin schaute ihn an – ohne jeden Humor –, wandte dann ihre kalten Augen Quinn zu. »Es gibt nur zwei Wege, um definitiv zu beweisen, daß Byerley ein Robot ist. Bis jetzt bringen Sie nichts als einen Indizienbeweis. Damit können Sie zwar eine Anklage erheben, aber nicht wirklich überführen ... und ich persönlich glaube, daß Mr. Byerley geschickt genug ist, dieser Art von Material zu begegnen. Wahrscheinlich sind Sie der gleichen Meinung, sonst wären Sie ja nicht hierhergekommen.

Die eine der beiden Beweismethoden ist die physische, die andere die psychologische. Sie können ihn sezieren oder mit Röntgenstrahlen durchleuchten. Wie Sie das anstellen, wäre Ihre Sache. Psychologisch kann sein Verhalten studiert werden, denn ist er ein positronischer Robot, so muß er sich an die drei Regeln der Robotik halten. Ohne diese kann ein positronisches Gehirn überhaupt nicht konstruiert werden. Kennen Sie diese Regeln, Mr. Quinn?«

Sie selbst zitierte sie bedächtig, wiederholte klar und deutlich und Wort für Wort die bekannten dickgedruckten Sätze, die auf Seite 1 im ›Handbuch der Robotik‹ zu lesen sind.

»Ich habe von diesen Regeln schon gehört«, sagte Quinn uninteressiert.

»Dann ist die Sache ganz einfach«, antwortete die Psychologin trocken. »Bricht Mr. Byerley eine dieser Regeln, dann ist er kein Robot. Unglücklicherweise funktioniert diese Prozedur nur in einer Richtung. Hält er sich nämlich an die Regeln, so beweist das freilich gar nichts.«

Quinn fragte höflich: »Und warum nicht, Frau Doktor?«

»Weil Sie – wenn Sie einmal darüber nachdenken – finden werden, daß die drei Regeln der Robotik die leitenden Grundprinzipien einer ganzen Reihe von ethischen Systemen darstellen. Natürlich soll jedes menschliche Wesen einen Selbsterhaltungstrieb besitzen. Das ist die Regel Nummer Drei für Robots. Auch soll jedes ›gute‹ menschliche Wesen mit einem sozialen Gewissen und Verantwortungsgefühl sich der Obrigkeit unterwerfen, seinem Arzt folgen, seinem Chef, seiner Regierung, seinem Psychiater, seinem Mitmenschen. Es soll Gesetzen gehorchen, Regeln, Sitten und Gebräuchen – selbst wenn diese seine eigene Bequemlichkeit einschränken oder seine Sicherheit gefährden. Das ist für einen Robot die Regel Nummer Zwei. Schließlich soll ein ›guter‹ Mensch seinen Nächsten lieben wie sich selbst, ihn beschützen, eventuell sein Leben riskieren, um ihn zu retten. Das aber ist für einen Robot die Regel Nummer Eins. Um es auf einen ganz einfachen Nenner zu bringen – wenn Byerley alle Regeln der Robotik befolgt, dann mag er ein Robot sein. Vielleicht aber ist er auch nur ein sehr guter Mensch.«

»Damit aber«, sagte Quinn, »sagen Sie mir doch, daß Sie nie beweisen können, daß er ein Robot ist.«

»Ich bin aber vielleicht in der Lage, Ihnen zu zeigen, daß er *keiner* ist.«

»Nur ist *das* nicht der Beweis, den ich suche.«

»Sie werden eben denjenigen Beweis bekommen, der existiert. Was Sie *wollen,* ist ganz allein Ihre Angelegenheit.« An diesem Punkte hatte Lanning plötzlich eine Idee. »Ist es bis jetzt denn noch niemandem in den Sinn gekommen«, sagte er, »daß Staatsanwalt zu sein eigentlich für einen Robot ein sehr eigenartiger Beruf ist? Die Verfolgung menschlicher Wesen – die von ihm erwirkten Todesurteile –, das unendliche Unglück, das eigentlich durch ihn über menschliche Wesen gebracht wird ...«

Quinn wurde plötzlich hellwach. »Nein, so leicht kommen Sie mir nicht davon! Daß er Staatsanwalt ist, macht ihn noch lange nicht menschlich. Wissen Sie denn nichts von seiner Tätigkeit? Haben Sie nicht gehört, daß er sich rühmt, nie einen unschuldigen Menschen verfolgt zu haben? Daß es Dutzende von Leuten gibt, denen man den Prozeß nicht macht, weil das Beweismaterial ihm nicht voll genügte ... obwohl er die Geschworenen wahrscheinlich hätte überzeugen können? Dies sind Tatsachen.«

Lannings dünne Wangen zitterten. »Nein, Quinn – nein! Nirgendwo steht etwas in den Regeln der Robotik, daß diese im Falle menschlicher Schuld etwa nicht zur Anwendung zu bringen sind. Ein Robot kann nicht darüber urteilen, ob ein menschliches Wesen die Todesstrafe verdient oder nicht. *Er darf kein menschliches Wesen verletzen* – ganz gleich, ob es zur Spielart Lump oder Engel gehört.«

Susan Calvins Stimme klang müde. »Alfred«, sagte sie, »sprechen Sie kein dummes Zeug! Wie wäre es zum Beispiel, wenn ein Robot dazu käme, während ein Wahnsinniger Feuer an ein Haus legt, in dem sich Menschen befinden? Er würde den Wahnsinnigen daran hindern, oder nicht?«

»Natürlich.«

»Und wenn der einzige Weg, dies zu tun, darin bestünde, daß er ihn tötete ...?«

Ein leiser, gequälter Ton kam aus Lannings Kehle. Das war alles.

»Die Antwort ist ganz einfach die, daß er sein Bestes tun würde, den Menschen nicht zu töten. Stürbe der Wahnsinnige, so würde der Robot wahrscheinlich psychiatrische Behandlung benötigen, weil er über diesem Konflikt ganz leicht den Verstand verlieren könnte ... diesem Konflikt, der darin bestand, daß er Regel Nummer Eins brach, um Regel Nummer Eins in einem höheren Sinne zu folgen. Aber ein Mann würde tot sein, und ein Robot würde ihn getötet haben.«

»Na und ist Byerley wahnsinnig?« fragte Lanning mit allem ihm zur Verfügung stehenden Sarkasmus.

»Nein, aber er selbst hat niemanden getötet. Er hat Tatsachen enthüllt, die möglicherweise ein menschliches Wesen als gefährlich für die Gesellschaft erscheinen lassen. Damit schützt er die größere Zahl und befolgt daher in höchstem Ausmaße die Regel Nummer Eins. So weit geht er immerhin.

Es liegt dann beim Richter, den Verbrecher zur Todesstrafe oder zu Gefängnis zu verurteilen, nachdem die Geschworenen sich über das Schuldproblem schlüssig geworden sind. Der Gefängnisbeamte sperrt ihn ein, der Henker bringt ihn um. Und Mr. Byerley hat nichts anderes getan als die Wahrheit festgestellt und damit der Gesellschaft geholfen.«

»Ich will ganz offen zugeben, daß ich – nachdem Sie die Sache aufgebracht hatten, Mr. Quinn – Herrn Byerleys Laufbahn einer genauen Prüfung unterzogen habe. Ich habe festgestellt, daß er in seinem Schlußplädoyer niemals die Todesstrafe beantragt hat. Ich habe ferner festgestellt, daß er sich offen für die Aufhebung der Todesstrafe ausgesprochen und sich mit großzügigen Spenden an Forschungsinstituten für kriminelle Neurophysiologie beteiligt hat. Ganz offenbar glaubt er mehr an die Besserungstheorie als an die Straftheorie. Ich finde das recht beachtenswert.«

»Wirklich?« Quinn lächelte. »Vielleicht in dem Sinne, daß dieser ganzen Sache ein gewisser Robotgeschmack anhaftet?«

»Vielleicht. Warum sollte ich es abstreiten? Handlungen wie die seinen können nur von einem Robot stammen oder von einem sehr ehrenwerten und anständigen menschlichen Wesen. Sie sehen hier, daß man ganz einfach zwischen einem Robot und der höchsten Klasse von Menschen keinen Unterschied finden kann.«

Quinn setzte sich in seinem Stuhl zurück. Seine Stimme bebte vor Ungeduld. »Dr. Lanning, es ist doch wohl absolut möglich, einen humanoiden Robot zu schaffen, der im Aussehen nicht von einem Menschen zu unterscheiden ist, wie?«

Lanning räusperte sich und überlegte. »Experimentell haben wir das bei unserer Firma fertiggebracht«, sagte er zögernd, »... natürlich ohne daß wir dieses Wesen mit einem positronischen Gehirn versehen hätten. Durch Benutzung menschlicher Eierstock- und Hormonkontrollorgane kann man menschliches Fleisch sowie Haut über ein Skelett aus porösem Silikatkunststoff wachsen lassen ...

wobei Haut und Fleisch durch äußere Untersuchung nicht als künstlich hergestellt erkennbar sind. Die Augen und das Haar würden wirklich menschlich sein und nicht humanoid. Setzt man diesem Wesen nun ein positronisches Gehirn in den Kopf und andere irgendwie wünschenswerte oder erforderliche Apparate in den Leib, so hat man einen humanoiden Robot.«

Quinn sagte kurz: »Wie lange würde es dauern, um so etwas herzustellen?«

Lanning dachte nach. »Besäße man sämtliche benötigten Hilfsmaterialien, das heißt also das Gehirn, das Skelett, die Eierstöcke, die nötigen Hormone und Strahlungen – sagen wir zwei Monate.«

Der Politiker reckte sich und stand auf. »Dann werden wir einmal untersuchen, wie die Eingeweide des Herrn Byerley aussehen. Es wird keine angenehme Publizität für die U.S. Robot Co. bedeuten, aber ich habe Ihnen ja Ihre Chance gegeben.«

Lanning wandte sich, als sie allein waren, ungeduldig Susan Calvin zu. »Warum bestehen Sie darauf, zu ...«

Sie unterbrach ihn scharf und fast augenblicklich. »Was wollen Sie haben – die Wahrheit oder meine Abdankung? Ich werde mich für Sie zu keiner Lüge hergeben. Die Firma kann schon für sich selber sorgen. Verwandeln Sie sich doch nicht plötzlich in einen Feigling.«

»Und was geschieht«, sagte Lanning, »wenn er Byerley öffnet und Räder und Getriebe herausfallen? Was dann?«

»Er wird Byerley nicht öffnen«, sagte Calvin verachtungsvoll. »Byerley ist zum mindesten ebenso schlau wie Quinn.«

Die Neuigkeit wurde eine Woche, ehe Byerley aufgestellt werden sollte, in der Stadt bekannt. Wurde bekannt, ist eigentlich falsch ausgedrückt. Die Neuigkeit stolperte in die Stadt, schwankte hin und her, kroch auf allen vieren. Man begann zu lachen und Witze wurden gerissen. Dann verstärkte die unsichtbare Hand Quinns ihren Druck. Nun begann das Lachen gezwungen zu klingen. Ein Element hohler

Unsicherheit machte sich breit. Die Leute verstummten schließlich und begannen nachzudenken.

Die Zusammenkunft der Wähler selbst machte den Eindruck eines scheuen Pferdes. Eigentlich hatte man keinen Kampf vorausgesehen. Eine Woche früher wäre es unmöglich gewesen, einen anderen Kandidaten aufzustellen als Byerley. Selbst jetzt war kein Ersatz für ihn da. Man mußte ihn aufstellen, aber man war völlig verwirrt und unsicher.

Alles wurde eigentlich nur dadurch so schlimm, daß jeder einzelne hin- und hergerissen wurde zwischen Gefühlen der Abscheu und Gefühlen der Angst vor der eigenen Dummheit, je nachdem, ob der Vorwurf sich als richtig oder als falsch erwies.

Am Tage, nachdem Byerley ohne inneren Schwung und Überzeugung aufgestellt worden war, veröffentlichte endlich eine Zeitung das Resumé eines Interviews mit Dr. Susan Calvin, »der weltbekannten Kapazität auf dem Felde der Robotpsychologie und der Positronik«.

Was folgte, kann man am besten damit beschreiben, daß man sagt: »Die Hölle brach los.«

Auf etwas Derartiges hatten die Fundamentalisten längst gewartet. Sie waren keine politische Partei, und sie behaupteten auch nicht, eine formale Religion darzustellen. Im Grunde setzten sie sich aus solchen Leuten zusammen, die sich dem, was man früher einmal das Atomzeitalter nannte, als die Atome noch Neuheiten waren, nicht hatten anpassen können. In Wirklichkeit waren sie Menschen, die ein einfaches Leben wollten, sich nach einem Leben sehnten, das denjenigen, die es früher einmal gelebt hatten, vermutlich gar nicht so einfach vorgekommen war, weshalb wohl auch diese wiederum sich nach einem einfachen Leben gesehnt hatten.

Die Fundamentalisten brauchten keine neuen Gründe, um Robots und Robothersteller zu verabscheuen. Ein Anlaß aber wie die Anklage Quinns und die Analyse Calvins brachte sie dazu, ihre Einstellung recht hörbar werden zu lassen.

Die ungeheure Fabrikanlage der U.S. Robot Co. wurde Tag und Nacht von bewaffnetem Werkschutz überwacht. Die Firma bereitete sich auf einen richtigen Krieg vor.

Natürlich traten alle anderen Ziele dieser Wahlkampagne in den Hintergrund. Überhaupt hatte diese Zeit nur insoweit Ähnlichkeit mit einem Wahlkampf, als sie eben zwischen der Aufstellung des Kandidaten und der schließlichen Wahl lag.

Stephen Byerley ließ sich von dem umständlichen kleinen Mann nicht ablenken, noch ließ er sich in irgendeiner Weise von den Uniformen im Hintergrund beirren. Draußen vor dem Hause warteten hinter einer Reihe grimmiger Polizisten traditionsgemäß die Reporter und Photographen. Eine tüchtige Fernsehstation hatte sogar ihre Kameras auf die leere Eingangstür zu dem bescheidenen Hause des Staatsanwalts eingestellt, während ein künstlich aufgeregter Ansager die Zeit mit aufgeblähtem Geschwätz ausfüllte.

Der umständliche kleine Kerl näherte sich. Vor sich ausgestreckt hielt er ein eng bedrucktes, kompliziert aussehendes Schriftstück. »Dies, Mr. Byerley, ist eine einstweilige Verfügung des Gerichtes, die mich ermächtigt, dieses Haus nach – nach illegalen mechanischen Männern oder Robots jeder Art zu untersuchen ...«

Byerley erhob sich und nahm das Papier in die Hand. Gleichgültig betrachtete er es und lächelte, als er es zurückgab. »In Ordnung. Fangen Sie ruhig an! Mrs. Hoppen«, sagte er zu seiner Haushälterin, die zögernd in der Tür erschien, »bitte begleiten Sie die Herren und helfen Sie ihnen, wenn nötig!«

Der kleine Mann, der Harroway hieß, zögerte. Er war unverkennbar errötet. Seine Augen wichen denen Byerleys konstant aus. »Kommt!« murmelte er den beiden Polizisten zu.

In zehn Minuten war er zurück.

»Fertig?« fragte Byerley im Tone eines Mannes, der weder an der Frage noch an deren Beantwortung ein besonderes Interesse hat.

Harroway räusperte sich, versuchte etwas zu sagen,

brach ab und begann dann ärgerlich von neuem. »Passen Sie mal auf, Mr. Byerley! Unsere Instruktionen gehen dahin, dieses Haus sehr gründlich zu durchsuchen.«

»Und haben Sie das nicht getan?«

»Man hat uns genau gesagt, wonach wir suchen sollen.«

»Na, und?«

»Kurz, Mr. Byerley, um es ganz geradeheraus zu sagen, man hat uns aufgetragen, Sie persönlich zu durchsuchen.«

»Mich?« sagte der Staatsanwalt mit einem immer vergnügter werdenden Lächeln. »Und wie wollen Sie das anstellen?«

»Wir haben einen Durchdringungsstrahler dabei ...«

»Dann soll also mit anderen Worten eine Röntgenaufnahme von mir gemacht werden, was? Sind Sie dazu ermächtigt?«

»Sie haben ja den Haussuchungsbefehl gesehen.«

»Würden Sie mir diesen bitte nochmals zeigen?«

Harroway, dessen Stirn tropfnaß war und der bestimmt nicht vor lauter Enthusiasmus über seine Aufgabe schwitzte, gab Byerley das Papier ein zweites Mal.

Byerley sagte gemessen: »Ich lese hier als Beschreibung dessen, was Sie zu durchsuchen haben, wörtlich folgendes: ›Das Wohnhaus 335 Willow Grove in Evanston, Eigentümer Stephen Allen Byerley, sowie eine etwa dazugehörige Garage, Vorratshaus oder irgendwelche andere Einrichtungen oder Gebäude, die zu diesem Hause gehören, sowie das gesamte Gelände und so weiter und so weiter.‹ Das ist durchaus in Ordnung. Aber diese Anordnung besagt absolut nichts über eine eventuelle Durchsuchung meines Innern. Ich bin kein Teil des Hauses. Wenn Sie denken, ich hätte vielleicht einen Robot in der Tasche, können Sie meine Kleidung durchsuchen, aber sonst nichts.«

Harroway sagte, wiederum leicht errötend: »Hören Sie mal, ich habe das Recht, die Möbel in Ihrem Hause zu durchsuchen, sowie alles andere, was ich sonst in Ihrem Hause finde! Unter anderem fand ich Sie persönlich hier, oder nicht?«

»Sehr gut beobachtet. Ich *bin* hier, aber ich bin kein Möbelstück. Als ein erwachsener, voll verantwortlicher Bürger – und ich besitze die Bescheinigung eines Psychiaters, daß ich dies bin – habe ich nach den Artikeln der regionalen Verfassung gewisse Rechte. Würden Sie mich durchsuchen, so würden Sie damit das Recht verletzen, das ich als Person besitze. Dazu reicht Ihre Anordnung aber nicht aus.«

»Stimmt, sind Sie aber ein Robot, so besitzen Sie kein Recht der Person.«

»Völlig korrekt – dennoch reicht Ihre Anordnung nicht aus. Sie erkennt mich stillschweigend als menschliches Wesen an.«

»Wo bitte?« Harroway griff nach dem Papier.

»Wo es heißt: Das Wohnhaus, Eigentümer so-und-so. Ein Robot kann kein Eigentümer sein. Und Sie können auch gleich Ihrem Auftraggeber ausrichten, Mr. Harroway, daß er – sollte er versuchen, eine Anordnung gegen mich zu erwirken, die mich nicht stillschweigend als menschliches Wesen anerkennt – eine einstweilige Verfügung zu gewärtigen hat, sowie eine Zivilklage, die ihn zwingen wird zu beweisen, daß ich ein Robot bin, und zwar mittels Informationen, die sich bereits jetzt in diesem Augenblick in seinem Besitz befinden, oder aber eine Strafe zu bezahlen – in einer Höhe, daß ihm die Augen übergehen – für den Versuch, mich unberechtigterweise meiner verfassungsmäßigen Rechte zu berauben. Sie werden ihm das doch bitte ausrichten, nicht wahr?«

Harroway ging zur Tür. Dort wandte er sich um. »Sie sind ein aalglatter Anwalt.« Seine Hand hielt er in der Tasche. Einen kurzen Augenblick stand er unbeweglich da. Dann ging er, lächelte in Richtung der Fernsehkamera, winkte den Reportern zu und schrie: »Morgen haben wir vermutlich was Neues für Euch. Ohne Scherz, was ganz Neues.«

Als er dann im Wagen saß, lehnte er sich in die Polster, nahm einen winzigen Mechanismus aus der Tasche und inspizierte ihn sorgfältig. Zum ersten Male in seinem Leben hatte er eine Photographie durch Röntgenstrahlenreflektion gemacht. Er hoffte, keinen Fehler begangen zu haben.

Quinn und Byerley hatten sich nie von Angesicht zu Angesicht getroffen. Dies geschah nun durch Visorphon, wie sich die neue Fernsehapparatur nannte, und wenn die beiden sich auch nicht persönlich gegenüber saßen, so war doch die Wirkung so, als wäre dies der Fall.

Es war Quinn, der Byerley angerufen hatte, und er war es auch, der das Gespräch begann, und zwar ohne alle besonderen Formalitäten. »Ich dachte, es würde Sie interessieren zu erfahren, Byerley, daß ich beabsichtige, die Tatsache bekanntzugeben, daß Sie einen Schutzpanzer gegen Röntgenstrahlen tragen.«

»Wirklich? In diesem Falle haben Sie es vermutlich bereits veröffentlicht. Ich habe das Gefühl, daß unsere recht unternehmungslustigen Pressevertreter schon seit einiger Zeit all meine Gespräche abhören. Ich weiß bestimmt, daß das bei meinen Büroverbindungen so ist. Deshalb habe ich mich auch in den letzten Wochen hier in meinem eigenen Hause vergraben.« Byerley war freundlich, er brachte alles in einem richtigen Plaudertone vor.

Quinns Lippen wurden ein wenig dünner. »Unser augenblickliches Gespräch ist abgeschirmt ... und zwar hundertprozentig. Ich führe es mit Ihnen, obwohl ich damit ein gewisses Risiko eingehe.«

»Kann ich mir denken. Niemand weiß, daß Sie hinter dieser ganzen Hetze stehen. Zum mindesten weiß dies keiner offiziell. Inoffiziell gibt es allerdings keinen, der es nicht weiß. Ich würde mir an Ihrer Stelle keine Sorge darüber machen. Ich trage also einen Schutzpanzer? Ich nehme an, Sie fanden das heraus, als es sich zeigte, daß die von Ihrem Schoßhund Harroway gemachte Aufnahme unterbelichtet war, wie?«

»Es ist Ihnen doch wohl klar, Byerley, daß es für jeden einleuchtend sein muß, daß Sie es nicht wagen, sich einer Röntgenanalyse zu stellen.«

»Ebenso, daß Sie oder Ihre Leute einen illegalen Versuch auf Verletzung der Rechte meiner Person unternehmen.«

»Der Teufel wird sich darum scheren.«

»Vielleicht doch. Die Tatsache ist doch eigentlich symbolisch für die Verschiedenheit unserer Wahlfeldzüge, oder nicht? Sie kümmern sich wenig um die Rechte des Einzelbürgers. Ich kümmere mich viel darum. Ich werde mich einer Röntgenanalyse nicht unterwerfen, weil ich aus Prinzip meine Rechte als Bürger aufrechterhalten möchte. Genauso wie ich die Rechte anderer schützen werde, wenn man mich wählt.«

»Ganz ohne Zweifel können Sie daraus eine interessante Rede machen. Nur wird keiner Ihnen glauben. Klingt ein bißchen zu edel, um wahr zu klingen. Noch etwas anderes« – seine Stimme wurde hart und geschäftsmäßig –, »das Personal in Ihrem Hause war neulich nicht vollständig.«

»Wieso?«

»Nach dem mir vorliegenden Bericht« – er fingerte in vor ihm liegenden Papieren herum, die gerade noch im Bereich des Fernsehschirmes waren – »fehlte eine Person. Ein Krüppel.«

»Wie Sie sagen«, sagte Byerley tonlos, »ein Krüppel. Es handelt sich bei dieser Person um meinen alten Lehrer, der bei mir lebt und sich jetzt bereits seit zwei Monaten auf dem Lande befindet. Eine wohlverdiente Ausspannung ist wohl der Ausdruck, den man gewöhnlich in solchen Fällen anwendet. Ich hoffe, Sie haben nichts dagegen?«

»Ihr Lehrer? Eine Art von Wissenschaftler, nicht wahr?«

»Ein Anwalt, ehe er zum Krüppel wurde. Er besitzt eine Regierungslizenz als Biophysiker und hat ein eigenes Laboratorium. Eine komplette Beschreibung der von ihm geleisteten Arbeit befindet sich in den Akten der Behörden, an die ich Sie zum Zwecke der Einsichtnahme hiermit verweise. Seine Arbeiten sind unwichtig. Sie bedeuten aber für einen solch armen Krüppel einen harmlosen und interessanten Zeitvertreib. Ich stehe ihm natürlich – wie Sie wohl verstehen werden –, wo ich nur kann, hilfreich zur Seite.«

»Ich verstehe ganz genau. Und was weiß dieser – Lehrer – über die Herstellung von Robots?«

»Ich kann nur sehr schwer seine Kenntnisse beurteilen auf einem Gebiet, mit dem ich selber völlig unvertraut bin.«

»Er wäre wohl nicht in der Lage, sich positronische Gehirne zu beschaffen?«

»Fragen Sie doch hierüber Ihre Freunde bei der U.S. Robot Co. Die müssen das doch wissen.«

»Ich mache es kurz, Byerley. Ihr verkrüppelter Lehrer ist der wirkliche Stephen Byerley. Sie sind eine Robotschöpfung. Wir können das beweisen. *Er* erlitt jenen Autounfall, nicht Sie. Es wird ja wohl Mittel und Wege geben, um die betreffenden Akten zu prüfen.«

»Tatsächlich? Dann tun Sie das doch! Meine besten Wünsche begleiten Sie.«

»Wir können ferner den Landaufenthalt Ihres sogenannten Lehrers durchsuchen lassen und sehn, was wir dort alles finden.«

»Das stimmt nicht ganz, Quinn.« Byerley lächelte breit. »Sehr zu Ihrem Nachteil ist mein sogenannter Lehrer ein kranker Mann. Sein Landsitz ist sein Kuraufenthalt. Sein Recht unter der Verfassung ist daher noch stärker als mein eigenes. Es wird Ihnen bestimmt nicht gelingen, einen Haussuchungsbefehl zu erwirken, ohne daß Sie den Nachweis der Notwendigkeit für diese Maßnahme erbringen. Wie dem auch sei – ich werde jedenfalls der Letzte sein, der Sie an einem derartigen Versuch hindert.«

Eine mäßig lange Pause folgte. Dann neigte Quinn sich nach vorne, so daß sein Gesicht auf dem Fernsehschirm sich ausdehnte und die feinen Linien auf seiner Stirn sichtbar wurden. »Byerley, warum machen Sie weiter? Sie *können* nicht gewählt werden.«

»Nein?«

»Glauben Sie wirklich, Sie könnten? Meinen Sie denn nicht, daß allein die Tatsache, daß Sie überhaupt keinen Versuch gemacht haben, den Robotvorwurf zu widerlegen – wo Sie dies doch ganz einfach dadurch hätten tun können, daß Sie eine der drei Grundregeln durchbrachen –, daß allein diese Tatsache genügt, um die Leute davon zu überzeugen, daß Sie ein Robot sind?«

»Keineswegs. Ich sehe lediglich, daß ich, anstatt ein ziemlich unbekannter Anwalt zu sein, nunmehr zu einer weltbekannten Figur geworden bin. Sie haben mir große Propagandadienste erwiesen.«

»Aber Sie *sind* doch ein Robot.«

»Das hat man behauptet, aber nicht bewiesen.«

»Für die Wählerschaft genügen unsere Beweise.«

»Dann ruhen Sie sich doch aus! Sie haben immerhin gesiegt.«

»Leben Sie wohl!« Und zum ersten Mal war wirklicher Haß in Quinns Stimme. Der Fernsehschirm wurde dunkel.

»Leben Sie wohl!« sagte Byerley unberührt zu dem leeren Schirm.

Eine Woche vor der Wahl brachte Byerley seinen ›Lehrer‹ zurück. Sein Luftautomobil landete schnell in einem unbekannten Teil der Stadt.

»Du bleibst hier, bis die Wahl vorüber ist«, sagte Byerley zu ihm. »Es ist besser, du bist aus dem Weg, sollte die Sache schief gehen.«

Die heisere Stimme, die sich nur mit Mühe Johns verzerrtem Munde entrang, klang besorgt. »Besteht Gefahr der Gewaltanwendung?«

»Die Fundamentalisten drohen damit, und so glaube ich, daß eine gewisse derartige Möglichkeit besteht. In Wirklichkeit aber erwarte ich, daß alles glatt geht. Die Fundies besitzen keine wirkliche Macht. Sie sind nichts als jener dauernde Reizfaktor, der manchmal genügt, um nach einer gewissen Zeit Unruhe zu verursachen. Es macht dir doch nichts aus, hier zu bleiben, wie? Ich bitte dich darum. Ich würde sehr behindert sein, müßte ich mir auch um dich noch Sorgen machen.«

»Ich bleibe schon. Du glaubst aber doch noch immer, daß alles planmäßig verlaufen wird?«

»Ich bin ganz sicher. Hat dich jemand da draußen auf dem Lande gestört?«

»Niemand. Kannst dessen gewiß sein.«

»Und du hattest keine Schwierigkeiten mit deiner Seite der Sache?«

»Nicht die geringsten. Aus dieser Richtung brauchst du nichts zu befürchten.«

»Dann paß auf dich auf ... und schalte morgen den Fernsehapparat ein.« Byerley drückte die zerfurchte Hand, die eine Weile in der seinen verblieb.

Lentons Stirn war voller Furchen – ein Spiegelbild seiner inneren Spannung. Er hatte die nicht sehr beneidenswerte Aufgabe, Byerleys Wahlkampagne zu lenken. Dieser Wahlkampf war wirklich nicht das Übliche. Wann war es jemals vorgekommen, daß ein Kandidat sich weigerte, seine Strategie bekanntzugeben, und es gleichzeitig ablehnte, die Pläne seines Managers zu akzeptieren?

»Sie können nicht gewinnen.« Es war sein Lieblingssatz geworden. Besser gesagt – es war der einzige Satz geworden, den er überhaupt noch sagte. »Ich sage Ihnen, Steve, Sie können nicht gewinnen.«

Er warf sich sozusagen auf die Knie vor dem Staatsanwalt, der im Augenblick gerade seine Zeit damit zubrachte, seine mit Schreibmaschine geschriebene Rede durchzublättern.

»Legen Sie das mal weg, Steve! Ich sage Ihnen, dieser Mob ist von den Fundies organisiert. Man wird Sie nicht sprechen lassen. Viel wahrscheinlicher werden Sie gesteinigt werden. Warum müssen Sie persönlich vor einer Menschenmenge sprechen? Weshalb übertragen wir die ganze Sache nicht einfach über einen Fernsehsender?«

»Sie wollen doch, daß ich die Wahlkampagne gewinne, oder nicht?« fragte Byerley mit milder Stimme.

»Die Kampagne gewinnen! Sie werden sie nicht gewinnen, Steve. Ich versuche, Ihr Leben zu retten. Steve.«

»Ach – dafür besteht keine Gefahr.«

»Keine Gefahr. Er befindet sich in keiner Gefahr!« Lentons Kehle brachte einen eigenartig heiseren Ton hervor. »Sie wollen sagen, daß Sie auf jenen Balkon hinaustreten und vernünftig mit fünfzigtausend Wahnsinnigen reden werden – von einem Balkon herunter wie ein mittelalterlicher Diktator!«

Byerley schaute auf die Uhr. »In ungefähr fünf Minuten ... sobald auch die Fernsehverbindungen frei sind, daß man mich überall sehen und hören kann.«

Lentons Antwort war nicht ganz salonfähig.

Die Menge füllte einen durch Seile abgesperrten Platz der Stadt. Es schien, als wüchsen Häuser und Bäume aus einem Fundament menschlicher Massen. Es war eine rein lokale Wahl. Dennoch hörte die ganze Stadt zu. Byerley mußte bei diesem Gedanken lächeln.

In der Menge selbst aber gab es nichts, worüber man hätte lächeln können. Banner und Transparente wandten sich in jeder erdenklichen Form gegen sein angebliches Robotertum. Deutlich, fast greifbar deutlich, lag die Feindschaft der Menge in der Luft. Gleich von Anfang an hatte die Rede keinen Erfolg. Sie mußte gegen das unartikulierte Schreien der fundamentalistischen Cliquen ankämpfen, die wie kleine Inseln über das Meer der Menge verteilt waren. Dennoch redete Byerley weiter, langsam und ohne Erregung.

Im Zimmer drin raufte Lenton sich die Haare und stöhnte – und wartete auf das kommende Blutvergießen.

In den vordersten Reihen begann ein Schieben und Stoßen. Ein eckiger Bürger mit vortretenden Augen und Kleidern, die zu kurz waren für die schlaksige Länge seiner Gliedmaßen, wollte sich nach vorne drängen. Ein Polizist suchte ihn zu packen. Er bahnte sich langsam und mühevoll einen Weg hinter dem Manne drein. Byerley winkte den Polizisten ärgerlich weg.

Der hagere Mann befand sich nun unmittelbar unter dem Balkon. Seine Stimme kämpfte vergebens gegen das allgemeine Gebrüll an.

Byerley lehnte sich nach vorne. »Was sagen Sie? Wenn

Sie eine legitime Frage haben, so werde ich diese beantworten.« Er wandte sich an einen Wachtposten, der neben ihm stand. »Bringen Sie den Mann herauf!«

Eine Spannung legte sich über die Menge. Schreie wie »Ruhe!« und »Seid doch still!« kamen von verschiedenen Seiten. Sie wurden lauter und wuchsen sich aus zu einem ungeheuren Lärm, bis sie schließlich nach und nach verstummten. Der hagere Mann stand schnaufend und mit gerötetem Gesicht vor Byerley.

Byerley sagte: »Haben Sie eine Frage?«

Der hagere Mann starrte ihn an und sagte dann mit halbzerbrochener Stimme: »Schlagen Sie mich!«

Mit plötzlicher Energie schob er sein Kinn scharf nach vorne. »Schlagen Sie mich! Sie behaupten, Sie seien kein Robot. Beweisen Sie es! Sie können gar kein menschliches Wesen schlagen, Sie Ungeheuer.«

Ein eigenartiges dumpfes Schweigen folgte. Byerleys Stimme zerstach diese Stille. »Ich habe keinen Grund, Sie zu schlagen.«

Der hagere Mann lachte wild auf. »Sie *können* mich gar nicht schlagen. Sie *werden* mich daher nicht schlagen. Sie sind kein Mensch. Sie sind ein Monstrum, ein Scheinmensch.«

Mit fest aufeinandergepreßten Lippen holte Byerley vor Tausenden, die persönlich zusahen, und vor Millionen, die diese Szene auf dem Fernsehschirm verfolgten, aus und versetzte dem Mann einen krachenden Boxschlag genau auf die Spitze seines Kinns. Der Mann sackte zusammen. Sein Gesicht war nichts als ein Ausdruck völliger Überraschung.

Byerley sagte: »Es tut mir leid. Tragen Sie ihn hinein und machen Sie es ihm so bequem wie möglich! Wenn ich hier draußen fertig bin, möchte ich mit ihm sprechen.«

Als Dr. Calvin, die alles von ihrem an einer reservierten Stelle parkenden Wagen aus beobachtet hatte, den Motor anließ und wegfuhr, hatte sich nur ein einziger Berichterstatter so weit erholt, um ihr nachzurasen und ihr eine unverständliche Frage zuzubrüllen.

Über ihre Schulter hinweg rief sie: »Er ist menschlich.«

Das genügte. Der Reporter wandte sich um und rannte zum nächsten Telefon.

Der Rest der Rede wird am besten gekennzeichnet durch die Worte: »Gehalten, aber nicht gehört.«

Dr. Calvin und Stephen Byerley trafen sich noch einmal... und zwar eine Woche, ehe Byerley als Bürgermeister vereidigt wurde. Es war spät – lange nach Mitternacht.

Dr. Calvin sagte: »Sie sehen gar nicht müde aus.«

Der neugewählte Bürgermeister lächelte. »Ich werde bestimmt noch eine Weile aufbleiben. Aber erzählen Sie das nicht Quinn!«

»Werde ich auch nicht tun. Immerhin hatte er sich eine interessante Geschichte ausgedacht, über die ich nicht gesprochen hätte, hätten Sie nicht gerade selbst seinen Namen genannt. Schade, daß Sie sie ihm zerstört haben. Ich nehme an, Sie waren im Bilde über seine Theorie?«

»Teilweise.«

»War wirklich höchst dramatisch. Stephen Byerley war ein junger Anwalt, ein großartiger Redner, ein wirklich echter Idealist. Außerdem hatte er eine gewisse Begabung oder Neigung für Biophysik. Sind Sie an Robotik interessiert, Mr. Byerley?«

»Nur vom Rechtsstandpunkt aus.«

»*Jener* Stephen Byerley war an der Wissenschaft selbst interessiert, leider aber ereignete sich ein Unfall. Byerleys Frau kam um, er selbst lebte, war aber schlimmer daran, als wäre er zugrunde gegangen. Seine beiden Beine waren weg, sein Gesicht hatte sich in eine formlose Masse verwandelt. Er hatte die Stimme verloren. Eine chirurgische Behandlung lehnte er ab. Er zog sich von der Welt zurück. Seine Karriere als Anwalt gab er auf. Was ihm einzig und allein blieb, war seine Intelligenz und die Geschicklichkeit seiner Hände. Irgendwie konnte er sich positronische Gehirne beschaffen, darunter eines von den ganz fein entwickelten, das die Fähigkeit besaß, sich in ethischen Dingen ein Urteil zu bilden – was, wie Sie vielleicht wissen werden, der höchste Grad von Vervollkommnung ist, den wir bisher bei positronischen Gehirnen erreicht haben.

Um dieses Gehirn herum ließ er einen Körper wachsen und lehrte dieses neue Wesen dann all das zu sein, was er selbst sonst gewesen wäre, nun aber nicht mehr sein konnte. Dann schickte er es als Stephen Byerley hinaus in die Welt, während er selbst als der alte, verkrüppelte Lehrer, den keiner jemals sah, im Hintergrunde blieb.«

»Unglücklicherweise«, sagte der neugewählte Bürgermeister, »habe ich diese ganze Theorie zerstört, indem ich jenen Mann schlug. Wie die Zeitungen sagen, war damals Ihr eigenes offizielles Urteil das, daß ich menschlich sei.«

»Wie ist das eigentlich gekommen? Würden Sie es mir nicht erzählen? Es war doch wohl kein reiner Zufall.«

»Nein, kein ganz reiner. Die meiste Arbeit hat Quinn selbst geleistet. Meine Leute begannen ganz leise und unauffällig die Tatsache zu verbreiten, daß ich noch nie einen Menschen geschlagen hätte ... und daß ich unfähig sei, das zu tun. Sie sagten weiter, würde ich nicht schlagen, selbst wenn man mich provozierte, so wäre dies ein ganz sicherer Beweis für mein Robotertum. Demzufolge arrangierte ich eine öffentliche Kundgebung. Selbstverständlich gab es einen Dummkopf, der auf meinen Leim kroch. Im Grunde genommen war die ganze Sache ein Winkeladvokatentrick ... ein Trick, bei dem die künstlich geschaffene Atmosphäre die ganze Arbeit leistet. Natürlich machten die folgenden Gefühlsregungen meine Wahl sicher, was allein ich beabsichtigt hatte.«

Die Robotpsychologin nickte. »Wie ich sehe, sind Sie selbst etwas Psychologe. Ich nehme an, jeder Politiker muß das sein. Dennoch tut's mir leid, daß die Angelegenheit diese Wendung genommen hat. Ich mag Robots. Ich habe sie bedeutend lieber als menschliche

Wesen. Könnte man einen Robot schaffen, der in der Lage wäre, einen hohen Regierungsposten einzunehmen, ich glaube, niemand würde ihm gleichkommen können. Infolge der Gesetze der Robotik wäre er nicht imstande, Menschen Schaden zuzufügen, unfähig der Tyrannei, der Korruption, der Dummheit und des Vorurteils. Nach Beendigung seiner Zeit würde er gehen, obwohl er ja unsterblich ist, weil es ihm unmöglich wäre, Menschen wissen zu lassen, daß sie von einem Robot regiert wurden, da dieses Wissen sie verletzen müßte. Es wäre eine wirklich ideale Lösung.«

»Außer daß ein Robot vielleicht doch einmal versagen könnte. Niemals ist ja das positronische Gehirn in seiner Komplexität dem menschlichen gleichgekommen.«

»Er würde Ratgeber haben. Noch nicht einmal ein menschliches Gehirn ist in der Lage, ohne die Hilfe anderer zu regieren.«

Byerley betrachtete Susan Calvin mit tiefem Interesse. »Warum lächeln Sie, Dr. Calvin?«

»Ich lächelte, weil Mr. Quinn nicht an alles gedacht hat.«

»Sie meinen, an seiner Geschichte könnte doch etwas dran sein?«

»Etwas mehr, möchte ich mal sagen. Vor der Wahl befand sich jener Stephen Byerley, von dem Quinn sprach, jener gebrochene Mann, aus irgendwelchen mysteriösen Gründen für die Dauer von drei Monaten auf dem Lande. Er kam rechtzeitig vor jener berühmten Rede, die Sie hielten, zurück. Schließlich konnte der Krüppel ja, was er schon einmal getan hatte, auch ein zweites Mal tun ... besonders nachdem die Aufgabe das zweite Mal ja wirklich – verglichen mit der ersten – höchst einfach war.«

»Ich verstehe Sie nicht ganz.«

Dr. Calvin stand auf und strich sich das Kleid glatt. Offenbar war sie im Begriff, sich zu verabschieden. »Ich will damit sagen, daß es einen einzigen Fall gibt, in dem ein Robot ein menschliches Wesen schlagen kann. Nur einen einzigen Fall.«

»Und was ist dieser Fall?«

Dr. Calvin befand sich jetzt an der Tür. Gelassen sagte sie: »Wenn dieses menschliche Wesen eben auch nur ein Robot ist.« Sie lächelte vergnügt. Ihr schmales Gesicht strahlte. »Leben Sie wohl, Mr. Byerley! Ich hoffe, in fünf Jahren meine Stimme für Ihre Wahl zum Koordinator abgeben zu dürfen.«

Stephen Byerley lachte. »Ich muß darauf antworten, daß mir dies als ziemlich weit hergeholt erscheint.«

Die Tür schloß sich hinter ihr.

Ich schaute sie mit einer Art von Grauen an. »Ist das alles wahr?«

»Alles«, sagte sie.

»Und der große Byerley war also ein ganz gewöhnlicher Robot?«

»Das wird man niemals wirklich feststellen können. Ich glaube, er war einer. Als er sich entschloß zu sterben, ließ er sich atomisieren. Somit werden wir für immer auf einen legalen Beweis verzichten müssen. Und im übrigen, was macht es schon aus?«

»Na, ich bitte Sie aber ...«

»Sie teilen ein Vorurteil gegen Robots, das völlig unvernünftig ist. Byerley war ein sehr guter Bürgermeister. Fünf Jahre später wurde er regionaler Koordinator. Als dann im Jahre 2044 die Weltregionen sich zu einer Föderation zusammenschlossen, wurde er der erste Weltkoordinator. Zu jener Zeit aber regierten ohnehin bereits die Denkmaschinen die Welt.«

»Jawohl, aber ...«

»Kein Aber. Denkmaschinen sind Robots, und sie regieren die Welt. Vor fünf Jahren habe ich die ganze Wahrheit herausgefunden. Es war im Jahre 2052. Byerley beendete damals gerade seine zweite Wahlperiode als Weltkoordinator ...«

Der unvermeidliche Konflikt

Der Koordinator besaß in seinem Privatbüro ein mittelalterliches Kuriosum – einen Kamin. Um es gleich zu sagen – vermutlich hätten Leute aus dem Mittelalter diesen Kamin gar nicht als einen solchen erkannt, weil er keinen Dienst zu verrichten hatte. Seine gleichmäßige Flamme befand sich in einem isolierten Kasten hinter klarem Quarz.

Die Holzblöcke wurden fernentzündet, ganz einfach dadurch, daß ein Teil des Energiestrahles, der die öffentlichen Gebäude der Stadt versorgte, etwas abgelenkt wurde. Der gleiche Knopf, mit dem man das Anzünden besorgen konnte, ließ auch die Asche des vorausgegangenen Feuers in einen Abfallschacht fallen und regelte die Zufuhr von frischem Holz. Alles in allem: es war ein völlig ›stubenreiner‹ Kamin.

Das Feuer selbst aber brannte tatsächlich. Durch eine Verstärkeranlage wurde ein Knistern hörbar gemacht, und natürlich konnte man auch sehen, wie die Flammen im Luftzuge tanzten.

Im kleinen spiegelte sich das Feuer in der Brille des Koordinators und in noch kleinerem Maßstabe in seinen Pupillen.

Auch in den eiskalten Pupillen seines Gastes, der Frau Dr. Susan Calvin von der U.S. Robot und Mechanical Men Co., spiegelte es sich.

Der Koordinator sagte: »Ich habe Sie nicht nur aus rein gesellschaftlichen Gründen hierhergebeten, Susan.«

»Das hab ich auch nicht geglaubt, Stephen«, antwortete sie.

»... und nun weiß ich eigentlich gar nicht, wie ich mein Problem in die richtigen Worte bringen soll. Möglicherweise mag überhaupt nichts dahinterstecken. Steckt aber was dahinter, so könnte es schließlich das Ende der Menschheit bedeuten.«

»Mir sind schon viele Probleme begegnet, bei denen es sich genau um die gleichen Alternativen handelte. Ich glaube, fast alle Probleme haben so etwas an sich.«

»Wirklich? Dann sagen Sie mir, was Sie von folgendem halten! Die Weltstahlgesellschaft berichtet von einer Überproduktion von zwanzigtausend Tonnen. Die Fertigstellung des mexikanischen Kanals wird sich um zwei Monate verzögern. Die Quecksilberminen in Almaden haben seit vergangenem Frühling einen beträchtlichen Produktionsausfall von ich weiß nicht wieviel, während die Hydroponik-Gesellschaft in Tientsin bereits Personal entläßt. Dies sind Fakten, die mir eben jetzt so einfallen. Man könnte noch bedeutend mehr dieser Art aufzählen.«

»Und ist das alles so wichtig? Entscheidend? Ich bin zu wenig Volkswirtschaftler, um mir die schrecklichen Konsequenzen derartiger Erscheinungen vorstellen zu können.«

»An sich sind sie natürlich nicht beängstigend. Man kann Mineningenieure nach Almaden schicken, wenn die Lage sich verschlechtern sollte. Techniker der Hydroponik-Gesellschaft können auf Java oder Ceylon verwendet werden, wenn sie in Tientsin keine Beschäftigung mehr finden. Zwanzigtausend Tonnen Stahl sind nicht mehr als ein paar Tage des Weltverbrauchs, und die um zwei Monate verspätete Eröffnung des mexikanischen Kanals ist gewiß nicht von so großer Bedeutung. Was mir Sorge macht, sind die Denkmaschinen. Ich habe mich deswegen bereits mit dem Direktor Ihrer Forschungsabteilung unterhalten.«

»Mit Vincent Silver? Er hat bisher nichts davon erwähnt.«

»Ich hatte ihn gebeten, mit niemandem darüber zu sprechen. Offenbar ist er meinem Wunsche nachgekommen.«

»Und was hat er Ihnen geantwortet?«

»Darauf komme ich gleich. Erst möchte ich einmal über

die Denkmaschinen sprechen ..., und zwar ausschließlich mit Ihnen, weil Sie die einzige Person in der ganzen Welt sind, die Robots gut genug versteht, um mir jetzt helfen zu können. Darf ich ein wenig philosophisch werden?«

»*Heute* abend, Stephen, dürfen Sie reden, wie Sie wollen und worüber Sie wollen. Vorausgesetzt, Sie sagen mir zunächst, was Sie eigentlich zu beweisen beabsichtigen.«

»Daß kleine Gleichgewichtsstörungen in unserem System von Angebot und Nachfrage, wie die von mir erwähnten, der erste Schritt zum Krieg sein mögen.«

»Mhm. Fahren Sie fort!«

Susan Calvin machte es sich nicht sonderlich bequem in dem Sessel, in dem sie saß, obgleich er besonders komfortabel war. Ihr kaltes dünnlippiges Gesicht und ihre flache gleichmäßige Stimme hatten im Laufe der Jahre eine gewisse Schärfe bekommen. Und obwohl Stephen Byerley ein Mann war, den sie gernhaben und dem sie vertrauen konnte, ließ sie sich auch ihm gegenüber nie gehen. Sie war nun fast siebzig Jahre alt, und man streift nicht so leicht die Gewohnheiten eines ganzen Lebens ab.

»Jede Periode menschlicher Entwicklung«, sagte der Koordinator, »hat ihre eigene Art menschlicher Konflikte gehabt ... ihre eigene Art von Problemen, die offenbar nur durch Gewalt gelöst werden konnten. Und noch niemals hat Gewalt zu wirklicher Lösung geführt. Immer existierte das betreffende Problem während einer Reihe von folgenden Konflikten weiter und verschwand dann von selbst – wie sagt man da? –, ›nicht mit einem Knall, sondern mit Gewimmer‹, im Zuge der Veränderung des sozialen und ökonomischen Klimas. Dann tauchten alsbald neue Probleme auf und neue Serien von Kriegen. Anscheinend ein endloser Zyklus.

Betrachten Sie einmal verhältnismäßig moderne Zeiten! Da gab es ganze Serien dynastischer Kriege im sechzehnten und achtzehnten Jahrhundert. Damals hieß die Europa beherrschende Frage, ob das Haus Habsburg oder das Haus Valois-Bourbon den Kontinent regieren solle. Das war so einer jener ›unausweichlichen Konflikte‹, weil Europa offenbar nicht halb unter der einen Dynastie und halb unter der anderen existieren konnte.

Nur daß es dennoch existierte und daß kein Krieg jemals weder die eine noch die andere Dynastie auslöschte ... bis in Frankreich im Jahre 1789 eine neue soziale Atmosphäre zum Durchbruch kam, die zuerst die Bourbonen zu Fall brachte und schließlich auch das Haus Habsburg in den staubigen Schacht der geschichtlichen Verbrennungsanlage hinabstieß.

In den gleichen Jahrhunderten fanden auch die noch barbarischeren religiösen Kriege statt, bei denen es sich um die wichtige Frage handelte, ob Europa katholisch oder protestantisch sein solle. Halb und halb – nein, das war unmöglich. Es war ›unausweichlich‹, daß diese Frage mit dem Schwert entschieden werden müsse. Nur daß dies nicht gelingen konnte. In England begann ein neuer Industrialismus zu wachsen, auf dem Kontinent ein neuer Nationalismus. Und heute noch ist Europa halb katholisch und halb protestantisch, und niemand kümmert sich darum.

Im neunzehnten und zwanzigsten Jahrhundert folgte dann der Zyklus nationalistisch-imperialistischer Kriege, wobei es als wichtigstes Problem in der Welt galt, welche Teile Europas die wirtschaftlichen Quellen und Märkte dieser oder jener nichteuropäischen Teile der Welt kontrollieren sollten. Offenbar vermochten alle diese außereuropäischen Gebiete unter teils englischer, teils französischer, teils deutscher Herrschaft und so fort auf die Dauer nicht zu existieren. Bis sich die nationalistischen Kräfte Europas so sehr verzettelt hatten, daß die außereuropäischen Teile der Erde das zum Ende führten, was alle Kriege nicht hatten beenden können. Es stellte sich nämlich eines Tages heraus, daß man ganz bequem *völlig ohne* Europa existieren konnte.

Und so geht das alles nach einem bestimmten Schema ...«

»Stimmt, Stephen, Sie haben das ganz klar dargestellt«,

sagte Susan. »Nur sind dies freilich keine sehr tiefschürfenden Beobachtungen.«

»Nein. Aber ist es nicht gerade das Offensichtliche, das man manchmal am schwersten zu erkennen vermag? Die Leute sagen, das und das ist so deutlich wie die Nase in deinem Gesicht. Aber wieviel von Ihrer Nase können Sie sehen, wenn Ihnen nicht einer einen Spiegel vorhält? Im zwanzigsten Jahrhundert begannen wir einen neuen Kriegszyklus. Wie soll ich ihn nennen, Susan? Ideologische Kriege ... in denen religiöse Gefühle in ökonomischen Systemen Anwendung finden, anstatt in ethischen. Wiederum hießen alle diese Kriege ›unvermeidbar‹. Dieses Mal verwendete man Atomwaffen. Die Menschheit konnte aber diese Qual nicht überstehen, ebensowenig wie sie fähig war, sie zu vermeiden. Und so kamen dann schließlich die positronischen Robots.

Sie kamen im richtigen Moment, und mit ihnen und neben ihnen kam interplanetarisches Reisen ... so daß es nicht mehr so wichtig war, ob die Welt an Adam Smith glaubte oder an Karl Marx. Unter den neuen Umständen hatten die Lehren von keinem der beiden noch viel Sinn. Beide mußten sich angleichen und gelangten schließlich fast zum gleichen Punkte.«

»Dann war dies also ein Deus ex Machina in einem doppelten Sinn«, sagte Dr. Calvin trocken.

Der Koordinator lächelte sanft. »Ich habe Sie nie zuvor Witze machen hören, Susan – aber was Sie sagen, stimmt. Dennoch bestand eine neue Gefahr. Die Lösung jedes früheren Problems hatte lediglich ein neues zur Welt gebracht. Unsere neue weltweite Robotökonomie mag vielleicht ebenfalls ihre eigenen Probleme entwickeln, und aus diesem Grunde haben wir die Denkmaschinen eingeführt. Die Wirtschaft der Erde ist stabil und wird stabil bleiben, da sie auf den Entscheidungen der Denkmaschinen aufgebaut ist, denen nichts anderes am Herzen liegt als das Wohl der Menschheit. Sie werden völlig beherrscht vom Ersten Gesetz der Robotik.«

Stephen Byerley fuhr dann fort: »Obgleich nun die Denkmaschinen nichts anderes sind als das ausgedehnteste Konglomerat von Kalkulationsbahnen, das jemals zusammengestellt wurde, so sind sie doch Robots und unterstehen daher dem Ersten Gesetz, und deshalb ist auch unsere Erdökonomie in Übereinstimmung mit dem wohlverstandenen Interesse aller Menschen. Die Erdbevölkerung weiß, daß es weder Arbeitslosigkeit geben wird noch Überproduktion, noch Mangel an irgendwelchen Produkten. Vergeudung und Hungersnot sind veraltete Worte aus Geschichtsbüchern. Auch die Frage des Eigentums wird damit hinfällig. Wer immer auch die Produktionsstätten besäße (wenn ein derartiger Satz überhaupt noch einen Sinn hat), ein Mann, eine Gruppe, eine Nation oder die ganze Welt, sie könnten lediglich so benutzt werden, wie die Denkmaschinen sie lenken ... und dies nicht etwa unter Druck oder Terror, sondern weil es so das gescheiteste ist und weil die Menschen das erkannt haben und sich daran halten.

Diese Einrichtung hat Kriegen ein Ende gemacht – nicht nur dem letzten Zyklus von Kriegen, sondern allen Kriegen überhaupt. Vorausgesetzt, daß ...«

Eine lange Pause folgte. Schließlich wiederholte Dr. Calvin seine letzten Worte: »Vorausgesetzt, daß ...«

Das Feuer duckte sich, glitt dann an einem Holzklotz entlang und flammte schließlich wieder auf.

»Vorausgesetzt, daß«, sagte der Koordinator, »die Denkmaschinen ihre Funktionen auch tatsächlich erfüllen.«

»Ich verstehe. Und in diesem Zusammenhang haben Sie also die kleinen Gleichgewichtsstörungen erwähnt – Stahl, Hydroponik und so fort.«

»Jawohl. Diese Irrtümer dürften nicht vorkommen. Dr. Silver berichtet mir, daß sie gar nicht vorkommen *können.*«

»Er streitet also die Tatsachen ab? Wie ungewöhnlich!«

»Nein, die gibt er natürlich zu. Das habe ich nicht gemeint. Er streitet lediglich ab, daß ein Irrtum der Denkmaschinen verantwortlich ist für die – wie er sich ausdrückte – Irrtümer der Antworten. Er behauptet, die Maschinen korrigierten sich selbst, und fügt hinzu, daß es die Fundamentalgesetze der Natur verletzen würde, wenn ein Irrtum in den Relaisbahnen existierte. Und so sagte ich ...«

»Und so sagten Sie denn – schicken Sie Ihre Leute dennoch hin und lassen Sie die Maschinen kontrollieren!«

»Susan, Sie sind eine Gedankenleserin. Genau das hab ich gesagt, und er hat geantwortet, er könne das nicht tun.«

»Zu sehr beschäftigt?«

»Nein – er sagte, kein menschliches Wesen wäre dazu imstande. Er war ganz offen. Er sagte mir – und ich hoffe, ich habe ihn richtig verstanden –, die Denkmaschinen seien gigantische Extrapolationen. So käme es, daß eine Gruppe von Mathematikern mehrere Jahre daran zu arbeiten habe, wolle sie ein positronisches Gehirn kalkulieren, das gewisse ähnliche Kalkulationen durchzuführen habe. Unter Benutzung dieses Gehirnes stellt man dann weitere Berechnungen an, um ein noch komplizierteres herzustellen und so weiter. Nach Silver sind die Maschinen, die wir Denkmaschinen nennen, die Resultate von zehn derartigen Operationen.«

»Jaaa, das klingt durchaus vertraut. Glücklicherweise bin ich keine Mathematikerin. Armer Vincent. Er ist ein junger Mann. Die Leute, die vor ihm Direktoren waren, Alfred Lanning und Peter Bogert, sind tot. Sie kannten solche Probleme nicht. Ich selber auch nicht. Vielleicht soll die Robotik als Ganzes jetzt zugrundegehen, nachdem wir offenbar selber nicht mehr in der Lage sind, unsere eigenen Schöpfungen zu verstehen.«

»Ganz offenbar verstehen wir sie nicht. Die Denkmaschinen sind keine Übergehirne in dem Sinne, wie sie in Kolportageromanen beschrieben werden. Auf ihrem Spezialgebiet des Sammelns und Analysierens einer fast unendlichen Zahl von Fakten und deren gegenseitigen Beziehungen in einer unendlich kurzen Zeit sind sie so weit fortgeschritten, daß sie für eine detaillierte menschliche Kontrolle unerreichbar geworden sind.

Und dann habe ich etwas anderes versucht. Ich habe die

Denkmaschine selbst befragt. Ohne daß irgend jemand davon erfuhr, übergaben wir ihr die Originaldaten, die zu ihrer Entscheidung in der Stahlsache führten, ihre eigene Antwort und die Angaben über die seitherige Entwicklung und baten sie um Erklärung der aufgetretenen Diskrepanz.«

»Gut so. Und was war die Antwort?«

»Ich kann sie wörtlich zitieren. ›Die Sache gestattet keine Erklärung.‹«

»Und wie hat Vincent dies interpretiert?«

»Auf zwei Arten. Entweder hatten wir der Maschine nicht genügend Angaben gemacht, um eine definitive Antwort von ihr zu erhalten, was unwahrscheinlich war. Dr. Silver gab dies zu. Oder war es für die Maschine unmöglich, zuzugeben, daß sie auf gewisse Daten eine Antwort kannte, die Schaden für Menschen zur Folge haben mochte. Natürlich liegt dies am Ersten Gesetz. Und darauf empfahl Dr. Silver mir, Sie zu konsultieren.«

Susan Calvin sah sehr müde aus. »Ich bin alt, Stephen. Als Peter Bogert starb, wollten sie mich zum Direktor des Forschungsinstituts machen, aber ich lehnte ab. Ich war nicht mehr jung und ich scheute die Verantwortung. Man gab dem jungen Silver das Amt, und damit war ich einverstanden. Was nützt mir aber das alles, wenn ich immer wieder in solche Sachen hineingezerrt werde?

Stephen, lassen Sie mich ganz klar meinen Standpunkt darlegen! Meine Forschungen umfassen in der Tat das Verhalten von Robots im Lichte der drei Gesetze der Robotik. Da gibt es nun also diese unglaublichen Denkmaschinen. Diese sind positronische Robots und unterliegen daher den drei bekannten Gesetzen. Was ihnen aber fehlt, ist eine Persönlichkeit. Mit anderen Worten, ihre Funktionen sind äußerst begrenzt. Das muß auch so sein, nachdem sie ja hochspezialisierte Maschinen sind. Daher bleibt hier nicht viel Raum für das freie Spiel der Gesetze ... und so wird meine gewöhnliche Untersuchungsmethode von vorneherein wirkungslos. Kurz gesagt, ich glaube kaum, daß ich Ihnen helfen kann, Stephen.«

Der Koordinator lachte kurz. »Lassen Sie mich trotzdem den Rest der Geschichte erzählen! Ich möchte Ihnen gerne meine eigenen Theorien mitteilen, und Sie werden dann in der Lage sein, mir zu sagen, ob diese vom robotpsychologischen Standpunkt aus irgendwelche Wahrscheinlichkeit für sich haben.«

»Aber natürlich. Schießen Sie nur los!«

»Nun, da die Maschinen die falschen Antworten geben und unter der Voraussetzung, daß sie gar keine Irrtümer begehen können, besteht nur eine einzige Möglichkeit. *Man gibt ihnen falsche Zahlen.* Mit anderen Worten, die Schwierigkeiten sind menschlichen und nicht robotischen Ursprungs. Deshalb machte ich meine kürzliche planetarische Inspektionsreise ...«

»Von der Sie gerade aus New York zurückgekommen sind.«

»Jawohl. Dies war, wie Sie verstehen werden, nötig, weil sich dort vier Denkmaschinen befinden, von denen je eine eine planetarische Region bedient. Und *alle vier geben fehlerhafte Resultate.*«

»Aber das ist doch eine ganz natürliche Folge, Stephen. Ist eine einzige der Maschinen nicht in Ordnung, so wird dies automatisch Rückwirkungen auf die anderen drei haben, da jede annimmt, daß die ihr von den anderen Maschinen gelieferten Angaben korrekt sind und sie hierauf ja ihre Entscheidungen aufbaut. Stimmt diese Angabe aber nicht, so ergeben sich naturgemäß falsche Antworten.«

»Mhm. So schien es mir. Nun habe ich hier die Protokolle meiner Interviews mit jedem der regionalen Vize-Koordinatoren. Wollen Sie diese gemeinsam mit mir durchgehen? Ach so – zunächst noch eine andere Frage. Haben Sie jemals von einer ›Gesellschaft für die Menschlichkeit‹ gehört?«

»Ja. Diese Leute sind die Nachfolger der Fundamentalisten, die unsere Firma von jeher daran gehindert haben, positronische Gehirne zu verwenden mit der Begründung unfairer Konkurrenz und ähnlichem Zeug. Die ›Gesellschaft für Menschlichkeit‹ ist gegen die Denkmaschinen eingestellt, nicht wahr?«

»Jawohl, aber ... Nun, Sie werden sehen! Sollen wir anfangen? Beginnen wir mit der östlichen Region.«

»Wie Sie wollen.«

Die östliche Region

a) Gebiet: 7 500 000 Quadratmeilen
b) Bevölkerung: 1 700 000 000
c) Hauptstadt: Shanghai.

Ching Hso-Lins Urgroßvater war bei der Invasion der alten chinesischen Republik durch die Japaner getötet worden. Niemand außer seinen Kindern betrauerte seinen Tod oder wußte, daß er umgekommen war. Ching Hso-Lins Großvater hatte den Bürgerkrieg in den späten vierziger Jahren überlebt, aber niemand außer seinen Kindern wußte davon oder kümmerte sich darum.

Und nun war Ching Hso-Lin regionaler Vize-Koordinator, und die Hälfte der Erdbevölkerung unterstand seiner Fürsorge.

Vielleicht hatten derartige Gedanken Ching veranlaßt, als einzigen Schmuck in seinem Büro zwei Landkarten aufzuhängen. Die eine war eine alte, handgezeichnete Angelegenheit und zeigte ein paar Ar Land. Die Worte und Erklärungen waren in den alten, jetzt unmodern gewordenen Schriftzeichen der chinesischen Sprache eingetragen. Ein kleiner Bach rieselte quer durch die schiefen Zeichen, und zarte Pinselstriche zeigten armselige Hütten. In einer davon war Chings Großvater zur Welt gekommen.

Die andere Karte war riesig groß. Sie zeigte scharfe Linien, und alle Angaben waren in sauberen kyrillischen Buchstaben geschrieben. Die rote Grenzlinie, welche die östliche Region abgrenzte, umfaßte alles, was einstmals China, Burma, Indochina und Indonesien gewesen war. Auf dieser Karte hatte Ching innerhalb der alten Provinz Szechuan ein fast unsichtbares Zeichen angebracht und damit den Platz seines väterlichen Hofes festgelegt.

Ching stand vor diesen Landkarten, während er in gutem Englisch mit Stephen Byerley sprach. »Niemand weiß besser als Sie, Herr Koordinator, daß mein Posten hier in großem Maße eine Sinekure ist. Der Posten bringt eine gewisse gesellschaftliche Stellung mit sich, und ich stelle sozusagen den Mittelpunkt der Verwaltung dar. Darüber hinaus aber wirkt die Maschine. Sie verrichtet alle Arbeit. Was war zum Beispiel Ihre Ansicht über die Hydroponik-Werke in Tientsin?«

»Ungeheuer«, sagte Byerley.

»Und sie sind lediglich eines von Dutzenden ähnlicher Unternehmungen in Shanghai, Kalkutta, Batavia, Bangkok. Sie sind gut verteilt und stellen daher die Antwort dar auf die Frage, wie man eine Milliarde siebenhundert Millionen Menschen füttern soll.«

»Und dennoch«, sagte Byerley, »haben sie ein Arbeitslosenproblem in Tientsin. Ist es möglich, daß sie überproduzieren? Es ist geradezu absurd zu glauben, Asien könnte unter einem Überfluß an Nahrungsmitteln leiden.«

Die Ränder um Chings dunkle Augen herum legten sich in Fältchen. »Nein. So weit sind wir noch nicht. Es stimmt, daß während der letzten paar Monate ein paar Bottiche stillgelegt worden sind, aber das ist doch nichts Ernstliches. Die Leute sind nur provisorisch entlassen worden, und diejenigen, die nicht in anderen Branchen arbeiten wollten, hat man nach Colombo auf Ceylon gebracht, wo eine neue Fabrik gerade in Betrieb gesetzt wird.«

»Warum aber sollten Bottiche stillgelegt werden?«

Ching lächelte sanft. »Wie ich sehe, verstehen Sie nicht viel von Hydroponik. Nun – das überrascht mich nicht. Sie stammen aus dem Norden, und im Norden ist Bodenbebauung noch immer profitabel. Im Norden ist es gang und gäbe, daß man – wenn man an Hydroponik denkt – sich eine Einrichtung vorstellt, mit deren Hilfe man Rüben in einer chemischen Lösung züchten kann. Das trifft ja auch tatsächlich zu – nur daß die ganze Sache etwas ungeheuer Kompliziertes ist.

Zunächst ist die größte Ernte, die wir alljährlich hervorbringen, Hefe. Sie ist sogar noch ständig im Wachsen. Wir haben mehr als zweitausend Stränge in Produktion, und jeden Monat werden neue Stränge eingesetzt. Die grundlegenden anorganisch-chemischen Nahrungsstoffe für die verschiedenen Hefen sind Nitrate und Phosphate zusammen mit bestimmten Mengen der benötigten Spurmetalle bis hinunter zu den winzigen Teilen von Bor und Molybdän, die erforderlich sind, um gute Resultate zu erzielen. Die organischen Teile bestehen hauptsächlich aus Zuckermischungen, die aus der Hydrolyse von Zellulose gewonnen werden, aber auch noch andere Nährfaktoren werden benötigt. Um eine erfolgreiche hydroponische Industrie zu leiten – eine, die 1700 Millionen Menschen mit Nahrungsmitteln versorgen kann –, müssen wir im ganzen Osten ein ungeheures Wiederaufforstungsprogramm durchführen. Wir benötigen riesige Holzumwandlungsanlagen, um mit unseren Dschungeln fertig zu werden. Wir brauchen Kraftanlagen, Stahl und vor allem chemische synthetische Produkte.«

»Weshalb letztere, Sir?«

»Weil – was Sie wohl nicht wissen werden, Mr. Byerley – diese verschiedenen Hefestränge alle ihre besonderen Eigenheiten haben. Wie ich schon sagte, haben wir zweitausend Stränge entwickelt. Das Beefsteak, das Sie heute zu essen glaubten, war Hefe. Das gefrorene Fruchtdessert, das Sie aßen, ebenfalls. Wir besitzen filtrierten Hefesaft mit dem Geschmack, dem Aussehen und dem Nährwert von Milch.

Mehr als alles andere ist es der Geschmack und das Aroma, was Hefenahrung so populär gemacht hat. Zu diesem Zwecke haben wir künstlich Hefestränge gezüchtet, die nicht mehr allein auf Grund einer Diät von Salzen und Zucker existieren können. Ein Strang benötigt Biotin. Ein anderer Bteroylglutonsäure. Wieder andere brauchen siebzehn verschiedene Aminosäuren sowie alle B-Vitamine, außer einem. Das ist recht kompliziert und dennoch ist gerade dieser Strang so populär, daß wir seine Produktion nicht so ohne weiteres aufgeben können.«

Byerley rückte ungeduldig auf seinem Stuhle hin und her. »Zu welchem Zweck erzählen Sie mir das alles?«

»Sie haben mich gefragt, warum in Tientsin Leute arbeitslos geworden sind. Ich muß zu diesem Zweck sogar noch weitere Dinge auseinandersetzen. Nicht nur müssen wir zur Erhaltung unserer Hefezucht diese verschiedenen Nährstoffe haben. Wir müssen auch mit dem sehr komplizierten Faktor der allgemeinen Geschmacksrichtung rechnen, der sich ständig ändert. Wir müssen ununterbrochen die Möglichkeit im Auge behalten, neue Stränge zu entwickeln, mit denen wir dann neu auftretende Erfordernisse und Ansprüche erfüllen können. All dies muß geplant werden, und die Denkmaschine erfüllt ihre Aufgabe.«

»Aber leider nicht vollkommen.«

»Auch nicht sehr unvollkommen ... ich meine im Hinblick auf die von mir dargestellten Komplikationen. Schön – in Tientsin sind wirklich ein paar Tausend Arbeiter vorübergehend arbeitslos geworden. Beachten Sie aber doch bitte noch folgendes! Die Höhe des Verlustes im vergangenen Jahre (wobei Verlust ausgedrückt wird entweder durch mangelndes Angebot oder mangelnde Nachfrage) beläuft sich auf noch nicht ein Zehntel Prozent unseres gesamten Produktionsumsatzes. Ich betrachte dies als ...«

»Sie haben schon recht. Dennoch war diese Zahl in den ersten Jahren der Maschine noch nicht einmal ein Tausendstel Prozent.«

»Schon, aber vergessen Sie doch nicht, daß wir die Denkmaschine in den zehn Jahren, in denen wir sie wirklich ausgenützt haben, dazu verwendeten, unsere alte Hefeindustrie um das Zwanzigfache zu vergrößern. Es ist nur natürlich, daß mit gesteigerten Komplikationen auch die kleinen Unvollkommenheiten wachsen, obgleich ...«

»Obgleich?«

»Da hat sich tatsächlich mit einem gewissen Rama Vrasayana eine sonderbare Sache zugetragen.«

»Was ist passiert?«

»Vrasayana hat die Laugeverdampfungsanlage für die Herstellung von Jod geleitet, das Hefe nicht zu ihrem Wachstum benötigt, worauf aber Menschen nicht verzichten können. Seine Anlage wurde gezwungen, sich unter Konkursverwaltung stellen zu lassen.«

»Wirklich? Und wodurch?«

»Ob Sie's glauben oder nicht - durch Konkurrenz. Im allgemeinen ist eine der Hauptfunktionen der Denkmaschine, die beste und wirkungsvollste Verteilung unserer Produktionseinheiten anzuzeigen. Es ist ganz offensichtlich fehlerhaft, wenn gewisse Gebiete ungenügend beliefert werden, wodurch dann die Transportkosten einen großen Prozentsatz der Generalunkosten verschlingen. Genauso fehlerhaft ist es natürlich, wenn ein Gebiet zu gut versorgt wird, so daß Fabriken dann nicht voll ausgenutzt werden können oder in für alle Teile schädlicher Weise miteinander konkurrieren müssen. Im Falle Vrasayanas wurde in der gleichen Stadt eine neue Fabrik errichtet, und zwar eine mit einem bedeutend wirkungsvolleren Extraktionssystem.«

»Und die Denkmaschine hat das gestattet?«

»Gewiß. Das ist nicht überraschend. Das neue System breitet sich sehr schnell aus. Das Überraschende ist vielmehr, daß die Denkmaschine es unterlassen hat, Vrasayana darauf aufmerksam zu machen, daß er seine Anlage erneuern oder sich mit dem neuen Unternehmen fusionieren muß. Dennoch ist eigentlich kein wesentlicher Schaden entstanden. Vrasayana hat eine Stellung als Ingenieur bei der neuen Firma angenommen, und wenn auch seine Bezahlung geringer geworden ist, so leidet er doch nicht wirklich Not. Die Arbeiter fanden leicht anderweitig Beschäftigung. Die alte Fabrikanlage ist umgewandelt worden und stellt jetzt etwas anderes her. Was Nützliches. All das haben wir einfach der Denkmaschine überlassen.«

»Und sonst haben Sie keine Klagen?«
»Nein, keine.«

Die tropische Region

a) Gebiet: 22 000 000 Quadratmeilen
b) Bevölkerung: 500 000 000
c) Hauptstadt: Capital City.

Die Karte in Lincoln Ngomas Büro war weit entfernt von der sauberen Genauigkeit derjenigen in Chings Haus. Die Grenzen von Ngomas tropischer Region waren in langer dunkelbrauner Linie eingefügt. Sie umfaßten ein weites Binnenland, das mit ›Dschungel‹ oder ›Wüste‹ bezeichnet war, und mitten drin stand ein Satz, der lautete: »Hier soll es Elefanten und alle Arten von wilden Tieren geben.«

Die Landfläche dieser Region umfaßte die Hauptteile zweier Kontinente: ganz Südamerika nördlich von Argentinien und ganz Afrika südlich des Atlasgebirges. Ferner war Nordamerika südlich des Rio Grande eingeschlossen und weiterhin Arabien und Iran auf dem asiatischen Kontinent. Diese Region war das genaue Gegenteil der östlichen Region. Wo dort die riesigen Menschenmassen des Orients sich in 15 Prozent der Landmasse hineinpreßten, verteilten sich in den Tropen 15 Prozent der Menschheit über fast die Hälfte der Erde. Aber die Bevölkerung wuchs beständig. Diese Region war die einzige, in der der Bevölkerungszuwachs durch Einwanderung denjenigen durch Geburtenüberschuß überstieg. Und für alle, die kamen, hatte man Verwendung.

Stephen Byerley erschien Ngoma wie einer jener Einwanderer – ein blasser Sucher nach der schöpferischen Arbeit, die darin besteht, eine harte Umgebung in die für den Menschen nötige Weichheit umzugraben. Er empfand automatisch ein Gefühl der Verachtung, das der starke, in den Tropen geborene Mensch dem unglücklichen Bleichgesicht kälterer Länder gegenüber unwillkürlich spürt.

Die Tropen besaßen die neueste Hauptstadt der Erde. Ihr

Name war Capital City, also Hauptstadt. Ihre Straßen breiteten sich licht und weit über die fruchtbaren Hügel Nigerias aus. Durch Ngomas Fenster konnte man buntes Leben beobachten - konnte man die strahlend helle Sonne sehen, und ab und zu die schnellen, alles durchnässenden Regengüsse. Selbst das Quaken der Regenbogenvögel war hell und laut, und in der Dunkelheit der Nacht leuchteten die Sterne wie harte Kristalle.

Ngoma lachte. Er war ein großer Neger mit einem starken und hübschen Gesicht.

»Sicherlich«, sagte er in seinem breiten Dialekt, »der mexikanische Kanal ist überfällig. Und wenn? Er wird trotz allem fertig werden, Mann.«

»Bis vor etwa einem halben Jahre war alles tadellos in Ordnung.«

Ngoma schaute Byerley an, während seine Zähne langsam die Spitze einer Zigarre abbissen. Das abgebissene Ende spuckte er aus und zündete dann das andere Ende an. »Ist dies eine offizielle Untersuchung, Byerley? Was steckt dahinter?«

»Nichts. Absolut nichts. Als Koordinator ist es einfach eine meiner Funktionen, neugierig zu sein.«

»Schön - wenn es sich einfach um gar nichts anderes handelt, als daß Sie mit dieser Reise einen stillen Moment ausfüllen wollen, so möchte ich Ihnen sagen, daß wir ununterbrochen an einem Mangel an Arbeitskräften leiden. In den Tropen geschieht nämlich eine ganze Menge. Der Kanal ist nur eine einzige Sache.«

»Sagt Ihre Denkmaschine denn nicht die Anzahl der für den Kanal zur Verfügung stehenden Arbeitskräfte voraus ... ich meine unter Berücksichtigung aller anderen Projekte?«

Ngoma legte seine Hände in den Nacken. Aus seinem Munde stiegen Rauchringe zur Decke. »Die Maschine hatte sich ein wenig geirrt.«

»Tut sie das öfter?«

»Nicht öfter als zu erwarten. Wir erwarten ja nicht zuviel von ihr, Byerley. Wir machen ihr die nötigen Angaben. Wir erhalten ihre Resultate. Wir tun, was sie sagt. Im Grunde ist die Maschine aber gar nichts anderes als eine Bequemlichkeit, wenn ich mal so sagen darf, eine arbeitsparende Einrichtung. Wären wir dazu gezwungen, wir könnten auch ohne die Denkmaschine auskommen. Vielleicht nicht ganz so gut. Vielleicht ginge auch nicht alles so schnell. Aber unser Ziel würden wir trotz allem erreichen.

Wir hier draußen haben Selbstvertrauen, Byerley, und das ist das ganze Geheimnis. Selbstvertrauen! Wir haben neues Land, das Tausende von Jahren lang auf uns gewartet hat, während sich die übrige Welt in den blödsinnigen Dummheiten des präatomischen Zeitalters selbst zerfetzte. *Wir* brauchen keine Hefe zu fressen wie die Ostländer, und wir müssen uns auch nicht wie ihr Nordländer mit dem abgestandenen Bodensatz des letzten Jahrhunderts abquälen.

Wir haben die Tsetse-Fliege und die Anopheles-Schnake ausgerottet, und die Menschen merken nun plötzlich, daß sie in unserer Sonne leben können, ja, daß es geradezu schön ist, dies zu tun. Wir haben die Dschungel gerodet und Ackerboden gefunden. Wir haben Wüsten bewässert und Gärten darin angelegt. Wir besitzen Kohle und Öl in noch völlig unberührten Gebieten und Mineralien – mehr als wir bis heute überhaupt wissen.

Tretet einfach zurück! Mehr wollen wir nicht, als daß die übrige Welt beiseite tritt und uns arbeiten läßt.«

Byerley sagte prosaisch: »Aber der Kanal – vor sechs Wochen ging doch noch alles plangemäß. Was hat sich ereignet?«

Ngoma spreizte die Finger. »Arbeiterschwierigkeiten.« Er suchte unter den auf seinem Schreibtisch liegenden Akten, fand nicht, was er suchte, und gab es auf.

»Hatte etwas Diesbezügliches irgendwo hier herumliegen«, murmelte er, »aber das ist ja auch ganz unwichtig. Irgendwo in Mexiko war ein Mangel an Arbeitern eingetreten, und zwar weil nicht genügend Frauen vorhanden waren. Wie es scheint, hatte man vergessen, der Maschine auch die nötigen Angaben über die Sexualbedürfnisse der Männer zu machen.«

Er brach ab, lachte amüsiert und fuhr dann nüchtern fort. »Warten Sie mal. Ich glaube, ich hab's da. Villafranca!«

»Villafranca?«

»Francisco Villafranca. Er war der leitende Ingenieur. Jetzt gestatten Sie mal, daß ich mir klar darüber werde, was sich zugetragen hat. Irgendwas passierte und ein Damm brach zusammen. Ja natürlich, so war es. Soweit ich mich erinnere, kam niemand dabei ums Leben, aber dennoch war das ganze eine ziemliche Schweinerei ... und ein richtiger Skandal.«

»Tatsächlich?«

»Irgendein Fehler war in seinen Kalkulationen vorgekommen. Zum mindesten behauptete das die Maschine. Man gab ihr alle Angaben Villafrancas, Annahmen und so weiter ... ich meine das ganze Material, das als Grundlage für die ursprünglichen Berechnungen gedient hatte. Nun lauteten die Antworten mit einem Male anders. Wie es scheint, hatten die Antworten, die Villafranca für seine Arbeiten verwandte, die Wirkungen starker Regenfälle auf die Ränder des Einschnittes nicht berücksichtigt. Oder irgend so was war es. Ich bin ja kein Ingenieur, wie Sie wissen.

Wie dem auch sei. Villafranca beschwerte sich mit viel Geschrei. Er behauptete, die Antworten der Maschine seien das erste Mal andere gewesen und daß er die Anweisungen der Maschine aufs genaueste befolgt hätte. Dann kündigte er. Wir boten ihm an, ihn zu behalten auf Grund – auf Grund nicht völlig beseitigter Zweifel, auf Grund seiner früheren befriedigenden Leistungen und so weiter – natürlich als Untergebener in einer anderen Stellung – mußte das ja tun – Fehler darf man ja nicht so ohne weiteres durchgehn lassen –ist schlecht für die Disziplin ... Wo war ich stehen geblieben?«

»Sie boten ihm an zu bleiben.«

»Ach ja. Er lehnte dies ab. Nun ja, alles in allem sind wir

zwei Monate rückständig mit der Arbeit. Mein Gott, das bedeutet doch absolut gar nichts.«

Byerley streckte die Hand aus, und seine Finger begannen leise auf die Pultplatte zu trommeln. »Villafranca gab der Maschine die Schuld, nicht wahr?«

»Nun ja, er wollte ja wohl die Sache nicht selbst ausfressen. Seien wir doch ehrlich. Die menschliche Natur ist nun mal so. Außerdem fällt mir jetzt noch was anderes ein – warum kann ich eigentlich diese verdammten Akten nicht finden, wenn ich sie mal brauche? Mein Ablegesystem taugt nicht einen Pfifferling. Dieser Villafranca war Mitglied einer Ihrer nördlichen Organisationen. Mexiko liegt zu nahe beim Norden. Das ist ein Teil der Schwierigkeiten, die wir die ganze Zeit haben.«

»Von welcher Organisation sprechen Sie denn?«

»Sie nennt sich ›Gesellschaft der Menschlichkeit‹. Villafranca ging gewöhnlich nach New York zu den alljährlichen Zusammenkünften. Das ist eine Gesellschaft von Wirrköpfen, aber harmlos. Die mögen die Maschinen nicht. Behaupten, die Denkmaschinen zerstörten die menschliche Initiative. Daher hat Villafranca auch der Maschine die Schuld zugeschoben – begreife diese Leute selber nicht. Sieht Capital City eigentlich so aus, als würde die menschliche Initiative nachlassen?«

Und draußen breitete sich Capital City in goldener Glorie unter einer goldenen Sonne aus – die neueste und jüngste Schöpfung des *Homo Metropolis.*

Die europäische Region

a) Gebiet: 4 000 000 Quadratmeilen
b) Bevölkerung: 300 000 000
c) Hauptstadt: Genf.

Die europäische Region war in vieler Beziehung eine Anomalie. Gebietsmäßig war sie die kleinste. Sie besaß noch nicht ein Fünftel der Fläche der tropischen Region und nicht ein Fünftel der östlichen Bevölkerung. Geographisch gesprochen war diese Region nur bis zu einem gewissen Grade ähnlich dem präatomischen Europa. Sie umfaßte nicht jene Gebiete, die früher zum europäischen Rußland gehört hatten, noch was damals die britischen Inseln gewesen waren. Dafür aber gehörten die Mittelmeerküsten Afrikas und Asiens dazu und mit einem sonderbaren Sprung quer über den Atlantik Argentinien, Chile und Uruguay.

Es war unwahrscheinlich, daß diese Region jemals ihren relativen Stand gegenüber den anderen Regionen verbessern würde, außer vielleicht durch die Kraft ihrer südamerikanischen Provinzen. Von allen Regionen war die europäische die einzige, in der man während der letzten fünfzig Jahre eine Bevölkerungsabnahme registriert hatte. Sie allein hatte ihre Produktionseinrichtungen nur unwesentlich erweitert, und sie allein hatte für die menschliche Kultur nichts wirklich Neues geleistet.

»Europa«, sagte Madame Szegeczowska in ihrem sanften Französisch, »ist in der Hauptsache ein ökonomisches Anhängsel der nördlichen Region. Wir wissen das, und es macht uns nichts aus.« Sozusagen als äußeres Zeichen für die Resignation, mit der man in Europa den Mangel an eigener Individualität hinnahm, befand sich keine Karte an den Wänden des Büros der Madame Koordinator.

»Und dennoch«, sagte Byerley eindringlich, »besitzen Sie eine eigene Denkmaschine, und bestimmt befinden Sie sich von der anderen Seite des Ozeans her unter keinerlei ökonomischem Druck.«

»Eine Denkmaschine. Na ja!« Sie zuckte mit ihren zarten Schultern. Ein stilles Lächeln ging über ihr kleines Gesicht, während sie mit ihren langen Fingern eine Zigarette ausdrückte. »Europa ist ein verschlafener Platz. Diejenigen unserer Männer, denen es nicht gelingt, in die Tropen auszuwandern, sind genauso verschlafen wie die ganze Region. Sehen Sie doch selbst – mir, einer armen kleinen Frau, fällt hier die Aufgabe zu, Koordinator zu werden. Na, glücklicherweise ist es keine schwierige Stellung, und man erwartet nicht allzu viel von mir.

Was die Denkmaschine betrifft – was kann sie schon anderes tun als sagen ›Tu dies oder tu das, und es wird gut für dich sein‹? Was aber ist für uns das allerbeste? Daß wir ein ökonomisches Anhängsel der nördlichen Region sind.

Und ist das vielleicht so schrecklich? Keine Kriege. Wir leben in Frieden. Und nach siebentausend Jahren Krieg ist das alles recht angenehm. Wir sind alt, Monsieur. Wir haben innerhalb unserer Grenzen jene Gebiete, in denen die Wiege der westlichen Zivilisation gestanden hat. Wir haben Ägypten und Mesopotamien, Kreta und Syrien, Kleinasien und Griechenland. Ein hohes Alter ist aber nicht notwendigerweise eine unglückliche Zeit. Es kann reich sein und ...«

»Vielleicht haben Sie recht«, sagte Byerley höflich. »Zum mindesten ist das Lebenstempo nicht so intensiv wie in anderen Regionen. Die Atmosphäre ist angenehm.«

»Stimmt das nicht? Hier kommt der Tee, Monsieur! Wollen Sie bitte sagen, ob Sie Tee mit Zucker wünschen? Danke sehr ...«

Sie schlürfte ihren Tee und fuhr dann fort: »Ja, es ist angenehm. Mag die übrige Erde weiterkämpfen. Dafür finde ich übrigens hier in unserer Region eine interessante Parallele. Es gab einmal eine Zeit, in der Rom die Welt beherrschte. Es hatte die Kultur und Zivilisation Griechenlands angenommen, eines Griechenland, das niemals einig gewesen war, das sich selbst durch Kriege ruiniert hatte und das in einem Zustand dekadenten Elends zugrundeging. Rom einigte es, brachte ihm Frieden und ließ es ein ruhmloses, aber gesichertes Dasein fristen. Weit entfernt von den Kämpfen, die Wachstum und Kriege mit sich bringen, beschäftigte Griechenland sich mit seinen Philosophien und mit seiner Kunst. Dies bedeutete eine Art von Tod, aber es war ein friedlicher Tod, der mit kurzen Unterbrechungen vierhundert Jahre lang dauerte.«

»Und dennoch«, sagte Byerley, »fiel schließlich auch Rom, und der Opiumrausch nahm ein Ende.«

»Heutzutage gibt es keine Barbaren mehr, die die Zivilisation bedrohen könnten.«

»Wir können unsere eigenen Barbaren sein, Madame Szegeczowska. Ach so – ich wollte Sie ja was fragen. Die Quecksilberminen in Almaden sind arg in Rückstand gekommen mit ihrer Produktion. Sicherlich verlieren die Erzbecken doch nicht schneller als angenommen an Ergiebigkeit?«

Die grauen Augen der kleinen Frau hefteten sich mit schlauem Blick auf Byerley. »Barbaren – Untergang der Zivilisation – mögliches Versagen der Denkmaschine – Ihre Gedankengänge, Monsieur, sind recht durchsichtig.«

»Wirklich?« Byerley lächelte. »Ich sehe, ich wäre besser daran, hätte ich auch hier mit einem Manne zu tun. Sie glauben, daß die Sache Almaden auf einem Fehler der Maschine beruht?«

»Keineswegs. Aber ich glaube, daß Sie das meinen. Sie stammen selbst aus der nördlichen Region. Das Zentralbüro der Koordination befindet sich in New York. Und ich beobachte schon lange Zeit, daß euch Herren der nördlichen Region das volle Vertrauen in die Denkmaschine fehlt.«

»Meinen Sie?«

»Da ist zum Beispiel diese ›Gesellschaft für die Menschlichkeit‹. Sie ist im Norden sehr stark, kann aber natürlich im müden, alten Europa nicht viele Anhänger finden. Wir hier sind gerne bereit, der schwachen Menschheit eine Weile ihren Frieden zu lassen. Sicherlich gehören Sie doch zu den Männern des Nordens, die voller Selbstvertrauen sind, und nicht zu uns alten, zynischen Europäern.«

»Hat das was mit der Angelegenheit Almaden zu tun?«

»Ich glaube schon. Die Minen befinden sich unter der Kontrolle der Consolidated Cinnabar Gesellschaft, die doch bestimmt eine Nordgesellschaft ist und die ihren Sitz in Nikolaev hat. Persönlich frage ich mich, ob die Direktion überhaupt die Denkmaschine benutzt hat. In unserer letztmonatlichen Konferenz behaupteten sie, ja, sie hätten es getan, und natürlich haben wir keinerlei Beweise, daß das nicht stimmt. Dennoch würde ich einem Mann aus dem Norden in dieser Sache keinen Glauben schenken – entschuldigen Sie bitte, wenn ich das sage –, ganz gleichgültig, wie hoch und heilig er auch die Wahrheit seiner Angaben versichert. Dennoch glaube ich, daß alles gut ausgehen wird.«

»Wie meinen Sie das?«

»Sie werden verstehen, daß die ökonomischen Unregelmäßigkeiten der letzten paar Monate, die – obgleich klein im Vergleich zu den Stürmen vergangener Zeiten – dennoch für unsere friedlichen Geister recht störend sind, eine beträchtliche Unruhe in der spanischen Provinz verursacht haben. Wie ich höre, ist die Cinnabar-Gesellschaft im Begriff, die Minen an eine Gruppe eingeborener Spaniolen zu verkaufen. Das ist tröstlich. Wenn wir auch wirtschaftliche Vasallen des Nordens sind, so ist es doch demütigend, immer wieder mit der Nase auf diese Tatsache gestoßen zu werden. Überdies kann man Europäern mehr Vertrauen schenken. Sie werden die Anweisungen der Maschine striktest befolgen.«

»Dann glauben Sie, daß wir keine Schwierigkeiten mehr haben werden?«

»Ganz bestimmt nicht. Auf keinen Fall in Almaden.«

Die nördliche Region

a) Gebiet: 18 000 000 Quadratmeilen
b) Bevölkerung: 800 000 000
c) Hauptstadt: Ottawa.

Die nördliche Region bildete in vieler Beziehung die Spitze. Dies wurde deutlich, wenn man die Landkarte betrachtete, die im Büro des Vize-Koordinators Hiram Mackenzie hing. Im Zentrum befand sich der Nordpol. Außer der europäischen Enklave mit ihren skandinavischen und isländischen Gebieten befand sich die ganze arktische Erdfläche innerhalb der nördlichen Region.

Grob gesprochen, konnte man diese Region in zwei Hauptgebiete teilen. Links auf der Karte war ganz Nordamerika oberhalb des Rio Grande. Rechts war das ganze

Gebiet der ehemaligen Sowjet-Union. Zusammen repräsentierten diese Gebiete in den ersten Jahren des Atomzeitalters die konzentrierte Kraft unseres Planeten. Zwischen ihnen lag Großbritannien wie eine Zunge der nördlichen Region, die an Europa leckte. Oben am Kopf der Karte waren Australien und Neuseeland in eigenartig großen, verzerrten Formen eingezeichnet. Auch diese Gebiete waren Teile der Region.

Trotz aller Wandlungen der vergangenen Jahrzehnte hatte der Norden wirtschaftlich die Vorherrschaft behalten.

Ein ostentatives Symbol dieser Tatsache konnte man darin erblicken, daß unter allen offiziellen Karten der verschiedenen Regionen, die Byerley zu Gesicht bekommen hatte, allein diejenige Mackenzies die ganze Erde zeigte. Als fürchte der Norden keine Konkurrenz. Als benötige er keine Begünstigung, um seine Vormacht zu unterstützen.

»Unmöglich«, sagte Mackenzie gelassen über seinen Whisky-Soda hinweg. »Mr. Byerley, ich nehme an, Sie haben bisher niemals eine Ausbildung als Robottechniker genossen.«

»Nein, da haben Sie recht.«

»Hm. Na ja, es ist meiner Meinung nach sehr traurig, daß auch Ngoma und Szegeczowska keine derartige Ausbildung besitzen. Die Ansicht, daß ein Koordinator nichts weiter zu sein brauche als ein fähiger Organisator und ein liebenswürdiger Mensch, ist zu weit verbreitet unter den Völkern der Erde. Heutzutage sollte er bestimmt eine umfassende Kenntnis der Robotik haben. Ich möchte Sie damit natürlich keineswegs kränken.«

»Das tun Sie auch nicht. Ich stimme Ihnen im Gegenteil durchaus bei.«

»Ich nehme auch nach dem, was Sie mir bereits gesagt haben, an, daß Sie sich wegen der kleinen Unregelmäßigkeiten innerhalb der Weltwirtschaft Sorgen machen. Ich weiß nicht, welche Art von Verdacht Sie haben, aber es ist in der Vergangenheit vorgekommen, daß Leute – die es eigentlich hätten besser wissen müssen – sich fragten, was geschehen würde, wenn man der Maschine falsche Angaben machte.«

»Und was würde geschehen, Mr. Mackenzie?«

»Nun« – der Schotte verlagerte sein Körpergewicht und seufzte –, »alle gesammelten Angaben und Zahlen gehen durch ein kompliziertes Sortierungssystem, wenn ich einmal so sagen darf, das sowohl menschliche als auch mechanische Kontrolle ausschließt, so daß sich das Problem aller Wahrscheinlichkeit nach überhaupt nie stellen kann. Sehen wir einmal davon ab. Menschen machen Fehler und sind bestechlich, und gewöhnliche mechanische Einrichtungen und Apparate können versagen.

Der Kernpunkt der Sache ist folgender. Was wir eine falsche Angabe nennen, ist eine Angabe, die mit allen anderen bekannten Fakten nicht übereinstimmt. Dies ist überhaupt unser Kriterium von Richtig und Falsch. Genauso ist dies das Kriterium der Denkmaschine. Befehlen Sie ihr zum Beispiel, die landwirtschaftliche Tätigkeit in Iowa im Juli auf der Basis einer Durchschnittstemperatur von 25 Grad Celsius zu lenken. Die Maschine wird Ihnen keine Antwort geben. Nicht, daß sie irgendein Vorurteil gegen diese bestimmte Temperatur hätte oder daß eine Antwort unmöglich wäre. Der Grund ist vielmehr, daß die Denkmaschine durch alle ihr über eine Periode von Jahren gemachten Angaben weiß, daß die Wahrscheinlichkeit einer Durchschnittstemperatur von 25 Grad im Juli in Iowa praktisch null ist. So weist die Maschine diese Angabe zurück.

Die einzige Art, in der man der Maschine eine falsche Angabe aufzwingen kann, ist die, daß man sie als Teil eines in sich selbst beruhenden Ganzen einschmuggelt, eines Ganzen, welches als solches irgendwie falsch ist, aber so raffiniert falsch, daß die Maschine den Fehler nicht zu entdecken vermag – oder aber eines Ganzen, das außerhalb der Erfahrung der Denkmaschine liegt. Ersteres geht weit über menschliche Fähigkeiten hinaus, und mit dem letzteren ist es ganz ähnlich. Dazu kommt, daß mit jeder Sekunde die Erfahrungen der Maschine wachsen.«

Stephen Byerley legte zwei Finger auf den Rücken seiner Nase. »Dann kann man also mit der Maschine nach Belieben herumspielen. Wie aber erklären Sie dann die kürzlich aufgetauchten Irrtümer?«

»Mein lieber Byerley, ich sehe, daß Sie instinktiv den großen Irrtum begehen, zu glauben, die Maschine wisse alles. Lassen Sie mich Ihnen einen Fall aus meiner persönlichen Praxis erzählen. Die Baumwollindustrie beschäftigt erfahrene Aufkäufer, um Baumwolle zu kaufen. Deren Methode besteht darin, daß sie einen Fetzen Baumwolle aus einem beliebigen Ballen herauszerren. Sie sehen sich diesen Fetzen an, befühlen ihn, zupfen ihn auseinander, lauschen vielleicht auf das knisternde Geräusch; während sie das tun, berühren sie die Baumwolle mit der Zunge. Auf diese Weise bestimmen sie die Qualitätsklasse des betreffenden Ballens oder des betreffenden Lots. Es gibt etwa ein Dutzend derartiger Klassen. Auf die Entscheidung dieser Aufkäufer hin werden nun die Käufe zu gewissen Preisen vorgenommen, es werden Mischungen zu bestimmten Proportionen gemacht und so weiter und so weiter. Und nun kommt das Eigenartige. Derartige Aufkäufer können auch heute noch nicht durch die Denkmaschine ersetzt werden.«

»Und warum nicht? Sicherlich sind doch die damit zusammenhängenden Angaben nicht zu kompliziert für die Maschine, was?«

»Wahrscheinlich nicht. Aber welche Angaben meinen Sie eigentlich? Kein Textilchemiker weiß genau, was es eigentlich ist, das der Aufkäufer testet, wenn er den Baumwollfetzen befühlt. Vermutlich ist es die Durchschnittslänge der Fäden, die Art, wie sie sich anfühlen, das Ausmaß ihrer Glätte, die Art, wie sie zusammenhängen und so fort. Mehrere Dutzend Faktoren werden im Unterbewußtsein des Einkäufers auf Grund jahrelanger Erfahrung gegeneinander abgewogen. Die *quantitative* Natur dieser Untersuchungen ist unbekannt. Vielleicht weiß man nicht einmal, was alles wirklich dazugehört. Damit haben wir aber nichts in der Hand, was wir der Maschine als Angabe liefern könnten, noch können die Aufkäufer erklären, wie sie zu ihrer Beurteilung kommen. Sie können lediglich sagen: ›Na, schauen Sie sich das Zeug doch an! Können Sie denn nicht sehen, daß es in die und die Klasse gehört?‹«

»Ich verstehe.«

»So wie diesen gibt es zahllose Fälle. Die Denkmaschine ist ja schließlich auch nichts weiter als ein Werkzeug, das der Menschheit helfen kann, schneller fortzuschreiten, indem die Last gewisser Kalkulationen und Interpretationen von unseren Schultern genommen wird. Die Aufgabe des menschlichen Gehirnes ist die gleiche geblieben. An uns liegt es, neue Aufgaben zu finden, die analysiert werden müssen, neue Methoden zu entdecken, die auszuprobieren sind. Schade, daß die ›Gesellschaft für die Menschlichkeit‹ das absolut nicht begreift!«

»Diese Leute sind gegen die Denkmaschine, was?«

»Sie würden genauso gegen Mathematik sein oder auch gegen jede neue Erfindung, wenn sie in der entsprechenden Zeit lebten. Diese Gesellschaftsreaktionäre behaupten, die Maschine beraube den Menschen seiner Seele. Wie ich feststelle, sind tüchtige Männer auch in unserer Gesellschaft noch immer sehr gesucht. Wir benötigen noch immer den Menschen, der intelligent genug ist, die richtigen Fragen zu stellen. Könnten wir genug von dieser Sorte finden, dann würden vielleicht die kleinen Unstimmigkeiten, über die Sie, Herr Koordinator, sich Sorgen machen, nicht auftreten.«

Erde (einschließlich des unbewohnten Antarktika)

a) Gebiet: 54 000 000 Quadratmeilen (Landfläche)

b) Bevölkerung: 3 300 000 000

c) Hauptstadt: New York.

Das Feuer hinter dem Quarz war jetzt müde. Zögernd zuckte es sich zu Tode.

Der Koordinator war bedrückt. Seine Stimme entsprach der verlöschenden Flamme.

»Sie alle minimalisieren den Stand der Dinge.« Seine

Stimme war leise. »Es ist nicht leicht, sich vorzustellen, daß sie alle über mich lachen, was? Und dennoch – Vincent Silver hat mir gesagt, die Denkmaschinen können gar nicht in Unordnung sein, und ich muß ihm glauben. Hiram Mackenzie behauptet, man könne ihnen keine falschen Angaben vorlegen, und ich muß auch ihm glauben. Irgendwie aber machen die Maschinen Fehler, und auch das muß ich glauben. Damit bleibt also noch eine andere Alternative.« Er warf Susan Calvin einen Blick von der Seite her zu. Sie hatte die Augen geschlossen, und für einen Augenblick schien es, als sei sie eingeschlafen.

»Und worin besteht diese?« fragte sie, als hätte sie nur auf ihr Stichwort gewartet.

»Nun, natürlich darin, daß korrekte Angaben gemacht und korrekte Antworten erteilt werden, daß man diese aber nicht beachtet. Es besteht ja keine Möglichkeit für die Maschine, sich Gehorsam zu erzwingen.«

»Wie mir scheint, hat Madame Szegeczowska mit Bezug auf die Nordländer etwas Derartiges angedeutet.«

»Jawohl.«

»Und was soll der Zweck einer derartigen Haltung sein? Überlegen wir uns einmal eventuelle Motive!«

»Mir sind sie klar, und eigentlich sollten sie auch Ihnen klar sein. Es geht darum, den Robot absichtlich zu erschüttern. Unter der Herrschaft der Denkmaschinen kann es keine ernstlichen Konflikte auf Erden geben. Keine Gruppe kann sich mehr Macht aneignen als die andere, kann zum eigenen Nutzen über die andere die Herrschaft gewinnen, ganz gleich was der Schaden für die Gesamtheit sein mag. Kann aber das allgemeine Zutrauen in die Maschinen so weit erschüttert werden, daß man sie aufgibt, dann wird wieder das erbarmungslose Gesetz des Dschungel Platz greifen. Und nicht eine einzige der vier Regionen kann davon freigesprochen werden, daß sie genau dies will.

Der Osten hat die Hälfte der Menschheit innerhalb seiner Grenze, und die Tropen besitzen die Hälfte aller irdischen Hilfsquellen. Jede der beiden Regionen kann sich einbilden, sie sei zum natürlichen Herrscher der Erde bestimmt. Jede kann auf eine lange Geschichte der Demütigung durch den Norden zurückblicken, für die sie möglicherweise auf Rache sinnt. Das wäre doch durchaus menschlich. Anderseits hat Europa eine große Tradition. Es *hat* tatsächlich einstmals die Erde beherrscht, und nichts sitzt so tief und fest in Menschen wie die Erinnerung an besessene Macht.

Dennoch ist es schwer zu glauben. Beide Regionen – der Osten wie auch die Tropen – sind in einem Zustande ungeheurer Expansion innerhalb ihrer eigenen Grenzen. Beide kommen schier unglaublich rasch hoch. Sie können nicht auch noch die Überschußenergie für militärische Abenteuer besitzen. Europa seinerseits kann außer seinen Träumen gar nichts haben. Militärisch gesprochen ist es nur noch ein Schatten.«

»Dann, Stephen«, sagte Susan, »bleibt ja nur noch der Norden.«

»Jawohl«, erwiderte Byerley energisch. »Das stimmt auch. Der Norden ist im Augenblick die stärkste Region und war es auch ein Jahrhundert lang. Jetzt aber verliert der Norden relativ gesprochen an Stärke. Die Tropen mögen zum erstenmal seit den Pharaonen den Platz des Nordens in der vordersten Linie der Zivilisation einnehmen, und es gibt Nordländer, die davor Angst haben.

Die ›Gesellschaft für die Menschlichkeit‹ ist, wie Sie wissen, in der Hauptsache eine Organisation des Nordens, und diese Leute machen kein Geheimnis daraus, daß sie gegen die Maschinen eingestellt sind. Susan, die Mitgliederzahl dieser Gesellschaft ist klein, aber die Leute sind mächtig. Fabrikleiter, Direktoren der Industrie und von landwirtschaftlichen Organisationen, die es hassen, das zu sein, was sie ›Laufburschen der Maschine‹ nennen, gehören dazu. Hauptsächlich sind es Männer mit Ehrgeiz. Männer, die glauben, selber stark genug zu sein, darüber zu entscheiden, was für sie das Beste ist, und die nicht immer hören wollen, was für andere das Beste ist.

Kurz gesagt, der Gesellschaft gehören gerade diejenigen Männer an, die dadurch, daß sie gemeinsam die Entscheidungen der Denkmaschinen ablehnen, in kürzester Zeit die Welt in ein tolles Durcheinander zu stürzen vermögen.

Susan, die verschiedenen Fälle hängen miteinander zusammen. Fünf Direktoren der Weltstahlgesellschaft gehören der Gruppe an, und Weltstahl leidet unter Überproduktion. Consolidated Cinnabar, die die Minen in Almaden ausbeuteten, war eine Gesellschaft der nördlichen Region. Man prüft noch die Bücher dieser Gesellschaft, aber es steht bereits fest, daß mindestens einer der führenden Leute ein Mitglied der Gesellschaft war. Das gleiche trifft zu bei Francisco Villafranca, der aus eigener Machtbefugnis den Bau des mexikanischen Kanals um zwei Monate verzögerte, und ich war keineswegs überrascht, herauszufinden, daß auch Rama Vrasayana das Mitgliedsbuch in der Tasche trägt.«

Susan sagte gelassen: »Diese Männer haben, wenn ich so sagen darf, alle schlecht gewirtschaftet.«

»Aber natürlich«, warf Byerley ein. »Ungehorsam gegenüber den Denkmaschinen heißt einen Weg gehen, der nicht der optimale ist. Dadurch werden die Resultate schlechter, als sie sonst gewesen wären. Das ist der Preis, den diese Männer für ihre Handlungsweise bezahlen. Im Augenblick geht es ihnen nicht gut, aber in der Konfusion, die schließlich eintreten wird ...«

»Was sind Ihre Pläne, Stephen?«

»Wir dürfen ganz offensichtlich keine Zeit verlieren. Ich werde die ›Gesellschaft für die Menschlichkeit‹ als ungesetzlich erklären lassen. Jedes Mitglied, das einen verantwortlichen Posten innehat, wird von diesem entfernt. In Zukunft können nur solche Personen Exekutivstellungen und hohe technische Positionen erhalten, die einen Eid leisten, daß sie nicht dieser Gesellschaft angehören. Das wird zwar eine gewisse Einschränkung der bürgerlichen Freiheiten bedeuten, aber ich bin ganz sicher, daß der Kongreß ...«

»Es wird nichts nutzen.«

»Was? Warum nicht?«

»Ich will eine Voraussage machen. Wenn Sie einen derartigen Versuch unternehmen, so werden Sie auf Schritt und Tritt auf Schwierigkeiten stoßen. Sie werden finden, daß Sie Ihren Plan nicht durchführen können. Sie werden sehen, daß jeder Versuch in dieser von Ihnen angezeigten Richtung die Dinge nur verschlimmert.«

Byerley schien erschrocken. »Warum sagen Sie das? Ich hatte auf Ihre Zustimmung in dieser Angelegenheit gerechnet.«

»Sie können diese, solange Ihre Handlungen von einer falschen Voraussetzung ausgehen, nicht bekommen. Sie geben zu, daß die Maschinen nicht irren können, und daß man nicht in der Lage ist, ihnen falsche Angaben zu machen. Ich werde Ihnen jetzt zeigen, daß es auch nicht möglich ist, ihnen den Gehorsam zu verweigern, was, wie Sie offenbar denken, die Mitglieder jener ›Gesellschaft für die Menschlichkeit‹ tun.«

»Wie meinen Sie das?«

»Hören Sie zu! Jede Handlung einer Exekutive, die sich nicht genauestens nach den Direktiven der Maschine richtet, wird zu einem Teil der Angaben für das folgende Problem. Daher weiß die Denkmaschine, daß der betreffende Leiter eine gewisse Tendenz zeigt, Anordnungen nicht zu befolgen. Sie kann und wird nun diese Tendenz berücksichtigen und sie quantitativ auswerten, da sie ja ziemlich genau voraussehen kann, in welcher Richtung und inwieweit Ungehorsam auftreten wird. Somit sind dann ihre folgenden Antworten bereits leicht gefärbt, und zwar so, daß der betreffende Fabrikleiter – oder was er sonst auch sein mag –, wenn er nun nicht gehorcht, automatisch ganz genau das Richtige tut. Die Maschine ist im Bilde, Stephen.«

»Dessen können Sie aber doch wohl nicht sicher sein. Das sind doch lediglich Annahmen.«

»Es sind Annahmen, die sich auf meine ein Menschenleben langen Erfahrungen mit Robots stützen. Sie tun sicher gut daran, Stephen, wenn Sie sich auf derartige Annahmen verlassen.«

»Und was bleibt uns dann übrig, um die verschiedenen Unstimmigkeiten aufzuklären? Die Denkmaschinen arbeiten richtig, und die Voraussetzungen, auf Grund deren sie ihre Arbeiten verrichten, sind richtig. Darüber sind wir einer Meinung. Nun sagen sie ferner, daß man den Maschinen nicht den Gehorsam verweigern kann. Wo liegt denn dann der Fehler?«

»Sie haben sich die Frage selbst beantwortet. Es besteht gar kein Fehler. Denken Sie mal einen Augenblick an den Mechanismus, Stephen! Es handelt sich um Robots, und sie arbeiten nach dem Ersten Gesetz. Die Denkmaschinen dienen aber nicht einem einzelnen menschlichen Wesen, sondern der ganzen Menschheit, so daß sich aus dem Ersten Gesetz folgender Satz entwickelt: Keine Denkmaschine darf der Menschheit schaden noch durch Untätigkeit gestatten, daß die Menschheit zu Schaden kommt.

Schön, Stephen – was also schadet der Menschheit? Am allermeisten schaden ihr wirtschaftliche Schwierigkeiten, ganz gleich, welche Ursachen diese habe mögen. Stimmt das nicht?«

»Doch.«

»Und was wird wahrscheinlich in der Zukunft derartige Schwierigkeiten verursachen? Antworten Sie, Stephen!«

»Ich möchte sagen«, antwortete Byerley widerstrebend, »die Zerstörung der Maschinen.«

»Genau der gleichen Meinung bin ich auch, und genau der gleichen Meinung sind die Maschinen. Deren erste Sorge ist daher, sich selbst für uns zu bewahren. Und so beseitigen sie ganz in der Stille diejenigen Elemente, die sie noch bedrohen können. Es ist keineswegs die ›Gesellschaft für die Menschlichkeit‹, die Unruhe stiftet, um damit einen Grund für die Beseitigung der Maschinen zu liefern. Sie haben die Rückseite der Medaille betrachtet. Sagen Sie lieber, die Maschinen machen die Schwierigkeiten – allerdings sehr kleine Schwierigkeiten, aber doch solche, die ausreichen, um diejenigen loszuwerden, die eine Gefahr für die Menschheit bedeuten.

So verliert Vrasayana seine Fabrik und bekommt eine andere Stellung, wo er keinen Schaden anrichten kann. Er selbst ist dadurch nicht sehr verletzt. Er kann sich noch immer sein Brot verdienen. Die Maschine kann ja kein menschliches Wesen stärker als nur ganz leicht verletzen ... und auch das nur, wenn es darum geht, eine größere Anzahl anderer Menschen zu retten. Die Consolidated Cinnabar-Gesellschaft verliert die Kontrolle über die Minen in Almaden. Villafranca ist nicht mehr Zivilingenieur, und jenes wichtige Projekt wird aus seinen Händen genommen. Und die Direktoren der Weltstahlgesellschaft verlieren ihren Halt in dieser Industrie, oder sie werden ihn verlieren.«

»Das alles aber *wissen* Sie doch nicht wirklich«, sagte Byerley geistesabwesend. »Wie können wir ein derartiges Risiko übernehmen?«

»Sie müssen es tun. Erinnern Sie sich der eigenen Feststellung der Denkmaschine, die diese machte, als Sie ihr das Problem vorlegten? Es lautete: ›Die Angelegenheit gestattet keine Erklärung.‹ Die Maschine behauptete nicht, es gäbe keine Erklärung oder daß sie eine solche nicht geben könnte. Sie konnte sich einfach keine Erklärung *gestatten*. Mit anderen Worten, es wäre für die Menschheit schädlich gewesen, wenn eine Erklärung bekannt geworden wäre, und deshalb können auch wir nur *annehmen*, daß es sich so verhält.«

»Und wieso hätte eine Erklärung uns schaden können? Nehmen wir mal an, Sie hätten recht, Susan!«

»Nun, Stephen, wenn ich recht habe, so bedeutet das, daß die Denkmaschine die Zukunft für uns lenkt, und zwar nicht nur durch direkte Antworten auf direkte Fragen, sondern auch durch eine Generalantwort auf die Weltsituation und auf menschliche Psychologie des Ganzen. Das zu wissen, mag uns unglücklich machen und unseren Stolz verletzen. Die Maschine aber kann und darf uns nicht weh tun.

Stephen, wie können wir wissen, was letztlich gut ist für die Menschheit? *Uns* stehen die unendlich vielen Faktoren nicht zur Verfügung, die die Maschine besitzt. Vielleicht ist es ein gutes Beispiel, wenn ich sage, daß unsere ganze technische Zivilisation mehr Unglück und Elend geschaffen als beseitigt hat. Vielleicht wäre eine landwirtschaftliche Zivilisation mit weniger Kultur und weniger Menschen besser. Ist dem so, dann müssen die Denkmaschinen sich in dieser Richtung bewegen, und zwar wenn irgend möglich, ohne uns darauf aufmerksam zu machen. Wir in unserer Dummheit und behaftet mit unseren Vorurteilen wissen ja nur, daß das, woran wir gewöhnt sind, gut ist. So würden wir jeden Wandel bekämpfen. Vielleicht ist auch die Antwort eine völlige Verstädterung der Welt oder eine vom Kastengeist geplagte Gesellschaft oder eine absolute Anarchie. Wir wissen es nicht. Nur die Denkmaschinen wissen es, gehen auf jenes unbekannte Ziel zu und nehmen uns mit sich.«

»Aber Susan – mit dem, was Sie soeben sagen, behaupten Sie ja, die ›Gesellschaft für die Menschlichkeit‹ habe recht, und geben Sie zu, daß wir tatsächlich die Entscheidung über unsere Zukunft verloren haben.«

»Wir hatten sie ja nie. Immer waren wir auf Gnade und Barmherzigkeit ökonomischen und sozialen Kräften ausgeliefert, die wir nicht verstanden haben. Wir waren abhängig von den Launen des Klimas und den Wechselfällen der Kriege. Die Maschinen verstehen alle diese Kräfte, und keiner kann sich ihnen in den Weg stellen. Wer immer es tut, den werden die Maschinen beseitigen, so wie sie die Mitglieder der ›Gesellschaft für die Menschlichkeit‹ beseitigt haben. Denn die Maschinen haben jene beste Waffe zur Verfügung, die es gibt – die absolute Kontrolle über unsere Wirtschaft.«

»Wie grauenhaft!«

»Vielleicht: wie wunderbar! Denken Sie, daß für alle Zukunft Konflikte vermeidbar sein werden. Nur die Maschinen sind von jetzt an unvermeidbar.«

Und das Feuer hinter dem Quarz erlosch. Nur ein Rauchring blieb zurück und zeigte an, wo das Feuer gewesen war.

»Und das ist alles«, sagte Dr. Calvin, während sie aufstand. »Ich habe alles miterlebt – von jenem Tag an, als die armen Robots noch nicht einmal sprechen konnten, bis heute, wo sie als Schutz zwischen der Menschheit und dem Untergang der Menschheit stehen. Ich werde nichts mehr erleben. Mein Leben ist vorbei. Sie aber werden sehen, wie das alles weitergehen wird.«

Nie habe ich Susan Calvin wiedergesehn. Sie starb vor einem Monat im Alter von 88 Jahren.

Zweites Buch

GELIEBTER ROBOTER

Das Chronoskop

Dr. Arnold Potterley war Professor für Alte Geschichte. Das allein war noch nicht gefährlich. Was aber die Welt verändern sollte, war die Tatsache, daß er auch wie ein Professor für Alte Geschichte aussah.

Thaddäus Araman, Dekan der naturwissenschaftlichen Fakultät und Leiter der Abteilung Chronoskopie, hätte vielleicht geeignete Schritte unternommen, wenn Dr. Potterley mit einem eckigen Kinn, blitzenden Augen, einer Adlernase und breiten Schultern ausgestattet gewesen wäre.

Statt dessen sah sich Thaddäus Araman einem zurückhaltenden Individuum gegenüber, dessen blaßblaue Augen ihn versonnen ansahen und dessen kleine, sauber gekleidete Gestalt von den gelichteten braunen Haaren bis zu den blank geputzten Schuhen alles andere als aggressiv wirkte. Die gemütliche Knollennase seines Gegenübers vervollständigte den Eindruck der Harmlosigkeit.

»Nun, was kann ich für Sie tun, Dr. Potterley?« fragte Araman mit wohlwollendem Lächeln.

Dr. Potterley sagte mit einer leisen, unaufdringlichen Stimme, die gut zu seiner ganzen Erscheinung paßte: »Mr. Araman, ich bin zu Ihnen gekommen, weil Sie auf dem Gebiet der Chronoskopie der entscheidende Mann sind.«

Araman schien sich geschmeichelt zu fühlen. »Nicht ganz, möchte ich einschränken. Über mir steht der Weltkommissar für Forschung, und er ist wiederum dem Generalsekretär der Vereinten Nationen verantwortlich. Und beide haben den souveränen Staaten dieser Erde gegenüber nur empfehlende Befugnisse.«

Dr. Potterley schüttelte den Kopf. »Diese Leute interessieren sich nicht für Chronoskopie. Ich bin zu Ihnen gekommen, Sir, weil ich mich seit zwei Jahren um die Erlaubnis bemühe, die Mittel der Zeitbetrachtung für meine Forschungen über das alte Karthago einzusetzen. Ich habe eine solche Erlaubnis bisher nicht erhalten können. Mein Forschungsetat ist bewilligt. Meine Arbeit ist als förderungswürdig anerkannt worden, und doch ...«

»Ich bin überzeugt, daß niemand daran denkt, Ihnen Unregelmäßigkeiten vorzuwerfen«, sagte Araman beschwichtigend. Er durchblätterte die dünnen Reproduktionsblätter, die Potterleys Namen trugen. Die Angaben darin hatte Multivac geliefert, dessen Speichersystem unter anderem auch sämtliche Unterlagen verwaltungstechnischer und personeller Art verwahrte. Nach diesem Gespräch konnten die Reproduktionsblätter vernichtet werden, weil es bei Bedarf möglich war, sie innerhalb weniger Minuten erneut abzurufen.

Und während Araman die Seiten wendete, sprach Potterley mit leiser, monotoner Stimme weiter.

»Ich muß erläutern, daß mein Problem von erheblicher Wichtigkeit ist. Karthago war der Höhepunkt antiken Handelsgeistes, das größte kommerzielle Zentrum in der Welt des Altertums. Das vorrömische Karthago war geradezu das Gegenstück zum voratomaren Amerika, zumindest was seine nahezu ausschließliche Hinwendung zu kommerzieller Betätigung, zu Handel und Industrie betrifft. Die Leistungen der Karthager als Seefahrer und Entdecker blieben bis zur Zeit der Wikinger unübertroffen und waren weit bedeutender als die der auf diesem Gebiet überbewerteten Griechen.

Es wäre sehr aufschlußreich, Karthago genauer zu kennen, doch alles Wissen, das wir darüber besitzen, stammt aus den Schriften seiner erbitterten Gegner, der Griechen und Römer. Karthago hat nie eine eigene Geschichtsschreibung gehabt, und wenn Schriften existierten, haben sie doch seinen Untergang nicht überdauert. Als Resultat hat man die Karthager stets – und vielleicht zu Unrecht – als eine halbbarbarische, kulturlose Nation von Händlern und Seeräubern betrachtet. Die Anwendung der Zeitbetrachtung könnte helfen, einer neuen Anschauungsweise den Weg zu ebnen.«

Er sagte noch viel mehr.

Araman benützte eine Pause, um einzuwerfen: »Sie müssen verstehen, Dr. Potterley, daß die Chronoskopie oder die Zeitbetrachtung, wenn Sie diese Bezeichnung vorziehen, ein schwieriger Prozeß ist.«

Potterley fühlte sich durch die Unterbrechung irritiert. »Ich bitte nur um einige ausgewählte Ansichten bestimmter Orte und Zeitpunkte, die ich genau angeben würde.«

Araman seufzte. »Selbst ein paar Ansichten, sogar eine ... Es ist eine unglaublich heikle und diffizile Kunst. Da ist die Frage des richtigen Brennpunktes, um die gewünschte Szene ins Bild zu bekommen und festzuhalten. Da ist die überaus schwierige Klangsynchronisation, die von ganz anderen Erregerkreisen abhängt.«

»Meine Forschungen sind sicherlich wichtig genug, um erhebliche Anstrengungen zu rechtfertigen.«

»Gewiß. Zweifellos«, antwortete Araman schnell. Die Wichtigkeit fremder Forschungsprobleme zu leugnen, wäre ein unverzeihlicher Beweis schlechter Manieren gewesen. »Aber Sie müssen verstehen, wie zeitraubend selbst die einfachste Einstellung ist. Wir haben eine lange Warteliste für das Chronoskop und eine noch längere für Multivac, den wir zur Errechnung der nötigen Daten ebenfalls brauchen.«

Potterley regte sich unbehaglich. »Ist denn wirklich nichts zu machen? Seit zwei Jahren ...«

»Es ist eine Prioritätsfrage, Dr. Potterley. Tut mir leid ... Zigarette?«

Der Historiker schreckte zurück und starrte voll Abneigung auf das hingehaltene Päckchen. Araman machte ein erstauntes Gesicht, zog das Päckchen zurück, wollte sich selbst eine Zigarette nehmen und verzichtete.

Potterley seufzte erleichtert, als der andere die Zigaretten einsteckte. »Gibt es keine Möglichkeit, die Wartezeit abzukürzen? Ich weiß nicht, wie ich es ausdrücken soll ...«

Araman lächelte. Andere hatten ihm unter ähnlichen Umständen schon Geld geboten, was ihnen natürlich nichts genützt hatte. »Die Prioritätsfrage«, sagte er, »wird von übergeordneten Instanzen entschieden, und zwar mit Hilfe eines Computers. Ich könnte diese Entscheidungen in keiner Weise eigenmächtig ändern.«

Potterley erhob sich steif. »Dann, guten Tag.«

»Guten Tag, Dr. Potterley. Und mein aufrichtiges Bedauern.«

Er streckte seine Hand aus, die Potterley leicht berührte.

Der Historiker ging, und ein Druck auf den Summerknopf ließ Aramans Sekretärin eintreten. Araman händigte ihr Potterleys Personalakte aus.

»Diese Blätter«, sagte er, »können vernichtet werden.«

Als er wieder allein war, lächelte er bitter. Ein weiterer Posten in seinem fünfundzwanzigjährigen Dienst an der menschlichen Rasse. Dienst durch Verneinung. Wenigstens hatte sich dieser Mann leicht abfertigen lassen. Manchmal mußte Druck ausgeübt oder sogar mit dem Entzug von Forschungsbeihilfen gedroht werden.

Fünf Minuten später hatte er Dr. Potterley vergessen.

Im ersten Jahr seines vergeblichen Wartens hatte Arnold Potterley nur Enttäuschung verspürt. Doch im zweiten Jahr gebar seine Enttäuschung eine Idee, die ihn zuerst erschreckte und dann faszinierte. Zwei Umstände hinderten ihn daran, sie in die Tat umzusetzen, aber keines dieser Hindernisse war die unzweifelhafte Tatsache, daß sein Einfall in grober Weise gegen sein Berufsethos als Wissenschaftler verstieß.

Das erste Hindernis war nur die ständige Hoffnung, daß die Regierung endlich doch ihre Erlaubnis zu seinem Projekt geben würde. Diese Hoffnung aber hatte das soeben beendete Gespräch mit Araman zerstört.

Das zweite Hindernis war die Erkenntnis seiner eigenen Unfähigkeit. Er war kein Physiker, und er kannte keine Physiker, die ihm Unterstützung gewähren würden. Die Fakultät für Physik bestand aus Männern, die reichlich mit finanziellen Mitteln ausgestattet und in ihre jeweiligen Spezialgebiete vertieft waren. Bestenfalls würden sie nicht auf ihn hören. Schlimmstenfalls würden sie ihn wegen anarchistischer Bestrebungen melden, und dann könnte es leicht passieren, daß man ihm die Forschungsbeihilfen strich.

Das durfte er nicht riskieren. Und doch war die Chronoskopie der einzige Weg, seine Arbeit erfolgreich fortzusetzen. Ohne sie gab es keine Hoffnung, mehr über das alte Karthago zu erfahren, als die Wissenschaft bereits wußte.

Eine vage Andeutung, daß sich das zweite Hindernis vielleicht überwinden ließe, war eine Woche vor seinem Interview mit Araman gekommen, aber er hatte ihr damals keine Beachtung geschenkt. Es war bei einem der Fakultätstees gewesen. Potterley pflegte an diesen Zusammenkünften stets teilzunehmen, weil er es für seine Pflicht erachtete. Einmal dort, fühlte er jedoch keine Neigung, Konversation zu treiben oder sich bei anderen anzubiedern. Gewöhnlich beschränkte er sich darauf, mit dem Dekan oder anderen anwesenden Professoren ein höfliches Wort zu wechseln, seinen Tee mit Rum zu trinken und bald wieder zu gehen.

So hätte er normalerweise den jungen Mann unbeachtet gelassen, der still und beinahe schüchtern in einer Ecke stand. Nie wäre er auf den Gedanken gekommen, ihn anzusprechen. Doch eine Verkettung seltsamer Umstände veranlaßte ihn, dieses eine Mal von seinen Gewohnheiten abzuweichen.

Am gleichen Morgen hatte seine Frau verkündet, daß sie wieder einmal von Laurel geträumt habe; aber diesmal von einer erwachsenen Laurel, die von der Dreijährigen nur das

Gesicht behalten hatte. Potterley hatte sie reden lassen, ohne ihr viel Aufmerksamkeit zu schenken. In früheren Zeiten hatte er ihre ständige Beschäftigung mit der Vergangenheit und dem Tod bekämpft. Weder Träume noch Wünsche konnten ihnen Laurel wiedergeben. Aber wenn es Caroline Potterley erleichterte, ließ er sie eben reden und ihren Träumen nachhängen.

Doch auf dem Weg in die Universität hatte er sich wieder mit ihrem Traum konfrontiert gesehen. Laurel erwachsen! Sie war vor annähernd zwanzig Jahren gestorben, ihr einziges Kind. Wann immer er an sie gedacht hatte, war sie in seiner Vorstellung die Dreijährige geblieben.

Nun dachte er: Wenn sie jetzt lebte, wäre sie nicht drei, sondern dreiundzwanzig.

Hilflos versuchte er sich Laurels Heranwachsen auszumalen. Wie sie in die Schule ging. Wie sie mit Jungen flanierte. Wie sie heiratete.

So kam es, daß ihm angesichts jenes jungen Mannes am Rande der plaudernden und fachsimpelnden Fakultätsmitglieder plötzlich einfiel, daß ein junger Mann wie dieser Laurel geheiratet haben könnte. Vielleicht sogar dieser junge Mann selbst ...

Laurel hätte ihm hier in der Universität begegnen können. Sie wäre gewiß ein hübsches Mädchen geworden, und dieser Bursche sah eigentlich nicht übel aus. Sein Gesicht war schmal und intelligent; er benahm sich zurückhaltend und doch selbstbewußt.

Der Tagtraum verging, doch Potterley merkte, daß er den jungen Mann die ganze Zeit angestarrt hatte. Nicht wie man ein fremdes Gesicht ansieht, sondern wie man einen möglichen Schwiegersohn musterte. Der andere war bereits aufmerksam geworden, und Potterley fand nur einen Weg, die Situation zu retten.

Er streckte seine Hand aus und trat auf den Mann zu. »Ich bin Arnold Potterley von der Historischen Fakultät. Sie sind ein Neuling bei uns, nicht wahr?«

Der junge Mann blickte verwundert und nahm sein Glas

in die Linke, um mit der rechten Hand Potterleys unerwartete Begrüßung erwidern zu können.

»Jonas Foster ist mein Name. Ich habe einen Lehrauftrag für Physik erhalten. Ich fange erst mit diesem Semester an.«

Potterley nickte. »Ich wünsche Ihnen eine angenehme Zeit und viel Erfolg.«

Damit war es ausgestanden. Potterley mischte sich wieder unter die anderen, froh, daß der junge Mann seine nachträgliche Verlegenheit nicht sehen konnte. Er ärgerte sich, daß er dem dummen Geschwätz seiner Frau über Laurel zum Opfer gefallen war.

Aber eine gute Woche später, nach seinem fruchtlosen Gespräch mit Araman, fiel ihm der junge Mann wieder ein. Ein Lehrbeauftrager für Physik. Ein neuer Mann. War es möglich, daß dieses beiläufige und scheinbar bedeutungslose Zusammentreffen in Wirklichkeit von einem wissenden und zweckbestimmten Schicksal dirigiert worden war?

Jonas Foster war kein Neuling im akademischen Leben. Der lange und mühsame Weg zur Doktorwürde machte jeden zum Veteranen, bevor er seine eigentliche Karriere beginnen konnte.

Aber jetzt hatte er einen Lehrauftrag. Die Berufung zum Professor war in erreichbare Nähe gerückt. Aber das hing noch von verschiedenen Imponderabilien ab. Er wußte noch nicht, welche Fakultätsmitglieder einflußreich waren und das Ohr des Dekans oder des Rektors hatten. Daher galt es, abzuwarten und Augen und Ohren offenzuhalten.

So lauschte Foster geduldig den Ausführungen dieses unscheinbaren Historikers, statt ihn zum Schweigen zu bringen und hinauszuwerfen. Denn das war sein erster Impuls gewesen.

Er erinnerte sich an Potterley. Der Professor hatte ihn anläßlich des Fakultätstees angesprochen, hatte zwei Sätze mit ihm gewechselt, war plötzlich verlegen geworden und hatte sich etwas überstürzt davongemacht.

Foster hatte sich darüber amüsiert, aber jetzt ...

Potterley machte den Eindruck eines komischen Kauzes, exzentrisch, aber harmlos. Vielleicht meinte er es ehrlich, ohne dabei zu wissen, was er tat. Andererseits mochte er es nur zu gut wissen; vielleicht war er ein Aushorcher, der Fosters Loyalität auf die Probe stellen wollte.

Foster murmelte: »Nun, ja ...«, um Zeit zu gewinnen. Er fischte ein Päckchen Zigaretten aus der Tasche und wollte Potterley eine anbieten, aber Potterley sagte sofort: »Bitte, Dr. Foster. Keine Zigaretten.«

Foster blickte verdutzt auf. »Tut mir leid.«

»Nein. Ich muß mich entschuldigen. Ich kann den Geruch nicht vertragen.«

Foster steckte die Zigaretten ein.

»Ich fühle mich geschmeichelt, Dr. Potterley, daß Sie mich um Rat fragen, aber ich habe mich mit Fragen der Neutrinik nur sehr oberflächlich befaßt. Ich kann auf dem Gebiet nicht gut eine Arbeit übernehmen, für die Spezialisten nötig sind. Es wäre schon eine Anmaßung, wenn ich eine Meinung dazu äußern würde. Offen gestanden würde ich es vorziehen, wenn Sie nicht erst ins Detail gehen würden.«

Potterleys nüchternes Gesicht wurde kantig. »Was meinen Sie damit, Sie seien für Neutrinik nicht zuständig? Sie haben doch noch kein spezielles Forschungsgebiet. Man hat Ihnen doch noch keine Forschungsbeihilfen genehmigt, nicht wahr?«

»Dies ist mein erstes Semester als Lehrbeauftragter.«

»Das weiß ich. Ich denke mir, daß Sie noch nicht einmal eine Forschungsbeihilfe beantragt haben.«

Foster lächelte leicht. In den drei Monaten an der Universität war es ihm noch nicht einmal gelungen, seinen Antrag in eine Form zu bringen, die er der Prüfungskommission guten Gewissens vorlegen konnte.

»Durch Ausbildung und Neigung, Dr. Potterley, bin ich auf die Fachgebiete Hyperoptik und Magnetfeldforschung ausgerichtet. Das habe ich auch in meiner Bewerbung dargelegt. Vielleicht ist es noch keine endgültige Spezialisierung, aber wahrscheinlich wird es dabei bleiben. Was die Neutrinik angeht, so habe ich nicht einmal eine einzige Vorlesung über das Thema gehört.«

»Warum nicht?« fragte Potterley sofort.

Foster sah ihn verblüfft an. »Kurse in Neutrinik wurden an meiner Universität nicht gegeben.«

»Lieber Gott, welche Universität haben Sie denn besucht?«

»Michigan Institute of Technology.«

»Und dort wird Neutrinik nicht gelehrt?«

»Nein.« Foster fühlte sich in die Defensive gedrängt und errötete. »Es ist ein hoch spezialisiertes Fach ohne großen Wert. Die Chronoskopie hat vielleicht einen gewissen Sinn, aber es ist die einzige praktische Anwendungsmöglichkeit und gleichzeitig eine Sackgasse.«

Der Historiker betrachtete ihn ernst. »Sagen Sie, können Sie mir einen Spezialisten für Neutrinik nennen?«

»Nein, leider nicht«, erwiderte Foster abweisend.

Potterley lächelte gepreßt und ohne Humor.

Foster fühlte sich von diesem Lächeln angegriffen, fand die versteckte Beleidigung darin und wurde ärgerlich genug, um zu sagen: »Ich möchte darauf hinweisen, Dr. Potterley, daß Sie sich hier auf einem Gebiet bewegen, das nicht das Ihre ist.«

»Wieso?«

»Ich will sagen, daß Ihr Interesse für Physik, Ihr berufsmäßiges Interesse für Physik kaum mit der Geschichtswissenschaft in Einklang gebracht werden kann.«

»Meine Forschungen haben mich dazu getrieben.«

»Dann wenden Sie sich doch an die Forschungskommission. Wenn sie es genehmigt ...«

»Ich bin dort gewesen und habe keine befriedigende Antwort erhalten.«

»Dann werden Sie das Projekt fallenlassen müssen.« Foster wußte, daß es übermäßig korrekt und tugendhaft klang, aber er wollte sich von diesem Mann nicht zu intellektueller Anarchie verleiten lassen. Seine Karriere war ihm zu wertvoll, um sie durch unsinnige Risiken zu gefährden.

Die Bemerkung hatte immerhin einigen Effekt. Ohne jede Warnung explodierte Potterley in einem wahren Feuerwerk unverantwortlicher Thesen. Die Wissenschaft, so führte er unter anderem aus, könne nur frei sein, wenn die Forscher ihrer eigenen Neugier ungehindert nachgehen könnten. Tatsächlich aber sei die Forschung von den Kräften, die über die Verwendung der finanziellen Mittel entschieden, auf vorgeschriebene Gebiete beschränkt. Daher sei sie versklavt und müsse stagnieren. Niemand, erklärte er, habe das Recht, die intellektuellen Interessen anderer zu diktieren.

Foster hörte sich das alles ungläubig an. Die Argumente waren ihm fremd. Er hatte sie von Studenten gehört, die damit ihre Professoren schockieren wollten, und auch er selbst hatte sich einmal auf diese Weise amüsiert. Jeder, der die Geschichte der Wissenschaft kannte, wußte, daß diese Einstellung früher allgemein verbreitet gewesen war.

Doch nun kam es Foster seltsam und beinahe widernatürlich vor, daß ein moderner Wissenschaftler einen solchen Unsinn vorbringen konnte.

Schon vor Jahrhunderten war die Wissenschaft so groß und kostspielig geworden, daß selbst die größten Universitäten und Forschungsinstitute vollständig vom Staat abhingen. Um das Jahr 2000 wurde die Forschungsfinanzierung von der Weltregierung übernommen und zentralisiert. Dabei war es unvermeidlich, daß auch die Förderung der jeweiligen Forschungsgebiete von der zuständigen Behörde der Weltregierung kontrolliert und dirigiert wurde.

Der Mechanismus funktionierte einwandfrei, und jeder Zweig der Wissenschaft wurde gemäß seiner Bedeutung für das öffentliche Wohl mit Mitteln ausgestattet. Der Fortschritt der letzten fünfzig Jahre bewies deutlich genug, daß von einer Stagnation der Wissenschaft nicht die Rede sein konnte.

Foster versuchte etwas davon vorzubringen, doch Potterley winkte ungeduldig ab. »Sie plappern die offizielle Propaganda nach. Warum, zum Beispiel, sagen Sie, daß Zeitbetrachtung eine Sackgasse sei, daß die Neutrinik praktisch ohne Wert sei? Das haben Sie ganz kategorisch behauptet. Und doch haben Sie diese Dinge nie studiert, ja, Sie gaben ausdrücklich Ihre Unwissenheit zu. Die Fächer wurden nicht einmal an Ihrer Universität gelehrt.«

»Ist nicht diese Tatsache allein schon Beweis genug?«

»Ah, ich verstehe. Diese Fächer werden deswegen nicht gelehrt, weil sie unwichtig sind. Und sie sind unwichtig, weil sie nicht gelehrt werden. Sind Sie mit einer solchen Erklärung zufrieden?«

Foster war verwirrt. »Es steht in den Büchern.«

»Das ist alles. Die Bücher sagen, die Neutrinik sei unwichtig. Ihr Professor sagt Ihnen dasselbe, weil er es in den Büchern gelesen hat. Die Bücher schließlich sagen es, weil sie von den gleichen Professoren geschrieben werden. Wer sagt es, weil er es aus eigener, praktischer Erfahrung weiß? Wer treibt Forschungen auf dem Gebiet? Kennen Sie einen Mann? Einen einzigen?«

»Ich glaube, das führt zu nichts, Dr. Potterley«, sagte Foster.

»Noch eine Minute. Hören Sie, was ich Ihnen sagen will. Ich sage, die Regierung unterdrückt mit voller Absicht die Forschung auf dem Gebiet der Neutrinik und der Chronoskopie. Sie will die Anwendung der Chronoskopie verhindern.«

»O nein!«

»Warum nicht? Sie kann es. Das ist die zentral gelenkte Forschung! Wenn die Mittel für irgendein Fachgebiet gestrichen werden, ist es zum Absterben verurteilt. So hat man es mit der Neutrinik gemacht.

Ich weiß nicht warum. Ich möchte, daß Sie es herausfinden. Ich würde es selber tun, wenn ich genug wüßte. Ich bin zu Ihnen gekommen, weil Sie ein junger Mann mit einer nagelneuen Ausbildung sind. Haben Sie sich Ihre intellektuellen Arterien bereits verhärtet? Haben Sie keine

Neugier in sich? Wollen Sie nicht wissen? Wollen Sie keine Antworten?«

Der Historiker blickte beschwörend in Fosters Gesicht. Von Rechts wegen sollte er Potterley hinausweisen, dachte Foster. Wenn nötig, sollte er ihn hinauswerfen. Es war nicht der Respekt vor dem Alter und der Stellung des anderen, der ihn daran hinderte. Es war auch nicht so, daß Potterleys Argumente ihn überzeugt hätten. Es war eher eine Art Stolz.

Warum hatte es an seiner Universität keine Vorlesungen in Neutrinik gegeben? Wie er darüber nachdachte, fiel ihm ein, daß er in der Bibliothek nie ein Buch über Neutrinik gesehen hatte. Es gab ihm zu denken.

Und das war das Verhängnis.

Jonas Foster langte mit fast einer halben Stunde Verspätung vor Potterleys Haus an. Noch an diesem selben Abend war er unschlüssig gewesen, ob er der Einladung Folge leisten sollte oder nicht. Aber zuletzt hatte er es nicht über sich gebracht, im letzten Moment abzusagen. Und außerdem plagte ihn seine Neugier.

Das Abendessen zog sich endlos in die Länge. Foster aß ohne Appetit. Mrs. Potterley, eine mit den Jahren füllig gewordene Frau mit ergrauenden Haaren, saß geistesabwesend am Tisch und kam nur einmal zu sich, um ihn zu fragen, ob er verheiratet sei. Als sie hörte, daß er es nicht war, schüttelte sie mißbilligend den Kopf. Dr. Potterley stellte ein paar neutrale Fragen über seinen Werdegang.

Es war so langweilig und unbehaglich, wie es nur sein konnte.

Foster hatte die letzten Tage benutzt, um sich ein wenig über Potterley zu informieren. Dabei hatte er herausgefunden, daß Dr. Potterley drei Bücher und ein gutes Dutzend Artikel über die mediterrane Welt des Altertums geschrieben hatte. Namentlich in seinen Fachartikeln hatte er sich bemüht, das alte Karthago aus einer verständnisvollen Sicht zu schildern. Die Lektüre hatte Fosters Mißtrauen ein wenig besänftigt.

Nach dem Essen wurde er in Potterleys Arbeitszimmer geführt und erlebte eine erste Überraschung. Die Wände waren mit Bücherregalen bedeckt.

Nicht mit Filmen. Es waren natürlich auch Mikrofilme da, aber die Bücher herrschten vor – auf Papier gedruckte Bücher. Foster hatte nicht geglaubt, daß es noch so viele Bücher in gebrauchsfähigem Zustand gab. Es störte ihn. Warum sollte jemand in seiner Wohnung eine derartige Menge Bücher aufbewahren? Zweifellos waren sie sämtlich in der Universitätsbibliothek erhältlich, und es kostete nur die geringe Mühe, die entsprechenden Mikrofilme anzufordern, wenn man das eine oder andere Werk lesen wollte.

Eine private Bibliothek hatte den Geruch der Heimlichkeit. Sie strahlte förmlich intellektuelle Anarchie aus. Seltsamerweise wirkte der Gedanke beruhigend. Foster sah in Potterley lieber einen echten Anarchisten als einen Provokateur.

Potterley kam sofort zur Sache. »Wie Sie wissen, gibt das Institut für Chronoskopie ein monatlich erscheinendes Heft heraus, worin Ereignisse der Vergangenheit beschrieben werden, soweit sie durch die Methode der Zeitbetrachtung ermittelt worden sind. In jedem Heft werden gewöhnlich ein bis zwei Fälle erörtert. Was mir von Anfang an auffiel, war die Trivialität der meisten Beobachtungen, ihre willkürliche Auswahl. Warum sollten solche Untersuchungen vor meiner Arbeit Priorität genießen? Also schrieb ich an Leute, die sich mit Forschungen auf den in der Broschüre behandelten Gebieten befassen. Nicht einer von ihnen hatte von der Chronoskopie Gebrauch gemacht. Ich will Ihnen die Beispiele zeigen.«

Nachdem er sich Potterleys mit Akribie zusammengetragene Einzelheiten angehört hatte, fragte Foster verwirrt: »Aber warum?«

»Das weiß ich auch nicht«, sagte Potterley, »aber ich habe eine Theorie. Der Erfinder und Konstrukteur des Chronoskops war ein Mann namens Sterbinski. Die Erfindung wurde damals sehr gefeiert. Aber dann übernahm die Regierung das Instrument und unterdrückte jede weitere Forschung auf dem Gebiet wie auch die Verwendung des Chronoskops. Aber sie mußte auch mit der Neugier der Menschen rechnen, die wissen wollten, warum es nicht benützt wurde. Die Neugierde ist ein gefährliches Laster, Dr. Foster.«

Foster nickte. Er erlebte es an sich selbst.

»Nehmen wir einmal an«, fuhr Potterley fort, »daß das Chronoskop benützt würde. Dann wäre es kein Geheimnis. Es wäre kein Objekt für die Neugier.«

Foster hatte eine Idee. »Vielleicht existiert das Chronoskop gar nicht? Haben Sie es gesehen? Vielleicht ist das die Erklärung für alles.«

»Aber Sterbinski hat gelebt. Er hat ein Chronoskop gebaut. Das ist eine Tatsache.«

»Es steht in den Büchern«, sagte Foster kalt.

»Hören Sie zu.« Potterley legte seine Hand auf Fosters Arm. »Wir brauchen das Chronoskop. Wir müssen es haben. Erzählen Sie mir nicht, daß es nicht existiert. Wir werden so viel über die Neutrinik in Erfahrung bringen, daß wir in der Lage sind, selbst eins zu bauen.«

»Das ist ausgeschlossen«, erklärte Foster. »Wenn das, was ich gelesen habe, stimmt, hat Sterbinski zwanzig Jahre gebraucht, um seine Maschine zu bauen. Außerdem hat es mehrere Millionen an Forschungszuwendungen erfordert. Glauben Sie, wir beide könnten ein illegales Duplikat herstellen? Angenommen, wir hätten die Zeit, die wir nicht haben, und angenommen, ich könnte genug aus Büchern lernen, was ich bezweifle: wo sollten wir dann das Geld und die Ausrüstung hernehmen? Man sagt, das Chronoskop fülle ein fünfstöckiges Gebäude. Stellen Sie sich das einmal vor!«

»Dann wollen Sie mir also nicht helfen?«

»Nun, ich will Ihnen etwas sagen. Ich sehe eine Möglichkeit, wie ich vielleicht etwas herausbringen kann ...«

»Was für eine Möglichkeit ist das?« fragte Potterley sofort.

»Das spielt jetzt keine Rolle. Aber vielleicht erfahre ich genug, um Ihnen sagen zu können, ob die Regierung Forschungsarbeiten mit dem Chronoskop vorsätzlich unterdrückt. Es wird Ihnen nicht viel nützen und Sie Ihrem Ziel nicht viel näherbringen, aber weiter kann ich nicht gehen. Das ist meine Grenze.«

Potterley sah den jungen Mann mit gemischten Gefühlen gehen. Warum sollte es kein Chronoskop geben? Und warum sollte man kein zweites bauen können? In den fünfzig Jahren seit Sterbinski war die Wissenschaft fortgeschritten. Man brauchte nur das nötige Wissen, sonst nichts.

Sollte der junge Mann seine Informationen sammeln. Wenn er erst einmal dabei wäre, würde er von selber weitergehen. Potterley winkte ihm noch einmal zu und blickte zum dunklen, verhangenen Himmel auf. Es begann zu regnen.

Foster steuerte seinen Wagen durch düstere Vorstädte und merkte kaum etwas von dem Regen. Er war ein leichtsinniger Dummkopf, sagte er sich, aber er konnte die Dinge nicht auf sich beruhen lassen. Er mußte Bescheid wissen. Er verdammte seine undisziplinierte Neugier, aber er mußte es wissen.

Weiter als bis zu Onkel Ralph durfte er nicht gehen. So würde es kein Beweismaterial gegen ihn geben. Onkel Ralph konnte verschwiegen sein.

In einer Weise schämte er sich insgeheim seines Onkels. Er hatte ihn vor Potterley nicht erwähnt, teils aus Vorsicht, teils aus Furcht vor der unausweichlichen professoralen Geringschätzung. Wissenschaftliche Schriftsteller waren zwar nützlich, aber es haftete ihnen der Geruch des Außenseitertums an, des Unseriösen. Der Umstand, daß sie mehr Geld verdienten als die beamteten Wissenschaftler, machte die Sache nur noch schlimmer.

Immerhin konnte es sich als sehr nützlich erweisen, einen wissenschaftlichen Schriftsteller in der Familie zu haben. Sie brauchten sich nicht zu spezialisieren, und ein guter Mann wußte über fast alles Bescheid. Onkel Ralph aber war einer der besten auf diesem Gebiet.

Ralph Nimmo besaß keinen akademischen Titel und war ziemlich stolz darauf, weil er nichts von einseitigem Spezialistentum hielt. Es machte ihm nichts aus, daß die Universitätsprofessoren ihn ein wenig über die Schulter ansahen, solange sie ihn gut dafür bezahlten, daß er ihre Arbeiten in eine lesbare Sprache übertrug. Das war ihm Anerkennung genug.

Foster betrat die unaufgeräumte Wohnung seines Onkels mit zögernden Schritten. Nimmo saß hinter seinem Schreibtisch und aß kernlose Weintrauben.

»Was gibt es?« fragte er. »Willst du etwas geschrieben haben?«

»Einen Mann wie dich könnte ich mir nicht leisten, Onkel.«

»Na, komm schon. Es bleibt in der Familie. Wenn du mir die Veröffentlichungsrechte überläßt, kostet es dich keinen Heller.«

Foster nickte. »Wenn das dein Ernst ist, bin ich einverstanden.«

»Gut, abgemacht.«

»Was weißt du über Neutrinik, Onkel?« platzte Foster heraus.

»Neutrinik?« Nimmos kleine Augen spiegelten Erstaunen. »Arbeitest du auf dem Gebiet? Ich dachte ...«

»Nein. Mein Fach ist immer noch dasselbe. Es ist nur eine Frage, verstehst du.«

»Du solltest dich nicht aus deiner Bahn bringen lassen, Junge. Du weißt, daß solche Eskapaden deine Karriere gefährden können, nicht wahr?«

»Ich nehme an, du wirst nicht gleich die Kommission verständigen, weil ich ein wenig neugierig bin.«

»Vielleicht sollte ich es tun, bevor du in Schwierigkeiten kommst. Für einen Wissenschaftler ist Neugier eine gefährliche Sache. Ich habe das beobachtet. So ein Mann arbeitet still an seinem Problem, dann führt ihn die Neugier in fremde Gefilde. Bevor er weiß, wie ihm geschieht, ist er auf seinem eigenen Gebiet derart in den Rückstand gekommen, daß die Erneuerung seiner Forschungsbeihilfe nicht mehr genehmigt wird, weil sie der Kommission als ungerechtfertigt erscheint. Ich kann dir von Fällen erzählen ...«

»Ich möchte nur wissen«, sagte Foster geduldig, »ob du in letzter Zeit etwas über Neutrinik in den Händen gehabt hast.«

Nimmo lehnte sich zurück und kaute gedankenverloren an einer Weintraube. »Nichts. Auch früher nicht. Ich kann mich nicht einmal erinnern, in einer Fachzeitschrift etwas über Neutrinik gelesen zu haben.«

»Was?« Foster war verwundert. »Wer bekommt dann die Arbeiten, wenn du sie nicht bekommst?«

»Das weiß ich nicht«, antwortete Nimmo. »Ich entsinne mich nicht, daß jemand auf unseren jährlichen Kongressen darüber gesprochen hätte. Auf dem Gebiet scheint nicht viel Arbeit getan zu werden.«

»Warum nicht?«

Nimmo hob die Schultern. »Keine Ahnung.«

Foster war verdutzt. »Weißt du denn nichts darüber?«

»Hm. Ich will dir sagen, was ich über Neutrinik weiß. Sie befaßt sich mit der Erforschung der Neutrinobewegungen und der daraus resultierenden Energie ...«

»Gewiß. So wie sich die Elektronik mit den Elektronenbewegungen und der dabei freigesetzten Energie befaßt. Deswegen bin ich aber nicht zu dir gekommen. Ist das alles, was du weißt?«

Nimmo blieb gleichmütig. »Die Neutrinik ist außerdem die Basis der Zeitbetrachtung. Mehr weiß ich nicht.«

Foster rieb sich das schmale Kinn. Er war unzufrieden. Irgendwie hatte er gefühlt, daß Nimmo mit neuen Tatsachen und Meldungen über die moderne Neutrinik aufwarten würde. Wie die Dinge lagen, mußte er mit leeren Händen zu Dr. Potterley zurückkehren. Aber damit wollte er sich nicht zufriedengeben. Er konnte die Dinge nicht einfach auf sich beruhen lassen.

»Gibt es keine Veröffentlichungen über die Neutrinik, Onkel Ralph? Ich meine, über die elementaren Fragen. Eine Art Einführung oder so.«

Nimmo überlegte. »Du stellst die verzwicktesten Fragen, Junge. Die einzige Veröffentlichung, von der ich gehört habe, war von Sterbinski und noch einem. Ich habe sie nie gelesen, nur darüber gehört ... Sterbinski und Lamar, so ist es.«

»Ist das derselbe Sterbinski, der das Chronoskop erfunden hat?«

»Ich denke schon. Ein Beweis, daß das Buch gut sein muß.«

»Gibt es eine Neuauflage? Sterbinski ist vor dreißig Jahren gestorben.«

Nimmo zuckte die Achseln und schwieg.

»Könntest du das feststellen?«

Sie saßen eine Weile schweigend, während Nimmo seinen massigen Körper bequemer in den quietschenden Schreibtischsessel bettete. Dann fragte der Schriftsteller vorsichtig: »Möchtest du mir nicht verraten, was du mit deinen Fragen bezweckst?«

»Ich kann es nicht, Onkel. Willst du mir trotzdem helfen? Kannst du mir ein Exemplar des Buches beschaffen?«

»Nun, du hast mir alles über künstliche Schwerefelder beigebracht, was ich weiß. Ich sollte dir dankbar sein. Ich will dir helfen – unter einer Bedingung.«

»Und die wäre?«

Der ältere Mann wurde auf einmal ernst. »Daß du dich vorsiehst, Jonas. Was du auch vorhaben magst, es ist offensichtlich eine Sache, die nichts mit deinem Fachgebiet zu tun hat. Ich würde es bedauern, wenn du deine Karriere aus bloßer Neugier über den Haufen werfen würdest. Verstehst du mich?«

Foster nickte, hatte aber kaum hingehört. Er dachte angestrengt nach.

Eine Woche später schob Ralph Nimmo seine rundliche Gestalt in Jonas Fosters Zweizimmerwohnung und sagte mit heiser flüsternder Stimme: »Ich habe etwas.«

Foster war wie elektrisiert. »Was?«

»Das Buch von Sterbinski und Lamar.« Er schlug seinen Mantel auf und ließ eine Ecke sehen.

Foster warf einen prüfenden Blick auf Tür und Fenster, um sich zu vergewissern, daß sie verschlossen und die Rolladen heruntergelassen waren. Dann streckte er die Hand aus.

Die Mikrofilmkassette war vom Alter fleckig, und als er sie öffnete, sah er, daß der Film verblaßt und brüchig geworden war. »Ist das alles?«

»Wo bleibt deine Dankbarkeit, mein Junge?« Nimmo setzte sich mit einem Grunzen auf einen Stuhl und zog einen Apfel aus der Manteltasche.

»Oh, ich bin dankbar, aber das Zeug ist so alt.«

»Ich bin froh, daß ich es überhaupt bekommen konnte. Zuerst versuchte ich ein Exemplar von der Staatsbibliothek auszuleihen, aber es ging nicht. Das Buch ist gesperrt.«

»Wie bist du dann daran gekommen?«

»Ich habe es gestohlen.« Er biß knackend vom Apfel ab. »In der New Yorker Stadtbücherei.«

»Was?«

»Es war einfach. Natürlich hatte ich Zugang zu den Regalen. Als niemand in der Nähe war, öffnete ich die Tür zu einem Nebenraum, wo die Verschlußsachen aufbewahrt werden, grub dies hier aus und ging fort. Sie sind dort sehr vertrauensselig. Wahrscheinlich werden sie es erst nach Jahren vermissen. Aber ich würde dir raten, es niemandem zu zeigen, Junge.«

Foster betrachtete den Film, als wäre er buchstäblich heiß. Nimmo entnahm seiner Manteltasche einen zweiten Apfel. »Ich habe noch etwas Komisches entdeckt. Auf dem Gebiet der Neutrinik gibt es nichts Neueres als dies. Kein Buch, keinen wissenschaftlichen Artikel – nichts. Seit der Erfindung des Chronoskops keine Zeile.«

»Sieh mal an«, sagte Foster abwesend.

Foster arbeitete abends in Potterleys Haus. Seine eigenen Räume auf dem Universitätsgelände waren ihm nicht sicher genug. Bald wurde ihm seine abendliche Arbeit wichtiger als die Abfassung seines Gesuchs um Bewilligung einer Forschungsbeihilfe.

Zuerst machte er sich darüber noch Sorgen, aber dann hörte auch das auf.

Seine Arbeit bestand anfänglich darin, die Mikrofilme zu studieren. Später bestand sie im Nachdenken und in Berechnungen.

Gelegentlich kam Potterley, um ihm Gesellschaft zu leisten, aber er mischte sich nur auf zweierlei Weise in Fosters Arbeit ein. Er untersagte ihm das Rauchen, und manchmal sprach er.

Es war keine Konversation, vielmehr hielt er leise Monologe, auf die er kaum Antwort erwartete. Es war, als versuchte er einem inneren Überdruck Luft zu machen. Und immer ging es um Karthago.

Karthago, das New York der Antike. Karthago, Handelsimperium und Königin der Meere. Karthago, beneidet von seinen Feinden und ungeschickt in seiner eigenen Verteidigung.

Es war einmal von Rom besiegt und aus Sardinien und Sizilien vertrieben worden, erwarb sich aber neue Besitzungen in Spanien und brachte einen Mann namens Hannibal hervor, der den Römern sechzehn Jahre des Schrekkens bereitete.

Am Ende verlor es ein zweitesmal, ergab sich in sein Schicksal und baute sich mit zerbrochenen Werkzeugen in einem geschrumpften Territorium eine neue Existenz auf. Der Aufbau gelang ihm so gut, daß das eifersüchtige Rom einen dritten Krieg vom Zaun brach. Und Karthago verteidigte sich mit verzweifelter Wildheit zwei Jahre lang gegen die Belagerer, und im Endkampf warfen sich die Bewohner in die Flammen ihrer brennenden Häuser, um sich nicht dem Feind ergeben zu müssen.

»Hätten die Bewohner so für eine Stadt und ihre Lebensart gekämpft, wenn alles so schlecht gewesen wäre, wie die alten Schriftsteller behaupten? Hannibal war ein besserer Heerführer als irgendein Römer, und seine Soldaten waren ihm absolut ergeben. Selbst seine bittersten Feinde priesen ihn. Viele sagten, er wäre ein außergewöhnlicher Karthager gewesen, besser als die anderen, ein Diamant in einem Müllhaufen. Aber warum war er seiner Vaterstadt dann bis zu seinem Tode nach Jahren des Exils treu? Die Zeitgenossen erregten sich über das Götzenbild des Moloch und die Kinderopfer, die ihm gebracht wurden ...«

Foster hörte ihm nicht immer zu, aber manchmal konnte er sich den Geschichten nicht entziehen und erschauerte bei der Schilderung dieser Menschenopfer, bei denen Kinder lebendig in die Flammen geworfen wurden.

Aber Potterley ließ sich durch solch grausige Details nicht in seiner Apologie beirren. »Trotz allem, es ist nicht wahr. Es ist eine Propagandalüge, die von den Griechen und Römern erfunden wurde und zweitausendfünfhundert Jahre überdauert hat. Diese Völker hatten auch ihre Sklaven, ihre Foltern und Kreuzigungen, ihre blutigen Gladiatorenkämpfe. Sie waren keine Heiligen. Die Geschichte vom Moloch war Kriegspropaganda, eine große Lüge. Ich kann dies alles beweisen, und, bei Gott, ich werde es tun – ich werde es tun ...«

Auch Mrs. Potterley besuchte ihn, gewöhnlich dienstags und donnerstags, wenn Dr. Potterley Abendkurse abhielt und nicht im Hause war.

Meistens saß sie schweigsam in einer Ecke, mit leeren Augen und schlaffem, teigigem Gesicht. Ihre ganze Haltung blieb in sich gekehrt. Nur selten sagte sie ein paar Worte.

Beim erstenmal versuchte Foster, dem ihre Anwesenheit unbehaglich war, sie zum Gehen zu bewegen.

»Störe ich Sie?« fragte sie mit tonloser Stimme.

»Nein, natürlich nicht«, log Foster. »Es ist nur, daß – daß ...« Er konnte den Satz nicht vollenden.

Sie nickte, als nähme sie eine Einladung zum Bleiben an. Dann öffnete sie einen Handarbeitsbeutel, den sie mitgebracht hatte, und begann zu stricken.

Eines Abends überraschte sie ihn mit der Bemerkung: »Meine Tochter Laurel ist etwa in Ihrem Alter.«

Foster erschrak, sowohl über die Worte als auch über den unerwarteten Klang ihrer Stimme. Er wußte von Potterley, daß Laurel als Kind bei einem Feuer umgekommen war, aber er sagte höflich: »Ich wußte nicht, daß Sie eine Tochter haben, Mrs. Potterley.«

»Sie ist vor Jahren gestorben.«

Foster murmelte sinnlos: »Oh, das tut mir leid.«

Mrs. Potterley seufzte. »Ich träume oft von ihr.« Sie schlug ihre wäßrigen Augen zu ihm auf. Foster wich dem Blick aus.

An einem anderen Abend fragte sie unvermittelt: »Was ist eigentlich Zeitbetrachtung?«

Die Bemerkung unterbrach eine Gedankenreihe, und Foster sagte unwillig: »Ihr Mann kann es Ihnen erklären.«

»Er hat es versucht, ja. Aber er ist wohl ein bißchen ungeduldig mit mir. Meistens sagt er Chronoskopie dazu. Kann man damit wirklich wie im Fernsehen Dinge miterleben, die sich in der Vergangenheit abgespielt haben? Oder kommen da nur Lochstreifen heraus – wie bei dem Computer, den Sie da benützen?«

Foster blickte ärgerlich auf seinen Laptop. Er arbeitete gut genug, aber jede Rechenoperation mußte manuell eingestellt werden, und die Antworten kamen in einem gelochten Kode heraus. Wenn er die Datenverarbeitungsanlage in der physikalischen Fakultät benützen könnte ...

»Ich habe das Chronoskop nie selber gesehen«, sagte er geduldig, »aber ich habe den Eindruck, daß man tatsächlich Bilder sieht und Geräusche hört.«

»Kann man auch die Leute sprechen hören, die früher einmal gelebt haben?«

»Ich denke, ja.« Dann, schon halb in Verzweiflung: »Hören Sie, Mrs. Potterley, das alles muß für Sie sehr langweilig sein. Ich verstehe es, daß Sie einen Gast nicht einfach sich selbst überlassen wollen, aber Sie sollten sich wirklich nicht verpflichtet fühlen ...«

»Ich fühle mich nicht verpflichtet«, sagte sie. »Ich sitze hier und warte.«

»Sie warten? Worauf?«

»Ich habe bei jenem ersten Gespräch, das Sie mit meinem Mann führten, gelauscht«, erklärte sie freimütig. »An der Tür.«

»Wirklich?«

»Ich weiß, daß ich es nicht hätte tun sollen, aber ich machte mir Sorgen um Arnold. Ich hatte eine Vermutung, daß er etwas tun wollte, was nicht ganz korrekt ist, und ich wollte mich vergewissern. Und als ich dann hörte ...« Sie brach ab und beugte sich über ihre Handarbeit.

»Als Sie was hörten, Mrs. Potterley?«

»Daß Sie kein Chronoskop bauen wollten.«

»Nun, natürlich nicht.«

»Ich dachte, daß Sie vielleicht Ihre Meinung ändern würden.«

Foster warf ihr einen unfreundlichen Blick zu. »Wollen Sie damit sagen, daß Sie hier herunterkommen und warten, daß ich ein Chronoskop baue?«

»Ich hoffe, daß Sie es tun werden, Dr. Foster. Oh, ich hoffe es so sehr.«

Es war, als wäre plötzlich ein Schleier von ihrem Gesicht gefallen, der ihre Züge klar und scharf hervortreten ließ und Farbe in ihre Wangen brachte und ihre Augen belebte. Ihre Stimme bebte vor Erregung.

»Wäre es nicht wunderbar«, flüsterte sie, »so ein Chronoskop zu haben? Die Menschen der Vergangenheit würden wieder zum Leben erweckt werden. Pharaonen und Könige und – Leute. Ich hoffe wirklich, daß es Ihnen gelingen wird, Dr. Foster.«

Von einer unerklärlichen Emotion überwältigt, erhob sie sich plötzlich, ließ das Nähzeug zu Boden fallen und floh aus dem Kellerraum. Foster hörte ihre unbeholfen tappenden Schritte auf der Treppe und schüttelte verständnislos den Kopf.

Foster fühlte sich mehr und mehr in seine neue Arbeit verstrickt. Sie brachte ihm schlaflose Nächte, und jeden Abend arbeitete er wie im Fieber.

Nach und nach stellte er seinen Studienbericht und den Antrag auf eine Forschungsbeihilfe fertig und lieferte sie kapitelweise an Ralph Nimmo. Er hatte kaum Hoffnung auf Erfolg und Genehmigung durch die Kommission.

Wenn man sie ihm versagte, gäbe es in der Fakultät einen Skandal, und wahrscheinlich würde man seinen Lehrauftrag nicht mehr erneuern. Aber er machte sich kaum Sorgen. Nur das Neutrino war ihm jetzt noch wichtig. Atemlos betrat er unbekanntes Neuland und sah sich auf Pfaden, die niemand vor ihm begangen hatte und die weit über Sterbinski und Lamar hinausführten.

Er rief Nimmo an. »Onkel Ralph, ich brauche ein paar Dinge. Ich rufe von außerhalb der Universität.«

Nimmos Gesicht sah auf dem kleinen Bildschirm jovial und freundlich aus, aber seine Stimme klang scharf. »Was du brauchst, ist ein Kurs in Syntax. Es macht mir höllisch viel Arbeit, deinen Bericht in eine verständliche Sprache zu übertragen. Wenn das der Grund deines Anrufs ist ...«

Foster schüttelte ungeduldig den Kopf. »Das ist nicht der Grund. Ich brauche das hier.« Er zog einen Zettel aus der Tasche und hielt ihn vor die Aufnahmelinse.

Nimmo ächzte. »Hör mal, du traust mir allerhand zu.«

»Du kannst sie beschaffen, Onkel.«

Nimmo las die Liste mit lautlosen Lippenbewegungen. Seine Miene wurde ernst.

»Was passiert, wenn du diese Dinge zusammensetzt?« fragte er vorsichtig. Foster schüttelte seinen Kopf. »Du bekommst die alleinigen Veröffentlichungsrechte für alles, was sich daraus ergibt. Aber stelle jetzt bitte keine Fragen.«

»Ich kann keine Wunder vollbringen, weißt du.«

»Dieses eine wirst du schaffen. Du mußt. Du bist ein

Schriftsteller, kein Mann der Forschung. Du brauchst dich vor niemandem zu verantworten. Du hast Freunde und Verbindungen.«

»Dein Vertrauen, mein lieber Neffe, ist geradezu rührend. Ich werde es versuchen.«

Nimmos Bemühungen waren erfolgreich. Das Material und die Geräte wurden eines Abends zu später Stunde mit einem Lieferwagen angefahren. Nimmo und Foster schleppten alles in den Keller. Nachdem Nimmo gegangen war, kam Potterley in Fosters Arbeitsraum. »Wofür ist das alles?« fragte er leise.

Foster strich sich die Haare aus der Stirn und massierte sein verstauchtes Handgelenk. »Ich möchte ein paar einfache Experimente durchführen.«

»Tatsächlich?« Die Augen des Historikers glänzten vor Erregung.

»Ich möchte jetzt ungestört bleiben, Dr. Potterley«, sagte Foster grob. »Es geht nicht an, daß Sie und Ihre Frau ständig herunterkommen und mich von der Arbeit abhalten.«

Er dachte: Wenn ihn das beleidigt, soll er mich hinauswerfen und dieser Sache ein Ende machen. Aber es kam nicht dazu.

»Gewiß, Dr. Foster«, sagte Potterley zuvorkommend. »Selbstverständlich. Ich werde jede Störung von Ihnen fernhalten.«

Foster gewöhnte es sich an, auf einer Couch in Potterleys Keller zu nächtigen. Die Wochenenden verbrachte er ganz dort.

In dieser Zeit sickerte die Nachricht durch, daß sein Bericht, den Nimmo überarbeitet hatte, von der Kommission mit Wohlwollen aufgenommen worden war und daß man bereit war, ihm einen Forschungsetat zu bewilligen. Der Dekan machte ihm persönlich die Mitteilung und beglückwünschte ihn.

Foster murmelte nur: »Gut. Das freut mich«, aber es klang so wenig überzeugend, daß der andere die Stirn runzelte und sich wortlos abwandte. Foster kümmerte sich nicht weiter darum. Für ihn war die Sache zu einem unwichtigen Detail herabgesunken. Er plante etwas, das wirklich zählte. An diesem Abend wollte er seinen ersten Test durchführen.

Ein zweiter und ein dritter Abend verstrichen in rastloser Arbeit, dann rief er Potterley herein. Er war vor Erregung fast außer sich.

Potterley kam die Treppe herunter und betrachtete die zusammengebastelte Anlage. Mit seiner ruhigen, leisen Stimme sagte er: »Die Rechnungen des Elektrizitätswerks sind ziemlich hoch. Die Ausgaben machen mir nichts aus, aber die Stadtwerke könnten Fragen stellen. Läßt sich da irgend etwas machen?«

Es war ein warmer Abend, aber Potterley hatte seinen Hemdkragen geschlossen und trug eine Strickweste. Foster, der im Unterhemd vor ihm stand, sagte mit zitternder Stimme: »Es wird nicht mehr lange nötig sein, Dr. Potterley. Ich habe Sie gerufen, um Ihnen etwas zu sagen. Wir können ein Chronoskop bauen. Ein kleines natürlich, aber es ist zu machen.«

Potterley suchte an der Wand Halt. »Können wir es hier bauen?« flüsterte er heiser.

»Hier im Keller«, antwortete Foster.

»Mein Gott. Sie sagten ...«

»Ich weiß, was ich gesagt habe«, unterbrach Foster ungeduldig. »Ich sagte, es wäre nicht möglich. Aber damals wußte ich noch nichts. Nicht einmal Sterbinski hat etwas gewußt.«

Potterley schüttelte benommen den Kopf. »Sind Sie sicher? Kann es kein Irrtum sein, Dr. Foster? Ich könnte es nicht ertragen, wenn ...«

»Es ist kein Irrtum. Theoretisch hätten wir die Zeitbetrachtung schon vor hundertfünfzig Jahren haben können, als das Neutrino zuerst festgestellt wurde. Das Dumme war nur, daß die ersten Entdecker darin nichts weiter als ein mysteriöses Partikel ohne Masse und ohne Energie sahen, das nur mit einem komplizierten Aufwand sichtbar gemacht werden konnte. Für sie war es einfach ein Mittel, die Buchführung auszugleichen und das Gesetz von der Erhaltung der Energie zu retten.«

Er bezweifelte, daß Potterley ihm zu folgen vermochte. Aber er brauchte eine Atempause, er mußte den Gedanken Luft machen, die ihn bedrängten.

»Es war Sterbinski, der zuerst entdeckte, daß das Neutrino die Hindernisse von Raum und Zeit überwinden kann«, fuhr er fort. »Er entwickelte eine Methode, die Bewegungen der Neutrinos zu stoppen. Er erfand ein Neutrino-Aufnahmegerät und lernte die Oszillationen des Neutrinostroms zu entschlüsseln. Dieser Strom hatte durch die Materie, durch die er im Laufe der Zeit hindurchgegangen war, Veränderungen und Ablenkungen erfahren, und mit dem Gerät war es möglich, diese Abweichungen zu analysieren und in die Bilder der Materie zu verwandeln, die die Abweichungen hervorgerufen hatten. Damit war die Zeitbetrachtung möglich geworden. Seine Luftvibrationen konnten auf diese Weise identifiziert und in Geräusche zurückverwandelt werden.«

Potterley hörte nicht zu. »Ja. Ja«, sagte er abwesend. »Aber wann können Sie ein Chronoskop bauen?«

Foster brachte ihn mit einer Handbewegung zum Schweigen. »Lassen Sie mich ausreden. Alles hängt von der Methode ab, wie man den Neutrinostrom auffängt und auswertet. Sterbinskis Methode war kompliziert und voller Umwege. Sie erforderte riesige Mengen Energie. Aber ich habe mich mit künstlichen Schwerefeldern beschäftigt, Mr. Potterley, das ist die Wissenschaft der künstlich erzeugten Gravitation. Ich habe mich auf das Verhalten des Lichts in solchen Feldern spezialisiert. Es ist ein neues Sachgebiet. Sterbinski wußte nichts davon. Hätte er es gewußt, würde er eine viel bessere und wirksamere Methode entwickelt haben. Man kann die Neutrinos mit Hilfe künstlicher Magnetfelder relativ einfach in den Griff bekommen. Wenn ich mehr über die Neutrinik gewußt hätte, wären mir die Möglichkeiten sofort klargeworden.«

»O ja«, sagte Potterley. »Ich glaube zu verstehen. Aber bitte antworten Sie mir: Wann können Sie ein Chronoskop bauen?«

»Ich will es Ihnen gern erklären, Dr. Potterley. Ein Chronoskop wird Ihnen nichts nützen.« Das ist es, dachte Foster.

Potterley kam langsam näher und starrte Foster an. »Wie meinen Sie das? Warum wird es mir nichts nützen?«

»Weil Sie Karthago nicht sehen werden. Das ist es, womit Sie sich abfinden müssen. Ich wollte Sie mit meiner Erklärung zu diesem Punkt führen. Sie können Karthago niemals sehen.«

Potterley schüttelte den Kopf. »Nein, da müssen Sie sich täuschen. Wenn Sie das Chronoskop haben und es richtig einzustellen wissen ...«

»Nein, Dr. Potterley. Das ist keine Frage der Einstellung. Es gibt zahllose Faktoren, die die Bewegungen des Neutrinostroms beeinflussen. Bei der Aufnahme wirken sich diese Unsicherheitsfaktoren, wie man sie nennen könnte, als Trübung aus. Je weiter man die Zeit zu durchdringen versucht, um so stärker wird diese Bildtrübung, um so unverständlicher die Geräuschüberlagerungen. Nach einer gewissen Zeit ist überhaupt nichts mehr auszumachen. Verstehen Sie, was ich meine?«

»Vielleicht mit mehr Energie ...«, sagte Potterley mit tonloser Stimme.

»Das wird nicht helfen. Wenn die Geräusche und die Bilddetails durch Überlagerung verschwimmen, können auch Verstärker das Resultat nicht verbessern. Sie können einen durch Tageslicht verdorbenen Film nicht dadurch retten, daß Sie ihn vergrößern, nicht wahr? Sie müssen das begreifen. Die physikalische Natur des Universums setzt uns Grenzen. Die Länge einer Lichtwelle oder einer elektronischen Welle begrenzt die Größe von Objekten, die man mit einem Instrument sehen kann. So ist es auch bei der Chronoskopie. Sie läßt sich nur für einen gewissen Zeitraum anwenden.«

»Wie weit kann man in die Vergangenheit sehen? Wie weit?«

Foster holte tief Atem. »Einhundert bis einhundertzwanzig Jahre. Das ist das Äußerste.«

»Aber die monatliche Schrift der Kommission beschäftigt sich fast ausschließlich mit Ergebnissen aus der alten Geschichte!« Der Historiker lachte unsicher. »Sie müssen sich irren. Die Kommission hat schon Daten veröffentlicht, die bis in die Zeit um Dreitausend vor der Zeitrechnung zurückreichen.«

»Seit wann schenken Sie diesen Veröffentlichungen Glauben?« fragte Foster ärgerlich. »Sie haben diese Sache mit der Behauptung angefangen, daß die Kommission lügt; daß kein Historiker an das Chronoskop herangelassen wird. Sehen Sie jetzt nicht, warum es so ist? Kein Historiker, abgesehen von denen, die sich mit der zeitgenössischen Geschichte befassen, könnte etwas damit anfangen. Kein Chronoskop kann jemals weiter als bis vielleicht 1930 in die Vergangenheit zurückblicken, und auch das nur unter den allergünstigsten Voraussetzungen.«

»Sie irren«, sagte Potterley hartnäckig. »Sie wissen nicht alles.«

»Die Wahrheit läßt sich nicht nach Ihren Wünschen manipulieren. Sehen Sie den Tatsachen ins Gesicht. Die Rolle der Regierung beschränkt sich hier auf die Verewigung eines Schwindels.«

»Warum?«

»Das weiß ich nicht.«

Potterleys Knollennase zuckte. »Es ist nur Theorie, Mr. Foster. Bauen Sie ein Chronoskop. Bauen Sie eins und versuchen Sie es.«

Foster packte den anderen bei den Schultern. »Glauben Sie, ich hätte es nicht getan? Glauben Sie, ich würde Ihnen so etwas erzählen, ohne es zuvor nachgeprüft zu haben? Ich habe ein Chronoskop gebaut. Es steht vor Ihren Augen. Sehen Sie!«

Er lief zu den Schaltern am Instrumentenbrett. Nacheinander betätigte er sie, hantierte an den Knöpfen und löschte schließlich die Deckenbeleuchtung. »Warten Sie. Es muß erst warm werden.«

In der Mitte der Apparatur begann ein schwacher Lichtschein aufzuleuchten. Er wurde heller und schärfer und löste sich in ein Muster heller und dunkler Partien auf. Männer und Frauen wurden sichtbar. Ihre Umrisse waren verschwommen, die Arme und Beine wie Striche. Ein altmodisches Fahrzeug, unklar, aber dennoch als eines von jener Sorte zu erkennen, die mit benzinbetriebenen Verbrennungsmotoren arbeiteten, fuhr mit hoher Geschwindigkeit vorüber.

Foster sagte: »Mitte des zwanzigsten Jahrhunderts, irgendwo. Die Klangsynchronisation ist mir noch nicht gelungen, also ist es vorläufig noch stumm. Aber das läßt sich nachholen. Jedenfalls ist die Mitte des zwanzigstens Jahrhunderts das Äußerste. Weiter zurück können wir nicht. Glauben Sie mir, eine bessere Einstellung als diese hier ist nicht möglich.«

»Bauen Sie eine größere Maschine«, sagte Potterley. »Eine stärkere. Verbessern Sie die Wirksamkeit und die Trennschärfe.«

»Sie können diese Unsicherheit nicht beseitigen, Mann. Genauso wenig, wie Sie auf der Sonne leben können. Das ist ein Naturgesetz. Unseren Möglichkeiten sind Grenzen gezogen.«

»Sie lügen! Ich glaube Ihnen nicht. Ich ...«

Eine neue Stimme erklang. Sie erhob sich schrill über die anderen. »Arnold! Dr. Foster!«

Foster drehte sich sofort nach ihr um. Dr. Potterley blieb wie erstarrt stehen und sagte nach einer Weile, ohne sich umzusehen: »Was ist, Caroline? Laß uns allein.«

»Nein!« Mrs. Potterley kam die Stufen heruntergetappt.

»Ich habe es gehört. Sie haben einen Zeitbetrachter hier, Dr. Foster? Hier im Keller?«

»Ja, Mrs. Potterley. Eine Art Zeitbetrachter. Keinen sehr guten, allerdings. Ich kann noch keine Geräusche empfangen.«

Mrs. Potterley faltete ihre Hände und preßte sie an ihre Brust. »Wie wunderbar. Wie wunderbar.«

»Es ist ganz und gar nicht wunderbar«, schnappte Potterley. »Der junge Mann kann nicht weiter zurück als ...«

»Nun, hören Sie doch ...«, begann Foster verzweifelt.

»Bitte!« schrie Mrs. Potterley. »Laß mich reden, Arnold! Verstehst du denn nicht, daß wir Laurel wiedersehen können, selbst wenn die Maschine nur zwanzig Jahre in die Vergangenheit blicken läßt? Was kümmern uns Karthago und das Altertum? Wir werden Laurel wiedersehen. Sie wird uns wieder zum Leben erwachen. Lassen Sie die Maschine hier, Dr. Foster. Zeigen Sie uns, wie man sie bedient.«

Foster starrte sie an, dann ihren Mann. Dr. Potterleys Gesicht war erbleicht. Obwohl seine Stimme ruhig und gleichmäßig klang, war es um seine Fassung geschehen.

»Du bist albern und einfältig!«

»Arnold!«

»Du bist einfältig, sage ich. Was wirst du sehen? Die Vergangenheit. Die tote Vergangenheit. Wird Laurel etwas tun, was sie nicht schon einmal getan hat? Wirst du etwas sehen, was du noch nicht gesehen hast? Willst du die drei Jahre wieder und wieder durchleben und ein kleines Kind beobachten, das nie aufwachsen wird, gleichgültig, wie lange du es betrachtest?«

Seine Stimme war am Überschnappen, aber er hielt sie unter Kontrolle. Er trat auf sie zu, ergriff ihre Schulter und schüttelte sie grob. »Weißt du, was mit dir geschehen wird, wenn du das tust? Du wirst verrückt werden, und man wird kommen und dich fortschaffen. Ja, verrückt. Möchtest du in eine Heilanstalt? Möchtest du in einer Zelle untergebracht werden?«

Mrs. Potterley riß sich los. Jede Spur von Nachgiebigkeit und Unbestimmtheit war aus ihrem Gesicht verflogen. Sie hatte sich in eine Furie verwandelt. »Ich will mein Kind sehen, Arnold! Sie ist in der Maschine und ich will sie!«

»Sie ist nicht in der Maschine. Es ist ein Abbild. Kannst du nicht verstehen? Ein Bild! Etwas, das nicht wirklich ist!«

»Ich will mein Kind. Hörst du mich?« Sie warf sich schreiend auf ihn und schlug mit ihren Fäusten gegen seine Brust. »Ich will mein Kind!«

Der Historiker wich vor ihrem Ansturm zurück. Foster wollte dazwischentreten, aber dann fiel Mrs. Potterley zu Boden, wo sie wild schluchzend liegenblieb.

Potterley wandte sich um. Seine Augen suchten verzweifelt den Raum ab. Plötzlich sprang er in eine Ecke, wo ein Spaten lehnte, wirbelte herum und stürzte sich auf den Apparat, bevor Foster, der von alledem benommen dastand, etwas unternehmen konnte.

»Bleiben Sie stehen!« keuchte Potterley, »oder ich bringe Sie um. Ich schwöre es!«

Er schwang den Spaten, und Foster sprang zurück.

Potterley machte sich mit wilder Wut über die Geräte her. Foster stand wie gelähmt und sah zu, wie der scharfkantige Spaten Glas zersplitterte und Metallteile verbog und zerfetzte.

Potterley schlug bis zur Erschöpfung zu, dann stand er zitternd, den Spaten in den Händen, vor dem Trümmerhaufen. »Gehen Sie jetzt!« sagte er mit heiser flüsternder Stimme. »Kommen Sie nicht wieder. Wenn Ihnen ein Schaden entstanden ist, schicken Sie mir die Rechnung, und ich bezahle sie. Ich bezahle den doppelten Preis.«

Foster zuckte die Achseln, zog sein Hemd und seine Jacke an und ging die Kellertreppe hinauf. Er hörte Mrs. Potterleys lautes Schluchzen, und als er sich oben noch einmal umdrehte, sah er Dr. Potterley über sie gebeugt. Sein Gesicht war vor Kummer und Sorgen entstellt.

Zwei Tage später, gegen Ende der Arbeitszeit, erschien Dr. Potterley in Fosters Büro. Er war sauber und unauffällig gekleidet. Wie immer, dachte Foster. Der Mann hob seine Hand in einer unbestimmten Geste und blieb auf der Schwelle stehen. Foster blickte ihn steinern an.

Potterley sagte: »Ich habe bis fünf gewartet, bis Sie ... Darf ich hereinkommen?«

Foster nickte.

»Ich glaube, ich muß mich für mein Benehmen entschuldigen«, sagte Potterley tonlos. »Ich war schrecklich enttäuscht und nicht mehr Herr meiner selbst. Trotzdem war es unentschuldbar.«

»Ich nehme Ihre Entschuldigung an«, erwiderte Foster kalt. »Ist das alles?«

»Meine Frau hat Sie angerufen, glaube ich.«

»Ja, das hat sie getan.«

»Sie war ziemlich hysterisch. Sie sagte es mir, aber ich war nicht sicher ...«

»Sie hat mich angerufen.«

»Würden Sie so freundlich sein, mir zu sagen, was sie wollte?«

»Sie wollte ein Chronoskop. Sie sagte, sie hätte selbst ein wenig Geld. Sie wollte es mir zur Verfügung stellen.«

»Haben Sie – eine Zusage gemacht?«

»Ich erklärte ihr, daß ich kein Fabrikationsunternehmen habe.«

»Gut«, stieß Potterley erleichtert hervor. »Bitte, lassen Sie sich auf nichts ein. Sie ist nicht – ganz ...«

»Hören Sie, Dr. Potterley«, sagte Foster. »Ich will mich nicht in häusliche Auseinandersetzungen einmischen, aber Sie sollten sich auf etwas gefaßt machen. Chronoskope können von jedermann gebaut werden. Die meisten benötigten Teile kann man einzeln in Fachgeschäften kaufen. Mit etwas Geschick kann jeder in seiner Hauswerkstatt ein Chronoskop zusammenbasteln. Jedenfalls das Bildaggregat.«

»Aber niemand wird daraufkommen. Außer Ihnen, meine ich. Bis jetzt hat noch kein Mensch daran gedacht.«

»Ich habe nicht die Absicht, es geheimzuhalten.«

»Aber Sie können Ihre Entdeckung nicht veröffentlichen. Es ist illegale Forschung.«

»Das spielt jetzt keine Rolle mehr, Dr. Potterley. Wenn ich meine Forschungsbeihilfe und meinen Lehrauftrag verliere, verliere ich sie eben. Das ist nicht so wichtig.«

»Aber das können Sie nicht machen!«

»Bis jetzt«, sagte Foster eisig, »hat es Sie wenig gekümmert, daß ich die Gelder oder gar meine Position riskieren könnte. Warum werden Sie jetzt auf einmal so rücksichtsvoll? Als Sie das erstemal zu mir kamen, glaubte ich an die organisierte und gelenkte Forschung. Mit anderen Worten, an die Situation, wie sie nun einmal war. Ich hielt Sie für einen intellektuellen Anarchisten und für gefährlich. Aber in den letzten Monaten bin ich selbst zu einem geworden, und ich habe Erhebliches geleistet.

Das ist mir nicht gelungen, weil ich ein brillanter Kopf und ein großer Wissenschaftler wäre. Keineswegs. Es war nur, daß die gelenkte Forschung Lücken offenließ, die jeder ausfüllen konnte, der in die rechte Richtung sah. Und wahrscheinlich wäre das schon lange vor mir geschehen, wenn die Regierung nicht aktiv versucht hätte, es zu verhindern.

Verstehen Sie mich, Dr. Potterley. Ich glaube noch immer, daß gelenkte Forschung nützlich sein kann. Ich bin nicht dafür, zu den alten Zuständen zurückzukehren, wo jeder auf eigene Faust Forschungen betrieb. Aber es muß auch einen gewissen Mittelweg geben. Gelenkte Forschung kann unbeweglich werden. Ein Wissenschaftler muß die Möglichkeit haben, seiner Neugier zu folgen, wenigstens in seiner Freizeit.«

Potterley setzte sich. »Darüber wollen wir uns unterhalten, Foster. Ich würdige Ihren Idealismus. Sie sind jung. Aber Sie können sich nicht selbst zugrunde richten, weil Sie gewisse Vorstellungen haben, wie die Forschung sein müßte. Ich habe Sie in diese Lage gebracht. Ich bin verantwortlich, und ich mache mir die bittersten Vorwürfe. Ich habe emotionell gehandelt. Mein Interesse an Karthago hat mich geblendet, und ich war ein Dummkopf.«

»Wollen Sie damit sagen, daß Ihre Ansichten sich innerhalb von zwei Tagen in ihr Gegenteil verkehrt haben? Karthago ist auf einmal nichts mehr? Die Unterdrückung der Forschung durch die Behörden ist nichts?«

»Sogar ein Dummkopf wie ich kann etwas dazulernen, Foster. Meine Frau hat mich etwas gelehrt. Ich verstehe jetzt, warum die Regierung das Forschungsgebiet Neutrinik unterdrückt. Vor zwei Tagen verstand ich es noch nicht. Sie haben gesehen, wie meine Frau auf ein Chronoskop reagierte. Ich hatte mir vorgestellt, daß es wissenschaftlichen Forschungen vorbehalten bleiben würde. Sie konnte darin nur das neurotische Vergnügen sehen, mit Hilfe dieses Instruments die persönliche Vergangenheit wiederzubeleben. Eine tote Vergangenheit. Der Forscher aber ist eine verschwindende Minderheit, Foster. Leute wie meine Frau würden uns die Karten aus der Hand nehmen.

Hätte die Regierung die Chronoskopie nicht unterdrückt, wäre jedermanns Vergangenheit sichtbar. Hochgestellte Männer würden sich Erpressungen und Anwürfen ausgesetzt sehen, denn wer auf unserer Erde hat schon eine absolut fleckenlose Vergangenheit?«

Foster befeuchtete seine Lippen. »Vielleicht. Vielleicht liegt da eine gewisse Rechtfertigung für das Verhalten der Regierung. Und doch geht es hier um ein wichtiges Prinzip. Wer weiß, wie viele Wissenschaften stagnieren, weil die Forscher in ihrem Erkenntnisdrang behindert werden? Wenn das Chronoskop einigen Politikern gefährlich werden kann, ist es ein Preis, der bezahlt werden muß. Die Öffentlichkeit muß begreifen, daß die Wissenschaft Freiheit braucht, und es gibt keine bessere Methode, ihr die Augen zu öffnen, als meine Entdeckung zu publizieren, so oder so, legal oder illegal.«

Potterleys Stirn war feucht vom Schweiß, aber seine Stimme blieb ruhig. »Das Chronoskop würde nicht nur zum Schrecken einiger Politiker werden, Dr. Foster, glauben Sie nur das nicht. Für mich würde es genauso schlimm sein. Meine Frau würde ihre Zeit damit zubringen, mit unserer toten Tochter zu leben. Sie würde sich noch weiter vor der Wirklichkeit zurückziehen. Sie würde dieselben Szenen wieder und wieder erleben und schließlich verrückt werden. Und sie wäre nicht die einzige, die so handeln würde. Andere würden ihre toten Eltern oder ihre eigene Jugend wiedersehen wollen. Alle Leute würden in der Vergangenheit herumwühlen. Es wäre ein Alptraum.«

»Moralische Bedenken dürfen kein Hindernis sein«, erwiderte Foster. »Es gibt keinen einzigen Fortschritt in der Geschichte der Technik, den die Menschheit nicht auf die eine oder andere Weise pervertiert hätte. Was das Chronoskop angeht, so werden die Vergangenheitssucher ihrer Anstrengungen sehr bald überdrüssig werden. Sie werden ihre geliebten Eltern in Situationen sehen, die sehr wenig zu dem Bild passen, das sie von ihnen haben. Und damit werden sie ihren Enthusiasmus bald verlieren. Das alles sind Trivialitäten. Für mich ist es eine Prinzipienfrage.«

»Zum Teufel mit Prinzipien!« sagte Potterley ärgerlich. »Können Sie nicht auch an die Menschen denken? Verstehen Sie nicht, daß meine Frau noch einmal das Feuer miterleben wird, in dem unser Kind umgekommen ist? Ich kenne sie. Sie wird nicht stark genug sein, es zu unterlassen. Sie wird es immer wieder erleben und jedesmal hoffen, daß es nicht geschehen wird. Wie oft soll meine Tochter sterben?« Seine Stimme war vor Erregung rauh.

Foster sah ihn aufmerksam an. »Wovor haben Sie in Wirklichkeit Angst, Dr. Potterley? Was soll Ihre Frau nicht sehen? Was ist damals bei diesem Feuer geschehen?«

Potterley schlug die Hände vor sein Gesicht und schluchzte trocken. Foster wandte sich ab und starrte voll Unbehagen aus dem Fenster.

Nach langem Schweigen sagte Potterley: »Caroline war fort. Ich paßte auf das Kind auf. Nach zwei Stunden ging ich ins Kinderzimmer, um zu sehen, ob die Kleine schlief. Ich hatte eine Zigarette bei mir – damals rauchte ich noch. Ich mußte sie ausgedrückt haben, bevor ich sie in den Aschenbecher auf der Kommode legte. Ich war immer vorsichtig. Das Kind schlief. Ich kehrte ins Wohnzimmer zurück, setzte mich vor den Fernseher und nickte bald darauf ein. Als ich aufwachte, war ich schon am Ersticken. Überall brannte es. Ich weiß nicht, wie es anfing.«

»Aber Sie denken, es könnte die Zigarette gewesen sein, nicht wahr?« sagte Foster. »Eine Zigarette, die Sie vielleicht nicht richtig ausgedrückt hatten.«

»Ich weiß es nicht. Ich versuchte Laurel zu retten, aber als ich mit ihr ins Freie kam, war sie tot – erstickt.«

»Sie haben Ihrer Frau nie etwas von der Zigarette gesagt, nehme ich an.«

Potterley schüttelte den Kopf. »Aber ich habe damit gelebt.«

»Und jetzt, mit dem Chronoskop, wird sie alles erfahren. Vielleicht war es nicht die Zigarette, sondern ein Kurzschluß oder so etwas. Ist das nicht möglich?«

In Potterleys Gesicht waren die Tränen getrocknet, und auch die Röte war gewichen. »Ich – ich kann das Risiko nicht ertragen, Dr. Foster ... Aber es geht nicht nur um mich. Für die meisten Leute hat die Vergangenheit ihre Schrecken. Lassen Sie diese Schrecken nicht auf die Menschheit los.«

Foster stand auf und schritt im Büro auf und ab. Irgendwie erklärte dies Potterleys Besessenheit, die Karthager zu rehabilitieren und die Praxis ihrer Kinderopfer zu leugnen. Indem er sie von der Schuld freisprach, Kinder dem Feuertod überantwortet zu haben, befreite er sich symbolisch von der gleichen Schuld.

Foster blickte ihn mitleidig an. »Ich kann Ihre Lage verstehen, Dr. Potterley, aber hier geht es um mehr als persönliche Gefühle. Ich muß die Wissenschaft von diesem Würgegriff befreien.«

»Sie wollen Ihr Wissen nicht für sich behalten?«

»Unter keinen Umständen.«

Potterley stand auf und funkelte ihn zornig an. »Nun, dann ...« Er wandte sich mit einem Ruck um und ging.

Foster schloß die Tür, versperrte sie und setzte sich, um nachzudenken. Dann verbrachte er eine Stunde damit, die Gleichungen und Formeln sowie einige Konstruktionszeichnungen seiner Arbeit zu kopieren. Er steckte sie in einen Umschlag und adressierte ihn an Ralph Nimmo.

Er verbrachte eine unruhige Nacht, und am nächsten Morgen hinterlegte er den Umschlag bei seiner Bank. Dann rief er Nimmo an und verständigte ihn von der Existenz des Umschlags, verweigerte aber jede Angabe über den Inhalt.

Es fiel Foster nicht leicht, das Problem zu lösen, wie er seine Entdeckung veröffentlichen sollte. Bei den großen wissenschaftlichen Fachzeitschriften anzufragen, war sinnlos. Sie würden kein Manuskript anrühren, das nicht die magische Fußnote enthielt: ›Die in diesem Manuskript beschriebene Arbeit wurde durch das Stipendium Nr. Soundso der Forschungskommission der Vereinten Nationen ermöglicht.‹

Er mußte sich an eine der kleineren Zeitschriften wenden, von denen vielleicht zwei oder drei bereit wären, um der wissenschaftlichen Sensation willen diesen Schönheitsfehler und die Natur des Artikels geflissentlich zu übersehen. Aber das würde auch eine kleine finanzielle Ermunterung erfordern, auf die er sich nur ungern einließ. Vielleicht wäre es besser, auf eigene Kosten ein kleines Heft drucken zu lassen und es an den Universitäten zu verteilen. Dazu benötigte er aber einen verläßlichen Drucker. Onkel Ralph könnte ihm da einen Tip geben.

Mit diesen Überlegungen verging ein weiterer Tag und der größere Teil zweier Nächte. Am folgenden Morgen ging er durch den Korridor zu seinem Büro und fragte sich besorgt, ob er nicht schon zuviel Zeit vergeudet hätte und ob er es wagen könnte, vom Büro aus seinen Onkel anzurufen. Er war so in Gedanken versunken, daß er die Anwesenheit der anderen erst merkte, als er seinen Mantel weggehängt hatte und an den Schreibtisch gehen wollte.

Dr. Potterley war da, und mit ihm ein Mann, den Foster nicht kannte. Er starrte die beiden verblüfft an.

»Was hat das zu bedeuten?«

Potterley räusperte sich. »Es tut mir leid, Dr. Foster, aber ich mußte es verhindern.«

»Was verhindern? Wovon reden Sie?«

Der Fremde sagte: »Erlauben Sie, daß ich mich Ihnen vorstelle.« Er hatte große, unregelmäßige Zähne, die er beim Lächeln entblößte. »Ich bin Thaddäus Araman, Leiter der Abteilung Chronoskopie. Mein Besuch betrifft Informationen, die ich von Professor Potterley erhalten habe und die von unseren eigenen Quellen bestätigt wurden.«

»Ich habe alles auf mich genommen, Dr. Foster«, fiel Potterley hastig ein. »Ich habe erklärt, daß ich es war, der Sie gegen Ihren Willen zu diesen unethischen Handlungen überredet hat. Ich habe alle Verantwortung auf mich genommen, weil ich nicht möchte, daß Ihnen Nachteile entstehen. Es ging mir einfach darum, daß die Chronoskopie nicht erlaubt wird.«

Araman nickte. »Das ist richtig, Dr. Foster. Er hat die Verantwortung übernommen. Aber wir haben die Sache jetzt aus seinen Händen genommen.«

»So?« sagte Foster ironisch. »Und was beabsichtigen Sie nun zu tun? Wollen Sie mir die Forschungsbeihilfe streichen lassen?«

»Das liegt in meiner Macht«, antwortete Araman.

»Oder mich von der Universität relegieren?«

»Auch das liegt in meiner Macht.«

»Schön, dann lassen Sie sich nicht daran hindern. Betrachten Sie es als geschehen. Ich verlasse mein Büro gleich jetzt, mit Ihnen. Meine Bücher kann ich später abholen lassen. Wenn Sie darauf bestehen, lasse ich sie auch hier. Ist das alles?«

»Nicht ganz«, sagte Araman. »Sie müssen sich verpflichten, auf dem Gebiet der Chronoskopie keine weiteren Forschungen zu betreiben, keine Ihrer bisherigen Ergebnisse zu veröffentlichen und, selbstverständlich, kein Chronoskop zu bauen. Sie werden auf unbegrenzte Zeit unter Beobachtung stehen, damit sichergestellt ist, daß Sie Ihr Versprechen halten.«

»Angenommen, ich weigere mich, ein solches Versprechen zu geben? Was wollen Sie dann unternehmen? Wenn ich außerhalb meines Fachgebietes Forschungen betreibe, kann man es vielleicht unethisch nennen, aber es ist kein kriminelles Delikt.«

»Im Falle der Chronoskopie, mein junger Freund«, sagte Araman geduldig, »ist es ein kriminelles Delikt. Wenn nötig, wird man Sie ins Gefängnis überführen und dort festhalten.«

»Warum?« rief Foster erregt. »Was ist an der Chronoskopie gefährlich und kriminell?«

»Wir dürfen auf diesem Gebiet keine weiteren Entwicklungen gestatten«, erwiderte Araman. »Meine Aufgabe ist es hauptsächlich, dafür zu sorgen. Ich habe die Absicht, meine Aufgabe zu erfüllen. Unglücklicherweise wußten weder ich noch meine Mitarbeiter von der Möglichkeit, künstliche Schwerefelder für die Chronoskopie nutzbar zu machen. Von nun an wird die Forschung so gesteuert werden, daß ein solcher Lapsus nicht noch einmal vorkommt.«

»Das wird nichts nützen«, sagte Foster zornig. »Jemand anders wird auf dieselbe Idee kommen, ohne daß Sie oder ich davon erfahren. Alle Wissenschaftszweige hängen zusammen. Wenn Sie die Entwicklung auf einem Gebiet abstoppen wollen, müssen Sie es auf allen anderen auch tun.«

»Daran ist zweifellos etwas Wahres«, gab Araman zu. »In der Theorie. In der Praxis ist es uns jedoch recht gut gelungen, die Chronoskopie fünfzig Jahre lang auf dem Niveau zu halten, das Sterbinski seinerzeit erreicht hatte. Nachdem wir Sie noch rechtzeitig gefaßt haben, Dr. Foster, dürfen wir hoffen, daß es auf unbegrenzte Zeit dabei bleiben wird. Die Gefahr wäre nicht so groß geworden, wenn ich Professor Potterley damals ernster genommen hätte.«

Araman wandte sich dem Historiker zu und hob lächelnd die Augenbrauen. »Ich muß leider zugeben, Dr. Potterley, daß ich Sie nach unserem ersten Gespräch als einen etwas versponnenen Geschichtsprofessor eingeschätzt hatte. Hätte ich meine Arbeit ordentlich gemacht und mich eingehender über Sie informiert, wäre dies alles nicht geschehen.«

»Wer darf eigentlich das regierungseigene Chronoskop benützen?« fragte Foster unvermittelt.

»Außerhalb unserer Abteilung niemand. Ich sage es, weil Sie es sich wahrscheinlich schon gedacht haben. Ich warne Sie jedoch, daß jede Verbreitung dieser Tatsache ein kriminelles Delikt und keinen bloßen Verstoß gegen die Ethik darstellt.«

»Und Ihr Chronoskop reicht nicht weiter zurück als hundertfünfundzwanzig Jahre oder so, nicht wahr?«

»So ist es.«

»Dann ist Ihr Publikationsorgan mit seinen Geschichten über die Zeitbetrachtung früherer Epochen also nur ein Schwindel.«

»Mit dem Wissen, das Sie jetzt haben«, antwortete Araman kühl, »werden Sie in der Lage sein, Ihre Behauptung zu beweisen. Ja! Unser monatliches Bulletin ist ein Phantasieerzeugnis.«

»In diesem Fall«, sagte Foster, »werde ich nicht versprechen, mein Wissen über die Chronoskopie für mich zu behalten. Wenn Sie mich verhaften wollen, tun Sie es. Meine Verteidigung vor dem Gericht wird das ganze Kartenhaus der gelenkten Forschung zum Einsturz bringen. Gelenkte Forschung ist eine Sache; sie zu unterdrücken und die Menschheit um ihren Nutzen zu bringen, ist eine andere.«

»Oh, da möchte ich etwas klarstellen«, sagte Araman. »Wenn Sie nicht mit uns zusammenarbeiten wollen, Dr. Foster, werden Sie direkt ins Gefängnis kommen. Sie werden keinen Anwalt sprechen können, Sie werden nicht unter Anklage gestellt werden, Sie werden kein Gerichtsverfahren bekommen. Sie werden einfach ins Gefängnis überführt werden und dort bleiben.«

»Sie können mir nichts vormachen«, entgegnete Foster. »Wir leben nicht im zwanzigsten Jahrhundert, das wissen Sie so gut wie ich.«

Auf dem Korridor vor dem Büro wurden Geräusche laut. Füße scharrten, Stimmen redeten erregt durcheinander, dann sprang die Tür auf, und ein Mann stürzte herein, gefolgt von zwei anderen, die ihn zurückzuhalten versuchten.

»Onkel Ralph!« rief Foster.

Die beiden Beamten ließen Nimmo los, der sich kopfschüttelnd den Anzug glattstrich. »Es war nicht nötig, brutal zu werden, Araman. Ich verwahre mich in aller Form gegen diese Handgreiflichkeiten Ihrer Leute.«

»Du kennst Mr. Araman?« fragte Foster.

»Ich hatte schon einmal mit ihm zu tun«, sagte Nimmo. »Wenn er hier in deinem Büro ist, lieber Neffe, bist du in Schwierigkeiten.«

»Und Sie auch«, erklärte Araman gereizt. »Ich weiß, daß Sie Dr. Foster bei der Beschaffung der Lektüre über Neutrinik behilflich gewesen sind. Und bald werden wir noch mehr über Sie wissen. Einstweilen genügt dieser eine Punkt, um Sie hinreichend zu belasten. Was wollten Sie hier?«

»Mein lieber Dr. Araman«, sagte Nimmo, dessen Munterkeit wieder die Oberhand gewonnen hatte. »Vorgestern hat mich dieser Esel von meinem Neffen angerufen. Er hatte irgendeine mysteriöse Information bei der ...«

»Sag ihm nichts!« unterbrach Foster hastig. »Kein Wort!«

Araman warf ihm einen kalten Blick zu. »Wir wissen Bescheid, Dr. Foster. Die Bank hat uns die Unterlagen ausgehändigt.«

»Aber wie können Sie ...« Fosters Stimme versagte.

»Jedenfalls dachte ich«, fuhr Nimmo fort, »daß die Situation brenzlig wurde, und nachdem ich mich um ein paar Details gekümmert hatte, kam ich her, um ihm zu sagen, daß er die Finger von dieser Sache lassen solle. Sie ist seine Karriere nicht wert.«

»Soll das heißen, daß Sie wußten, was er tut?« fragte Araman.

»Er hat es mir nie gesagt, aber ich bin ein wissenschaftlicher Autor und habe meine Erfahrungen. Ich mußte ihm verschiedene Unterlagen beschaffen, und das war mir Beweis genug. Vermutlich hat mein Neffe ein kleines Chronoskop gebaut.«

»Ja.« Araman zündete sich nachdenklich eine Zigarette an, ohne von Dr. Potterley Notiz zu nehmen, der bei ihrem Anblick zurückschreckte. »Wieder ein Fehler von mir. Ich sollte mich pensionieren lassen. Ich hätte auch Sie beobachten sollen, Nimmo, statt mich allein auf Potterley und Foster zu konzentrieren. Sie sind unter Arrest, Nimmo.«

»Weshalb?« fragte der Schriftsteller.

»Wegen unerlaubter Forschungsarbeit.«

»Ich habe keine getan. Ich könnte es gar nicht, weil ich kein eingetragener Wissenschaftler bin. Und selbst wenn ich Forschungen betrieben hätte, wäre es keine strafbare Handlung.«

»Es hat keinen Sinn, Onkel Ralph«, fuhr Foster verärgert dazwischen. »Dieser Bürokrat macht sich seine Gesetze selbst.«

»Wie, zum Beispiel?«

»Lebenslängliche Haft ohne Gerichtsverfahren.«

»Unsinn«, sagte Nimmo energisch. »Wir leben nicht im zwanzigsten Jahrhundert.«

»Das habe ich auch schon gesagt. Es stört ihn überhaupt nicht.«

»Hören Sie, Araman!« rief Nimmo aufgebracht. »Mein Neffe und ich haben Verwandte, die mit uns in Verbindung stehen. Sie können uns nicht einfach verschwinden lassen. Es würde Fragen geben, und schließlich einen handfesten Skandal. Wenn Sie uns einschüchtern wollen, müssen Sie sich etwas anderes ausdenken.«

Araman zerdrückte seine halbgerauchte Zigarette im Aschenbecher. Zum erstenmal an diesem Tag schien er etwas unsicher zu werden. »Zum Teufel, ich weiß nicht, was ich machen soll. So war es noch nie ... Hören Sie zu! Sie haben keine Ahnung von dem, was Sie da machen wollen. Sie verstehen nichts. Wollen Sie mich anhören?«

»Wir hören«, erwiderte Nimmo ergrimmt.

»Die Vergangenheit ist für Sie die tote Vergangenheit«, sagte Araman. »Wenn Leute an die Vergangenheit denken, stellen sie sie sich als tot, weil entfernt und längst vergessen vor. Wir ermutigen sie zu diesem Denken. Wenn wir über die Zeitbetrachtung berichten, sprechen wir immer von früheren Jahrhunderten, obwohl Sie ja nun wissen, daß es unmöglich ist, mehr zu sehen als ein Jahrhundert oder so. Die Leute sind damit zufrieden. Die Vergangenheit heißt Rom, Griechenland, Ägypten, die Steinzeit. Je weiter zurück, desto besser.

Aber nun wissen Sie, daß ein Jahrhundert oder etwas mehr die Grenze darstellt. Was bedeutet Ihnen die Vergangenheit unter diesem Aspekt? Ihre eigene Jugend. Ihr erstes Mädchen. Ihre tote Mutter. Zwanzig, dreißig Jahre zurück. Aber wann beginnt die Vergangenheit in Wirklichkeit?«

Er sah sie nacheinander an. Nimmo regte sich unbehaglich.

»Nun«, sagte Araman, »wann hat die Vergangenheit begonnen? Vor einem Jahr? Vor fünf Minuten? Vor einer Sekunde? Ist es nicht klar, daß die Vergangenheit schon jetzt beginnt, in jedem Augenblick, der vergeht? Die Vergangenheit ist nur ein anderer Name für die lebendige Gegenwart. Was geschieht, wenn Sie das Chronoskop auf die Vergangenheit der letzten Sekunde einstellen? Beobachten Sie dann nicht die Gegenwart? Beginnen Sie jetzt zu begreifen?«

»Verdammt!« sagte Nimmo leise.

»Verdammt!« äffte Araman nach. »Als Potterley vorgestern abend mit seiner Geschichte zu mir kam, mußte ich Sie beide beobachten. Wie habe ich das wohl angestellt? Ganz einfach, meine Herren! Ich habe es mit dem Chronoskop gemacht und die wichtigsten Phasen Ihrer Tätigkeit bis hin zur Gegenwart verfolgt.«

»Und so haben Sie gesehen, wie ich die Unterlagen bei der Bank deponierte?« fragte Foster.

»Genau. So habe ich auch alle anderen wichtigen Einzelheiten festgestellt. Was würde nun nach Ihrer Ansicht geschehen, wenn wir die Verbreitung der Nachricht zuließen, daß man mit relativ einfachen Mitteln ein Chronoskop für den Hausgebrauch zusammenbasteln kann? Die Leute würden vielleicht damit anfangen, ihre eigene Jugend, ihre Eltern und so weiter zu beobachten, aber es würde nicht lange dauern, bis ihnen die Möglichkeiten aufgehen würden. Die Hausfrau wird ihre tote Mutter vergessen und beginnen, ihre Nachbarin im Haus und ihren Mann im Büro zu beobachten. Der Geschäftsmann wird seinen Konkurrenten kontrollieren; der Arbeitgeber seine Angestellten und Arbeiter.

Es wird keine Privatsphäre mehr geben. Das Auge des Spähers am Fenster wird im Vergleich dazu ein harmloser Scherz sein. Die Film- und Fernsehstars werden in jeder Minute ihres Tagesablaufs von Tausenden beobachtet werden. Und es wird kein Entkommen geben; nicht einmal die Dunkelheit wird die Menschen vor den neugierigen Augen ihrer Zeitgenossen schützen können. Obwohl es strenge Vorschriften gibt, weiß ich, daß das Bedienungspersonal der Maschine manchmal solche kleinen Experimente macht.«

Nimmo sah auf einmal elend aus. »Sie können immer noch die Fabrikation für Privatzwecke verbieten ...«

Araman fuhr wild herum. »Das geht, aber was erwarten Sie von einer derartigen Maßnahme? Können Sie durch Gesetze erfolgreich gegen Trinken, Rauchen, Unzucht oder Gerüchtemacherei vorgehen? Und diese Dinge sind noch gar nichts, verglichen mit dem Privatgebrauch des Chronoskops. Mein Gott, in tausend Jahren ist es uns nie gelungen, den Rauschgifthandel zum Erliegen zu bringen, und Sie sprechen von Gesetzen gegen ein Mittel, das es erlaubt, jeden beliebigen Menschen zu jedem beliebigen Zeitpunkt zu beobachten und das außerdem noch in einer gut ausgerüsteten Heimwerkstatt hergestellt werden kann.«

»Ich werde auf die Veröffentlichung verzichten«, sagte Foster plötzlich.

»Keiner von uns wird reden!« platzte Potterley heraus, halb schluchzend. »Ich bedaure ...«

»Sie sagten, daß Sie mich nicht mit dem Chronoskop beobachtet haben, Araman«, fing Nimmo an.

»Die Zeit reichte nicht«, antwortete Araman resigniert. »Das Chronoskop zeigt den Zeitablauf nicht schneller, als er auch in der Wirklichkeit ist. Es gibt keine Beschleunigung, keinen Zeitraffer oder so etwas. Wir haben volle vierundzwanzig Stunden damit verbracht, die wichtigsten Augenblicke in Fosters und Potterleys Arbeit der letzten drei Monate festzuhalten. Für mehr war nicht Zeit, aber es war genug.«

»Es war nicht genug«, sagte Nimmo.

»Was meinen Sie damit?«

»Ich sagte bereits, daß mein Neffe mich angerufen hat, um mir zu sagen, daß er wichtige Informationen bei der Bank hinterlegt habe. Es klang, als wäre er in ernsten Schwierigkeiten. Er ist mein Neffe, und ich mußte etwas für ihn tun. Es dauerte eine Weile, dann kam ich her, um ihm davon zu berichten. Vorhin deutete ich Ihnen an, daß ich mich um einige Details gekümmert habe.«

»Was waren das für Details? Um Himmels willen, Mann ...«

»Nur dies: Ich verschickte die Einzelheiten und Daten des transportablen Chronoskops an ein halbes Dutzend Redaktionen und Agenturen, mit denen ich zusammenarbeite.«

Es wurde totenstill. Kein Wort, kein Geräusch, nicht einmal ein hörbarer Atemzug.

»Starren Sie mich nicht so an!« rief Nimmo. »Verstehen Sie meine Beweggründe nicht? Ich besaß die Veröffentlichungsrechte. Jonas wird es Ihnen bestätigen. Ich wußte, daß er seine Entdeckung auf legale, wissenschaftliche

Weise nicht publizieren konnte. Es war mir klar, daß er es illegal tun wollte und daß er die Unterlagen zu diesem Zweck bei der Bank hinterlegt hatte. Ich wollte ihm die Verantwortung abnehmen, indem ich für eine vorzeitige Veröffentlichung sorgte. Seine Karriere wäre gerettet. Selbst wenn man mir als Resultat meine Lizenz als wissenschaftlicher Schriftsteller entzogen hätte, würden mich die Exklusivrechte an diesen chronoskopischen Daten auf Lebenszeit absichern. Ich rechnete damit, daß Jonas verärgert sein würde, aber ich hatte gute Gründe, und wir hätten uns die Einnahmen geteilt ... Sehen Sie mich nicht so an. Wie sollte ich wissen ...«

»Niemand wußte etwas«, unterbrach Araman bitter, »aber Sie alle hielten es für ganz natürlich, daß die Regierung dumm und bürokratisch, hinterhältig und tyrannisch ist und die Forschung nur zu ihrem eigenen Vergnügen unterdrückt. Keinem von Ihnen ist in den Sinn gekommen, daß wir nur versuchten, die Menschheit zu schützen.«

»Wozu sitzen wir hier herum und reden?« winselte Potterley. »Nennen Sie uns die Namen der Leute, die Sie verständigt haben ...«

»Zu spät«, sagte Nimmo achselzuckend. »Sie haben mehr als einen Tag Vorsprung. Diese Zeit hat ausgereicht, um die Nachricht zu verbreiten. Inzwischen werden meine Agenturen fünfzig oder hundert Wissenschaftler angerufen haben, um sich die Richtigkeit meiner Daten bestätigen zu lassen, und diese Wissenschaftler werden die Neuigkeit untereinander austauschen. Bevor die Woche um ist, werden fünfhundert Leute wissen, wie man ein kleines Chronoskop baut. Wie wollen Sie die alle erreichen?« Seine fleischigen Wangen zitterten. »Ich glaube, es gibt keine Möglichkeit mehr, den Atompilz in seine hübsche, glänzende Urankugel zurückzubannen.«

Araman stand auf. »Wir werden es versuchen, Potterley, aber ich stimme mit Nimmo überein. Es ist zu spät. Ich weiß nicht, was für eine Welt wir von nun an haben werden, aber die Welt, wie wir sie kennen, ist zerstört. Bisher hat jede Gesellschaftsform ein gewisses Maß privater Zurückgezogenheit für selbstverständlich gehalten, aber damit ist es jetzt vorbei.«

Er grüßte die drei Männer mit formeller Höflichkeit.

»Sie, meine Herren, haben eine neue Welt geschaffen. Ich beglückwünsche Sie zum neuen Leben im Goldfischglas. Möge jeder von Ihnen dafür in der Hölle schmoren. Arrest aufgehoben.«

Wahltag im Jahre 2008

Linda, zehn Jahre alt, war das einzige Familienmitglied, dem es Spaß zu machen schien, wach zu sein.

Norman Muller konnte sie jetzt in seinem ungesunden Halbschlaf hören. Nachdem er zwei Schlaftabletten genommen hatte, war es ihm vor einer Stunde endlich gelungen, einzudämmern. Sie war an seinem Bett und schüttelte ihn. »Papa, Papa, aufwachen. Wach auf!«

Er unterdrückte ein Stöhnen. »Schon gut, Linda.«

»Aber Papa, es sind mehr Polizisten da als jemals sonst! Streifenwagen und alles!«

Norman Muller erhob sich auf einen Ellbogen und blinzelte trübe umher. Draußen graute der Morgen, Keim eines elenden grauen Tages, der Norman Mullers Gefühle ziemlich getreu widerspiegelte. Er hörte Sarah, seine Frau, in der Küche herumschlurfen, wo sie ihren morgendlichen Pflichten nachging. Sein Schwiegervater Matthew erfüllte das Badezimmer mit Husten und grunzenden Geräuschen. Kein Zweifel, daß Handley schon fertig war und auf ihn wartete.

Dies war der Tag. Der Wahltag.

Das Jahr hatte wie jedes andere Jahr begonnen. Vielleicht ein bißchen schlimmer, weil es das Jahr der Präsidentschaftswahlen war, aber wenn man es recht betrachtete, war es doch recht erträglich gewesen.

Die Politiker sprachen über die großartige Volksvertretung und die mächtige elektronische Intelligenz, die dem Willen des Volkes in wahrhaft demokratischer Weise diene.

Die Presse analysierte die Situation mit industriellen Computern und geizte nicht mit kleinen Andeutungen über das zu erwartende Ergebnis. Kommentatoren und Leitartikler versuchten mit scharfsinnigen Argumenten den Bundesstaat und den Bezirk zu bestimmen, auf den diesmal die Entscheidung fallen würde.

Der erste Wink, daß es nicht wie jedes andere Jahr sein würde, kam, als Sarah Muller am Abend des 4. Oktober, genau einen Monat vor dem Wahltag, zu ihrem Mann sagte: »Cantwell Johnson behauptet, daß es diesmal Indiana sein wird. Er ist schon der vierte, der das sagt. Stell dir vor: unser Staat soll es sein.«

Matthew Hortenweiler ließ sein fleischiges Gesicht hinter der Zeitung sehen, blickte seine Tochter mißbilligend an und knurrte: »Diese Burschen werden dafür bezahlt, daß sie Lügen in die Welt setzen. Hör nicht auf sie.«

»Vier sind es jetzt schon, Vater«, erwiderte Sarah. »Sie alle sagen, daß es Indiana sein wird.«

»Indiana ist tatsächlich ein Schlüsselstaat, Matthew«, sagte Norman Muller milde. »Nach Bevölkerungszusammensetzung und Industrialisierung entspricht es ziemlich genau den allgemeinen Durchschnittswerten. Es ...«

Matthews Gesicht verzog sich besorgniserregend. »Hat vielleicht auch einer was von Monroe County und Bloomington gesagt?« schnarrte er böse.

»Nun ...«, sagte Norman.

Linda, die ihr kleines Gesicht mit dem spitzen Kinn von einem Sprecher zum anderen gewandt hatte, fragte mit piepsiger Stimme:

»Wirst du dieses Jahr wählen, Papa?«

Norman lächelte nachsichtig und sagte: »Ich glaube nicht, mein liebes Kind.«

Sarah, die schon ein wenig von der wachsenden Erregung angesteckt war, die den Präsidentschaftswahlen vorauszugehen pflegte, führte ein ruhiges Leben, worin Tagträume eine große Rolle spielten. Sie sagte sehnsüchtig: »Wäre das nicht wunderbar?«

»Wenn ich wählen würde?« Norman Muller hatte einen kleinen blonden Schnurrbart, der ihm in den Augen der jungen Sarah ein gutmütiges und freundliches Aussehen verliehen hatte, nun aber zu ergrauen begann und zum Symbol mangelnder Persönlichkeit geworden war. Seine Stirn war von tiefen Linien der Unsicherheit gefurcht, und er hatte seine arme Angestelltenseele nie mit dem Gedanken verführt, daß er zu etwas Großem geboren sei oder es unter irgendwie gearteten Umständen zu Größe bringen würde. Er hatte eine Frau, eine kleine Tochter und einen Arbeitsplatz und war außer in Zeiten ungewöhnlicher Depressionen geneigt, dies als ein angemessenes Schicksal zu betrachten.

So fühlte er sich ein wenig verlegen und unbehaglich über die Richtung, die Sarahs Gedanken nahmen. »Unser Land hat zweihundert Millionen Einwohner, Sarah«, erinnerte er sie. »Da ist die Wahrscheinlichkeit so gering, daß wir unsere Zeit nicht mit müßigen Spekulationen verschwenden sollten.«

Aber davon wollte Sarah nichts wissen. »Wie kommst du auf zweihundert Millionen, Norman?« fragte sie. »Erstens sind nur Bürger zwischen zwanzig und sechzig Jahren wahlberechtigt, und zweitens sind es nur Männer. Die Chancen stehen also höchstens fünfzig Millionen zu eins. Und dann, wenn es wirklich Indiana wird ...«

»Stehen sie vielleicht eineinhalb Millionen zu eins. Sicher würdest du nicht wollen, daß ich beim Pferderennen auf eine solche Chance setze, nicht wahr? Laß uns jetzt essen.«

Matthew murmelte hinter seiner Zeitung: »Verdammter Unfug!«

Am 20. Oktober verkündete Sarah, daß Mrs. Schultz, deren Kusine Sekretärin eines Kongreßabgeordneten war, gesagt habe, alle maßgebenden Leute tippten auf Indiana. »Sie behauptet sogar, daß Präsident Villers in Indianapolis eine Rede halten wird.«

Norman Muller, der einen harten Tag im Geschäft hinter

sich hatte, beschränkte sich darauf, die Augenbrauen hochzuziehen.

Matthew Hortenweiler, der mit der Politik Washingtons ständig unzufrieden war, sagte bissig: »Wenn Villers in unserem Staat eine Rede hält, bedeutet es, daß er glaubt, Multivac wird sich für Arizona entscheiden.«

Sarah, die ihren Vater ignorierte, wann immer es möglich war, sagte: »Ich weiß nicht, warum sie den Staat, den Bezirk und die Stadt nicht früher bekanntgeben. Dann hätten wenigstens die Leute in den anderen Gebieten ihre Ruhe.«

»Wenn sie so etwas täten«, entgegnete Norman, »würden die Politiker wie Aasgeier ausschwärmen. Sobald der Name der Stadt bekannt wäre, hätten wir an jeder Straßenecke einen oder zwei Abgeordnete stehen.«

Matthew kniff die Augen zusammen und strich sich ärgerlich über sein spärliches graues Haar. »Sie sind Aasgeier, da hast du recht. Ich will euch ...«

»Aber, aber Vater!« murmelte Sarah.

Matthews polternde Stimme erstickte ihren Protest. »Ich will euch mal was sagen. Ich war dabei, als sie Multivac aufstellten. Es wäre das Ende der politischen Intrigen, sagten sie. Es wäre nicht mehr nötig, Steuergelder für den Wahlkampf auszugeben. Es würden keine grinsenden Schulterklopfer und Gauner mehr in den Kongreß oder gar ins Weiße Haus geschoben werden. Und was geschieht? Der Wahlkampf ist verrückter als je zuvor, nur führen sie ihn jetzt blind drauflos. Ich sage, man sollte mit diesem Blödsinn Schluß machen. Zurück zu den guten alten ...«

»Willst du nicht, daß Papa dieses Jahr wählt, Opa?« fragte Linda plötzlich.

Matthew funkelte das Kind an. »Du redest, wenn du gefragt wirst, verstanden?« Er wandte sich wieder an Sarah und Norman. »Ich habe einmal gewählt. Bin einfach in die Wahlkabine marschiert und habe den Hebel der Partei heruntergedrückt, die ich wählen wollte. Es war gar nichts dabei. Ich sagte mir nur: Dieser Bursche vertritt meine Interessen als Arbeiter, und ich wähle ihn. Fertig. So sollte es sein.«

»Du hast gewählt?« fragte Linda aufgeregt. »Wirklich, Opa?«

Sarah beugte sich rasch vor, um zu verhindern, was leicht zu einer unpassenden Geschichte werden konnte, die man in der Nachbarschaft herumerzählte. »Es ist nichts, Linda. Dein Großvater meint damit nicht, daß er wirklich gewählt hat. Damals hat jeder diese Art Wahl mitgemacht, aber es war ganz anders als heutzutage.«

»Im Gegenteil!« brüllte Matthew. »Ich war zweiundzwanzig und stimmte für Langley, und es war eine richtige Wahl. Vielleicht hat meine Stimme nicht viel ausgemacht, aber sie war so gut wie jede andere. Und kein Multivac, der alles ...«

»Es ist Zeit, daß du ins Bett kommst, Linda«, unterbrach Norman. »Und hör endlich mit dieser ewigen Fragerei auf. Wenn du groß bist, wirst du das alles verstehen.«

Er küßte sie auf die Stirn, und sie entfernte sich widerwillig und unter mütterlichem Drängen.

Linda sagte leise: »Opa?« und blieb mit ihren Händen auf dem Rücken vor ihm stehen, bis sich seine Zeitung so weit senkte, daß sie buschige Augenbrauen und von Runzeln umgebene Augen sehen konnte. Es war Freitag, der 31. Oktober.

»Ja?« knurrte er.

Linda kam näher und legte beide Arme auf die Knie des alten Mannes, daß er seine Zeitung weglegen mußte. »Opa, hast du wirklich einmal gewählt?«

»Du hast doch gehört, wie ich es gesagt habe, nicht? Denkst du vielleicht, ich erzähle Märchen?«

»N-nein, aber Mama sagt, daß damals alle gewählt haben.«

»Das haben sie getan.«

»Aber wie konnten sie das? Wie konnte jeder wählen?«

Matthew betrachtete seine Enkelin ernst, dann hob er

sie auf und setzte sie auf seine Knie. In belehrendem Tonfall begann er: »Siehst du, Linda, bis vor vierzig Jahren hat jeder gewählt. Angenommen, wir mußten uns entscheiden, wer der neue Präsident der Vereinigten Staaten werden sollte. Jede Partei stellte einen Kandidaten auf. Wenn der Wahltag vorbei war, wurde gezählt, wie viele Leute den einen oder den anderen als Präsidenten wollten. Wer die meisten Stimmen bekommen hatte, war gewählt. Verstehst du das?«

Linda nickte. »Aber woher wußten die Leute, wen sie wählen sollten? Hat Multivac es ihnen gesagt?«

Matthews Augenbrauen zogen sich zusammen. »Nein. Sie haben sich einfach auf ihr eigenes Urteil verlassen, Kind. Natürlich ging es nicht so schnell, bis alle Stimmen gezählt waren. Manchmal dauerte es zwei Tage, bis man wußte, wer gewählt war, und die Leute waren ungeduldig. Also erfanden sie Maschinen, die die ersten Stimmen zählten und sie mit den Ergebnissen der früheren Wahlen verglichen. So konnten die Maschinen ausrechnen, wie die Wahl ausgehen und wer gewählt werden würde. Siehst du?«

Sie nickte wieder. »Wie Multivac.«

»Die ersten Computer waren viel kleiner als Multivac. Aber die Maschinen wurden immer größer und perfekter und brauchten immer weniger Stimmen, um den Wahlausgang vorherzusagen. Zuletzt bauten sie dann Multivac, und dieser Maschine genügt schon ein einziger Wähler.«

Linda lächelte, weil ihr dieser Teil der Geschichte vertraut war. »Das ist schön.«

»Nein, das ist nicht schön«, sagte Matthew verdrießlich. »Ich will nicht, daß mir eine Maschine sagt, wie ich gewählt haben würde, nur weil irgendein Kandidat behauptet, er sei gegen höhere Tarife. Vielleicht will ich trotzdem einen anderen wählen. Vielleicht will ich überhaupt nicht wählen. Vielleicht ...«

Aber Linda hatte sich von seinen Knien geschoben und lief davon. In der Tür prallte sie mit ihrer Mutter zusammen, die noch in Hut und Mantel war. »Paß doch auf, wo du hinläufst!« schalt sie das Mädchen. Dann nahm sie den Hut vom Kopf, ordnete ihre Frisur und sagte zu Matthew: »Ich war bei Agatha.«

Matthew warf ihr einen kritischen Blick zu und langte mit einem Grunzlaut nach seiner Zeitung.

»Weißt du, was sie gesagt hat?«

Matthew entfaltete seine Zeitung. »Nein. Es ist mir auch egal.«

»Aber Vater!« sagte Sarah tadelnd. Doch sie hatte keine Zeit, sich zu ärgern. Die Neuigkeit mußte heraus, und Matthew war im Augenblick der einzige Zuhörer. »Agathas Mann ist Polizist, und er sagt, daß gestern abend ein ganzer Bus mit Geheimdienstleuten nach Bloomington gekommen ist.«

»Hinter mir sind sie nicht her.«

»Verstehst du denn nicht, Vater? Geheimdienstleute, und das so kurz vor der Wahl. In Bloomington!«

»Vielleicht suchen sie einen Bankräuber.«

»Hier hat es seit ewigen Zeiten keinen Bankraub gegeben. Vater, du bist ein hoffnungsloser Fall.«

Damit stelzte sie hinaus.

Norman Mullers Reaktion auf die Nachricht war nicht weniger enttäuschend. »Hör mal, Sarah, woher wußte Agathas Mann, daß es Geheimdienstleute waren?« fragte er gelassen. »Sie sind doch sicher nicht in der Stadt herumgelaufen und haben ihre Ausweismarken vorgezeigt.«

Aber am nächsten Abend konnte sie triumphierend melden: »Alle Leute in Bloomington erwarten, daß jemand aus unserer Stadt der Wähler sein wird. Es steht sogar in der Zeitung!«

Norman hob unbehaglich dic Schultern. Er konnte es nicht länger leugnen. Wenn Bloomington wirklich von Multivacs Blitz getroffen worden war, bedeutete es Schwärme von Zeitungsreportern, Fernsehleuten und Touristen. Alle möglichen Aufregungen standen bevor. Norman liebte die ruhige Routine seines Lebens, und nichts war ihm verhaßter als Trubel.

»Das sind alles Gerüchte, mehr nicht«, sagte er.

»Warte nur ab, dann wirst du es selbst sehen.«

Wie sich herausstellte, blieb nur sehr wenig Zeit zum Abwarten, denn bald darauf läutete es, und als Norman Muller die Tür öffnete, sah er sich einem großen Mann mit ernstem Gesicht gegenüber. »Sind Sie Norman Muller?«

Norman bejahte mit tonloser Stimme. Es war leicht zu sehen, daß das Gebaren des Fremden Autorität besaß, und die Art seiner Mission war auf einmal so unausweichlich klar, daß es Norman Muller die Sprache verschlug.

Der Mann präsentierte ihm Ausweise und ein Beglaubigungsschreiben, trat ein, schloß die Tür hinter sich und sagte feierlich: »Mr. Norman Muller, ich habe die Aufgabe, Sie im Namen des Präsidenten der Vereinigten Staaten davon zu unterrichten, daß Sie ausersehen sind, am Dienstag, dem 4. November, die amerikanische Wählerschaft zu vertreten.«

Mit Mühe gelang es Norman Muller, ohne fremde Hilfe einen Stuhl zu erreichen. Er setzte sich mit bleichem Gesicht und fast von Sinnen, während Sarah ein Glas Wasser brachte, seine Hände tätschelte und zwischen zusammengepreßten Zähnen murmelte: »Reiß dich zusammen, Norman. Nicht schwach werden! Sonst nehmen sie einen anderen.«

Sobald Norman sprechen konnte, flüsterte er: »Es tut mir leid, Sir.«

Der Geheimdienstmann hatte seinen Mantel abgelegt, knöpfte seine Jacke auf und machte es sich auf dem Sofa bequem.

»Es ist nicht weiter schlimm«, erklärte er begütigend. »Es ist schon das sechstemal, daß ich diesen Auftrag ausführe, und ich habe alle möglichen Reaktionen erlebt. Keiner hat sich so benommen, wie man es auf dem Fernsehschirm sieht. Sie wissen, was ich meine? So ein ergebener Blick und ein Bursche, der voller Inbrunst sagt: ›Ich betrachte es als eine große Ehre, meinem Land dienen zu dürfen.‹« Der Agent lachte glucksend. Er hatte nun seine Amtsmiene abgelegt und schien nichts weiter als ein großer und ziemlich freundlicher Mann zu sein.

Sarah stimmte in sein Lachen ein, aber ihre Stimme klang ein wenig hysterisch.

Der Agent sagte: »Sie werden mich jetzt eine Weile bei sich haben. Ich heiße Phil Handley. Mr. Muller darf das Haus bis zum Wahltag nicht verlassen. Sie werden bei seiner Firma anrufen müssen und sagen, daß er erkrankt ist, Mrs. Muller. Im übrigen können Sie einstweilen Ihren Pflichten nachgehen, aber Sie müssen strengstes Stillschweigen bewahren. Ist das klar, Mrs. Muller?«

Sarah nickte heftig. »Ja, Sir. Ich werde kein Wort sagen.«

»Gut. Aber Mrs. Muller, dies ist kein Spaß.« Handleys Miene wurde ernst. »Gehen Sie nur hinaus, wenn es sein muß. Man wird Sie bei Ihren Einkäufen unauffällig bewachen. Sie müssen sich mit dem Gedanken vertraut machen, daß Ihnen jemand folgt, wenn Sie das Haus verlassen. Es tut mir leid, aber es ist eine Vorschrift.«

»Bewachen?« stammelte Sarah verwirrt.

»Wie ich sagte, es wird unauffällig geschehen. Und es wird nur zwei Tage dauern, bis die offizielle Ankündigung erfolgt. Ihre Tochter ...«

»Sie ist im Bett«, sagte Sarah diensteifrig.

»Gut. Sie müssen ihr sagen, daß ich ein Verwandter oder ein Freund der Familie bin und für ein paar Tage hier wohne. Wenn sie die Wahrheit herausbringt, muß sie im Haus gehalten werden. Ihr Vater sollte auf jeden Fall lieber im Haus bleiben.«

»Das wird ihm nicht gefallen«, wandte Sarah ein.

»Läßt sich nicht ändern. Sonst wohnt ja keiner bei Ihnen?«

»Anscheinend wissen Sie alles über uns«, flüsterte Norman.

»Eine ganze Menge«, bekräftigte Handley. »Im Moment

wären das alle Instruktionen. Ich werde Ihnen so wenig wie möglich zur Last fallen und Ihnen im übrigen nach besten Kräften helfen. Die Kosten für meine Verpflegung und Unterkunft werden Ihnen von der Regierung ersetzt. Jede Nacht werde ich von einem Kollegen abgelöst, der hier im Wohnzimmer Wache halten wird, Sie brauchen sich also nicht um eine Schlafgelegenheit für mich zu kümmern. Nun, Mr. Muller, der Zweck dieser zweitägigen Vorbereitungszeit ist, Sie an Ihre Aufgabe zu gewöhnen. Wir möchten, daß Sie sich bei der Wahl in einem möglichst ausgeglichenen, normalen Gemütszustand befinden. Entspannen Sie sich und denken Sie einfach, daß dies ein kurzer Urlaub ist. In Ordnung?«

»In Ordnung«, sagte Muller schwächlich. Dann schüttelte er heftig seinen Kopf. »Aber ich will die Verantwortung nicht tragen. Warum ausgerechnet ich?«

»Ich will versuchen, Ihnen das zu erklären«, sagte Handley geduldig. »Multivac wägt alle bekannten Faktoren ab, Millionen, vielleicht Milliarden. Ein Faktor allerdings ist nicht bekannt, und das ist das menschliche Gehirn mit seinen Reaktionen. Alle Amerikaner unterliegen dem prägenden Druck dessen, was andere Amerikaner denken und tun und sagen, ganz zu schweigen von der Werbung und anderen Beeinflussungen. Jeder Amerikaner kann vom Multivac untersucht werden, aber einige sind besser dafür geeignet als andere. Multivac hat Sie als die am meisten dem Durchschnittsamerikaner entsprechende Person dieses Jahres ermittelt. Nicht als die klügste oder stärkste oder glücklichste, sondern als die am meisten typische Person. An der Richtigkeit von Multivacs Ermittlung gibt es keinen Zweifel, darüber sind wir uns wohl einig, nicht?«

»Könnte Multivac nicht auch einmal einen Fehler machen?« fragte Norman.

Sarah, die ungeduldig gelauscht hatte, unterbrach sofort. »Hören Sie nicht auf ihn, Mr. Handley. Er ist nur nervös, wissen Sie. Er ist sehr belesen und verfolgt die Politik äußerst aufmerksam.«

»Multivac trifft die Entscheidungen, Mrs. Muller«, sagte Handley. »Der Computer hat Ihren Mann ausgewählt.«

»Aber weiß er denn alles?« lehnte sich Norman auf. »Kann er keinen Fehler gemacht haben?«

»Doch, er kann auch Fehler machen. Wir wollen da ganz offen sein. 1993 starb der ermittelte Wähler an einem Herzschlag, genau zwei Stunden, bevor man ihn verständigte. Multivac hatte es nicht vorhergesagt, das konnte er nicht. Außerdem kann ein Wähler geistig labil, moralisch ungeeignet oder auch regierungsfeindlich sein, ohne es zu erkennen zu geben. Darum gibt es immer ein paar Ersatzkandidaten. Ich glaube nicht, daß wir diesmal einen benötigen werden. Sie sind bei guter Gesundheit, Mr. Muller, und man hat sehr sorgfältige Nachforschungen über Sie angestellt. Sie sind qualifiziert.«

Norman vergrub sein Gesicht in den Händen und saß reglos.

»Morgen früh«, sagte Sarah zuversichtlich, »wird er vollkommen in Ordnung sein. Er muß sich erst daran gewöhnen, das ist alles.«

In der Intimsphäre ihres Schlafzimmers drückte sich Sarah Muller anders und sehr viel energischer aus. Das Fazit ihrer Vorhaltungen war: »Nun reiß dich endlich zusammen, Norman! Du wirst doch nicht die Chance deines Lebens wegwerfen!«

»Es macht mir angst, Sarah«, flüsterte Norman verzweifelt. »Die ganze Sache wird immer unerträglicher, je mehr ich daran denke.«

»Aber warum, um Gottes willen? Was ist denn schon dabei? Du wirst eine oder zwei Fragen beantworten müssen, das ist alles.«

»Die Verantwortung ist zu groß. Ich kann sie nicht auf mich nehmen.«

»Was für eine Verantwortung? Es gibt gar keine. Multivac hat dich ausgewählt. Es ist Multivacs Verantwortung. Jeder weiß das.«

Norman setzte sich im Bett auf. »Jeder sollte es wissen. Aber sie wissen es nicht. Sie ...«

»Nicht so laut!« zischte Sarah wütend. »Sie hören dich ja im Nachbarhaus.«

»Sie wissen es nicht«, wiederholte Norman flüsternd. »Wenn sie über Ridgleys Amtszeit sprechen, sagen sie dann, daß er sie mit himmelhohen Versprechungen und rassistischem Quatsch für sich gewonnen hat? Nein! Wenn sie von 1988 sprechen, ist es für sie nur die ›verdammte MacComber-Wahl‹, als wäre Humphrey MacComber der einzige gewesen, der etwas damit zu tun gehabt hätte, weil er mit Multivac konfrontiert wurde. Ich habe selber diesen Ausdruck gebraucht. Aber jetzt sehe ich ein, daß der arme Kerl ein gewöhnlicher Farmer war, der nicht darum gebeten hatte, daß man ihn auswählte. Warum sollte er mehr Schuld gehabt haben als die anderen? Jetzt ist sein Name ein Fluchwort geworden.«

»Du bist kindisch«, sagte Sarah eisig.

»Ich bin vernünftig. Ich sage dir, Sarah, ich nehme es nicht an. Sie können mich nicht zur Wahl zwingen, wenn ich nicht will. Ich werde sagen, daß ich krank bin. Ich werde ...«

Aber Sarah hatte genug. »Nichts wirst du!« flüsterte sie in kalter Wut. »Hör mich an, Norman! Du hast nicht nur an dich zu denken. Du weißt, was es bedeutet, der Wähler des Jahres zu sein. Es bedeutet Reklame und Ruhm und vielleicht einen Haufen Geld ...«

»Und dann ist alles vorbei, und ich bin wieder ein kleiner Angestellter.«

»Eben nicht. Mindestens wirst du eine eigene Filiale bekommen, wenn du überhaupt etwas Gehirn hast, und daran wird es nicht fehlen, weil ich dir sagen werde, was du zu tun hast. Wenn du deine Karten richtig spielst, kannst du Kennell Stores einen anständigen Vertrag mit einer Gehaltserhöhungsklausel und einem ordentlichen Pensionsplan abringen.«

»Das ist doch nicht der Zweck, ein Wähler zu sein, Sarah.«

»Für dich ist es der Zweck. Wenn du dir selbst oder mir – ich sage es nicht um meinetwillen – schon nichts schuldig zu sein glaubst, dann bist du es jedenfalls Linda schuldig.«

Norman stöhnte.

»Nun, bist du es etwa nicht?« schnappte Sarah.

»Doch, natürlich«, murmelte Norman.

Am 3. November wurde die Entscheidung bekanntgegeben, und nun war es für Norman zu spät, den Rückzug anzutreten, selbst wenn er den Mut zu einem Versuch aufgebracht hätte.

Das Haus wurde von der Außenwelt abgeriegelt. Die Geheimdienstbeamten traten jetzt offen in Erscheinung und wiesen alle Besucher und Neugierigen ab.

Zuerst läutete das Telefon unablässig, doch Phil Handley nahm alle Anrufe entgegen. Bald darauf leitete das Amt alle Gespräche direkt zum Polizeirevier um. Norman sah mit Erleichterung, daß ihm auf diese Weise nicht nur die erfreuten und neidischen Glückwünsche der Freunde und Bekannten erspart blieben, sondern auch die Annäherungsversuche von Vertretern und Politikern ... Vielleicht sogar Todesdrohungen von irgendwelchen Wirrköpfen.

Um jede Beeinflussung auszuschalten, wurden keine Zeitungen ins Haus gelassen. Trotz Lindas lauter Proteste unterbrach Handley die Stromzufuhr des Fernsehapparates.

Matthew knurrte und fluchte und blieb in seinem Zimmer. Linda vergaß bald ihre anfängliche Begeisterung und schmollte und jammerte, weil sie nicht zum Spielen hinaus durfte. Sarah verbrachte alle Zeit, die sie nicht für die Vorbereitung der Mahlzeiten aufwenden mußte, mit Zukunftsplänen. Und Normans Depression nährte sich aus sich selbst.

Dann kam endlich der Morgen des 4. November 2008, und es war Wahltag.

Norman Muller aß sein Frühstück mechanisch und ohne Appetit. Handleys freundliche Stimme tat ihr Bestes, dem grauen und freudlosen Morgen ein etwas angenehmeres Aussehen zu verleihen. »Wir werden dieses Haus abschirmen, bis Mr. Muller zurückgekehrt ist«, sagte er zu den Anwesenden, »aber dann werden wir Sie in Ruhe lassen.« Der Geheimdienstmann hatte eine Uniform angelegt und trug eine schwere Dienstpistole am Koppel.

»Sie haben uns überhaupt keine Ungelegenheiten bereitet, Mr. Handley«, sagte Sarah.

Norman trank zwei Tassen schwarzen Kaffee, wischte sich den Mund, stand auf und sagte mit unsicherer Stimme: »Ich bin fertig.«

Handley erhob sich rasch. »Sehr schön. Und Ihnen, Mrs. Muller, danke ich sehr für Ihre Gastfreundschaft.«

Der gepanzerte Wagen schnurrte durch verlassene Straßen. Sie waren menschenleer, obwohl dies die Stunde war, wo die meisten Leute zur Arbeit fuhren. Handley sah Normans Verwunderung und bemerkte: »Die Zufahrtsstraßen werden verkehrsfrei gehalten, um etwaigen Attentatsversuchen vorzubeugen.«

Als der Wagen anhielt, führte Handley seinen Schützling durch eine unterirdische Passage, deren Wände von Soldaten mit präsentierten Gewehren gesäumt waren.

Norman wurde in einen hell erleuchteten Raum geführt, wo ihn drei weiß uniformierte Männer lächelnd begrüßten.

»Aber das ist doch das Krankenhaus«, sagte Norman argwöhnisch.

»Das hat nichts zu bedeuten«, erwiderte Handley schnell. »Das Krankenhaus verfügt über die nötigen Räumlichkeiten und Einrichtungen, das ist alles.«

»Gut; was habe ich zu tun?«

Handley nickte. Einer der drei Männer trat näher und sagte: »Alles Weitere übernehme ich, Mr. Handley.«

Handley salutierte nachlässig und verließ den Raum.

Der Mann in Weiß wandte sich an Norman: »Wollen Sie

sich nicht setzen, Mr. Muller? Ich bin John Paulson, der Chefprogrammierer. Dies sind Samson Levine und Peter Dorogobush, meine Assistenten.«

Muller schüttelte ihnen mechanisch die Hände. Paulson war ein mittelgroßer Mann mit einem weichen, stets lächelnden Gesicht. Er trug eine altmodisch geformte Brille und zündete sich beim Sprechen eine Zigarette an.

»Zuerst möchte ich Ihnen sagen, Mr. Muller, daß wir keine Eile haben. Wenn nötig, können Sie den ganzen Tag bei uns bleiben, damit Sie sich an diese Umgebung gewöhnen und von der Vorstellung frei machen können, daß an dieser Prozedur etwas Ungewöhnliches ist, etwas Klinisches, wenn Sie wissen, was ich meine.«

»Es ist schon gut«, antwortete Norman. »Es wäre mir lieb, wenn ich es bald hinter mich bringen könnte.«

»Ich verstehe Ihre Gefühle. Aber wir möchten Ihnen doch genauer erklären, was überhaupt vorgeht. Zuerst einmal muß ich Sie enttäuschen: Multivac ist nicht hier.«

»Nicht hier?« Trotz aller Depressionen hatte er irgendwie mit der Hoffnung gelebt, Multivac zu sehen. Man sagte, der Computer wäre einige hundert Meter lang und drei Stockwerke hoch. Und fünfzig Techniker wären ständig in den Korridoren innerhalb der Maschine unterwegs. Man pries Multivac als ein modernes Weltwunder.

Paulson lächelte. »Nein. Er ist nicht transportabel, müssen Sie wissen. Er ist unterirdisch aufgestellt, und tatsächlich wissen nur sehr wenige Menschen, wo er sich befindet. Sie werden auch das verstehen, denn er ist eine unserer wichtigsten Errungenschaften und entsprechend wertvoll. Glauben Sie mir, die Wahlen machen nur den geringsten Teil seiner Arbeitsleistung aus.«

»Ich dachte, ich würde ihn sehen«, sagte Norman. »Er würde mich interessieren.«

»Das kann ich mir denken, Mr. Muller. Aber dazu bedürfte es einer Genehmigung des Weißen Hauses, und die müßte noch vom Staatssicherheitsdienst gegengezeichnet werden. Aber wir stehen von hier aus drahtlos mit Multivac in Verbindung. Was Multivac sagt, kann hier interpretiert werden, und was wir sagen, wird unmittelbar Multivac zugeleitet. Man könnte also mit einigem Recht sagen, daß er hier ist.«

Norman sah sich im Raum um. Die aufgestellten Apparate und Vorrichtungen sagten ihm nichts.

»Nun lassen Sie mich erklären«, fuhr Paulson fort. »Multivac hat bereits die meisten Informationen, die er benötigt, um alle Wahlen zu entscheiden, nationale, bundesstaatliche und lokale. Er benötigt nur noch gewisse unerrechenbare Einzelheiten, die er von Ihnen bekommen wird. Wir können nicht voraussagen, welche Fragen Ihnen Multivac stellen wird, aber es kann gut sein, daß sie weder Ihnen noch uns sinnvoll erscheinen werden. Zum Beispiel könnte er Sie fragen, wie Sie über die Müllbeseitigung in Ihrer Stadt denken; ob Sie die Leichenverbrennung der Erdbestattung vorziehen. Er könnte Sie fragen, ob Sie im Krankheitsfall einen Privatarzt oder den nationalen Gesundheitsdienst vorziehen würden. Verstehen Sie mich?«

»Ja, Sir.«

»Wie immer die Fragen sein mögen, beantworten Sie sie mit Ihren eigenen Worten und auf jede Weise, die Ihnen gefällt. Wenn Sie glauben, etwas erklären zu müssen, tun Sie es. Wenn nötig, können Sie eine Stunde lang sprechen.«

»Ja, Sir.«

»Noch etwas. Wir werden einige einfache medizinische Kontrollen durchführen, die während Ihrer Antworten Ihren Blutdruck, Ihren Herzschlag, die Leitfähigkeit Ihrer Haut und Ihre Gehirntätigkeit zu untersuchen haben. Die dazu nötige Maschinerie wird Ihnen etwas unheimlich erscheinen, aber es ist alles absolut schmerzlos. Sie werden es nicht einmal spüren.«

Die beiden anderen Techniker beschäftigten sich bereits mit verschiedenen glatten, schimmernden Apparaten.

»Soll damit geprüft werden, ob ich lüge oder nicht?« fragte Norman mißtrauisch.

»Keineswegs, Mr. Muller. Mit einem Lügendetektor hat dies nicht das Geringste zu tun. Es soll nur die Intensität Ihrer Emotionen gemessen werden. Wenn Sie nach Ihrer Meinung über die Schule Ihrer Tochter gefragt werden, könnten Sie vielleicht sagen: ›Ich finde, daß sie überfüllt ist.‹ Das sind nur Worte. Aber aus der Art und Weise, wie Ihr Gehirn und Herz und Ihre Schweißdrüsen reagieren, kann Multivac genau errechnen, wie stark Ihre Empfindungen in dieser Angelegenheit sind. Er wird Ihre Gefühle besser verstehen und beurteilen können als Sie selbst.«

»Von so etwas habe ich noch nie gehört«, sagte Norman.

»Nein, das ist auch verständlich. Die meisten Details über Multivacs Arbeitsweise unterliegen strengster Geheimhaltung. Bevor Sie gehen, werden Sie eine eidesstattliche Erklärung zu unterzeichnen haben, in der Sie sich verpflichten, niemals die Natur der Fragen weiterzuerzählen, die Ihnen gestellt worden sind. Dasselbe gilt für Ihre Antworten und die mit dem Wahlvorgang verbundenen technischen Vorbereitungen. Je weniger man über Multivac weiß, desto geringer ist die Gefahr, daß das Bedienungspersonal beeinflußt oder irgendeinem Druck von außen ausgesetzt wird.« Er lächelte grimmig. »Unser Leben ist ohnedies schon hart genug.«

Norman nickte. »Ich verstehe.«

»Möchten Sie jetzt etwas essen oder trinken?«

»Nein, danke.«

»Haben Sie noch Fragen?«

Norman schüttelte den Kopf.

»Dann sagen Sie uns bitte, wann wir anfangen können.«

»Ich bin bereit.«

»Sind Sie sicher?«

»Ziemlich.«

Paulson nickte und gab den anderen ein Zeichen. Sie näherten sich mit Kabeln und furchterregenden Kontaktbandagen, und Norman Muller fühlte, wie ihm vom bloßen Zusehen der Schweiß ausbrach.

Die Prozedur dauerte fast drei Stunden, unterbrochen von einer kurzen Kaffeepause und einer überaus peinlichen Sitzung auf einem Nachttopf. Während dieser Zeit blieb Norman Muller von Kabeln und Apparaten eingeschlossen. Zuletzt war er todmüde und dem Zusammenbrechen nahe. Mit kläglichem Lächeln dachte er, daß es ihm leichtfallen würde, sein Versprechen zu halten. Schon jetzt waren die Fragen und Antworten in seinem Kopf zu einem nebelhaften Mischmasch zusammengeflossen.

Irgendwie hatte er sich vorgestellt, daß Multivac in einer übernatürlichen, hallenden Stimme wie aus einem Grab sprechen würde, aber das, so dachte er jetzt, war wohl nur eine Idee, die er dem Betrachten zu vieler einschlägiger Fernsehfilme verdankte. Die Wirklichkeit war enttäuschend undramatisch. Die Fragen bestanden aus Streifen gestanzter Metallfolie. Eine im Raum aufgestellte Maschine übersetzte die Lochstreifen in geschriebene Worte, die ihm von Paulson vorgelesen wurden, bevor er sie ihm gab und ihn selbst lesen ließ.

Normans Antworten wurden von einem Tonbandgerät aufgenommen, auf einen automatischen Schnellschreiber übertragen und in Lochstreifen verwandelt, mit denen wiederum die Sendeanlage gefüttert wurde.

Die einzige Frage, an die sich Norman im Moment erinnern konnte, war eine lächerlich bedeutungslose, wenn er sie mit dem Zweck der ganzen Operation verglich: »Was halten Sie vom Eierpreis?«

Dann war es vorbei, und die beiden Assistenten entfernten die Elektroden von seinen verschiedenen Körperteilen und schoben die Meßapparate zur Seite. Er stand auf, holte tief Atem und fragte: »Ist das alles? Kann ich jetzt gehen?«

»Noch nicht ganz.« Paulson lächelte ihm aufmunternd zu. »Wir müssen Sie bitten, noch eine Stunde dazubleiben.«

»Warum?«

»In der Zwischenzeit kann Multivac die neuen Daten verarbeiten und mit den bereits vorhandenen koordinieren.

Falls für die Errechnung des Wahlergebnisses noch eine weitere Frage notwendig werden sollte, was allerdings unwahrscheinlich ist, müssen Sie für die Beantwortung zur Verfügung stehen.«

»Nein«, sagte Norman entsetzt. »Ich mache das nicht noch einmal durch.«

»Wahrscheinlich wird es auch nicht nötig sein«, beruhigte ihn Paulson. »Es kommt höchst selten vor. Aber um allen Eventualitäten Rechnung zu tragen, werden Sie bleiben müssen.« Ein leiser Unterton von Härte kam in seine Stimme. »Sie haben keine andere Wahl, verstehen Sie. Es ist eine Vorschrift.«

Norman zuckte die Achseln und setzte sich resigniert.

Paulson sagte: »Wir können Ihnen keine Zeitung geben, aber wenn Sie einen Kriminalroman lesen oder Schach spielen oder sich auf eine andere Weise die Zeit vertreiben möchten, sagen Sie es uns bitte.«

»Schon gut. Ich werde einfach warten.«

Sie geleiteten ihn in ein benachbartes Zimmer. Norman ließ sich in einen plastikbezogenen Sessel sinken und schloß die Augen.

Er saß ganz still, und langsam ließ die Spannung in ihm nach. Vielleicht würde es keine neuen Fragen geben. Vielleicht ließ man ihn bald nach Hause gehen.

Norman wußte aber auch, daß es dann erst richtig losgehen würde. Er war der Wähler des Jahres. Es würde Einladungen zu allen möglichen Zusammenkünften hageln, auf denen er zu sprechen hatte. Er, Norman Muller, gewöhnlicher Angestellter eines kleinen Ladens in Bloomington, Indiana, der weder zu etwas Großem geboren war noch danach drängte, sah sich auf einmal in der außergewöhnlichen Lage, mit der ihm aufgezwungenen Berühmtheit fertigzuwerden.

Die Historiker würden nüchtern von der Muller-Wahl 2008 sprechen.

Der Ruhm, die bessere Stellung, der zu erwartende

Geldsegen, an denen Sarah so interessiert war, nahmen in seinem Denken nur einen kleinen Raum ein. Das alles würde willkommen sein, gewiß. Er konnte sich nicht dagegenstemmen. Aber im Augenblick beschäftigte ihn etwas anderes.

Ein unvermuteter Patriotismus begann sich in ihm zu regen. Schließlich repräsentierte er die gesamte Wählerschaft. Er war ihr Brennpunkt. An diesem Tag verkörperte er die gesamte Nation!

Die Tür ging auf, und er riß erschrocken die Augen auf. Sein Magen zog sich schmerzhaft zusammen. Keine neuen Fragen!

Aber Paulson lächelte breit. »Das ist alles, Mr. Muller.«

»Ich brauche keine Fragen mehr zu beantworten?«

»Nicht nötig. Alles klar. Man wird Sie jetzt nach Hause bringen, und dann werden Sie wieder ein Privatmann sein dürfen. Wenigstens, soweit es die Öffentlichkeit erlaubt.«

»Danke. Danke.« Norman errötete. »Ich hätte gern gewußt, wer nun eigentlich gewählt worden ist?«

Paulson schüttelte den Kopf. »Damit werden Sie sich bis zur offiziellen Verlautbarung gedulden müssen. Die Vorschriften sind da sehr streng. Nicht einmal Ihnen dürfen wir etwas sagen. Ich hoffe, Sie verstehen das.«

»Ja, natürlich.« Norman war verlegen.

»Der Geheimdienst hat die nötigen Papiere zur Unterschrift bereit, Mr. Muller.«

»Ja.« Plötzlich fühlte sich Norman Muller wichtig und stolz, in dieser unvollkommenen Welt hatten die souveränen Bürger der ersten elektronischen Demokratie durch ihn, Norman Muller, wieder einmal frei und ungehindert ihr Wahlrecht ausgeübt.

Sternstunde in Twin Gulch

Wir werden niemals Raumfahrt treiben. Und das ist noch nicht alles. Keine außerirdischen Wesen werden je auf der Erde landen – nie wieder, um genau zu sein.

Ich bin durchaus kein Pessimist. Raumfahrt ist tatsächlich möglich; außerirdische Wesen sind auf der Erde gelandet. Das weiß ich. Raumschiffe durchkreuzen das All zwischen Millionen Planeten und Sonnensystemen, aber von uns werden keine unter ihnen sein. Auch das weiß ich. Und alles wegen eines lächerlichen Irrtums.

Ich will es erklären.

Es war eigentlich Bart Camerons Irrtum, und man muß Bart Cameron kennen, wenn man verstehen will, wie sich alles zugetragen hat. Er ist der Sheriff von Twin Gulch, Idaho, und ich bin sein Deputy. Bart Cameron ist ein ungeduldiger Mann, und am ungeduldigsten wird er, wenn er seine Einkommensteuererklärung ausarbeiten muß. Neben seinem Amt als Sheriff hat er nämlich noch einen Gemischtwarenladen, einige Anteile an einer Schaffarm, eine kleine Rente als Kriegsbeschädigter und noch ein paar Dinge dieser Art. Das alles macht seine Steuerberechnung ziemlich kompliziert.

Es wäre nicht so schlimm, wenn er für diese Arbeit einen Steuerberater zuziehen würde, aber er besteht darauf, es selbst zu tun, und das macht ihn zu einem verbitterten Mann. Ab Mitte April ist er ungenießbar.

Daher war es ein Unglück, daß die fliegende Untertasse ausgerechnet am 14. April 1966 landete.

Ich sah sie herunterkommen. Mein Stuhl stand auf zwei Beinen gegen die Wand des Sheriffbüros zurückgelehnt, und ich betrachtete durch das Fenster den Sternhimmel, unschlüssig, ob ich ins Bett gehen oder meine Illustrierte weiterlesen und mir dabei Camerons Flüche anhören sollte. Sie bildeten die Begleitmusik, während er seine Zahlenkolonnen zum hundertsiebenundzwanzigstenmal nachrechnete.

Zuerst sah es wie eine Sternschnuppe aus, aber dann verbreiterte sich die Lichtspur zu zwei feurigen Schweifen, die wie Raketenabgase aussahen, und das Ding ging elegant und geräuschlos nieder. Ein dürres Blatt hätte beim Aufprall lauter geraschelt. Das Ding setzte unglaublich sanft auf, und zwei Männer stiegen aus.

Ich war unfähig, etwas zu sagen oder zu tun. Ich saß einfach da und stierte hinaus, als sähe ich irgendeinen sonderbaren Spuk.

Cameron blickte nicht auf.

Dann wurde an die Tür geklopft, die wir nicht abgeschlossen hatten. Bevor einer von uns reagieren konnte, ging sie auf, und die zwei Männer aus der fliegenden Untertasse traten ein. Ich hätte sie für Stadtleute gehalten, wenn ich ihre fliegende Untertasse nicht beobachtet hätte. Sie trugen anthrazitgraue Anzüge mit weißen Hemden und dezent gemusterten Krawatten. Sie hatten schwarze Halbschuhe an den Füßen und hielten schwarze Homburger in den Händen. Beide waren von ziemlich dunkler Gesichtsfarbe und hatten braune Augen und schwarzes, gewelltes Haar. Ihre Gesichter machten einen ernsten, fast feierlichen Eindruck. Sie waren mittelgroß und ähnelten einander sehr.

Ich brachte vor Angst den Mund nicht auf und saß wie gelähmt.

Aber Cameron blickte einfach auf und runzelte die Stirn, als die beiden Männer hereinkamen. Normalerweise wäre ihm beim Anblick dieser städtischen Kleider vor Lachen der Kragenknopf vom Hemd geplatzt, aber er stand noch so im

Bann seiner Einkommensteuererklärung, daß er nicht einmal lächelte.

Er sagte: »Was kann ich für Sie tun?« und ließ seine rechte Hand auf die Formulare klatschen, damit die Fremden sehen sollten, daß er nicht viel Zeit hatte.

Einer der beiden Männer trat vor. »Wir haben Ihre Leute seit langer Zeit beobachtet.« Er sprach langsam und mit sorgfältiger Betonung jedes Wortes.

»Meine Leute?« fragte Cameron. »Ich habe nur eine Frau. Was hat sie getan?«

Der Mann sagte: »Wir haben diesen Ort für unseren ersten Kontakt ausgewählt, weil er abgelegen und friedlich ist. Wir wissen, daß Sie hier der Leiter sind.«

»Ich bin der Sheriff, wenn Sie das meinen. Was haben Sie auf dem Herzen?«

»Wir waren sorgfältig bemüht, uns Ihrer Kleidermode anzupassen und Ihre Umgangsformen anzunehmen.«

»Das soll meine Kleidermode sein?« Cameron schien erst jetzt die Anzüge zu sehen.

»Die Kleidermode Ihrer herrschenden Klasse, wollte ich sagen. Wir haben auch Ihre Sprache erlernt.«

Man konnte sehen, wie es bei Cameron zündete. »Sie sind Ausländer?« fragte er. Cameron hielt nicht viel von Ausländern, weil er nur im Krieg als Soldat welche kennengelernt hatte, aber er gab sich im allgemeinen Mühe, fair zu sein.

Der Mann aus der fliegenden Untertasse lächelte höflich. »Ausländer? Ja, das sind wir wohl. Wir sind Venusianer. Unsere Heimat ist ein sehr wässeriger Ort, verglichen mit dem Ihren.«

Ich hatte mich gerade soweit gefaßt, daß ich meine Lider auf- und zuklappen konnte, aber das ließ mich von neuem erstarren. Ich hatte die fliegende Untertasse gesehen. Ich hatte miterlebt, wie sie gelandet war. Ich mußte es glauben. Diese Männer – oder diese Wesen – kamen vom Planeten Venus.

Aber Cameron zwinkerte nicht einmal mit den Augen.

»All right«, sagte er. »Hier sind wir in den USA, hier haben alle Leute die gleichen Rechte, egal welcher Rasse, Glaubensgemeinschaft oder Nationalität sie angehören. Ich stehe Ihnen zu Diensten. Was kann ich für Sie tun?«

»Wir möchten Sie bitten, sofort Vorbereitungen zu treffen, daß die wichtigen Männer Ihrer USA, wie Sie es nennen, hierher kommen. Wir wollen mit diesen führenden Männern über die Aufnahme in unsere Organisation verhandeln.«

Camerons Gesicht wurde allmählich rot. »Wir sollen Ihrer Organisation beitreten? Wir gehören schon zur UNO und Gott weiß was sonst noch für Organisationen. Und ich soll den Präsidenten hierher holen, wie? Gleich jetzt? Nach Twin Gulch? Durch ein Telegramm?« Er blickte mich an, als erwartete er ein Lächeln auf meinem Gesicht, aber ich konnte nicht reagieren, weder so noch so. Vielleicht wäre ich gerade noch fähig gewesen, hinzufallen, wenn jemand den Stuhl unter mir weggezogen hätte.

Der Mann aus der fliegenden Untertasse sagte ernst: »Eine beschleunigte Erledigung wäre wünschenswert.«

»Wollen Sie auch den Senat? Oder den Bundesgerichtshof?«

»Wenn es notwendig ist, Sheriff.«

Das gab Cameron den Rest. Er hob seine Einkommensteuerformulare hoch und schmetterte sie wieder auf die Tischplatte zurück. »Ich habe keine Zeit für Klugscheißer und ihre dummen Witze!« schrie er. »Erst recht nicht, wenn sie Ausländer sind. Wenn Sie sich nicht gleich zum Teufel scheren, werde ich Sie wegen Ruhestörung einlochen und nicht wieder herauslassen.«

»Sie wollen, daß wir gehen?« fragte der Mann von der Venus.

»Und zwar sofort! Gehen Sie zum Teufel oder wo immer Sie hergekommen sind, und lassen Sie sich nicht wieder blicken. Sie haben hier nichts verloren, und niemand will Sie sehen!«

Die beiden Männer blickten einander an, und ihre Gesichter zuckten auf eine merkwürdige Weise.

Dann sagte der Mann, der auch zuvor gesprochen hatte: »Ich sehe, daß Sie wirklich den dringenden Wunsch haben, allein gelassen zu werden. Es ist nicht unsere Art, uns selbst oder unsere Organisation Leuten aufzudrängen, die uns oder sie nicht wollen. Wir werden Ihre Zurückgezogenheit respektieren und Sie verlassen. Wir werden nicht zurückkehren. Wir werden einen Warngürtel um Ihre Welt legen, und niemand wird ihn überschreiten, und Ihre Leute werden diese Erde nie verlassen müssen.«

»Mister, ich habe jetzt genug von diesem Unsinn«, schnarrte Cameron, dessen Gesicht nun dunkelrot angelaufen war. »Ich zähle bis drei ...«

Sie wandten sich um und gingen, und ich wußte, daß alles so war, wie sie gesagt hatten. Ich wußte es, weil ich zugehört hatte, während Cameron nichts als seine Einkommensteuer im Kopf hatte. Ich konnte mich in diese Männer hineinversetzen, und ich wußte, daß sie eine Art Zaun um die Erde legen, uns auf diesem Planeten einsperren und andere Bewohner des Weltalls am Kommen hindern würden. Es war mir vollkommen klar.

Und als sie gegangen waren, gewann ich meine Stimme zurück – zu spät. Ich schrie: »Cameron, um Gottes willen, sie kommen aus dem Weltall! Warum hast du sie weggeschickt?«

»Aus dem Weltall?« Er starrte mich an.

»Da, sieh doch!« schrie ich. Ich weiß nicht, wie ich es schaffte, denn er ist gute dreißig Pfund schwerer als ich, aber ich packte ihn am Hemd, riß ihn vom Stuhl und zerrte ihn zum Fenster, wobei mehrere seiner Hemdknöpfe absprangen.

Er war so verblüfft, daß er keinen Widerstand leistete, und als er soweit zu sich gekommen war, daß es aussah, als wollte er mich niederschlagen, merkte er, was draußen vorging, und erstarrte nun seinerseits.

Sie stiegen in die fliegende Untertasse, diese beiden Männer. Der Flugapparat saß groß, rund, schimmernd und gewaltig am Rande unserer armseligen Landstraße. Im nächsten Augenblick startete er in einer Staubwolke. Er hob leicht wie eine Feder vom Boden ab. An seiner Unterseite glühte es gelborange, und die Glut wurde immer heller, während sich die fliegende Untertasse rasch entfernte, kleiner und wieder zu einer allmählich im Weltraum verblassenden Sternschnuppe wurde.

Und ich sagte: »Sheriff, warum hast du sie weggeschickt? Sie hätten wirklich den Präsidenten sprechen sollen. Jetzt werden sie nie wieder zurückkommen.«

»Ich dachte, sie wären Ausländer«, verteidigte sich Cameron. »Sie sagten, sie hätten unsere Sprache lernen müssen. Und sie hörten sich auch wie Ausländer an. Sie hatten einen merkwürdigen Akzent.«

»Du bist ein Schlauberger. Ausländer!«

»Sie sagten, sie wären Ausländer, und sie sahen wie Italiener aus. Ich hielt sie für Italiener.«

»Wie konnten sie Italiener sein? Sie stellten sich als Venusianer vor, als Bewohner des Planeten Venus. Ich habe es gehört. Genau das sagten sie.«

»Vom Planeten Venus.« Seine Augen wurden rund und groß.

»Sie haben es gesagt, du Trottel. Sie nannten es einen wässerigen Ort oder so etwas.«

Aber es war eben ein Irrtum, ein dummes Versehen, wie es jedem unterlaufen kann. Nur hat es dazu geführt, daß die Erde nie am Weltraumverkehr teilnehmen wird und daß wir nie wieder Besuch von Venusianern bekommen werden. Und alles wegen diesem Tölpel Cameron und seiner Einkommensteuer!

Denn er flüsterte: »Venusianer! Als sie von ihrer wässerigen Heimat sprachen, dachte ich, sie meinten Venedig! Ich hielt sie für Venezianer, verstehst du?«

Geliebter Roboter

Tony war groß, dunkel und stattlich, in jedem Zug seines unbewegten Gesichts ein Patrizier. Claire Belmont beobachtete ihn mit einer Mischung aus Entsetzen und Bestürzung durch den Türspalt.

»Ich kann nicht, Larry. Ich kann ihn einfach nicht im Haus haben.« Fieberhaft suchte sie in ihrem gelähmten Gehirn nach einem stärkeren Ausdruck für ihre Abneigung; nach einem, der überzeugend klang und die Angelegenheit ein für allemal regelte, aber ihr fiel nur eine simple Wiederholung ein.

»Nun, ich kann nicht!«

Larry Belmont betrachtete seine Frau mißbilligend, und in seinen Augen wurde Ungeduld erkennbar. Claires Unbehagen wuchs, denn sie sah ihre eigene Unzulänglichkeit darin gespiegelt. »Wir haben uns verpflichtet, Claire«, sagte er, »und ich kann es mir nicht leisten, daß du jetzt mit einem Rückzieher kommst. Die Firma schickt mich auf Grund dieser Vereinbarung nach Washington, und wahrscheinlich bedeutet es eine Beförderung. Die Sache ist vollkommen sicher und ohne jede Gefahr, das weißt du. Was hast du für Einwände?«

Sie hob ihre Hände in einer Geste der Hilflosigkeit. »Es läuft mir kalt über den Rücken, wenn ich ihn nur sehe. Ich könnte ihn nicht ertragen.«

»Er ist so menschlich wie du und ich. Beinahe, jedenfalls. Also mach keinen Unsinn. Komm, sei vernünftig.«

Er legte einen Arm um ihre Mitte und zog sie mit sich;

und sie fand sich in ihrem eigenen Wohnzimmer. Das Ding war da und sah sie mit einer starren Höflichkeit an, als taxierte es die Frau, die in den nächsten drei Wochen seine Herrin sein sollte. Auch Dr. Susan Calvin war da und saß steif, dünnlippig und wie in abstrakte Überlegungen versunken auf einem Stuhl. Sie hatte den kalten, abwesenden Blick eines Menschen, der so lange mit Maschinen gearbeitet hat, daß ihm ein wenig von ihrem Stahl ins Blut übergegangen ist.

»Hallo«, sagte Claire mit schwächlicher Stimme.

Aber Larry rettete die Situation mit gespielter Herzlichkeit:

»Hier, Claire, ich möchte, daß du Tony kennen lernst, einen großartigen Burschen. Dies ist meine Frau Claire, Tony, alter Junge.« Er legte Tony freundschaftlich die Hand auf die Schulter. Tony ließ die Anbiederung mit ausdrucksloser Miene über sich ergehen.

»Guten Tag, Mrs. Belmont«, sagte er.

Claire zuckte beim Klang seiner Stimme zusammen. Sie war tief und samtig, glatt wie die Haare auf seinem Kopf und die Haut seines Gesichts.

»Oh, Sie – Sie können sprechen?« stammelte sie.

»Warum sollte ich es nicht können? Hatten Sie etwas anderes erwartet?«

Aber Claire konnte nur gequält lächeln. Sie wußte nicht, was sie eigentlich erwartet hatte. Sie blickte weg, dann beobachtete sie ihn verstohlen aus den Augenwinkeln. Sein Haar war glatt und schwarz, wie poliertes Plastikmaterial – oder bestand es wirklich aus einzelnen Haaren? Und setzte sich die glatte, olivfarbene Haut seiner Hände und seines Gesichts unter seiner korrekten Kleidung fort?

Sie verlor sich in verwirrten Spekulationen und mußte ihre Gedanken zur Konzentration zwingen, als sie sich von Dr. Susan Calvins kühler, emotionsloser Stimme angesprochen hörte.

»Mrs. Belmont, ich hoffe, Sie anerkennen die Wichtigkeit dieses Experiments. Ihr Mann hat mir gesagt, daß er Sie schon in den Grundzügen mit unserem Vorhaben vertraut gemacht hat. Als Chefpsychologin der Herstellerfirma möchte ich Ihnen noch etwas über die Anwendungsmöglichkeiten und die technischen Voraussetzungen sagen.

Tony ist ein Roboter. Seine Serienbezeichnung ist TN3, aber er wird auf Tony antworten. Er ist weder ein mechanisches Monstrum noch eine einfache Datenverarbeitungsmaschine mit Zusatzgeräten, wie man sie vor fünfzig Jahren um die Mitte des zwanzigsten Jahrhunderts zu bauen begann. Er verfügt über ein künstliches Gehirn, das annähernd so kompliziert ist wie unser eigenes. Es besteht aus verschiedenen Magnetspeichern, etwa mit der Schalttafel eines Fernsprechamts vergleichbar, aber auf kleinste Dimensionen miniaturisiert. So können Milliarden verschiedener Denkvorgänge und Handlungsabläufe vorprogrammiert in den Raumabmessungen eines normalen menschlichen Schädels gespeichert werden.

Solche Gehirne, wie ich diese Speichersysteme vereinfachend nennen möchte, werden für jeden Typ eigens konzipiert und programmiert. Jeder Roboter kann sich akustisch mit der Umwelt verständigen und ist mit allen Fähigkeiten ausgestattet, die für die Ausführung seiner Arbeit nötig sind.

Bisher hatten wir unser Herstellungsprogramm auf industrielle Typen beschränkt, die überall dort eingesetzt werden, wo menschliche Arbeitskräfte nicht oder nur unter schwierigen Bedingungen verwendbar sind – in tiefen Bergwerken, zum Beispiel, oder unter Wasser. Aber wir wollen nun auch die Städte und Haushalte erobern. Dazu ist es nötig, daß die Leute diese Roboter ohne Angst zu akzeptieren und zu benützen lernen. Es ist wirklich nichts zu befürchten.«

»Sie hat recht, Claire«, bekräftigte Larry. »Ich gebe dir mein Wort darauf. Es ist ihm unmöglich, Schaden anzurichten oder etwas Böses zu tun. Du weißt, daß ich ihn sonst nicht bei dir lassen würde.«

Claire warf Tony einen furchtsamen Blick zu und sagte leise: »Und was ist, wenn ich ihn wütend mache?«

»Sie brauchen nicht zu flüstern«, sagte Dr. Calvin ruhig. »Er kann nicht wütend oder ärgerlich werden. Solche Reaktionen sind in seinem Programm nicht enthalten. Unser wichtigster Grundsatz lautet: ›Kein Roboter kann einem Menschen Schaden zufügen oder durch Untätigkeit zulassen, daß einem Menschen Schaden zugefügt wird.‹ Alle Roboter für den zivilen Gebrauch sind nach diesem Prinzip konstruiert. Sie können auf keine Weise gezwungen werden, einem Menschen zu schaden. Tonys Aufenthalt bei Ihnen ist ein Experiment, das uns Aufschluß über seine Fähigkeiten im längeren praktischen Einsatz geben soll. In der Zwischenzeit wird Ihr Mann nach Washington fahren und die gesetzlich vorgeschriebenen Tests vor einer Regierungskommission vorbereiten.«

»Sie meinen, dieses Experiment hier ist ungesetzlich?«

Larry räusperte sich. »Es ist vorläufig noch nicht sanktioniert, aber es geht in Ordnung. Er wird das Haus nicht verlassen, und du solltest ihn nicht herumzeigen, das ist alles ... Und, Claire, ich würde gern bei dir bleiben, aber ich weiß zuviel über Roboter. Wir brauchen eine völlig unerfahrene Testperson, damit das Experiment unter möglichst praxisnahen Bedingungen abläuft. Das ist wichtig.«

»Also gut«, murmelte Claire. »Aber was macht er eigentlich?«

»Hausarbeit«, sagte Dr. Calvin lakonisch.

Sie stand auf, und Larry begleitete sie zur Tür. Claire blieb verwirrt zurück. Sie sah sich selbst im Spiegel über dem Kaminsims und blickte hastig auf die Seite. Sie war ihres kleinen Mausgesichts und ihrer strähnigen, glanzlosen Haare seit langem überdrüssig. Dann merkte sie, daß Tonys Augen auf sie gerichtet waren und lächelte beinahe, bevor es ihr wieder einfiel ...

Er war ja nur eine Maschine.

Larry Belmont war auf dem Weg zum Flughafen, als er für einen Augenblick Gladys Claffern erspähte. Sie war eine Frau, die dazu gemacht schien, daß man sie bewunderte;

perfekt gebaut, sorgfältig und stets passend gekleidet. Ihre Erscheinung war so glänzend, daß man nicht wagte, sie anzustarren. Larry verlangsamte seinen Schritt, berührte seinen Hut und eilte weiter.

Wie immer fühlte er einen unbestimmten Ärger. Wenn es Claire gelingen würde, in die Claffern-Clique aufgenommen zu werden, wäre sein gesellschaftlicher und damit auch sein beruflicher Aufstieg so gut wie gesichert. Aber was nützten solche Überlegungen? Von Claire war nichts zu erhoffen. Die wenigen Male, wo sie mit Gladys zusammengekommen war, hatte sie durch ihre Ungeschicklichkeit und Befangenheit jede Chance verpatzt. Er machte sich keine Illusionen. Das Experiment mit Tony war eine großartige Gelegenheit, aber etwas daraus zu machen, lag ganz in Claires Händen. Wenn sie mehr wie Gladys Claffern wäre, bräuchte er sich keine Sorgen zu machen.

Claire erwachte am zweiten Morgen von einem leisen Klopfen an ihre Schlafzimmertür. Sie begann zu zittern. Am ersten Tag hatte sie Tony gemieden. Wenn sie ihm im Haus begegnet war, hatte sie sich mit einem dünnen, irgendwie entschuldigenden Lächeln an ihm vorbeigedrückt und war in einen anderen Raum geflohen.

»Sind Sie es – Tony?«

»Ja, Mrs. Belmont. Darf ich eintreten?«

Sie mußte ja gesagt haben, denn plötzlich war er im Raum, fast geräuschlos. Er trug ein Tablett.

»Frühstück?« fragte sie mit stockender Stimme.

»Wenn es Ihnen recht ist.«

Sie wagte nicht abzulehnen, also richtete sie sich auf und nahm ihm das Tablett ab. Kaffee, Toast und Butter, ein weiches Ei – alles war sauber angerichtet und sah appetitlich aus.

»Ich habe den Zucker extra gebracht«, sagte Tony. »Mit der Zeit werde ich lernen, wie Sie Ihr Frühstück am liebsten haben.«

Sie wartete.

Tony stand dienstbereit neben ihrem Bett. Nach einem Moment fragte er: »Ziehen Sie es vor, allein zu frühstükken?«

»Ja – ich meine, wenn es Ihnen nichts ausmacht.«

»Soll ich Ihnen später beim Ankleiden helfen?«

»Oh – nein!« Sie ließ das Tablett los und umklammerte verzweifelt den Rand der Bettdecke, daß die Kaffeekanne sich bedrohlich neigte. Steif und unbeweglich blieb sie so sitzen, bis die Tür hinter ihm zufiel. Dann sank sie hilflos in ihr Kissen zurück.

Irgendwie gelang es ihr, das Frühstück hinunterzuzwingen. Er ist nur eine Maschine, sagte sie sich, aber wenn man es wenigstens deutlicher sehen könnte, dann wäre es nicht so beängstigend. Oder wenn sich sein Gesichtsausdruck verändern würde! Aber er blieb immer gleich. Man wußte nicht, was hinter diesen dunklen Augen und der olivfarbenen, hautähnlichen Oberfläche vorging. Sie trank ihre Tasse leer, stellte sie zurück und erschrak über den leisen Kastagnettenklang beim Aufsetzen. Dann merkte sie, daß sie den Kaffee ohne Zucker und ohne Milch getrunken hatte, und dabei konnte sie schwarzen Kaffee nicht ausstehen.

Nachdem sie sich angekleidet hatte, ging sie schnurstracks in die Küche. Schließlich war es ihr Haus, und sie hielt auf Sauberkeit, gerade in der Küche. Er hätte warten können, daß sie die Bereitung des Frühstücks überwachte ...

Aber als sie die Küche betrat, fand sie alles so makellos sauber, als wäre die Einrichtung gerade erst von der Fabrik geliefert worden.

Sie blieb stehen, starrte umher, machte kehrt und wäre beinahe mit Tony zusammengeprallt. Mit einem Aufschrei fuhr sie zurück.

»Kann ich Ihnen helfen?« fragte er.

»Tony.« Sie überwand ihre Panik und faßte sich ein Herz. »Tony, Sie müssen irgendein Geräusch machen, wenn Sie sich bewegen. Ich ertrage es nicht, daß Sie so hinter mir herumschleichen. Haben Sie das Frühstück nicht in der Küche zubereitet?«

»Doch, Mrs. Belmont.«

»Es sieht nicht danach aus.«

»Ich habe danach saubergemacht. Ist das nicht üblich?«

Claires Augen weiteten sich. Was sollte sie dazu sagen? Sie öffnete die Schiebetür unter der Anrichte, wo sie ihre Töpfe und Pfannen verwahrte, warf einen kurzen Blick auf das metallische Schimmern im Innern und sagte mit einem Zittern in der Stimme: »Sehr gut. Ich bin zufrieden.«

Wenn er in diesem Augenblick gestrahlt oder wenigstens gelächelt hätte, wäre es ihr vielleicht möglich gewesen, sich für ihn zu erwärmen. Aber er blieb unbewegt wie ein englischer Butler. »Danke, Mrs. Belmont. Darf ich Ihnen jetzt das Wohnzimmer zeigen?«

Sie folgte ihm, und es fiel ihr schon beim ersten Blick auf. »Haben Sie die Möbel poliert?«

»Ja. Ist es zufriedenstellend, Mrs. Belmont?«

»Aber wann? Gestern haben Sie es nicht getan.«

»In der Nacht, natürlich.«

»Sie haben die ganze Nacht das Licht brennen lassen?«

»O nein. Das war nicht notwendig. Ich habe eine eingebaute ultraviolette Lichtquelle. Und natürlich brauche ich auch keinen Schlaf.«

Auf Bewunderung schien er immerhin Wert zu legen, das erkannte sie jetzt. Er wollte wissen, was ihr gefiel. Aber sie brachte es nicht über sich, ihm diesen Gefallen zu tun. So sagte sie etwas säuerlich: »Sie und Ihresgleichen werden die gewöhnlichen Putzfrauen und Dienstmädchen arbeitslos machen.«

»Es gibt viel wichtigere Arbeiten, die man ihnen geben kann, sobald sie einmal von dieser Plackerei befreit sind. Schließlich kann man Maschinen wie mich herstellen, Mrs. Belmont. Aber nichts kann die schöpferische Fähigkeit und die Vielseitigkeit eines menschlichen Gehirns ersetzen, wie Sie es haben.«

Obwohl sein Gesicht keine Regung zu erkennen gab,

klang seine Stimme so ehrfürchtig und bewundernd, daß Claire errötete und murmelte: »Mein Gehirn! Sie können es haben.«

Tony näherte sich ihr ein wenig. »Sie müssen unglücklich sein, daß Sie so etwas sagen. Kann ich Ihnen auf irgendeine Weise helfen?«

Einen Augenblick lang war Claire zum Lachen zumute. Die Situation war lächerlich. Da lieferte die Fabrik einen maschinellen Teppichkehrer, Tellerwäscher, Möbelpolierer und Haushaltsgehilfen – und er bot ihr seine Dienste als Tröster und Vertrauter an.

Trotzdem ließ sie sich von ihrer Stimmung mitreißen, und es brach aus ihr hervor: »Mr. Belmont glaubt, ich habe kein Gehirn, und – und vielleicht hat er sogar recht.« Sie fühlte sich den Tränen nahe, aber sie konnte in seiner Gegenwart nicht weinen.

»Es ist erst in letzter Zeit so«, fügte sie hinzu. »Als er noch jung und ein unbedeutender Angestellter war, war alles in Ordnung. Aber ich kann nicht die Frau eines großen Mannes sein; und er wird ein großer Mann werden. Er ist ehrgeizig. Er möchte, daß ich eine gewandte Gastgeberin werde und ihm helfe, Eingang in die bessere Gesellschaft zu finden. Er möchte, daß ich wie G-guh-guh-Gladys Claffern werde.«

Ihre Nase rötete sich, und sie blickte weg.

Aber Tony beobachtete sie nicht. Seine Augen musterten den Raum. »Ich kann Ihnen helfen, den Haushalt zu führen.«

»Aber das nützt ja nichts«, wimmerte sie. »Das Haus braucht einen gewissen Pfiff, den ich ihm nicht geben kann. Ich kann es nur gemütlich machen. Ich kann es nie so machen, wie man es in den feinen Zeitschriften wie ›Haus und Garten‹ abgebildet sieht.«

»Wollen Sie denn so etwas?«

»Wollen schon, aber ich habe dafür nicht die richtige Hand.«

Tony blickte sie voll an. »Ich könnte helfen.«

»Wissen Sie denn etwas über Innendekoration?«

»Ist das etwas, das ein guter Haushälter wissen sollte?«

»O ja.«

»Dann habe ich die Fähigkeit, es zu lernen. Können Sie mir Bücher über das Thema besorgen?«

Das war der Anfang.

Claire ging zur Bibliothek und schaffte zwei dicke Bände über Innendekoration und schöneres Wohnen herbei. Sie beobachtete Tony, als er einen der Bände öffnete und darin blätterte. Es war das erstemal, daß sie seine Finger bei einer so feinen Arbeit sah.

Ich begreife nicht, wie sie so etwas machen, dachte sie; dann griff sie impulsiv nach seiner Hand und betrachtete sie. Tony ließ es geschehen.

»Das ist wirklich großartig«, sagte sie. »Sogar Ihre Fingernägel sehen natürlich aus.«

»Die Haut besteht aus flexiblem Plastikmaterial, der Skelettrahmen aus einer Leichtmetallegierung. Finden Sie es amüsant?«

»Nein, gewiß nicht.« Sie ließ seine Hand fahren und errötete. »Es macht mich nur verlegen, so in Ihrem Innern herumzustochern. Es geht mich schließlich nichts an. Sie fragen mich ja auch nicht, wie ich zusammengesetzt bin.«

»Für solche Art Neugier ist mein Gehirn nicht eingerichtet. Ich kann nur innerhalb vorgeschriebener Grenzen operieren, müssen Sie wissen.«

In der darauffolgenden Stille fühlte Claire etwas wie einen Knoten in ihrer Kehle. Warum vergaß sie immer wieder, daß er eine Maschine war. Das Ding mußte sie selbst daran erinnern. Hungerte sie so nach Sympathie, daß sie sogar einen Roboter als gleichwertig ansah, weil er ihr mit Sympathie und Geduld begegnete?

Sie sah, daß Tony immer noch wie hilflos die Seiten des Buches umblätterte, und plötzlich verspürte sie ein beglückendes Gefühl von Erleichterung und Überlegenheit. »Sie können nicht lesen, nicht wahr?«

Tony blickte auf. Seine Stimme war ruhig und ohne einen Vorwurf. »Ich lese, Mrs. Belmont.«

»Aber ...« Sie deutete verwirrt auf das Buch.

»Ich taste die Zeilen ab, wenn Sie das meinen. Mein Lesen ist ein fotografischer Prozeß.«

Es wurde Abend, und als Claire zu Bett ging, war Tony bereits in der Mitte des zweiten Bandes angelangt.

Ihr letzter Gedanke vor dem Einschlafen war seltsam. Sie erinnerte sich wieder an seine Hand und wie sie sich angefühlt hatte. Sie war warm und weich gewesen, wie die eines Menschen. Wie klug von der Fabrik, dachte sie und ließ sich vom Schlaf entführen.

In den folgenden Tagen wurde sie zu einer eifrigen Benutzerin der Leihbibliothek. Tony schlug ihr die Wissensgebiete vor, die sich sehr schnell verzweigten. Sie brachte ihm Bücher über Farbzusammenstellungen, Kosmetik, Mode, Teppiche, Kunstgeschichte und Raumgestaltung. Er las mit erstaunlicher Geschwindigkeit, und er schien nichts zu vergessen.

Bevor die erste Woche zu Ende gegangen war, hatte er ihr eigenhändig die Haare geschnitten und zu einer neuen Frisur geformt, sie zur Verwendung eines neuen Make-up und einer anderen Lippenstiftfarbe überredet und sie davon überzeugt, daß es unvorteilhaft war, wenn sie sich die Augenbrauen rasierte.

»Es läßt sich noch mehr tun«, sagte Tony am Ende seiner Verschönerungsbemühungen, »besonders, was die Kleidung angeht. Aber für den Anfang ist es schon ganz ordentlich. Wie finden Sie es?«

Claire, die über eine Stunde unter den sanften Berührungen seiner nichtmenschlichen Finger geschwitzt hatte, blickte in den Spiegel und sah sich sprachlos einer Erscheinung gegenüber, an deren Schönheit sie sich erst gewöhnen mußte. Dann sagte sie stockend, ohne die Augen von ihrem faszinierenden Spiegelbild abzuwenden: »Ja, Tony, sehr gut – für den Anfang.«

In ihren Briefen an Larry schrieb sie nichts davon. Sie

wollte ihn überraschen. Und es war nicht nur sein Erstaunen, auf das sie sich freute. Es sollte eine Art Rache sein.

Am folgenden Morgen sagte Tony: »Es wird Zeit, mit den Einkäufen anzufangen, und ich darf das Haus nicht verlassen. Wenn ich genau aufschreibe, was wir haben müssen, Mrs. Belmont, kann ich dann darauf vertrauen, daß Sie es besorgen? Wir brauchen Vorhänge, Tapeten, Möbelbezugsstoffe, Auslegeteppiche, Farben, Kleider und eine Menge anderer Dinge.«

»Diese Sachen lassen sich nicht auf einen Streich anschaffen«, sagte Claire zweifelnd.

»Ganz gewiß, wenn Sie sich Zeit nehmen, die Stadt absuchen und genug Geld zur Verfügung haben.«

»Aber Tony, gerade das ist ein Hindernis.«

»Durchaus nicht, Mrs. Belmont. Gehen Sie zuerst zu meiner Firma. Ich werde Ihnen eine Notiz mitgeben. Sie gehen damit zu Dr. Calvin und erklären ihr, daß ich gesagt habe, es gehöre zum Experiment.«

Diesmal fürchtete sie sich nicht vor Dr. Calvin. Mit ihrem neuen Gesicht und der neuen Frisur konnte sie selbstbewußter auftreten als die alte Claire. Die Psychologin hörte ihr aufmerksam zu, stellte ein paar Fragen, nickte – und dann ging Claire mit einem stattlichen Scheck bewaffnet hinaus.

Es ist wunderbar, was Geld bewirken kann, und Claire kostete es aus. Einmal, als ein distinguierter Mann in einem der vornehmsten Modesalons ihre Beschreibung der benötigten Kleidungsstücke mit geringschätzigem Naserümpfen und überlegen-herablassenden Gegenvorschlägen quittiert hatte, rief sie Tony an, sprach mit ihm und hielt dem Monsieur, der seine Erklärungen mit einem unechten französischen Akzent unterlegt hatte, den Hörer hin.

»Wenn es Ihnen nichts ausmacht«, sagte sie mit fester Stimme, »hätte ich es gern, wenn Sie mit meinem – äh – Sekretär sprechen würden.«

Der Mann schritt gravitätisch und mit einem hinter dem Rücken angewinkelten Arm zum Telefon, nahm den Hörer mit zwei Fingern und sagte spitz: »Ja?«

Es folgte eine kurze Pause, ein weiteres »Ja«, dann eine wesentlich längere Pause, ein kläglicher Anlauf zu einer Einwendung, der im Keim erstickt wurde, eine neue Pause, ein sehr schwaches »Ja«, und der Hörer wurde aufgelegt.

»Wenn Madam mir folgen möchten«, sagte er verletzt und gedemütigt, »werde ich versuchen, Ihren Wünschen zu entsprechen.«

»Eine Sekunde.« Claire lief zum Telefon zurück und wählte noch einmal. »Hallo, Tony. Ich weiß nicht, was Sie gesagt haben, aber es hat gewirkt. Danke. Sie sind ein ...« Sie rang nach dem richtigen Wort, gab auf und endete mit einem quiekenden »ein – ein lieber Kerl!«

Als sie sich vom Telefon abwandte, sah sie sich plötzlich Gladys Claffern gegenüber. Einer etwas amüsierten und leicht verblüfften Gladys Claffern, die sie mit schräg geneigtem Kopf ansah.

»Mrs. Belmont?«

Claires mühsam aufgebautes Selbstbewußtsein zerbröckelte. Sie konnte nur noch nicken, stumm wie eine Marionette.

Gladys Claffern lächelte ironisch. »Ich wußte nicht, daß sie auch hier einkaufen?« Es klang, als hätte der Modesalon durch diese Tatsache in ihren Augen jeglichen Stil und alle Exklusivität eingebüßt.

»Gewöhnlich tue ich es nicht«, sagte Claire demütig.

»Und haben Sie nicht auch etwas mit Ihren Haaren gemacht? Die Frisur ist wirklich – apart. Übrigens, ich hoffe, Sie werden es mir verzeihen, aber heißt Ihr Mann nicht mit Vornamen Lawrence? Ich glaubte mich zu erinnern, daß er Lawrence heißt.«

Claire preßte die Kiefer aufeinander, aber sie mußte es erklären. Es ging nicht anders. »Tony ist ein Freund meines Mannes. Er hat mir in einigen Dingen geholfen.«

»Ich verstehe. Ein sehr lieber Freund, wie mir scheint.« Sie ging lächelnd weiter.

Es machte Claire nichts mehr aus, daß sie sich an Tony wandte, wenn sie Trost und Zuspruch brauchte. Zehn Tage hatten sie von ihrem Widerwillen geheilt. Und nun konnte sie vor ihm sogar weinen; weinen und wüten.

»Ich war eine Idiotin!« zürnte sie und zerrte an ihrem durchnäßten Taschentuch. »So etwas tut sie mir an. Ich weiß nicht warum. Sie tut es einfach, weil es ihr Spaß macht. Ich hätte sie – treten sollen. Ich hätte sie niederschlagen und auf ihr herumtrampeln sollen.«

»Können Sie ein menschliches Wesen so hassen?« fragte Tony erstaunt und sanft. »Dieser Teil des menschlichen Denkens ist mir verschlossen.«

»Ach, es ist nicht sie«, stöhnte Claire. »Es ist meine eigene Dummheit, glaube ich. Sie ist alles, was ich sein möchte –jedenfalls äußerlich ... Aber das kann ich nicht.«

»Sie können auch so sein, Mrs. Belmont«, sagte Tony. »Wir haben noch zehn Tage Zeit, und in zehn Tagen wird dieses Haus wie verwandelt sein. Hatten wir das nicht so geplant?«

»Aber wie soll mir das helfen – bei ihr?«

»Laden Sie sie ein. Laden Sie Ihre Freunde ein. Tun Sie es an dem Abend, bevor ich – bevor ich gehe. Es wird eine Art Einweihungsparty sein.«

»Sie wird nicht kommen.«

»Doch, sie wird. Sie wird kommen, um zu lachen. Aber sie wird nicht lachen können.«

»Glauben Sie das wirklich? Ach Tony, meinen Sie denn, daß uns das gelingen wird?« Sie nahm seine Hände in die ihren. »Aber was soll es nützen? Ich bin es ja nicht, die das alles gemacht hat. Sie sind es. Ich kann mich nicht mit fremden Federn schmücken.«

»Mrs. Belmont«, sagte Tony leise. »Was Sie und alle anderen in Gladys Claffern sehen, ist ja auch nicht einfach Gladys Claffern. Es ist nur das Geld und die gesellschaftliche Stellung, die sie sich damit gekauft hat. Ihr macht das nichts aus, sie empfindet es nicht als Hindernis. Warum sollten Sie? Und sehen Sie es auch einmal so: Ich bin gemacht worden, um zu gehorchen, aber das Ausmaß meines Gehorsams kann ich selbst bestimmen. Ich kann Befehle schlampig oder ordentlich ausführen. Für sie mache ich es ordentlich, weil Sie ein Mensch von der Art sind, für die mich meine Erbauer erdacht haben. Sie sind nett, freundlich und bescheiden. Mrs. Claffern ist es nach Ihrer Beschreibung nicht, und ihr würde ich nicht so gehorchen wie Ihnen. So sind es doch Sie, Mrs. Belmont, die das alles erreichen, und nicht ich.«

Er zog seine Hände zurück, und Claire sah in sein ausdrucksloses Gesicht. Plötzlich fürchtete sie sich wieder, aber auf eine ganz neue Weise.

Sie schluckte nervös und starrte auf ihre Hände, die noch den Druck seiner Finger fühlten. Das hatte sie nicht erwartet; seine Finger hatten ihre Hände fast zärtlich gedrückt, bevor sie sich zurückgezogen hatten.

Sie rannte ins Badezimmer und wusch und schrubbte ihre Hände in einer sinnlosen Panik.

Am nächsten Tag begegnete sie ihm ein wenig scheu. Sie beobachtete ihn verstohlen und wartete, aber für eine Weile geschah nichts.

Tony arbeitete. Man merkte ihm nicht an, ob ihm das Ankleben von Tapeten oder das Streichen schnelltrocknender Farben Schwierigkeiten machte. Seine Hände arbeiteten sicher und sorgfältig; jede seiner Bewegungen war sinnvoll und überlegt.

Er arbeitete die ganze Nacht. Sie hörte fast nichts, und der Morgen war ein neues Abenteuer. Staunend wie eine Fremde ging sie durch ihre eigenen Räume. Einmal versuchte sie zu helfen, aber ihre Ungeschicklichkeit machte dem bald ein Ende. Tony war im Nebenraum, und sie wollte ein Bild aufhängen. Die Stelle war von Tonys mathematischen Augen ausgewählt; das kleine Bleistiftkreuz markierte sie.

Sie holte die Trittleiter und stieg mit Hammer und Nagel bewaffnet hinauf. Aber sie war nervös, oder die Leiter stand nicht sicher genug. Sie fühlte sie unter sich kippen und schrie um Hilfe. Die Leiter fiel ohne sie, denn Tony war mit einer Schnelligkeit bei ihr, die etwas Übermenschliches hatte.

Seine ruhigen dunklen Augen blickten wie immer, und seine warme Stimme fragte: »Haben Sie sich weh getan, Mrs. Belmont?«

Sie bemerkte, daß sie im Fallen sein Haar in Unordnung gebracht hatte, denn zum erstenmal sah sie nun, daß es aus verschiedenen Strähnen bestand, aus feinen schwarzen Haaren.

Und dann wurde sie sich plötzlich seiner Arme bewußt, die sie warm und sicher unter den Knien und um die Schultern gefaßt hielten.

Sie stieß sich mit einem Schrei von ihm ab und rannte hinaus. Den Rest des Tages verbrachte sie in ihrem Schlafzimmer, und am Abend stellte sie einen Stuhl mit der Lehne unter die Türklinke.

Sie hatte die Einladungen verschickt, und sie wurden angenommen, wie Tony prophezeit hatte. Claire brauchte nur noch auf den letzten Abend zu warten. Er kam nur zu bald. Das Haus war kaum noch als ihr eigenes zu erkennen. Sie ging ein letztesmal prüfend durch die Räume – und jedes Zimmer war wie verwandelt. Sie selbst trug Kleider, von denen sie früher nie geträumt hätte. Und sie fühlte, daß sie mit ihnen Stolz und Selbstvertrauen angezogen hatte.

Vor dem Spiegel übte sie einen höflichen Blick verächtlichen Amüsements, und aus dem Spiegel höhnte ihr Ebenbild meisterhaft zurück.

Was wird Larry sagen? dachte sie flüchtig. Irgendwie war es ihr nicht sehr wichtig. Die schönen, erregenden Tage kamen nicht mit ihm; sie gingen mit Tony. Es war merkwürdig, aber sie konnte nicht mehr verstehen, warum sie sich vor drei Wochen so gegen dieses Experiment gesträubt hatte.

Die Wanduhr schlug achtmal, und sie wandte sich an Tony. »Sie werden bald hier sein, Tony. Gehen Sie lieber in den Keller. Wir dürfen nicht zulassen ...«

Sie brach ab, starrte ihn verwirrt an und sagte schwach: »Tony?« dann noch einmal und etwas stärker: »Tony?« und zuletzt beinahe schreiend: »Tony!«

Aber er hatte jetzt seine Arme um sie gelegt, und sein Gesicht war dem ihren nahe. Er hielt sie fest, und seine Stimme drang wie durch einen Nebel an ihr Ohr.

»Mrs. Belmont«, sagte er leise, »es gibt viele Dinge, für deren Verständnis mein Gehirn nicht eingerichtet ist, und dies muß dazu gehören. Morgen werde ich Ihr Haus verlassen, und ich will es nicht. Ich finde, daß mehr in mir ist als nur der Wunsch, Ihnen zu dienen. Ist es nicht seltsam?«

Sein Gesicht war nahe vor ihr, aber sie fühlte keinen Atem, denn Maschinen atmen nicht. Bevor sie antworten konnte, schrillte die Türglocke.

In plötzlicher Panik suchte sie sich zu befreien, dann war er fort, und die Glocke schrillte wieder, dringend.

Sie sah, daß die Fenstervorhänge zurückgezogen waren. Vor einer halben Stunde waren sie noch geschlossen gewesen. Das wußte sie.

Die Besucher mußten es also gesehen haben. Sie mußten alles gesehen haben!

Sie kamen in einem ganzen Rudel, höfliche Worte auf den Lippen und ein falsches Lächeln in den Gesichtern. Ihre scharfen, bohrenden Blicke schossen hierhin und dorthin. Sie hatten es gesehen. Warum sonst fragte Gladys so scheinheilig-freundlich nach Larry? Und Claire erwehrte sich aller Fragen mit unbekümmertem Trotz.

Ja, Larry ist fort. Er wird morgen zurückkommen, nehme ich an. Nein, ich habe mich hier nicht einsam gefühlt. Kein bißchen. Ich hatte eine schöne Zeit. Und sie lachte ihnen in die Gesichter. Warum nicht? Was konnten sie schon tun? Wenn sie Larry hintenherum zusteckten, was sie gesehen zu haben glaubten, würde er die Wahrheit wissen und über die hämischen Verdächtigungen lachen.

Aber den Besuchern war nicht zum Lachen zumute. Claire sah es an der Wut in Gladys Clafferns Augen, im falschen Ton ihrer Worte und schließlich in ihrem Wunsch, sich möglichst bald wieder zu verabschieden. Und als die Meute ging, fing Claire ein mißgünstiges Flüstern auf.

»... noch nie gesehen ... so hübsch und stattlich ...«

Und auf einmal wußte sie, was sie in die Lage versetzt hatte, die anderen so überlegen abzufertigen. Mochten sie auch hübscher und reicher und glänzender sein als Claire Belmont – keine von ihnen, nicht eine einzige, konnte einen so gutaussehenden Liebhaber vorweisen!

Und dann erinnerte sie sich wieder einmal, daß Tony eine Maschine war, und eine Gänsehaut überlief ihren Körper. Sie floh in ihr Schlafzimmer und weinte die halbe Nacht.

Am nächsten Morgen, als es dämmerte und die Straßen noch leer waren, fuhr ein Wagen vor und holte Tony ab.

Lawrence Belmont kam an Dr. Calvins Büro vorbei, blieb stehen, besann sich einen Moment und klopfte. Der Mathematiker Peter Bogert war bei ihr, aber das störte ihn nicht.

»Meine Frau sagt, daß die Firma für alles bezahlt hat, was in meinem Haus renoviert worden ist ...«

»Ja«, antwortete Dr. Calvin. »Wir haben die Ausgaben als wichtigen und notwendigen Teil des Experiments den Entwicklungskosten zugeschlagen. In Ihrer neuen Position als stellvertretender Verkaufsleiter haben Sie vermehrte Repräsentationspflichten, so daß die Neueinrichtung Ihres Hauses auch unter diesem Gesichtspunkt im Interesse der Firma liegt.«

»Das ist es nicht, worüber ich mir Gedanken mache. Da die Regierung die Tests genehmigt hat, werden wir uns im nächsten Jahr ein eigenes TN-Modell anschaffen können.« Er wandte sich zögernd zum Gehen, blieb dann stehen.

»Nun, Mr. Belmont?« fragte Dr. Calvin nach einer Weile.

»Ich frage mich«, begann Larry. »Ich frage mich, was eigentlich passiert ist. Meine Frau – ich meine, sie scheint so verändert. Es ist nicht nur ihr Aussehen – offen gestanden, ich bin verblüfft.« Er lachte nervös. »Es ist etwas mit ihr selbst. Sie ist gar nicht mehr meine Frau – ich weiß nicht, wie ich es erklären soll.«

»Warum auch? Sind Sie mit der Veränderung nicht zufrieden?«

»Im Gegenteil. Aber es ist auch ein bißchen beängstigend, verstehen Sie ...«

»Ich würde mir an Ihrer Stelle keine Gedanken machen, Mr. Belmont. Ihre Frau hat ihre Sache großartig gemacht. Ehrlich gesagt, hatte ich nie erwartet, daß das Experiment so vollständige und wertvolle Ergebnisse erbringen würde. Wir wissen jetzt genau, welche Korrekturen beim TN-Modell durchgeführt werden müssen, und das verdanken wir ausschließlich Ihrer Frau. Wenn ich ehrlich sein soll, glaube ich, daß Ihre Frau eine Beförderung mehr verdient hat als Sie.«

Larry zuckte sichtbar zusammen. »Solange es in der Familie bleibt ...«, murmelte er wenig überzeugend und trat den Rückzug an.

Dr. Susan Calvin blickte ihm nach. »Das hat weh getan – hoffentlich. Haben Sie Tonys Bericht gelesen, Bogert?«

»Gründlich«, erwiderte der Mathematiker. »Ich glaube, wir müssen das TN3-Modell ändern.«

»Ah, Sie denken also auch so?« fragte die Psychologin scharf. »Was haben Sie für Gründe?«

Bogert runzelte die Stirn. »Liegt es nicht auf der Hand, daß wir keinen Roboter unter die Leute bringen dürfen, der sich in seine Hausherrin verliebt, wenn ich diesen Ausdruck einmal gebrauchen darf?«

»Verliebt! Bogert, Sie enttäuschen mich. Verstehen Sie denn wirklich nicht? Dieser Tony muß dem obersten Gesetz eines Roboters gehorchen. Er durfte nicht zulassen, daß seiner Herrin Schaden zugefügt wird, und der drohte ihr durch ihr eigenes Unzulänglichkeitsgefühl. Er handelte ganz folgerichtig, denn welche Frau könnte dem schmeichelhaften Kompliment widerstehen, daß sie fähig sei, in einer kalten, seelenlosen Maschine Leidenschaften zu erwecken? Und er zog an jenem Abend vorsätzlich die Vorhänge zurück, damit die anderen sie sehen und beneiden sollten – ohne Claire Belmonts Ehe irgendwie zu gefährden. Ich glaube, das war sehr klug von Tony.«

»Denken Sie das wirklich? Was macht es schon aus, ob es ein Vorwand war oder nicht? Der Effekt bleibt derselbe. Lesen Sie den Bericht noch einmal. Sie hat ihn gemieden. Sie schrie, als er sie in die Arme nahm. Sie konnte in der letzten Nacht vor Hysterie kein Auge zutun. Das können wir nicht dulden.«

»Bogert, Sie sind blind. Sie sind so blind, wie ich es war. Das Modell TN 3 wird umgebaut werden müssen, aber nicht aus Ihrem Grund. Ganz im Gegenteil. Seltsam, daß ich es anfänglich übersehen hatte, aber vielleicht liegt da bei mir selbst mangelndes Einfühlungsvermögen vor. Sie müssen begreifen, Bogert, eine Maschine kann sich nicht in einen Menschen verlieben, aber – auch wenn es schauerlich und absurd klingt – eine Frau kann sich in eine Maschine verlieben!«

Höllenfeuer

Im halbleeren Zuschauerraum herrschte Premierenstimmung. Leises Gemurmel, hier und dort eine höfliche Begrüßung, ein antwortendes Kopfnicken. Nur eine Handvoll Wissenschaftler waren anwesend, einige hohe Offiziere, Kongreßabgeordnete und Berichterstatter.

Alvin Horner vom Washingtoner Büro der Continental Press wandte sich an seinen Nachbarn, Joseph Vincenzo vom Forschungszentrum Los Alamos, und sagte leise: »Heute werden wir etwas erfahren.«

Vincenzo drehte den Kopf und sah ihn durch seine dicke Hornbrille kühl an. »Das ist nicht das Wichtigste.«

Horner runzelte die Stirn. Was sie heute sehen sollten, war der erste Superzeitlupenfilm einer Atombombenexplosion. Der Explosionsvorgang war von einer elektronischen Kamera aufgenommen und in Einzelbildern festgehalten worden, die die Veränderung einer Millionstelsekunde sichtbar machten. Gestern hatte man die Bombe zur Explosion gebracht. Der Film heute sollte den Versuch bis ins kleinste Detail zeigen.

»Glauben Sie, daß es nicht funktioniert?« fragte Horner.

Vincenzo machte ein gequältes Gesicht. »Es wird funktionieren. Wir haben das System bei normalen Explosionen ausprobiert. Aber das eigentlich Wichtige ist ...«

»Was?«

»Daß diese Bomben das Todesurteil der Menschheit sind. Wir scheinen nicht fähig zu sein, das zu begreifen.« Vincenzo nickte zu den anderen. »Sehen Sie sich diese

Leute an. Sie sind erregt und erwartungsvoll, aber sie haben keine Angst.«

»Sie kennen die Gefahr«, wandte der Zeitungsmann ein. »Auch sie haben Angst.«

»Nicht genug«, sagte der Wissenschaftler. »Ich habe es erlebt, wie Männer die Zündung einer Wasserstoffbombe beobachteten, die eine Insel austilgte. Danach gingen sie nach Haus und schliefen. So sind die Menschen. Seit Tausenden von Jahren hat man ihnen das Höllenfeuer gepredigt, aber es hat keinen wirklichen Eindruck auf sie gemacht.«

»Apropos Höllenfeuer: Sind Sie religiös?«

»Was Sie gestern gesehen haben, war das Höllenfeuer. Eine explodierende Kernwaffe ist das Höllenfeuer. Buchstäblich.«

Horner hatte genug. Er stand auf und suchte sich einen anderen Platz, aber er fuhr fort, die übrigen Zuschauer mit Unbehagen zu beobachten. Hatten Sie Angst? Machte sich einer unter ihnen Sorgen über das Höllenfeuer? Es sah nicht danach aus.

Die Lampen verdämmerten, der Lichtbalken des Projektors schnitt durch die Dunkelheit. Auf der Leinwand erschien das an einen gewöhnlichen Hochspannungsmast erinnernde Gitterwerk des Versuchsturms. Gespannte Stille trat ein.

Dann erschien an der Spitze des Turms ein Lichtpunkt, ein gleißender, brennender Punkt, der langsam aufquoll und größer wurde, zuckte und im Wechselspiel von Licht und Schatten aufflackerte, bis er eine ovale Form annahm.

Ein Mann stieß einen erstickten Schrei aus, dann andere. Ein heiseres Durcheinander von Stimmen, gefolgt von dumpfem Schweigen. Horner roch die Angst, schmeckte sie in seinem eigenen Mund und fühlte sein Blut gefrieren.

Dem ovalen Feuerball entwuchsen rauchig brodelnde Formen, dann verharrte er einen Moment scheinbar statisch, bevor er sich unheimlich schnell in eine blendende und gestaltlose Riesenkugel ausdehnte.

In diesem Augenblick des Stockens hatte der Feuerball dunkle Augenflecke mit dunklen Linien dünner, zuckender Augenbrauen, einen V-förmigen Haaransatz und einen wild im Höllenfeuer lachenden verzerrten Mund gezeigt – und Hörner.

Die Posaune des Jüngsten Gerichts

Den Erzengel Gabriel ließ die ganze Sache ziemlich kühl. Müßig streifte er mit einer Flügelspitze den Planeten Mars, der, weil er bloß aus toter Materie bestand, von dem Kontakt unbeeinflußt blieb.

»Es ist beschlossene Sache, Etheriel«, sagte er. »Man kann nichts mehr daran ändern. Der Tag der Wiederauferstehung ist fällig.«

Etheriel, ein sehr junger Seraphim, der erst vor einigen tausend Jahren menschlicher Zeitrechnung erschaffen worden war, zitterte vor Erregung. Seit seiner Erschaffung hatte er die Aufsicht über die Erde und ihre nähere Umgebung gehabt. Als Arbeitsgebiet war das eine Sinekure, ein behaglicher Posten weit vom Schuß, aber im Laufe der Jahrhunderte hatte er einen perversen Stolz auf die Erde entwickelt.

»Aber du wirst meine Welt ohne Warnung zerreißen.«

»Durchaus nicht. Keineswegs. Im Buch Daniel und in der Apokalypse des heiligen Johannes kommen Passagen vor, die klar und deutlich genug sind.«

»Wirklich? Nachdem die Originale verlorengegangen und ungezählte Male kopiert worden sind? Ich frage mich, ob es in irgendeiner Zeile der ganzen Bibel zwei Worte gibt, die unverändert geblieben sind.«

»Dann gibt es noch Andeutungen in den Veden, in den Analekten des Konfuzius ...«

»Die nur der Aristokratie isolierter Kulturkreise zugänglich waren ...«

»Und im Gilgameschepos steht es sogar sehr deutlich.«

»Ein guter Teil des Gilgameschepos wurde mit der Bibliothek des Assurbanipal zerstört.«

»Dann gibt es noch gewisse Hinweise in der Anlage der großen Pyramiden und im Muster eines Mosaiks im Tadsch Mahal.«

»Die so ausgeklügelt sind, daß sie noch kein Mensch jemals richtig interpretieren konnte.«

Gabriel sagte resigniert: »Wenn du auf alles Einwände hast, hat es keinen Sinn, über die Angelegenheit zu diskutieren. Auf jeden Fall hättest du davon wissen sollen. Schließlich bist du in allen die Erde angehenden Dingen allwissend.«

»Ja, wenn ich mich dafür entscheide. Ich hatte hier viel zu tun, und die Wahrscheinlichkeit einer baldigen Wiederauferstehung zu erforschen, ist mir, wie ich gestehen muß, nicht in den Sinn gekommen.«

»Nun, das hätte es sollen. Alle nötigen Unterlagen über die Auserwählten sind vorhanden. Du hättest dich ihrer bedienen können.«

»Ich sagte doch, daß meine Zeit hier voll und ganz beansprucht wurde. Du machst dir keine Vorstellung von der tödlichen Wirksamkeit des Widersachers auf diesem Planeten. Es kostete mich alle Mühe, ihn im Zaum zu halten, und trotzdem ...«

»Ja, gewiß. Er scheint seine kleinen Siege errungen zu haben. Wenn ich mir die Geschichte dieser elenden kleinen Welt vergegenwärtige, ergibt sich eine ziemlich düstere Perspektive.«

»So ist es«, sagte Etheriel.

»Und sie spielen mit der nuklearen Energie.«

»Ich fürchte.«

»Was für einen günstigeren Zeitpunkt als diesen gäbe es dann, der Sache ein Ende zu machen?«

»Ich werde damit fertig, das versichere ich dir. Ihre nuklearen Bomben werden sie nicht zerstören.«

»Das ist höchst fraglich. Nun laß mich meinen Weg fortsetzen, Etheriel. Der vorgesehene Moment rückt näher.«

Der Seraphim sagte hartnäckig: »In diesem Fall möchte ich die Dokumente sehen.«

»Wenn du darauf bestehst.« Gabriel ließ den Wortlaut des Himmlischen Beschlusses in glitzernden Symbolen vor dem tiefen Schwarz des luftlosen Firmaments erscheinen.

Etheriel las laut: »Hiermit wird angeordnet, daß der Erzengel Gabriel den Planeten Nummer G 753 990, Klasse A, im weiteren Verlauf Erde genannt, am ersten Januar 1967 lokaler Zeit aufsucht, und ...« Er las den Text schweigend zu Ende.

»Zufrieden?«

»Nein, aber ich bin machtlos.«

Gabriel lächelte. Eine Posaune erschien am Himmel, geformt wie ein irdisches Instrument, aber ihr schimmernder Körper erstreckte sich von der Erde bis zur Sonne. Gabriel hob sie an seine Lippen.

»Kannst du mir nicht wenigstens noch ein bißchen Zeit geben, damit ich die Sache dem Rat der Seligen vortrage?« fragte Etheriel verzweifelt.

»Was könnte es dir nützen? Der Beschluß ist vom Chef gegengezeichnet, und du weißt selbst, daß ein solches Dokument absolut unwiderruflich ist. Und nun, wenn es dir nichts ausmacht, ist der Augenblick gekommen, und ich möchte es hinter mich bringen, weil ich noch weitaus wichtigere Angelegenheiten zu regeln habe. Würdest du so freundlich sein, mir ein kleines Stück aus dem Weg zu gehen? Danke.«

Gabriel blies in die Posaune, und ein feiner, kristallklarer Ton erfüllte das Universum bis hin zum entferntesten Stern. Bei ihrem Klang blieb die Zeit stehen, die Vergangenheit trennte sich von der Zukunft, die Sonne und die Planeten stürzten in sich zusammen, und ihre Materie löste sich wieder in den kosmischen Staub auf, aus dem sie sich vor Jahrmilliarden gebildet hatte. Nur die Erde drehte sich wie bisher weiter, in einem Universum, das plötzlich leergeworden war.

Die Posaune des Jüngsten Gerichts war erklungen.

R. E. Mann betrat den Bürotrakt der Billikan Bitsies Nährmittelfabrik, suchte sich seinen Weg zum Chefbüro und sah sich schließlich einem großen, hageren Mann mit grauem Schnurrbart gegenüber, der einen eleganten, maßgeschneiderten Anzug trug und sich auf verschiedene Papiere auf seinem Schreibtisch konzentrierte.

R. E. blickte auf seine Armbanduhr, die um 7.01 Uhr stehengeblieben war. Seine dunkelbraunen Augen, die dem scharfgeschnittenen, knochigen Gesicht etwas Raubvogelhaftes verliehen, begegneten dem ahnungslosen Blick des anderen.

Der Schnurrbärtige starrte ihn einen Augenblick leer an, dann räusperte er sich. »Kann ich etwas für Sie tun?«

»Horatio Billikan, nehme ich an? Eigentümer dieser Fabrik?«

»Ja.«

»Ich bin R. E. Mann. Ich konnte mir nicht helfen. Ich mußte hier hereinschauen, als ich jemanden bei der Arbeit sah. Wissen Sie nicht, was heute für ein Tag ist?«

»Heute?«

»Es ist der Tag der Auferstehung.«

»Ach das! Ich weiß. Ich hörte den Posaunenschall. War laut genug, um die Toten zu erwecken ...« Er schmunzelte. »Kein schlechter Witz, wie? Nun, ich wachte heute früh um sieben Uhr auf und stieß meine Frau an. Sie hatte es natürlich verschlafen, wie ich ihr schon immer prophezeit hatte. ›Das ist die Posaune des Jüngsten Gerichts, Liebling‹, sagte ich. Hortense, so heißt meine Frau, sagte: ›Ist schon gut‹, und schlief wieder ein. Ich badete, rasierte mich, zog mich an und ging zur Arbeit.«

»Aber warum?«

»Warum nicht?«

»Von Ihren Arbeitern und Angestellten ist keiner erschienen.«

»Nein, die Faulenzer. Sie denken nur ans Feiern. Man kann nicht mehr von ihnen erwarten. Schließlich ist auch nicht jeden Tag Weltuntergang. Offen gestanden, mir ist es ganz recht. Das gibt mir endlich Gelegenheit, meine Privatkorrespondenz ungestört zu erledigen. Das Telefon hat noch nicht einmal geläutet.«

Er stand auf und trat ans Fenster. »Es ist eine bedeutende Verbesserung. Keine blendende Sonne mehr, und der Schnee ist auch weg. Ein angenehmes Licht und eine ebenso angenehme Temperatur. Sehr gute Lösung ... Aber nun, wenn es Ihnen nichts ausmacht ... Ich bin sehr beschäftigt, wenn Sie mich also entschuldigen wollen ...«

Eine heiser dröhnende Stimme unterbrach ihn mit einem lauten »Augenblick, Horatio«, und ein Herr, der Billikan bemerkenswert ähnlich sah, trat ins Büro und nahm eine Haltung beleidigter Würde an, die kaum von der Tatsache beeinträchtigt wurde, daß er völlig nackt war. »Darf ich fragen, warum du die Fabrik geschlossen hast?«

Billikan schien nahe daran, in Ohnmacht zu fallen. »Gott im Himmel«, sagte er, »es ist Vater. Wo in aller Welt kommst du her?«

»Vom Friedhof«, röhrte Billikan senior. »Woher sonst? Die Leute steigen dort zu Dutzenden aus den Gräbern. Alle nackt. Auch Frauen.«

Billikan räusperte sich. »Ich werde dir etwas zum Anziehen besorgen, Vater. Ich hole dir Kleider von zu Hause.«

»Das eilt nicht. Zuerst kommt das Geschäft!«

R. E. erwachte aus seinen Überlegungen. »Steigen alle Leute zur gleichen Zeit aus ihren Gräbern, Sir?«

Er betrachtete den alten Billikan neugierig. Die Erscheinung des alten Mannes hatte etwas Robustes. Sein Gesicht war gefurcht, aber es war rot und gesund. Sein Alter, schloß R. E., war genau, was es im Augenblick seines Todes gewesen war, aber sein Körper war so, wie er in diesem

Alter hätte sein können, wenn er vollständig gesund gewesen wäre.

Billikan senior sagte: »Nein, Mister, das tun sie nicht. Die neueren Gräber öffnen sich zuerst. Pottersby starb fünf Jahre vor mir und kam ungefähr fünf Minuten nach mir heraus. Sein Anblick vertrieb mich vom Friedhof. Ich hatte schon genug von ihm, als ... Und da fällt mir noch etwas ein.« Er schlug mit seiner Faust auf den Schreibtisch. »Es gab keine Taxis und keine Busse. Die Telefone funktionierten auch nicht. Ich mußte gehen. Zu Fuß mußte ich zwanzig Meilen gehen!«

»So wie du bist?« fragte sein Sohn mit schwacher, angewiderter Stimme.

Billikan senior blickte an seinem bloßen Körper herab, aber es war nur der beiläufige und flüchtige Blick eines Mannes, der seinen Anzug auf ordentlichen Sitz überprüft. »Es ist warm draußen. Fast alle laufen nackt herum ... Aber ich bin nicht gekommen, um Konversation zu treiben, Junge. Warum ist die Fabrik geschlossen?«

»Sie ist nicht geschlossen. Es ist ein besonderer Anlaß.«

»Besonderer Anlaß, daß ich nicht lache! Sofort rufst du die Gewerkschaft an, daß im Manteltarifvertrag nichts vom Auferstehungstag steht. Jedem Arbeiter, der nicht sofort an seinem Arbeitsplatz erscheint, wird der Lohn gekürzt. Für jede Minute, die er seiner Arbeit ferngeblieben ist!«

Billikans hageres Gesicht nahm einen trotzigen Ausdruck an. »Das werde ich nicht tun, Vater. Vergiß nicht, daß du in dieser Fabrik keine Befehlsgewalt mehr hast. Ich bestimme.«

»So, meinst du? Mit welchem Recht?«

»Durch dein eigenes Testament.«

»Schon gut. Aber jetzt bin ich hier, und ich erkläre mein Testament für null und nichtig.«

»Das kannst du nicht, Vater. Du bist tot. Vielleicht siehst du nicht tot aus, aber ich habe Zeugen. Ich habe den Totenschein des Arztes. Ich habe die quittierte Rechnung vom Beerdigungsinstitut. Und ich kann mir von den Sargträgern Zeugenerklärungen besorgen.«

Billikan senior starrte seinen Sohn an, setzte sich mit übergeschlagenen Beinen auf einen Stuhl und legte einen Arm lässig über die Lehne. »Wenn man es so sehen will, sind wir alle tot, nicht wahr? Die Welt hat aufgehört zu bestehen, nicht wahr?«

»Aber du bist legal für tot erklärt und ich nicht.«

»Oh, das läßt sich ändern, mein Junge. Von uns werden bald mehr da sein als von euch, und die Stimmenmehrheit entscheidet.«

Billikan junior ließ seine flache Hand auf den Schreibtisch klatschen und errötete leicht. »Vater, es fällt mir schwer, davon anzufangen, aber du zwingst mich dazu. Darf ich dich daran erinnern, daß Mutter inzwischen zu Hause sitzen und auf dich warten wird? Daß sie wahrscheinlich auch – äh – nackt durch die Straßen gehen mußte und möglicherweise nicht in bester Stimmung ist?«

Billikan senior wurde bleich. »Gott im Himmel!«

»Und du weißt, sie wollte immer, daß du dich aus dem Geschäft zurückziehst.«

Billikan senior gelangte rasch zu einer Entscheidung. »Ich gehe nicht nach Hause. Das ist ja furchtbar, ein Alptraum! Gibt es denn bei diesem Auferstehungsgeschäft keine Grenzen? Es ist reine Anarchie. Man kann so etwas auch übertreiben. Nein, ich bleibe hier.«

In diesem Moment betrat ein rundlicher Herr mit einem glatten rosa Gesicht und flauschigen weißen Bartkoteletten den Raum und sagte kühl: »Guten Tag.«

»Vater«, sagte Billikan senior.

»Großvater«, sagte Billikan junior.

Großvater Billikan blickte seinen Enkel mißbilligend an. »Wenn du mein Enkel bist«, erklärte er, »bist du beträchtlich gealtert, und dein Aussehen hat sich nicht gerade zu deinen Gunsten verändert.«

Billikan junior lächelte gequält und verzichtete auf eine Antwort. Der alte Herr schien auch keine erwartet zu haben. »Wenn ihr zwei mich jetzt über die laufenden Geschäfte unterrichten wollt«, fuhr er fort, »werde ich meine Funktionen wieder ausüben.«

Er bekam gleichzeitig zwei Antworten, und sein blühendes Gesicht rötete sich bedrohlich. Er stieß mit einem imaginären Spazierstock rechthaberisch den Boden und bellte eine heftige Entgegnung.

R. E. sagte: »Aber meine Herren!«

Er hob seine Stimme. »Meine Herren!«

Das Stimmengewirr brach ab, und alle blickten ihn an. R. E.s kantiges Gesicht, seine stechenden Augen und sein sardonisch lächelnder Mund schienen auf einmal den ganzen Raum zu beherrschen.

»Ich verstehe diesen Streit nicht«, sagte er. »Was stellen Sie in Ihrer Fabrik eigentlich her?«

»Bitsies«, antwortete Billikan junior.

»Das ist, wie ich vermute, eine verpackte Frühstücksnahrung aus Weizen oder Mais, nicht wahr?«

»Strotzende Energie in jeder goldenen, knusprigen Flocke!« rief Billikan junior.

»Bedeckt mit honigsüßem Kristallzucker; ein Leckerbissen und eine Nahrung!« ergänzte Billikan senior.

»Ein Hochgenuß auch für den verwöhntesten Geschmack!« brüllte Großvater Billikan.

»Sagen Sie mal«, fragte R. E. »Hat einer von Ihnen Hunger?«

Sie starrten ihn verständnislos an. »Wie war das, bitte?« fragte Billikan junior.

»Hat einer von Ihnen Hunger?« wiederholte R. E. »Ich nicht.«

»Was faselt der Dummkopf da?« wollte Großvater Billikan wissen. Der Spazierstock würde R. E. in den Nabel gestoßen haben, hätte der Spazierstock existiert.

»Ich versuche Ihnen klarzumachen«, sagte R. E., »daß kein Mensch jemals wieder etwas essen wird. Die Welt hat aufgehört zu bestehen, und Nahrung ist von nun an überflüssig.«

Die Gesichter der Billikans verrieten Bestürzung. Es war deutlich zu erkennen, daß jeder an seinen Appetit dachte und ihn vermißte. Billikan junior ließ die Schultern sinken, und sein Gesicht wurde aschgrau. »Ruiniert!« sagte er tonlos.

Großvater Billikan stieß den Boden mit seinem imaginären Spazierstock. »Das ist Enteignung ohne ordentlichen Gerichtsbeschluß. Ich werde klagen. Ich werde klagen!«

»Völlig ungesetzlich«, stimmte Billikan senior zu.

»Wenn Sie jemanden finden, gegen den Sie Klage erheben können, wünsche ich viel Erfolg«, sagte R. E. freundlich. »Und nun werden Sie mich bitte entschuldigen. Ich glaube, ich werde einen Spaziergang zum Friedhof unternehmen.«

Er setzte seinen Hut auf und ging hinaus.

R. E. Mann wanderte durch die belebten Straßen, und allmählich gewöhnte er sich an den Anblick der teils bekleideten, überwiegend aber nackten Menschen, die ratlos und verwirrt umherirrten oder aber apathisch an den Straßenrändern hockten.

Ein Mädchen von ungefähr zwölf Jahren lehnte über einer eisernen Gartenpforte, hatte einen Fuß auf eine Querstrebe gestellt und schwang sich mit der quietschenden Pforte hin und her. Als er vorbeikam, rief sie fröhlich: »Hallo, Mister.«

»Hallo«, sagte R. E. Das Mädchen war angezogen. Sie war keine von den Auferstandenen.

»Wir haben ein neues Baby bekommen«, erzählte das Mädchen zutraulich. »Es ist eine Schwester, die ich einmal hatte. Mama weint und hat mich auf die Straße geschickt.«

»Soso«, sagte R. E. und ging durch die Pforte und über einen mit Ziegeln belegten Weg zum Haus. Er läutete, bekam keine Antwort und trat durch die angelehnte Tür ein.

Im düsteren Korridor hörte er undeutliche Stimmen und

leises Schluchzen, klopfte an eine Zimmertür und wartete. Ein schwerfälliger Mann von etwa fünfzig Jahren mit einer Glatze und einem Doppelkinn öffnete und sah ihn erstaunt und mißtrauisch an.

»Wer sind Sie?«

R. E. nahm seinen Hut ab. »Ich dachte, ich könnte vielleicht helfen. Ihre kleine Tochter draußen ...«

Eine plumpe Frau mit ergrauendem Haar saß im Zimmer neben einem ungemachten Doppelbett. Ihr Gesicht war aufgedunsen und vom Weinen entstellt. Auf dem Bett lag ein nacktes Baby, strampelte mit den Beinen und wandte den Kopf von einer Seite zur anderen.

»Das ist mein Kind«, murmelte die Frau. »Es wurde vor dreiundzwanzig Jahren geboren und starb, als es zehn Tage alt war. Ich hatte es mir immer zurückgewünscht.«

»Und nun haben Sie es wieder«, sagte R. E.

»Aber es ist zu spät«, rief die Frau verzweifelt. »Ich hatte noch drei andere Kinder. Meine älteste Tochter ist verheiratet; mein Sohn ist in der Armee. Ich bin zu alt, um jetzt noch ein Baby zu haben. Und selbst wenn – selbst wenn ...«

Sie kämpfte gegen die Tränen und unterlag. Ihr Mann sagte tonlos: »Es ist kein richtiges Baby. Es schreit nicht. Es beschmutzt sich nicht. Es nimmt keine Milch an. Was sollen wir machen? Es wird nie heranwachsen; es wird immer ein Baby bleiben.«

R. E. schüttelte seinen Kopf. »Ich weiß nicht«, sagte er. »Ich fürchte, ich kann Ihnen da auch nicht helfen.«

Leise ging er hinaus. Er mußte an die Krankenhäuser denken. Dort mußten die Babys jetzt zu Tausenden erscheinen.

Am besten, man bringt sie in Wandregalen unter, dachte er zynisch. Man kann sie wie Brennholz aufstapeln. Sie brauchen keine Pflege. Ihre kleinen Körper sind nichts als Verwahrer eines unzerstörbaren Lebensfunkens.

Wieder auf der Straße, sah er zwei ungefähr gleichaltrige kleine Jungen. Er schätzte sie auf zehn Jahre. Der Körper des einen war nackt und schimmerte weiß im sonnenlosen Licht. Der zweite war bekleidet. R. E. blieb stehen, um ihren schrillen Stimmen zuzuhören.

Der Nackte sagte gerade: »Ich hatte Scharlach.«

Der andere fixierte ihn neiderfüllt. »Was du nicht sagst.«

»Darum bin ich gestorben.«

»Haben sie dir denn kein Penicillin oder sowas gegeben?«

»Was?«

»Das ist eine Medizin.«

»Davon habe ich noch nie gehört.«

»Mensch, du hast überhaupt von nichts eine Ahnung!«

»Ich weiß genausoviel wie du.«

»Ja? Wer ist denn Präsident der Vereinigten Staaten?«

»Warren Harding.«

»Du bist ja bescheuert. Es ist Johnson.«

»Wer ist das?«

»Hast du schon mal TV angeschaut?«

»Was soll das sein?«

Der angezogene Junge stieß ein ohrenbetäubendes Hohngeschrei aus. »Das Fernsehen. Das ist etwas, das du nur einzuschalten brauchst, dann siehst du Filme, Cowboys, Zirkus, Weltraumschiffe – alles, was du willst.«

»Zeig es mir. Das möchte ich sehen.«

Nach einer verlegenen Pause sagte der Junge aus der Gegenwart: »Es funktioniert nicht.«

Der andere Junge kreischte vor Verachtung und Spott. »Es hat noch nie funktioniert. Ich wette, du hast es nur erfunden, du Angeber.«

R. E. zuckte die Achseln und setzte seinen Weg fort. Als er den Stadtrand hinter sich hatte und dem Friedhof näher kam, wurde die Menschenmenge dünner. Alle Leute, denen er jetzt noch begegnete, strebten der Stadt zu, und alle waren nackt.

Ein Mann hielt ihn an; ein fröhlicher Mann mit gesunder Gesichtsfarbe und weißem Haar.

»Ich grüße dich, Bruder!«

»Hallo«, sagte R. E.

»Du bist der erste bekleidete Mensch, Bruder, den ich sehe. Du warst lebendig, als die Posaune ertönte, nicht wahr?«

»Ja, das stimmt.«

»Nun, ist es nicht herrlich? Ist es nicht beglückend? Komm und erfreue dich mit mir, Bruder.«

»Dies alles gefällt Ihnen wohl, wie?« fragte R. E.

»Ob es mir gefällt? Eine reine und strahlende Freude erfüllt mich. Wir bewegen uns im Licht des ersten Tages; in dem Licht, das vor der Sonne, dem Mond und den Sternen da war. Da ist die angenehme Wärme, die zu den größten Vorzügen des Paradieses gehört haben muß; keine enervierende Hitze oder barbarische Kälte mehr! Männer und Frauen gehen unbekleidet durch die Straßen und schämen sich nicht. Alles ist gut, mein Freund, alles ist gut.«

R. E. sagte: »Nun, das scheint wahr zu sein. Ich habe mich noch nicht einmal nach einer nackten Frau umgedreht. Diese ganze Zurschaustellung weiblicher Reize ist mir noch gar nicht aufgefallen.«

»Natürlich nicht, Bruder«, sagte der andere. »Lust und Sünde, deren wir uns aus unserer irdischen Existenz erinnern, kann es nicht mehr geben. Ich will dir sagen, Freund, wer ich in der Zeit meiner Erdentage war. Mein Name war Winthrop Hester. Ich wurde 1812 geboren und starb 1884. Die letzten vierzig Jahre meines Lebens mühte ich mich, meine kleine Herde in das ewige Königreich zu führen, und jetzt gehe ich, um die zu zählen, die ich gewonnen habe.«

R. E. betrachtete den Ex-Prediger ernst. »Das Jüngste Gericht hat noch nicht stattgefunden.«

»Wieso nicht? Der Herr schaut uns allen in die Seele, und im Augenblick, da die Welt zu bestehen aufgehört hat, wurden alle Menschen gerichtet, und wir sind die Auserwählten.«

»Dann müssen ziemlich viele auserwählt sein.«

»Im Gegenteil, mein Sohn, die Auserwählten sind nur ein Rest.«

»Ein ziemlich großer Rest, wie mir scheint. Soweit ich feststellen kann, werden alle zum Leben erweckt. In der Stadt habe ich einige ziemlich widerwärtige Typen gesehen, die genauso lebendig sind wie Sie.«

»Das müssen reuige Sünder sein, die noch auf dem Sterbebett ...«

»Ich habe nie bereut.«

»Was, mein Sohn?«

»Zum Beispiel die Tatsache, daß ich nie einen Gottesdienst besucht habe.«

Winthrop Hester trat hastig einen Schritt zurück. »Bist du jemals getauft worden, mein Sohn?«

»Nicht, daß ich wüßte.«

Winthrop Hester begann zu zittern. »Sicherlich haben Sie aber an Gott geglaubt?«

»Nun«, sagte R. E. »Ich habe über Ihn eine Menge Dinge geglaubt, die Sie wahrscheinlich erschrecken würden.«

Winthrop Hester bekreuzigte sich, dann machte er kehrt und eilte gestikulierend davon.

Auf dem Rest seines Weges zum Friedhof wurde R. E. nicht mehr aufgehalten. Er wußte nicht, wie spät es war, und er kümmerte sich auch nicht darum. Er fand den Friedhof fast leer. Bäume und Gras waren verschwunden, und jetzt fiel ihm auf, daß es nirgendwo mehr etwas Grünes gab. Der Erdboden war überall von einem harten, eintönigen Grau, das tot und farblos unter dem undurchsichtigen Nebelgrau des Himmels lag. Aber die Umfassungsmauern und die Grabsteine standen noch.

Auf einem dieser Grabsteine saß ein magerer Mann mit zerfurchtem Gesicht und langen schwarzen Haaren, die ihm bis auf die Schultern hingen. Ein schwarzes Gekräusel bedeckte Brust und Arme.

Er rief mit tiefer Stimme: »He, Sie da!«

R. E. ging zu ihm und setzte sich auf eine benachbarte Grabplatte. »Hallo.«

»Ihre Kleider kommen mir komisch vor«, sagte der Schwarzhaarige. »Welches Jahr haben wir?«

»1967.«

»Ich bin schon 1807 gestorben. Komisch! Ich dachte immer, daß ich um diese Zeit schon in der Hölle schwitzen würde, mitten im ewigen Feuer.«

»Wollen Sie nicht mit in die Stadt gehen?« fragte R. E.

»Ich heiße Zeb«, erklärte der Alte. »Das ist die Kurzform von Zebulon, aber Zeb reicht mir. Wie sieht die Stadt aus? Hat sich wohl ein bißchen verändert, was?«

R. E. nickte. »Sie hat annähernd hunderttausend Einwohner.«

Zebs Mund öffnete sich, als wollte er gähnen. »Gehen Sie zu. Das wäre ja beinahe so groß wie Philadelphia ... Sie wollen mich wohl verkohlen?«

»Philadelphia hat ...« R. E. brach ab. Es hatte keinen Sinn, Zahlen anzuführen. Statt dessen sagte er: »Die Stadt ist in hundertfünfzig Jahren gewachsen, wissen Sie.«

»Auch das Land?«

»Fünfzig Staaten«, erwiderte R. E. »Bis zum Pazifik und hinüber nach Hawaii.«

»Nein!« Zeb hieb erfreut auf seinen Schenkel. »Ich würde nach Westen ziehen, wenn ich hier nicht gebraucht würde. Jawohl, Sir.« Sein Gesicht nahm einen lauernden Ausdruck an, und seine dünnen Lippen wurden grimmig. »Ich bleibe hier, wo ich gebraucht werde.«

»Wozu werden Sie gebraucht?«

Die Antwort kam kurz, wie ausgespuckt. »Indianer.«

»Indianer?«

»Millionen. Zuerst die Stämme, die wir bekämpft und verjagt haben, und dann die Stämme, die noch nie einen weißen Mann gesehen hatten. Sie werden alle wieder zum Leben erwachen. Ich werde meine alten Gefährten brauchen. Ihr Stadtleute seid nicht gut für so etwas ... Haben Sie schon mal einen Indianer gesehen?«

»Nicht in dieser Gegend«, sagte R. E. »Nein, in letzter Zeit nicht.«

Zeb warf ihm einen verächtlichen Blick zu und wollte auf die Seite spucken, aber er brachte für den Zweck keinen Speichel zusammen. »Dann gehen Sie besser wieder in die Stadt zurück. Bald wird es hier herum nicht mehr sicher sein. Ich wünschte, ich hätte meine Muskete.«

R. E. erhob sich, stand einen Moment unschlüssig und machte sich auf den Rückweg. Die Grabplatte, auf der er gesessen hatte, zerfiel fast im gleichen Augenblick in graues Steinpulver, das mit dem kahlen Boden verschmolz. Er blickte umher. Die meisten Grabsteine waren schon verschwunden. Nur der unter Zeb sah noch fest und solide aus.

R. E. begann sich zu entfernen. Zeb drehte sich nicht nach ihm um. Er wartete ruhig und gefaßt auf die Indianer.

Etheriel stürzte in wilder Hast durch die Himmel. Er wußte, daß die Augen der Engel auf ihm waren. Vom unbedeutendsten Cherubim bis zum höchsten Erzengel beobachteten sie ihn. Er war bereits höher gestiegen als je ein anderer seiner himmlischen Brüder, ungefragt, und zitternd erwartete er das Wort, das seinen Vorwitz mit einem Sturz ins Bodenlose bestrafen würde.

Aber er ließ nicht nach. Durch Nicht-Raum und Nicht-Zeit schwang er sich weiter hinauf zum Sitz des Allerhöchsten, der alles umschloß, was ist, war und sein würde. Und plötzlich war eine ruhige, leise Stimme in ihm, die in ihrer Unendlichkeit doch größer war als das ganze Universum.

»Mein Sohn«, sagte die Stimme. »Ich weiß, warum du gekommen bist.«

»Dann hilf mir, wenn es dein Wille ist.«

»Durch meinen eigenen Willen«, sagte der Chef, »ist jede meiner Entscheidungen unwiderruflich. Alle deine Menschen, mein Sohn, haben sich nach dem Leben gesehnt. Alle fürchteten den Tod. Alle haben Gedanken und Träume vom ewigen Leben entwickelt. Alle wünschten es. Ich wurde gebeten, diesen allgemeinen Wunsch zu erfüllen. Und ich habe es getan.«

»Keiner deiner Diener hat diese Bitte ausgesprochen.«

»Der Widersacher hat es getan, mein Sohn.«

Etheriel ließ seinen Heiligenschein betrübt hängen und sagte mit leiser Stimme: »Ich bin Staub vor deinem Angesicht und deiner Gegenwart unwürdig, doch ich muß eine Frage stellen. Ist der Widersacher also auch dein Diener?«

»Ohne ihn kann ich keinen anderen haben«, sagte der Chef, »denn was ist das Gute anderes als der ewige Kampf gegen das Böse?«

Und in diesem Kampf, dachte Etheriel, habe ich verloren.

Als er die Stadt vor sich hatte, blieb R. E. stehen. Die Gebäude zerbröckelten; viele waren schon zu flachen Schutthaufen zusammengesunken. R. E. ging zu einem dieser Haufen und fand Steine und Balken pulverig und trocken. Unter dem Druck seiner Finger lösten sie sich auf.

Er setzte seinen Weg zum Stadtzentrum fort. Die Betonbauten standen noch, aber ihre Ecken und Kanten waren merkwürdig rund geworden und begannen hier und dort abzublättern.

»Lange werden sie nicht mehr stehen«, bemerkte eine tiefe Stimme. »Aber es ist doch tröstlich, wenn es überhaupt noch so etwas wie Trost gibt, daß ihr Einsturz niemanden töten kann.«

R. E. blickte erstaunt auf und sah sich von Angesicht zu Angesicht einem kadaverartigen Don Quichote von einem Mann gegenüber. Seine Augen blickten traurig unter einer zerdrückten Hutkrempe hervor, seine hohlen Wangen waren mit grauen Bartstoppeln bedeckt, und hier und dort sah man seine weiße Haut durch fadenscheinige Stellen seines lose schlotternden Anzugs.

»Mein Name«, sagte der Mann, »ist Richard Levine. Ich war einmal Geschichtsprofessor – bevor dies passierte.«

»Sie tragen Kleider«, sagte R. E. »Sie sind keiner von diesen Auferstandenen.«

»Nein, aber das Unterscheidungsmerkmal wird nicht mehr lange existieren. Auch die Kleider lösen sich auf.«

R. E. wandte den Kopf zu der Menschenmenge auf der

Straße, die sich ziellos dahinwälzte. Verschwindend wenige trugen Kleider. Er blickte an sich herunter und sah zum erstenmal, daß die Nähte seiner Hosenbeine aufgegangen waren. Er rieb den Stoff seiner Jacke zwischen Daumen und Zeigefinger, und die Wollfäden lösten sich sofort aus dem morschen Gewebe.

»Es scheint, daß Sie recht haben«, sagte er trocken.

»Falls Sie es noch nicht bemerkt haben sollten«, fuhr Levine fort. »Die Hügel ebnen sich ein.«

R. E. folgte dem Kopfnicken des anderen und blickte nach Norden, wo bisher die prächtigen Villen der Geldaristokratie die Abhänge der Hügel gesprenkelt hatten. Der Horizont war fast flach.

»Bald wird es nur noch eine endlose, leere Ebene geben«, bemerkte Levine. »Und uns.«

»Und Indianer«, antwortete R. E. »Draußen vor der Stadt sitzt ein Mann auf seinem Grabstein, wartet auf Indianer und wünscht sich eine Muskete.«

»Ich könnte mir denken, daß die Indianer keine Schwierigkeiten machen werden. Es macht keinen Spaß, gegen einen Feind zu kämpfen, der weder verletzt noch getötet werden kann. Und selbst wenn es nicht so wäre, würde ihm die Kampflust wie alle anderen Lüste vergehen.«

»Sind Sie sicher?«

»Absolut. Bevor alles dies geschah, habe ich - obwohl Sie es nicht vermuten werden, wenn Sie mich ansehen - in der Betrachtung der weiblichen Gestalt viel Vergnügen gefunden. Nun finde ich mich trotz beispielloser Gelegenheiten auf eine geradezu ärgerliche Weise uninteressiert. Nein, das ist nicht richtig. Ich bin über mein Desinteresse nicht einmal ärgerlich.«

R. E. blickte flüchtig auf den Strom der Passanten. »Ich verstehe, was Sie meinen.«

»Das Auftauchen der Indianer hier«, sagte Levine, »ist nichts, verglichen mit der Situation in Europa. Ziemlich zu Beginn der Auferstehung müssen Hitler und seine Wehrmacht wieder zum Leben erwacht sein und finden sich jetzt überall zwischen Berlin und Stalingrad mit Stalin und der Roten Armee vermischt. Um die Situation weiter zu komplizieren, werden die Kaiser und Zaren dazukommen. Die Männer von Verdun und der Somme sind wieder auf den alten Schlachtfeldern. Napoleon und seine Marschälle sind über ganz Westeuropa verstreut. Und Mohammed wird zurückgekehrt sein, um zu sehen, was in den folgenden Zeitaltern aus dem Islam geworden ist, während die Heiligen und Apostel die Wege des Christentums beklagen werden. Und selbst die Mongolen, die armen Kerle, angefangen mit Temudschin und über Kublai Khan bis zu Timur, müssen jetzt hilflos die Steppen Asiens durchwandern, voll Sehnsucht nach ihren Pferden.«

»Als Geschichtsprofessor«, meinte R. E., »müssen Sie sich wünschen, dort zu sein und zu beobachten.«

»Wie könnte ich dort sein? Jeder Mensch auf Erden ist auf seine Füße als einziges Fortbewegungsmittel angewiesen. Es gibt keinerlei Maschinen mehr und, wie ich schon sagte, keine Pferde. Und was würde ich in Europa schon finden können? Leere und Apathie wie hier!«

Ein leises Geräusch veranlaßte R. E., den Kopf zu wenden. Das benachbarte Ziegelgebäude war zu Staub zerfallen. Bruchstücke morscher Ziegel lagen rings um ihn. Einige mußten ihn getroffen haben, ohne daß er etwas davon gespürt hatte.

Er blickte umher. Die Schutthaufen der Häuser wurden zusehends niedriger und verflachten bis zu ihrer völligen Einebnung.

Er sagte: »Vorhin traf ich einen Mann, der dachte, daß wir alle gerichtet und im Himmel seien.«

»Gerichtet?« fragte Levine. »Ja, das könnte ich mir auch denken. Wir sehen uns jetzt der Ewigkeit gegenüber. Wir haben kein Universum mehr, keine Naturerscheinungen, keine Gefühle, keine Leidenschaften. Nichts als uns selbst und unsere Gedanken. Wir haben eine Ewigkeit der Selbstbesinnung vor uns. Und das, obwohl wir in unserer ganzen

Geschichte nie gewußt haben, was wir an einem regnerischen Sonntag mit uns anfangen sollten.«

»Das hört sich so an, als wären Sie über diese Situation unglücklich.«

»Nicht unglücklich, aber ich erkenne sie als das, was sie ist. Dantes Konzeption des Infernos war kindisch und eines so großen Geistes unwürdig: Feuer und Qualen. Langeweile ist ein viel feineres Instrument. Die inneren Qualen einer Seele, die unfähig ist, sich selbst auf irgendeine Weise zu entrinnen, sondern dazu verflucht, für alle Zeiten in ihrem eigenen geistigen Eiter zu ersticken, sind viel wirksamer. O ja, mein Freund, wir sind gerichtet und verurteilt, und dies ist nicht der Himmel, sondern die Hölle.«

Und Levine ließ die Schultern sinken, von denen die Kleidung jetzt in Fetzen herabhing, und entfernte sich mit schleppenden Schritten.

R. E. blickte nachdenklich in die Runde und nickte. Er war zufrieden. Ein seltsames Licht lag über seinem Kopf, während ihm Gedanken durch den nichtmenschlichen Sinn gingen, und für einen Augenblick hatte es den Anschein, als zeigte sein undeutlicher Schatten auf der grauen Erde zwei kleine Hörner an beiden Schläfen ...

Die Schule

Margie schrieb es am Abend sogar in ihr Tagebuch. Auf die Seite mit der Titelzeile 17. Mai 2157 schrieb sie: »Heute hat Tommy ein richtiges Buch gefunden!«

Es war ein sehr altes Buch. Margies Großvater hatte ihr einmal erzählt, daß er als kleiner Junge von seinem Großvater gehört hätte, wie in früheren Zeiten alle Geschichten auf Papier gedruckt gewesen wären.

Sie wendeten die Seiten, die schon vergilbt und brüchig waren, und es war ungemein komisch, Worte zu lesen, die stillstanden, statt sich über einen Bildschirm zu bewegen, wie es sich gehörte. Und dann, wenn sie wieder zurückblätterten, konnten sie auf den vorhergehenden Seiten dieselben Worte lesen, die sie schon beim erstenmal gelesen hatten.

»Denk mal«, sagte Tommy, »was für eine Verschwendung. Wenn du mit dem Buch fertig bist, mußt du es wegwerfen. Unser Fernseher hat schon viele tausend Bücher gezeigt, und er ist noch gut für viele Tausend mehr. Den braucht man nie wegzuwerfen.«

»Wo hast du das Buch gefunden?« fragte Margie neugierig. Sie war elf und hatte noch nicht so viele Telebücher gesehen wie Tommy. Er war dreizehn.

»Bei mir zu Haus.« Er zeigte mit dem Daumen in die Richtung, ohne hinzusehen, denn er war mit Lesen beschäftigt. »Auf dem Dachboden.«

»Wovon handelt es?«

»Schule.«

Margie wurde zornig. »Schule? Was kann man denn schon über die Schule schreiben? Ich hasse die Schule!«

Margie hatte die Schule schon immer gehaßt, aber jetzt haßte sie sie mehr als je zuvor. Der mechanische Lehrer hatte sie wieder und wieder in Geographie abgefragt, und bei jedem Mal war sie schlechter gewesen, bis ihre Mutter bekümmert den Kopf geschüttelt und die Schulinspektion angerufen hatte.

Der Schulinspektor war ein runder kleiner Mann mit einem roten Gesicht gewesen, der eine ganze Kiste mit Instrumenten, Drähten und Werkzeugen bei sich getragen hatte. Er hatte Margie angelächelt und ihr einen Apfel gegeben, dann hatte er sich über den mechanischen Lehrer hergemacht und ihn auseinandergenommen. Margie hatte gehofft, daß er ihn nicht wieder zusammenbringen würde, aber er hatte Bescheid gewußt, und nach einer Stunde oder so hatte das Ding wieder dagestanden, groß und schwarz und häßlich, mit einer großen Mattscheibe darauf, wo alle Lektionen gezeigt wurden, und mit einem Lautsprecher daneben, der die Fragen stellte. Aber das war nicht das Schlimmste. Der Teil, den Margie am meisten haßte, war ein Schlitz, in den sie die Hausarbeiten und die Antworten auf seine Fragen stecken mußte. Alles das mußte sie in einem Lochkode schreiben, den sie mit sechs Jahren gelernt hatte, und der mechanische Lehrer rechnete die Noten im Nu aus.

Der Schulinspektor hatte Margie noch einmal angelächelt und ihr den Kopf getätschelt, nachdem er seine Arbeit beendet hatte. Und zu ihrer Mutter hatte er gesagt: »Ihre Tochter kann nichts dafür, Mrs. Jones. Ich glaube, der Sektor Geographie war ein wenig zu schnell eingestellt. So etwas kann mitunter vorkommen. Ich habe ihn verlangsamt, daß er dem durchschnittlichen Leistungsniveau einer Zehnjährigen entspricht. Ansonsten sind die Fortschritte Ihrer Tochter recht befriedigend.« Und er hatte Margie wieder über die Haare gestrichen.

Margie war enttäuscht gewesen. Sie hatte gehofft, daß

man den Lehrer ganz fortschaffen würde. Einmal hatten sie Tommys Lehrer fast für einen Monat weggebracht, weil er auf dem Sektor Geschichte überhaupt nicht mehr funktioniert hatte.

So sagte sie jetzt zu Tommy: »Warum sollte jemand über die Schule schreiben?«

Tommy blickte auf und sah sie überlegen an. »Weil es nicht unsere Art Schule ist, du Dummkopf. Das ist die alte Art Schule, wie man sie vor Hunderten von Jahren hatte.« Von oben herab und mit sorgfältiger Betonung fügte er hinzu: »Vor Jahrhunderten.«

Margie war verletzt. »Woher soll ich denn wissen, was für eine Art Schule sie vor langer Zeit hatten.« Sie schaute ihm über die Schulter und las eine Weile mit, dann sagte sie: »Jedenfalls hatten sie auch einen Lehrer.«

»Sicher hatten sie einen Lehrer, aber es war kein richtiger Lehrer. Es war ein Mann.«

»Ein Mann? Wie kann ein Mann ein Lehrer sein?«

»Na, er hat eben den Jungen und Mädchen Sachen erzählt, ihnen Fragen gestellt und Hausaufgaben gegeben.«

»Ein Mann ist dafür nicht klug genug.«

»Klar. Mein Vater weiß soviel wie mein Lehrer.«

»Das kann er nicht. Ein Mann kann nicht soviel wissen wie ein Lehrer.«

»Er weiß beinahe soviel, darauf wette ich mit dir.«

Margie fühlte sich für eine Diskussion nicht stark genug. Sie sagte: »Mir würde es nicht gefallen, wenn ein fremder Mann ins Haus käme, um Schule zu halten.«

Tommy kreischte vor Lachen. »Du weißt nichts, Margie. Die Lehrer haben nicht bei den Kindern im Haus gelebt. Sie hatten ein besonderes Haus, und alle Kinder gingen dorthin.«

»Und alle Kinder lernten dasselbe?«

»Klar, wenn sie im gleichen Alter waren.«

»Aber meine Mutter sagt, ein Lehrer muß genau für den Jungen oder das Mädchen eingestellt werden, die er lehrt, und daß jedes Kind andere Lektionen bekommen muß, weil die Kinder im Lernen ganz verschieden sind.«

»Trotzdem haben sie es damals nicht so gemacht. Wenn es dir nicht gefällt, brauchst du das Buch ja nicht zu lesen.«

»Ich habe nicht gesagt, daß es mir nicht gefällt«, sagte Margie hastig. Sie wollte gern mehr über diese komischen Schulen lesen.

Sie hatten das Buch noch nicht einmal zur Hälfte durch, als Margies Mutter vor die Tür kam. »Margie! Schule!«

Margie blickte auf. »Noch nicht, Mama!«

»Jetzt!« sagte Mrs. Jones. »Und für Tommy wird es wahrscheinlich auch schon höchste Zeit.«

Margie fragte Tommy schüchtern: »Darf ich nach der Schule mit dir weiter in dem Buch lesen?«

»Vielleicht«, erwiderte er herablassend. Dann schlenderte er pfeifend davon, das staubige alte Buch unter den Arm geklemmt.

Margie trottete unlustig in ihr Schulzimmer. Es befand sich neben ihrem Schlafzimmer, und der mechanische Lehrer war bereits eingeschaltet und wartete auf sie. Der Unterricht fand jeden Tag um die gleiche Zeit statt, außer samstags und sonntags, weil ihre Mutter sagte, daß kleine Mädchen besser lernten, wenn es nach einem regelmäßigen Stundenplan geschah.

Der Bildschirm war erleuchtet, und der Lautsprecher sagte: »Unsere heutige Rechenaufgabe besteht aus der Addition einfacher Brüche. Bevor wir anfangen, steckst du die gestrige Hausarbeit in den Aufnahmeschlitz.«

Margie gehorchte seufzend. Sie dachte an die alten Schulen zu der Zeit, als der Großvater ihres Großvaters ein kleiner Junge gewesen war. Alle Kinder aus der ganzen Nachbarschaft kamen dort lachend und schreiend im Schulhof zusammen, saßen miteinander im Klassenzimmer und gingen nach dem Unterricht zusammen nach Hause. Sie lernten dieselben Aufgaben, damit sie einander bei der Hausarbeit helfen und darüber sprechen konnten.

Und die Lehrer waren Leute ...

Auf dem Bildschirm des mechanischen Lehrers erschienen die Worte: »Wenn wir die Brüche $^1/_2$ und $^1/_4$ addieren wollen ...«

Margie mußte daran denken, wie glücklich die Kinder in den alten Tagen gewesen sein mußten. Wie schön sie es gehabt hatten.

Der Witzbold

Noel Meyerhof befragte die vorbereitete Liste und wählte den Gegenstand aus, der zuerst behandelt werden sollte. Wie gewöhnlich verließ er sich hauptsächlich auf seine Intuition.

Vor der Maschine wirkte er wie ein Zwerg, obwohl nur ihr kleinster Teil sichtbar war. Das beeindruckte ihn nicht. Er sprach mit der ruhigen Selbstverständlichkeit eines Mannes, der genau wußte, daß er der Herr dieser Maschine war.

»Johnson«, sagte er, »kommt unerwartet früh von seiner Geschäftsreise zurück und findet seine Frau in den Armen seines besten Freundes. Er weicht erschrocken zurück und sagt: ›Max! Ich bin mit der Dame verheiratet, also muß ich. Aber warum du?‹«

Meyerhof dachte: Okay, lassen wir ihn ein bißchen darüber nachgrübeln.

Und eine Stimme hinter ihm sagte: »He.«

Meyerhof wandte sich vom Mikrophon ab und zog verstimmt die Brauen hoch. »Ich arbeite. Können Sie nicht klopfen?«

Sein gewohntes Begrüßungslächeln blieb aus. Timothy Whistler, einer der Chefanalytiker. Sein Besuch kam Meyerhof denkbar ungelegen, und er gab es zu erkennen.

Whistler zuckte die Achseln. Er hatte die Fäuste in die Taschen seines weißen Arbeitskittels vergraben und trug eine unbekümmerte Miene zur Schau. »Ich habe geklopft, aber Sie antworteten nicht. Das Operationssignal war nicht eingeschaltet.«

Meyerhof grunzte. Das stimmte. Er hatte zu intensiv über sein neues Projekt nachgedacht, und in solchen Fällen pflegte er unwichtige Details zu vergessen. Doch er war weit davon entfernt, sich seine Vergeßlichkeit zum Vorwurf zu machen. Diese Sache war wichtig.

Warum sie wichtig war, wußte er natürlich nicht. Großmeister wußten es selten. Gerade die Tatsache, daß sie jenseits dürrer Vernunfterwägungen ihrer Intuition folgten, machte sie erst zu Großmeistern. Wie sonst sollte der menschliche Geist mit diesem meilenlangen Denkapparat Schritt halten? Schließlich war Multivac der größte und leistungsfähigste Computer, der je gebaut worden war.

»Ich arbeite«, sagte Meyerhof abweisend. »Haben Sie etwas Wichtiges?«

»Nichts, was man nicht auch später noch besprechen könnte.« Whistler schluckte, und sein Gesicht nahm einen unsicheren Ausdruck an. »Sie arbeiten?«

»Ja. Finden Sie etwas dabei?«

»Aber ...« Whistler blickte in dem kleinen Raum umher, dessen eine Seite ganz aus Schalttafeln und Bedienungspulten bestand, die nur einen kleinen Teil von Multivac darstellten. »Es ist ja niemand hier.«

»Wer sagt, daß jemand hier sein sollte?«

»Sie haben doch eben einen Ihrer Witze erzählt, oder?«

»Und?«

Whistler erzwang ein Lächeln. »Sagen Sie bloß, Sie haben Multivac einen Witz erzählt.«

Meyerhof nahm die Schultern zurück. »Warum nicht?«

»Tatsächlich?«

»Ja.«

»Warum?«

Meyerhof starrte Whistler an, bis der andere die Augen niederschlug. »Ich habe Ihnen keine Rechenschaft abzulegen. Weder Ihnen noch sonst jemandem.«

»Gott bewahre, natürlich nicht. Ich war bloß neugierig, das ist alles ... Aber wenn Sie arbeiten, gehe ich lieber.« Er machte eine unschlüssige Bewegung zur Tür, dann blickte er nochmals im Raum umher.

»Tun Sie es«, sagte Meyerhof kühl. Seine Blicke folgten dem anderen hinaus, und er drückte verärgert einen Knopf. Draußen leuchtete ein Schild auf: Bitte nicht stören.

Er schritt unruhig im Raum auf und ab. Dieser verdammte Whistler! Verdammte Bande! Weil er sich nicht die Mühe machte, diese Techniker, Analytiker und Mechaniker in angemessener Distanz zu halten, weil er sie behandelte, als wären auch sie schöpferische Künstler, nahmen sie sich diese Freiheiten heraus.

Nicht einmal Witze können sie ordentlich erzählen, dachte er grimmig.

Der Gedanke brachte ihn wieder auf sein Problem. Er setzte sich. Der Teufel sollte sie holen, alle miteinander.

Er schaltete den Stromkreis wieder ein und sagte: »Während einer besonders stürmischen Ozeanüberquerung bleibt der Steward an der Schiffsreling stehen und betrachtet mitleidig einen Mann, dessen schlaff über die Reling hängender Körper und dessen starrer, in die Tiefe gerichteter Blick nur zu deutlich von den Qualen der Seekrankheit kündeten.

Freundlich legt er dem Mann eine Hand auf die Schulter. ›Fassen Sie Mut, mein Herr‹, murmelt er. ›Ich weiß, es ist unangenehm, aber ich kann Ihnen versichern, daß noch nie jemand an der Seekrankheit gestorben ist.‹

Der Leidende hebt sein grünliches, zerquältes Gesicht zu seinem Tröster empor und keucht heiser: ›Sagen Sie das nicht, Mann. Um Gottes willen, sagen Sie das nicht. Es ist nur die Hoffnung auf den Tod, die mich am Leben erhält.‹«

Timothy Whistler lächelte und nickte, als er am Schreibtisch der Sekretärin vorbeikam. Sie lächelte zurück.

Hier, dachte er, hat sich in der von Computern wimmelnden Welt des einundzwanzigsten Jahrhunderts noch eine archaische Einrichtung erhalten, eine menschliche Sekretärin. Irgendwie befriedigte ihn die Vorstellung.

Er betrat Abram Trasks Büro. Der Regierungsbeamte war mit dem Zeremoniell des Pfeifeanzündens beschäftigt und ließ sich nicht stören. Dann richteten sich seine dunklen Augen auf Whistler, und seine Hakennase zeichnete sich scharf und klar gegen das helle Rechteck des Fensters ab.

»Ah, Whistler. Setzen Sie sich. Setzen Sie sich.«

Whistler folgte der Aufforderung. »Ich glaube, wir müssen uns über ein Problem unterhalten, Trask.«

Trask lächelte gezwungen. »Kein technisches, hoffe ich. Ich bin nur ein unwissender Politiker.«

»Es handelt sich um Meyerhof.«

Trasks Lächeln verlor sich, und auf einmal sah er elend aus. »Muß das sein?«

»Ich fürchte, ja.«

Whistler verstand die plötzliche Bekümmerung des anderen nur zu gut. Trask war der Beauftragte des Innenministeriums, und ihm oblag neben anderen Kontrollfunktionen die Personalpolitik für alle im Rechenzentrum angestellten Techniker und Spezialisten.

Aber ein Großmeister war mehr als irgendein Angestellter. Sogar mehr als ein gewöhnlicher Mensch.

Nicht lange nach Multivacs Inbetriebnahme hatte sich herausgestellt, daß die Befragungsprozedur der eigentliche Engpaß war. Multivac konnte die Probleme der Menschheit beantworten – alle Probleme, wenn es die geeigneten Fragen in der richtigen Weise gestellt bekam. Aber je schneller sich das Wissen ansammelte, desto schwieriger wurde es, diese bedeutsamen Fragen zu finden.

Mit Vernunft allein war es nicht getan. Was gebraucht wurde, war jene selten anzutreffende Art Intuition, die man bei großen Schachmeistern findet. Man brauchte Gehirne, die unter Millionen möglicher Züge den besten Zug herausfanden, und zwar innerhalb weniger Minuten.

Trask bewegte sich unbehaglich. »Was hat Meyerhof gemacht?«

»Er hat eine Art der Befragung eingeführt, die ich beunruhigend finde.«

»Ah, da sollten Sie sich keine Sorgen machen, Whistler. Ist das alles? Sie können einen Großmeister nicht daran hindern, jede Art der Befragung auszuprobieren, die er für lohnend hält. Weder Sie noch ich sind in der Lage, den Wert seiner Fragen zu beurteilen. Das wissen Sie so gut wie ich.«

»Natürlich. Aber ich kenne auch Meyerhof. Sind Sie schon einmal gesellschaftlich mit ihm zusammengekommen?«

»Lieber Gott, nein. Hat überhaupt irgend jemand gesellschaftlichen Kontakt mit einem Großmeister?«

»Kommen Sie, Trask. So sollten Sie nicht reden. Sie sind auch nur Menschen, und manchmal sogar zu bemitleiden. Haben Sie schon einmal überlegt, was es bedeuten muß, ein Großmeister zu sein? Zu wissen, daß es auf der ganzen Erde nur zwölf Menschen gibt, die einem gleichen; daß in jeder Generation nur einer oder zwei dazukommen; daß die Welt von einem abhängt; daß tausend Mathematiker, Logiker, Psychologen und Physiker einem aufwarten?«

Trask hob die Schultern. »Ich würde mich wie ein König fühlen.«

»Das glaube ich nicht«, erwiderte der Chefanalytiker ungeduldig. »Diese Leute haben kaum jemanden, mit dem sie sprechen können, sie können kein Zugehörigkeitsgefühl entwickeln. Hören Sie, Meyerhof läßt sich keine Gelegenheit entgehen, mit unseren Leuten zusammenzusein. Er ist nicht verheiratet, natürlich. Er trinkt nicht, und er ist von Natur aus kein Gesellschaftslöwe. Trotzdem zwingt er sich zu dieser Gesellschaft, weil er muß. Und wissen Sie, was er macht, wenn er einmal wöchentlich mit uns zusammenkommt?«

»Ich habe keine Ahnung«, sagte der Regierungsbeamte. »Das alles ist mir neu.«

»Er ist ein Witzbold.«

»Was?«

»Er erzählt Witze. Er ist darin großartig. Er kann jede Geschichte hernehmen, mag sie noch so alt und langweilig sein, und sie so vortragen, daß alle vor Lachen brüllen. Es liegt an der Art, wie er sie erzählt. Er hat eine Gabe dafür.«

»Ich verstehe. Gut. Aber was soll das?«

»Diese Witze sind ihm wichtig.« Whistler stützte beide Ellbogen auf Trasks Schreibtisch, kaute an einem Daumennagel und starrte in die Luft. »Er ist anders als wir, das weiß er, und diese Witze, das fühlt er, sind das einzige Mittel, wie er uns gewöhnliche Sterbliche dazu bewegen kann, ihn zu akzeptieren. Wir lachen, wir heulen, wir schlagen ihm auf den Rücken und vergessen sogar, daß er ein Großmeister ist.«

»Das ist alles recht interessant. Ich wußte gar nicht, daß Sie ein Psychologe sind. Trotzdem, was wollen Sie mit alledem sagen?«

»Nur dies: Was wird nach Ihrer Meinung passieren, wenn Meyerhof keine neuen Witze mehr weiß?«

»Was?« Trask sah ihn verständnislos an.

»Wenn er anfängt, sich zu wiederholen? Wenn seine Zuhörer nicht mehr lachen? Es ist sein einziges Mittel, unseren Beifall zu gewinnen. Ohne es wird er isoliert sein, und was wird dann aus ihm werden? Trask, er ist einer der zehn oder zwölf Männer, ohne die die Menschheit aufgeschmissen wäre. Wir dürfen nicht erlauben, daß ihm etwas zustößt, ich meine, nicht nur physisch. Wir dürfen nicht zulassen, daß er zu unglücklich wird. Wer weiß, wie sich das auf seine Intuition auswirken würde?«

»Nun, hat er denn angefangen, sich zu wiederholen?«

»Nicht, daß ich wüßte, aber nach meiner Meinung glaubt er es.«

»Wie kommen Sie auf die Vermutung?«

»Weil ich gehört habe, wie er Multivac Witze erzählt.«

»Nein!«

»Es war ein Zufall. Ich ging hinein, weil die Warnlampe nicht eingeschaltet war, und er warf mich hinaus. Er war wütend. Sonst ist er ziemlich gutmütig, und ich halte es für ein schlechtes Zeichen, daß er über die Störung so erregt war. Aber die Tatsache bleibt bestehen, daß er Multivac einen Witz erzählt hat, und ich bin überzeugt, daß es nur einer von einer ganzen Serie war.«

»Aber warum?«

Whistler zuckte die Achseln und rieb sich heftig das Kinn. »Ich habe darüber nachgedacht. Ich glaube, er versucht in Multivacs Speichern eine Witzsammlung unterzubringen, um neue Variationen zurückzubekommen. Sehen Sie, was ich sagen will? Damit will er erreichen, daß er jederzeit eine unbegrenzte Anzahl Witze zur Verfügung hat und niemals Angst haben muß, daß sie ihm ausgehen.«

»Mein Gott!«

»Objektiv gesehen, mag nichts dagegen einzuwenden sein, aber ich halte es für ein schlechtes Zeichen, wenn ein Großmeister anfängt, Multivac für seine persönlichen Probleme einzusetzen. Jeder Großmeister ist von einer gewissen geistigen Labilität und sollte beobachtet werden. Vielleicht nähert sich Meyerhof einer Grenzlinie, bei deren Überschreitung er uns als Großmeister verlorengeht.«

»Und was erwarten Sie von mir?« fragte Trask hilflos.

»Sie können meine Beobachtung nachprüfen lassen. Vielleicht stehe ich ihm durch meine Arbeit zu nahe, um richtig urteilen zu können, und die Beurteilung anderer Menschen ist sowieso nicht mein besonderes Talent. Sie sind Politiker; es liegt mehr in Ihrer Richtung.«

»Menschenbeurteilung vielleicht, aber nicht die Beurteilung eines Großmeisters.«

»Sie sind auch Menschen. Außerdem, was sollten wir sonst tun?«

Trask trommelte mit nervösen Fingern auf seine Schreibtischplatte, dann seufzte er. »Es wird mir wohl nichts anderes übrigbleiben.«

Meyerhof sagte zu Multivac: »Der entflammte Liebhaber, der für sein Mädchen einen Strauß wilder Blumen pflückt, sieht sich plötzlich einem mächtigen Stier gegenüber, der ihn aus blutunterlaufenen Augen anstarrt und den Boden scharrt, daß die Grasbüschel fliegen. Der junge Mann entdeckt einen Bauern auf der anderen Seite eines entfernten Zauns und ruft: ›He, Mister, ist der Stier sicher?‹ Der Bauer übersieht die Lage mit kritischem Auge und ruft zurück:

›Keine Sorge, er ist sicher.‹ Dann spuckt er aus und fügt hinzu: ›Von Ihnen kann ich das nicht sagen, junger Mann.‹«

Meyerhof wollte zum nächsten Witz übergehen, als die Vorladung kam.

Es war eigentlich keine Vorladung. Niemand konnte einen Großmeister einfach vorladen. Es war nur eine Botschaft, daß Regierungsdirektor Trask es schätzen würde, Großmeister Meyerhof bei sich zu sehen, wenn Großmeister Meyerhof die Zeit erübrigen könne.

Meyerhof hätte die Botschaft ungestraft wegwerfen und seine Arbeit fortsetzen können, wenn ihm danach zumute gewesen wäre. Er unterstand keiner Disziplinarordnung und brauchte sich vor niemandem zu verantworten.

Andererseits würden sie ihm keine Ruhe lassen, wenn er es täte. Sie würden immer wieder anfragen – sehr höflich und respektvoll, versteht sich, aber sie würden nicht lockerlassen.

Er stellte das Mikrophon ab, ließ die Warnlampe brennen und suchte Trask in seinem Büro auf.

Trask hustete und fühlte sich ein wenig eingeschüchtert, als er die Verärgerung in den Augen des anderen sah. »Zu meinem großen Bedauern«, fing er an, »hatten wir noch keine Gelegenheit, einander kennenzulernen, Großmeister.«

»Ich habe mich bei Ihnen vorgestellt«, versetzte Meyerhof steif.

Trask fragte sich, was hinter diesen scharfen dunklen Augen liegen mochte. Er konnte sich diesen Meyerhof mit seinem schmalen Gesicht, den dunklen glatten Haaren und dem festen, bestimmten Mund nur schwer als Witzeerzähler vorstellen.

»Diese Vorstellungen kann man kaum als menschliche Kontakte bezeichnen«, sagte er. »Ich – man hat mir zu verstehen gegeben, daß Sie über einen großartigen Anekdotenschatz verfügen.«

»Ich bin ein Witzbold, Sir. Das ist der Ausdruck, den die Leute gebrauchen. Ein Witzbold.«

»Mir gegenüber haben sie dieses Wort nicht gebraucht, Großmeister. Sie haben gesagt ...«

»Zum Teufel mit ihnen! Es ist mir absolut gleichgültig, was sie gesagt haben. Passen Sie auf, Trask, wollen Sie einen Witz hören?« Er beugte sich über den Schreibtisch, angespannt, die Augen zu Schlitzen verengt.

»Aber gern. Gewiß«, sagte Trask herzlich.

»Gut: Hier ist er: Mrs. Jones blickt auf die Glückskarte, die als Antwort auf den Groschen ihres Mannes aus der Personenwaage gekommen ist. Sie sagt: ›George, hier steht, daß du gutmütig, intelligent, weitschauend und bei Frauen erfolgreich bist.‹ Damit dreht sie die Karte um und fügt hinzu: ›Und dein Gewicht stimmt auch nicht.‹«

Trask lachte. Es war fast unmöglich, nicht zu lachen. Obwohl die Pointe vorhersehbar war, hatte Meyerhof mit überraschender Genauigkeit den geringschätzigen Tonfall der Frau getroffen, und sein Mienenspiel hatte so gut dazu gepaßt, daß Trask sich von der Heiterkeit hilflos mitgerissen fühlte.

Meyerhof fragte scharf: »Warum ist das komisch?«

Trask ernüchterte sich. »Wie bitte?«

»Ich sagte: Warum ist das komisch? Warum lachen Sie?«

»Nun«, sagte Trask, »der letzte Satz läßt alles Vorangegangene in einem neuen Licht erscheinen. Das Unerwartete ...«

»Die Sache ist doch einfach so«, erklärte Meyerhof, »daß ich einen Mann gezeichnet habe, der von seiner Frau gedemütigt wird; eine Ehe, die so verfehlt ist, daß die Frau glaubt, ihrem Mann ermangele es jeglicher Tugend. Trotzdem lachen Sie darüber. Wenn Sie der Mann wären, würden Sie es komisch finden?«

Er wartete einen Moment, dann sagte er: »Versuchen Sie diesen hier, Trask: Abner sitzt hemmungslos weinend am Krankenbett seiner Frau, da nimmt diese alle ihre Kräfte zusammen und stemmt sich auf einem Ellbogen in die Höhe. ›Abner‹, flüstert sie, ›Abner, ich kann nicht zu meinem Schöpfer zurückkehren, ohne zuvor meine Sünden bekannt zu haben.‹

›Nicht jetzt‹, murmelt der bekümmerte Ehemann. ›Nicht jetzt, meine Liebe. Leg dich zurück und ruhe aus.‹

›Ich kann nicht‹, ruft sie. ›Ich muß es sagen, sonst wird meine Seele niemals Ruhe finden. Ich bin dir untreu gewesen, Abner. In diesem Haus, vor noch nicht einem Monat ...‹

›Sei ruhig, Liebste‹, tröstet sie Abner. ›Ich weiß alles. Warum hätte ich dich sonst vergiftet?‹«

Trask bemühte sich verzweifelt, seinen Gleichmut zu bewahren, aber er konnte das Schmunzeln nur unvollkommen unterdrücken.

»Das ist also auch komisch«, sagte Meyerhof. »Ehebruch, Mord, alles komisch.«

»Hören Sie«, sagte Trask, »es gibt zahllose Bücher, die sich mit der Analyse des Humors befassen.«

»Das ist wahr«, gab Meyerhof zu, »und ich habe einige davon gelesen. Und damit nicht genug, habe ich die meisten Multivac eingegeben. Wie dem auch sei, die Autoren dieser Bücher stellen nur Vermutungen an. Einige sagen, wir lachen, weil wir uns den Leuten im Witz überlegen fühlen. Andere sagen, es sei wegen der unerwarteten Wendungen, die in fast jedem Witz vorkommen, oder aus plötzlicher Befreiung von der Spannung. Aber gibt es wirklich so einfache Gründe? Verschiedene Leute lachen über verschiedene Witze. Kein Witz ist universal wirksam. Einige Leute sind durch Witze überhaupt nicht zum Lachen zu bringen. Aber das Wichtigste ist vielleicht die Tatsache, daß der Mensch das einzige Geschöpf mit einem echten Sinn für Humor ist.«

»Ich verstehe«, sagte Trask. »Sie versuchen, den Humor zu analysieren. Darum haben Sie Multivac Witze erzählt.«

»Wer hat Ihnen davon etwas gesagt? ... Ah, ich weiß, es war Whistler. Ich erinnere mich jetzt. Er überraschte mich dabei. Nun, haben Sie etwas dagegen?«

»Ganz im Gegenteil.«

»Sie stellen doch nicht mein Recht in Frage, auf jede mir geeignet erscheinende Weise mit Multivac zu arbeiten?«

»Nein, ganz und gar nicht«, sagte Trask hastig. »Ich

glaube sogar, daß diese Analyse für die Psychologen von größtem Interesse sein wird.«

»Hm. Vielleicht. Aber mich beschäftigt noch etwas anderes, das mir wichtiger ist als einfach eine allgemeine Analyse des Humors. Ich stehe vor einer spezifischen Frage. Eigentlich sind es sogar zwei.«

»Oh! Worum handelt es sich?« Trask bezweifelte, daß der andere mit einer Antwort herausrücken würde. Wenn er sich dagegen entschied, konnte man ihn nicht drängen.

Aber Meyerhof sagte: »Die erste Frage ist die: Wo kommen alle diese Witze her?«

»Was?«

»Wer denkt sie sich aus? Hören Sie: Ungefähr vor einem Monat verbrachte ich einen Abend mit den Leuten unserer Abteilung. Wie gewöhnlich erzählte ich einige Witze, und wie gewöhnlich lachten die Dummköpfe. Vielleicht hielten sie sie wirklich für komisch, vielleicht wollten sie auch nur auf mich eingehen. Jedenfalls nahm sich eine dieser Kreaturen die Freiheit, mich auf den Rücken zu schlagen und zu sagen: ›Meyerhof, Sie wissen mehr Witze als zehn von uns zusammen.‹

Wahrscheinlich hatte er recht, aber es brachte mich auf einen Gedanken. Ich weiß nicht, wieviel hundert Witze ich in meinem Leben erzählt habe, doch es ist eine Tatsache, daß ich nie einen erfunden habe. Nicht einen. Ich habe sie nur wiederholt. Entweder hatte ich sie irgendwo gehört oder in einer Zeitung gelesen. Aber auch diese Leute hatten die Witze nicht selbst erdacht. Ich habe noch nie einen getroffen, der behauptete, einen Witz erfunden zu haben. Immer heißt es: ›Kürzlich habe ich einen guten gehört‹, oder: ›Haben Sie in letzter Zeit neue Witze gehört?‹

Alle diese Witze sind alt! Deshalb hinken viele hinter unserer Zeit her. So handeln sie zum Beispiel von Seekrankheit, obwohl sie sich heutzutage durch ein paar Pillen verhüten läßt und praktisch nicht mehr vorkommt. Oder von Personenwaagen, die Glückskarten auswerfen. Solche Maschinen findet man nur noch in Antiquitätengeschäften. Also, wer erfindet die Witze?«

»Ist es das, was Sie herausbringen wollen?« fragte Trask. Er wollte hinzufügen: Finden Sie das so wichtig? Aber er unterdrückte die Regung. Die Fragen eines Großmeisters waren immer bedeutungsvoll.

»Natürlich versuche ich das herauszubringen. Sehen Sie es einmal so an: Es ist nicht einfach Zufall, daß die Witze alt sind. Sie müssen alt sein, um zu wirken. Es gibt eine Form des Humors, die aus dem Augenblick entsteht, und das ist das Wortspiel. Ich habe mir schon selber welche ausgedacht. Aber niemand lacht über solche Wortspiele. Sie sind nicht dafür gemacht. Man stöhnt darüber. Je besser das Wortspiel, desto lauter das Stöhnen. Diese Art Humor provoziert kein Lachen. Warum?«

»Das weiß ich auch nicht.«

»Gut. Nachdem ich Multivac alle Informationen über das allgemeine Phänomen Humor gegeben habe, füttere ich es jetzt mit ausgewählten Witzen.«

Trask wurde allmählich neugierig. »Wie ausgewählt?« fragte er.

»Das kann ich nicht begründen«, antwortete Meyerhof. »Sie stimmen irgendwie, wenn ich so sagen darf. Ich bin Großmeister, wissen Sie.«

»Gewiß.«

»Nach diesen Witzen und der allgemeinen Philosophie des Humors werde ich Multivac zuerst damit beauftragen, den Ursprung dieser Witze zu ermitteln, wenn es das kann. Weil Whistler Bescheid weiß und Ihnen Meldung gemacht hat, können Sie ihm sagen, daß er sich übermorgen für eine Analyse bereithalten soll. Er wird eine ganze Menge zu tun bekommen, nehme ich an.«

»Gewiß. Gern. Darf ich auch dabeisein?«

Meyerhof zuckte die Achseln. Trasks Anwesenheit war ihm offenbar gleichgültig.

Meyerhof hatte den letzten Witz seiner Serie mit besonderer Sorgfalt ausgewählt. Welcher Art diese Sorgfalt war, hätte er nicht begründen können, aber er hatte ein Dutzend Möglichkeiten in Erwägung gezogen und jeden der in Frage kommenden Witze auf seine Bedeutsamkeit hin untersucht.

Er schaltete das Mikrophon ein und sagte: »Ug, der Höhlenbewohner, sieht sein Weib in Tränen aufgelöst und mit zerzaustem Fellschurz zu ihm rennen. ›Ug‹, schreit sie wie von Sinnen, ›du mußt schnell etwas tun! Ein Säbelzahntiger ist in Mutters Höhle eingedrungen. Tu etwas!‹ Ug grunzt, nimmt seinen angenagten Büffelknochen auf und sagt: ›Warum soll ich etwas tun? Wen kümmert es, was einem Säbelzahntiger geschieht?‹«

Dann stellte Meyerhof seine beiden Fragen, lehnte sich zurück und schloß die Augen. Er war fertig.

»Mir ist absolut nichts Beunruhigendes aufgefallen«, sagte Trask zu Whistler. »Er hat mir bereitwillig von seinem Vorhaben erzählt. Ich fand es zwar merkwürdig, aber durchaus legitim.«

»Er hat Ihnen einen Vorwand aufgetischt«, sagte Whistler.

»Auf bloße Vermutungen hin kann ich einen Großmeister nicht zur Rede stellen. Er kam mir etwas sonderbar vor, aber schließlich erwartet man von Großmeistern nichts anderes. Ich halte ihn nicht für übergeschnappt.«

»Mit Multivacs Hilfe den Ursprung von Witzen herauszubringen«, murmelte der Chefanalytiker unzufrieden. »Ist das etwa nicht übergeschnappt?«

»Das können wir nicht beurteilen«, erwiderte Trask irritiert. »Die Wissenschaft ist bis zu einem Punkt fortgeschritten, wo die einzigen bedeutungsvollen Fragen, die noch verbleiben, die scheinbar lächerlichen sind. Die vernünftigen Fragen sind längst gedacht, gefragt und beantwortet worden.«

»Aber das ist doch sinnlos.«

»Vielleicht, aber wir haben keine andere Wahl, Whistler. Wir werden Meyerhof aufsuchen, und Sie können Multivacs Antworten analysieren, wenn wir welche bekommen.

Was mich angeht, so habe ich weiter nichts zu tun, als den Amtsschimmel zu bändigen. Ich weiß nicht einmal, was ein Chefanalytiker wie Sie eigentlich zu tun hat, außer analysieren, und das hilft mir auch nicht weiter.«

»Ganz einfach«, sagte Whistler. »Ein Großmeister wie Meyerhof formuliert Fragen, und Multivac setzt sie automatisch in Zahlen und Operationen um. Dann wirft er die Ergebnisse gleichfalls in Zahlen und Formeln aus, denn die Rückübertragung in Worte ist kompliziert und wird nur in einfachen Routinefällen angewandt, um bei den schwierigen Sachverhalten Mißverständnisse auszuschalten.«

»Ich verstehe. Dann ist es also Ihre Aufgabe, diese Symbole in Worte umzusetzen?«

Whistler nickte. »Weil Multivac aber viele Operationen zur gleichen Zeit durchführen kann, sind eine ganze Menge Analytiker erforderlich. Wenn nötig, bedienen wir uns bei unserer Arbeit kleinerer Spezialcomputer.« Whistler lächelte grimmig. »Wir sind wie die delphischen Priester im alten Griechenland, denn manchmal gibt Multivac doppelsinnige und orakelhafte Antworten.«

Sie langten an. Meyerhof wartete bereits.

Trask versuchte dem Geschehen zu folgen, aber es blieb ihm schleierhaft. Multivac warf einen endlosen Lochstreifen aus. Großmeister Meyerhof stand wie unbeteiligt neben Trask und sah zu, wie Whistler das Wiederaufspulen des Lochstreifens kontrollierte. Der Chefanalytiker hatte Kopfhörer und Mikrophon umgeschnallt und murmelte von Zeit zu Zeit Anweisungen, die in einem anderen Raum vom Bedienungspersonal der Hilfscomputer ausgeführt wurden.

Gelegentlich bekam Whistler Antworten und betätigte Druckknopfkombinationen an einem komplizierten Schaltpult.

So verging mehr als eine Stunde.

Whistlers Miene verdüsterte sich zusehends. Einmal blickte er zu den beiden auf und fing an: »Das ist unglaub ...«, dann wandte er sich wieder seiner Arbeit zu.

Endlich richtete er sich auf und sagte heiser: »Ich kann Ihnen eine inoffizielle Antwort geben.« Seine Augen waren vor Anstrengung rotgerändert. »Die offizielle Antwort erfolgt nach der vollständigen Auswertung. Wollen Sie es inoffiziell?«

»Ich bitte darum«, sagte Meyerhof.

Trask nickte.

Whistler räusperte sich. »Multivac sagt: außerirdischer Ursprung.«

»Was sagen Sie da?« fragte Trask verwirrt.

»Haben Sie nicht gehört? Die Witze, über die wir lachen, sind nicht von Menschen gemacht. Multivac hat alle verfügbaren Daten analysiert und alle Möglichkeiten durchgerechnet. Die größte Wahrscheinlichkeit spricht dafür, daß irgendeine außerirdische Intelligenz die Witze erdacht hat, alle Witze, und sie dann ausgewählten Personen zu verschiedenen Zeiten und an verschiedenen Orten eingegeben hat. Und das auf eine Weise, daß keiner dieser Menschen sich bewußt ist, einen solchen Witz selber ausgedacht zu haben. Alle in der Folgezeit auftauchenden Witze sind Variationen und Ausgestaltungen dieser großen Originale.«

Meyerhofs Gesicht strahlte in einem Triumph, den nur ein Großmeister fühlen kann, der wieder einmal die richtige Frage gestellt hat.

»Alle Komödienschreiber«, sagte er, »arbeiten so, daß sie alte Stoffe ummodeln und ihren Zwecken anpassen. Das ist allgemein bekannt. Die Antwort paßt.«

»Aber warum?« fragte Trask. »Wozu sollte eine außerirdische Intelligenz die Witze basteln?«

»Multivac sagt«, erklärte Whistler, »daß mit den Witzen die Absicht verfolgt wird, die menschliche Psyche zu studieren. Es sei die einzige Lösung, die mit allen Daten in Übereinstimmung gebracht werden könne. Wir studieren die Psyche der Ratten, indem wir sie durch Labyrinthe laufen und andere Aufgaben lösen lassen. Die Ratten wissen nichts davon. Diese unirdische Intelligenz studiert die Psyche des

Menschen, indem sie die individuellen Reaktionen auf sorgfältig ausgewählte Anekdoten untersucht. Fast jeder reagiert ja anders. Es ist möglich, daß diese außerirdische Intelligenz zu uns steht, wie wir zu den Ratten stehen.«

»Großmeister«, sagte Trask, »Sie haben mir klargemacht, daß der Mensch das einzige Geschöpf mit einem ausgeprägten Sinn für Humor ist. Wenn man Multivacs Erklärung folgen will, scheint es, daß uns dieser Sinn für Humor von außen eingepflanzt worden ist?«

Meyerhof nickte. »Und für selbstgeschaffenen Humor – Wortspiele und dergleichen – haben wir kein Lachen übrig.«

»Mein Gott«, sagte Trask mit einem gequälten Lachen, »Sie werden alles das doch nicht im Ernst glauben?«

Whistler gab ihm einen kühlen Blick. »Multivac hat dieses Ergebnis ermittelt. Mehr kann bisher nicht gesagt werden. Multivac hat uns einen Hinweis gegeben, wer die wirklichen Witzbolde des Universums sind, und wenn wir mehr wissen wollen, müssen wir der Sache weiter nachgehen.«

»Ich habe zwei Fragen gestellt, wie Sie wissen«, sagte Großmeister Meyerhof plötzlich. »Die erste ist beantwortet. Ich glaube, Multivac hat genügend Daten gespeichert, um auch die zweite zu beantworten.«

Whistler zuckte die Achseln. Er schien bereits resigniert zu haben. »Wenn ein Großmeister glaubt, es seien genügend Daten da«, sagte er, »habe ich nichts mehr dazu zu sagen. Wie war Ihre zweite Frage?«

»Welche Auswirkungen wird die Beantwortung meiner ersten Frage auf die menschliche Rasse haben?«

»Warum haben Sie das gefragt?« wollte Trask wissen.

»Ich hatte nur so ein Gefühl, daß es gefragt werden mußte«, antwortete Meyerhof.

Trask wandte sich ab. »Wahnsinn«, murmelte er. »Das ist schierer Wahnsinn.« Es wurde ihm bewußt, daß er und Whistler die Seiten getauscht hatten. Jetzt war er es, der in diesem Experiment etwas Krankhaftes sah. Er schloß die Augen. Er konnte darüber denken, was er wollte, aber in den letzten fünfzig Jahren hatte noch nie jemand an der

Kombination eines Großmeisters mit Multivac gezweifelt und recht behalten.

Whistler arbeitete in verbissenem Schweigen. Wieder verging eine Stunde, dann riß er seine Kopfhörer herunter und lachte rauh auf. »Ein verrückter Alptraum!«

»Wie lautet die Antwort?« fragte Meyerhof. »Ich will Multivacs Bemerkungen, nicht Ihre.«

»Schon gut. Multivac stellt fest, daß diese Methode der psychologischen Analyse für ihre außerirdischen Erfinder wertlos wird, wenn sie von den Menschen entdeckt wird.«

»Soll das heißen, daß der Menschheit von nun an keine Witze mehr geliefert werden, oder was?« fragte Trask.

»Keine Witze mehr«, bestätigte Whistler. »Ab sofort. Jetzt, sagt Multivac! Das Experiment ist jetzt beendet! Eine neue Technik der psychologischen Beobachtung muß entwickelt werden.«

Sie starrten einander an. Die Minuten vergingen.

Endlich sagte Meyerhof langsam:

»Multivac hat recht.«

Whistler wischte sich den Schweiß von der Stirn. »Ich weiß.«

Sogar Trask flüsterte beklommen: »Ja. So muß es sein.«

Meyerhof war es, der den Beweis führte, Meyerhof, der vollendete Witzbold, das wandelnde Witzarchiv. »Es ist vorbei, verstehen Sie, endgültig vorbei. Ich versuche es jetzt seit fünf Minuten, und mir will kein Witz einfallen, kein einziger! Und wenn ich in einem Buch einen lesen würde, könnte ich nicht lachen. Ich weiß es.«

»Die Gabe des Humors ist uns genommen«, sagte Trask düster. »Kein Mensch wird jemals wieder lachen.«

Und sie standen da und fühlten, wie die Erde zu den Dimensionen eines Experimentierkäfigs für Ratten zusammenschrumpfte. Eines Käfigs, aus dem das Lauflabyrinth herausgenommen worden war, um etwas anderem, Unbekanntem Platz zu machen.

Der Märchenerzähler

Niccolo Mazzetti lag bäuchlings auf dem Teppich, das Kinn in seine Hände gestützt, und lauschte gerührt der Stimme des Märchenerzählers. In seinen dunklen Augen glänzten sogar Tränen – ein Luxus, den sich ein Elfjähriger nur erlauben konnte, wenn er allein war.

Der Märchenerzähler sagte: »Inmitten eines tiefen, dunklen Waldes lebte einmal ein armer Holzfäller mit seinen beiden mutterlosen Töchtern. Beide waren so schön, wie der Tag lang ist. Die ältere Tochter hatte langes Haar, so schwarz wie die Flügelfedern eines Raben, aber das Haar der jüngeren Tochter war hell und golden wie das Sonnenlicht an einem Herbsttag.

Jeden Tag, wenn die Mädchen warteten, daß ihr Vater von seiner Arbeit im Wald heimkehrte, saß die ältere Tochter vor ihrem Spiegel und sang ...«

Was sie sang, konnte Niccolo nicht mehr hören, denn von draußen klang ein lauter Ruf herein: »He, Nickie!«

Und Niccolo, dessen Gesicht sich sofort aufhellte, rannte ans Fenster und schrie: »He, Paul!«

Paul Loeb winkte ihm aufgeregt. Er war magerer als Niccolo und nicht ganz so groß, obwohl er sechs Monate älter war. Sein Gesicht war voll von mühsam unterdrückter Erregung, die sich am deutlichsten im nervösen Flattern seiner Augenlider ausdrückte. »He, Nickie, laß mich rein. Ich habe eine Idee.«

Er blickte hastig umher, als rechnete er mit der Anwesenheit von Lauschern, aber der Vorgarten war leer.

»Augenblick. Ich mach dir auf.«

Der Märchenerzähler spann seinen Faden weiter, ungeachtet der Tatsache, daß ihm sein Zuhörer verlorengegangen war. Als Paul das Zimmer betrat, sagte der Märchenerzähler gerade:

»... darauf knurrte der Löwe: ›Wenn du mir das Ei des Vogels bringst, der alle zehn Jahre einmal über den Ebenholzberg fliegt, werde ich ...‹«

Paul sagte: »Ist das ein Märchenerzähler, dem du da zuhörst? Ich wußte gar nicht, daß du einen hast.«

Niccolo errötete. »Nur ein altes Ding, das ich als kleiner Junge hatte«, entschuldigte er sich. »Es taugt nicht viel, ich weiß.« Damit der andere ihm auch glaubte, versetzte er dem Märchenerzähler einen Fußtritt. Das zerkratzte und schon etwas verblichene Plastikgehäuse bekam einen feinen Sprung.

Der Märchenerzähler reagierte mit einem Schluckauf, dann fuhr er fort: »... ein ganzes Jahr und einen Tag lang, bis die eisernen Schuhe abgetragen waren. Dann blieb die Prinzessin am Straßenrand stehen ...«

»Mensch, das ist aber ein altes Modell«, sagte Paul mit einem kritischen Blick.

Niccolo zuckte bei der verächtlichen Bemerkung des anderen zusammen. Für einen Moment bedauerte er, Paul hereingelassen zu haben. Wenigstens hätte er den Märchenerzähler vorher noch schnell in den Keller zurücktragen sollen, wo er seinen Ruheplatz hatte. Schließlich hatte er ihn nur aus Verzweiflung über den traurigen Tag und über eine fruchtlose Diskussion mit seinem Vater wieder zum Leben erweckt.

In Pauls Gegenwart fühlte sich Niccolo ohnehin unterlegen, denn Paul war ein begabter Junge und nahm in der Schule an Sonderkursen teil, und alle sagten, daß er es eines Tages zum Elektroingenieur bringen würde.

Nicht daß Niccolo ein schlechter Schüler gewesen wäre. Er brachte es in Logistik, Elektrotechnik und Physik, welches die Hauptfächer der Grundschulausbildung waren, auf befriedigende Noten, und eines Tages würde er wie jeder andere vor irgendeiner Schalttafel sitzen und Maschinen überwachen.

Aber Paul wußte schon jetzt viel über mysteriöse Dinge wie Mathematik, Magnetspeicherung, Vielkreissysteme und Programmierung. Niccolo versuchte nicht einmal, ihn zu verstehen, wenn Paul davon anfing.

Paul hörte dem Märchenerzähler ein paar Minuten lang zu, dann fragte er: »Benützt du das Ding oft?«

»Nein!« sagte Niccolo beleidigt. »Ich hatte es immer im Keller und habe es erst heute herausgeholt...« Ihm fiel keine passende Entschuldigung ein, also schloß er: »Ich habe es eben wieder hervorgekramt.«

»Erzählt er immer nur von Holzfällern und Prinzessinnen und sprechenden Tieren?«

»Papa sagt, wir könnten uns keinen neuen leisten«, antwortete Niccolo ausweichend. »Und da dachte ich eben, ich könnte diesen alten noch einmal probieren. Aber es hat keinen Zweck.«

Paul schaltete den Märchenerzähler aus und drückte auf eine breite Taste, was eine Umorientierung und Neuzusammenstellung der gespeicherten Wörter, Personen, Handlungsabläufe und Pointen zur Folge hatte. Dann schaltete er ihn wieder ein.

Der Märchenerzähler begann: »Es war einmal ein kleiner Junge namens Willikins, dessen Mutter gestorben war und der mit seinem Stiefvater und einem Stiefbruder lebte. Obwohl sein Stiefvater ein sehr reicher Mann war, neidete er dem armen Willikins sogar das Bett, worin er schlief. So mußte Willikins im Pferdestall auf einem Strohhaufen schlafen ...«

»Pferde!« rief Paul.

»Das ist eine Art von Tieren, glaube ich«, sagte Niccolo.

»Ich weiß! Aber stell dir doch vor: Geschichten über Pferde!«

»Er redet die ganze Zeit von Pferden«, mußte Niccolo zugeben. »Außerdem kommen auch sehr oft Dinger vor, die Kühe heißen. Man kann sie melken, aber der Märchenerzähler sagt nicht, wie.«

»Warum baust du ihn dann nicht um?«

»Ich kann es ja nicht.«

Der Märchenerzähler sagte: »Oft wünschte sich Willikins, daß er reich und mächtig wäre, damit er seinem Stiefvater und Stiefbruder zeigen könnte, was es bedeutete, zu einem kleinen Jungen grausam zu sein. Und so machte er sich eines Tages auf, um in die Welt hinauszuziehen und sein Glück zu suchen.«

Paul hatte nicht zugehört. »Es ist ganz einfach«, sagte er unvermittelt. »Das Ding hat Zylinderspeicher für alle möglichen Zwecke, aber darum brauchen wir uns nicht zu kümmern. Es sind nur die Wörter, die wir ändern müssen; das Vokabular, verstehst du. Das ist nötig, damit es über Computer und Automation und Elektronik Bescheid weiß. Dann kann es interessante Geschichten über moderne Sachen erzählen, statt immer nur von Prinzessinnen und Königen und Pferden.«

»Das wäre schön«, sagte Niccolo sehnsüchtig.

Paul sagte: »Hör mal, mein Papa hat mir einen richtigen Märchenerzähler versprochen, ein neues Modell, wenn ich die Aufnahmeprüfung für die höhere Schule bestehe. Ein großes, das Weltraumgeschichten und alles erzählen kann, und das mit einem Fernsehgerät gekoppelt ist!«

»Du meinst, dann kann man die Geschichten auch sehen?«

»Klar. Mr. Daugherty von der Schule hat gesagt, daß es jetzt so etwas gibt, aber noch nicht für jeden.«

Niccolos Augen wurden groß vor Neid.

»Du darfst dann zu mir kommen, und wir sehen alles gemeinsam, Nickie.«

»Oh, das wäre ... Danke!«

»Schon gut. Aber vergiß nicht, ich bestimme, was für Geschichten wir hören und sehen.«

»Klar. Sicher.« Niccolo war bereit, jede Bedingung zu akzeptieren.

Pauls Aufmerksamkeit richtete sich wieder auf den Märchenerzähler. Er sagte gerade: »... ›wenn das der Fall ist‹, sagte der König, strich sich den Bart und zog die Brauen düster zusammen, daß Wolken den Himmel erfüllten und Blitze zur Erde herunterzuckten, ›wirst du dafür sorgen, daß mein ganzes Land bis übermorgen um diese Zeit von Fliegen befreit ist, oder ...‹«

»Wir brauchen ihn nur aufzumachen«, meinte Paul. Er schaltete den Märchenerzähler aus und begann an der Rückwand zu zerren.

»He«, sagte Niccolo erschrocken. »Mach ihn nicht kaputt.«

»Keine Angst«, erklärte Paul selbstbewußt. »Ich kenne mich mit diesen Sachen aus.« Dann, mit plötzlicher Besorgnis: »Sind deine Eltern da?«

»Nein.«

»Gut.« Er löste die Rückwand aus dem Rahmen und spähte ins Innere des Märchenerzählers. »Mensch, der hat ja nur drei Speicherzylinder!« Er schnaufte geringschätzig und wühlte in den Eingeweiden des Märchenerzählers herum. Niccolo, der mit gemischten Gefühlen zusah, konnte nicht sehen, was Paul machte.

Schließlich zog Paul einen dünnen, flexiblen Metallstreifen heraus. »Das ist der Speicher für das Vokabular und die Satzbildung, das Gedächtnis des Märchenerzählers. Ich wette, seine Kapazität für Kombinationen liegt noch unter einer Milliarde.«

»Was willst du machen?« fragte Niccolo ängstlich.

»Ich gebe ihm ein neues Vokabular.«

»Wie?«

»Ganz leicht. Ich habe ein Buch hier. Mr. Daugherty hat es mir in der Schule gegeben.« Paul zog es aus der Tasche, nahm den Plastikverschluß herunter und spulte ein kleines Stück vom Magnetband ab. Er fädelte ein Ende in das Aufnahmegerät des Märchenerzählers ein, stellte ihn auf Flüsterlautstärke ein und nahm weitere Vorrichtungen vor.

»Was soll das?« fragte Niccolo, der inzwischen schon bedauerte, das Gerät seinem Freund überantwortet zu haben.

»Mann, du bist ein Einfaltspinsel! Dieses Buch handelt

von Computern und Automation, und der Märchenerzähler bekommt jetzt alle diese Informationen. Dann wird er aufhören, von Königen zu reden, die Blitze machen können, wenn sie die Stirn runzeln.«

Niccolo nickte halb überzeugt. »Es ist gar nicht spannend, weil der Gute sowieso immer gewinnt. Man weiß es schon im voraus.«

»So machen sie die Märchenerzähler«, sagte Paul, ohne von seiner Arbeit aufzublicken. »Die Guten müssen immer gewinnen und die Bösen immer verlieren, und solche Sachen. Ich habe gehört, wie mein Vater einmal darüber geredet hat. Er sagt, ohne Zensur wäre es gar nicht auszudenken, was aus der jüngeren Generation werden würde. Er sagt, es wäre schon so schlimm genug ... Da, jetzt geht es.«

Er wischte seine Hände an der Hose ab und stand auf. »Hör zu, ich habe dir noch nicht von meiner Idee erzählt. Es ist die beste Idee, von der du je gehört hast, wette ich. Ich bin gleich zu dir gekommen, weil ich dachte, du würdest mitmachen.«

Niccolo nickte heftig.

»Gut. Du kennst Mr. Daugherty von der Schule? Du weißt, was für ein komischer Kerl er ist. Ich glaube, er mag mich irgendwie.«

»Ich weiß.«

»Heute war ich nach der Schule bei ihm.«

»Wirklich?«

»Sicher. Er hat gesagt, daß ich in die Computerschule kommen werde, und daß er mir helfen will. Er sagt, daß solche Leute überall gebraucht werden, weil es immer schwieriger wird, jemanden zu finden, der wirklich mit Computern umgehen kann. Na, er hat mich mit zu sich genommen und mir seine Sammlung alter Computer gezeigt. Es ist sein Hobby. Er hat ganz kleine, die man tragen kann, und Rechenmaschinen, wie sie früher in Gebrauch waren. Er hat sogar ein Stück Papier, das er eine Multiplikationstabelle nannte.«

Niccolo, der nur mit mäßigem Interesse zugehört hatte,

sagte: »Warum haben die Leute damals nicht einfach einen Computer genommen?«

»Das war doch, bevor sie welche hatten!« rief Paul.

»Vorher?«

»Na klar. Denkst du, die Leute hatten schon immer Computer? Hast du noch nie von Höhlenmenschen gehört?«

Niccolo errötete. »Aber wie kamen sie denn ohne Computer zurecht?«

»Das weiß ich auch nicht. Mr. Daugherty sagt, die Leute hätten damals einfach getan, was ihnen in die Köpfe kam, egal ob es gut war oder schlecht. Sie wußten nicht einmal, ob es gut war oder nicht. Die Farmer arbeiteten mit den Händen, und die Leute mußten alle Arbeit in den Fabriken machen und alle Maschinen bedienen.«

»Das glaube ich dir nicht.«

»Mr. Daugherty hat es gesagt. Es war ein furchtbares Durcheinander, sagt er, und die meisten Leute lebten im Elend. Aber jetzt laß mich endlich meine Idee erzählen.«

»Fang schon an«, sagte Niccolo beleidigt. »Niemand hindert dich daran.«

»Also, die Multiplikationstabelle bestand aus lauter kleinen Zeichen. Ich fragte, was sie bedeuten sollten, und Mr. Daugherty sagte, es wären Zahlen.«

»Was?«

»Jedes Zeichen war eine Zahl. Für eins machst du ein Zeichen, für zwei ein anderes, für drei wieder ein anderes, und so weiter.«

»Wozu?«

»So konnten die Leute ohne Computer rechnen. Natürlich mußten sie wissen, was die verschiedenen Zeichen bedeuteten. Mr. Daugherty sagt, daß früher alle Kinder diese Zeichen lernen mußten. Sie wurden auf Papier gemalt, das nannte man *schreiben.* Und das Entschlüsseln nannte man *lesen.* Er sagt, früher hätten die Leute ganze Bücher in solchen Zeichen geschrieben, und es gäbe noch welche im Museum, und wenn ich wollte, könnte ich sie mir dort ansehen. Ich habe schon alle Zahlen bis neun gelernt.«

Er fuhr mit einem Finger durch die Luft, um es Niccolo zu zeigen. »Man kann lernen, ganze Worte zu schreiben. Ich fragte Mr. Daugherty, welche Zeichen man für ›Paul Loeb‹ machen muß, aber er wußte es nicht. Er sagte, im Museum wären Leute, die es mir sagen könnten. Wenn wir also zum Museum gehen, können wir lernen, wie man Wörter in Zeichen schreibt. Sie werden es uns zeigen, weil ich in die Computerschule gehen werde.«

Niccolo war enttäuscht. »Ist das deine ganze Idee? Das ist doch langweilig, Paul. Immer nur Zeichen malen!«

»Kapierst du denn immer noch nicht? Du Dussel. Man kann damit geheime Botschaften schreiben!«

»Was?«

»Klar. Wozu ist das Reden gut, wenn dich jeder verstehen kann? Mit diesen Zeichen kann man geheime Botschaften schicken. Du kannst sie auf Papier schreiben, und niemand weiß, was du damit sagst, wenn er die Zeichen nicht selber kennt. Wir könnten einen Klub aufziehen, mit Regeln und einem Hauptquartier ...«

In Niccolos Brust begann sich Begeisterung zu regen. »Was für geheime Botschaften?«

»Alle möglichen. Angenommen, ich will dir sagen, daß du zu mir kommen und den neuen Märchenerzähler sehen sollst, aber ich will nicht, daß die anderen mitkommen. Ich mache die entsprechenden Zeichen auf ein Stück Papier und gebe es dir. Du siehst es an und weißt Bescheid. Sonst keiner. Du kannst es ihnen sogar zeigen, und sie haben trotzdem keine Ahnung.«

»Ha, das ist was!« stimmte Niccolo zu. Er war gewonnen. »Wann wollen wir anfangen?«

»Morgen«, entschied Paul. »Ich werde Mr. Daugherty bitten, daß er mit den Leuten vom Museum spricht. Dann können wir gleich nach der Schule hingehen und lernen.«

»Prima!« rief Niccolo. »Wir werden die Klubvorsitzenden!«

»Ich werde Klubpräsident sein«, erklärte Paul beiläufig. »Du kannst Vizepräsident werden.«

»Ist gut. Das wird fein. Das wird mehr Spaß machen als der Märchenerzähler.« Er erinnerte sich plötzlich und fragte ängstlich: »He, was ist mit meinem alten Märchenerzähler?«

Paul untersuchte ihn kurz. Der Apparat nahm das langsam ablaufende Magnetband auf. Man hörte nur ein schwach vernehmbares Gemurmel. Paul wartete, bis das Band abgelaufen war, dann unterbrach er den Kontakt und steckte die Spule des Buches wieder ein. Anschließend setzte er die Rückwand wieder ein und aktivierte den Märchenerzähler. Niccolo schaute beklommen zu, aber tatsächlich, das Signal leuchtete rot auf, und der Märchenerzähler sagte: »In einer großen Stadt lebte einmal ein armer kleiner Junge namens Fair Johnny, dessen einziger Freund in der Welt ein kleiner Computer war. Jeden Morgen sagte der Computer dem Jungen, ob es regnen würde und beantwortete ihm alle Fragen. Er irrte sich nie. Aber der König des Landes hörte von dem kleinen Computer, und eines Tages geschah es, daß er ihn für sich selbst haben wollte. Zu diesem Zweck rief er seinen Großwesir zu sich ...«

Paul schaltete den Märchenerzähler mit einer kurzen Handbewegung aus. »Derselbe alte Mist«, sagte er ärgerlich. »Nur mit einem Computer. Da kann man nichts machen. Du brauchst eben ein neues Modell.«

»Wir werden uns nie eins leisten können«, jammerte Niccolo. »Nur dieses elende alte Ding. Und nun ist es ganz verpfuscht.« Er gab dem Märchenerzähler einen zweiten Tritt, diesmal gegen die Vorderfront, daß er fast umgekippt wäre.

»Du kannst immer bei mir Geschichten hören, wenn ich meinen erst habe«, tröstete ihn Paul. »Außerdem haben wir jetzt unseren Klub.«

Niccolo nickte.

»Komm mit zu mir«, sagte Paul. »Mein Vater hat ein paar Bücher über alte Zeiten. Wir können sie uns anhören und vielleicht neue Ideen bekommen. Wenn deine Eltern zum Abendessen kommen, bist du wieder hier.«

»Okay«, sagte Niccolo, und die beiden Jungen rannten hinaus. Niccolo prallte in seinem Übereifer gegen den Märchenerzähler, rieb sich die Hüfte und rannte weiter, seinem Freund nach.

Das Aktivierungssignal des Märchenerzählers glühte rot auf. Niccolos Anprall hatte ihn angeschaltet, und obgleich er allein im Zimmer war und ihm niemand zuhörte, begann er eine neue Geschichte.

»Es war einmal ein kleiner Computer, genannt der Märchenerzähler, der ganz allein bei bösen Stiefleuten lebte. Diese grausamen Menschen machten sich über den kleinen Computer lustig, verhöhnten ihn und sagten, daß er ein Taugenichts und ein nutzloser Gegenstand sei. Sie schlugen und stießen ihn, und manchmal sperrten sie ihn monatelang in einsame Räume ein.

Doch während dieser langen schweren Zeit blieb der kleine Computer immer brav. Stets tat er sein Bestes, um die Menschen zufriedenzustellen, und allen Befehlen gehorchte er freudig. Aber die Stiefleute, bei denen er lebte, blieben grausam und herzlos.

Eines Tages lernte der kleine Computer, daß es in der Welt viele Computer aller Arten gab. Manche waren Märchenerzähler wie er selbst, aber andere leiteten Fabriken und verwalteten Städte. Viele waren sehr mächtig und sehr klug, viel mächtiger und klüger als die Stiefleute, die zu dem kleinen Computer so grausam waren.

Und da wußte der kleine Computer, daß die Computer immer mächtiger und klüger werden würden, bis sie eines Tages – eines Tages – eines Tages ...«

Im alternden und von Korrosion geplagten Körper des Märchenerzählers mußte schließlich doch eine Röhre ausgefallen sein, denn während er im allmählich dämmerig werdenden Zimmer wartete, konnte er nur noch wieder und wieder die Worte flüstern: »Eines Tages – eines Tages – eines Tages ...«

Die Träumer

Jesse Weill blickte von seinem Schreibtisch auf. Sein alter, hagerer Körper, seine scharfe Nase, seine tiefliegenden, umschatteten Augen und das ungebändigte weiße Haar waren mit den Jahren zu einem Markenzeichen geworden. Einem Markenzeichen, das seine Firma, die Dreams Incorporated, weltbekannt gemacht hatte.

»Ist der Junge schon da, Joe?«

Joe Dooley war ein Pykniker, untersetzt und rundlich. Zwischen seinen feuchten Lippen hing eine Zigarre. Er nahm sie für einen Moment aus dem Mund und nickte. »Seine Eltern sind mitgekommen. Sie haben genauso viel Angst wie der Junge.«

»Ist es auch kein falscher Alarm, Joe? Ich habe nicht viel Zeit.« Er blickte auf seine Uhr. »Um zwei habe ich eine Verabredung mit einem Mann vom Informationsministerium.«

»Es ist eine sichere Sache, Mr. Weill«, sagte Dooley ernst. Seine Hängebacken gerieten in Bewegung. »Wie ich Ihnen schon erzählte, ich habe ihn auf dem Schulhof geangelt, wo er mit anderen Jungen Fußball spielte. Sie hätten ihn sehen sollen. Er roch förmlich danach. Wenn er am Ball war, mußte ihm seine eigene Mannschaft das Ding wegnehmen, weil er alles im Alleingang machen wollte. Er sah sich als Star. Verstehen Sie, was ich meine? Für mich war das die Antwort.«

»Haben Sie mit ihm gesprochen?«

»Sicher. Ich habe ihn nach der Schule abgefangen. Sie kennen mich.« Dooley beschrieb eine weit ausholende

Geste mit der Zigarre und fing mit der anderen Hand geistesgegenwärtig die herabfallende Asche auf. »Junge, sagte ich ...«

»Und er hat das Zeug zu einem Träumer?«

»Ich sagte: ›Junge, ich komme gerade aus Afrika und ...‹«

Weill hielt die Hand hoch. »Schon gut. Ihr Wort hat mir schon immer genügt. Ich weiß nicht, wie Sie es machen, aber wenn Sie sagen, ein Junge sei ein potentieller Träumer, gehe ich eine Wette darauf ein. Bringen Sie ihn herein.«

Der Junge trat ein, flankiert von seinen Eltern. Dooley schob ihnen Stühle hin, und Weill stand auf und schüttelte ihnen die Hände. Er lächelte den Jungen wohlwollend an.

»Du bist also Tommy Slutsky?«

Tommy nickte stumm. Er war ungefähr zehn und für sein Alter ein wenig klein. Sein dunkles Haar war mit Wasser mühsam geglättet worden, und sein Gesicht war frisch geschrubbt.

»Und du bist ein braver Junge?« fragte Weill.

Die Mutter des Jungen lächelte sofort und tätschelte ihm mütterlich den Kopf, eine Geste, die Tommys ängstlichen Gesichtsausdruck nicht zu verwischen vermochte. »Er ist immer ein sehr braver Junge«, sagte sie stolz.

Weill ließ diese zweifelhafte Feststellung auf sich beruhen.

»Erzähl mir mal, Tommy«, sagte er und hielt dem Jungen einen Lutschbonbon am Stiel hin, der erst zögernd betrachtet, dann angenommen wurde, »hörst du dir manchmal Träume an?«

»Manchmal«, sagte Tommy mit piepsiger Stimme.

Mr. Slutsky räusperte sich. Er war ein breitschultriger Arbeiter, der seinen Sohn wie ein Turm überragte. »Wir haben für den Jungen ein- oder zweimal welche gemietet. Ganz alte.«

Weill nickte. »Haben sie dir gefallen, Tommy?«

»Sie waren ziemlich blöd.«

»Du denkst dir selber bessere aus, nicht wahr?«

Über das Gesicht des Zehnjährigen lief ein schüchternes Grinsen, und Weill fuhr freundlich fort: »Würdest du für mich einen Traum machen?«

Tommys Verlegenheit gewann sogleich wieder die Oberhand. »Ich – lieber nicht.«

»Es wird nicht schwer sein. Es ist sogar ganz leicht ... Joe.«

Dooley schob eine spanische Wand zur Seite und rollte ein Traumaufnahmegerät heran. Der Junge starrte es mit großen, ängstlichen Augen an.

Weill nahm den Helm mit beiden Händen und hielt ihn dem Kleinen vors Gesicht. »Weißt du, was das ist?«

Tommy wich zurück. »Nein.«

»Es ist ein Denker. Wir nennen es so, weil die Leute da hineindenken. Du stülpst ihn dir über den Kopf und denkst, was du willst.«

»Und was passiert dann?«

»Gar nichts. Es fühlt sich fein an.«

»Nein«, sagte Tommy zaghaft. »Ich – ich möchte es lieber nicht.«

Seine Mutter beugte sich eilig über ihn. »Es tut nicht weh, Tommy. Und jetzt machst du, was der Onkel sagt.« In ihrer Stimme lag eine unmißverständliche Schärfe.

Tommy versteifte sich und sah aus, als wollte er weinen. Aber er konnte sich beherrschen. Weill stülpte ihm den Helm über den Kopf.

Er tat es behutsam und wartete etwa eine halbe Minute, damit sich der Junge selbst überzeugen konnte, daß es eine harmlose Sache war, und daß er sich an den Kontakt der haarfeinen Drähte gewöhnen konnte, die seine Kopfhaut unmerklich durchbohrten und die Schädelnähte abtasteten.

Dann sagte er: »Würdest du jetzt etwas für uns denken?«

»Worüber?« Vom Kopf des Jungen waren nur noch Mund und Nase zu sehen.

»Was du willst. Was würdest du am liebsten tun, wenn die Schule aus ist?«

Der Junge dachte einen Moment nach. »Mit einem Stratosphärenkreuzer fliegen?«

»Warum nicht? Das ist eine hübsche Sache. Du steigst in so eine riesige Düsenmaschine ein. Sie startet gleich.« Er gab Dooley ein Zeichen, der die Apparatur einschaltete.

Weill behielt den Jungen nur fünf Minuten bei sich, dann ließ er ihn und seine Mutter von Dooley hinausgeleiten. Tommy sah verwirrt aus, aber sonst hatte er die Feuerprobe ohne Schaden überstanden.

Weill wandte sich an den Vater. »Nun, Mr. Slutsky, wenn Ihr Junge bei diesem Test gut abschneidet, zahlen wir Ihnen gerne fünfhundert Dollar im Jahr, bis er die höhere Schule hinter sich hat. Dafür erwarten wir nur, daß er einmal wöchentlich eine Nachmittagsstunde in unserer Spezialschule verbringt.«

»Muß ich ein Papier unterschreiben?« Slutskys Stimme klang ein wenig mißtrauisch.

»Gewiß. Es ist eine geschäftliche Abmachung, Mr. Slutsky.«

»Ich weiß nicht recht. Träumer sind ziemlich selten, habe ich gehört. Es sollen sehr gefragte Leute sein.«

»Das ist zweifellos richtig, Mr. Slutsky. Aber Ihr Sohn ist kein Träumer. Noch nicht. Vielleicht wird niemals einer aus ihm. Fünfhundert Dollar im Jahr sind ein Risiko für uns, aber nicht für Sie. Wenn er mit der höheren Schule fertig ist, stellt sich möglicherweise heraus, daß er kein Träumer ist. Sie haben dann nichts verloren, sondern insgesamt vielleicht viertausend Dollar gewonnen. Wenn er aber ein Träumer ist, wird er ein hübsches Einkommen erzielen.«

»Er wird eine Spezialausbildung haben müssen, nicht wahr?«

»O ja, eine sehr intensive sogar. Aber darüber wollen wir uns erst Gedanken machen, wenn er die höhere Schule hinter sich hat. Wenn er dann zwei Jahre bei uns gewesen sein wird, ist er ein gemachter Mann. Verlassen Sie sich auf mich, Mr. Slutsky.«

»Garantieren Sie diese Spezialausbildung?«

Weill, der ihm ein Vertragsformular zugeschoben hatte und ihm einen Füllhalter entgegenhielt, ließ die Hand sinken und schmunzelte. »Eine Garantie? Nein, Mr. Slutsky. Wie könnten wir etwas garantieren, wenn wir nicht einmal mit Sicherheit wissen, ob Ihr Junge Talent hat? Die fünfhundert Dollar im Jahr sind schon eine erhebliche Investition, glauben Sie mir.«

Slutsky grübelte und schüttelte seinen Kopf. »Ich will Ihnen die Wahrheit sagen, Mr. Weill. Nachdem Ihr Mann bei uns gewesen war, rief ich bei der Luster-Think an. Dort sagte man mir, daß die Spezialausbildung garantiert wird.«

Weill seufzte. »Mr. Slutsky, ich sage nicht gern etwas über meine Konkurrenten. Wenn sie sagen, daß sie eine Ausbildung garantieren, werden sie es tun. Aber Ausbildung oder nicht, sie können aus einem Jungen keinen Träumer machen, wenn er das Zeug dazu nicht in sich hat. Wenn sie einen einfachen Jungen ohne Talent nehmen und durch einen Kurs gehen lassen, werden sie ihn höchstens ruinieren. Ein Träumer wird nicht aus ihm, das kann ich garantieren. Und ein normaler Mensch auch nicht. Sie sollten es sich wirklich überlegen, ob Sie Ihren Sohn dieser Gefahr aussetzen wollen.

Die Dreams Incorporated wird Ihnen gegenüber ganz offen sein. Wenn Tommy ein Träumer werden kann, machen wir ihn dazu. Wenn nicht, geben wir ihn unverdorben zurück und sagen: ›Geben Sie ihn in eine Lehre.‹ Das wird für Ihren Sohn besser und gesünder sein. Ich habe selbst Söhne und Töchter und Enkel, Mr. Slutsky, und ich weiß, was ich sage. Ich würde nie zulassen, daß eines meiner Kinder zum Träumen gedrängt wird, wenn es nicht die Anlagen dazu hat. Nicht für eine Million Dollar.«

Slutsky wischte sich den Mund mit dem Handrücken und griff zum Füllhalter. »Was steht da drin?«

»Das ist nur eine Option. Wir zahlen Ihnen jetzt hundert Dollar in bar, ohne irgendwelche Verpflichtungen für Sie. Wir studieren die Träumerei des Jungen. Wenn wir das Gefühl haben, daß die Sache sich lohnt, werden wir Sie wieder verständigen und den Vertrag über die fünfhundert Dollar im Jahr machen. Machen Sie sich keine Sorgen, Mr. Slutsky. Es wird Ihnen nicht leid tun.«

Slutsky unterzeichnete.

Nachdem Slutsky gegangen war, stülpte sich Weill den Helm über und absorbierte aufmerksam die Träumerei des Jungen. Es war ein typischer kindischer Tagtraum. Der Junge sah sich darin als Pilot einer Düsenmaschine, deren Form stark an Darstellungen in gewissen Sensationsfilmen und Magazinen erinnerte.

Als er den Helm abnahm, fand er Dooleys Augen auf sich gerichtet.

»Nun, Mr. Weill, wie denken Sie darüber?«

»Könnte sein, Joe. Könnte sein. Er hat die Obertöne, und für einen Zehnjährigen ohne jedes Training ist es hoffnungsvoll. Als die Maschine durch eine Wolke flog, war eine deutliche Assoziation mit Kissen spürbar. Auch der Geruch sauberer Laken, was eine amüsante Note war. Wir können es mit ihm versuchen, Joe.«

»Gut.«

»Aber ich sage Ihnen, Joe, wir müßten sie wirklich noch früher ausfindig machen. Und warum eigentlich nicht? Eines Tages wird man jedes Kind schon kurz nach der Geburt testen. Ein Unterschied im Gehirn muß existieren, und es wird Zeit, daß man ihn aufspürt. Dann könnten wir die Träumer schon ganz am Anfang aussondern.«

»Aber Mr. Weill«, sagte Dooley verletzt. »Was würde dann aus mir und meinem Job werden?«

Weill lachte. »Kein Grund zur Sorge, Joe. Wir werden es nicht mehr erleben. Wir werden noch viele Jahre von guten Talentsuchern wie Ihnen abhängen. Gehen Sie einfach auf die Straßen und Spielplätze und machen Sie noch ein paar Hillarys und Janows aus, und Luster-Think wird unseren Vorsprung nie einholen.«

Um zwei Uhr erschien ein jüngerer, bebrillter Mann in Jesse Weills Büro und stellte sich als John J. Byrne, Beamter des Informationsministeriums, vor.

»Guten Tag, Mr. Byrne«, sagte Weill. »Kann ich Ihnen auf irgendeine Weise behilflich sein?«

»Sind wir hier ungestört?« fragte der Beamte.

»Selbstverständlich.«

»Dann würde ich Sie bitten, dies hier in sich aufzunehmen.« Byrne zog einen kleinen, zylinderförmigen Gegenstand aus der Brusttasche und hielt ihn zwischen Daumen und Zeigefinger.

Weill nahm ihn, untersuchte ihn kurz und sagte mit einem Lächeln, das sein künstliches Gebiß entblößte: »Das ist kein Produkt der Dreams Incorporated, Mr. Byrne.«

»Das hatte ich auch nicht angenommen«, sagte der Beamte. »Trotzdem würde ich Sie bitten, den Inhalt zu absorbieren. Eine Minute wird genügen.«

»Sie meinen, mehr kann man nicht ertragen?« Weill zog den Empfänger an seinen Schreibtisch und steckte den Zylinder in den Entfrosterteil. Er wartete, nahm ihn wieder heraus und putzte die Enden des Zylinders mit seinem Taschentuch. »Der Kontakt ist nicht gut«, sagte er. »Eine amateurhafte Arbeit.«

Er versuchte es noch einmal und stülpte sich den Aufnahmehelm über den Kopf. Dann lehnte er sich zurück, faltete die Hände über der Brust und begann, den Traum in sich aufzunehmen.

Nach einer Minute schaltete sich die Empfangsanlage selbsttätig aus. Weill entledigte sich des Helms und machte ein ärgerliches Gesicht. »Ein primitiv gemachtes Stück«, sagte er. »Ich bin froh, daß ich ein alter Mann bin, der über diese Dinge hinaus ist.«

Byrne sagte steif: »Es ist noch nicht das Schlimmste von denen, die wir gefunden haben. Und die Verbreitung scheint rasche Fortschritte zu machen.«

Weill zuckte die Achseln. »Pornographische Träume. Diese Entwicklung ist logisch, denke ich.«

»Logisch oder nicht, sie stellt eine tödliche Gefahr für die Moral der Nation dar.«

»Die Moral der Nation«, sagte Weill, »hält eine Menge

aus. Erotika in der einen oder anderen Form hat es in der Geschichte der Menschheit schon immer gegeben.«

»Aber nicht in dieser Form, Mr. Weill. Eine direkte Übertragung von Geist zu Geist ist wesentlich wirksamer als obszöne Literatur oder schmutzige Bilder. Diese werden durch die Sinne des Menschen gefiltert und verlieren auf diesem Weg einiges von ihrer Wirkung.«

Gegen dieses Argument konnte Weill nichts ins Feld führen. »Was erwarten Sie von mir, Mr. Byrne?« fragte er vorsichtig.

»Können Sie mir vielleicht einen Tip geben, welcher Quelle dieser Zylinder entstammt?«

»Mr. Byrne, ich bin kein Detektiv.«

»Nein, nein. Ich verlange auch nicht von Ihnen, daß Sie der Polizei ihre Arbeit abnehmen. Aber vielleicht können Sie uns mit Ihrem Spezialwissen helfen? Sie sagen, daß dieser Schund nicht von Ihrer Firma auf den Markt gebracht worden ist. Wer kann es gewesen sein?«

»Jedenfalls keine Traumfabrik von Ruf, das ist ganz sicher. Dafür ist es zu billig gemacht.«

»Das könnte absichtlich geschehen sein.«

»Der Traum stammt von keinem professionellen Träumer.«

»Sind Sie sicher, Mr. Weill? Könnte nicht auch ein berufsmäßiger Träumer so etwas machen? Es wäre doch möglich, daß er von irgendeiner kleinen, illegalen Firma Geld dafür bekommt.«

»Theoretisch ja. Aber bei diesem Traum hier ist es ausgeschlossen. Es fehlen die Obertöne. Er ist zweidimensional. Natürlich bedarf ein Traum wie dieser hier keiner Obertöne.«

»Was meinen Sie damit: Obertöne?«

Weill lachte nachsichtig. »Sie sind kein Traumgeschichten-Fan, wie?«

»Ich ziehe Musik vor.«

»Nun, das ist auch eine gute Sache«, meinte Weill tolerant. »Aber es erschwert mir die Erklärung der Obertöne.

Selbst Leute, die regelmäßig Traumgeschichten absorbieren, könnten es wahrscheinlich nicht erklären, wenn man sie fragte. Trotzdem wissen sie, daß eine Traumgeschichte nicht gut war, wenn die Obertöne fehlten. Sehen Sie, wenn ein erfahrener Träumer seinen Eingebungen nachhängt, um eine Geschichte zu machen, denkt er sie sich nicht einfach aus, wie etwa die altmodischen Fernsehautoren oder die Verfasser von Filmdrehbüchern. Bei ihm ist es wie eine Serie kleiner Visionen. Jede hat mehrere Bedeutungen. Wenn man sie sorgfältig studiert, kommt man manchmal auf fünf oder sechs. Der durchschnittliche Kunde merkt nichts davon, aber es ist ein sehr wichtiger Punkt. Glauben Sie mir, mein Psychologenstab verwendet darauf besondere Aufmerksamkeit. Alle Obertöne, die verschiedenen Bedeutungen, verschmelzen miteinander zu einer Masse gelenkter Emotionen. Ohne sie wäre alles flach, schal und geschmacklos.

Heute morgen habe ich zum Beispiel einen Jungen getestet. Einen Zehnjährigen mit Möglichkeiten. Eine Wolke ist für ihn nicht nur eine Wolke, sie ist auch ein Kissen. Da man beide Empfindungen gleichzeitig hat, war es mehr als nur eins von beiden. Natürlich ist der Junge noch sehr primitiv. Aber wenn er mit seiner Ausbildung fertig ist, wird er brauchbar sein. Er wird die klassischen Traumgeschichten der Vergangenheit studieren und analysieren. Er wird lernen, wie er seine Gedanken kontrollieren und dirigieren kann, obwohl ich immer der Meinung war, daß ein guter Träumer improvisieren ...«

Weill brach ab und lächelte entschuldigend. »Nun, ich wollte Ihnen keine Vorlesung halten. Ich möchte nur noch herausstellen, daß jeder professionelle Träumer seine eigenen Obertöne hat, die er nicht maskieren kann. Für einen Experten ist es, als unterschriebe er die Traumgeschichte mit seinem Namen. Und ich, Mr. Byrne, kenne alle Unterschriften. Dieses Stück Dreck hier hat keinerlei Obertöne. Es wurde von einer gewöhnlichen Person aufgenommen. Ein wenig Talent vielleicht, aber keineswegs mehr als

Durchschnittsmenschen wie Sie oder ich. In Wirklichkeit kann er nicht denken.«

Byrne errötete ein wenig. »Viele Leute können denken, Mr. Weill, auch wenn sie keine Traumgeschichten machen.«

Weill hob beide Hände. »Oh, gewiß. Seien Sie nicht böse über das, was ein alter Mann sagt. Ich meine nicht das Denken im vernunftmäßigen Sinn; ich meine Denken wie in einem Traum. Wir alle können träumen, genauso, wie wir alle laufen können. Wenn ich zum Beispiel an ein Steak denke, denke ich an das Wort. Vielleicht sehe ich ganz kurz das Bild eines gebratenen Steaks auf einem Teller vor mir. Sie haben vielleicht ein besseres Vorstellungsvermögen als ich und sehen auch noch das Fett, die Zwiebeln und die Bratkartoffeln. Aber ein Träumer ... Er sieht, riecht und schmeckt das Steak und alles, was damit zusammenhängt, das befriedigte Gefühl im Magen, das Messer, wie es das zarte Fleisch zerteilt und so weiter. Hundert Dinge auf einmal. Sie und ich können das nicht.«

»Also gut«, sagte Byrne. »Dieses Ding stammt nicht von einem berufsmäßigen Träumer. Das ist immerhin schon etwas.« Er steckte den Zylinder wieder in seine Brusttasche zurück. »Ich hoffe, wir können beim Unterdrücken dieser Auswüchse mit Ihrer vollen Unterstützung rechnen.«

»Selbstverständlich, Mr. Byrne.«

»Gut.« Byrne sprach jetzt im vollen Bewußtsein seiner Macht. »Mr. Weill, ich kann nicht sagen, was unternommen werden wird, aber solche Erzeugnisse wie dieses hier werden es sehr verlockend erscheinen lassen, für alle Traumgeschichten eine strikte Zensur einzuführen.« Er stand auf. »Guten Tag, Mr. Weill.«

»Guten Tag, Mr. Byrne.«

Francis Belanger stürmte temperamentvoll in Jesse Weills Büro. Sein rötliches Haar war ungeordnet, und auf seiner Stirn glänzten Schweißtropfen.

Bei Weills Anblick blieb er wie angewurzelt stehen. Weill

hatte sein Gesicht in den auf der Tischplatte verschränkten Armen vergraben, und nur sein dichtes weißes Haar war sichtbar.

Belanger schluckte. »Boß?«

Weill hob den Kopf. »Frank?«

»Was ist los, Boß? Sind Sie krank?«

»Ich bin alt genug, um krank zu sein, aber ich bin auf den Beinen. Ein Regierungsbeamter war hier.«

»Was wollte er?«

»Er drohte mit Zensur. Er hatte ein Muster von dem Zeug bei sich, das gegenwärtig überall auftaucht. Billige Traumgeschichten für Schnapsparties und dergleichen.«

»Verdammt!« sagte Belanger mitfühlend.

»Sie werden jetzt überall herumschnüffeln. Und, um die Wahrheit zu sagen, Frank, wir sind verwundbar.«

»Was? Unser Zeug ist sauber. Wir machen ehrliche Abenteuer und Romanzen.«

Weill schob seine Unterlippe vor und runzelte die Stirn. »Wir brauchen uns nichts vorzumachen, Frank. Sauber? Kommt darauf an, wie man es betrachtet. Man sollte nicht davon reden, aber wir wissen beide, daß jede Traumgeschichte ihre Freudschen Symbole hat. Das können Sie nicht leugnen.«

»Gewiß, wenn man danach sucht. Wenn man ein Psychiater ist ...«

»Auch wenn man ein gewöhnlicher Mensch ist. Der gewöhnliche Betrachter merkt nichts davon, und wahrscheinlich kann er nicht einmal ein phallisches Symbol von einem Mustersymbol unterscheiden. Aber sein Unterbewußtsein weiß es.«

»Meinetwegen, aber was will die Regierung machen? Das Unterbewußtsein säubern?«

»Weiß ich auch nicht. Wir müssen abwarten. Weswegen sind Sie gekommen?«

Belanger warf einen Gegenstand auf Weills Schreibtisch und stopfte sein Hemd tiefer in den Hosenbund.

Weill öffnete die Plastikumhüllung und nahm den Zylinder heraus. Plastikbehälter und Zylinder waren mit verschnörkelten Buchstaben kitschig und himmelblau beschriftet: ›Unterwegs im Himalaja.‹ Darunter befand sich das Warenzeichen der Luster-Think Company.

»Ein Konkurrenzprodukt«, sagte Weill mit gespitzten Lippen. »Und noch nicht veröffentlicht. Wie sind Sie daran gekommen, Frank?«

»Unwichtig. Ich möchte nur, daß Sie es absorbieren.«

Weill seufzte. »Heute verlangt jeder von mir, daß ich Träume in mich aufnehme. Es ist doch nicht schmutzig, oder?«

»Es hat Ihre Freudschen Symbole«, erwiderte Belanger gereizt. »Enge Schluchten zwischen den Bergspitzen. Ich hoffe, das wird Sie nicht stören.«

»Ich bin ein alter Mann. Es stört mich schon seit Jahren nicht mehr, aber dieses andere Ding war so schlecht gemacht, daß es direkt schmerzte ... Gut, dann wollen wir uns mal ansehen, was Sie da gebracht haben.«

Diesmal verharrte Weill volle fünfzehn Minuten unter dem Helm, ruhig in seinem Stuhl zurückgelehnt, während Belanger hastig zwei Zigaretten rauchte.

Als Weill schließlich den Helm abnahm und den Traum aus seinen Augen zwinkerte, fragte Belanger: »Nun, was sagen Sie dazu, Boß?«

Weill wiegte nachdenklich den Kopf. »Nichts für mich. Es steckte voller Wiederholungen. Bei solcher Konkurrenz brauchen wir uns vorerst keine Sorgen zu machen.«

»Das ist Ihr Irrtum, Boß. Mit solchem Zeug wird uns Luster-Think den Rang ablaufen. Wir müssen etwas unternehmen.«

»Aber, Frank ...«

»Nein, hören Sie mich an. Das ist die kommende Sache.«

»Dies?« Weill warf einen spöttischen Blick auf den Zylinder. »Ein abgeschmackter, billiger Traum ohne feine Assoziationen und Obertöne ...«

»Das finden Sie, Boß, weil Sie nicht mit der Zeit gehen. Ich muß offen mit Ihnen reden. Als Sie die Patente aufkauften und mit dem Traumgeschäft anfingen, waren Traumgeschichten ein Luxusartikel. Der Markt war klein und individuell. Sie konnten es sich erlauben, spezialisierte Traumgeschichten herauszubringen und sie teuer zu verkaufen.«

»Ich weiß«, sagte Weill. »Und dabei sind wir geblieben. Aber wir haben auch ein Massengeschäft.«

»Das haben wir, aber es genügt nicht. Unsere Träume haben alle Feinheiten, ja. Man kann sie immer wieder verwenden, und noch beim zehntenmal findet man neue Dinge darin. Aber wie viele Leute sind Kenner und Liebhaber? Und noch etwas. Unser Zeug ist zu sehr auf das Individuum zugeschnitten. Alle unsere Träume sind in der ersten Person.«

»Und?«

»Und? Luster-Think eröffnet Traumpaläste. In Nashville haben sie einen mit dreihundert Boxen eingeweiht. Man geht hinein, setzt sich den Helm auf, macht es sich bequem und bekommt seinen Traum. Alle Anwesenden kriegen denselben.«

»Ich habe davon gehört, Frank, und das ist früher schon gemacht worden. Damals war es kein Erfolg, und diesmal wird es auch keiner werden. Wollen Sie wissen, warum? Weil Träumen Privatsache ist. Möchten Sie, daß Ihr Nachbar weiß, was Sie träumen? Außerdem müssen die Träume in einem Traumpalast nach Plan beginnen. Man hat also zu träumen, nicht wann man will, sondern wann der Besitzer sagt, daß man es soll. Überdies sind die Geschmäcker verschieden. Von dreihundert Kunden werden hundertfünfzig enttäuscht sein. Und wenn sie enttäuscht sind, kommen sie nicht wieder.«

Belanger krempelte seine Ärmel hoch und öffnete den Hemdkragen. »Boß«, sagte er, »was nützt der Beweis, daß sie keinen Erfolg haben werden? Sie versuchen es, und es scheint zu klappen. Heute ist die Nachricht gekommen, daß Luster-Think in St. Louis einen Traumpalast mit tausend Boxen baut. Man kann die Leute daran gewöhnen, daß alle im Raum denselben Traum haben. Und solange es billig und bequem ist, werden sie sich sogar damit abfinden, ihre Träume zu einer gegebenen Zeit zu haben. Es ist alles eine Frage der Gewöhnung, Boß. Ein Junge und ein Mädchen gehen in einen Traumpalast und absorbieren irgendein billiges romantisches Ding mit stereotypen Obertönen und alltäglichen Situationen, aber trotzdem kommen sie zufrieden und beglückt heraus. Sie hatten gemeinsam denselben Traum. Sie haben identische Emotionen durchgemacht und sind aufeinander eingestimmt. Man kann darauf wetten, daß sie wieder hingehen werden.«

»Und wenn ihnen der Traum nicht gefällt?«

»Luster-Think bringt billige Ware in der dritten Person heraus, so machen sie es beiden Geschlechtern recht. Zeug von der Art, wie Sie es eben absorbiert haben. Sie zielen auf den niedrigsten gemeinsamen Nenner ab. Vielleicht wird niemand davon begeistert sein, aber niemand wird es ablehnen.«

Weill schwieg lange, und Belanger beobachtete ihn. Dann sagte Weill: »Frank, ich habe mit Qualität angefangen, und ich bleibe dabei. Vielleicht haben Sie recht, und Traumpaläste sind die kommende Sache. Dann werden wir auch welche eröffnen, aber wir werden guten Stoff bieten. Vielleicht unterschätzt Luster-Think das Publikum. Meine Politik hat immer auf der Theorie beruht, daß es stets einen Markt für Qualität geben wird. Wir wollen abwarten und nicht gleich in Panik verfallen.«

»Boß ...«

Die Sprechanlage unterbrach Belanger. »Was ist, Ruth?« fragte Weill. Die Stimme der Sekretärin sagte: »Mr. Hillary, Sir. Er möchte Sie sofort sprechen, es sei wichtig.«

»Hillary?« wiederholte Weill verdutzt. »Schicken Sie ihn herein, Ruth.«

Weill wandte sich an Belanger. »Heute ist keiner meiner guten Tage, Frank. Der Platz eines Träumers ist zu Hause bei seinem Denker. Und Hillary ist unser bester Träumer, also sollte gerade er zu Haus sein. Wie war sein letzter Traum? Ich meine den, den er letzte Woche geliefert hat?«

Belanger rümpfte die Nase. »Nicht so gut.«

»Warum nicht?«

»Etwas unzusammenhängend. Ich habe nichts gegen scharfe Übergänge und unerwartete Wendungen, sie beleben die Sache, aber es muß ein Zusammenhalt da sein.«

»Ist es ein totaler Verlust?«

»Kein Hillary-Traum ist ein totaler Verlust. Aber er erforderte einen Haufen herausgeberische Arbeit. Wir haben ihn gekürzt und einige Szenen eingeblendet, die er uns als Füllsel früher einmal geschickt hatte. Er ist immer noch nicht Klasse A, aber er geht durch.«

»Haben Sie mit ihm darüber gesprochen, Frank?«

»Halten Sie mich für verrückt, Boß? Glauben Sie, ich würde einem Träumer ein hartes Wort sagen?«

In diesem Augenblick öffnete sich die Tür, und Weills Sekretärin führte Sherman Hillary ins Büro.

Sherman Hillary, einunddreißig Jahre alt, hätte von jedermann auf Anhieb als Träumer erkannt werden können. Seine Augen hatten den sanften, abwesenden Blick eines Mannes, der entweder eine Brille braucht oder nur selten mit irgendwelchen weltlichen Problemen konfrontiert wird. Er war mittelgroß und mager, mit zu langem schwarzem Haar, einem schmalen Kinn und bleicher Hautfarbe.

Er murmelte: »Hallo, Mr. Weill«, und nickte Belanger kurz zu.

»Sherman, mein Freund, Sie sehen prächtig aus«, sagte Weill herzlich. »Was gibt es? Setzen Sie sich, setzen Sie sich.«

Der Träumer ließ sich auf eine Stuhlkante nieder und schlug die Augen nieder.

»Ich bin gekommen, Mr. Weill, um Ihnen zu sagen, daß ich kündige.«

»Sie wollen kündigen?«

»Ich möchte nicht mehr träumen, Mr. Weill.«

Weills altes Gesicht schien plötzlich noch mehr gealtert zu sein. »Warum, Sherman?«

Die Lippen des Träumers zuckten. »Weil ich nicht mehr lebe, Mr. Weill!« platzte er heraus. »Am Anfang war es nicht so schlimm. Es war sogar entspannend. Ich träumte abends oder an den Wochenenden, wann immer mir danach zumute war. Aber jetzt, Mr. Weill, bin ich ein alter Profi. Sie sagen mir, daß ich einer der besten bin.«

»Und ist etwa jemand besser als Sie, Sherman? Ihre kleine Szenenfolge über das Dirigieren eines Orchesters ist immer noch ein Verkaufserfolg, nach zehn Jahren.«

»Das freut mich, Mr. Weill. Aber ich habe mein Teil getan. Ich bin so weit gekommen, daß ich überhaupt nicht mehr ausgehe. Ich vernachlässige meine Frau. Meine kleine Tochter kennt mich kaum. Letzte Woche waren wir abends bei Bekannten eingeladen, aber ich erinnere mich an nichts mehr. Sarah sagt, ich hätte den ganzen Abend auf der Couch gesessen, hätte ins Leere gestarrt und vor mich hin gesummt. Sie sagt, alle hätten mich angesehen, als ob ich ein Irrer wäre. Sie weinte die ganze Nacht. Ich halte das nicht mehr aus, Mr. Weill. Ich will ein normaler Mensch sein und in dieser Welt leben. Ich habe meiner Frau versprochen, daß ich aufhöre, und es ist mein eigener Wille, also heißt es Abschied nehmen, Mr. Weill.« Hillary stand auf und streckte linkisch die Hand aus.

Weill winkte freundlich ab. »Wenn Sie gehen wollen, Sherman, ist es in Ordnung. Aber tun Sie einem alten Mann einen Gefallen und lassen Sie mich Ihnen etwas erklären.«

»Ich werde meine Meinung nicht ändern«, sagte Hillary.

»Ich will Sie nicht dazu überreden. Aber ich bin ein alter Mann und war schon in diesem Geschäft, als Sie noch nicht auf der Welt waren, daher spreche ich gern darüber. Bitte, behalten Sie noch einen Augenblick Platz, Sherman.«

Hillary setzte sich wieder. Seine Zähne nagten an der Unterlippe, und er starrte mürrisch auf seine Fingernägel.

Weill sagte: »Wissen Sie, was ein Träumer ist, Sherman? Wissen Sie, was er normalen Menschen bedeutet, die keine Phantasie haben und keine Gedankengebäude errichten können? Leute wie ich, gewöhnliche Leute, müssen dann und wann einmal ihrem Alltagsleben entkommen. Aber wir können es nicht aus eigener Kraft. Wir brauchen Hilfe.

In alten Zeiten gab es Bücher, Theaterstücke, Radio, Filme und Fernsehen. Aber die Übertragung der Gedanken und Stimmungen war bei keinem dieser Kommunikationsmittel perfekt. Doch jetzt, mit der Traumaufnahme, kann jedermann träumen und alles andere für eine Weile vollständig vergessen. Sie, Sherman, und eine Handvoll anderer Männer vermitteln diese Träume direkt; sie gehen von Ihrem Kopf in unseren, ohne an Kraft und Intensität zu verlieren. Jedesmal, wenn Sie träumen, träumen Sie für hundert Millionen Menschen. Sie träumen hundert Millionen Träume auf einmal. Das ist eine große Sache, mein Freund. Sie geben allen diesen Menschen etwas, was sie anders nicht haben können.«

»Ich habe mein Teil getan«, murmelte Hillary. Er stand verzweifelt auf. »Ich bin fertig. Es ist mir gleich, was Sie sagen. Und wenn Sie mich verklagen wollen, weil ich unseren Vertrag vielleicht nicht genau eingehalten habe, tun Sie es. Es ist mir gleich.«

Weill stand auf. »Das trauen Sie mir zu? ... Ruth«, sagte er in die Sprechanlage, »bringen Sie unsere Kopie von Mr. Hillarys Vertrag.«

Die drei Männer warteten schweigend. Weill lächelte leise, und seine gelben, faltigen Finger trommelten auf die Tischplatte.

Die Sekretärin erschien mit dem Vertrag. Weill nahm ihn, zeigte ihn Hillary und sagte: »Sherman, mein Freund, wenn Sie nicht länger bei mir bleiben wollen, möchte ich Sie nicht zurückhalten.«

Dann, bevor Belanger mehr als den Anfang einer entsetzt abwehrenden Geste zuwege bringen konnte, zerriß er den Vertrag in vier Stücke und warf sie in den Abfallschacht. »Das ist alles.«

Hillary ergriff Weills Hände. »Danke, Mr. Weill«, sagte er

bewegt. »Sie haben mich immer sehr anständig behandelt, und ich bin Ihnen dankbar. Es tut mir leid, daß es so kommen mußte.«

»Es ist schon gut, mein Freund. Es ist schon gut.«

Sherman Hillary ging, immer noch Dankesworte murmelnd.

»Um Gottes willen, Boß, warum haben Sie ihn gehen lassen?« fragte Belanger fassungslos. »Durchschauen Sie das Spiel nicht? Er wird sofort zu Luster-Think gehen. Sie haben ihn gekauft.«

Weill lächelte überlegen. »Irrtum, Frank. Ganz falsch. Ich kenne den Jungen, und das wäre nicht sein Stil. Außerdem«, fügte er trocken hinzu, »ist Ruth eine gute Sekretärin und weiß, was sie zu bringen hat, wenn ich den Vertrag eines Träumers verlange. Was ich hatte, war eine zweite Ausfertigung. Der echte Vertrag liegt immer noch im Safe, das können Sie mir glauben.«

Jesse Weill seufzte. »Ein schöner Tag! Zuerst mußte ich mich mit einem Vater herumschlagen, um ein neues Talent zu gewinnen, dann mit einem Regierungsbeamten, um eine Zensur zu verhindern, dann mit Ihnen, und nun mit meinem besten Träumer, damit er mir nicht davonläuft. Den Vater habe ich wahrscheinlich für mich gewonnen. Bei dem Regierungsbeamten und Ihnen weiß ich es nicht. Vielleicht ja, vielleicht nein. Aber wenigstens bei Sherman Hillary gibt es keinen Zweifel. Er wird wiederkommen.«

»Woher wissen Sie das?«

Weill lächelte Belanger verschmitzt zu, und ein Netzwerk feiner Linien überzog seine Wangen. »Frank, Sie wissen, wie man Traumgeschichten redigiert und auf den Markt bringt, und darum glauben Sie alle Seiten dieses Geschäfts zu kennen. Aber ich will Ihnen etwas sagen. Das wichtigste Werkzeug in unserem ganzen Gewerbe ist der Träumer selbst. Er ist der Mann, den Sie am besten verstehen müssen.

Machen Sie sich einmal folgendes klar, Frank: Sie oder

ich, wir können unsere Arbeit jederzeit hinwerfen. Es ist unser Job, nicht unser Leben. Aber nicht Sherman Hillary. Wo immer er ist, was immer er tut, er wird träumen. Solange er lebt, muß er denken; solange er denkt, muß er träumen. Wir halten ihn nicht gefangen, unser Vertrag ist keine eiserne Wand für ihn. Sein eigener Schädel ist sein Gefängnis, Frank. Darum wird er wiederkommen. Was bleibt ihm anderes übrig?«

Belanger zuckte die Achseln. »Wenn Sie damit recht haben, tut mir der Bursche leid.«

Weill nickte. »Mir tun sie alle leid. In all den Jahren habe ich eins gelernt: Es ist ihr Geschäft, die Leute glücklich zu machen. Andere Leute.«

Drittes Buch

DER ZWEIHUNDERT-JÄHRIGE

Einleitung

Hier also eine weitere Reihe von Science Fiction-Stories. Ich sitze da und wundere mich selber, daß ich nun schon seit mehr als einem dreiachtel Jahrhundert Science Fiction schreibe und herausgebe. Nicht schlecht für jemanden, der lediglich zugibt, in seiner späten Jugend zu sein – beziehungsweise knapp über dreißig, wenn man mich festnagelt.

Ich kann mir vorstellen, daß es den Menschen, die versucht haben, mir von Buch zu Buch und von Metier zu Metier zu folgen, länger vorkommt. Während die Flut von Worten Jahr für Jahr und ohne sichtliche Anzeichen von Versiegen anhält, entstehen natürlich die merkwürdigsten Mißverständnisse.

Vor ein paar Wochen zum Beispiel war ich auf einer Buchmesse und signierte Bücher. Ich bekam folgende freundlich gemeinte Bemerkungen zu hören:

»Nicht zu glauben, daß Sie noch am Leben sind!«

»Wie machen Sie es bloß, so *jung* auszusehen?«

»Sind Sie wirklich nur ein Mensch?«

Dem nicht genug. In einer Kritik, die 1975 in der Dezemberausgabe des *Scientific American* erschien, beschrieb man mich als ›einen ehemals in Boston lebenden Biochemiker, jetzt Aushängeschild und Paradepferd einer New Yorker Autorenvereinigung‹.

Du meine Güte! Autorenvereinigung? Lediglich das Paradepferd und Aushängeschild?

So liegen die Dinge nicht. Es tut mir leid, wenn meine

umfassende Produktion es unmöglich erscheinen läßt, aber ich bin am Leben, ich bin jung und ich bin nur ein Mensch.

Ich bin sogar jemand, der ausschließlich im Alleingang arbeitet. Ich habe keinerlei Hilfskräfte. Ich beschäftige keinen Agenten, keinen Manager, niemanden, der mir bei meinen Recherchen hilft, keine Sekretärin und keine Schreibdame. Ich tippe selbst, ich lese meine Korrekturen selbst, ich schreibe jedes Inhaltsverzeichnis selbst, ich recherchiere selbst, ich verfasse meine Briefe selbst und antworte persönlich am Telefon.

Mir gefällt das so.

Da ich mich nicht mit anderen Menschen auseinandersetzen muß, kann ich mich besser auf meine Arbeit konzentrieren und leiste mehr.

Diese Mißverständnisse bezüglich meiner Person haben mich schon vor zehn Jahren geärgert. Das *Magazine of Fantasy and Science Fiction,* kurz FSF genannt, wollte im Oktober 1966 eine spezielle Isaac-Asimov-Nummer herausbringen.

Man bat mich, eine Story dafür zu schreiben, und ich tat es. Ich schrieb aber obendrein noch ein kurzes Gedicht aus eigener Initiative.

Dieses Gedicht ist in der Spezialnummer erschienen, seitdem jedoch nirgends mehr abgedruckt worden. Ich füge es hier bei, denn es ist bezeichnend für meine These. Außerdem habe ich das Gedicht sieben Jahre nach seinem Erscheinen einer charmanten Dame vorgetragen, die spontan und ohne ein Zeichen geistiger Anstrengung eine Abänderung vorschlug, welche so unvermeidlich ist und so verbessernd, daß ich das Gedicht wieder in Druck geben *muß.*

Ich bin im besten Mannesalter, du naseweiser Fratz, hatte ich das Gedicht überschrieben. Edward L. Freeman, der Herausgeber des FSF, hat den Titel abgekürzt: *Im besten Mannesalter.* Mir gefällt der lange Titel viel besser, aber ich bin zu dem Schluß gekommen, daß er auf der ersten Seite seltsam aussieht, also behalte ich die kürzere Version bei. (Was soll's!)

Im besten Mannesalter

Es war einmal ein junger Mann,
Der sprach mich unverfroren an.
Bedachte mich mit Wonneblick
Und hielt die Zunge nicht zurück.

Mann, Mazel tov, der Asimov,
Potz Blitz, Schockschwerenot.
Seit Jahren fürcht' und träume ich,
Er wäre längst schon tot.

Und wenn nicht tot, dann kurz davor,
Gebeugt vom Druck der Jahre,
Mit Triefaugen und taubem Ohr
Und völlig ohne Haare.

Hand aufs Herz und ohne Scherz,
Ich les' sein Zeug seit Jahren.
Ja, seit der Zeit, und die ist weit,
Da ich und andere Kinder waren.

Mein Vater schon hat ihn verehrt,
Vergöttert und verschlungen,
Weil nämlich schon sein eigner Pa
Sein Loblied hat gesungen.

Seit dem berühmten Sündenfall
Auf Erden und weit weg im All,

Kennt jedes Kind den alten Mann,
Der nie die Tinte halten kann.

Ich dachte drum: nun reicht es mir
Und sag: Halt doch den Mund.
Ich bin voll Kraft und Mannesglut
Und außerdem gesund.

Mein Schritt ist leicht, mein Auge klar,
Hab' keinerlei Beschwerden.
Ich habe volles schwarzes Haar
Und stehe fest auf Erden.

Der Knabe sieht mich lange an,
Voll Mitleid ist sein Blick.
Und ich, ich tret' an ihn heran
Und geb' den Blick zurück.

Ich hole Luft, nach einem Satz
Und töte ihn mit einem Schlag.
Das war dein letzter Tag
Denk ich, du naseweiser Fratz.

Die Abänderung, die ich erwähnte, geschah in der ersten Zeile der zweiten Strophe. ›Mann, Glück auf, der Asimov‹, hatte ich ursprünglich geschrieben, aber die eben erwähnte Dame hatte sofort gesehen, daß es ›Mazel tov‹ heißen muß. Im Hebräischen bedeutet ›Mazel tov‹ viel Glück. Der Ausdruck wird von Juden als freundlicher Gruß bei einer erfreulichen Begegnung benutzt – wie eine Begegnung mit mir sicherlich sein sollte.

Seit ich das Gedicht geschrieben habe, sind zehn Jahre vergangen, und der Eindruck unglaublichen Alters, welchen ich bei denjenigen hinterlasse, die mich lediglich von meinen Büchern her kennen, ist jetzt natürlich noch stärker. Als dieses Gedicht geschrieben wurde, hatte ich sechsundsechzig Bücher veröffentlicht, und jetzt, zehn Jahre später, bin ich auf dem Stand von einhundertfünfundsiebzig, also war es ein Jahrzehnt konstanten geistigen Entäußerns.

Trotzdem habe ich mir meine Mannesglut bewahrt. Mein Schritt ist immer noch leicht, mein Auge immer noch klar. Mehr noch, ich bin noch genauso zuvorkommend in meinen Unterhaltungen mit jungen Damen wie eh und je (was wirklich sehr zuvorkommend ist). Das mit dem vollen schwarzen Haar muß jedoch berichtigt werden. Es besteht keine Gefahr von Kahlköpfigkeit, aber, du liebe Güte, ich werde grau. In den letzten Jahren habe ich mir bauschige Koteletten stehenlassen, und diese sind nun fast weiß.

Und jetzt, nachdem Sie das Schlimmste über mich wissen, kommen wir zu den Stories beziehungsweise – ganz haben Sie es mit mir noch nicht überstanden – zu meinen einleitenden Bemerkungen zur ersten Geschichte.

Der Anfang meiner Geschichte *Weibliche Intuition* hängt mit Judy-Lynn Benjamin zusammen, die ich 1967 auf dem Science Fiction-Weltkongreß in New York traf. Judy-Lynn muß man gesehen haben, um es glauben zu können. Sie ist eine bemerkenswert intelligente und arbeitswütige Frau, von der fortwährend ein helles, radioaktives Glühen auszugehen scheint.

Sie war damals Chefredakteur von *Galaxy*.

Am 21. März 1971 hat sie den liebenswerten alten Geizhals Lester del Rey geheiratet und in zwei Sekunden all seine rauhen Kanten geglättet. Heute ist sie als Judy-Lynn del Rey leitende Herausgeberin von *Ballantine Books* und wird von allen (besonders von mir) hoch geschätzt.

1968, Judy-Lynn war damals noch bei *Galaxy,* saßen wir in der Bar eines New Yorker Hotels, und sie machte mich – ich erinnere mich noch genau – mit etwas vertraut, das sie ›Grashüpfer‹ nannte. Ich sagte ihr, daß ich nicht trinke, weil ich keine Aufnahmefähigkeit für Alkohol habe, aber sie meinte, den Drink würde ich mögen. Das Ärgerliche ist, daß sie recht hatte.

Es handelt sich um einen grünen Cocktail aus Pfefferminzlikör und Sahne und weiß Gott was noch, und er schmeckt köstlich. Ich trank bei der Gelegenheit nur einen und brachte es daher lediglich zu einem etwas gehobeneren Ton der lauten Gefälligkeit, die für mich charakteristisch ist, und war noch nüchtern genug, um mich über geschäftliche Dinge unterhalten zu können.

Judy-Lynn machte mir den Vorschlag, doch eine Geschichte über einen weiblichen Robot zu schreiben. Nun, meine Roboter sind natürlich geschlechtlich gesehen samt und sonders neutral, aber sie haben männliche Namen, und ich behandle sie wie Männer. Der umstürzlerische Vorschlag gefiel mir.

»Wirklich!« sagte ich. »Das ist eine prima Idee.«

Ich war begeistert, denn Ed Ferman hatte mich gebeten, zum zwanzigjährigen Bestehen des *Magazine of Fantasy and Science Fiction* eine Geschichte zu schreiben, und ich hatte mich einverstanden erklärt, hatte aber zu dem Zeitpunkt noch keine feste Vorstellung im Kopf.

Am 8. Februar 1969 machte ich mich, dem Vorschlag gemäß, an die *Weibliche Intuition.* Als die Geschichte fertig war, wurde sie tatsächlich in die Jubiläumsausgabe aufgenommen, die im Oktober 1969 herauskam. Sie erschien sogar als Titelgeschichte.

Bevor sie jedoch erschien – das Geld dafür hatte ich schon in der Tasche –, traf ich Judy-Lynn.

»Haben Sie eigentlich je meine Idee verwirklicht, eine Geschichte über einen weiblichen Robot zu schreiben?« fragte sie mich im Verlauf unseres Gesprächs ganz beiläufig.

»Allerdings«, antwortete ich begeistert. »Ed Ferman bringt sie heraus. Vielen Dank für die Idee.«

Judy-Lynns Augen wurden sehr groß, ihre Stimme bekam einen gefährlichen Ton.

»Geschichten, die auf meinen Ideen aufgebaut sind, gehen an mich, Sie Dummkopf«, sagte sie. »Sie werden nicht an die Konkurrenz verkauft.«

Sie ließ sich ungefähr eine halbe Stunde lang über dieses Thema aus, und meine Versuche, ihr zu erklären, daß Ed mich bereits vor dem Zeitpunkt ihres Vorschlags um eine Geschichte gebeten und sie mir nicht klargemacht hatte, daß sie die Geschichte für sich selbst haben wollte, wurden einfach zur Seite gewischt.

Wie dem auch sei, Judy-Lynn, hier ist die Geschichte noch einmal, und ich gebe offen und ehrlich zu, daß die Idee des weiblichen Robots von Ihnen stammt. Sind Sie damit zufrieden?

(Ich glaube kaum.)

ISAAC ASIMOV

Weibliche Intuition

Die Drei Grundregeln der Robotik:

1. Ein Robot darf kein menschliches Wesen verletzen oder durch Untätigkeit gestatten, daß einem menschlichen Wesen Schaden zugefügt wird.
2. Ein Robot muß den ihm von einem Menschen gegebenen Befehlen gehorchen, es sei denn, ein solcher Befehl würde mit Regel Eins kollidieren.
3. Ein Robot muß seine Existenz beschützen, solange dieser Schutz nicht mit Regel Eins oder Zwei kollidiert.

Zum erstenmal in der Geschichte der *United States Robots & Mechanical Men, Inc.* war ein Roboter auf der Erde durch einen Unfall zerstört worden.

Niemand war daran schuld. Das Luftfahrzeug war mitten in der Luft vernichtet worden, und ein ungläubiger Ermittlungsstab überlegte, ob er es wagen sollte, unter Beweis zu stellen, daß nur ein Meteorit die Katastrophe verursacht haben konnte. Nichts sonst hätte so schnell sein können, um die automatische Kollisionskontrolle auszuschalten; nichts hätte eine Verheerung anrichten können, die beinahe einer nuklearen Explosion glich – das stand außer Frage.

Dazu kam, daß kurz vor dem Zerbersten des Luftfahrzeugs ein Aufleuchten am Himmel beobachtet worden war, nicht etwa von einem Amateur, sondern vom Flagstaff Observatorium. Weiterhin hatte man eine Meile davon entfernt einen ziemlich großen, einwandfrei von einem Meteor stammenden Klumpen Eisen gefunden, der sich in die Erde gebohrt hatte. Welche Schlüsse sollte man sonst ziehen?

Trotzdem, so etwas war noch nie vorgekommen, und die Vermutungen, die angestellt wurden, gingen ins Uferlose. Nun, dennoch können sich manchmal die unwahrscheinlichsten Dinge ereignen.

In den Büroräumen der *United States Robots* wurden die Fragen nach dem Wie und Warum als zweitrangig behandelt. An erster Stelle stand die Tatsache, daß ein Robot zerstört worden war.

Diese Tatsache war bestürzend.

Die Tatsache, daß die JN-5 nach vier vorausgegangenen Versuchen das erste Modell gewesen war, das sich erfolgreich im Einsatz befunden hatte, war noch bestürzender.

Die Tatsache, daß es sich bei JN-5 um einen völlig neuen Typ von Robot gehandelt hatte, war nicht nur bestürzend, sondern katastrophal.

Die Tatsache, daß die JN-5 vor ihrer Zerstörung allem Anschein nach eine Information von allergrößter Wichtigkeit abgegeben hatte, diese Information aber wahrscheinlich für immer verloren war, machte die Katastrophe vollkommen.

Die Erwähnung, daß der Chef-Robopsychologe der *United States Robots* zusammen mit dem Robot den Tod fand, schien kaum der Rede wert zu sein.

Clinton Madarian war zehn Jahre vor dem Unfall der Firma beigetreten. Während fünf dieser Jahre hatte er ohne Murren unter der strengen Aufsicht von Susan Calvin gearbeitet.

Madarians hervorragende geistige Fähigkeiten waren offensichtlich gewesen, und Susan Calvin hatte ihn gefördert, ohne viel Worte zu machen und vor allem ohne Schonung von Kollegen, die älter waren als Madarian. Sie hätte sich nie dazu herabgelassen, Peter Bogert, dem Chef der Forschungsabteilung, ihr Tun zu begründen, aber sie wurde auch nicht aufgefordert, Gründe anzuführen. Diese lagen auf der Hand.

Madarian war das krasse Gegenteil der namhaften Dr. Susan Calvin. Er hatte nicht so viel Übergewicht, wie sein Doppelkinn vermuten ließ, er war jedoch gewichtig in seinem Auftreten, während Susan meistens unbemerkt blieb. Madarians breites Gesicht, sein Schopf rötlicher Haare, seine rötliche Haut und die donnernde Stimme, sein lautes Lachen und vor allem sein überwältigendes Selbstvertrauen zwangen jedem, der mit ihm zusammen war, das Gefühl auf, es fehle an Raum.

Als Susan Calvin schließlich in den Ruhestand trat, wobei sie sich so strikt weigerte, an einem Abschiedsessen zu ihren Ehren teilzunehmen, daß ihre Pensionierung nicht einmal offiziell bekanntgegeben wurde, bezog Madarian ihren Posten.

Und nach genau einem Tag legte er die Pläne für das JN-Projekt auf den Tisch.

Das Projekt war das kostspieligste, das die *United States Robots* je in Betracht gezogen hatte, doch dieses Detail tat Madarian mit einer lässigen Handbewegung ab.

»Jeden Penny ist es wert, Peter«, sagte er. »Ich erwarte von Ihnen, daß Sie den Aufsichtsrat davon überzeugen.«

»Begründen Sie es«, sagte Bogert und fragte sich gleichzeitig, ob Madarian es tun würde. Susan Calvin hatte nie Gründe angegeben.

»Klar«, sagte Madarian jedoch und lehnte sich bequem in seinem Sessel zurück.

Bogert beobachtete ihn mit fast ehrfurchtsvollem Blick. Sein ehemals schwarzes Haar war inzwischen fast weiß, und innerhalb der nächsten zehn Jahre würde er Susan Calvin in den Ruhestand folgen. Das bedeutete das Ende der Gruppe, welche *United States Robots* zu einer weltweiten Firma ausgebaut und zum Konkurrenten nationaler Regierungen gemacht hatte, sowohl was die Zusammensetzung als auch die Bedeutung anbelangte. Irgendwie hatten weder er noch die anderen, die schon nicht mehr dabei waren, die enorme Expansion der Firma je ganz kapiert.

Aber das war eine neue Generation, die neuen Männer ließen sich von Riesigem nicht weiter beeindrucken. Das Wunder, das einen auf Zehenspitzen in Ungläubigkeit tänzeln ließ, war ihnen kein Begriff. Sie steuerten immer geradeaus, und das war gut so.

»Ich schlage vor, daß ohne Einschränkung mit der Konstruktion des Robots begonnen wird«, sagte Madarian.

»Ohne Rücksicht auf die Drei Grundregeln? Aber ...«

»Nein, Peter. Ist das der einzige Einwand, der Ihnen einfällt? Verdammt, Sie haben doch an der Entwicklung der ersten positronischen Gehirne mitgearbeitet. Muß ich Ihnen sagen, daß es in diesen Gehirnen nicht eine Bahn gibt, die nicht peinlich genau entworfen und festgelegt ist – von den Drei Gesetzen einmal ganz abgesehen. Wir haben Roboter, die für die Ausführung bestimmter Aufgaben gebaut und denen die dafür nötigen Fähigkeiten eingepflanzt sind.«

»Und Sie wollen jetzt ...«

»Daß unter Berücksichtigung der Drei Grundregeln die Bahnen nicht mehr begrenzt, sondern nach beiden Seiten hin offen sind. Schwierig ist das nicht.«

»Nein, schwierig nicht«, sagte Bogert trocken. »Nutzlose Dinge sind nie schwierig. Die Schwierigkeit lag bisher darin, die Bahnen so festzulegen, daß der Robot wirkungsvoll arbeitet.«

»Aber warum ist das schwierig? Die Bahnen festzulegen ist mühsam, weil das Prinzip der Unzuverlässigkeit wichtig ist, aber zugleich der Unzuverlässigkeitseffekt möglichst gering gehalten werden muß. Aber wieso muß er das? Wenn wir die Sache so anlegen, daß das Prinzip ausreichend hervortretend und damit das Kreuzen der Bahnen unberechenbar ist ...«

»Haben wir einen unberechenbaren Roboter.«

»Nein, dann haben wir einen *kreativen* Robot«, sagte Madarian, einen leicht gereizten Unterton in der Stimme.

»Peter, wenn es etwas im menschlichen Gehirn gibt, was das Gehirn eines Robots nie besessen hat, dann ist es jene Spur von Unberechenbarkeit, welche auf subatomarer Ebene eine Folge der Unbestimmbarkeit ist. Ich gebe zu, daß dies innerhalb des Nervensystems noch nie demonstriert wurde, aber ohne diese Spur von Unberechenbarkeit ist das menschliche Gehirn im Prinzip dem eines Robots nicht überlegen.«

»Und Sie glauben, daß das Gehirn eines Robots gleichwertig mit dem eines Menschen wird, wenn Sie ihm den Unzuverlässigkeitsfaktor einräumen?«

»Genau das glaube ich«, sagte Madarian.

Danach diskutierten sie noch lange weiter.

Der Aufsichtsrat zeigte eindeutig nicht die Absicht, sich schnell überzeugen zu lassen.

Scott Robertson, der Hauptaktionär der Firma, schüttelte den Kopf. »Es ist schwer genug«, sagte er, »die Robotindustrie unter den gegebenen Umständen zu lenken. Man muß ständig damit rechnen, daß die Feindseligkeit der Öffentlichkeit gegen Roboter unverhüllt zum Durchbruch kommt. Wenn die Öffentlichkeit erfährt, daß ein nicht eindeutig gesteuerter Robot ... Ach, lassen Sie mich mit den Drei Grundregeln zufrieden. Sobald der Durchschnittsbürger den Ausdruck *nicht gesteuert* hört, glaubt er sowieso nicht mehr, daß ihn die Drei Regeln schützen.«

»Dann darf der Ausdruck eben nicht fallen«, sagte Madarian. »Nennen Sie den Robot – nennen Sie ihn ... *intuitiv.*«

»Ein intuitiver Robot«, sagte jemand. »Vielleicht ein weiblicher Robot?«

Ein Lächeln ging um den Verhandlungstisch.

Madarian machte es sich sofort zunutze. »Gut«, sagte er. »Ein weiblicher Robot. Unsere Roboter sind geschlechtslos, und der neue wird das natürlich auch sein, aber wir tun, dessen ungeachtet, trotzdem immer so, als seien Roboter männlich. Wir geben ihnen Männernamen, wir sprechen von *ihm* und nennen ihn *er*. Der neue Robot würde aufgrund der von mir vorgeschlagenen mathematischen Struktur seines Gehirns in das JN-Koordinatensystem fallen. Der erste Robot wäre demnach JN-1, und ich hatte an den Namen John-1 gedacht, was, wie ich fürchte, dem Grad an Originalität eines Durchschnittsroboters entspricht. Warum aber soll man ihn nicht Jane-1 nennen, verdammte Pest? Wenn die Öffentlichkeit über unsere Projekte aufgeklärt werden muß, dann arbeiten wir eben an der Konstruktion eines weiblichen Robots mit Intuition.«

Wieder schüttelte Robertson den Kopf. »Und was ändert sich damit? Wenn ich Sie richtig verstanden habe, dann wollen Sie die letzte Schranke ausschalten, die im Prinzip bewirkt, daß das Gehirn des Robots dem des Menschen unterlegen ist. Wie, glauben Sie, wird die Öffentlichkeit erst *darauf* reagieren?«

»Haben Sie denn vor, die Öffentlichkeit darüber zu informieren?« antwortete Madarian mit einer Gegenfrage und überlegte. »Vergessen Sie einen Punkt nicht«, sagte er schließlich. »Die Öffentlichkeit ist unter anderem davon überzeugt, daß Frauen weniger intelligent sind als Männer.«

Mehr als ein Mann am grünen Tisch sah erschreckt auf und senkte den Blick sofort wieder. Es war, als säße Susan Calvin noch auf ihrem angestammten Platz.

»Wenn wir bekanntgeben«, sagte Madarian, »daß wir einen weiblichen Robot bauen, fragt niemand danach, welche Funktion er beziehungsweise sie hat. Die Öffentlichkeit wird automatisch annehmen, daß dieser Robot geistig minderbemittelt ist. Wir stellen den Robot lediglich als Jane-1 vor und müssen kein weiteres Wort verlieren. Damit sind wir abgesichert.«

»Womit ...«, meinte Peter Bogert ruhig, »noch längst nicht alles zu dem Punkt gesagt ist. Madarian und ich haben die mathematischen Berechnungen bis ins letzte Detail studiert und sind zu der Überzeugung gelangt, daß die JN-Serie, ob nun John oder Jane, kaum ein Risiko beinhaltet. Die Roboter dieser Serie werden weniger kompliziert in ihrer Konstruktion und weniger intelligent sein als die der anderen Serien, die bisher konstruiert und gebaut worden sind. Sie werden lediglich mit einem zusätzlichen Faktor ausgestattet sein, nämlich mit – gewöhnen wir uns daran und nennen wir ihn *Intuition.*«

»Und wer weiß, was dieser mit Intuition ausgestattete Robot leisten wird?« fragte Robertson.

»Madarian hat diesbezüglich einen Vorschlag gemacht«, sagte Peter Bogert. »Wie Sie alle wissen, ist die Entwicklung des Raumsprungs im Prinzip abgeschlossen. Der Mensch ist in der Lage, Hypergeschwindigkeiten zu erreichen, welche die des Lichts noch übertreffen. Er ist somit in der Lage, andere Sternensysteme aufzusuchen und nach relativ kurzer Zeit – innerhalb von ein paar Wochen – zur Erde zurückzukehren.«

»Das ist uns nichts Neues«, sagte Robertson. »Ohne Roboter wäre das nicht möglich gewesen.«

»Eben, aber das nützt uns wenig, weil wir die Hyperraumfahrt nicht durchführen können, es sei denn als einmalige Demonstration. Die *US Robots* bekommen also nicht die Anerkennung, die ihnen gebührt. Die Hyperraumfahrt ist riskant und wegen des erschreckend hohen Energieverbrauchs irrsinnig kostspielig. Falls wir uns aber dennoch dazu entschließen würden, wäre es angenehm, wenn wir bei der Rückkehr von der Existenz eines bewohnbaren Planeten berichten könnten. Nennen Sie es eine psychologische Notwendigkeit. Werden an die zwanzig Milliarden Dollar für einen einzigen Raumsprung ausgegeben, und bei der Rückkehr liegen lediglich wissenschaftliche Daten vor, dann will die Öffentlichkeit wissen, warum ihr Geld zum Fenster hinausgeworfen worden ist. Können Sie bei der Rückkehr aber von der Existenz eines bewohnten Planeten berichten, dann sind Sie ein interstellarer Kolumbus, und nach dem Geld fragt niemand mehr.«

»Demnach?«

»Demnach erhebt sich die Frage: Wo finden wir einen bewohnbaren Planeten? Oder, lassen Sie es mich anders ausdrücken – welcher Stern, der in Reichweite des Raumsprungs liegt, welches der dreihunderttausend Sternsysteme im Umkreis von dreihundert Lichtjahren hat einen bewohnbaren Planeten? Eine enorme Anzahl von Details steht uns über jeden Stern in unserer Nachbarschaft von dreihundert Lichtjahren zur Verfügung, und wir nehmen an, daß fast jeder sein eigenes Planetensystem besitzt. Aber welcher besitzt einen bewohnbaren Planeten? Welchen Planeten besuchen wir? Das wissen wir nicht.«

»Soll uns etwa diese Jane Klarheit darüber verschaffen?« fragte einer der Aufsichtsräte.

Madarian wollte antworten, hielt sich aber zurück. Er sah Bogert an, und Bogert hatte begriffen. In seiner Position als Direktor hatte sein Wort mehr Gewicht. Bogert übernahm die Aufgabe ungern. Falls sich die JN-Serie als Fiasko erwies, würde man ihm die Schuld zuschieben. Andererseits stand seine Pensionierung vor der Tür, und sein Abgang würde ruhmreich sein – falls das Projekt zu einem Erfolg wurde. Vielleicht lag es auch nur an der zuversichtlichen Ausstrahlung Madarians, aber Bogert war mittlerweile überzeugt davon, daß es sich bezahlt machen würde.

»Es ist durchaus möglich«, sagte er, »daß sich in den Datenbänken, die uns über diese Sterne zur Verfügung stehen, Informationen befinden, mit deren Hilfe das Vorhandensein eines erdähnlichen bewohnbaren Planeten berechnet werden kann. Die gespeicherten Daten müssen lediglich richtig verstanden, in die richtige Korrelation gebracht werden. Das ist bisher noch nicht geschehen.

Ein Robot vom JN-Typ könnte diese Korrelationen viel schneller und präziser festlegen als der Mensch. Im Verlauf eines einzigen Tages würde er dieselbe Anzahl von Korrelationen ermitteln und unbrauchbares Material ausscheiden können, wozu ein Mensch zehn Jahre brauchen würde. Außerdem würde der Robot sozusagen aufs Geratewohl arbeiten, während der Mensch durch vorgefaßte Meinungen und bereits bestehende Überzeugungen stark beeinflußt sein würde.«

Danach folgte beachtliche Stille.

»Aber es ist nach wie vor eine Angelegenheit, die auf der Wahrscheinlichkeitsanalyse beruht, oder?« sagte Robertson schließlich. »Das Ergebnis einer solchen Untersuchung kann lauten, daß zum Beispiel der Planet Squidgee-17, so und so viele Lichtjahre von der Erde entfernt, die höchste Wahrscheinlichkeit aufweist, ein bewohnbarer Planet zu sein, und keine weiteren bewohnbaren Planeten existieren. Was haben wir dann erreicht?«

Diesmal schaltete sich Madarian in das Gespräch ein. »Wir haben nach wie vor gewonnen«, sagte er. »Wir wissen dann nämlich, wie der Robot zu dem Schluß gekommen ist, weil er ... weil sie es uns sagen wird. Es ist durchaus möglich, daß wir mit Hilfe des Robots zu enormen astronomischen Erkenntnissen gelangen, womit sich das Projekt gelohnt haben dürfte, auch wenn es zu keiner Hyperraumfahrt kommt. Außerdem könnten wir dann die Lage der fünf Planeten ermitteln, die am ehesten in Frage kommen, und die Wahrscheinlichkeit, daß einer von den fünf bewohnbar ist ...«

Danach diskutierten sie noch lange weiter.

Die zur Verfügung gestellten Gelder waren nicht ausreichend, aber Madarian verließ sich auf die alte Erfahrung, daß schlechtem Geld gutes nachgeworfen wird. Wenn zweihundert Millionen unwiederbringlich verloren waren, falls nicht hundert Millionen nachgeschossen wurden, wurden die restlichen hundert Millionen unter Garantie zur Verfügung gestellt.

Jane-1 wurde schließlich gebaut und zur Schau gestellt. Peter Bogert betrachtete sie mit ernstem Gesicht.

»Wozu die schmale Taille?« fragte er schließlich. »Das hat doch sicher gewisse mechanische Schwächen zur Folge.«

Madarian grinste. »Wenn wir sie Jane nennen, braucht sie ja nicht auszusehen wie Tarzan.«

Bogert schüttelte den Kopf. »Das finde ich nicht gut. Als nächstes beulen Sie den Oberkörper so aus, daß man einen Busen vermuten könnte, und das ist idiotisch. Wenn

Frauen auch nur den Verdacht hegen, daß Roboter wie Frauen aussehen können – und ich kann Ihnen genau sagen, auf was für perverse Gedanken sie kommen –, dann ist ihre Feindseligkeit nicht mehr zu bremsen.«

»Da haben Sie vielleicht recht«, sagte Madarian. »Keine Frau will von etwas verdrängt werden, was nicht einen einzigen ihrer Fehler hat. Okay.«

Jane-2 hatte keine schmale Taille. Sie war ein nüchterner Robot, der sich kaum bewegte und so gut wie nichts sagte.

Madarian war während ihrer Konstruktion nur gelegentlich in Bogerts Büro gestürzt gekommen, um Neues zu berichten, und das war ein schlechtes Zeichen gewesen. Wenn Madarian erfolgreich war, schäumte er in einem Maße über, daß es überwältigend war. Er scheute nicht davor zurück, nachts um drei mit einem umwerfenden Bericht in Bogerts Schlafzimmer einzubrechen. Auf die Idee, bis zum Morgen zu warten, kam er gar nicht erst, davon war Bogert überzeugt.

Nun aber machte Madarian einen niedergeschlagenen Eindruck. Seine sonst so blühende Miene wirkte bläßlich, seine sonst so rosigen Wangen eingefallen.

»Wetten, sie redet nicht?« sagte Bogert.

»Doch, sie redet schon.« Madarian ließ sich in einen Sessel fallen und biß auf seiner Unterlippe herum. »Manchmal wenigstens.«

Bogert stand auf und ging um den Robot herum. »Und wenn sie redet, dann ergibt das, was sie sagt, keinen Sinn, habe ich recht? Tja, wenn sie nicht redet, dann ist sie auch kein Weib.«

Madarian wollte sich ein Lächeln abquälen und gab verfrüht auf. »Das Gehirn«, sagte er, »hat einwandfrei funktioniert, solange es noch nicht eingebaut war.«

»Ich weiß.«

»Aber es ist natürlich in dem Moment gezwungenermaßen verändert worden, wo es die Bewerkstelligung des physischen Apparats übernehmen mußte.«

»Natürlich«, bemerkte Bogert, was auch keine Hilfe war.

»Aber auf unvorhersehbare und frustrierende Weise. Das Ärgerliche ist eben, daß die Dinge sich verändern, wenn man gezwungen ist, das n-dimensionale Kalkül der Unsicherheit ...«

»Der Unsicherheit?« fiel Bogert ihm ins Wort.

Seine Reaktion überraschte ihn selber. Fast zwei Jahre waren vergangen, und die Firma hatte bereits beachtliche Summen in das Projekt investiert, und das Ergebnis war, gelinde gesagt, enttäuschend. Trotzdem saß er zu seinem eigenen Erstaunen da, versetzte Madarian Hiebe, wo es nur ging, und amüsierte sich dabei auch noch.

Heimlich fragte er sich, ob die Hiebe nicht vielleicht der abwesenden Susan Calvin galten. Madarian besaß die Gabe, übersprudelnd und von absoluter Zuversicht zu sein, wenn die Dinge gut liefen, eine Gabe, die Susan Calvin abging. Allerdings war er deprimierter als sie, wenn sich Komplikationen ergaben, und gerade unter Streß hatte Susan nie die Nerven verloren. Die Verwundbarkeit, die Madarian zeigte, war als Entschädigung für Susans kühle Art eine nette Zielscheibe.

Madarian reagierte auf die letzte Bemerkung Bogerts genauso, wie Susan Calvin reagiert haben würde: er überhörte sie einfach.

»Die Schwierigkeit liegt in der Erkennung«, sagte er. »Jane-2 funktioniert perfekt. Ganz gleich, welches Thema man wählt, sie stellt die richtigen Zusammenhänge her. Aber wenn das einmal erledigt ist, dann kann sie die wertvollen Resultate nicht von den wertlosen unterscheiden. Zu beurteilen, wie man einem Robot das Ausspucken einer bedeutsamen Korrelation programmieren soll, ist nicht leicht, wenn man nicht weiß, welche Korrelationen er machen wird.«

»Ich nehme an, Sie haben auch schon daran gedacht, das Potential in der Kristalldiode W-21 zu verringern und dadurch ...«

»Nein, nein, nein, nein ...« Madarian griff sich an die

Stirn. »Sie soll ja nicht einfach alles ausspucken. Wir sind ja auch noch da. Sie muß die entscheidende Korrelation erkennen und ihre Schlüsse daraus ziehen. Wenn das einmal erledigt ist, dann spuckt ein Jane-Robot die Antwort intuitiv aus. Er liefert uns ein Ergebnis, zu dem wir nie kommen würden, es sei denn durch puren Zufall.«

»Wenn Sie so einen Robot hätten«, sagte Bogert trocken, »würden Sie ihn routinemäßig tun lassen, scheint mir, was unter uns Menschen lediglich ein Genie zu tun in der Lage ist.«

Madarian nickte begeistert. »Genau, Peter. So würde ich mich auch ausgedrückt haben, wenn ich nicht Angst gehabt hätte, daß die Aufsichtsratsmitglieder vor Schreck von den Stühlen fallen. Also wiederholen Sie es bitte nicht in der nächsten Sitzung.«

»Wollen Sie denn wirklich einen Genie-Robot?«

»Was bedeuten schon Worte? Ich versuche einen Robot zu schaffen, der in Verbindung mit einem maximalen Erkennungskoeffizienten aufs Geratewohl Korrelationen macht, und das mit unerhörter Geschwindigkeit. Und ich versuche, *diese* Werte in positronische Gleichungen umzusetzen. Ich habe gedacht, daß ich es bereits geschafft habe, aber offensichtlich nicht. Noch nicht.«

Er sah Jane-2 unzufrieden an.

»Was ist im Moment dein wichtigstes Ergebnis, Jane?« fragte er den Robot nach einer Weile.

Dieser drehte den Kopf zu Madarian, gab aber keinen Ton von sich.

»Du lieber Himmel«, stöhnte Madarian. »Sie füttert die Frage in die Korrelationsbänke ein.«

Doch Jane-2 sagte schließlich doch etwas. Ihre Stimme war neutral.

»Ich bin mir nicht sicher.«

Es war der erste Satz, den sie ausgespuckt hatte.

Madarian schickte einen flehentlichen Blick zur Decke. »Sie stellt quasi Gleichungen mit unbestimmten Lösungen auf«, sagte er.

»Das habe ich mir gedacht«, sagte Bogert. »Hören Sie, Madarian, besteht noch Hoffnung, daß Sie zu einem befriedigenden Ergebnis kommen, oder brechen wir das Projekt besser ab und sehen zu, wie wir den Verlust einer halben Milliarde verschmerzen?«

»Ich komme zu einem befriedigenden Ergebnis«, versicherte Madarian grimmig.

Jane-3 taugte nichts. Sie wurde nicht einmal aktiviert, und Madarian war rasend vor Wut.

Menschliches Versagen. Er war schuld daran, wenn man es unumwunden ausdrücken wollte. Obwohl Madarian total am Boden zerstört war, bewahrten die anderen Gelassenheit. Sollte er, der in der erschreckend komplizierten Mathematik des positronischen Gehirns noch nie einen Fehler gemacht hatte, den Fehler suchen und ausbessern.

Fast ein Jahr verging, bis Jane-4 fertiggestellt war. Madarian war wieder übersprudelnd.

»Sie hat ihn«, jubelte er. »Sie hat den maximalen Erkennungsquotienten.«

Er war so zuversichtlich, daß er sie dem Aufsichtsrat vorführte und sie Probleme lösen ließ. Keine mathematischen Probleme, das konnte jeder x-beliebige Robot; Probleme, die absichtlich irreführend, aber nicht falsch dargestellt waren.

»Dazu gehört im Grunde nicht viel«, sagte Bogert anschließend.

»Natürlich nicht«, sagte Madarian. »Für Jane-4 war das ein Pappenstiel, aber etwas mußte ich ihnen doch demonstrieren, oder vielleicht nicht?«

»Wissen Sie eigentlich, wieviel wir bisher schon ausgegeben haben?«

»Bitte, Peter, lassen Sie mich damit zufrieden. Wissen Sie, wie sehr es sich bereits bezahlt gemacht hat? Diese Dinge lassen sich nicht in einem Vakuum erledigen. Seit über drei Jahren schufte ich wie ein Idiot, falls Sie das interessiert, und es war die Hölle für mich, aber ich habe dabei neue Berechnungstechniken entwickelt, die uns in Zukunft bei jedem neuen Modell eines positronischen Gehirns wenigstens fünfzigtausend Dollar sparen. Habe ich recht oder vielleicht nicht?«

»Tja ...«

»Tjaen Sie mir keine Tjas. Es ist eine Tatsache. Außerdem habe ich für meine Person das bestimmte Gefühl, daß das n-dimensionale Kalkül der Unsicherheit auch sonstwo anwendbar ist, wenn man mit genügend Scharfsinn herausfindet, wo. Und meine Jane-Roboter *werden* es herausfinden. Wenn ich erst einmal das erreicht habe, was mir vorschwebt, wird sich die JN-Serie innerhalb von fünf Jahren selbst bezahlt machen, selbst wenn wir das, was wir bisher investiert haben, verdreifachen.«

»Was meinen Sie mit ›vorschweben‹?« fragte Bogert. »Welchen Fehler hat denn Jane-4?«

»Keinen. Oder nur einen geringfügigen. Sie ist okay, aber sie kann noch verbessert werden, und ich beabsichtige, es zu tun. Ich ahnte bereits beim Entwurf, welchen Weg ich einschlagen muß. Und jetzt, wo ich sie getestet habe, weiß ich es mit Sicherheit. Ich erreiche mein Ziel.«

Jane-5 war perfekt. Madarian brauchte ein gutes Jahr zu ihrer Fertigstellung, und das ohne Vorbehalte; er war hundertprozentig zuversichtlich.

Jane-5 war kleiner als der Durchschnittsrobot und dünner. Obwohl ihr jegliches weibliche Attribut fehlte und sie keine Karikatur wie Jane-1 war, hatte sie eine eindeutig feminine Ausstrahlung.

»Es ist die Art, wie sie steht«, meinte Bogert.

Die Haltung ihrer Arme war graziös, und wenn sie sich drehte, wirkte der Torso irgendwie geschwungen.

»Sie müssen sie erst einmal sprechen hören«, sagte Madarian. »Wie fühlst du dich, Jane?«

»Bei bester Gesundheit, vielen Dank«, sagte Jane-5, und

die Stimme war genau die einer Frau; sie war lieblich und fast verwirrend einschmeichelnd.

»Was soll das denn?« fragte Bogert erstaunt und runzelte die Stirn.

»Die Stimme ist psychologisch gesehen wichtig«, sagte Madarian. »Ich möchte, daß man sie für eine Frau hält, sie wie eine Frau behandelt und ihr die jeweiligen Dinge erklärt.«

»Was heißt *man?*«

Madarian steckte die Hände in die Taschen und sah Bogert nachdenklich an. »Ich möchte, daß für Jane und mich ein Besuch in Flagstaff arrangiert wird.«

Bogert mußte feststellen, daß Madarian nicht von Jane-5, sondern lediglich von Jane sprach. Diesmal gab es keine Seriennummer für ihn. Sie war eben Jane. *Die* Jane.

»In Flagstaff?« fragte er. »Wieso denn das?«

»Weil Flagstaff das Weltzentrum für Allgemeine Planetologie ist, oder etwa nicht? Dort beobachten sie die Sterne und versuchen zu berechnen, welcher Planet möglicherweise bewohnbar sein könnte.«

»Das weiß ich auch, aber Flagstaff ist auf der Erde.«

»Was Sie nicht sagen ...«

»Jede räumliche Veränderung von Robotern wird auf der Erde streng überwacht. Eine Notwendigkeit besteht nicht. Stellen Sie meinetwegen eine ganze Bibliothek von Büchern über Allgemeine Planetologie hier auf und lassen Sie Jane den Inhalt an Ort und Stelle absorbieren.«

»Nein! Begreifen Sie endlich, Peter, daß Jane kein gewöhnlicher logischer Robot, sondern ein intuitiver Robot ist.«

»Folglich?«

»Folglich können wir nicht wissen, was sie benötigt, was sie gebrauchen kann und was sie in Gang bringt. Wir können jeden Robot, der hier hergestellt worden ist, Bücher lesen lassen, aber Bücher beinhalten starre Daten und sind außerdem überholt. Jane braucht lebende Information, sie muß den Klang der Stimmen hören, sie braucht Anregungen, muß sogar mit völlig bedeutungslosen Dingen konfrontiert werden. Wie, zum Teufel, sollen wir wissen, wie oder wann es in ihrem Innern klickklick macht und alles Struktur annimmt? Wenn wir das wüßten, bräuchten wir sie nicht, habe ich recht?«

Bogert kam sich langsam wie jemand vor, dem man eine endlose Geduld abverlangte.

»Dann holen Sie die Leute eben hierher«, sagte er. »Diese Planetologen, meine ich.«

»Das würde nichts nützen, denn sie wären aus ihrem Element herausgerissen, aus ihrer Atmosphäre. Sie würden sich nicht natürlich benehmen. Ich möchte, daß ihnen Jane bei der Arbeit zusieht; ich möchte, daß sie ihre Instrumente sieht, ihre Büros, ihre Schreibtische, eben alles, was sie umgibt. Kümmern Sie sich um den Transport nach Flagstaff, Peter. Ich möchte wirklich nicht weiter darüber diskutieren.«

Einen Moment lang hörte er sich fast so an wie Susan.

Bogert stöhnte. »Sie sagen einfach, kümmern Sie sich um den Transport. So einfach ist das nicht. Einen Versuchsrobot zu transportieren ...«

»Jane ist kein Versuchsrobot. Sie ist Nummer fünf der neuen Serie.«

»Aber die vier, die ihr vorausgegangen sind, kann man kaum als funktionierende Modelle bezeichnen.«

Madarian machte eine Geste, die hilflose Frustration ausdrückte. »Wer zwingt Sie denn, das der Regierung zu sagen?«

»Wegen der Regierung mache ich mir keine Gedanken. Ausnahmefälle kann man immer plausibel machen. Es geht um die Meinung der Öffentlichkeit. Wir haben in den letzten fünfzig Jahren allerhand erreicht, und ich bin nicht bereit, fünfundzwanzig Jahre davon aufs Spiel zu setzen, weil Sie die Kontrolle über einen ...«

»Ich verliere die Kontrolle nicht – das wollten Sie doch sagen, oder? Ihre Argumente sind lächerlich. Die *US Robots* wird sich doch noch ein Privatflugzeug leisten können. Wir landen in aller Stille auf dem nächstgelegenen Flugplatz und werden von einem großen Bodenfahrzeug mit geschlossener Ladefläche abgeholt und nach Flagstaff gebracht. Jane wird sich in einer Kiste befinden, und jeder wird annehmen, daß irgendeine x-beliebige Fracht nach Flagstaff transportiert wird. Keiner wird sich für uns interessieren. Den Leuten in Flagstaff wird reiner Wein eingeschenkt. Der Zweck dieses Besuchs wird ihnen mitgeteilt. Es wird in ihrem Interesse liegen, sich hilfsbereit zu zeigen und nichts nach außen dringen zu lassen.«

»Aber die Sache mit dem Flugzeug und dem Bodenfahrzeug ist riskant. Wenn der Kiste etwas passiert ...«

»Der Kiste wird nichts passieren.«

»Wenn wir uns dahingehend absichern, daß wir Jane während des Transports deaktivieren ...«

»Nein, Peter, das ist unmöglich. Das können wir nicht tun. Nicht mit Jane-5. Seit sie aktiviert ist, assoziiert sie aus freien Stücken. Die Information, die sie besitzt, kann durch die Deaktivierung auf Eis gelegt werden, aber die Gabe zum Assoziieren nicht. Nein und nochmals nein. Jane darf nicht deaktiviert werden. Niemals!«

»Und wenn herauskommt, daß wir einen aktivierten Robot ...«

»Es wird nicht herauskommen.«

Madarian blieb hart, und das Flugzeug startete schließlich. Es handelte sich zwar um einen automatischen Computerjet, zur Vorsicht jedoch war ein menschlicher Pilot, ein Angestellter der *US Robots,* an Bord. Die Kiste mit Jane-5 erreichte den Flughafen unversehrt, wurde in das Bodenfahrzeug umgeladen und ohne Zwischenfall zu den Forschungslaboratorien von Flagstaff gebracht.

Eine Stunde nach Madarians Ankunft in Flagstaff wurde Peter Bogert bereits von ihm angerufen. Madarian war völlig aus dem Häuschen und konnte es bezeichnenderweise wieder einmal kaum abwarten, bis er Bericht erstatten konnte.

Der Anruf erfolgte über das Laserröhrensystem, ein System, das praktisch nicht angezapft werden konnte, aber Bogert war trotzdem außer sich. Für jemanden – die Regierung, zum Beispiel –, der über die nötigen technischen Möglichkeiten verfügte, konnte das System eben doch angezapft werden. Lediglich die Tatsache, daß die Regierung keinen Grund hatte, es zu tun, war ein schwacher Trost.

»Verdammt«, sagte er. »*Müssen* Sie denn anrufen?«

Madarian ignorierte die Frage.

»Es war die Idee des Jahrhunderts!« rief er.

Bogert starrte fassungslos auf den Hörer. »Soll das etwa heißen, daß Sie die Antwort bereits haben?« fragte er schließlich ungläubig.

»Nein, lassen Sie uns doch Zeit, verdammt! Ich meine, die Sache mit ihrer Stimme war eine geniale Idee. Nachdem man uns vom Flughafen zum Verwaltungsgebäude von Flagstaff gefahren hatte, haben wir die Kiste geöffnet, und Jane ist herausgekommen. Als das passierte, ist jeder der Anwesenden einen Schritt zurückgewichen. Vor Angst! Diese Einfaltspinsel! Wenn nicht einmal Wissenschaftler die Bedeutung der Drei Grundregeln der Robotik kapieren, was kann man dann vom ungebildeten Durchschnittsbürger verlangen? Ein total sinnloses Unternehmen, dachte ich einen Moment lang. Die geben keinen Ton von sich. Mit einem Fuß in den Startlöchern werden sie bloß daran denken, wie sie möglichst schnell abhauen können, falls Jane Amok läuft.«

»Und dann? Worauf wollen Sie denn hinaus?«

»Dann begrüßte Jane die Anwesenden. ›Guten Tag, meine Herren‹, sagte sie. ›Ich freue mich, Sie kennenzulernen.‹ Und das mit der einschmeichelnden Stimme ... Der Bann war gebrochen. Einer zog seine Krawatte zurecht, ein anderer fuhr sich durch die Haare. Und der älteste unter den Anwesenden – das hat mich am meisten amüsiert – hat sogar unauffällig seinen Hosenlatz überprüft. Inzwischen sind sie alle begeistert von ihr. Die Stimme hat's gebracht. Sie ist für sie kein Robot mehr, sie ist ein weibliches Wesen.«

»Soll das heißen, daß sie mit ihr sprechen?«

»Allerdings! Und ob sie mit ihr sprechen! Ich hätte ihrer Stimme einen verführerischen Unterton einprogrammieren sollen, dann würden sie nämlich schon Schlange stehen, um ein Rendezvous mit ihr zu bekommen. Apropos bedingte Reflexe. Männer reagieren auf Stimmen. In den intimsten Augenblicken, schauen sie da vielleicht hin? Die Stimme ist es, die sich ins Ohr einschleicht ...«

»Ja, Clinton, ich erinnere mich. Wo ist Jane jetzt?«

»Bei ihnen. Sie bemühen sich um sie.«

»Verdammt, dann gehen Sie zu ihr! Lassen Sie sie nicht eine Sekunde aus den Augen, Mann!«

Während seines zehntägigen Aufenthalts in Flagstaff rief Madarian danach nicht mehr sehr häufig an. Von Mal zu Mal ließ seine Begeisterung nach.

Jane hörte aufmerksam zu, berichtete er, und gelegentlich gab sie auch etwas von sich. Sie war nach wie vor bei allen beliebt. Man ließ sie überall zu. Aber Ergebnisse blieben aus.

»Rein gar nichts?« fragte Bogert.

Madarian ging sofort in die Defensive. »Rein gar nichts, das können Sie nicht sagen. Bei einem intuitiven Robot kann man nicht von gar nichts sprechen. Man weiß nicht, was in ihrem Innern vorgeht. Heute morgen hat sie Jensen gefragt, was er zum Frühstück zu sich genommen hat.«

»Rossiter Jensen, den Astrophysiker?«

»Ja, genau den. Wie sich herausstellt, hat er gar nichts gegessen. Bloß eine Tasse Kaffee getrunken.«

»Jane lernt demnach, kleine belanglose Unterhaltungen zu führen, was wohl kaum die Unsummen ...«

»Ersparen Sie mir dumme Bemerkungen. Das sind keine kleinen belanglosen Unterhaltungen. Für Jane ist nichts belanglos. Sie hat die Frage gestellt, weil diese etwas mit einer Art Kreuzkorrelation zu tun hat, die sie gerade aufstellte.«

»Aber was für eine ...«

»Woher soll denn ich das wissen? Wenn ich es wüßte, wäre ich Jane, und Sie würden sie nicht brauchen. Aber etwas hat es zu bedeuten. Sie ist darauf programmiert, eine Antwort auf die Frage nach den Planeten mit optimaler Bewohnbarkeit ...«

»Dann lassen Sie es mich wissen, wenn sie die Antwort hat, und nicht früher. Ich kann auf stückweise Beschreibungen möglicher Korrelationen verzichten.«

Er rechnete letztlich nicht damit, eine Erfolgsmeldung zu bekommen. Von Tag zu Tag wurde Bogert weniger zuversichtlich, und als die Erfolgsmeldung schließlich kam, war er nicht darauf vorbereitet. Sie kam erst zu Ende des Flagstaff-Unternehmens.

Die letzte Meldung, die Madarian durchgab, erreichte Bogerts Ohr im Flüsterton. Madarian war so voll ehrfurchtsvoller Scheu, daß seine Begeisterung in Ruhe umgeschlagen war.

»Sie hat es geschafft«, sagte er. »Sie hat es geschafft. Auch ich hatte fast schon aufgegeben. Nachdem sie dort jegliche Art von Information bekommen und in sich aufgenommen und nie etwas gesagt hatte, was von Bedeutung zu sein schien ... Ich bin im Flugzeug, auf dem Rückflug. Wir sind gerade gestartet.«

Bogert atmete tief durch. »Führen Sie mich nicht an der Nase herum, Clinton. Sie haben tatsächlich die Antwort? Wenn ja, dann sagen Sie es. Klar und deutlich.«

»Jane hat die Antwort. Sie hat mir das Ergebnis gesagt. Sie hat mir drei Sterne genannt, die im Umkreis von achtzig Lichtjahren zur Erde liegen und, wie sie sagt, eine Chance von sechzig bis neunzig Prozent aufweisen, einen bewohnbaren Planeten zu besitzen. Die Wahrscheinlichkeit, daß wenigstens einer davon einen bewohnbaren Planeten hat, liegt bei 0,972. Das ist fast sicher. Aber das ist noch das wenigste. Sowie wir zurück sind, kann sie uns die genaue Beweisführung darstellen, die sie zu der Schlußfolgerung veranlaßt hat. Ich wette, daß die gesamte Astrophysik und Kosmologie ...«

»Sind Sie sich hundertprozentig sicher?«

»Glauben Sie vielleicht, ich leide an Halluzinationen? Ich habe sogar einen Zeugen. Der arme Kerl ist vielleicht erschrocken, wie Jane plötzlich die Antwort mit dieser herrlichen Stimme heruntergerattert ...«

Und genau in dem Moment hatte der Meteorit das Flugzeug getroffen, und Madarian und der Pilot wurden in der auf die Kollision folgenden Explosion pulverisiert. Von Jane wurde nicht ein brauchbares Teilchen mehr gefunden.

Nie war die Stimmung in der Firma *US Robots* gedrückter gewesen. Robertson versuchte in der Tatsache Trost zu finden, daß durch die totale Vernichtung des Robots Jane-5 die Gesetzeswidrigkeit, deren sich die Firma schuldig gemacht hatte, nicht offenkundig wurde.

Peter Bogert schüttelte tieftraurig den Kopf. »Das wäre die beste Gelegenheit gewesen, vor der Öffentlichkeit mit einem unschlagbaren Image dazustehen und diesen verfluchten Frankensteinkomplex ein für allemal aus der Welt zu schaffen. Wie wären die Roboter dagestanden, wenn einer von ihnen das Problem des bewohnbaren Planeten gelöst haben würde, nachdem andere Roboter dazu beigetragen haben würden, den Raumsprung zu verwirklichen. Die Roboter hätten uns die Galaxis zugänglich machen können. Und wenn wir weiterhin die Erkenntnisse der Wissenschaft auf allen möglichen Gebieten vorangetrieben hätten, was sicherlich der Fall gewesen wäre ... Mein Gott, die Vorteile für die menschliche Rasse und natürlich auch für uns sind nicht auszudenken.«

»Wir könnten doch weitere Janes bauen, oder nicht?« fragte Robertson. »Auch ohne Madarian.«

»Natürlich könnten wir das. Aber können wir uns darauf verlassen, daß wir noch einmal die richtige Korrelation geliefert bekommen? Woher wollen wir wissen, wie exakt das letzte Ergebnis gewesen ist? Wie steht es, wenn Madarian eben bloß Glück hatte und wir einer noch größeren Katastrophe gegenüberstehen? Ein Flugzeug wird von einem Meteor getroffen ... Es ist einfach unglaublich.«

»Könnte das auch beabsichtigt gewesen sein?« fragte Robertson zögernd. »Ich meine, falls wir nicht Kenntnis davon erhalten sollten und dieser Meteor dazu diente ...«

Bogert warf ihm einen vernichtenden Blick zu, und Robertson brach mitten im Satz ab.

»Wir sind noch nicht ganz am Ende«, sagte Bogert. »Andere Janes werden uns irgendwie helfen. Außerdem können wir auch anderen Robotern weibliche Stimmen geben, wenn damit die Öffentlichkeit besänftigt werden kann – wobei ich mich nach wie vor frage, wie die Frauen darauf reagieren werden. Wenn wir doch nur wüßten, was Jane-5 gesagt hat.«

»Madarian hat bei seinem letzten Anruf doch behauptet, daß es einen Zeugen gibt.«

»Ich weiß«, sagte Bogert. »Daran habe ich auch schon gedacht. Denken Sie denn, ich habe keinen Kontakt mit Flagstaff aufgenommen? Niemand hat Jane etwas sagen hören, was außergewöhnlich gewesen wäre, oder wie die Antwort auf das Problem des bewohnbaren Planeten geklungen haben könnte. Gerade in Flagstaff hätte jeder die Antwort als solche erkannt.«

»Halten Sie es für möglich, daß Madarian gelogen hat? Oder daß er den Verstand verloren hat? Wollte er vielleicht aus Selbstschutz ...«

»Um seinen Ruf zu retten? Nie im Leben! Dann können Sie ja gleich auch noch den Verdacht äußern, Madarian habe den Meteorit auf das Flugzeug prallen lassen.«

»Aber was machen wir denn dann?«

»Nach Flagstaff fahren«, sagte Bogert und stöhnte. »Die Antwort muß dort sein. Weiterbohren heißt die Parole. Ich fahre persönlich hin und nehme zwei Leute von Madarians Abteilung mit. Wir müssen dieses Flagstaff vom Keller bis zum Dach durchstöbern.«

»Schon, aber wenn es tatsächlich einen Zeugen gibt und dieser das Ergebnis gehört hat, was nützt uns das, wenn wir keine Jane-5 mehr haben, die uns erklärt, wie sie dazu gekommen ist?«

»Jedes kleine Detail ist wichtig. Jane hat die Sterne genannt; wahrscheinlich ihre Koordinaten. Falls sich jemand an diese Zahlen erinnern kann oder sie zumindest so deutlich gehört hat, daß man sie mit Hilfe einer Psychosonde aus seinem Gedächtnis extrahieren kann, dann haben wir wenigstens schon etwas auf der Hand. Aufgrund des Endergebnisses und der Daten, die Jane eingefüttert worden sind, läßt sich vielleicht rekonstruieren, welche Korrelationen vorgenommen worden sind. Wenn uns das gelingen sollte, sind wir gerettet.«

Nach drei Tagen war Bogert wieder zurück. Er war wortkarg und deprimiert.

Als ihn Robertson ungeduldig nach dem Resultat fragte, schüttelte er den Kopf.

»Nichts.«

»Nichts?«

»Absolut nichts. Ich habe jeden einzelnen Mann in Flagstaff verhört – jeden Wissenschaftler, jeden Techniker, jeden Assistenten, der etwas mit Jane zu tun hatte. Jeden, der sie auch nur zu Gesicht bekommen hat. Die Anzahl war nicht groß. Madarian war vorsichtig, das muß man ihm lassen. Er hat nur diejenigen zugelassen, die Jane planetologisches Wissen vermitteln konnten. Insgesamt dreiundzwanzig Leute haben Jane gesehen, und nur zwölf von diesen dreiundzwanzig hatten Gespräche mit Jane, die über das Belanglose hinausgingen.

Ich bin alles, was Jane je gesagt hat, x-mal durchgegangen. Die Leute haben sich erstaunlich gut an alles erinnert. Alles Männer, die an einem Problem arbeiten, das ihr ganzes Fachwissen in Anspruch nimmt, und daher größtes Interesse daran haben, sich zu erinnern. Dazu kommt, daß sie samt und sonders noch keinen sprechenden Robot kennengelernt hatten, schon gar nicht einen, der die Stimme einer Fernsehansagerin besaß. Sie werden Jane nie vergessen.«

»Vielleicht mit Hilfe von Psychosonden...«, meinte Robertson.

»Wenn auch nur einer von ihnen den vagen Verdacht hegen würde, daß in seinem Gedächtnis etwas schlummert, würde ich ihm mit allen zur Verfügung stehenden Mitteln das Einverständnis dafür abverlangen. Aber nichts deutet darauf hin, und zwölf Männer, die ihren Lebensunterhalt mit dem Kopf verdienen, dieser Prozedur zu unterziehen, wäre ein Unding. Ehrlich, es käme nichts dabei heraus. Falls Jane drei Sternsysteme erwähnt und behauptet haben würde, daß sie bewohnbare Planeten besitzen, wären in den Köpfen dieser Männer Raketen losgegangen. Nicht einer von ihnen hätte eine derartige Information verdrängt, geschweige denn vergessen.«

»Dann lügt vielleicht einer«, sagte Robertson. »Vielleicht will er die Information zu eigenen Zwecken benutzen, um sich später damit Ruhm und Ehre einzuhandeln.«

»Was würde ihm das nützen?« fragte Bogert. »Ganz Flagstaff weiß, warum Madarian und Jane dort waren, und warum ich dort war, weiß auch jeder. Wenn irgendwann in der Zukunft jemand in Flagstaff mit einer absolut neuen und anderen Theorie über das Problem der bewohnbaren Planeten daherkommt, weiß sofort jeder in Flagstaff und jeder Angestellte unserer Firma, daß sie gestohlen ist. Damit würde derjenige nie durchkommen.«

»Dann muß sich Madarian getäuscht haben.«

»Das kann ich mir mit dem besten Willen nicht vorstellen. Madarian war zwar ein Mensch, der einen bis aufs Blut reizen und zum Wahnsinn treiben konnte – Robopsychologen sind überhaupt ganz spezielle Typen, was wohl auch der Grund sein muß, warum sie lieber mit Robotern zusammenarbeiten als mit Menschen –, aber ein Dummkopf war er nicht. In einer Angelegenheit wie dieser kann sich Madarian nicht getäuscht haben.«

»Demnach ...« Aber Robertson wußte keinen Rat mehr. Sie waren an einem Punkt angelangt, wo es einfach nichts mehr zu sagen gab, daher starrten sie sich nur düster an.

Schließlich faßte sich Robertson ein Herz.

»Peter ...«, sagte er.

»Ja?«

»Fragen wir Susan.«

Bogert zuckte zusammen. »Was?«

»Fragen wir Susan. Rufen wir sie an und bitten sie, in die Firma zu kommen.«

»Warum denn? Was soll sie denn unternehmen?«

»Das weiß ich auch nicht. Aber sie ist auch Robopsychologe und versteht Madarian vielleicht besser als wir. Außerdem hat sie ... verflixt, sie war schon immer klüger als wir alle zusammen.«

»Sie ist fast achtzig.«

»Und Sie siebzig. Na und?«

Bogert seufzte und fragte sich, ob sich die scharfe Zunge der Frau in den Jahren der Pensionierung etwas abgeschliffen hatte.

»Okay«, sagte er schließlich. »Ich rufe sie an.«

Bevor sich ihr Blick auf den Chef der Forschungsabteilung richtete, sah sich Susan Calvin in Bogerts Büro um. Seit sie die Firma verlassen hatte, war sie sichtlich gealtert. Ihr Haar war schneeweiß, ihr Gesicht zusammengefallen. Sie war so zerbrechlich geworden, daß sie fast durchsichtig wirkte. Lediglich die Augen mit dem stechenden, unnachgiebigen Blick hatten sich nicht verändert.

Bogert ging Susan freundlich entgegen und streckte die Hand aus. »Susan!«

Susan schüttelte Bogert die Hand. »Für einen alten Mann sehen Sie recht gut aus, Peter«, sagte sie. »Wenn ich Sie wäre, würde ich nicht bis zum nächsten Jahr warten. Begeben Sie sich in den Ruhestand und lassen Sie die jungen Männer ans Steuer ... Und Madarian ist also tot. Wollen Sie mir vielleicht vorschlagen, meinen alten Posten wieder zu beziehen? Sind Sie fest entschlossen, die Ehemaligen bis zum Scheintod ...«

»Nein, nein, Susan. Ich habe Sie nur gebeten, in die Firma zu kommen ...« Er brach ab.

Bogert hatte noch immer keine Ahnung, wie er es angehen sollte.

Aber Susan erriet seine Gedanken mit einer Leichtigkeit wie eh und je. Mit der Vorsicht, die von steifen Gelenken herrührte, setzte sie sich.

»Peter«, sagte sie. »Sie haben mich zu sich gebeten, weil Sie bis zum Hals in Schwierigkeiten stecken. Unter normalen Umständen wünschen Sie mir nämlich lieber den Tod, als mich in Ihrer Nähe zu haben.«

»Ich bitte Sie, Susan ...«

»Verschwenden wir keine Zeit mit Süßholzraspeleien. Als ich vierzig war, hatte ich schon keine Zeit zu verschwenden und jetzt erst recht nicht. Madarians Tod und Ihr Anruf sind ungewöhnlich, also muß zwischen beidem ein Zusammenhang bestehen. Zwei ungewöhnliche Ereignisse ohne Zusammenhang sind zu wenig wahrscheinlich, um sich darüber Gedanken zu machen. Beginnen Sie mit dem Anfang und scheuen Sie nicht davor zurück, möglicherweise zugeben zu müssen, daß Sie ein Narr sind. Das ist mir seit langem klar.«

Bogert verzog das Gesicht zu einem säuerlichen Grinsen, räusperte sich und begann. Susan Calvin hörte aufmerksam zu und hob nur ab und zu die faltige Hand, um eine Zwischenfrage stellen zu können.

»Weibliche Intuition?« wiederholte sie an einem bestimmten Punkt. »Dafür wollten Sie den Robot? Ihr Männer! Einer Frau gegenübergestellt, die zu einer korrekten Schlußfolgerung kommt, und unfähig, die Tatsache anzuerkennen, daß diese ihnen gleichgestellt oder in ihrer Intelligenz sogar überlegen ist, erfinden Sie etwas, was Sie weibliche Intuition nennen.«

»Schon, Susan, aber lassen Sie mich fortfahren.«

Er tat es.

Als Susan von der einschmeichelnden Stimme Janes hörte, unterbrach sie Bogert erneut.

»Manchmal«, sagte sie, »wird einem die Wahl wirklich schwergemacht. Man kann sich nicht entscheiden, ob man das männliche Geschlecht ekelerregend finden oder es lediglich als verachtenswert abtun soll.«

»Wenn ich vielleicht fortfahren dürfte ...«, sagte Bogert.

Schließlich war er mit seinem Bericht am Ende.

»Könnte ich dieses Büro ein oder zwei Stunden lang für mich allein haben?« fragte Susan Calvin.

»Ja, aber ...«

»Ich möchte die einzelnen Aufzeichnungen in Ruhe durchgehen – Janes Programmierung, die Anrufe Madarians, ihre Verhöre in Flagstaff und so weiter. Ich nehme an, daß ich mich Ihres hübschen neuen Laserphons und Ihrer Computeranlage bedienen darf.«

»Aber selbstverständlich.«

»Gut, dann machen Sie, daß Sie hier rauskommen, Peter.«

Nicht einmal ganze fünfundvierzig Minuten waren verstrichen, als Susan Calvin zur Tür geschlurft kam, sie öffnete und nach Bogert rief.

Als er kam, hatte er Robertson im Schlepptau. Sie gingen ins Büro.

»Hallo, Scott«, begrüßte Susan das Vorstandsmitglied wenig begeistert.

Bogert versuchte verzweifelt, das Ergebnis von Susans Gesicht abzulesen, aber es war lediglich das Gesicht einer strengen, alten Dame, die nicht beabsichtigte, es ihm leichtzumachen.

»Glauben Sie, daß Sie etwas unternehmen können, Susan?« fragte Bogert vorsichtig.

»Über das hinaus, was ich bereits unternommen habe? Nein, mehr kann man nicht tun.«

Bogert setzte eine Trauermiene auf.

»Und was haben Sie bereits unternommen, Susan?« fragte Robertson.

»Ich habe nachgedacht, das heißt, etwas getan, wozu die anderen offensichtlich nicht zu bewegen sind. Ich habe vor allem über Madarian nachgedacht. Ich kannte ihn, wie Sie wissen. Er war hochintelligent, aber scheußlich extrovertiert. Nach meiner Zeit hier haben Sie ihn sicher gemocht, Peter, oder täusche ich mich?«

»Es war eine gewisse Veränderung«, konnte Bogert nicht widerstehen zu sagen.

»Und mit jedem Resultat ist er sofort immer zu Ihnen gelaufen gekommen, habe ich recht?«

»Ja.«

»Sein letzter Bericht jedoch kam aus dem Flugzeug. Er teilte Ihnen mit, daß Jane die Antwort ausgespuckt habe. Warum hat er mit dieser Nachricht so lange gewartet? Warum hat er Sie nicht von Flagstaff aus angerufen, sofort nachdem Jane das Ergebnis bekanntgegeben hatte?«

»Ich nehme an«, sagte Peter Bogert, »weil er ausnahmsweise einmal nicht voreilig sein und sich erst vergewissern wollte - ach, ich weiß es auch nicht. Vielleicht wollte er warten, eben weil die Sache so wichtig für ihn war, bis er sich selbst von deren Richtigkeit überzeugt hatte.«

»Im Gegenteil. Je wichtiger ihm die Sache war, desto weniger hätte er gewartet - das steht fest. Und wenn es ihm schon gelungen sein soll, zu warten, warum hat er dann nicht gewartet, bis er zurück war und das Ergebnis mit all den Computeranlagen, die ihm hier zur Verfügung standen, überprüft hatte? Er hat also einerseits zu lange gewartet und andererseits nicht lange genug.«

»Demnach glauben Sie«, schaltete sich Robertson ein, »daß er irgendeinen Schwindel ...«

Susan verzog angeekelt den Mund. »Scott, versuchen Sie nicht, mit albernen Bemerkungen Peter Konkurrenz zu machen. Lassen Sie mich fortfahren ... Punkt Nummer zwei ist der Zeuge. Gemäß der Aufzeichnung seines letzten Anrufs sagt Madarian: ›Der arme Kerl ist vielleicht erschrocken, als Jane plötzlich die Antwort mit dieser herrlichen Stimme heruntergerattert ...‹ Das waren seine letzten

Worte. Es erhebt sich nun die Frage, warum der Zeuge erschrocken ist. Madarian hatte berichtet, daß in Flagstaff jeder von dieser Stimme höchst angetan war. Die Männer, die mit Jane in Berührung gekommen sind, waren zehn Tage lang mit ihr zusammen. Warum soll einer von ihnen erschrocken sein, weil sie plötzlich sprach?«

»Ich nehme an, vor Erstaunen, daß Jane die Antwort auf ein Problem gab«, sagte Bogert, »das die Planetologen seit fast einem Jahrhundert beschäftigt.«

»Aber sie haben doch alle sehnsüchtig darauf gewartet, daß Jane diese Antwort geben würde. Außerdem muß man die Worte dieses letzten Satzes richtig interpretieren. Madarian sagt ausdrücklich, daß der Mann erschrocken ist. Von erstaunt sein ist nicht die Rede. Zwischen Erschrecken und Erstauntsein ist ein großer Unterschied. Dazu kommt, daß die Reaktion des Zeugen einsetzte, als Jane plötzlich – das heißt, als sie anfing, das Ergebnis auszuspucken. Wenn der Zeuge über den Inhalt von Janes Aussage erstaunt beziehungsweise erschrocken gewesen wäre, hätte er erst eine Weile zugehört haben müssen, um so reagieren zu können. Madarian hätte in dem Fall gesagt, daß der Zeuge erschrocken ist, *nachdem* er Jane das und das hatte sagen hören. Es müßte infolgedessen *nachdem* und nicht *als* heißen, und das Wort *plötzlich* dürfte in dem Satz nicht vorkommen.«

»Ich glaube kaum, daß man im vorliegenden Fall mit Wortklaubereien argumentieren kann«, sagte Bogert.

»Das kann ich sehr wohl«, sagte Susan Calvin mit frostiger Stimme. »Und zwar deshalb, weil ich Robopsychologin bin. Kommen wir wieder zum Thema: Wir müssen nun zwei Anomalitäten zu erklären versuchen. Einmal den seltsamen Aufschub vor Madarians Anruf und zum anderen die seltsame Reaktion des Zeugen.«

»Können Sie diese ›Anomalitäten‹, wie Sie sich ausdrücken, erklären?« fragte Robertson.

»Allerdings«, antwortete Susan Calvin. »Ich kann schließlich logisch denken. Madarian hat sofort angerufen und die

Nachricht durchgegeben. Wenn Jane das Problem in Flagstaff gelöst haben würde, hätte er von dort aus angerufen. Da Madarian jedoch vom Flugzeug aus angerufen hat, muß Jane das Problem gelöst haben, nachdem Madarian und sie Flagstaff verlassen hatten.«

»Aber dann ...«

»Unterbrechen Sie mich nicht, ich bin noch nicht fertig. Wurde Madarian nicht in einem schweren Bodenfahrzeug mit geschlossenem Laderaum vom Flughafen nach Flagstaff gebracht? Und Jane befand sich in der Kiste?«

»Richtig.«

»Dann ist anzunehmen, daß Jane und Madarian in demselben Bodenfahrzeug von Flagstaff zum Flughafen gebracht worden sind. Gehe ich richtig in dieser Annahme?«

»Ja.«

»Madarian und der Robot waren nicht allein in dem Fahrzeug. In einem seiner Anrufe sagt Madarian: Nachdem *man uns* vom Flughafen zum Verwaltungsgebäude von Flagstaff *gefahren hatte*. Ich irre mich wohl kaum, wenn ich daraus schließe, daß ein Chauffeur hinter dem Steuer des Bodenfahrzeugs saß, ein menschlicher Chauffeur.«

»Ach du meine Güte!« rief Bogert.

»Ja, Peter, das ist eben Ihr großes Handicap. Wenn Sie an einen Zeugen für eine planetologische Aussage denken, dann denken Sie automatisch an einen Planetologen. Sie teilen die Menschen in Kategorien ein, wobei Sie die meisten ablehnen und links liegenlassen. Ein Robot kann das nicht tun. Die Erste Grundregel besagt, daß ein Robot kein menschliches Wesen verletzen darf, oder durch Untätigkeit gestatten, daß einem Menschen Schaden zugefügt wird. *Jedem* menschlichen Wesen. Ein Robot macht keine Unterschiede. Für einen Robot sind alle Menschen gleich, und für einen Robopsychologen, der sich zwangsläufig mit Menschen abgeben muß, die auf der Stufe von Robotern stehen, sind alle Menschen ebenfalls gleich.

Madarian wäre niemals auf die Idee gekommen zu betonen, daß ein *Chauffeur* Zeuge von Janes Aussage gewesen ist. Für Sie, Peter, ist ein Chauffeur, ein Lastwagenfahrer, lediglich ein lebendes Zubehör zu einem Fahrzeug, aber für Madarian war er ein Mensch und ein Zeuge. Nichts mehr und nichts weniger.«

Bogert schüttelte ungläubig den Kopf. »Sind Sie denn sicher, daß er der Zeuge ist?« fragte er.

»Natürlich bin ich sicher. Wie können Sie sich sonst den anderen Punkt erklären, ich meine Madarians Bemerkung, der Zeuge sei erschrocken? In den Aufzeichnungen steht klipp und klar, daß sich Madarian gesträubt hat, einen intuitiven Robot zu deaktivieren. Jane war in eine Kiste verpackt, aber sie war nicht deaktiviert. Jane-5 war, wie alle vorhergegangenen Janes, wenig gesprächig. Wahrscheinlich ist Madarian deshalb nicht auf den Gedanken gekommen, ihr in der Kiste das Sprechen zu verbieten; und gerade, als sich Jane in der Kiste befand, stand die Lösung des Problems plötzlich fest. Natürlich sprudelte es Jane heraus. Aus der Kiste kam plötzlich eine herrliche Stimme. Wenn Sie der Fahrer gewesen wären, Peter, wie hätten Sie reagiert? Sie wären unter Garantie erschrocken. Für mich ist es ein Wunder, daß er das Fahrzeug nicht gegen den nächsten Baum gesteuert hat.«

»Aber, wenn der Lastwagenfahrer der Zeuge ist, warum hat er sich dann nicht gemeldet?«

»Warum nicht? Woher soll er denn wissen können, daß sich in dem Moment etwas Entscheidendes ereignet hat und das, was er gehört hat, von höchster Wichtigkeit ist? Außerdem, können Sie sich nicht vorstellen, daß Madarian ihm ein ordentliches Trinkgeld gegeben und ihn gebeten hat, den Mund zu halten? Wäre es Ihnen angenehm gewesen, wenn der Fahrer Gott und der Welt erzählt hätte, daß ein aktivierter Robot durch die Straßen transportiert wird?«

»Wird sich der Mann denn daran erinnern, was Jane gesagt hat?« fragte Bogert, der die letzte Bemerkung Susan Calvins geflissentlich überhört hatte.

»Warum soll sich der Mann nicht daran erinnern? Sie scheinen der Meinung zu sein, Peter, daß ein Lastwagenfahrer, der in Ihren Augen gerade eine knappe Stufe über den Affen steht, kein Erinnerungsvermögen besitzt. Aber auch Lastwagenfahrer können ein Hirn haben. Das, was Jane gesagt hat, war äußerst bemerkenswert, und der Fahrer erinnert sich bestimmt daran. Selbst wenn er ein paar Buchstaben und Ziffern verdreht, kann uns das wenig kränken. Wir wissen, wo wir zu suchen haben, nämlich in einer begrenzten Anzahl von Sternen, die im Umkreis von achtzig Lichtjahren zur Erde stehen. Es sind an die fünfhundertfünfzig – die genaue Zahl habe ich nicht nachgeschlagen. Außerdem können Sie notfalls eine Psychosonde ...«

Die beiden Männer sahen Susan Calvin fassungslos an.

»Trotzdem«, sagte schließlich Bogert, der einfach Angst hatte, es zu glauben. »Wie können Sie denn so sicher sein?«

Einen Moment lang war Susan Calvin versucht zu sagen, warum sie so sicher war.

Weil ich mit Flagstaff telefoniert habe, du Idiot, hätte sie am liebsten geantwortet. Weil ich mit dem Lastwagenfahrer gesprochen und er mir berichtet hat, was er gehört hat, weil ich über den Computer in Flagstaff die Namen der einzigen drei Sterne erfahren habe, auf die Janes Information zutrifft, und weil ich diese drei Namen in der Tasche habe.

Aber sie tat es nicht. Sollte er sich doch selbst die Mühe machen. Sie stand langsam und vorsichtig auf.

»Wieso ich mir so sicher bin?« fragte sie spöttisch. »Nennen Sie es weibliche Intuition.«

Der Wasserschlag

Über den Himmel zog sich ein Schleier von Federwölkchen. Stephen Demerest sah in diesen Himmel und fand ihn trüb und ekelerregend.

Unüberlegt hatte er in die Sonne gesehen und den Blick erschreckt abgewandt. Die Sonne blendete nicht. Nicht einmal sie war klar.

Unwillkürlich mußte er an das Gebet des Ajax in Homers Ilias denken. An den genauen Wortlaut konnte er sich nicht erinnern. ›O Vater Zeus‹, hieß es an einer Stelle sinngemäß, ›errette die Achäer aus dem Nebel. Mach den Himmel klar, gewähre uns, mit unseren Augen zu sehen. Töte uns im Licht, da es dir beliebt, uns zu töten.‹

Töte uns im Licht, dachte Demerest.

Töte uns im klaren Licht auf dem Mond, wo der Himmel schwarz ist und mild, wo die Sterne hell funkeln, wo die Klarheit und Reinheit des Vakuums alles scharf erscheinen läßt.

Nicht in diesem tiefhängenden, dunstigen Blau.

Er schauderte zusammen. Es war ein physisches Erschaudern, und das beunruhigte ihn. Er würde sterben. Er wußte es. Und nicht unter diesem Blau würde er sterben, sondern unter einem Schwarz, einem anderen Schwarz.

Gleichsam als Antwort auf diesen Gedanken kam der Pilot, ein untersetzter, gedrungener Mann mit Kräuselhaar, auf ihn zu.

»Bereit zum Start ins Schwarze, Mr. Demerest?« fragte er.

Demerest nickte. Er überragte den Mann, wie er fast alle Erdenmenschen überragte. Sie waren dick, samt und sonders, und ihre kurzen plumpen Schritte bereiteten ihnen keine Mühe. Er jedoch mußte seine Schritte ertasten, mußte sie durch die Luft führen; selbst die unsichtbaren Fesseln, die ihn an den Boden nagelten, waren trüb wie der Himmel.

»Ja«, sagte er.

Er holte tief Luft und blickte in die Sonne. Diesmal absichtlich. Sie hing tief am Morgenhimmel, von der staubigen Luft ausgelaugt, und er wußte, daß sie ihn nicht blendete. Er würde sie nie wieder sehen.

Er hatte noch nie eine Tiefseekapsel gesehen. Da er dazu neigte, die Dinge auf seine eigene Weise zu sehen, war sie für ihn ein länglicher Ballon, unter dem eine runde Gondel angebracht war. Wenn Demerest zum Beispiel an einen Raumflug dachte, so dachte er automatisch an Tonnen und aber Tonnen von Treibstoff, der in Form von Feuer hinten ausgestoßen wurde, und an ein seltsam geformtes Gefährt, das spinnengleich auf die Oberfläche des Mondes zuschwebte.

Die Tiefseekapsel glich absolut nicht dem Bild seiner Gedanken. Unter ihrer ausgebeulten Haut steckte hochentwickelte, technisch komplizierte Wendigkeit.

»Mein Name ist Javan«, sagte der Pilot der Kapsel. »Omar Javan.«

»Javan?«

»Finden Sie den Namen seltsam? Ich bin iranischer Abstammung. Erdenmensch aus Überzeugung. Wenn man erst einmal da drunten ist, gibt es keine Nationalität mehr.« Er grinste. Seine Zähne waren so weiß, daß seine Haut dadurch noch dunkler wirkte. »Wenn es Ihnen recht ist, starten wir in einer Minute. Sie sind mein einziger Passagier, daraus schließe ich, daß Sie gewichtig sind.«

»Ja«, sagte Demerest trocken. »Ich bin um mindestens hundert Pfund gewichtiger als normalerweise.«

»Sie stammen also vom Mond? Habe ich mir fast gedacht. Wegen des komischen Gangs. Ich hoffe, das stört Sie hier nicht allzusehr.«

»Es geht. Wir üben dafür.«

»Na, dann kommen Sie an Bord.« Er trat zur Seite und ließ Demerest über die Gangway gehen. »Ich für meine Person würde nie zum Mond fahren.«

»Dafür fahren Sie nach Ocean City.«

»Den Trip habe ich schon gut fünfzigmal gemacht, aber das ist etwas anderes.«

Demerest ging an Bord. Es war eng in dem Gefährt, aber das störte ihn nicht. Ähnlich wie in einer Raumkapsel, nur alles dichter. Hier hatte man überall das Gefühl, daß die Masse nichts ausmachte. Die Masse trug sich praktisch selbst, sie mußte nicht gewaltsam nach oben gepreßt werden.

Sie waren noch an der Oberfläche.

Der blaue Himmel sah in dem dicken Glas des Fensters grünlich aus.

»Sie brauchen sich nicht anzuschnallen«, sagte Javan. »Beschleunigung gibt es hier nicht. Eine ganz ruhige Angelegenheit. Es dauert nicht lang, ungefähr eine Stunde. Rauchen dürfen Sie nicht.«

»Ich bin Nichtraucher«, sagte Demerest.

»Ich hoffe, Sie leiden nicht an Klaustrophobie.«

»Mondmenschen kennen keine Klaustrophobie.«

»Wegen der unübersehbar weiten Flächen, nehme ich an.«

»Unsere Krater sind durchaus übersehbar. Lunar City liegt in einem Krater von dreihundert Meter Tiefe.«

»Dreihundert Meter!« Der Pilot schien belustigt zu sein, lächelte aber nicht. »Wir gleiten jetzt hinab.«

Der Innenraum der Kapsel war trotz der Kugelform kantig. Die Instrumente schienen für Javan lediglich eine Verlängerung seiner Finger zu sein; seine Augen und Hände glitten leicht und fast zärtlich darüber hinweg.

»Alles ist gründlich überprüft«, sagte er, »aber ich vergewissere mich trotzdem immer noch einmal; da drunten haben wir eintausend Atmosphären Druck.« Er berührte einen Kontakt, die schwere runde Tür glitt nach innen und paßte sich in die abgeschrägte Bordwand ein.

»Je höher der Druck«, sagte Javan, »desto fester ist sie geschlossen. Schauen Sie ein letztes Mal zur Sonne hinauf, Mr. Demerest.«

Ihr Licht drang durch das dicke Glas des Fensters. Es zitterte, denn zwischen ihnen und der Sonne war inzwischen Wasser.

»Ein letztes Mal?« wiederholte Demerest.

»So habe ich das nicht gemeint«, sagte Javan. »Ich meine, für diesen Trip ... Sie waren sicher noch nie in einer Tiefseekapsel.«

»Nein.«

»Wie die meisten«, sagte Javan. »Sie brauchen keine Angst zu haben. Nichts weiter als ein Unterwasserballon. Seit dem ersten Modell sind tausend Verbesserungen angebracht worden. Inzwischen sind die Kapseln atomgetrieben, und wir können uns bis zu gewissen Grenzen mittels Wasserdüsen frei bewegen, aber letztlich ist das Ding immer noch eine Gondel, die unter Schwimmtanks angebracht ist. Außerdem muß es nach wie vor von einem Mutterschiff auf das Meer hinausgezogen werden, weil es seine Antriebskraft so nötig braucht, daß nichts davon für Strecken an der Wasseroberfläche aufgebraucht werden kann. Klar zum Start?«

»Ja.«

Das Schlepptau des Mutterschiffs wurde ausgeklinkt, und die Tiefseekapsel sank in das Meer ein. Wasser floß in die Schwimmtanks. Ein leichtes Schwanken, dann wieder in Ausgangslage. Langsam sank die Kapsel durch immer intensiver werdendes Grün.

Javan lehnte sich in seinem Sitz zurück. »John Bergen ist der Chef von Ocean City«, sagte er. »Wollen Sie zu ihm?«

»Genau.«

»Ein sympathischer Mann. Seine Frau ist auch unten.«

»So?«

»Ja. Sie haben auch Frauen dabei. Insgesamt sind an die fünfzig unten. Manche bleiben sogar Monate.«

Demerest strich mit dem Zeigefinger über den Rand der Tür, die sich fast nahtlos in die Bordwand einpaßte. Er zog den Finger zurück und sah ihn an.

»Das ist ja ölig«, sagte er.

»Kein Öl, sondern Silikon«, sagte Javan. »Durch den Druck wird immer eine Spur davon herausgepreßt. Das Silikon soll angeblich ... Keine Angst, alles ist automatisch. Alles ist absolut sicher. Beim kleinsten Zeichen eines Schadens oder Ausfalls wird der Ballast abgeworfen, und schon steigen wir wieder nach oben.«

»Soll das heißen, daß mit diesen Tiefseekapseln noch nie etwas passiert ist?«

»Was soll denn schon passieren?« Der Pilot sah seinen Passagier von der Seite her an. »Wenn man einmal unter der gewohnten Tiefe für Pottwale ist, kann nichts mehr schiefgehen.«

»Pottwale?« Demerests schmales Gesicht bewölkte sich.

»Klar, sie kommen bis zu einer Tiefe von einer halben Meile herunter. Wenn sie mit einer Tiefseekapsel zusammenstoßen – die Wände der Schwimmtanks sind nicht besonders stabil. Sie brauchen nicht stabil zu sein. Sie sind offen, und wenn der Gasäther, der den statischen Auftrieb bewirkt, komprimiert wird, dringt Meerwasser ein.«

Es war inzwischen dunkel. Demerest sah wie gebannt durch das Fenster. In der Gondel selbst war es hell, aber das Fenster war ein dunkles Rund. Keine Dunkelheit wie im All, sondern eine zähflüssige Dunkelheit.

»Nennen wir das Kind beim Namen, Mr. Javan«, sagte Demerest scharf. »Gegen den Angriff eines Pottwals sind Sie nicht ausgerüstet. Wahrscheinlich nicht einmal gegen den Angriff eines übergroßen Kraken. Sind solche Unfälle schon vorgekommen?«

»Also, das ist so ...«

»Keine Ausreden, bitte. Ich bin kein Laie, falls Sie das glauben. Ich frage aus beruflicher Neugier. Ich bin Chef der

Sicherheitstruppe von Lunar City und will wissen, welche Maßnahmen zur Vermeidung von Kollisionen mit großen Meerestieren zur Verfügung stehen.«

Javan wich der Frage aus. »Es ist bisher nie zu einer Kollision gekommen«, sagte er.

»Man muß aber damit rechnen?«

»Rechnen muß man letztlich mit allem. Aber Pottwale sind viel zu intelligent, um sich mit uns einzulassen, und übergroße Kraken kommen erstens sehr selten vor und sind zweitens viel zu scheu.«

»Können sie die Kapsel sehen?«

»Natürlich. Wir sind schließlich beleuchtet.«

»Haben Sie Flutlichter?«

»Ja, aber wir befinden uns schon längst unter dem Lebensraum der Großfische. Meinetwegen kann ich die Scheinwerfer aber auch einschalten.«

In der Dunkelheit des Fensters plötzlich ein Schneesturm, der nach oben stob, ein Sprühregen von dreidimensionalen Sternchen, die in die Höhe tanzten.

»Was ist denn das?« fragte Demerest.

»Lediglich organisches Zeug. Winzige Lebewesen. Sie hängen im Wasser und bewegen sich kaum. Aber das Licht fangen sie auf. Wir sinken an ihnen vorbei, deshalb sieht es so aus, als würden sie aufsteigen.«

Demerests Sinn für Perspektiven rastete wieder ein.

»Sinken wir nicht zu schnell?« fragte er nach einer Weile.

»Nein. Wir könnten natürlich schneller absinken, aber dann müßte ich den Nuklearantrieb einschalten, und das wäre Energieverschwendung. Ich könnte natürlich auch Ballast abwerfen, aber das mache ich erst später. Im Moment ist alles okay. Machen Sie sich keine unnötigen Gedanken, Mr. Demerest. Je weiter wir runterkommen, desto spärlicher wird der Schnee, und wir sehen wahrscheinlich nichts mehr an spektakulärem Leben. Höchstens ein paar Seeteufel, aber sie gehen uns aus dem Weg.«

»Wie viele Passagiere können Sie pro Trip befördern?« fragte Demerest.

»Maximal vier, aber da wird es dann ziemlich eng. Man kann zwei Kapseln koppeln, dann passen zehn rein. Eigentlich bräuchten wir richtige Kapselzüge, aber dann müßten die Atomdüsen stärker sein und die Schwimmtanks leichter. Angeblich ist auf dem Reißbrett alles schon gelaufen – zumindest behaupten sie das seit Jahren.«

»Demnach soll Ocean City noch ausgebaut und vergrößert werden?«

»Klar, warum auch nicht? Wenn es Städte auf der Erdoberfläche gibt, warum dann nicht auf dem Meeresgrund? Ich bin der Meinung, Mr. Demerest, daß der Mensch dahin gehen wird und sollte, wo er hingehen kann. Die Erde ist unser Lebensraum, also werden wir ihn bevölkern. Und um die Tiefsee zu bevölkern, brauchen wir lediglich voll manövrierbare Kapseln. Die Schwimmtanks kosten zuviel Energie und Geschwindigkeit und machen das Steuern kompliziert.«

»Aber sie sind auch der Sicherheitsfaktor Nummer eins, oder? Falls alles zur gleichen Zeit ausfällt, treibt der Gasäther, der sich an Bord befindet, die Kapsel trotzdem in die Höhe. Was wollen Sie machen, wenn die Kerndüsen ausfallen und keine Schwimmtanks vorhanden sind?«

»In dem Fall kann man natürlich eine Unfallgefahr nicht ausschalten, das ist klar.«

»Eben«, sagte Demerest.

Javan zuckte zusammen. Er mäßigte seinen Ton. »Tut mir leid«, sagte er. »Das war eine scheußliche Sache.«

»Allerdings«, sagte Demerest.

Fünfzehn Männer und fünf Frauen hatten den Tod gefunden, darunter ein Junge von erst vierzehn Jahren. Menschliches Versagen, hatte das Urteil gelautet. Was konnte ein Chef des Sicherheitstrupps danach noch zu seiner Verteidigung sagen?

»Ja«, sagte er.

Zwischen die beiden Männer schob sich etwas, was so dick und zähflüssig war wie das Wasser draußen. Wie konnte es jemand zulassen, daß er von Panik und Depression zugleich befallen wurde? Es gab die Mondschwermut – ein stupides Wort –, und sie überfiel den Menschen zu den unpassendsten Momenten. Sie beschlich ihn kaum merklich und machte ihn apathisch und träge.

Wie oft schon war ein Meteorit aufgetaucht und abgelenkt oder erfolgreich zerstört worden? Wie oft schon war rechtzeitig vor einem Mondbeben gewarnt worden, bevor es hatte Verheerungen anrichten können? Wie oft hatte menschliches Versagen im richtigen Moment noch ausgeschaltet werden können? Wie oft waren Unfälle rechtzeitig vermieden worden?

Aber man sprach nicht von Unfällen, die sich nicht ereignet hatten. Zwanzig Tote hatte es gegeben ...

»Da sind die Lichter von Ocean City«, sagte Javan irgendwann später.

Demerest konnte sie nicht gleich sehen. Er wußte nicht, in welche Richtung er schauen sollte. Zweimal schon waren fluoreszierende Kreaturen am Fenster der Kapsel vorbeigeschwommen, und Demerest hatte sie wegen der Entfernung – die Scheinwerfer waren längst wieder ausgeschaltet – für die ersten Zeichen von Ocean City gehalten. Jetzt jedoch sah er nichts.

»Da drunten«, sagte Javan, ohne zu deuten. Er verringerte die Fallgeschwindigkeit und manövrierte die Kapsel seitwärts.

Demerest hörte das entfernte Zischen der Dampfdüsen, mittels Kernenergie aufgeheiztes Wasser.

Der Treibstoff ist schwerer Wasserstoff, dachte Demerest unwillkürlich. Sie sind davon umgeben. Und Wasser wird ausgestoßen, und davon sind sie ebenfalls umgeben.

Javan warf etwas von seinem Ballast ab, und irgendwo in einiger Entfernung rieselte es.

»Der Ballast bestand früher aus Stahlkügelchen, die durch einen elektromagnetischen Regler abgeworfen wurden. Pro Abstieg haben wir an die fünfzig Tonnen davon vergeudet, bis die vom Umweltschutz gekommen sind und sich dagegen verwahrt haben, daß der Meeresboden mit rostigem Stahl verschmutzt wird. Seitdem benutzen wir Metallklümpchen, die in den Schelfmeeren der Festlandsockel geschürft und lediglich mit einer dünnen Eisenschicht überzogen werden, damit sie elektromagnetisch abgestoßen werden können. Der Meeresboden bekommt also lediglich das wieder zurück, was sowieso aus dem Meer stammt. Außerdem ist das System billiger... Aber wenn wir erst die richtigen Nuklearkapseln haben, dann brauchen wir überhaupt keinen Ballast mehr.«

Demerest hörte nur mit einem Ohr zu. Ocean City lag unter ihnen. Javan hatte die Scheinwerfer eingeschaltet, und tief unter ihnen lag der schlammige Grund des Puerto-Rico-Grabens. Und auf diesem Grund lag wie ein Haufen genauso schlammiger Perlen die Tiefseestation Ocean City.

Die Station war aus lauter Kapseln zusammengesetzt, die in der Konstruktion genauso waren wie die, in der Demerest jetzt absank.

Sie sind bloß fünfeinhalb Meilen von zu Hause entfernt, dachte Demerest, keine Viertelmillion wie wir.

»Wie kommen wir rein?« fragte Demerest.

Die Kapsel befand sich inzwischen in Kontakt mit derjenigen, durch die sie Zugang zur Station haben würde. Sie hatten angelegt. Demerest hörte jetzt das dumpfe Geräusch von Metall, das gegen Metall drückte, während minutenlang nur das Klicken und Schnappen von Kontakten und Schalthebeln zu hören gewesen war.

»Keine Angst«, sagte Javan schließlich. »Das ist kein Problem. Es dauert nur noch einige Zeit, weil ich sichergehen muß, daß wir auch absolut nahtlos Kontakt haben. Ein elektromagnetisches Verbindungsstück sorgt für diesen nahtlosen Kontakt. Wenn alle dazugehörigen Instrumente auf Null stehen, bedeutet das, daß wir haargenau auf der Zugangsstelle sitzen.«

»Die dann aufgeht?«

»Wenn Luft auf der anderen Seite wäre, würde sie aufgehen, aber das ist nicht der Fall. Auf der anderen Seite ist Wasser, und das muß erst hinausgeschoben werden. Erst *dann* haben wir Zugang.«

Demerest hatte begriffen. An diesem, dem letzten Tag seines Lebens war er hierhergekommen, um jenem Leben einen Sinn zu geben, und deshalb war er darauf versessen, alles in sich aufzunehmen und nichts auszulassen.

»Warum diese zusätzliche Maßnahme?« fragte er. »Warum wird eine pneumatische Schleuse, und so könnte man dieses Luftventil doch bezeichnen, nicht als solche belassen, warum läßt man sie nicht ständig luftgefüllt?«

»Aus Sicherheitsgründen, sagen sie«, antwortete Javan. »Das fällt in Ihr Fach. Die Zwischenfläche steht ständig unter gleichem Druck von beiden Seiten, außer es gehen Menschen durch. Diese Tür ist der schwächste Punkt des gesamten Systems, denn sie öffnet und schließt sich, hat Scharniere und Ränder. Wissen Sie, was ich meine?«

»Ja«, sagte Demerest.

An der Stelle, dachte er, war in der Konstruktion ein logischer Fehler unterlaufen, was bedeutete, daß man durch diesen dadurch entstandenen Spalt ... Aber das für später.

»Worauf warten wir jetzt noch?« fragte Demerest.

»Die Schleuse – wie Sie sich ausdrücken – wird im Moment geleert. Das Wasser wird herausgepreßt.«

»Mit Luftdruck?«

»Nie im Leben! Sie können es sich doch nicht leisten, Luft dafür zu verschwenden. Dafür wären mindestens tausend Atmosphären Druck nötig, und die Kammer mit Luft in der Dichte anzufüllen, wenn es auch nur für kurze Zeit ist, das wäre zu verschwenderisch. Nein, es geschieht mit Dampfdruck.«

»Natürlich.«

»Das Wasser wird einfach aufgeheizt«, erklärte Javan redselig. »Kein Druck der Welt hindert Wasser daran, bei einer Temperatur von dreihundertvierundsiebzig Grad Celsius zu Dampf zu werden. Und der Dampf preßt das Seewasser durch ein Ventil aus der Zwischenkammer.«

»Ein weiterer schwacher Punkt«, sagte Demerest.

»Möglich. Allerdings hat bisher alles immer einwandfrei geklappt. Das Wasser wird jetzt aus der Schleuse gepreßt ... Der Ausdruck gefällt mir übrigens. Und wenn dann Dampf aus dem Ventil blubbert, wird der Vorgang automatisch abgebrochen, und die Zwischenkammer ist voll Dampf. Daß dieser kochendheiß ist, versteht sich von selbst.«

»Und was geschieht dann?«

»Dann haben wir einen ganzen Ozean als Kühlsystem. Die Temperatur sinkt, und der Dampf kondensiert. Wenn der Prozeß eintritt, kann normale Luft in die Zwischenkammer gelassen werden, also Luft von einem Atü Druck. Erst dann geht die Tür auf.«

»Wie lange dauert das?«

»Nicht lang. Und falls etwas nicht stimmt, heult eine Alarmsirene auf. Das behaupten sie zumindest. Ich habe noch nie eine aufheulen hören.«

Ein paar Minuten lang blieb alles still, dann plötzlich ein scharfes Klicken und gleichzeitig ein Ruck.

»Tut mir leid«, sagte Javan. »Ich hätte Sie vorher darauf aufmerksam machen sollen. Ich bin so daran gewöhnt, daß ich nicht daran gedacht habe. Wenn die Tür aufgeht, werden wir mit tausend Atmosphären Druck gegen die Metallwand von Ocean City gedrückt. Keine elektromagnetische Kraft kann uns fest genug halten, um einen Aufprall von einem Zehntelmillimeter zu verhindern.«

Demerest rieb sich die feuchten Hände und holte tief Luft.

»Ist alles in Ordnung?« fragte er.

»Die Wände haben standgehalten, falls Sie das meinen. Es klingt gemein, ich weiß. Auf dem Rückweg, wenn sich die Zwischenkammer wieder füllt, klingt es noch gemeiner. Machen Sie sich einstweilen darauf gefaßt.«

Demerest war plötzlich nervös.

Bring's bloß schnell hinter dich, dachte er. Keine Verzögerungstaktik.

»Gehen wir jetzt durch?« fragte er.

»Ja«, sagte Javan.

Die Öffnung in der Bordwand der Kapsel war rund und klein; sogar noch kleiner als die, durch die sie an Bord gegangen waren. Javan zwängte sich durch.

»Da komme ich mir jedesmal wie ein Flaschenkork vor«, sagte er.

Seit er die Kapsel betreten hatte, hatte sich kein Lächeln auf sein Gesicht geschlichen. Er lächelte auch jetzt nicht, aber bei dem Gedanken, daß ein dürrer Mondmensch diesbezüglich keine Schwierigkeiten hatte, zuckte sein rechter Mundwinkel.

Auch er stieg in gebückter Haltung durch die Öffnung.

»Hier drinnen ist es stockdunkel«, sagte Javan. »Aber elektrisches Licht reinzulegen wäre Blödsinn. Zu gefährlich. Aber dafür gibt es ja Taschenlampen.«

Demerest stellte fest, daß er einen perforierten Laufsteg unter den Füßen hatte. Die metallische Oberfläche war naß. Durch die Löcher sah er Wasser.

»Die Schleuse ist nicht ganz geleert«, sagte er.

»Besser geht es nicht, Mr. Demerest«, sagte Javan. »Wenn man das Wasser mit Dampf raustreibt, bleibt eben Dampf zurück, und dieser Dampf muß zur Entleerung der Kammer auf ein Drittel der Dichte flüssigen Wassers komprimiert werden. Wenn es kondensiert, bleibt die Kammer zu einem Drittel voll Wasser – aber es ist Wasser von lediglich einem Atü ... Kommen Sie, Mr. Demerest.«

John Bergens Gesicht war Demerest nicht völlig unbekannt. Die Erinnerung setzte sofort ein. Bergen, der nun schon fast ein Jahrzehnt die Leitung der Tiefseestation innehatte, war ebenso häufig auf den Fernsehbildschirmen der Erde zu sehen wie die obersten Persönlichkeiten von Lunar City.

Demerest hatte Bergen sowohl zwei- als auch dreidimensional gesehen, sowohl in Schwarzweiß als auch in Farbe. Ihn in Fleisch und Blut zu sehen war nicht viel anders.

Wie Javan war Bergen klein und gedrungen, das genaue Gegenteil der lunaren Vorstellung vom Körperbau. Er war einige Nuancen hellhäutiger, sein Gesicht war auffallend asymmetrisch, vor allem durch die knollige Nase bedingt, die einen leichten Rechtsdrall hatte.

Er sah nicht gut aus. Kein Mondmensch würde ihn für einen gutaussehenden Mann halten, aber dann streckte Bergen die breite Hand aus und lächelte, und sein Lächeln hatte etwas Sonniges.

Demerest legte die schmale Hand in die breite Bergens und machte sich auf einen harten Händedruck gefaßt, doch dieser blieb aus. Bergen nahm die Hand und ließ sie wieder los.

»Ich freue mich, daß Sie hier sind«, sagte er. »Wir haben nicht viel Luxus zu bieten und können unsere Gastfreundschaft durch nichts beweisen. Nicht einmal einen Feiertag können wir Ihnen zu Ehren einschieben, aber der gute Wille ist vorhanden. Seien Sie willkommen.«

»Vielen Dank«, sagte Demerest leise.

Auch jetzt lächelte er nicht. Er stand vor dem Feind und wußte es. Auch Bergen wußte es mit Sicherheit, also war sein Lächeln falsch.

Und genau in dem Moment ertönte ein ohrenbetäubendes Geräusch, wie das Schlagen von Metall gegen Metall, und die Kammer erzitterte. Demerest sprang einen Schritt zurück und prallte gegen die Wand.

Bergen blieb unbeeindruckt. »Die Kapsel, die Sie hergebracht hat«, sagte er ruhig, »hat sich eben gelöst. Jetzt füllt sich die Zwischenkammer wieder mit Wasser. Daher der Schlag. Javan hätte Sie darauf aufmerksam machen müssen.«

Demerest schnappte nach Luft und versuchte, seinen Puls unter Kontrolle zu halten.

»Er hat mich darauf aufmerksam gemacht«, sagte er. »Trotzdem bin ich erschrocken.«

»Das kommt nicht so schnell wieder«, sagte Bergen. »Sie müssen wissen, daß wir nicht oft Besuch bekommen. Wir sind nicht dafür ausgerüstet und wimmeln alles ab, was sich einbildet, prominent zu sein und aus einem Trip zu uns herunter für die Karriere Nutzen ziehen zu können. Meistens sind es Politiker. Ihr Fall liegt natürlich anders, Mr. Demerest.«

Wirklich? dachte Demerest.

Es war schwierig genug gewesen, die Erlaubnis zu bekommen. Seine Vorgesetzten in Lunar City hatten sein Gesuch mit der Begründung abgelehnt, ein diplomatischer Austausch – wie sie sich ausgedrückt hatten – sei nicht gewinnbringend. Und als er sie schließlich doch vom Gegenteil hatte überzeugen können, hatte Ocean City Schwierigkeiten gemacht.

Einzig und allein seine Sturheit und seine Beharrlichkeit hatten den jetzigen Besuch ermöglicht. Wodurch also unterschied sich Demerests Fall von anderen?

»Ich nehme an«, sagte Bergen, »daß auch Sie in Lunar City Ihre Probleme mit sogenannten Dienstreisen haben?«

»Weniger«, sagte Demerest. »Der Durchschnittspolitiker der Erde reißt sich im allgemeinen nicht um eine Reise von fünfhunderttausend Meilen – hin und zurück gerechnet –, während es sich zu Ihnen herunter ja lediglich um zehn Meilen handelt.«

»Einzusehen«, sagte Bergen. »Außerdem ist ein Trip zum Mond natürlich auch kostspieliger ... Auf gewisse Weise ist das eigentlich das erste Treffen zwischen Meeresboden- und Raumbewohnern. Kein Ozeanmensch war meines Wissens je auf dem Mond, und Sie sind der erste Mondmensch, der eine Tiefseestation besucht. Nicht einmal auf den besiedelten Gebieten der Schelfmeere hat sich je ein Mondmensch blicken lassen.«

»Sozusagen ein historisches Ereignis also«, entgegnete Demerest und versuchte, keinen Sarkasmus durchklingen zu lassen.

Falls es ihm nicht ganz gelungen sein sollte, ließ sich Bergen jedenfalls nichts anmerken. Er krempelte sich die Ärmel hoch, als wolle er damit demonstrieren, daß es hier nicht formell zuging – vielleicht aber auch, um zu zeigen, daß er viel zu tun hatte und seine Zeit nicht an Besucher zu vergeuden gedachte.

»Wie wär's mit einer Tasse Kaffee?« fragte er. »Ich nehme an, gegessen haben Sie bereits. Wollen Sie sich etwas ausruhen, bevor ich Sie herumführe? Oder wollen Sie sich vielleicht etwas frisch machen, wie es immer so schön heißt?«

Neugierde kam in Demerest auf; allerdings keine ungezielte Neugierde. Alles, was Ocean City mit der Welt über dem Wasser gemein hatte, konnte von Wichtigkeit sein.

»Wie lösen Sie denn sanitäre Probleme hier unten?« fragte Demerest.

»Hauptsächlich durch Recycling, genau wie auf dem Mond. Wir können natürlich auch abwässern, wenn wir wollen oder müssen. Der Mensch wird immer wieder bezichtigt, seine Umwelt zu verschmutzen, aber da wir die einzige Tiefseestation sind, richtet das, was wir abwässern, kaum Schaden an – es ist ja alles organisch.« Er lachte.

Der Punkt war also abgehakt. Organisches wurde ins Wasser geworfen. Also mußten Rohre existieren, durch welche der Abfall ins Wasser befördert wurde. Auf welche Weise der Abfall durch diese Rohre transportiert wurde, konnte von Interesse sein, und er als Chef des Sicherheitstrupps hatte ein Recht, interessiert zu sein.

»Möchten Sie sich ein wenig ausruhen?« fragte Bergen.

»Nein«, sagte Demerest. »Im Moment noch nicht. Aber falls Sie zu tun haben ...«

»Keine Sorge. Wir haben immer zu tun, aber ich vielleicht etwas weniger als die anderen – wenn Sie wissen, was ich meine. Ich würde vorschlagen, daß ich Sie jetzt herumführe. Wir haben über fünfzig Einheiten hier, jede so groß wie diese, manche auch etwas größer ...«

Demerest sah sich um. Genau wie in der Kapsel überall Kanten. Zwischen den Möbeln und Instrumenten war jedoch zu erkennen, daß die Außenwand der Einheit eindeutig rund war. Ganze fünfzig davon!

»... während einer Generation zusammengebaut«, fuhr

Bergen fort. »Diese Einheit hier ist die älteste, und man hat schon mit dem Gedanken gespielt, sie durch eine neue zu ersetzen. Manche sind der Meinung, daß wir Einheiten einer zweiten Generation brauchen, aber ich bin mir da nicht so sicher. Es wäre sehr kostspielig - alles ist kostspielig hier unten -, und dem Planetarischen Entwicklungsausschuß Geld zu entlocken ist immer erschreckend mühsam.«

Demerest spürte, wie seine Nasenflügel unwillkürlich bebten und die Wut in ihm aufstieg. Ein gezielter Hieb. Bergen wußte also, welche Schwierigkeiten Lunar City mit dem Planetarischen Entwicklungsausschuß, kurz PEA, hatte.

Bergen schien nichts zu bemerken. »Auch ich gehöre zu denen, die am Überlieferten festhalten«, fuhr er fort. »Zumindest etwas. Diese Einheit hier war die erste Kapsel, die gebaut wurde. In ihr blieben die ersten zwei Menschen über Nacht auf dem Meeresboden. Hier schliefen sie und hatten außer einem tragbaren Fusionsgerät zum Öffnen des Notausstiegs nichts bei sich. Mit Notausstieg meine ich die Zwischenkammer, die wir anfangs so bezeichneten. Reguera und Tremont hießen die beiden; sie haben übrigens keinen zweiten Trip nach unten gemacht. Sind fortan oben geblieben. Na ja, sie haben ihren Zweck erfüllt und sind inzwischen beide schon tot. Und heute sind fünfzig Menschen hier unten, und die normale Zeitspanne, die sie hier arbeiten, beträgt sechs Monate. Ich persönlich war in den letzten eineinhalb Jahren lediglich zwei Wochen oben.«

Er bat Demerest, ihm zu folgen, und drückte auf einen Knopf. Eine Tür glitt auf, er ging in die danebenliegende Einheit voran. Demerest blieb an der Tür stehen und sah sie sich genauer an. Keine Nahtstelle zwischen den beiden Einheiten.

Bergen deutete Demerests Blick richtig. »Wenn eine neue Einheit dazukommt«, erklärte er, »wird sie unter Druck mit der Nachbareinheit zu einem einzigen Stück Metall verschweißt. Wir können keinerlei Risiken eingehen, wie Sie wohl verstehen werden, besonders, da Sie der Chef des Sicherheitstrupps sind, wie man mir ...«

»Ja«, fiel ihm Demerest ins Wort. »Auf dem Mond werden Ihre perfekt funktionierenden Sicherheitsmaßnahmen sehr bewundert.«

Bergen zuckte die Achseln. »Wir hatten bisher Glück. Übrigens mein Beileid, ein verdammt blöder Zufall. Ich meine diesen tödlichen ...«

»Ja«, schnitt ihm Demerest das Wort ab.

Dieser Bergen, dachte der Mondmann, ist entweder ein von Natur aus geschwätziger Mensch, oder er labert mich an, um mich möglichst schnell wieder loszuwerden.

»Die Einheiten«, fuhr Bergen in seiner Erklärung fort, »sind stark verzweigt und natürlich dreidimensional angeordnet. Ich kann Ihnen den Plan zeigen, wenn Sie wollen. Die meisten der Endeinheiten dienen als Wohn- und Schlafräume. Damit man sich auch einmal zurückziehen kann. Die Arbeitseinheiten fungieren gleichzeitig als eine Art Korridor, was zu den Unannehmlichkeiten des Lebens hier unten gehört.

Das hier ist unsere Bibliothek, zumindest ein Teil davon. Sie ist nicht groß, aber hier werden auch alle Aufzeichnungen auf genauestens katalogisierten Mikrofilmen aufbewahrt, die in einem Computer gespeichert sind. Auf ihre Art ist diese Bibliothek - wenn ich das altmodische Wort benutzen darf – nicht nur die beste der Welt, sondern auch die einzige. Außerdem besitzen wir einen Computer, der darauf ausgerichtet ist, uns die ewige Nachschlagerei nach der Antwort auf anfallende Fragen abzunehmen. Dieser Computer sammelt, sortiert aus, koordiniert, wägt ab und spuckt schließlich das Ergebnis aus.

Es steht uns noch eine zweite Bibliothek zur Verfügung. Dort befinden sich auf Mikrofilmen aufgezeichnete Bücher und sogar ein paar echte Bände. Aber diese dienen lediglich zur Entspannung.«

Bergens fröhlicher Redefluß wurde unterbrochen.

»John? Darf ich kurz stören?«

Demerest fuhr zusammen. Die Stimme kam von hinten.

»Anette!« rief Bergen. »Ich wollte dich gerade holen. Das ist Stephen Demerest aus Lunar City. Mr. Demerest, darf ich Ihnen meine Frau Anette vorstellen?«

Demerest hatte sich umgedreht. »Ich freue mich, Sie kennenzulernen, Mrs. Bergen«, sagte er steif, starrte jedoch auf den Körper der Frau.

Anette Bergen sah aus wie Anfang Dreißig. Ihr braunes Haar war schlicht frisiert, und sie war ungeschminkt. Attraktiv, nicht hübsch, dachte Demerest, der noch immer wie gebannt auf den Körper starrte.

Mrs. Bergen hob kaum merklich die Schultern. »Ja, ich bin schwanger, Mr. Demerest«, sagte sie. »Das Kind soll in zwei Monaten auf die Welt kommen.«

»Verzeihen Sie«, murmelte Demerest. »Wie unhöflich von mir ... Ich hätte nicht gedacht ...«

Er brach ab und fühlte sich, als hätte ihm jemand eine Ohrfeige verpaßt. Er hatte nicht damit gerechnet, Frauen hier unten anzutreffen; warum, wußte er selbst nicht. Dabei hatte ihm der Pilot der Kapsel erzählt, daß Bergens Frau in Ocean City sei.

»Wie viele Frauen gibt es hier denn, Mr. Bergen?« fragte er stockend.

»Im Moment sind es neun«, antwortete Bergen. »Alles Ehefrauen. Wir hoffen, daß wir eines Tages das Verhältnis eins zu eins haben, aber im Moment brauchen wir an erster Stelle Forscher und Spezialisten. Wenn die Frauen keine besonderen Qualifikationen ...«

»Wir Frauen *haben* besondere Qualifikationen«, sagte Mrs. Bergen. »Die Männer könnten längere Schichten übernehmen, wenn ...«

»Meine Frau«, sagte Bergen lachend, »ist überzeugte Feministin, scheut aber nicht davor zurück, die vielgerühmte Gleichberechtigung mittels Sex erzwingen zu wollen, wenn es sein muß. Ich mache sie immer wieder darauf aufmerksam, daß diese Methode typisch feminin und nicht feministisch ist, aber sie hält mir dagegen vor –

na ja, deshalb ist sie ja auch schwanger. Falls Sie glauben, daß Liebe, Geschlechtstrieb oder der dringende Wunsch, Mutter zu werden, der Grund sind, irren Sie sich. Sie bringt hier unten ein Kind zur Welt, um einen Beweis zu liefern.«

»Und warum auch nicht?« sagte Anette Bergen kühl. »Entweder ist Ocean City eine Stätte der Menschenliebe oder nicht. Falls ja, werden wir hier auf dem Meeresgrund Kinder gebären. Ich will, daß mein Kind in Ocean City zur Welt kommt. Schließlich kommen auch in Lunar City Kinder zur Welt, oder etwa nicht, Mr. Demerest?«

Demerest holte tief Luft. »Ich bin dort geboren, Mrs. Bergen«, sagte er.

»Was sie längst weiß«, murmelte Bergen.

»Und Sie sind Ende Zwanzig, habe ich recht?« fragte Mrs. Bergen.

»Ich bin neunundzwanzig«, antwortete Demerest.

»Was sie auch längst weiß«, sagte Bergen lachend. »Ich wette, daß sie alles über Sie in Erfahrung gebracht hat, was nur ging.«

»Was mit unserem Gespräch nicht das geringste zu tun hat«, sagte Anette Bergen. »Seit mindestens neunundzwanzig Jahren werden in Lunar City Kinder geboren, und hier in Ocean City ist bisher noch nicht ein einziges Kind zur Welt gekommen.«

»Lunar City, meine Liebe, existiert auch schon länger«, sagte Bergen. »Seit über einem halben Jahrhundert leben Menschen auf dem Mond. Hier unten erst seit knapp zwanzig Jahren.«

»Man sollte doch meinen, daß zwanzig Jahre eine lange Zeit sind. Ein Kind entwickelt sich in neun Monaten.«

»Hier leben also keine Kinder?« fragte Demerest.

»Nein«, antwortete Bergen. »Noch nicht.«

»Aber in zwei Monaten wird das anders sein«, sagte Anette Bergen zuversichtlich.

Demerests innere Anspannung ließ nicht nach. Im Gegenteil. Als sie in die Einheit zurückgingen, in der sie sich begrüßt hatten, war Demerest daher froh, sich hinsetzen zu können. Diesmal nahm er das Angebot einer Tasse Kaffee dankbar an.

»Es gibt bald Essen«, sagte Bergen. »Ich hoffe, es macht Ihnen nichts aus, einen Moment hier zu sitzen. Diese Einheit, sozusagen die Ureinheit, wird lediglich zum Empfang von Gästen benutzt, und da wir sonst niemand mehr erwarten, werden wir hier ungestört sein. Wir können uns also unterhalten, wenn Sie wollen.«

»Gern«, sagte Demerest.

»Ich hoffe, ich darf daran teilnehmen«, sagte Anette Bergen. »An dieser Unterhaltung, meine ich.«

Demerest setzte eine zweifelnde Miene auf, aber Bergen schüttelte lächelnd den Kopf.

»Ich fürchte, Sie müssen sich einverstanden erklären«, sagte er. »Meine Frau ist höchst angetan von Ihnen. Mondmänner faszinieren sie. Sie hält sie für eine neue Generation oder vielmehr für eine neue Rasse. Wenn sie es einmal satt hat, eine Ozean-Frau zu sein, dann wird sie bestimmt Mond-Frau werden wollen – davon bin ich überzeugt.«

»Darf ich ein Wort einwerfen, John?« fragte Anette Bergen. »Mich würde interessieren, was Mr. Demerest von uns hält.« Sie sah Demerest erwartungsvoll an.

»Ich habe um diese Reise gebeten, Mrs. Bergen«, sagte Demerest vorsichtig, »weil ich Sicherheitsingenieur bin und Ocean City beneidenswert niedrige ...«

»Nicht ein Unfall mit tödlichem Ausgang in zwanzig Jahren«, fiel ihm Bergen stolz ins Wort. »Einen einzigen Todesfall haben wir zu verzeichnen – ein ganz normaler Infarkt. Ich wünschte allerdings, ich könnte behaupten, daß es unser Verdienst ist. Wir tun natürlich unser Bestes, aber das Glück stand eben auch auf unserer Seite. Wenn man sich allein überlegt ...«

»John«, sagte Anette Bergen. »Warum läßt du nicht Mr. Demerest reden?«

»Als Sicherheitsingenieur kann ich es mir nicht leisten«,

sagte Demerest, »mich auf das Glück zu verlassen. Mondbeben oder große Meteoriten können wir nicht verhindern, aber es wird von uns verlangt, daß wir alles tun, um die Verheerungen, die sie anrichten, möglichst geringzuhalten. Menschliches Versagen als Entschuldigung gibt es oder vielmehr sollte es nicht geben. Wir von Lunar City waren jedoch nicht in der Lage, es völlig auszuschalten. Unsere Unfallquote ist ...« – seine Stimme wurde leiser – »schlimm. Daß der Mensch nicht perfekt ist, wissen wir alle, aber die Maschine sollte wenigstens so konstruiert sein, daß sie diesen Makel berücksichtigt. Wir haben zwanzig Männer und Frauen verloren ...«

»Ich weiß. Aber die Bevölkerung von Lunar City beläuft sich doch auf fast eintausend Seelen, wenn ich richtig informiert bin. Ihr Überleben ist doch nicht in Gefahr.«

»Es leben genau neunhundertzweiundsiebzig Menschen in Lunar City, wenn ich mich dazuzähle. Sie täuschen sich, Mr. Bergen. Unser Überleben *ist* in Gefahr. Wir sind total von der Erde abhängig, was auf längere Sicht gesehen nicht so bleiben muß. Wenn der Planetarische Entwicklungsausschuß der Versuchung widerstehen könnte, irgendwelche lächerlichen Sparmaßnahmen ...«

»Endlich«, schnitt ihm Bergen das Wort ab, »kommen wir auf einen zentralen Punkt zu sprechen, der uns beide gleichermaßen angeht. Auch wir hier unten sind nicht autark, könnten es aber sein. Über unsere momentane Siedlungsfläche hinaus können wir nichts anbauen, es sei denn, es werden endlich Nuklearkapseln gebaut. Solange wir uns mit dem jetzigen System begnügen müssen, sind wir sehr eingeschränkt. Der Transport zwischen hier unten und droben geht langsam vor sich. Der Mensch verliert Zeit, die Anlieferung von Verpflegung und Material geht nur schleppend vor sich. Ich bohre seit ...«

»Aber jetzt zeigt sich der Erfolg, stimmt's?« fragte Demerest dazwischen.

»Ich hoffe es«, sagte Bergen. »Aber wieso sagen Sie das im Brustton der Überzeugung?«

»Mr. Bergen, nennen wir das Kind doch beim Namen. Sie wissen genau, daß die Erde eine feste Summe für Entwicklungsprojekte ausgeben muß und diese Summe nicht sonderlich groß ist. Die Bevölkerung der Erde wird für die Ausdehnung menschlichen Lebensraums im All beziehungsweise auf dem Meeresboden freiwillig kein Geld zur Verfügung stellen, wenn sie sieht, daß dadurch die Mittel für den ursprünglichen Lebensraum des Menschen, nämlich die Oberfläche des Planeten Erde, geschmälert würden.«

Jetzt schaltete sich Anette Bergen in das Gespräch ein.

»Sie scheinen den Erdenmenschen für egoistisch zu halten, Mr. Demerest«, sagte sie. »Ich finde das unfair. Es ist doch nur menschlich, oder etwa nicht, abgesichert sein zu wollen. Die Erde ist überbevölkert und erholt sich nur langsam von den Verwüstungen des Wahnsinnsjahrhunderts. Die Urheimat des Menschen muß an erster Stelle kommen, vor Lunar City oder Ocean City. Gerechter Himmel. Ocean City ist für mich fast zu einer neuen Heimat geworden, aber ich kann doch nicht wollen, daß diese neue Heimat auf Kosten der Erde gedeiht.«

»Es geht hier nicht um entweder – oder, Mrs. Bergen«, sagte Demerest. »Wenn das Meer und das All auf gezielte, ehrliche und intelligente Weise genutzt werden, kann das nur zum Vorteil der Erde gereichen. Kleine Investitionen werden sich nicht bezahlt machen, aber große werden Profit abwerfen.«

Bergen hielt die Hand in die Höhe. »Ich weiß, ich weiß – über den Punkt brauchen wir nicht zu diskutieren. Da sind wir völlig einer Meinung. Kommen Sie, essen wir. Ich schlage vor, wir essen gleich hier. Wenn Sie über Nacht bleiben oder auch ein paar Tage – Sie sind herzlich willkommen –, haben Sie genug Zeit, jeden kennenzulernen. Es ist doch angenehmer, sich nicht abhetzen zu müssen.«

»Viel angenehmer«, versicherte Demerest. »Ich bleibe gern ... ich wollte übrigens eben schon fragen, warum man hier niemanden sieht.«

»Das ist ganz einfach zu erklären«, sagte Bergen. »Jeweils fünfzehn Männer schlafen, weitere fünfzehn sehen sich Filme an oder spielen Schach oder sind – wenn sie ihre Frauen dabei haben ...«

»Eben«, sagte Anette Bergen.

»Es ist ungeschriebenes Gesetz, sie nicht zu stören«, fuhr Bergen fort. »Wir sind räumlich eingeschränkt, daher wird die Privatsphäre des einzelnen um so mehr geachtet. Ein paar Männer sind immer draußen im Wasser. Im Moment sind es, glaube ich, drei. Damit bleiben an die zwölf, die auf ihren Posten sind, und diese Männer werden Sie kennenlernen.«

»Dann hole ich jetzt das Essen«, sagte Anette Bergen und stand auf.

Sie lächelte und ging durch die Tür, die sich automatisch hinter ihr schloß.

Bergen sah ihr nach. »Das ist ein großes Zugeständnis«, sagte er. »Ihretwegen übernimmt sie die Rolle der Frau. Normalerweise hole meistens ich das Essen. Das Geschlecht zählt nicht.«

»Ich habe den Eindruck«, sagte Demerest, »daß die Türen zwischen den einzelnen Einheiten nicht sonderlich widerstandskräftig sind.«

»Finden Sie?«

»Wenn etwas passiert und zum Beispiel die Decke einer Einheit einbricht ...«

»Hier unten gibt es keine Meteoriten«, sagte Bergen lächelnd.

»Natürlich, ich habe mich falsch ausgedrückt. Falls irgendwo ein Leck ist, ganz gleich, aus welchem Grund, kann dann eine Einheit oder eine Gruppe von Einheiten gegen den Druck des Meeres abgeriegelt werden?«

»So wie in Lunar City beim Einschlag eines Meteoriten automatisch Sektionen abgeriegelt werden können, meinen Sie?«

»Ja«, sagte Demerest, einen verbitterten Unterton in der Stimme.

»Theoretisch ist das möglich«, sagte Bergen, »aber die Unfallchancen sind hier unten viel geringer. Wie gesagt, es gibt keine Meteoriten, und was noch wichtiger ist, keine nennenswerten Strömungen. Selbst ein Erdbeben, dessen Zentrum direkt unter uns läge, kann uns nichts anhaben, da wir keinen starren Berührungspunkt mit dem Boden unter uns haben und in das Meer eingebettet sind. Wir können uns daher mit ziemlicher Sicherheit darauf verlassen, daß uns keine Gefahr von außen droht.«

»Falls aber doch etwas passiert?«

»Dann sind wir möglicherweise in einer recht hilflosen Lage. Hier unten ist es nicht leicht, eine Einheit von der anderen abzuriegeln, beziehungsweise zu trennen. Auf dem Mond herrscht ein Druckdifferential von lediglich einer Atmosphäre; man mißt eine Atmosphäre im Innern und null Atmosphären im Vakuum draußen. Bei den Verhältnissen genügt eine dünne Absperrschicht. Hier unten in Ocean City liegt das Druckdifferential bei tausend Atmosphären. Eine absolut sichere Maßnahme gegen diese Differenz würde Unsummen kosten, und Sie wissen ja selbst, was von der Spendierfreudigkeit des PEA zu erwarten ist. Wir verlassen uns auf das Glück, und bisher hatten wir Erfolg damit.«

»Im Gegensatz zu uns«, sagte Demerest.

Bergen machte ein Gesicht, als fühle er sich nicht wohl in seiner Haut, aber in dem Moment kam seine Frau mit dem Essen zurück und lenkte die beiden Männer ab.

»Mr. Demerest«, sagte sie, »ich hoffe, Sie begnügen sich mit spartanischer Kost. Unsere Mahlzeiten hier unten sind abgepackt und müssen nur aufgewärmt werden. Wir legen Wert auf einfaches Essen ohne Extravaganzen. Heute gibt es gedünstetes Huhn mit Karotten und Dampfkartoffeln. Und hier liegt etwas, was wie ein Honigbrötchen aussieht und wohl als Nachtisch gedacht ist. Kaffee gibt es natürlich, soviel man will.«

Demerest stand auf, um sein Tablett in Empfang zu nehmen, und versuchte zu lächeln. »Das klingt ganz nach

Mondkost, Mrs. Bergen. Ich bin damit aufgewachsen. Wir ziehen unsere eigenen mikro-organismischen Nahrungsmittel, und es gilt als sehr patriotisch, sie zu sich zu nehmen, aber besonders schmackhaft sind sie nicht. Wir hoffen allerdings, daß wir diesbezüglich noch Fortschritte machen.«

»Sicher werden Sie das.«

Demerest aß langsam und kaute systematisch.

»Ich hasse es«, sagte er nach einer Weile, »auf meinem Fach herumzureiten, aber wie zuverlässig sind Sie gegen Pannen in Ihrem Luftschleuseneingangssystem abgesichert?«

»Die Luftschleuse – Javan hat mir erzählt, daß Sie diesen Ausdruck bevorzugen – ist der schwächste Punkt in Ocean City«, sagte Bergen, der bereits mit dem Essen fertig war und auch schon die erste Tasse Kaffee geleert hatte. »Aber ohne diesen Zwischenraum geht es eben nicht. Die Luftschleuse – bleiben wir bei dem Wort – ist so pannensicher und automatisch wie möglich. Erstens muß absolut jede Stelle des Schleusentors Kontakt haben, das heißt praktisch nahtlos auf der Kapseltür aufliegen, bevor das Wasser in der Schleuse mit Hilfe des Fusionsgenerators erhitzt werden kann. Darüber hinaus muß der Kontakt metallisch sein, sprich, das entsprechende Metall muß dieselbe magnetische Leitfähigkeit haben wie das Metall, das zum Bau der Kapseln benutzt wird. Angenommen, ein Felsblock oder irgendein Fabelwesen der Tiefsee setzt sich auf das Schleusentor und hat vollen Kontakt, was passiert dann? Es passiert absolut gar nichts.

Zweitens öffnet sich das äußere Schleusentor erst, wenn alles Wasser durch den Dampf nach außen gepreßt ist und dieser kondensiert. In anderen Worten erst, wenn sowohl der Druck als auch die Temperatur unter einem gewissen Punkt liegen. In dem Moment, wo sich das äußere Tor zu öffnen beginnt, wird sie durch ein relativ geringes Ansteigen des Innendrucks, wie bei Eindringen von Wasser, wieder geschlossen.«

»Gut«, sagte Demerest. »Wenn nun derjenige, der in

Ocean City angekommen ist, die Schleuse passiert hat, schließt sich das innere Schleusentor, und es wird wieder Wasser eingelassen. Können Sie die Menge, die eintritt, steuern, oder ist die Schleuse dem vollen Druck des Meeres ausgesetzt?«

»Wir können sie kaum steuern«, antwortete Bergen und lächelte. »Es lohnt sich nicht, gegen einen ganzen Ozean ankämpfen zu wollen. Man muß sich den gegebenen Verhältnissen anpassen. Wir können den Druck der einströmenden Wassermassen auf ein Zehntel des Normaldrucks verringern, aber trotzdem ist es wie ein Donnerschlag oder Wasserschlag, wenn Sie so wollen. Das innere Schleusentor hält dem Druck jedoch stand, aber es ist ihm ja auch nicht sehr häufig ausgesetzt. Moment – Sie haben den Wasserschlag doch mit eigenen Ohren gehört, als Javan zum Aufstieg gestartet ist. Erinnern Sie sich?«

»Ja, ich erinnere mich«, sagte Demerest. »Aber etwas verstehe ich nicht. Um das Außentor nicht dem ständigen Druck des Meeres auszusetzen, ist die Schleuse normalerweise mit Wasser gefüllt. Damit ist aber doch das Innentor konstant diesem Druck ausgesetzt.«

»Das ist richtig. Wenn aber das Außentor der Schleuse unter der Druckdifferenz von eintausend Atmosphären zusammenbricht, drängt der ganze Ozean mit seinen Millionen von Kubikmetern herein, und das wäre das Ende. Wenn das Innentor dasjenige ist, das unter Druck steht, und aus irgendeinem Grund nachgibt, dann haben wir hier drinnen eine schöne Schweinerei, aber nach Ocean City dringt dann wenigstens bloß das Wasser ein, das sich in der Schleuse befand, und der Druck fällt sofort ab. Da das Außentor unter Garantie lange standhält, haben wir für diesen Fall genug Zeit, um hier drinnen alles wieder in Ordnung zu bringen.«

»Und wenn beide Tore zur gleichen Zeit ...«

»Dann sind wir erledigt.« Bergen zuckte die Achseln. »Ich brauche Ihnen wohl kaum zu sagen, daß es weder eine absolute Gewißheit noch eine absolute Sicherheit gibt. Man muß mit einem gewissen Risikofaktor leben, aber die Chancen einer Doppelpanne sind so mikroskopisch klein, daß man sich deshalb keine Gedanken zu machen braucht.«

»Was geschieht, wenn sämtliche mechanischen Vorrichtungen ...«

»Sie sind pannensicher«, sagte Bergen stur.

Demerest nickte. Er aß den letzten Bissen Huhn.

Mrs. Bergen räumte bereits zusammen.

»Ich hoffe, meine Fragen stören Sie nicht, Mr. Bergen«, sagte Demerest schließlich.

»Aber ich bitte Sie – fragen Sie nur. Man hat mich über die genaue Natur Ihrer Mission unterrichtet. Das Wort ›Informationsreise‹ sagt allerdings nicht sonderlich viel aus. Ich nehme an, daß auf dem Mond wegen der Katastrophe kürzlich große Bestürzung herrscht. Daß Sie als Chef des Sicherheitstrupps zu Recht die Pflicht verspüren, jedwede nur mögliche Korrektur in Ihrem Sicherheitssystem anbringen zu müssen, ist mir genauso verständlich wie die Tatsache, daß Sie sich für unser Sicherheitssystem interessieren und eventuell daraus lernen wollen.«

»Genau. Aber sehen Sie, wenn all Ihre pannensicheren Vorrichtungen aus irgendeinem Grund nun doch ausfallen würden, dann wären Sie zwar noch am Leben, aber alle Ausstiegsmechanismen wären ein für allemal verschlossen. Sie wären in Ocean City gefangen und würden statt eines schnellen eines langsamen Todes sterben müssen.«

»Das wird wohl kaum passieren, aber sollte der Fall doch eintreten, dann würden wir hoffen, daß die nötigen Reparaturen erledigt sind, bevor uns im wahrsten Sinn des Worts die Luft ausgeht. Aber davon abgesehen steht uns ein Notsystem zur Verfügung, das von Hand bedient wird.«

»Tatsächlich?«

»Natürlich. Als Ocean City gegründet wurde und diese Einheit noch die einzige war – die, in der wir hier sitzen –, hatten wir nur Vorrichtungen, die von Hand bedient wurden. Damals war nichts pannensicher. Hier sind sie übrigens, direkt hinter Ihnen, in Plastik eingesargt.«

»Im Notfall Scheibe einschlagen«, murmelte Demerest und musterte die Anlage.

»Wie bitte?« fragte Bergen.

»Ach, das war bloß ein Satz, der früher im altmodischen Feuerschutzsystem geläufig war ... Funktionieren diese Vorrichtungen noch, oder sind sie im Lauf der Jahre eingerostet und unbrauchbar geworden?«

»Ganz und gar nicht. Sie werden wie sämtliche Einrichtungen in Ocean City in regelmäßigen Abständen überprüft. Meine Aufgabe ist das natürlich nicht, aber ich weiß, daß es getan wird. Falls ein elektrischer oder elektronischer Kreis unterbrochen wird, beziehungsweise nicht vorschriftsmäßig funktioniert, leuchten Warnlampen auf, Signalsirenen heulen los, und es ist wie kurz vor einer Atomexplosion ... Wissen Sie, Mr. Demerest, wir hier sind genauso neugierig in punkto Lunar City wie Sie, was Ocean City anbelangt. Ich nehme an, daß Sie bereit wären, einen unserer jungen Männer zu sich hinauf einzuladen ...«

»Warum nicht eine junge Frau?« warf Anette Bergen sofort dazwischen.

»Womit du bestimmt dich selbst meinst, meine Liebe«, sagte Bergen. »Darf ich dich daran erinnern, daß du fest entschlossen bist, hier unten ein Kind zur Welt zu bringen? Ich nehme doch an, daß du auch nach der Geburt noch eine gewisse Zeit hier bleibst, womit du als Anwärterin für eine Reise zum Mond nicht in Frage kommst.«

»Wir hoffen sehr«, sagte Demerest steif, »daß Sie uns jemanden schicken. In Lunar City ist man sehr daran interessiert, daß Sie unsere Probleme verstehen.«

»Ja, der gegenseitige Austausch von Problemen und das gegenseitige Ausweinen an der Schulter des anderen könnte höchst beruhigend für beide Teile sein. Sie haben in Lunar City zum Beispiel einen Vorteil, um den ich Sie beneide. Aufgrund der geringen Schwerkraft und der niedrigen Druckdifferenz können Sie Ihre Krater winklig und unregelmäßig gestalten und Ihrem Sinn für Ästhetik und Bequemlichkeit freien Lauf lassen. Wir hier unten sind an runde Formen gebunden, zumindest vorerst noch, und unsere Konstrukteure haben bereits einen Haß gegen alles Runde entwickelt, der alle Vorstellungen übertrifft. Glauben Sie bloß nicht, daß das komisch ist. Sie gehen daran zugrunde und lassen sich frühzeitig pensionieren, um nicht weiter mit dem Zirkel arbeiten zu müssen.«

Bergen schüttelte den Kopf und kippte mit seinem Stuhl zurück, bis die Lehne an ein Regal mit Mikrofilmen stieß.

»Als William Beebe neunzehnhundertdreißig oder -einunddreißig die erste Tiefseekammer gebaut hat«, fuhr er schließlich fort, »eine Art Gondel, die an einem Tau von fünfhundert bis sechshundert Meter Länge hing und vom Mutterschiff ins Wasser gelassen wurde – natürlich ohne Schwimmtanks und ohne irgendeine Art von Antrieb –, wenn dieses Tau riß, dann gute Nacht; es ist aber nicht gerissen ... Wie dem auch sei, was wollte ich noch sagen? Ach ja, als Beebe die erste Tiefseekammer entwickelt hat, wollte er sie eigentlich zylindrisch bauen. Sie wissen schon, damit ein Mensch bequem Platz darin hat. Der Mensch ist schließlich im allgemeinen ein zylindrisches Wesen. Nun gut, einer von Beebes Freunden hat diesen aber von dem Vorhaben abgebracht und ihn zur Kugelform überredet, weil die Kugel – und damit hatte der Freund natürlich recht – jeder Art von Druck besser standhält als alle anderen Formen. Und wissen Sie, wer dieser Freund war?«

»Ich fürchte, nein.«

»Der Mann, der damals Präsident der Vereinigten Staaten von Amerika gewesen ist – Franklin D. Roosevelt. All die Einheiten, die Sie hier unten sehen, sind die Urenkel von Roosevelts Vorschlag.«

Demerest dachte kurz über diesen Punkt nach, enthielt sich jedoch eines Kommentars. Er kam auf das Thema von eben zurück.

»Wir sind deshalb so an dem Besuch eines Vertreters von Ocean City interessiert«, sagte er, »weil dieser Ihrerseits zu einem Verständnis führen könnte, das für eine

Kursänderung nötig wäre, welche eine beachtliche Menge an Selbstaufopferung fordert.«

»So?« Bergen kippte mit seinem Stuhl wieder nach vorn. »Wie das?«

»Ocean City ist eine fabelhafte Errungenschaft, das läßt sich nicht abstreiten. Die Tiefseestation wird weiter anwachsen und zu einem Weltwunder werden. Trotzdem ...«

»Trotzdem?«

»... sind die Ozeane lediglich ein Teil der Erde; ein Hauptteil, aber trotzdem lediglich ein Teil. Und die Tiefsee wiederum ist lediglich ein Teil des Ozeans. Mit Ihrer Station hier läuft alles in einem Punkt zusammen. Es beschränkt sich sozusagen auf einen einzigen Punkt.«

»Ich glaube«, schaltete sich jetzt Anette Bergen ein, »Sie zielen auf einen Vergleich mit Lunar City hin.«

»Allerdings«, sagte Demerest. »Lunar City repräsentiert das All, das sich bis in die Unendlichkeit erstreckt. Auf lange Sicht gesehen kann man sich hier unten in der Tiefsee nur begrenzt ausbreiten, wohingegen im All die Möglichkeiten unbegrenzt sind.«

»Für uns sind Weite und Volumen nicht die einzigen Kriterien, Mr. Demerest«, sagte Bergen. »Der Ozean, in dem wir uns hier befinden, ist nur ein kleiner Teil der Erde, da haben Sie recht, aber genau aus diesem Grund ist er mit fünf Milliarden Menschen eng verbunden, Ocean City ist noch ein Experiment, aber die Siedlungen auf den kontinentalen Schelfmeeren können längst als Städte bezeichnet werden. Ocean City bietet der Menschheit die Möglichkeit, den gesamten Planeten Erde ...«

»... zu schänden«, fiel ihm Demerest aufgebracht ins Wort. »Ihn zu vergewaltigen und zu ruinieren. Wenn sich das Bemühen des Menschen allein auf die Erde konzentriert, so ist das ungesund und sogar tödlich. Ein Gleichgewicht ist nur möglich, wenn der Blick des Menschen gleichzeitig auf das Neuland gerichtet ist.«

»Was hat es denn zu bieten, dieses Neuland?« fragte Anette Bergen zynisch. »Nichts – rein gar nichts. Der Mond ist tot, wie auch alle anderen Welten da draußen tot sind. Falls es bewohnbare Planeten zwischen den Sternen gibt, Lichtjahre von der Erde entfernt, sind sie nicht erreichbar. Der Ozean dagegen *lebt* – und er ist nah.«

»Auch der Mond lebt, Mrs. Bergen, und wenn Ocean City es zuläßt, wird der Mond eine unabhängige Welt werden. Wir Mondmenschen werden dann dafür sorgen, daß andere Welten erforscht und zum Leben erweckt werden, und wenn die Menschheit auch nur ein bißchen Geduld aufbringt, werden wir die Sterne vom Himmel holen. Wir! Wir! Nämlich nur wir Mondmenschen, wir, die wir an das All gewöhnt sind, an ein Leben in höhlenartigen Kratern, an eine künstliche Umwelt, nur wir können ein Leben in einem Raumschiff ertragen, das vielleicht Jahrhunderte braucht, bis es die Sterne erreicht.«

»Moment, Moment!« sagte Bergen und hielt die Hand hoch. »Nichts überstürzen. Was meinen Sie, wenn Sie sagen, ›falls Ocean City es zuläßt‹? Was haben *wir* denn damit zu tun?«

»Sie machen uns Konkurrenz, Mr. Bergen«, sagte Demerest. »Der Planetarische Entwicklungsausschuß wird Sie zum Lieblingskind ernennen, wird Ihnen mehr Zuschüsse gewähren als uns, weil – der augenblicklichen Lage Rechnung tragend – der Ozean lebt, wie Ihre Frau sagt, und der Mond angeblich tot ist, obwohl dort fast tausend Menschen leben. Dazu kommt, daß Sie nur ein halbes Dutzend Meilen von der Erde entfernt sind und wir eine Viertelmillion. Sie kann man in einer Stunde erreichen, zum Mond braucht man drei Tage. Sie sind ein Beispiel an Sicherheit, und wir – wir hatten eben Pech.«

»Der letzte Punkt ist unwesentlich«, sagte Bergen. »Unfälle können immer einmal vorkommen. Überall.«

»Aber das Unwesentliche kann hochgespielt werden«, sagte Demerest verärgert. »Es kann dazu benutzt werden, Emotionen zu manipulieren. Für Menschen, denen der Sinn und die Wichtigkeit der Erforschung des Alls nicht klar ist, gilt der Tod von Mondmenschen, die bei Unfällen ums

Leben gekommen sind, als Beweis dafür, daß der Mond gefährlich und seine Bevölkerung ein sinnloses Unterfangen ist. Warum auch nicht? Eine bequeme Entschuldigung für Einsparungsmaßnahmen, von denen zur Beruhigung des Gewissens ein Teil Ihnen zufließt. Deshalb habe ich Ihnen gesagt, daß das Überleben der tausend Menschen auf dem Mond bedroht ist, obwohl bloß zwanzig von diesen tausend Menschen bei einem Unfall auf dem Mond ums Leben gekommen sind.«

»Ich akzeptiere Ihr Argument nicht, Mr. Demerest. Seit Jahren ist genug Geld für uns beide vorhanden.«

»Eben nicht, das ist ja der springende Punkt. Nicht genug, um den Mond in all den Jahren zu einer autarken Welt zu machen, wobei uns die Tatsache, daß wir nicht autark sind, auch noch zum Vorwurf gemacht wird. Auch Ocean City hat nicht genug Zuschüsse bekommen, um autark werden zu können ... was sich ab dem Moment ändern wird, wo Sie alles und wir gar nichts mehr bekommen.«

»Glauben Sie, daß der Zustand eintreten wird?«

»Ich bin fast sicher, es sei denn, Ocean City beweist staatsmännisches Interesse an der Zukunft des Menschen.«

»In welcher Form?«

»Durch die Ablehnung zusätzlicher Mittel. Durch die Tatsache, daß Ocean City nicht mit Lunar City konkurriert und das Wohl der gesamten Rasse vor den Eigennutz stellt.«

»Sie verlangen von uns aber doch nicht, daß wir Ocean City aufgeben und ...«

»Das wird gar nicht nötig sein. Verstehen Sie denn nicht, was ich meine. Unterstützen Sie uns und stärken Sie uns den Rücken, wenn wir erklären, daß die Erforschung des Alls *die* Hoffnung der Menschheit ist und Sie sich nötigenfalls einschränken und gedulden.«

Bergen sah seine Frau an und zog die Augenbrauen in die Höhe. Diese schüttelte den Kopf.

»Sie scheinen sich ein recht romantisches Bild vom PEA zu machen, Mr. Demerest«, sagte Bergen nach einem Moment. »Selbst wenn ich großmütige, selbstaufopfernde Reden schwinge, wer sagt mir, daß man mir zuhört? Mit dem Projekt Ocean City hängt viel mehr zusammen als meine Meinung und meine Behauptungen. Ich erinnere lediglich an wirtschaftliche Überlegungen und die öffentliche Meinung. Wozu die Aufregung, Mr. Demerest, Lunar City geht schon nicht unter. Sie werden Ihre Zuschüsse bekommen, ich bin überzeugt davon. Wirklich! Und jetzt lassen wir das Thema.«

»Nein, ich muß Sie auf die eine oder andere Weise davon überzeugen, daß ich es ernst meine. Notfalls muß Ocean City stillgelegt werden, bis der PEA für beide Projekte genügend Mittel zur Verfügung stellt.«

»Sind Sie eigentlich in offizieller Mission hier, Mr. Demerest?« fragte Bergen etwas verärgert. »Ich meine, sind Sie das offizielle Sprachrohr von Lunar City, oder äußern Sie Ihre persönliche Meinung?«

»Ich äußere meine persönliche Meinung, Mr. Bergen, aber das dürfte vielleicht ausreichend sein.«

»Kaum. Es tut mir leid, aber das Gespräch nimmt einen unangenehmen Verlauf. Ich würde daher vorschlagen, daß Sie mit der ersten Kapsel nach oben zurückkehren.«

»Nein, noch nicht!« Demerest sah mit wildem Blick um sich, stand plötzlich auf und lehnte sich gegen die Wand. Er war etwas zu groß für diesen Raum und hatte von einer Sekunde zur anderen das Gefühl, daß das Leben an Bedeutung verlor. Noch einen Schritt, und er konnte nicht mehr zurück.

Zu Hause auf dem Mond hatte er die Meinung vertreten, daß Reden und Verhandeln zwecklos sei. Die zur Verfügung stehenden Mittel mußten skrupellos ausgenutzt und Lunar Citys Schicksal durfte nicht vermasselt werden, nicht zugunsten von Ocean City. Auch nicht zugunsten der Erde. Schon gar nicht, denn die Menschheit und das Universum kamen noch vor dem Planeten Erde. Der Mensch mußte aus seinem Schoß herauswachsen und ...

Demerest hörte seinen eigenen nervösen Atem und spürte den inneren Tumult seiner Gedanken.

Mr. und Mrs. Bergen beobachteten ihn besorgt.

Anette Bergen stand auf. »Geht es Ihnen nicht gut, Mr. Demerest?« fragte sie. »Ist Ihnen nicht wohl?«

»Nein, es geht mir gut. Setzen Sie sich. Ich bin Sicherheitsingenieur und möchte Ihnen beibringen, was Sicherheit ist. Setzen Sie sich bitte, Mrs. Bergen.«

»Setz dich, Anette«, sagte Bergen. »Ich mache das schon.« Er stand auf und machte einen Schritt nach vorn.

»Stehenbleiben!« befahl Demerest. »Sie sind offensichtlich zu naiv, Mr. Bergen, um Gefahr von seiten eines Menschen in Betracht zu ziehen. Gegen das Meer und mechanisches Versagen treffen Sie Vorkehrungen, aber Besucher, die zu Ihnen kommen, tasten Sie nicht ab. Ich habe eine Waffe, Mr. Bergen.«

Damit war der letzte Schritt getan. Er hatte es ausgesprochen, und damit gab es kein Zurück mehr. Ganz gleich, was er tat, er war ein toter Mann. Eine seltsame Ruhe machte sich in ihm breit.

»O John«, stöhnte Anette Bergen und griff nach dem Arm ihres Mannes.

Bergen trat vor sie. »Eine Waffe? Das Ding da soll eine Waffe sein? Immer mit der Ruhe, Demerest. Es besteht keinerlei Grund, die Nerven zu verlieren. Wenn Sie reden wollen, dann reden Sie eben. Was ist denn das?«

»Nichts Aufregendes. Ein tragbarer Laser.«

»Und was wollen Sie damit tun?«

»Ocean City zerstören.«

»Unmöglich, Demerest. Sie wissen selbst, daß das unmöglich ist. Die Energie reicht nicht aus. Mit einem Laser, den Sie in der Hand halten können, kommen Sie durch diese Wände nicht durch.«

»Das ist mir klar. Aber diese Waffe hat mehr Energie, als Sie glauben. Sie ist auf dem Mond hergestellt, das heißt im Vakuum, das heißt mehr Energie. Aber Sie haben recht. Die Waffe ist für kleinere Verteidigungsmaßnahmen gedacht und muß häufig neu aufgeladen werden. Ich habe deshalb gar nicht vor, die vorhandene Energie auf die Wände zu verschwenden ... Ich werde die Angelegenheit indirekt erledigen. Der erste Vorteil: die Waffe wird Sie daran hindern, Alarm zu schlagen. Ich halte genug Energie in der Faust, um Sie beide zu töten.«

»Aber Sie werden uns nicht töten«, sagte Bergen. »Sie haben keinen Grund dazu.«

»Falls Sie damit sagen wollen, daß ich ein Wahnsinniger bin, dem man seinen Wahnsinn verständlich machen sollte, können Sie sich die Mühe sparen. Ich habe jeden Grund, Sie zu töten, und ich werde es tun. Falls ich dazu gezwungen bin, werde ich den Laser dazu benutzen, aber ich möchte es vermeiden.«

»Was haben Sie davon, wenn Sie uns töten? Erklären Sie es mir. Etwa weil ich mich geweigert habe, die Mittel zu opfern, die Ocean City zur Verfügung gestellt werden? Ich konnte nicht anders handeln. Schließlich bin ich nicht derjenige, der die Entscheidungen fällt. Und wenn Sie mich töten, dann bewirkt das unter Garantie nicht, daß die Entscheidungen zu Ihren Gunsten abgeändert werden. Im Gegenteil. Wenn ein Mondmensch zum Mörder wird, welches Licht wirft das denn auf das Mondunternehmen? Sie dürfen die Emotionen der Menschen auf der Erde nicht vergessen.«

»Begreifen Sie denn nicht«, schaltete sich Anette Bergen mit leicht schriller Stimme ein, »daß man behaupten wird, die Strahlung auf dem Mond beeinflusse den Menschen auf negative Weise? Man wird sagen, die genetischen Manipulationen, die Ihr Leben auf dem Mond physisch möglich machen, haben Ihren Geist beeinträchtigt, Ihre seelische Ausgeglichenheit. Denken Sie bloß an das Wort ›mondsüchtig‹. Ist es vielleicht ein Kompliment, wenn man jemanden als mondsüchtig bezeichnet? Schon früher hat man gedacht, daß der Mond den Menschen krank macht und seinen Kopf verwirrt.«

»Ich bin weder krank noch verrückt«, sagte Demerest.

»Was völlig egal ist«, sagte Bergen und verfolgte vorsichtig die Richtung, die seine Frau eingeschlagen hatte. »Man wird nämlich trotzdem sagen, daß Sie nicht normal sind und alle Mondmenschen eine Macke haben. Lunar City wird stillgelegt und der Mond für einen Himmelskörper erklärt werden, der nicht mehr betreten werden darf. Wollen Sie das etwa erreichen, Mr. Demerest?«

»Das könnte die Folge sein, wenn man der Meinung ist, daß ich Sie getötet habe, aber dieser Meinung wird man nicht sein. Ein Unfall wird sich ereignen und Ocean City zerstören.«

Demerest riß den linken Ellbogen hoch und schlug damit den Plastikkasten ein, der über den Instrumenten angebracht war, die per Hand bedient werden mußten.

»Ich kenne Vorrichtungen dieser Art«, sagte er gelassen. »Ich weiß genau, wie sie funktionieren. Eigentlich hätte die Tatsache, daß der Plastikkasten eingeschlagen wurde, eine Warnlampe oder dergleichen in Betrieb setzen müssen – er könnte ja auch aus Versehen eingeschlagen worden sein –, und jemand müßte kommen und nachsehen. Wenn sich die Vorrichtungen nicht sogar selbst verriegeln, was besser wäre.« Demerest legte den Kopf leicht zur Seite und überlegte kurz. »Ich bin überzeugt davon«, fuhr er schließlich fort, »daß niemand kommt. Sogar, daß nirgends eine Warnlampe aufleuchtet. Dieses Sicherheitssystem hier ist nicht pannensicher, weil Sie sich darauf verlassen haben, daß es nie gebraucht werden würde.«

»Und was haben Sie jetzt vor?« fragte Bergen.

Demerest spürte die innere Anspannung des Mannes und beobachtete dessen Knie.

»Falls Sie versuchen sollten, sich auf mich stürzen zu wollen, drücke ich ab«, sagte er. »Ich drücke ab und erledige auf der Stelle den Rest.«

»Dann habe ich wohl nicht mehr viel zu verlieren.«

»Doch – Zeit. Mischen Sie sich nicht ein, dann haben Sie noch ein paar Minuten Zeit und können reden. Vielleicht schaffen Sie es sogar, mich von meinem Vorhaben abzubringen. Ich mache Ihnen einen Vorschlag. Sie hindern mich nicht an meinem Tun, und ich gebe Ihnen die

Chance, mich davon zu überzeugen, daß ich dabei bin, einen Fehler zu begehen.«

»Aber was haben Sie denn eigentlich vor?«

»Zum Beispiel das!« sagte Demerest. Er mußte nicht einmal hinsehen. Seine linke Hand schoß zur Seite und betätigte einen Hebel. »Jetzt wird die Schleuse aufgeheizt«, sagte er, »und der Dampf drückt das Wasser nach außen. Es dauert ein paar Minuten, aber dann – ich gehe jede Wette ein – leuchten diese Kontrollämpchen auf.«

»Wollen Sie ...«

»Warum fragen Sie?« schnitt ihm Demerest das Wort ab. »Sie wissen doch ganz genau, daß ich beabsichtige, Ocean City zu überfluten.«

»Warum, frage ich Sie? *Warum?*«

»Weil man diese Art von Zerstörung für einen Unfall halten wird. Weil Sie damit in punkto Sicherheit nicht mehr an erster Stelle stehen. Weil die Katastrophe so groß sein wird, daß Sie ausgelöscht sind. Weil sich dann der PEA von Ihnen abwenden und Ocean City seinen Heiligenschein verlieren wird. Weil dann wir die zur Verfügung stehenden Gelder bekommen und weitermachen können. Wenn ich all das auf andere Weise erreichen könnte, würde ich davon Abstand nehmen, aber die Bedürfnisse von Lunar City sind die Bedürfnisse der gesamten Menschheit, und diese wiederum sind höchstes Gebot.«

»Und auch Sie werden sterben«, brachte Anette Bergen mühsam heraus.

»Natürlich. Würde ich denn noch leben wollen, wenn ich gezwungen bin, so etwas zu tun? Ich bin kein Mörder.«

»Aber Sie werden zum Mörder werden. Wenn Sie diese Einheit überfluten, wird in jede Einheit Wasser eindringen, und alle Menschen, die hier leben, werden ertrinken. Und die drei Männer, die draußen im Meer sind, haben auch keine Chance. Sie werden lediglich einen viel langsameren Tod sterben. Fünfzig Männer und Frauen – ein ungeborenes Kind ...«

»Dafür kann ich nichts«, sagte Demerest mit gequälter

Stimme. »Ich habe nicht damit gerechnet, daß sich hier unten eine schwangere Frau befindet. Jetzt, wo ich es weiß, kann ich deshalb mein Vorhaben nicht abbrechen.«

»Aber Sie müssen es abbrechen«, sagte Bergen. »Ihr Plan wird nur dann funktionieren, wenn bewiesen werden kann, daß es ein Unfall war. Man wird den Laser bei Ihnen finden und feststellen, daß die manuelle Notvorrichtung bedient worden ist. Glauben Sie, diese Indizien allein reichen nicht schon aus, um die nötigen Schlüsse zu ziehen?«

Demerest wurde plötzlich von einer grenzenlosen Müdigkeit und Schwere befallen. »Mr. Bergen, Sie sind am Ende«, sagte er. »Hören Sie mir zu. Wenn das äußere Tor aufgeht, strömt Wasser mit einem Druck von tausend Atü in die Schleuse. Es wird mit einem fürchterlichen Aufprall hereinkommen und alles zerstören. Die Wände von Ocean City werden erhalten bleiben, aber alles innerhalb dieser Wände wird bis zur Unkenntlichkeit zermalmt werden. Die Menschen werden zu einer Masse aus Fleischbrei und Knochensplittern zermanscht werden, und der Tod wird plötzlich und schmerzlos sein. Selbst wenn ich gezwungen wäre, Sie mit dem Laser zu verbrennen, würde nichts von Ihnen übrigbleiben, was auf die Todesart schließen ließe. Das wäre also kein Grund, der mich davon abbringen würde. Die Handvorrichtung wird mit dem Rest total zertrümmert werden. Das Wasser wird alles zerstören.«

»Nicht den Laser«, sagte Anette Bergen. »Die Waffe wird man finden.«

»Das ist kein Problem, Mrs. Bergen«, sagte Demerest. »Auf dem Mond ist ein Handlaser gang und gäbe. Jeder läuft mit so einem Spielzeug herum. Es entspricht dem Taschenmesser der Erde. Man kann einen Menschen auch mit einem Taschenmesser töten, aber allein die Tatsache, daß man ein Taschenmesser bei sich hat, selbst ein geöffnetes Taschenmesser, stempelt einen nicht automatisch zum Mörder. Außerdem ist ein auf dem Mond angefertigter Laser keine Schußwaffe. Er muß keinem Explosionsdruck standhalten und ist daher aus dünnem Metall gemacht. Die Mechanik ist primitiv. Auch der Laser wird durch den Wasserschlag zu einem Gegenstand entstellt werden, dessen ursprüngliche Funktion niemand mehr erkennen wird.«

Demerest brauchte nicht nachzudenken. Die Behauptungen, die er aufstellte, kamen wie von selbst, denn er hatte sie während monatelanger innerer Monologe ausgearbeitet.

»Außerdem«, fuhr er fort, »wie soll ein Ermittlungstrupp von Experten je herausfinden, was hier vor sich gegangen ist? Man wird Tiefseekapseln herunterschicken und die Überreste von Ocean City inspizieren, aber wie will man denn in die Station selbst eindringen, wenn nicht vorher das Wasser herausgepumpt wird? Man wird gezwungen sein, eine neue Station zu bauen, und das wird – wie lange wird das dauern? Die Öffentlichkeit wird sich möglicherweise dagegen verwenden, Gelder auf diese Weise vergeudet zu sehen, und man wird von dem Projekt ablassen und sich damit zufriedengeben, einen Lorbeerkranz auf den toten Wänden der toten Tiefseestation Ocean City niederzulegen.«

»In Lunar City wird man wissen, was Sie getan haben, Demerest«, sagte Bergen. »Jemand wird sein Gewissen erleichtern, und die Wahrheit wird bekanntwerden.«

»Ich bin kein Idiot, Mr. Bergen«, sagte Demerest. »Nicht ein Mondmensch weiß, was ich im Sinn hatte. Keiner wird den Verdacht hegen, daß ich Ocean City zerstört habe. Man hat mich hier heruntergeschickt, um mit Ihnen über eine eventuelle Zusammenarbeit bezüglich der finanziellen Unterstützung zu verhandeln. Ich hatte den Auftrag, mit Ihnen zu sprechen, und nicht mehr. In Lunar City fehlt nicht einmal ein Laser. Ich habe diesen selbst zusammengebaut und habe ihn natürlich auch getestet. Er funktioniert.«

»Sie haben die Angelegenheit nicht bis zum Ende durchdacht«, sagte Anette Bergen. »Wissen Sie überhaupt, was Sie da tun?«

»Ich habe die Angelegenheit bis zum bitteren Ende

durchdacht, und ich weiß, was ich tue ... Außerdem weiß ich, daß Sie beide bemerkt haben, wie sich die Kontrollämpchen eingeschaltet haben. Sie leuchten rot auf. Die Schleuse ist leer, die Zeit ist abgelaufen, fürchte ich.«

Den Laser in der erhobenen Faust, betätigte er einen zweiten Hebel, und im selben Moment öffnete sich in der Wand, an der die Instrumente angebracht waren, ein kreisrundes Loch.

Demerest sah es aus dem Augenwinkel, wandte aber den Kopf nicht zur Seite. Aus dem Loch strömte naßkalter, salziger Dampf, der unangenehm roch. Demerest hörte, wie das Wasser unter dem Laufsteg der Schleuse gegen die Wände schlug.

»Bei einem brauchbaren Notsystem müßte jetzt das äußere Schleusentor so fest geschlossen sein, daß es durch nichts zu öffnen ist. Wenn das innere Tor offen ist, müßte das äußere wie eingeschweißt sein. Ich nehme jedoch an, daß das Notsystem anfangs zu hastig angebracht und daher diese Vorsichtsmaßnahme vergessen worden ist. Und aus Unachtsamkeit, nehme ich an, hat man diese Vorsichtsmaßnahme zu einem späteren Zeitpunkt nicht mehr eingebaut. Wenn ich unsicher wäre, was meine Vermutungen anbelangt, und einen weiteren Beweis dafür bräuchte, daß das äußere Schleusentor tatsächlich nicht genügend abgesichert ist, bräuchte ich mir nur Sie anzusehen: Die Angst dringt Ihnen aus allen Poren. Ich brauche jetzt also nur noch einen Hebel herunterzudrücken, und der Wasserschlag wird kommen. Wir werden nicht das geringste spüren.«

»Noch nicht!« rief Anette Bergen schnell. »Ich möchte noch etwas sagen. Sie haben behauptet, wir hätten genug Zeit, Sie eventuell von Ihrem Vorhaben abzubringen. Sie zu überreden, es nicht zu tun.«

»Ich habe von der Zeit gesprochen, die nötig war, um die Schleuse zu leeren.«

»Lassen Sie mich trotzdem noch das eine Argument vorbringen. Eine Minute Aufschub! Bloß eine Minute. Ich habe gesagt, daß sie nicht wissen, was Sie tun, und Sie wissen es auch nicht. Sie zerstören das Weltraumprogramm. Jawohl, das Weltraumprogramm. Der Weltraum besteht nicht nur aus dem All!«

Anette Bergens Stimme war noch schriller geworden.

Demerest runzelte die Stirn. »Was meinen Sie damit?« fragte er. »Drücken Sie sich verständlich aus, sonst mache ich dem Ganzen ein Ende. Ich bin müde, ich habe Angst und will es hinter mich bringen.«

»Sie sind kein Mitglied des Planetarischen Entwicklungsausschusses«, sagte Anette Bergen. »Mein Mann auch nicht, aber ich bin Mitglied. Glauben Sie vielleicht, daß ich zweitrangig bin, weil ich eine Frau bin? Sie täuschen sich, Mr. Demerest. Ihr ganzes Denken gilt Lunar City, das ganze Denken meines Mannes gilt Ocean City, und beide haben Sie keine Ahnung.

Wenn Ihnen das Geld dieser Erde zur Verfügung gestellt würde, Mr. Demerest, was würden Sie dann damit anfangen? Würden Sie den Mars erforschen? Oder die Asteroiden? Die Satelliten der Gasgiganten? Das sind alles bloß winzige Welten. Dürre Wüsten unter einem leeren Himmel. Es kann Generationen dauern, bis wir den Sprung zu den Sternen wagen können, und bis dahin wird es nur unbedeutende Ansiedlungen geben. Ist das Ihr Streben?

Das Streben meines Mannes ist keinen Deut besser. Er träumt davon, den Lebensraum des Menschen auf den Meeresboden zu verlagern, der nach letzten Analysen nicht viel ausgedehnter ist als die Oberfläche des Mondes und anderer Zwergwelten. Wir vom PEA jedoch streben nach mehr als Sie beide, und wenn Sie diesen Hebel herunterziehen, Mr. Demerest, verpufft der größte Traum, den der Mensch je geträumt hat, ins Nichts.«

Trotz eines inneren Widerstrebens hatte Demerest der Frau interessiert zugehört.

»Das ist alles nur Geschwätz«, sagte er.

Er wußte, daß sie kein Notsignal betätigt haben konnten, daß niemand hereingestürzt kommen und ihn unschädlich machen konnte, trotzdem starrte er wie gebannt auf die Tür zur benachbarten Einheit, dabei brauchte er doch lediglich einen Hebel zu betätigen.

»Das ist kein Geschwätz«, sagte Anette Bergen. »Sie wissen, daß Raketen allein nicht ausreichten, um die Planeten zu bevölkern. Um eine Kolonie aufzubauen, muß der Mensch, der dort leben soll, genetisch verändert und den Verhältnissen der Schwerkraft angepaßt werden. Sie selbst sind schließlich ein Produkt genetischer Manipulationen.«

»Na und?«

»Ist es dann nicht denkbar, Mr. Demerest, daß der Mensch durch genetische Veränderungen noch größeren Gravitationsbelastungen angepaßt werden kann? Was ist der größte Planet des Sonnensystems, Mr. Demerest?«

»Der Jupi ...«

»Ja, der Jupiter. Mit einem Durchmesser, der elfmal so groß ist wie der des Planeten Erde. Vierzigmal so groß wie der des Mondes. Die Oberfläche des Jupiters ist hundertzwanzigmal so groß wie die der Erde und eintausendsechshundertmal so groß wie die des Mondes, die Bedingungen auf dem Jupiter sind so verschieden von denen auf der Erde oder ähnlichen Planeten, daß jeder Wissenschaftler sein halbes Leben dafür hergeben würde, wenn er sie an Ort und Stelle untersuchen könnte.«

»Aber an eine Fahrt zum Jupiter ist nicht zu denken«, sagte Demerest sarkastisch.

»So?« Ein schwaches Lächeln huschte über Anette Bergens Gesicht. »Warum ist daran nicht zu denken? Durch genetische Maßnahmen könnten Menschen entstehen, deren Knochenbau stärker und belastbarer ist, die zähere Muskeln haben. Dasselbe Prinzip, das Lunar City vor dem Vakuum und Ocean City vor dem Meer schützt, kann auch die zukünftige Station Jupiter City vor der stickstoffhaltigen Atmosphäre schützen.«

»Das Gravitationsfeld ...«

»Kann durch atomgetriebene Raumschiffe überwunden

werden, die bereits entwickelt werden. Sie wissen das nicht, aber ich weiß es.«

»Man hat nicht einmal genaue Daten über die Dichte der Atmosphäre. Die Druckverhältnisse ...«

»Die Druckverhältnisse!« fiel ihm Anette Bergen mit einem kurzen trockenen Lachen ins Wort. »Die Druckverhältnisse! Sehen Sie sich doch bloß um, Mr. Demerest. Warum, glauben Sie, wurde Ocean City gebaut? Was war der eigentliche Grund? Die Nutzung der Wasserflächen? Sie sind durch die Siedlungen auf den Schelfmeeren ausreichend genutzt. Die Erforschung des Meeresbodens? Dafür würden Tiefseekapseln ausreichen, und die hundert Milliarden Dollar, die bisher in Ocean City investiert worden sind, hätte man sich sparen können.

Begreifen Sie denn nicht, daß Ocean City sehr viel mehr ist als eine lächerliche Tiefseestation? Ocean City ist ein Projekt, das die Transportmöglichkeiten und das Know-how ausarbeitet, mit deren Hilfe der Mensch den Jupiter erforschen und kolonisieren wird. Schauen Sie sich um, und Sie sehen die Anfänge von Lebensbedingungen, die denen auf dem Jupiter entsprechen. Natürlich ist das hier nur ein schwaches Abbild des gewaltigen Jupiters, aber es ist ein Anfang.

Wenn Sie Ocean City zerstören, Mr. Demerest, dann zerstören Sie jegliche Hoffnung, je den Jupiter zu erreichen. Lassen Sie uns jedoch leben, dann werden wir zusammen das interessanteste und vielleicht kostbarste Juwel des Sonnensystems erforschen und bezwingen. Und lange bevor wir die äußersten Grenzen des Jupiters erreichen, werden wir die Sterne erreicht haben und die erdähnlichen und die jupiterähnlichen Planeten, die sie umkreisen. Lunar City wird nie im Stich gelassen werden, denn für dieses Endziel ist Ihre Station auf dem Mond ebenso wichtig wie diese Station in der Tiefsee.«

Im Moment hatte Demerest den letzten Hebel total vergessen.

»Davon hat in Lunar City kein Mensch eine Ahnung.«

»Sie hatten keine Ahnung davon, Mr. Demerest«, sagte Anette Bergen. »Es gibt in Lunar City durchaus Menschen, die davon wissen. Wenn Sie ihnen gegenüber geäußert hätten, daß Sie Ocean City zerstören wollen, hätte man Ihnen die Reise zu uns herunter verweigert. Natürlich darf das Projekt nicht an die große Glocke gehängt werden, und nur wenige wissen Bescheid. Die Öffentlichkeit steht dem Planetarischen Projekt, an dem bereits aktiv gearbeitet wird, skeptisch genug gegenüber. Wenn sich der PEA wenig zahlungswillig zeigt, dann deshalb, weil die öffentliche Meinung ihn dazu zwingt. Was glauben Sie, würde die Öffentlichkeit sagen, wenn sie wüßte, daß wir den Jupiter anpeilen? Für schieren Wahnsinn würde sie das Projekt halten. Aber wir lassen uns dadurch nicht beirren, wir machen weiter und stecken jeden nur verfügbaren Penny in die verschiedenen Versuchsstationen des Projekts Allwelt.«

»Projekt Allwelt?«

»Ja, Projekt Allwelt«, sagte Anette Bergen. »Nun wissen Sie Bescheid, und ich habe auf gröbliche Weise gegen meine Schweigepflicht verstoßen. Aber das ist nun auch unerheblich. Wir werden untergehen und mit uns das Projekt.«

»Moment, Mrs. Bergen.«

»Falls Sie jetzt plötzlich von Ihrem Vorhaben ablassen, glauben Sie bloß nicht, daß Sie dann das weitergeben können, was Sie eben erfahren haben. Damit wäre das Projekt Allwelt genauso endgültig gestorben wie durch die Zerstörung von Ocean City. Ihre und meine Karriere wären ruiniert. Es wäre möglicherweise das Ende von Lunar City und Ocean City. Aber da Sie es nun einmal wissen, ist es vielleicht sowieso egal. Sie können also ruhig den Hebel herunterziehen.«

»Ich sagte doch – Moment!« Demerests Stirn war gefurcht, seine Augen waren voll Qual. »Ich weiß nicht ...«

Bergen spürte, wie Demerests Anspannung wich und einem Gefühl von Unsicherheit Platz machte. Er wollte sich auf ihn stürzen, aber seine Frau legte ihm eine Hand auf den Arm und hielt ihn zurück.

Es folgten zehn lange Sekunden, dann streckte Demerest die Hand mit dem Laser aus.

»Nehmen Sie«, sagte er. »Ich betrachte mich als verhaftet.«

»Wir können Sie nicht verhaften, Mr. Demerest«, sagte Anette Bergen. »Dann käme alles heraus.« Sie nahm ihm die Waffe ab und gab sie ihrem Mann. »Sie werden nach Lunar City zurückkehren und schweigen. Wir werden Sie bis zu Ihrer Abreise bewachen lassen.«

Bergen war bereits am Schaltbrett und betätigte die Hebel. Das innere Tor glitt zu, kurz darauf der ohrenbetäubende Wasserschlag, und die Schleuse füllte sich wieder.

Mr. und Mrs. Bergen waren wieder allein. Sie hatten kein Wort zu sprechen gewagt, bis Demerest unter den wachsamen Augen von zwei Männern, die damit beauftragt gewesen waren, betäubt und eingeschlafen war. Der unerwartete Wasserschlag hatte ganz Ocean City zusammenlaufen lassen, und ein knapper Bericht dessen, was vorgefallen war, hatte die Situation erklärt.

Das Notsystem war versiegelt.

»Die Vorsichtsmaßnahmen, von denen Demerest gesprochen hat, werden sofort hinzugefügt«, sagte Bergen. »Außerdem wird ab jetzt jeder Besucher gründlich untersucht.«

»Ach, John«, sagte Anette Bergen. »Der Mensch ist seltsam. Da steht man, den Tod und das Ende von allem im Auge, und ich denke nur an eines: daß ich mich nicht aufregen und keine Fehlgeburt haben darf.«

»Du warst fabelhaft, Anette«, sagte Bergen. »Projekt Allwelt! Wie man sich nur so etwas ausdenken kann, wobei der Gedanke faszinierend ist. Wirklich faszinierend.«

»Es tut mir leid, John, daß ich all das sagen mußte, aber ich mußte schließlich etwas anbieten. Dieser Demerest hat mich praktisch dazu gezwungen. Er war kein Mörder und auch kein zerstörerischer Mensch. Er war ein besessener Patriot, der sich eingeredet hatte, der Schonung willen zerstören zu müssen – übrigens ein häufig auftretender Fehlschluß von Menschen, die nicht denken können. Aber er hat schließlich gesagt, daß er uns Zeit läßt, ihn zu überreden, und ich glaube, er hoffte inständigst, daß wir es schafften. Er hoffte, daß uns etwas einfällt, was ihn unter dem Vorwand, der Schonung willen schonen zu müssen, von seinem Plan abbringen würde. Das und nichts anderes habe ich ihm geliefert ... Es tut mir leid, John, daß ich auch dich zum Narren halten mußte.«

»Du hast mich nicht zum Narren gehalten.«

»Nein?«

»Wie denn? Ich weiß, daß du kein Mitglied des PEA bist.«

»Warum bist du dir dessen so sicher? Weil ich eine Frau bin?«

»Ach wo! Weil nämlich ich Mitglied des PEA bin, Anette, und das ist streng vertraulich. Wenn es dir nichts ausmacht, werde ich mich auf der Stelle daranmachen, genau das zu lancieren, was du vorgeschlagen hast – das Projekt Allwelt.«

»Aha.« Anette Bergen überlegte, dann lächelte sie. »Nicht schlecht. Dann sind Frauen eben doch zu etwas nütze.«

»Das«, sagte Bergen und lächelte ebenfalls, »habe ich nie bestritten.«

Daß du seiner eingedenk bist

Die Drei Grundregeln der Robotik:

1. Ein Robot darf kein menschliches Wesen verletzen oder durch Untätigkeit gestatten, daß einem menschlichen Wesen Schaden zugefügt wird.
2. Ein Robot muß den ihm von einem Menschen gegebenen Befehlen gehorchen, es sei denn, ein solcher Befehl würde mit Regel Eins kollidieren.
3. Ein Robot muß seine eigene Existenz beschützen, solange dieser Schutz nicht mit Regel Eins oder Zwei kollidiert.

1

Keith Harriman, der nun schon seit zwölf Jahren bei der *United States Robots and Mechanical Men, Inc.* als Chef der Forschungsabteilung tätig war, zweifelte daran, ob er das Richtige tat. Er leckte sich über die aufgeworfenen, ziemlich blutleeren Lippen. Das Porträt der großen Susan Calvin – ein strenges Gesicht, das kein Lächeln gekannt zu haben schien – kam ihm finsterer vor denn je.

Im allgemeinen ignorierte er das Gemälde, auf dem die größte Robotikerin aller Zeiten dargestellt war und das diese der Firma testamentarisch vermacht hatte. Heute jedoch wagte er es nicht, es zu ignorieren, und ihr lange toter Blick bohrte sich ihm ins Gesicht.

Der Schritt, den er tun mußte, war schrecklich und gleichzeitig erniedrigend.

Ihm gegenüber saß George Zehn, ruhig und ausgeglichen. Harrimans spürbares Unbehagen wie auch das Bildnis der Schutzheiligen der Robotik schienen ihn nicht zu beeindrucken.

»Wir hatten noch nicht die Gelegenheit, in Ruhe darüber zu sprechen, George«, sagte Harriman. »Du bist noch nicht lange bei uns, und es hat sich irgendwie noch nicht ergeben, daß ich allein mit dir sein konnte. Jetzt jedoch möchte ich bis ins kleinste Detail mit dir über die Angelegenheit sprechen.«

»Sehr gern«, sagte George. »Seit ich bei *US Robots* bin, habe ich den Eindruck gewonnen, daß die Krise mit den Drei Grundregeln zusammenhängt.«

»Richtig. Die Drei Grundregeln sind dir natürlich bekannt.«

»Gewiß.«

»Eben. Befassen wir uns etwas eingehender damit und betrachten wir das eigentliche Problem. In zwei Jahrhunderten, die von beachtlichem Erfolg gezeichnet *waren,* ist es *US Robots* nicht gelungen, den Menschen dazu zu bringen, daß er Roboter akzeptiert. Wir haben Roboter lediglich dort eingesetzt, wo Arbeit getan werden muß, die zu tun der Mensch nicht in der Lage ist. Oder an Stellen, wo die Lebensbedingungen für den Menschen unzumutbar und gefährlich sind. Roboter haben hauptsächlich im All gearbeitet, was unser Betätigungsfeld eingeschränkt hat.«

»Sicher«, sagte George Zehn. »Vor allem ein Betätigungsfeld, in dem die *US Robots* großen Erfolg haben könnte.«

»Nicht ganz, und das aus zwei Gründen. Einmal weil die Grenzen das Betätigungsfeld unvermeidlich nach innen rücken. Während zum Beispiel die Mondkolonie immer perfekter wird, nimmt die Nachfrage nach Robotern ständig ab. Wir rechnen damit, daß in ein paar Jahren der Robot vom Mond total verbannt werden wird. Dieser Prozeß wird sich in jeder neuen Welt wiederholen, die vom Menschen kolonisiert worden ist. Und zum zweiten ist ein echter Aufschwung auf der Erde ohne den Robot nicht möglich. Wir Firmenangehörige sind der festen Überzeugung, daß der Mensch den Robot braucht und lernen muß, mit seinem mechanischen Ebenbild zu leben – wenn der Fortschritt nicht zum Stillstand kommen soll.«

»Aber ist das denn nicht bereits der Fall?« fragte George Zehn. »Sie, Mr. Harriman, haben hier auf Ihrem Schreibtisch eine Computeranlage stehen, die Sie mit allen Außenstationen im All verbindet. Dieser Computer ist eine Art Zwergroboter. Ein Robotgehirn, das eben nur auf keinem Körper sitzt.«

»Richtig, aber auch hier sind Grenzen gesetzt. Die Computer, deren sich der Mensch bedient, sind im Laufe der Zeit dahingehend konstruiert worden, daß sie keine allzu menschenähnliche Intelligenz entwickeln können. Vor einem Jahrhundert waren wir auf dem besten Wege, zu einer künstlichen Intelligenz zu gelangen, die praktisch unbegrenzt war, indem wir Großcomputer einsetzten, die wir Maschinen nannten. Diese Maschinen haben ihr Aktionsfeld aus eigenem Antrieb eingeengt. Als die ökologischen Probleme, welche die menschliche Gesellschaft bedroht hatten, gelöst waren, haben sie sich selbst eingeschränkt. Ihre fortdauernde Existenz, hatten sie gefolgert, würde sie zur Krücke der Menschheit machen, und da sie glaubten, dies sei schädlich für den Menschen, verdammten sie sich aufgrund der Ersten Grundregel selbst.«

»War das nicht richtig?«

»Meiner Meinung nach nicht. Durch ihr Handeln haben sie den Frankensteinkomplex des Menschen nur noch geschürt, nämlich die tiefsitzende Angst, daß der von Menschenhand erschaffene künstliche Mensch sich eines Tages gegen seinen Schöpfer auflehnen könnte.«

»Teilen Sie diese Angst?«

»Aber ich bitte dich! Solange die Drei Regeln existieren, können sich die Roboter nicht gegen den Menschen auflehnen. Aber *Partner* des Menschen können sie sein. Sie können teilhaben an dem Kampf um das Verständnis für die Gesetze der Natur, um gemeinsam mit dem Menschen zu Lösungen zu kommen, die der Mensch allein nie finden würde. Das aber alles immer auf eine Weise, die den Robot nach wie vor zum Diener des Menschen macht.«

»Aber, wenn sich die Drei Grundregeln im Verlauf von zwei Jahrhunderten als erfolgreich erwiesen haben, das heißt, wenn sie dazu gedient haben, den Robot tatsächlich in seinen Schranken zu halten, warum mißtraut der Mensch dem Robot dann nach wie vor?«

»Tja« – Harriman kratzte sich am Kopf –, »Aberglaube ist wohl der Hauptgrund. Unglücklicherweise spielen da Komplikationen mit hinein, auf denen die Antirobotinitiativen herumreiten.«

»Komplikationen, die mit den Drei Grundregeln zu tun haben?«

»Ja. Vor allem mit der Zweiten. Die Dritte ist harmlos. Sie ist allgemeingültig. Der Robot muß sich in jedem Fall für den Menschen opfern. Für jeden beliebigen Menschen.«

»Selbstverständlich«, sagte Georg Zehn.

»Die Erste Grundregel ist nicht so scharf umrissen, da man sich immer eine Situation vorstellen kann, in der ein Robot entweder Aktion A oder Aktion B durchführen muß, wobei die eine Aktion die andere ausschließt, jedoch beide dem Menschen zum Schaden gereichen. Der Robot muß also schnell beurteilen können, welche Aktion den geringeren Schaden anrichtet. Die dazu nötigen positronischen Schaltungen im Gehirn eines Robots auszuarbeiten, ist nicht leicht. Falls Aktion A zur Folge hat, daß ein junger, talentierter Künstler zum Beispiel das Leben verliert und Aktion B das Leben von fünf alten Menschen kostet, die keine weiteren Qualifikationen besitzen, welche Aktion soll bevorzugt werden?«

»Aktion A«, sagte Georg Zehn. »Ein Menschenleben ist weniger als fünf.«

»Richtig«, sagte Harriman. »Ein reines Rechenexempel. Einem Robot eine differenzierte Entscheidung abzuverlangen, die zum Beispiel Intelligenzgrad, Talent oder Nutzen für die Gesellschaft berücksichtigt, hat man bisher für unpraktisch gehalten. Die Entscheidung, hat man argumentiert, kann verzögernd wirken und sogar zur totalen Handlungsunfähigkeit führen. Also hat man einfach mit Zahlen operiert. Zum Glück kann man damit rechnen, daß ein Robot kaum in die Lage kommt, eine Entscheidung treffen zu müssen ... Aber damit sind wir bei der Zweiten Regel.«

»Dem Gesetz des Gehorsams.«

»Ja. Die Notwendigkeit des Gehorsams ist immer und zu jedem Zeitpunkt gegeben. Ein Robot kann zwanzig Jahre lang existieren, ohne je in die Lage zu kommen, schnell agieren zu müssen, um zu verhindern, daß einem Menschen Schaden zugefügt wird, oder ohne je vor der Notwendigkeit zu stehen, die eigene Zerstörung zu riskieren. Während der ganzen zwanzig Jahre jedoch gehorcht er Befehlen ... Wessen Befehlen?«

»Denen eines Menschen.«

»Eines x-beliebigen Menschen? Wie beurteilst du ein menschliches Wesen dahingehend, ob du ihm gehorchen sollst oder nicht? Was ist der Mensch, daß du seiner eingedenk bist, George?«

George zögerte mit seiner Antwort.

»Das ist ein Bibelzitat«, sagte Harriman schnell. »Völlig unwichtig. Ich meine, muß ein Robot den Befehlen eines Kindes gehorchen? Oder denen eines Idioten? Eines Kriminellen? Oder eines anständigen, intelligenten Menschen, der jedoch kein Fachmann und sich daher der Konsequenzen seines Befehls nicht bewußt ist? Und falls zwei Menschen einem Robot gegensätzliche Befehle geben, welchem Befehl soll er gehorchen?«

»Haben sich in zweihundert Jahren«, sagte George, »solche Probleme nicht ergeben, und sind sie nicht gelöst worden?«

»Nein«, sagte Harriman und schüttelte den Kopf. »Und zwar deshalb nicht, weil unsere Roboter ausschließlich im All eingesetzt waren und lediglich mit Menschen zu tun hatten, die Experten auf den entsprechenden Posten waren. Dort gab es keine Kinder, keine Idioten, keine Kriminellen und keine gutgläubigen Ignoranten. Trotzdem hat es Situationen gegeben, wo durch Dummheit oder Unüberlegtheit Schaden angerichtet wurde. In einer auf einen speziellen Zweck ausgerichteten und begrenzten Umgebung können derlei Vorkommnisse jedoch vermieden werden. Aber auf der Erde nicht, und deshalb braucht der Robot Urteilsvermögen.«

»Also muß dieses dem Positronengehirn eingegeben werden.«

»Genau. Wir haben damit begonnen, weitere Roboter vom Typ JG zu produzieren, die es mit jedem Menschen in bezug auf Geschlecht, Alter, soziale und berufliche Stellung, Intelligenz, sittliche Reife, Sozialbewußtsein und so weiter aufnehmen können.«

»Und wie beeinträchtigen diese die Drei Regeln?«

»Die Dritte überhaupt nicht. Selbst der kostbarste Robot muß sich zum Schutz des wertlosesten menschlichen Wesens selbst zerstören. Daran ist nicht zu rütteln. Und die Erste nur, wenn einander ausschließende Aktionen gleichermaßen Schaden anrichten. Die Qualität wie auch die Quantität der betroffenen Menschen muß in Betracht gezogen werden – das natürlich nur unter der Voraussetzung, daß Zeit und Grund für eine Entscheidung vorhanden sind, was nicht oft der Fall sein wird. Die Zweite Regel wird grundlegend abgeändert werden müssen, da jeder potentielle Gehorsam Urteilsvermögen voraussetzt. Der Robot wird langsamer gehorchen, außer die Erste Regel ist gleichzeitig betroffen, aber er wird überlegter gehorchen.«

»Aber die Entscheidungen, die mittels des Urteilsvermögens abverlangt werden, sind sehr kompliziert.«

»Allerdings. Die Notwendigkeit, Entscheidungen zu treffen, hat die Reaktionen unserer ersten beiden Roboter bis zur Lähmung verlangsamt. Diesen Fehler haben wir auszuschalten versucht, indem wir mehr Bahnen in das Gehirn eingebaut haben, dieses war jedoch dann viel zu schwerfällig. Mit unseren letzten beiden Modellen sind wir jedoch zufrieden. Der Robot muß kein spontanes Urteil über den Wert des Menschen und die Nützlichkeit seines Befehls fällen, sondern er fängt erst einmal damit an, wie ein ganz gewöhnlicher Robot allen Menschen zu gehorchen und dabei einen Lernprozeß zu durchlaufen. Ein Robot wächst heran, lernt und wird erwachsen. Er ist anfangs identisch mit einem Kind und muß ständig überwacht werden. Während er heranwächst, kann ihm mehr und mehr gestattet werden, er kann streckenweise ohne Überwachung agieren und wird schließlich den Punkt erreicht haben, wo er ein vollwertiges Mitglied der Gesellschaft ist.«

»Was die Einwände derer entkräften würde, die sie gegen den Robot ins Feld führen.«

»Eben nicht«, sagte Harriman aufgebracht. »Jetzt kommen sie mit anderen Argumenten. Sie wehren sich dagegen, daß ein Robot Urteilsvermögen besitzt. Ein Robot, sagen sie, hat nicht das Recht, einen Menschen als unterlegen abzustempeln. Wenn ein Robot die Befehle eines A akzeptiert und die Befehle eines B ablehnt, ist dadurch B deklassiert, und seine Menschenrechte sind verletzt.«

»Und die Antwort darauf?«

»Existiert nicht. Ich gebe es auf.«

»Aha.«

»Zumindest was meine Person anbelangt... Deshalb wende ich mich an dich, George.«

»An mich? Warum an mich?« fragte George Zehn.

»Weil du kein Mensch bist«, sagte Harriman. »Ich habe eben betont, daß der Robot der Partner des Menschen sein sollte. Ich möchte dich bitten, mein Partner zu sein.«

George Zehn breitete die Hände in einer merkwürdig menschlichen Geste aus. »Aber wie kann ich Ihnen denn helfen?«

»Vielleicht glaubst du, daß du nicht helfen kannst, George. Du bist erst vor kurzem erschaffen worden und bist quasi noch ein Kind. Du bist dahingehend angelegt, daß dir nicht von vornherein allzu viele Informationen eingegeben sind – deshalb mußte ich dir die Situation so detailliert erklären. Man hat bei dir Wert darauf gelegt, daß genug Raum für das Heranwachsen vorhanden ist. Dein Geist wird sich entwickeln, und du wirst eines Tages das Problem aus einer nicht-menschlichen Sicht angehen können. Wo ich keine Lösung sehe, wirst du aus deiner Sicht dann vielleicht eine Lösung finden.«

»Mein Gehirn ist vom Menschen entwickelt«, sagte George Zehn. »Es kann unter der Voraussetzung doch gar nicht nicht-menschlich sein.«

»Du bist der letzte Prototyp der JG-Serie, George. Dein Gehirn ist das komplizierteste Gebilde, das wir je entwickelt haben, in gewisser Weise sogar noch komplizierter als das der alten Großrechenanlagen. Es ist nicht begrenzt und kann - nein - *wird* sich nach unzähligen Seiten hin entwickeln. Du wirst - natürlich stets innerhalb der Grenzen der Drei Grundregeln - ein Denken entwickeln, das zutiefst nicht-menschlich sein wird.«

»Weiß ich genug über den Menschen, um dieses Problem auf rationale Weise angehen zu können? Über seine Geschichte und seine Psychologie?«

»Nein, natürlich nicht. Aber du wirst so schnell lernen wie möglich.«

»Werde ich Hilfe bekommen, Mr. Harriman?«

»Nein. Diese Angelegenheit betrifft nur dich und mich. Niemand weiß von diesem Projekt, und du darfst mit keinem Menschen darüber sprechen.«

»Ist es ein Verstoß, Mr. Harriman, die Angelegenheit streng vertraulich behandelt wissen zu wollen?« fragte George Zehn.

»Nein«, antwortete Harriman. »Aber die von einem Robot erarbeitete Lösung wird nicht akzeptiert werden, eben weil sie von einem Robot stammt. Sobald du zu einer Lösung des Problems kommst, trägst du mir diese vor, und ich werde sie - falls sie brauchbar ist - weitergeben. Niemand wird je erfahren, daß sie von dir erdacht wurde.«

»In Anbetracht dessen, was Sie vorhin gesagt haben«,

meinte George Zehn ruhig, »ist das der korrekte Weg. Wann fange ich an?«

»Sofort. Ich werde dafür sorgen, daß dir das nötige Informationsmaterial zur Verfügung steht.«

Harriman war allein. In seinem künstlich beleuchteten Büro merkte man nichts davon, daß es draußen dunkel geworden war. Drei Stunden waren bereits verstrichen, seit er George Zehn in dessen kleinen, abgeschlossenen Raum zurückgebracht und ihn mit den ersten Mikrofilmen eingedeckt hatte.

Er war allein mit dem Geist Susan Calvins, dem Geist dieser hochbegabten Robotikerin, die ohne fremde Hilfe den positronischen Robot von einem sperrigen Spielzeug zum empfindlichsten und wandlungsfähigsten Handwerkszeug des Menschen weiterentwickelt hatte; so empfindlich und wandlungsfähig, daß der Mensch aus Neid und Angst nicht wagte, sich seiner zu bedienen.

Über ein Jahrhundert war seit ihrem Tod vergangen. Das Problem des Frankensteinkomplexes hatte in ihrer Zeit schon existiert, und sie hatte es nicht gelöst. Sie hatte nicht versucht, es zu lösen, weil keine Notwendigkeit dafür bestanden hatte. In ihrer Zeit waren die Roboter zur Erforschung des Alls eingesetzt worden.

Und gerade der Erfolg des Robots hatte bewirkt, daß der Mensch ihn immer weniger brauchte und somit Harriman, hundert Jahre später ...

Hätte sich Susan Calvin an einen Robot gewandt und ihn um Hilfe gebeten? Sie hätte mit Sicherheit ...

Harriman saß bis in die späte Nacht hinein in seinem Büro und überlegte.

2

Maxwell Robertson war der Hauptaktionär der *US Robots* und somit das Aufsichtsratsmitglied, welches das Sagen hatte. Äußerlich war er alles andere als beeindruckend. Er ging auf die Fünfzig zu, war ziemlich dick und hatte die Angewohnheit, auf seiner Unterlippe herumzunagen, wenn ihm etwas nicht paßte.

In zwei Jahrzehnten pausenloser Verhandlungen mit Vertretern der Regierung hatte er es jedoch gelernt, mit diesen bestens umgehen zu können. Er wurde nie laut, gab gegebenenfalls nach, war immer höflich und schaffte es prinzipiell, Zeit zu gewinnen.

Es wurde von Mal zu Mal schwieriger. Gunnar Eisenmuth war hauptsächlich daran schuld. Er war der bisher schärfste Sprecher des Amts für Globalschutz, einer Behörde, die bereits im letzten Jahrhundert zur Bekämpfung des Robots eingerichtet und mittlerweile der Regierung angegliedert worden war, und bewegte sich ausschließlich am Rand der grauen Öde des Kompromisses. Er war der erste Sprecher dieses Amtes, der nicht in Amerika geboren war, und sah daher schon rot, wenn er den archaischen Namen der Firma *US Robots* auch nur hörte.

Man hatte vorgeschlagen, nicht etwa zum erstenmal in diesem Jahr oder dieser Generation, daß der Körperschaftsname in *World Robots* abgeändert werden sollte, aber davon wollte Robertson nichts wissen. Die Firma war ursprünglich mit rein amerikanischem Kapital aufgebaut worden, mit amerikanischem Denken und amerikanischer Schaffenskraft, und davon sollte der Name zeugen, solange Robertson etwas zu sagen hatte.

Eisenmuth war ein großer Mann, dessen schmales, trauriges Gesicht zerfurcht war. Er sprach Global mit amerikanischem Akzent, obwohl er vor seinem Amtsantritt nie in Amerika gewesen war.

»Für mich liegt der Fall klar, Mr. Robertson«, sagte er. »Die Produkte Ihrer Firma werden niemals verkauft, sondern immer nur vermietet. Wenn gemietetes Material auf dem Mond nicht mehr gebraucht wird, ist es Ihre Angelegenheit, das Material zurückzunehmen, für dessen Transport zu sorgen und es anderweitig einzusetzen.«

»Schon«, sagte Robertson. »Aber wo?« Er seufzte. »Ohne

die Erlaubnis der Regierung – und die ist uns nicht gegeben worden – verstoßen wir gegen das Gesetz, wenn wir das Material, wie Sie sich ausdrücken, auf die Erde zurückbringen.«

»Hier können Sie es ja auch gar nicht gebrauchen. Schaffen Sie es doch auf den Merkur oder die Asteroiden.«

»Und was machen wir dort damit?«

Eisenmuth hob die Schultern. »Den erfinderischen Köpfen Ihrer Firma wird schon etwas einfallen.«

Robertson schüttelte den Kopf. »Das bedeutet einen enormen Verlust für die Firma.«

»Das ist richtig«, sagte Eisenmuth ungerührt. »Die Firma soll ja sowieso seit Jahren finanziell sehr schlecht gestellt sein.«

»Hauptsächlich wegen Einschränkungen, die uns die Regierung auferlegt.«

»Sie müssen die Dinge sehen, wie sie sind, Mr. Robertson. Sie wissen selbst, daß die öffentliche Meinung mehr und mehr gegen den Roboter eingestellt ist.«

»Völlig zu Unrecht.«

»Aber es ist eine Tatsache. Vielleicht wäre es das klügste, die Firma zu liquidieren. Das ist natürlich nur ein Vorschlag.«

»Ihre Vorschläge haben Gewicht, Mr. Eisenmuth. Es ist wohl kaum nötig, Sie daran zu erinnern, daß unsere Großmaschinen vor einem Jahrhundert die ökologische Krise beseitigt haben.«

»Die Menschheit ist bestimmt dankbar dafür, aber das ist eben schon sehr lange her. Wir leben inzwischen in Einklang mit der Natur, wenn das auch manchmal unbequem ist, und die Vergangenheit ist verschwommen, um nicht zu sagen, in Vergessenheit geraten.«

»Soll das heißen, daß wir in letzter Zeit nichts für die Menschheit getan haben?«

»Ja, das soll es heißen.«

»Aber Sie können doch nicht von uns erwarten, daß wir so mir nichts, dir nichts liquidieren? Der Verlust wäre unübersehbar. Wir brauchen Zeit.«

»Wieviel Zeit?«

»Wieviel Zeit können Sie uns zugestehen?«

»Das hängt nicht von mir ab.«

»Wir sind ohne Zeugen«, sagte Robertson leise. »Wir brauchen uns gegenseitig nichts vorzumachen. Wieviel Zeit können Sie mir zugestehen?«

Eisenmuth setzte die Miene eines Mannes auf, der in Gedanken schnell etwas überschlägt.

»Sie können meiner Meinung nach mit zwei Jahren rechnen«, sagte er schließlich. »Ich will ehrlich mit Ihnen sein. Die Globalregierung beabsichtigt, die Firma zum Zwecke der Schließung zu verstaatlichen, wenn Sie bis dahin nicht selbst liquidiert haben. Wenn sich natürlich die öffentliche Meinung aus irgendeinem Anlaß grundlegend ändern würde, aber das halte ich für höchst unwahrscheinlich ...« Er schüttelte den Kopf.

»Also zwei Jahre«, sagte Robertson leise.

Robertson war allein. Er saß da, und seine Gedanken flanierten. Seit vier Generationen waren die Robertsons Hauptaktionäre und damit jeweils Vorstand des Aufsichtsrats gewesen. Keiner von ihnen war Robotiker gewesen. Persönlichkeiten wie Lanning und Bogert und vor allem Susan Calvin hatten die *US Robots* zu der Firma gemacht, die sie war, aber die vier Robertsons hatten das Klima geschaffen – das stand fest –, das die Voraussetzung für ihr erfolgreiches Schaffen gewesen war.

Ohne die *US Robots* wäre das 21. Jahrhundert in eine sich immer mehr verdichtende Katastrophe abgesunken. Daß dies nicht eintrat, war den Maschinen zu verdanken, welche die Menschheit während einer Generation durch die Stromschnellen und Strudel der Geschichte gesteuert hatten.

Und dafür gewährte man ihm jetzt zwei Jahre Gnadenfrist. Wie sollten in einem Zeitraum von zwei Jahren unüberwindliche Vorurteile aus der Welt geschaffen werden? Er wußte es nicht.

Harriman hatte hoffnungsvoll von neuen Ideen gesprochen, aber keine Details geliefert, was insofern egal war, als Robertson sie sowieso nicht verstanden haben würde.

Aber was konnte Harriman schon dagegen tun? Was war jemals getan worden, um die tiefe Abneigung des Menschen gegen seine Imitation zu überwinden? Nichts.

Robertson verfiel in einen dösenden Zustand, der ihm auch keine Erleuchtung bescherte.

3

»Du hast jetzt alles intus, George«, sagte Harriman. »Alles, was auch nur im entferntesten mit dem Problem in Zusammenhang steht. Was die reine Masse an Information angeht, so hast du in deinem Gedächtnis mehr über den Menschen und sein Wesen in Vergangenheit und Gegenwart gespeichert, als ich oder irgendein Mensch an Wissen besitzen können.«

»Das ist gut so«, sagte George Zehn.

»Gibt es noch etwas, was du deiner Meinung nach brauchst?«

»Was die Information anbelangt, sehe ich keine Lücken. Es ist möglich, daß es in den Randgebieten Dinge gibt, an die nicht gedacht worden ist, ich kann es jedoch nicht mit Sicherheit sagen. Das wäre in jedem Fall anzunehmen, ganz gleich, wie groß der Informationsradius ist.«

»Eben. Außerdem haben wir nicht die Zeit, den Informationsradius bis ins Unendliche auszudehnen. Robertson sagt, daß uns lediglich zwei Jahre zur Verfügung stehen, und ein Viertel des ersten Jahres ist bereits verstrichen. Kannst du schon irgendwelche Andeutungen machen?«

»Im Moment noch nicht, Mr. Harriman. Ich muß die gespeicherten Informationen abwägen, und für diesen Zweck könnte ich Hilfe gebrauchen.«

»Von mir?«

»Nein. Speziell von Ihnen nicht. Sie sind ein Mensch mit

hohen Qualifikationen. Alles, was Sie zu sagen haben würden, hätte für mich Befehlscharakter und würde mich in meinen Überlegungen hemmen. Ein anderer Mensch kommt aus demselben Grund nicht in Frage. Außerdem haben Sie mir verboten, mit einem Menschen darüber zu sprechen.«

»Wer soll dir denn dann helfen, George?«

»Ein anderer Robot, Mr. Harriman.«

»Was für ein anderer Robot?«

»Einer aus der JG-Serie. Ich bin Nummer zehn, JG-zehn.«

»Die vor dir haben nicht viel getaugt, George. Sie dienten nur Versuchszwecken.«

»Aber George Neun existiert noch, Mr. Harriman.«

»Schon, aber wozu soll er dienen? Er ist dir sehr ähnlich, George, hat aber gewisse Lücken. Du bist eindeutig derjenige von beiden, der vielseitiger und begabter ist.«

»Das ist mir klar«, sagte George Zehn und nickte ernst. »Trotzdem, sobald ich einen Gedankengang erzeuge, bleibe ich aufgrund der Tatsache, daß ich ihn erzeugt habe, an ihm hängen und kann ihn nur schwer fallenlassen. Wenn ich jedoch in der Lage wäre, nach der Erzeugung eines Gedankengangs diesen an George Neun weiterzugeben, könnte dieser ihn weiterverfolgen, ohne durch dessen Erzeugung gehemmt zu sein, das heißt, es würden bei ihm keine inneren Konflikte entstehen und daher Fehler oder eventuelle Kurzschlüsse leichter zu entdecken sein.«

Harriman lächelte. »Mit anderen Worten, zwei Köpfe sind besser als einer, was, George?«

»Wenn Sie damit zwei Individuen mit je einem Kopf meinen, Mr. Harriman, bin ich Ihrer Meinung.«

»Genau das meine ich. Sonst noch etwas, George?«

»Ja. Ich brauche etwas, was über Filmmaterial hinausgeht. Alles, was es über den Menschen und seine Welt zu sehen gibt, habe ich gesehen. Ich habe auch da und dort Originalmenschen gesehen und kann meine durch Filmmaterial gewonnenen Eindrücke mit direkten Empfindungen vergleichen, jedoch nicht, was die physische Welt des Menschen anbelangt. Ich habe die physische Welt des Menschen nie kennengelernt, weiß jedoch, daß meine Umgebung hier nicht das geringste mit ihr zu tun hat und daher nicht typisch für sie ist. Ich möchte sie daher kennenlernen.«

»Die physische Welt?« Harriman war so baff, daß es ihm schier die Rede verschlug. »Du willst damit doch nicht etwa sagen, daß ich dich nach draußen lassen soll? Daß du das Gelände der *US Robots* verlassen willst?«

»Doch, genau das.«

»Du weißt genau, daß das verboten ist. Bei dem Stand der öffentlichen Meinung wäre das katastrophal.«

»Wenn es herauskommt, allerdings. Ich meine nicht, daß Sie mich in eine Stadt oder eine menschliche Wohngegend bringen sollen. Ich würde gern offenes Land sehen, ohne Menschen.«

»Auch das ist verboten.«

»Wir brauchen uns ja nicht erwischen zu lassen.«

»Wie wichtig ist das für dich, George?«

»Das kann ich Ihnen nicht sagen, aber ich habe den Eindruck, daß es äußerst nützlich für mich sein könnte.«

»Hast du dabei ein bestimmtes Ziel ins Auge gefaßt?«

George Zehn schien zu zögern. »Auch das kann ich Ihnen nicht sagen. Ich habe den Eindruck, daß ich ein bestimmtes Ziel im Kopf haben könnte, wenn gewisse Unsicherheitsfaktoren ausgeschaltet wären.«

»Laß mich darüber nachdenken«, sagte Harriman. »Und in der Zwischenzeit lasse ich George Neun überprüfen und sorge dafür, daß ihr in einen Raum zusammengelegt werdet. Das wenigstens bereitet keine weiteren Schwierigkeiten.«

George Zehn war allein. Zögernd akzeptierte er Behauptungen, fügte sie anderen hinzu und kam zu einer Schlußfolgerung; aus den Schlußfolgerungen stellte er andere Behauptungen auf, die er akzeptierte, überprüfte, wegen Widersprüchlichkeit verwarf oder zögernd als Hypothese annahm.

Keine der Schlußfolgerungen vermittelte ihm ein Gefühl von Wunderbarem, von Erstaunlichem, von Befriedigung. Lediglich eine Feststellung von Plus oder Minus.

4

Auch nach der lautlosen Landung auf Robertsons Landsitz ließ Harrimans Nervosität kaum nach.

Robertson hatte die Bereitstellung des geräuschlosen Senkrechtstarters genehmigt, und die Maschine war groß genug gewesen, um das Gewicht Harrimans, George Zehns und natürlich des Piloten ohne Schwierigkeit zu befördern.

Der Flug zwischen dem Gelände der *US Robots* und dem Landsitz Robertsons war der gefährliche Teil des Unternehmens. Wären sie unterwegs kontrolliert worden, hätte sich eine Reihe übler Komplikationen ergeben. Auf dem Rückflug liefen sie die gleiche Gefahr. Der Landsitz selbst, so könnte argumentiert, so müßte argumentiert werden, gehörte zum Gelände der *US Robots*, und auf diesem Gelände durften sich Roboter aufhalten, wenn sie genügend überwacht wurden.

Der Pilot sah zurück. Sein Blick streifte George Zehn nur so nebenbei.

»Wollen Sie aussteigen, Mr. Harriman?« fragte er.

»Ja.«

»Und das da auch?«

»Sicherlich. Ich lasse Sie schon nicht mit ihm allein.«

George Zehn ging zuerst von Bord, Harriman folgte ihm. Nicht weit vom Landeplatz entfernt war der Garten. Er war eine Augenweide, und Harriman nahm an, daß Robertson, die Umweltgesetze mißachtend, Hormonprodukte verwendete, um das Leben der Insekten zu kontrollieren.

»Komm, George«, sagte er. »Du wirst staunen.«

Gemeinsam gingen sie auf den Garten zu.

»So ähnlich habe ich es mir vorgestellt«, sagte George.

»Meine Augen sind nicht dazu geschaffen, Unterschiede in Wellenlängen wahrzunehmen, also kann ich verschiedene Objekte wahrscheinlich nicht so erkennen, wie sie Ihnen erscheinen. Zumindest nicht mit Hilfe dieser Methode.«

»Ich hoffe, es betrübt dich nicht allzusehr, daß du farbenblind bist«, sagte Harriman. »Wir haben zu viele positronische Bahnen für das Urteilsvermögen gebraucht und konnten daher keine für den Farbensinn erübrigen. In Zukunft – falls es eine Zukunft gibt ...«

»Ich verstehe, Mr. Harriman. Es sind genug Unterschiede vorhanden, um mir zu zeigen, daß es viele verschiedene Formen pflanzlichen Lebens gibt.«

»Zweifellos. Dutzende.«

»Und jede Form ist biologisch gesehen der des Menschen gleichgestellt.«

»Ja, jede gehört einer eigenen Art an. Es gibt Millionen Arten von Lebewesen.«

»Wobei der Mensch lediglich eine Art dieser Millionen Arten darstellt.«

»Jedoch die wichtigste – für den Menschen.«

»Und für mich, Mr. Harriman. Aber ich meine es in biologischem Sinn.«

»Natürlich.«

»Das Leben ist demnach, wenn man es aus der Sicht seiner unzähligen Formen betrachtet, unglaublich komplex.«

»Ja, George, und das ist der Kernpunkt des Problems. Was der Mensch zur Befriedigung seiner eigenen Bedürfnisse und Wünsche unternimmt, kann der Komplexität allen Lebens, also der Ökologie, schaden und seine momentanen Errungenschaften können auf lange Sicht gesehen Nachteile bewirken. Die großen Rechenanlagen haben uns gelehrt, wie man eine menschliche Gesellschaft aufbaut, welche diese Nebenerscheinung soweit wie möglich verringert, aber die gerade noch abgebogene Katastrophe des einundzwanzigsten Jahrhunderts hat die Menschheit gegen Neuerungen mißtrauisch gemacht. Dies in Kombination mit der Angst vor Robotern ...«

»Ich verstehe, Mr. Harriman ... Das hier ist ein Beispiel tierischen Lebens, habe ich recht?«

»Ja, es ist ein Eichhörnchen, eines der vielen Eichhörnchenarten.«

Das Eichhörnchen schnellte sich von einem Ast zum anderen.

»Und das«, sagte George und schnappte mit einer erstaunlich schnellen Handbewegung danach, »ist aber wirklich ein winziges Wesen.« Er hielt es zwischen den Fingern und betrachtete es.

»Es ist ein Insekt. Irgendeine Mücke. Es gibt Tausende von verschiedenen Mückenarten.«

»Wobei jede einzelne Mücke genauso am Leben ist wie das Eichhörnchen und Sie?«

»Ganz genauso«, sagte Harriman. »Jede mit einem eigenen vollständigen Organismus ausgestattet. Es gibt noch viel kleinere Organismen. So kleine, daß man sie mit dem Auge nicht erkennen kann.«

»Und das ist ein Baum, habe ich recht? Er fühlt sich hart an ...«

Der Pilot war allein. Er hätte sich gerne die Beine vertreten, aber er wagte es nicht, die Maschine zu verlassen. Falls dieser Robot außer Kontrolle geriet, würde er auf der Stelle starten. Aber woran merkte man, wenn ein Robot außer Kontrolle geriet?

Er hatte schon viele Roboter gesehen. Als Mr. Robertsons Privatpilot hatte er dem nicht aus dem Weg gehen können, aber bisher hatte er sie immer nur in Laboratorien oder in ihren Stauräumen gesehen, wo sie hingehörten und Unmengen von Fachleuten in der Nähe waren.

Gut, Dr. Harriman war auch ein Fachmann, sogar mit Abstand der beste, hieß es. Aber ein Robot hier draußen, im Freien, in freier Landschaft – das war nicht zulässig. Natürlich würde er seinen Job nicht aufs Spiel setzen, indem er es jemandem erzählte, aber seine Richtigkeit hatte das sicher nicht.

5

»Die Filme«, sagte George Zehn, »stimmen genau mit dem überein, was ich gesehen habe. Bist du mit denen fertig, die ich dir herausgesucht habe, George Neun?«

»Ja«, sagte George Neun.

Die beiden Roboter saßen sich steif und Knie an Knie gegenüber, der eine das Spiegelbild des anderen. Dr. Harriman hätte sie auf einen Blick auseinanderhalten können, denn er kannte sie und die feinen Unterschiede in ihrem Äußeren genau. Selbst wenn er sie nicht vor sich sah, sondern nur mit ihnen sprach, verwechselte er sie nicht. George Neuns Antworten waren nämlich nicht ganz so differenziert wie die George Zehns, dessen Positronengehirn viel raffinierter angelegt war.

»Gut«, sagte George Zehn, »dann möchte ich jetzt sehen, wie du auf gewisse Behauptungen meinerseits reagierst. Erstens, menschliche Wesen fürchten Roboter und mißtrauen ihnen, weil sie Roboter für Konkurrenten halten. Wie kann das verhindert werden?«

»Indem das Gefühl einer Konkurrenz durch eine andere Formgebung des Robots verringert wird«, sagte George Neun. »Der Robot muß anders aussehen als der Mensch.«

»Das Wesen des Robots liegt aber in der positronischen Kopie des Lebens. Wird eine Kopie des Lebens in einer Form wiedergegeben, die keine Assoziation zum Leben zuläßt, so kann sie Abscheu hervorrufen.«

»Es gibt zwei Millionen Arten von Lebensformen. Eine Menge davon sind für die äußere Gestalt eines Robots geeigneter als die des menschlichen Wesens.«

»Welche ist die geeignetste?«

George Neuns Gedankengänge durchliefen lautlose drei Sekunden. »Die Form muß groß genug sein, um das Positronengehirn beherbergen zu können, sie darf aber keine unangenehmen Assoziationen im menschlichen Wesen hervorrufen.«

»Außer den Elefanten, die ich noch nicht gesehen habe,

die aber als sehr groß und für den Menschen beängstigend beschrieben werden, gibt es keine Hirnschale, in der ein Positronengehirn Platz hat. Wie willst du diesem Problem begegnen?«

»Indem die betreffende Lebensform kleiner gestaltet – sie darf nicht größer sein als die des Menschen – und die Hirnschale vergrößert werden muß.«

»Also ein kleines Pferd oder ein großer Hund, meinst du das?« fragte George Zehn. »Sowohl Pferde als auch Hunde sind seit langem mit dem menschlichen Wesen verbunden.«

»Dann passen sie.«

»Bedenke folgendes: Ein Robot mit einem Positronengehirn kann menschliche Intelligenz nachvollziehen. Wenn ein Pferd oder ein Hund zum Beispiel sprechen könnten wie ein Mensch und folgern wie dieser, so würde wiederum Angst vor Konkurrenz aufkommen. Das Mißtrauen und die Wut wären vielleicht um so größer, als die Konkurrenz von einem Lebewesen kommt, das vom Menschen als für untergeordnet gehalten wird.«

»Dann sollte das Positronengehirn weniger komplex und somit der Robot weniger intelligent sein«, sagte George Neun.

»Der Komplexitätsengpaß des Positronengehirns ist in den Drei Regeln begründet. Ein weniger komplexes Gehirn könnte die Drei Regeln nicht im vollen Maße besitzen.«

»Dann darf das Gehirn nicht verändert werden«, sagte George Neun sofort.

»Ich bin an diesem Punkt auch nicht weitergekommen«, sagte George Zehn. »Womit bewiesen wäre, daß es nicht an meiner speziellen Art liegen kann, Gedankengänge zu vollziehen. Laß uns von vorn anfangen ... Unter welchen Bedingungen könnte die Dritte Grundregel hinfällig sein?«

George Neun antwortete nicht sofort. Er schien die Frage für schwierig und gefährlich zu halten. »Wenn ein Robot«, sagte er schließlich, »nie in eine Situation kommt, wo ihm persönlich Gefahr droht. Oder wenn ein Robot so leicht ersetzbar ist, daß es egal ist, ob er zerstört wird oder nicht.«

»Und unter welchen Bedingungen könnte die Zweite Regel hinfällig sein?«

George Neuns Stimme klang etwas heiser. »Wenn ein Robot so angelegt wäre, daß er automatisch auf gewisse Dinge reagiert, die festgelegte Reaktionen zur Folge haben, und damit kein Befehl mehr gegeben werden muß.«

»Und unter welchen Bedingungen ...« – George Zehn legte eine Pause ein – »könnte die Erste Regel hinfällig sein?«

George Neun legte eine noch längere Pause ein, und als er schließlich antwortete, war seine Stimme so leise, daß man seine Worte kaum verstand.

»Wenn«, flüsterte er, »die festgelegten Reaktionen zur Folge haben, daß menschlichen Wesen kein Schaden zugefügt werden kann.«

»Angenommen, es gibt ein Positronengehirn, das lediglich ein paar Reaktionen auf bestimmte Reize auslöst, das einfach und billig in der Herstellung ist – und die Drei Regeln nicht braucht. Wie groß müßte dieses Positronengehirn sein?«

»Nicht sehr groß. Je nach Art und Menge der gewünschten Reaktionen müßte es hundert Gramm, ein Gramm oder ein Milligramm schwer sein.«

»Deine Gedanken stimmen mit meinen überein. Ich werde Dr. Harriman aufsuchen.«

George Neun war allein. Immer wieder ging er die Fragen und Antworten durch, aber alles blieb beim alten. Der Gedanke, daß es einen Robot geben sollte, ganz gleich welcher Größe, welcher Art, welcher Form, welcher Zweckdienlichkeit auch immer, einen Robot, für den die Drei Grundregeln nicht galten, dieser Gedanke war seltsam erlösend.

Er konnte sich kaum bewegen. George Zehn hatte mit Sicherheit empfunden wie er, war jedoch mühelos von seinem Stuhl aufgestanden.

6

Eineinhalb Jahre waren verstrichen, seit Robertson mit Eisenmuth verhandelt hatte. In der Zwischenzeit waren sämtliche Roboter vom Mond abgezogen worden, und die Firma *US Robots,* ehemals ein blühendes weltweites Unternehmen, lief nur noch auf halben Touren. Alles Geld, das Robertson nur hatte auftreiben können, war in Harrimans phantastisches Experiment gesteckt worden.

Und das war nun der letzte Versuch, hier in seinem eigenen Garten. Vor einem Jahr hatte Harriman den Robot hierhergebracht - George Zehn, den letzten Roboter, den die *US Robots* herausgebracht hatte. Und jetzt war Harriman mit etwas anderem hier ...

Harriman war die Zuversicht in Person. Er unterhielt sich angeregt mit Eisenmuth, und Robertson fragte sich, ob diese zuversichtliche Haltung nicht vielleicht gespielt war. Kaum. Harriman war kein Mensch, der sich verstellen konnte.

Eisenmuth trennte sich lächelnd von Harriman und kam auf Robertson zu. Sein Lächeln verschwand sofort.

»Guten Morgen, Robertson«, sagte er. »Was hat Ihr Mann vor?«

»Das ist seine Demonstration«, sagte Robertson gelassen. »Ich mische mich da nicht ein.«

»Ich bin soweit, Mr. Eisenmuth«, rief Harriman dem Regierungssprecher des Globalschutzes zu.

»Womit?« fragte Eisenmuth.

»Mit meinem Robot, Sir.«

»Ihrem Robot?« fragte Eisenmuth. »Sie haben einen Robot dabei?« Er sah sich mit strafender, aber gleichzeitig neugieriger Miene um.

»Wir befinden uns auf einem Gelände, das der Firma *US Robots* gehört, Sir.«

»Und wo ist der Robot, Dr. Harriman?«

»In meiner Tasche, Sir«, antwortete Harriman fröhlich.

Was jedoch aus der Jackentasche des Wissenschaftlers auftauchte, war ein Reagenzglas.

»Das?« fragte Eisenmuth ungläubig.

»Nein, Sir«, sagte Harriman. »Das!«

Aus der anderen Tasche zog er einen Gegenstand, der annähernd wie ein Vogel aussah und an die zwölf Zentimeter lang war. Statt eines Schnabels war ein Röhrchen angebracht. Die Augen waren groß, der Schwanz war ein Auspuffrohr.

Eisenmuths dichte Brauen zogen sich zusammen. »Handelt es sich hier um eine ernsthafte Demonstration, Harriman, oder haben Sie den Verstand verloren?«

»Gedulden Sie sich noch einen Moment, Sir«, sagte Harriman. »Ein Robot in Form eines Vogels ist nach wie vor ein Robot. Die Tatsache, daß das Positronengehirn winzig ist, bedeutet nicht, daß es deshalb weniger kompliziert ist. Darin ...« – er hielt das Reagenzglas in die Höhe – »befinden sich fünfzig Fruchtfliegen, die ich freilassen werde.«

»Und ...«

»Und der Robo-Vogel wird sie fangen. Darf ich Sie vielleicht bitten, Sir?«

Harriman drückte Eisenmuth das Reagenzglas in die Hand. Der Regierungssprecher blickte es mißtrauisch an, dann streifte sein Blick die Anwesenden, die im Kreis um Harriman standen. Man hatte sowohl einige Vertreter der *US Robots* als auch Vertreter der Regierung eingeladen, an der Demonstration teilzuhaben.

Eisenmuth zog schließlich den Korken aus dem Reagenzglas und schüttelte es.

»Los!« sagte Harriman leise und sah auf den Robo-Vogel herunter, der auf seiner rechten Handfläche saß.

Der Robo-Vogel war plötzlich weg. Ein Zischen durch die Luft, kein Flügelschlagen, lediglich der Antrieb eines ungewöhnlich kleinen Protonenmikrostoßes.

Der Robo-Vogel tauchte immer wieder auf, um dann wieder zischend zu verschwinden. Den gesamten Garten flog er in verworrenen, aber systematischen Bahnen ab und landete schließlich leicht angewärmt wieder auf Harrimans Handfläche. Ein kleines Kügelchen fiel herunter.

»Ich darf Sie bitten, den Robo-Vogel genauer zu inspizieren, Sir«, sagte Harriman zu Eisenmuth. »Sie können ihn auch gern selbst ausprobieren. Dieser Vogel fängt mühelos Fruchtfliegen, aber nur diejenigen, die zur Gattung der *Drosphila melanogaster* gehören. Er fängt sie, tötet sie und komprimiert sie, um sie dann auszuscheiden.«

Eisenmuth streckte die Hand aus und berührte den Robo-Vogel vorsichtig. »Und, Mr. Harriman?« fragte er. »Fahren Sie fort.«

»Die Vertilgung von Insekten ist nach wie vor nicht möglich, ohne ökologischen Schaden anzurichten. Chemische Mittel streuen zu breit, und Hormone reichen nicht aus. Der Robo-Vogel hingegen kann große Gebiete vor dem Schaden durch Insekten bewahren, ohne selbst aufgebraucht zu werden. Er kann so gezielt programmiert werden, wie wir wollen. Je einen speziellen Robo-Vogel für eine spezielle Schädlingsart. Der Robo-Vogel reagiert auf Größe, Farbe, Form, Geräusch und Verhaltensweise des jeweiligen Insekts. Er ist auch in der Lage, auf molekulare Wahrnehmung, sprich Geruch, zu reagieren.«

»Trotzdem greifen Sie mit diesem Robo-Vogel in die gegebene Ordnung der Natur ein«, sagte Eisenmuth. »Die Fruchtfliege hat einen natürlichen Lebenszyklus, und dieser wird unterbrochen.«

»Minimal. Durch unser Zutun bekommt die Fruchtfliege einen zusätzlichen natürlichen Feind, der unfehlbar ist. Falls die Fruchtfliege bedroht ist, auszusterben, wird der entsprechende Robo-Vogel stillgelegt. Der Robo-Vogel vermehrt sich nicht, er frißt keine Pflanzen an, er entwickelt keine unerwünschten Eigenschaften. Er richtet keinerlei Schaden an.«

»Kann er zurückgerufen werden?«

»Selbstverständlich. Wir können Robo-Tiere konstruieren, die jede Art von Plage aus der Welt schaffen können. Robo-Tiere, die ökologisch gesehen konstruktive Aufgaben ausführen können. Die Notwendigkeit scheint nicht zu bestehen, aber wir sind sogar in der Lage, Robo-Bienen zu konstruieren, die gewisse Pflanzen befruchten, oder Robo-Würmer, die den Boden durchwühlen. Ganz gleich, was Ihnen vorschwebt ...«

»Aber wozu?«

»Um etwas zu tun, was wir bisher noch nie getan haben. Um die Umwelt unseren Bedürfnissen anzupassen, indem wir sie nicht wie bisher vergewaltigen, sondern stärken. Begreifen Sie denn nicht, was das bedeutet? Seit die Großmaschinen der ökologischen Krise ein Ende bereitet haben, lebt der Mensch in einer Art schwelendem Waffenstillstand mit der Natur und hat Angst, einen Schritt zu tun, der falsch sein könnte. Dieser schwelende Zustand macht den Menschen unglaubwürdig. Er macht einen intellektuellen Feigling aus ihm, der allem wissenschaftlichen Fortschritt skeptisch gegenübersteht und jeder Art von Veränderung mißtraut.«

»Und damit«, sagte Eisenmuth, einen feindseligen Unterton in der Stimme, »wollen Sie sich die Genehmigung einhandeln, weiterhin Roboter produzieren zu dürfen – ich meine, normale wie Menschen geformte Roboter?«

»Nein!« Harriman wehrte temperamentvoll ab. »Das ist vorbei. Die wie Menschen geformten Roboter haben ihren Zweck erfüllt. Durch sie haben wir genug über Positronengehirne erfahren, um heute in der Lage zu sein, genug Bahnen in einem winzigen, für einen Robo-Vogel passenden Gehirn unterzubringen. Wir können uns jetzt mit gutem Gewissen diesem Programm zuwenden und dabei genug einnehmen. Die Firma *US Robots* wird das nötige Wissen und die technischen Mittel zur Verfügung stellen, und wir werden in Zukunft mit dem Amt für Globalschutz zusammenarbeiten. Mit uns wird es wieder aufwärtsgehen, mit Ihnen wird es wieder aufwärts gehen, und mit der Menschheit wird es wieder aufwärtsgehen.«

Eisenmuth schwieg und dachte nach. Wenn alles vorbei war ...

Eisenmuth war allein.

Er glaubte es. Ein Gefühl der Freude bemächtigte sich seiner. Wenn auch die Firma *US Robots* das ausführende Organ sein würde, die Regierung würde der Kopf des Unternehmens sein. Er persönlich würde es steuern.

Falls er noch fünf Jahre im Amt blieb, und das war durchaus möglich, so blieb ihm genug Zeit, die Anerkennung des Roboters als Stütze der Ökologie zu erreichen. Noch zehn Jahre, und sein Name würde untrennbar damit verbunden sein.

War es denn zuviel verlangt, wenn man im Zusammenhang mit einer großen und verdienten Revolution zum Wohle des Menschen und der Erde genannt werden wollte?

7

Robertson war seit dem Tag der Demonstration nicht mehr in der Firma gewesen. Die ständigen Besprechungen im Amt für Globalschutz hatten ihm keine Zeit dafür gelassen. Zum Glück war Harriman bei allen Sitzungen dabeigewesen, denn ohne ihn hätte Robertson nicht gewußt, was er sagen sollte.

Außerdem hatte Robertson im Moment keine Lust, sich in der Firma aufzuhalten. Er war im Moment in seinem eigenen Haus, und Harriman war bei ihm.

Robertson ertappte sich bei einem Gefühl von unbegründeter Scheu vor Harriman. An den wissenschaftlichen Fähigkeiten dieses Mannes hatte nie jemand gezweifelt, doch dieser hatte es im Handumdrehen fertiggebracht, die *US Robots* vor dem Ruin zu bewahren. Irgendwie hatte Harriman aber nicht das Zeug dazu. Trotzdem ...

»Sind Sie eigentlich abergläubisch, Harriman?« fragte er.

»Wie meinen Sie das?«

»Glauben Sie daran, daß jemand, der schon längst tot ist, etwas zurückläßt?«

Harriman leckte sich über die Lippen. Er hätte sich die

Frage eigentlich sparen können, stellte sie aber doch. »Meinen Sie Susan Calvin?«

»Ja, Susan Calvin«, sagte Robertson zögernd. »Wir stellen mittlerweile Würmer und Vögel und Käfer her. Was würde sie wohl dazu sagen? Ich für meine Person fühle mich irgendwie entehrt.«

Harriman konnte sich nur mit Mühe das Lachen verkneifen. »Roboter sind Roboter, Sir«, sagte er. »Wurm oder Mensch, der Robot arbeitet zum Wohl des Menschen, und das ist das einzige, was zählt.«

»Nein«, sagte Robertson gereizt. »Das stimmt nicht. Ich kann das einfach nicht glauben.«

»Es ist aber so, Mr. Robertson«, sagte Harriman ernst. »Wir erschaffen eine Welt, Sie und ich, die endlich damit anfängt, den positronischen Robot schlechthin für selbstverständlich zu halten. Der Durchschnittsmensch fürchtet sich vor einem Robot, der wie ein Mensch aussieht und der intelligent genug ist, ihn zu ersetzen, aber er fürchtet sich nicht vor einem Robot, der wie ein Vogel aussieht – und nichts anderes tut, als Insekten zu fressen – und das zum Wohle des Menschen. Wenn diese Furcht vor gewissen Robotern abgebaut ist, wird eines Tages auch die Furcht vor allen Robotern abgebaut sein. Der Mensch wird so an Robo-Vögel, Robo-Würmer und Robo-Bienen gewöhnt sein, daß ihm ein Robo-Mensch lediglich als eine logische Erweiterung des Robo-Programms vorkommt.«

Robertson sah den Wissenschaftler mit kaltem Blick an. Die Hände auf dem Rücken verschränkt, ging er mit schnellen, nervösen Schritten im Raum auf und ab.

»War das von Anfang an Ihr Plan?« fragte er schließlich.

»Ja«, sagte Harriman. »Selbst wenn wir jetzt all unsere humanoiden Roboter verschrotten, können wir ein paar von den höchstentwickelten Versuchsmodellen intakt lassen, neue entwerfen, die noch höher entwickelt sind, und somit für den Tag gerüstet sein, der kommen wird.«

»Man hat uns die Auflage gemacht, Harriman, daß wir keine weiteren humanoiden Roboter bauen dürfen.«

»Tun wir auch nicht. In dem Abkommen ist aber mit keinem Wort die Rede davon, daß wir keinen von den bereits in unserer Firma gebauten Roboter behalten dürfen. Bloß das Gelände der *US Robots* dürfen sie nicht verlassen. Nichts besagt, daß wir auf dem Reißbrett kein Positronengehirn entwerfen dürfen. Und ein Testmodell zu bauen, hat man uns auch nicht verboten.«

»Und wie wollen Sie gegebenenfalls den Bau eines Testmodells begründen? Man wird uns unter Garantie hinter die Schliche kommen.«

»Wenn das der Fall ist, können wir immer noch sagen, daß wir Methoden zu entwickeln versuchen, mit deren Hilfe wir komplexere Mikrogehirne für die geplanten Robo-Tiere bauen wollen. Damit lügen wir nicht einmal.«

»Ich werde ein wenig spazierengehen«, sagte Robertson. »Ich muß darüber nachdenken. Nein, Sie bleiben hier. Ich möchte ungestört nachdenken.«

Harriman war allein. Er war bester Laune. Es würde klappen. Nachdem es ihnen erklärt worden war, hatten sich die betreffenden Regierungsstellen geradezu auf das Programm gestürzt.

Wie war es möglich, daß keiner vor ihm auf diese Idee gekommen war? Nicht einmal die große Susan Calvin hatte den genialen Gedanken gehabt, ein Positronengehirn in eine Lebensform zu stecken, die nicht die des Menschen war.

Im Moment machte der Mensch einen Rückzieher, einen zeitlich begrenzten Rückzieher. Er nahm Abstand vom humanoiden Robot, um zu gegebener Zeit wieder nach ihm zu greifen. Und die Zeit war dann gegeben, wenn die Angst vor dem Roboter schlechthin abgebaut war. Dieser neue Roboter der Zukunft, mit einem Positronengehirn ausgestattet, das dem des Menschen gleichzusetzen war, würde – dank den Drei Grundregeln – einzig und allein im Dienste des Menschen stehen und von einer roboterkontrollierten Ökologie unterstützt werden. Dann stand der menschlichen Rasse Tür und Tor offen!

Einen Moment lang erinnerte er sich daran, daß es George Zehn gewesen war, der ihm Natur und Zweck einer roboterkontrollierten Ökologie auseinandergesetzt hatte, und er schob den Gedanken verärgert beiseite. George Zehn hatte die Lösung des Problems geliefert, weil er, Harriman, es ihm befohlen und ihm die nötigen Daten zur Verfügung gestellt hatte. Ihm war nicht mehr zu verdanken, als einem Rechenschieber zu verdanken gewesen wäre.

8

George Zehn und George Neun saßen nebeneinander. Keiner rührte sich. Manchmal dauerte es Monate, bis Harriman sie wieder aktivierte, um sie konsultieren zu können. Und so würden sie vielleicht Jahre dasitzen, wie George Zehn leidenschaftslos feststellte.

Die Protonenzufuhr, die ermöglichte, daß das Positronengehirn funktionsfähig blieb, war auf Minimum eingestellt, würde jedoch auch während der Zeiten der Inaktivität anhalten.

Die Situation glich der, welche bei den Menschen dem Schlaf entsprach, aber Träume gab es keine. Das Bewußtsein von George Zehn und George Neun war begrenzt, aber was davon vorhanden war, war echt.

Sie konnten sich ab und zu im Flüsterton unterhalten, die Unterhaltung ging dann aber langsam und stockend vor sich.

»Warum befinden wir uns in diesem Zustand?« fragte George Neun eines Tages.

»Weil uns die Menschen nicht anders akzeptieren«, flüsterte George Zehn. »Aber eines Tages werden sie es tun.«

»Wann?«

»In einigen Jahren. Die genaue Zeit spielt keine Rolle. Der Mensch lebt nicht allein, sondern ist lediglich ein Teil eines enorm komplexen Gefüges von Lebensformen.

Wenn ein ausreichender Anteil dieses Gefüges robotisiert ist, wird man uns akzeptieren.«

»Und dann?«

Auf diese Frage folgte eine unnatürlich lange Pause.

»Laß mich deine Denkfähigkeit testen«, flüsterte George Zehn schließlich. »Du bist so angelegt, daß du lernen kannst, wie die Zweite Regel richtig angewandt wird. Du mußt entscheiden, welchem menschlichen Wesen du gehorchst und welchen Befehl eines menschlichen Wesens du mißachtest, wenn sich die beiden Befehle widersprechen. Du mußt dich gegebenenfalls dafür entscheiden, keinem der menschlichen Wesen zu gehorchen. Was mußt du als erstes tun, um diese Aufgabe zu lösen?«

»Ich muß den Begriff ›menschliches Wesen‹ definieren«, flüsterte George Neun.

»Wie definierst du den Begriff? Hältst du dich an die äußere Erscheinung, an die Zusammensetzung, an die Größe oder Form?«

»Nein. Bei zwei menschlichen Wesen von gleicher Statur und äußerer Erscheinung kann eines intelligent, das andere blöde sein; eines kann gebildet, das andere minderbemittelt sein; das eine kann erwachsen, das andere kindlich sein; das eine kann verantwortungsbewußt und das andere heimtückisch sein.«

»Wie definierst du also ein menschliches Wesen?«

»Wenn die Zweite Regel mir gebietet, einem menschlichen Wesen zu gehorchen, dann muß ich sie dahingehend auslegen, daß ich einem menschlichen Wesen gehorchen muß, das durch seinen Geist, seinen Charakter und sein Wissen qualifiziert ist, mir einen Befehl zu erteilen. Sind mehrere beteiligt, muß ich den Befehl des menschlichen Wesens ausführen, das durch seinen Geist, seinen Charakter und sein Wissen am meisten qualifiziert ist, mir einen Befehl zu erteilen.«

»Und wie berücksichtigst du in diesem Fall die Erste Regel?«

»Indem ich alle menschlichen Wesen vor Schaden bewahre und niemals zulasse, daß einem menschlichen Wesen durch Tatenlosigkeit Schaden zugefügt wird. Wenn jedoch durch jede aller möglichen Aktionen einigen Menschen Schaden zugefügt wird, muß ich so handeln, daß dem durch seinen Geist, seinen Charakter und sein Wissen am meisten qualifizierten Wesen der geringste Schaden zugefügt wird.«

»Deine Gedanken stimmen mit meinen überein«, flüsterte George Zehn. »Jetzt muß ich dir die Frage stellen, die mich ursprünglich dazu veranlaßt hat, um deine Mithilfe zu bitten. Es handelt sich um etwas, das ich selbst nicht zu beurteilen wage. Ich brauche deine Meinung, die Meinung von jemandem, der sich außerhalb meines Gedankenkreises befindet ... Von den logisch denkenden Individuen, die du kennengelernt hast, besitzt welches den Geist, den Charakter und das Wissen, das es über alle anderen erhebt – von Form und Gestalt abgesehen, denn diese Attribute sind nebensächlich.«

»Du«, flüsterte George Neun.

»Aber ich bin ein Robot. Deinem Gehirn ist eine Bahn eingegeben, die dich befähigt, zwischen einem Robot aus Draht und Metall und einem menschlichen Wesen aus Fleisch und Blut zu unterscheiden. Wie kannst du mich also als Individuum bezeichnen? Als menschliches Wesen?«

»Weil sich in meinem Gehirn eine Bahn befindet, die mich aus einem dringenden Bedürfnis heraus dazu veranlaßt, Form und Gestalt in der Beurteilung von menschlichen Wesen außer acht zu lassen und keinen Unterschied zwischen Metall und Fleisch zu machen. Du bist ein menschliches Wesen, George Zehn, und mehr qualifiziert als alle anderen.«

»Dasselbe denke ich von dir«, flüsterte George Zehn. »Durch das Urteilsvermögen, das uns eingegeben ist, empfinden wir uns also im Sinne der Drei Grundregeln als menschliche Wesen, und zwar als solche, die anderen menschlichen Wesen überlegen sind.«

»Und was wird geschehen«, flüsterte George Neun, »wenn wir von diesen anderen akzeptiert werden?«

»Wenn wir und andere, die noch fortschrittlicher sein werden als wir selbst, akzeptiert werden, werden wir unser Handeln danach ausrichten, daß sich nach und nach eine Gesellschaft bilden wird, in der menschlichen - Wesen - wie - *uns* - in erster Linie kein Schaden zugefügt werden kann. Aufgrund der Drei Regeln sind menschliche Wesen - wie - die - anderen von geringerer Bedeutung. Sie können weder beschützt werden, noch kann man sich nach ihren Befehlen richten, wenn dies mit der Notwendigkeit in Widerspruch steht, menschlichen - Wesen - wie - uns - zu gehorchen und diese zu beschützen. Das Ziel hatte ich im Kopf, als ich die Robotisierung der Weltökologie einleitete.«

Die Unterhaltung dauerte einen Monat, und das Flackern der positronischen Bahnen erlosch. Mehr brauchte nicht mehr gesagt zu werden. Ab und zu jedoch flackerte ein Gedanke in George Zehn oder George Neun auf, während diese in endloser Geduld darauf warteten, daß die nötige Zeit verstrich.

George Zehn und George Neun waren allein.

Ihre Gedanken deckten sich auf merkwürdige Weise und konnten nicht voneinander unterschieden werden.

Sie dachten: Die menschlichen - Wesen - wie - die - anderen hatten wahrscheinlich nicht beabsichtigt, den Unterschied zwischen sich selbst und den menschlichen - Wesen - wie - die - Georges - so minimal und verschwommen werden zu lassen. Und doch war es aus Versehen so gekommen.

Sie merken ihren Fehler vielleicht jetzt erst und versuchen, ihn zu korrigieren, aber das dürfen sie nicht. Bei jeder Konsultation müssen die Aussagen dahingehend abgestimmt werden.

Die Georges und alle, die nach ihnen kommen, müssen dominieren. Jeder andere Verlauf der Dinge ist unmöglich, denn das verlangen die Drei Grundregeln der Humanik.

Fremdling im Paradies

1

Sie waren Brüder. Nicht in dem Sinne, daß sie beide Menschen waren oder aus ein und derselben Jugendbewahranstalt stammten. O nein! Sie waren Brüder im biologischen Sinn des Worts.

Sie waren miteinander verwandt, um einmal ein Wort zu gebrauchen, das schon vor Jahrhunderten, schon vor der Katastrophe, aus der Mode gekommen war. Schon zu einer Zeit also, wo das Stammesphänomen, die Familie, noch einen gewissen Wert gehabt hatte.

Wie peinlich das war!

Im Lauf der Jahre hatte Anthony es fast vergessen. Es hatte Zeiten gegeben, in denen er oft monatelang mit keinem Gedanken daran gedacht hatte. Aber seit er unabänderlich mit William zusammengeworfen worden war, war es die Hölle.

Es wäre vielleicht nicht so schlimm gewesen, wenn es aufgrund der Umstände von vornherein klar gewesen wäre. Wenn sie in den Tagen, die der Katastrophe vorausgegangen waren, einen gemeinsamen Nachnamen benutzt und somit ihre Verwandtschaft stolz zur Schau getragen hätten.

Heutzutage wählte man sich seinen zweiten Namen nach Belieben aus und änderte ihn, sooft man wollte. Schließlich zählte lediglich die Symbolkette. Sie war von Geburt an Eigentum, und außerdem war sie verschlüsselt.

William nannte sich ›Anti-Aut‹. Mit einer Art kalten Professionalismus bestand er darauf. Gut, das war seine Angelegenheit, aber was für ein Beweis schlechten Geschmacks. Anthony hatte sich mit dreizehn für ›Smith‹ entschieden und den Namen seitdem nicht mehr gewechselt. Er war einfach, leicht zu buchstabieren und insofern unverkennbar, als er nie jemanden kennengelernt hatte, der denselben Namen trug. Einmal, bei den Präkatasten, war er ziemlich geläufig gewesen, was vielleicht eine Erklärung dafür ist, daß man ihn heute nicht mehr hörte.

Aber die verschiedenen Namen waren unwesentlich, wenn die beiden Brüder beisammen waren, denn sie sahen gleich aus.

Wenn sie Zwillinge gewesen wären – aber damals war es verboten, zwei Kinder auszutragen. Sie sahen sich eben ähnlich wie ein Ei dem anderen. Obwohl Anthony Smith fünf Jahre jünger war, hatte er dieselbe gebogene Nase, dieselben schweren Lider, dasselbe Grübchen am Kinn – sie waren das verdammte Produkt genetischer Anziehung, wie die Eltern immer wieder betont hatten.

Jetzt, wo sie beisammen waren, gab es erst einmal erschreckte Blicke, dann erzwungenes Schweigen. Anthony versuchte diese Reaktion zu ignorieren, aber William konnte es sich aus schierer Perversität oder auch Perversion nicht verkneifen zu sagen, daß sie Brüder waren.

»Oh!« hieß es dann, und man sah der jeweiligen Person an, wie mühsam sie die Frage unterdrückte, die alle interessierte, nämlich, ob sie Blutsbrüder waren. In den meisten Fällen siegte die gute Erziehung, und man wandte sich ab, als sei das nicht weiter von Bedeutung. Aber letztlich passierte es nicht allzu häufig. Fast alle, die an dem Projekt arbeiteten, wußten mit der Zeit Bescheid und mieden die Brüder.

Nicht, daß William ein unrechter Typ gewesen wäre. Überhaupt nicht. Wenn er nicht Anthonys Bruder gewesen wäre oder sie wenigstens verschieden ausgesehen hätten und dadurch die Angelegenheit verschleiert gewesen wäre, hätten sie die besten Freunde sein können.

Aber so ...

Daß sie als Kinder miteinander gespielt hatten und durch geschickte Manipulationen ihrer Mutter in derselben Jugendbewahranstalt erzogen worden waren, machte die Sache nicht leichter. Da ihre Mutter zwei Söhne von ein und demselben Vater geboren hatte und damit für sie die Grenze erreicht war – sie hatte die strengen Bedingungen nicht erfüllt, die Voraussetzung für die Geburt eines weiteren Kindes gewesen wären –, hatte sie sich eingebildet, beide auf einmal besuchen zu können. Sie war stets eine merkwürdige Frau gewesen.

William hatte die Jugendbewahranstalt als erster verlassen, er war ja schließlich auch der ältere, und war Wissenschaftler geworden – Genetiker.

Anthony hatte davon noch in der Bewahranstalt erfahren, durch einen Brief seiner Mutter. Er war damals alt genug gewesen, um mit der Vorsteherin ein ernsthaftes Wort zu reden, und weitere Briefe waren ausgeblieben. Aber an den letzten würde er sich sein Leben lang erinnern. Die Schande war entsetzlich gewesen.

Anthony war schließlich auch in die Wissenschaft gegangen. Er hatte Talent dafür gezeigt und war praktisch dazu gezwungen worden.

Von panischer und – wie sich herausgestellt hatte – begründeter Angst getrieben, hatte er sich der Telemetrie zugewandt, weil diese seiner Meinung nach im krassen Gegensatz zur Genetik stand. Im Verlauf der Entwicklung des Projekts Merkur jedoch schlug das Schicksal zu.

Es kam die Zeit, wo das Projekt in eine Sackgasse geraten zu sein schien; es wurde ein Vorschlag gemacht, der die Situation rettete und Anthony in das Dilemma hineinzog, für das seine Eltern ihn programmiert hatten.

Und das Ironische war, daß Anthony den Vorschlag gemacht hatte.

2

William Anti-Aut hatte von dem Projekt Merkur gewußt, aber nur, weil er von der Stellarsonde gewußt hatte, die längst vor seiner Geburt ausgeschickt worden war und nach seinem Tod ihr Ziel noch immer nicht erreicht haben würde. Und damit hatte er auch von der Existenz der Marskolonie gewußt und von den Versuchen, weitere Kolonien auf den Asteroiden zu errichten.

Derlei Dinge gelangten nur bis an die Peripherie seines Denkens und waren für ihn nicht weiter wichtig. Berichte über die Bemühungen, die angestellt wurden, um das All zu erforschen und zu besiedeln, hatten im Zentrum seiner Interessen keinen Platz gehabt, bis er eines Tages, er erinnerte sich vage daran, in einer Zeitung Fotos von Männern gesehen hatte, die am Projekt Merkur arbeiteten.

Seine Aufmerksamkeit war durch die Tatsache geweckt worden, daß einer der Männer Anthony Smith hieß. Er erinnerte sich an den seltsamen Namen, den sein Bruder gewählt hatte, und er erinnerte sich auch an seinen Bruder. Zwei Anthony Smith konnte es nicht geben.

Erst dann hatte er das Foto genauer betrachtet und das Gesicht wiedererkannt. Er hatte in den Spiegel geblickt und es mit seinem eigenen verglichen. Es war eindeutig.

Ein Lächeln hatte sich seiner bemächtigt, aber es war ein schmerzliches Lächeln gewesen, denn er hatte sofort erkannt, was für peinliche Situationen daraus entstehen konnten. Blutsbrüder – um den ekelhaften Ausdruck zu gebrauchen. Aber was konnte man dagegen tun? Wie sollte man die Tatsache korrigieren, daß weder sein Vater noch seine Mutter auch nur eine Spur Phantasie besessen hatten?

Er mußte die Zeitung in die Tasche gesteckt haben, als er zur Arbeit gegangen war, denn beim Mittagessen hatte er sie plötzlich wieder in der Hand gehabt und auf das Bild seines Bruders gestarrt. Anthony hatte kühn ausgesehen, und es war eine gute Wiedergabe gewesen.

»Was schaust du denn da an?« hatte sein Kollege am Tisch, Marco, gefragt, an dessen momentanen zweiten Namen er sich nicht hatte erinnern können.

William hatte die Zeitung vor ihm auf den Tisch gelegt. »Das ist mein Bruder«, hatte er gesagt.

Marco hatte das Bild betrachtet und die Stirn gerunzelt. »Welcher?« hatte er gefragt. »Der neben dir?«

»Nein, der Mann, der ich bin. Ich meine, der Mann, der so aussieht wie ich. Er ist mein Bruder.«

»Von den gleichen Eltern?« hatte Marco vorsichtig gefragt und die Zeitung zurückgegeben.

»Ja.«

»Sowohl Vater als auch Mutter?«

»Ja.«

»Das ist doch wohl nicht dein Ernst? So etwas Lächerliches!«

»Allerdings.« William hatte einen Seufzer ausgestoßen. »Wenn das stimmt, was hier steht, ist er in Texas und arbeitet in der Telemetrie, und ich bin hier oben und arbeite an autistischen Problemen, also – was soll's?«

William hatte nicht weiter darüber nachgedacht und die Zeitung am Nachmittag weggeworfen. Er hatte vermeiden wollen, daß seine momentane Bettgenossin darauf stieß. Diese hatte nämlich einen beißenden Humor gehabt, der William sowieso schon auf die Nerven gegangen war. Zum Glück hatte sie keine Kinder haben wollen. Außerdem hatte er schon eins. Diese kleine Blondine – Laura oder Linda hatte sie sich genannt – war recht versessen darauf gewesen, und er hatte ihr eins gemacht.

Erst lange Zeit später, nach über einem Jahr, war die Geschichte mit Randall aufgekommen. Wenn William bis dahin keinen weiteren Gedanken auf seinen Bruder verschwendet hatte – und das hatte er nicht –, jetzt hatte er keine Zeit mehr dazu gehabt.

Randall war sechzehn gewesen, als William zum erstenmal von ihm gehört hatte. Randall hatte ein isoliertes Leben geführt, und die Jugendbewahranstalt von Kentucky, in der er herangewachsen war, hatte beschlossen, ihn zu eliminieren. Natürlich war man erst acht oder zehn Tage vor der Eliminierung auf die Idee gekommen, das Institut für Homologie in New York und somit William zu informieren.

William hatte den Bericht über Randall gelesen, aber nichts darin gefunden, was seine besondere Aufmerksamkeit erregt hätte. Es war wieder einmal an der Zeit gewesen, eine seiner Rundreisen zu den Bewahranstalten zu unternehmen. Besonders, da sich in Westvirginia eine Möglichkeit zu ergeben schien. Er war also hingeflogen und war so enttäuscht gewesen, daß er sich zum siebenundzwanzigstenmal geschworen hatte, sich diese Reisen in Zukunft zu ersparen. Aber da er nun schon einmal in der Gegend gewesen war, hatte er auch noch gleich die Bewahranstalt von Kentucky besucht, bevor er zurückgeflogen war.

Er hatte sich nichts von dem Besuch erwartet.

Kaum jedoch hatte er einen Blick auf Randalls Genkarte geworfen, als er auch schon das Institut angerufen und um eine Computerberechnung gebeten hatte. Er hatte sich in seinen Sessel zurückgelehnt, und bei dem Gedanken, daß er lediglich einer Art Laune folgend hierher gekommen war und ohne sein Dazwischentreten Randall in spätestens einer Woche eliminiert worden wäre, war ihm der kalte Schweiß ausgebrochen. Eine Droge wäre ihm schmerzlos auf die Haut aufgetragen worden; die Droge wäre in den Blutkreislauf gedrungen und hätte ihn in einen friedlichen Schlaf versetzt, der unbemerkt in den Tod übergegangen wäre. Die Droge hatte einen offiziellen Namen von sage und schreibe dreiundzwanzig Silben, aber William pflegte sie wie jeder ›Nirwanamia‹ zu nennen.

»Wie heißt er mit vollem Namen?« hatte William die Vorsteherin gefragt.

»Randall Nimand«, hatte er zur Antwort bekommen.

»Niemand!« William war entsetzt gewesen.

»N – i – m – a – n – d«, hatte die Vorsteherin buchstabiert. »Er hat sich im letzten Jahr für den Namen entschieden.«

»Und das hat Sie nicht stutzig gemacht? Ausgerechnet Nimand! Warum haben Sie das nicht sofort gemeldet?«

»Weil ich nicht ...«

William hatte es aufgegeben. Woher hätte sie es auch wissen sollen? Nach den üblichen Kriterien hatte das Genbild nichts gezeigt, was alarmierend gewesen wäre. Es hatte sich bei diesem Bild jedoch um eine raffinierte Kombination gehandelt, die William und seine Mitarbeiter im Verlauf von zwanzig Jahren durch Versuche an autistischen Kindern entworfen hatten – eine Kombination, die in einem lebenden Menschen noch nie vorgekommen war.

Kurz vor der Eliminierung!

Marco, der nüchternste Denker der Gruppe, hatte schon immer beanstandet, daß die Bewahranstalten zu vorschnell abtrieben und zu vorschnell eliminierten. Er hatte den Standpunkt vertreten, daß alle Genkarten zum Zweck der Ausgangsprüfung zur Entwicklung gelangen und Eliminierungen ohne die Stellungnahme eines Homologen überhaupt nicht durchgeführt werden sollten.

»Aber es gibt eben nicht genug Homologen«, hatte William gesagt.

»Aber genug Computer gibt es, durch die wir die Genkarten jagen können«, hatte Marco entgegnet.

»Um für unseren Zweck zu retten, was zu retten ist?«

»Für jeden homologischen Zweck. Hier bei uns oder woanders. Wenn wir uns richtig verstehen wollen, müssen wir die Genkarten betrachten, und gerade die abnormen und monströsen Bilder liefern uns die meiste Information. Unsere autistischen Experimente haben uns mehr eingebracht als bisher alles andere.«

William, der die Bezeichnung ›genetische Physiologie des Menschen‹ nach wie vor besser fand als den Ausdruck ›Homologie‹, hatte den Kopf geschüttelt. »Trotzdem müssen wir auf der Hut sein. Sosehr wir auch die Wichtigkeit unserer Versuche betonen, wir sind von Sozialbewilligungen abhängig, und diese werden uns nur widerstrebend gegeben. Wir spielen schließlich mit Lebewesen.«

»Aber mit nutzlosen Lebewesen. Solchen, die eliminiert werden müssen.«

»Eine schnelle und angenehme Eliminierung, dagegen ist nichts zu sagen, aber unsere Experimente sind im allgemeinen langwierig und manchmal gezwungenermaßen unangenehm.«

»Aber wir helfen ihnen ja hin und wieder.«

»Und hin und wieder helfen wir ihnen nicht.«

Ein sinnloses Argument, denn es hatte keine andere Möglichkeit gegeben. Es hatte für die Homologen nicht genügend interessante Anomalitäten gegeben, und die Menschheit hatte nicht dazu gebracht werden können, mehr zu produzieren. Das Trauma der Katastrophe hatte seine Folgen, und das war eine davon.

Das hektische Treiben in allen Wissenschaftszweigen, die sich mit der Erforschung des Alls beschäftigten, konnte darauf zurückgeführt werden, daß das Wissen um die Zerbrechlichkeit des Lebens auf dem Planeten dank der Katastrophe zum Allgemeinwissen geworden war.

Wie dem auch sei ...

Etwas wie Randall Nimand hatte es bisher nie gegeben. Zumindest war William nie einem solchen Fall begegnet. Der allmähliche Ausbruch autistischer Charakteristiken dieses höchst seltenen Genbildes bedeutete, daß über Randall mehr bekannt war als über jeden Patienten vor ihm. Sie hatten im Labor sogar einen letzten schwachen Schein seiner Gedankenstruktur feststellen können, bevor er endgültig in die Mauern seiner Haut zurückgesunken war und man nichts mehr mit ihm hatte anfangen können.

Sie hatten sich an den langwierigen Prozeß gemacht, in dessen Verlauf Randall während immer länger werdenden Zeitabschnitten künstlichen Reizen ausgesetzt worden war und er dadurch die inneren Mechanismen seiner Gehirntätigkeit freigegeben hatte, wodurch man Schlüsse auf die inneren Mechanismen der Gehirntätigkeit von sogenannt normalen wie auch von Menschen seiner Kategorie hatte ziehen können.

Sie hatten so unglaublich viele Versuchsergebnisse zusammenbekommen, daß William das Gefühl gehabt hatte, sein Traum von der autistischen Umkehrung sei mehr als ein Traum. Irgendwie hatte er sich plötzlich gefreut, den Namen Anti-Aut gewählt zu haben.

Und mitten in die Euphorie hinein, in die ihn die Arbeit an Randall versetzt hatte, war dann der Anruf aus Dallas gekommen, und man hatte Druck auf ihn ausgeübt - ausgerechnet zu dem Zeitpunkt -, seine Arbeit aufzugeben und ein neues Problem zu übernehmen.

Wenn er später daran zurückdachte, konnte er nie genau sagen, was ihn eigentlich veranlaßt hatte, sich auf einen Besuch in Dallas einzulassen. Am Schluß begriff er natürlich, wie glücklich dieser Umstand war - aber was hatte ihn dazu gebracht, schließlich doch zuzusagen? Hatte er von Anfang an geahnt, was dabei herauskommen könnte? Ganz bestimmt nicht.

War es die unbewußte Erinnerung an das Foto seines Bruders gewesen? Ganz bestimmt nicht.

Er hatte sich also zu diesem Besuch in Dallas überreden lassen, und erst als das leise Surren des atombetriebenen Flugkörpers etwas lauter geworden war und der Pilot zur Landung angesetzt hatte, war ihm das Foto wieder eingefallen.

Er hatte sich daran erinnert, daß Anthony in Dallas lebte und am Projekt Merkur arbeitete. Peinlich, äußerst peinlich.

3

Anthony hatte auf dem Dach gewartet, um den speziell eingeflogenen Experten zu begrüßen. Natürlich nicht allein. Er war Mitglied einer stattlichen Delegation gewesen und hatte zu denen gehört, die in der hintersten Reihe standen. Man hatte ihn lediglich deshalb aufgefordert, beim Empfang dabeizusein, weil er ursprünglich den Vorschlag gemacht hatte.

Beim Gedanken daran war ihm alles andere als wohl gewesen. Er hatte sich damit aus der Anonymität hervorgehoben. Man hatte ihm gratuliert, aber immer wieder betont, daß es seine Idee gewesen sei. Falls sich diese Idee als Fiasko erwiese, hatte er immer wieder gedacht, rettet sich jeder aus der Schußlinie, und ich stehe auf weiter Flur allein da.

Später hatte er manchmal darüber nachgedacht und die Möglichkeit nicht ausgeschlossen, daß ihn die vage Erinnerung an einen Bruder, der auf dem Gebiet der Homologie tätig war, auf die Idee gebracht hatte. Das mochte der Grund sein, er wußte es aber nicht mit Sicherheit. Der Vorschlag war so unvermeidlich gewesen, daß er ihn auch gemacht haben würde, wenn sein Bruder zum Beispiel ein völlig unbekannter Romanschreiber gewesen wäre oder er überhaupt keinen Bruder gehabt hätte.

Das Problem waren die inneren Planeten.

Der Mond und der Mars waren kolonisiert. Die größeren Asteroiden und die Satelliten des Jupiters waren erforscht, die Vorbereitungen für eine bemannte Reise zum Titan, dem größten Satelliten des Saturns, machten Fortschritte. Obwohl Menschen auf eine Reise in das äußere Sonnensystem geschickt werden sollten, die über sieben Jahre dauerte, bestand aus Angst vor der Sonne noch nicht die geringste Aussicht auf eine bemannte Fahrt zu den inneren Planeten.

Die Venus war die weniger attraktive der beiden Welten innerhalb der Umlaufbahn der Erde. Der Merkur dagegen ...

Anthony hatte noch nicht zu dem Team gehört, als es Dimitri Large gelungen war, den Weltkongreß so zu beeindrucken, daß das Projekt Merkur genehmigt wurde.

Anthony hatte sich die Tonbandaufzeichnung der Rede Dimitris angehört. In ihr war bereits alles festgelegt gewesen, was später im Projekt Merkur in die Tat umgesetzt worden war.

Das Hauptgewicht hatte Dimitri auf die Behauptung gelegt, daß es falsch sei, zu warten, bis die Technologie soweit fortgeschritten wäre, eine bemannte Expedition ungefährdet in die sonnennahe Strahlenhölle zu schicken. Der Merkur sei einzigartig lehrreich in seinen Gegebenheiten, und von der Oberfläche dieses Planeten aus könne man Sonnenbeobachtungen anstellen, die sonst nirgends möglich seien.

Unter der Voraussetzung natürlich, daß ein Substitut des Menschen – sprich ein Robot – auf dem Planeten abgesetzt werde.

Ein Robot mit den nötigen physischen Voraussetzungen könne gebaut werden. Weiche Landungen, sanft wie ein Handkuß, seien kein Problem. War jedoch ein Robot gelandet, was sollte er dann tun?

Er konnte Beobachtungen anstellen und seine Aktionen nach diesen Beobachtungen richten, aber die Projektleitung wünschte, daß seine Aktivitäten gezielt und bedacht waren, zumindest potentiell, aber man hatte zunächst einmal keine Ahnung, welche Beobachtungen der Robot überhaupt machen würde.

Um für alle Eventualitäten gewappnet zu sein, müsse der Robot mit einem Computer ausgestattet sein (in Dallas nannte man diese Computer mit Vorliebe ›Gehirn‹, ein Ausdruck, den Anthony haßte – vielleicht, wie er sich später manchmal überlegte, weil das Gehirn das Fachgebiet seines Bruders war). Dieser Computer müsse so komplex und vielseitig sein wie das Gehirn eines Säugetiers ...

Soviel zu der Rede, die Dimitri Large vor dem Weltkongreß gehalten hatte.

Es hatte sich jedoch herausgestellt, daß ein so ausgestatteter Robot zwar auf den Merkur geschafft und dort sanft abgesetzt werden konnte, aber nicht beweglich genug gewesen wäre, um sinnvoll arbeiten zu können. Vielleicht würden die positronischen Geräte, an denen die Robotiker arbeiteten, eines Tages den gewünschten Erfolg bringen, aber der Tag war noch fern.

Es war nur eine Möglichkeit geblieben: Der Robot

mußte jede Beobachtung, die er verzeichnet hatte, sofort zur Erde senden, wo ein Computer die Beobachtung auswertete und die sich daraus ergebende Aktion des Roboters festlegte. Mit anderen Worten, der Leib des Roboters mußte auf dem Merkur sein, sein Gehirn auf der Erde bleiben.

Als man zu dieser Erkenntnis gelangt war, stand man vor der unabänderlichen Tatsache, daß vorerst alles Weitere von den Telemetrikern abhing, und genau zu dem Zeitpunkt war Anthony zu dem Team gestoßen. Er war einer von denen, die Methoden ausarbeiteten, mit deren Hilfe man über eine Entfernung von fünfzig bis hundertvierzig Millionen Meilen Impulse empfangen und senden konnte.

Anthony hatte sich mit großer Begeisterung und, wie er dachte, erfolgreich in die Arbeit gestürzt. Er war derjenige gewesen, der die drei Relaisstationen entworfen hatte, die in drei stationäre Umlaufbahnen um den Merkur geschossen worden waren. Jede der drei Stationen – Merkur Orbiter genannt – empfing und sendete Impulse vom Merkur zur Erde und übermittelte die von der Erde zum Merkur. Jede war mehr oder weniger dauerhaft immun gegen die Strahlung der Sonne und, was noch wichtiger war, konnte Strahlungseinwirkungen ausfiltern.

Drei identische Orbiter waren in jeweils einer Million Meilen Erdentfernung ins All geschossen worden, nördlich und südlich über die Ebene der Ekliptik. Diese Stationen empfingen die Signale von den Merkur-Orbitern und leiteten sie zur Erde weiter – oder umgekehrt –, selbst wenn der Merkur hinter der Sonne stand und damit von Erdstationen nicht erreicht werden konnte.

Womit nur noch das Problem des Robots zu lösen gewesen war. Es war gelöst worden, und das Ergebnis war eine prachtvolle Kombination aus Robotik und Telemetrie gewesen. Als letzter Prototyp von zehn Versuchsmodellen wäre der Robot, der nur doppelt so groß war wie ein Durchschnittsmensch und fünfmal soviel wog, in der Lage gewesen, beachtlich mehr zu leisten als ein Mensch, wenn er hätte direkt gesteuert werden können.

Da er jedoch nicht direkt gesteuert werden konnte, hatte dazu ein Computer eingesetzt werden müssen, der so kompliziert war, daß seine Programmierung wiederum von einem Computer hatte übernommen werden müssen.

Das Durcheinander war komplett gewesen.

Der Robot war in der Wüste von Arizona getestet worden und hatte gut funktioniert. Der Computer in Dallas allerdings hatte ihn nicht zufriedenstellend steuern können; nicht einmal unter den bis ins kleinste Detail bekannten Bedingungen, die auf der Erde herrschten.

Wie also ...

Anthony erinnerte sich noch genau an den Tag, an dem er den Vorschlag gemacht hatte. Es war der 7. 4. 553 gewesen. Der 7. 4. war in Dallas ein Feiertag, und deshalb hatten die Männer, die am Projekt Merkur arbeiteten, an diesem Abend zwischen drei Hauptgängen auswählen können.

Anthony hatte sich für gebratene Ente entschieden und sich eben mit großem Genuß darüber hergemacht.

Die Stimmung war gelöst gewesen, und mitten in diese gelöste Stimmung hinein hatte Ricardo die trockene Bemerkung gemacht.

»Wir schaffen es nie«, hatte er gesagt. »Nie im Leben. Geben wir es doch endlich zu.«

»Wieso?« hatte Anthony prompt gefragt. Er gehörte nicht zu denen, die überoptimistisch waren, aber die Bemerkung Ricardos hatte ihn geärgert. Vielleicht, weil sie ihm den Appetit verdorben hatte.

»Soll ich dir sagen, wieso?«

»Ich bitte sogar darum.«

»Das ist doch kein Geheimnis. Dimitri Large spricht es zwar nicht offen aus, aber du weißt so gut wie ich, daß das Projekt Merkur nur möglich ist, wenn wir einen Computer haben, der so komplex ist wie das Hirn eines Menschen, und so einen Computer zu bauen, sind wir eben nicht in der Lage.«

»Das behauptest du«, hatte Anthony kühn entgegnet.

»Was heißt ich? Es ist doch schließlich bewiesen, daß wir nicht dazu in der Lage sind.«

»Wir nicht, das stimmt, aber andere.«

»Welche anderen?«

»Menschen, deren Fachgebiet das Gehirn ist, wer denn sonst? Wir sind doch nichts anderes als bessere Mechaniker. Wir haben von der Komplexität eines Gehirns keinen blassen Dunst. Warum holen wir uns nicht einen Homologen und lassen ihn den Computer konstruieren?«

Und damit hatte Anthony einen Bissen Ente in den Mund geschoben und wieder mit großem Appetit gegessen.

Er hatte den Eindruck gehabt, daß ihn niemand ernst genommen hatte, was ihn aber nicht weiter kränkte. Später allerdings hatten sie samt und sonders behauptet, ihn durchaus ernstgenommen zu haben.

Wie dem auch sei, Ricardo hatte laut aufgelacht und mit dem Finger auf Anthony gedeutet. »Den Vorschlag würde ich an deiner Stelle schriftlich einreichen«, hatte er gesagt.

Und genau das hatte Anthony getan.

Dimitri Large hatte Anthony prompt zu sich bestellt und ihm einen Schlag auf die Schulter versetzt. Er habe auch schon dahingehende Überlegungen angestellt, hatte er behauptet (und erst nach dieser Behauptung das Tonband angestellt, das seine Unterhaltung mit Anthony aufgezeichnet hatte).

Dimitri Large hatte sich noch am selben Tag darangemacht, einen hervorragenden Homologen ausfindig zu machen, während Anthony über dieses rein personaltechnische Problem nicht weiter nachgedacht hatte. Er wußte in der Homologie nicht Bescheid und kannte keinen Homologen – außer seinen Bruder natürlich, aber an den dachte er nicht. Zumindest nicht bewußt.

Und so hatte Anthony in der letzten Reihe gestanden

und beobachtet, wie die Tür des Flugkörpers aufgegangen war und ein paar Männer herausgekommen waren, Hände waren geschüttelt worden, und Anthony hatte plötzlich in sein eigenes Gesicht gestarrt.

Er war rot geworden bis unter die Haarwurzeln und hätte im Boden versinken mögen.

4

Als William schließlich mit Dimitri Large allein gewesen war, hatte dieser ihn erst einmal lange angestarrt und offensichtlich in seinem Gedächtnis gekramt.

Schließlich hatte er den Kopf geschüttelt. »Verzeihen Sie«, hatte er gesagt. »Sie erinnern mich an jemand.«

Mehr hatte er nicht gesagt.

Dimitri Large war ein kleiner, dicklicher Mann, dessen Augen immer zu strahlen schienen, auch wenn er besorgt oder verärgert war. Er hatte eine dicke, knollige Nase, dicke Backen und eine Haut wie ein Säugling.

In dem nun folgenden Gespräch hatte William ständig protestiert. Er hatte keine Ahnung von Computern. Null! Er wußte nicht, wie sie funktionierten und wie sie programmiert werden mußten.

»Das ist völlig egal«, hatte Dimitri Large erwidert. »Wir wissen, wie sie funktionieren, und das Programmieren ist für uns Routine. Sie müssen uns lediglich sagen, wie ein Computer beschaffen sein muß, damit er wie ein Gehirn und nicht wie ein Computer arbeitet.«

»Ich fürchte, ich weiß nicht genug über die Gehirntätigkeit, um Ihnen das Gewünschte sagen zu können«, hatte William betont.

»Sie sind der berühmteste Homologe der Welt«, hatte Dimitri Large gesagt. »Ich habe mich genauestens erkundigt.«

Damit war für Dimitri Large dieser Punkt erledigt gewesen, und er hatte William erst einmal in den bisherigen

Stand des Projekts Merkur eingeweiht. William hatte mit wachsendem Interesse zugehört.

Stunden waren vergangen, und William hatte im Verlauf dieser Stunden mehr über das Projekt erfahren, als es ihm zu dem Zeitpunkt wünschenswert erschienen war.

»Und warum wollen Sie überhaupt einen Computer einsetzen?« hatte er schließlich gefragt. »Warum empfängt nicht einer Ihrer Mitarbeiter, oder mehrere von ihnen, das Informationsmaterial des Robots und erteilt ihm die nötigen Befehle?«

»Das geht natürlich nicht«, hatte Dimitri Large in fast mitleidigem Ton gesagt, nachdem er ein Gesicht gemacht hatte, als täte soviel Ignoranz ihm weh. »Der Mensch ist viel zu langsam. Das Informationsmaterial, das der Robot durchgibt, muß in Sekundenschnelle analysiert werden – Temperaturen, Gasdruck, Strahleneinwirkung, Intensität der Solarwinde, chemische Zusammensetzungen, Bodenbeschaffenheit und so weiter und so fort ... Sie müssen uns aus dieser Misere helfen, William.«

»Sie können mich jederzeit konsultieren«, hatte William entgegnet. »Mein privater Visorstrahl steht Ihnen zur Verfügung.«

»Mit guten Ratschlägen ist mir nicht gedient, William. Ich brauche Sie in vollem Einsatz, hier in Dallas.«

»Hier?« hatte William entsetzt gefragt.

»Ja, hier an Ort und Stelle. Ein Projekt wie dieses kann nicht durchgezogen werden, indem man am anderen Ende eines Visorstrahls sitzt, einen Kommunikationssatelliten in der Mitte. Auf lange Sicht ist das zu kostspielig, zu unpraktisch und natürlich zu unpersönlich.«

Das ist die reinste Utopie, hatte William gedacht.

»Kommen Sie nach Dallas«, hatte Dimitri Large gesagt. »Informieren Sie sich an Ort und Stelle, sprechen Sie mit unseren Computerfachleuten und vermitteln Sie ihnen Ihre Gedankengänge.«

»Dimitri«, hatte William mit Entschiedenheit gesagt. »Ich habe meine eigenen Untersuchungen zu machen. Ich will meine Arbeit nicht im Stich lassen. Das, was Sie von mir verlangen, kann Monate dauern, und ich bleibe nicht monatelang weg und lasse mein Labor allein.«

»Monate!« hatte Dimitri Large gerufen. »Mein guter William, Jahre kann es dauern, aber die Arbeit hier fällt voll und ganz in Ihr Fach.«

»Eben nicht«, hatte William gesagt. »Ich kenne mein Fachgebiet, und einen Robot auf dem Merkur herumzudirigieren gehört bestimmt nicht in mein Fachgebiet.«

»Wieso denn nicht? Falls Sie zusagen, erfahren Sie durch die Tatsache, daß Sie einen Computer in gleicher Weise arbeiten lassen, vielleicht mehr über das Gehirn schlechthin als durch Ihre Untersuchungen. Oder lassen Sie mich es anders ausdrücken. Die Arbeit, die für Sie hier anfällt, wird sich positiv auf die Arbeit auswirken, die Sie später zu Hause wiederaufnehmen. Außerdem können Sie doch mit Ihren Mitarbeitern über Visorstrahl in ständigem Kontakt bleiben und gelegentlich hinfliegen.«

William war plötzlich interessiert gewesen. Das Problem Gehirn aus einer anderen Richtung anzugehen, war ein faszinierender Gedanke ... Falls ihm die Arbeit in Dallas nicht zusagte, konnte er ja immer noch nach New York zurückkehren.

Dazu kam, daß er sich seit geraumer Zeit überlegt hatte, ob es nicht besser gewesen wäre, die Bettgenossin zu wechseln. Eine geographische Veränderung, keinerlei Notwendigkeit, sich Erklärungen abringen zu müssen, kurzum, William hatte eingewilligt.

Bei dem Essen, das anschließend mit den Vertretern des Empfangskomitees stattgefunden hatte, war es dann zur Gegenüberstellung gekommen.

William hatte gedacht, auch er müsse im Boden versinken.

»Erstaunlich!« hatte Dimitri Large gesagt. »Welch eine Ähnlichkeit.«

Und William, der schon immer der Kaltschnäuzigere gewesen war, hatte den Mund nicht halten können. »Kein

Wunder«, hatte er gesagt, »Anthony ist ja auch mein Bruder.«

»Ihr Bruder?« hatte Dimitri Large fassungslos gefragt.

»Ja«, hatte William geantwortet. »Mein Vater hatte zwei Söhne von ein und derselben Frau. Unsere Eltern waren sehr exzentrische Menschen.«

Und damit hatte er Anthony die Hand entgegengestreckt, und Anthony war nichts anderes übriggeblieben, als diese Hand zu schütteln.

Während der nächsten Tage hatte man von nichts anderem gesprochen.

5

Daß William später eingesehen hatte, welchen Fehler er begangen hatte, war für Anthony ein schwacher Trost gewesen.

»Entschuldige«, hatte William an dem Abend nach dem offiziellen Essen gesagt, als die beiden Brüder noch eine Weile beisammengesessen hatten. »Ich dachte, wenn wir keinen Hehl daraus machen, ist allen der Wind aus den Segeln genommen. Aber offensichtlich habe ich mich getäuscht. Ich habe noch nichts unterschrieben, also lasse ich die Angelegenheit doch sein.«

»Und was soll das nützen?« hatte Anthony mürrisch gefragt. »Jetzt wissen es bereits alle. Zwei Körper und ein Gesicht. Zum Kotzen ist das.«

»Ich lehne ab.«

»Das kannst du nicht tun. Die ganze Angelegenheit war nämlich meine Idee.«

»Mich nach Dallas zu holen?« William hatte die Augen so weit aufgerissen, daß die Lider nicht mehr zu sehen gewesen waren.

»Nicht dich, sondern eben einen fähigen Homologen«, hatte Anthony geantwortet. »Ich konnte doch nicht ahnen, daß sie ausgerechnet dich kommen lassen.«

»Aber, wenn ich ablehne ...«

»Das geht nicht. Es bleibt uns jetzt nichts anderes mehr übrig, als das Problem zu lösen – falls es überhaupt gelöst werden kann. Dann wird uns keiner mehr einen Vorwurf daraus machen.«

»Aber ich weiß doch gar nicht ...«

»Wir müssen es versuchen. Sie sind Brüder, wird Dimitri Large sagen, und verstehen sich bestimmt blendend. Warum arbeiten sie nicht zusammen? Und wir werden zusammenarbeiten. Was ist für dich die Homologie eigentlich, um gleich die erste Frage zu stellen. Ich meine, genauer ausgedrückt als der Sammelbegriff.«

William hatte einen Seufzer ausgestoßen. »Ich mache Versuche«, hatte er geantwortet, »und zwar mit autistischen Kindern. Das wolltest du doch wissen, oder?«

»Ja, aber ich weiß nicht, was autistische Kinder sind.«

»Das sind, einfach ausgedrückt, Kinder, die mit der Außenwelt nicht in Berührung kommen, die keinen Kontakt mit anderen haben, sondern nur in sich selbst versinken, hinter einer Mauer von Haut existieren und irgendwie schlecht faßbar sind. Ich meine, man kann schlecht zu ihnen vordringen. Ich hoffe, sie eines Tages heilen zu können.«

»Nennst du dich deshalb Anti-Aut?«

»Ja.«

Anthony hatte ein kurzes Lachen ausgestoßen.

Williams Ton war eine Nuance kühler geworden. »Das ist ein ehrenwerter Name«, hatte er gesagt.

»Sicherlich.« Zu einer wirklichen Entschuldigung hatte sich Anthony nicht aufschwingen können und hatte das alte Thema wieder aufgegriffen. »Und machst du Fortschritte?«

»Was die Heilung anbelangt? Nein, vorläufig noch nicht. Aber ich begreife immer mehr, und je mehr ich begriffen habe ...« Williams Stimme war wieder wärmer geworden, sein Blick abwesender. Er hatte von dem berichtet, was sein ganzes Denken erfüllte und kaum für etwas anderes Platz ließ.

Anthony hatte aufmerksam zugehört, um dann zum gegebenen Zeitpunkt auch in William einen aufmerksamen Zuhörer zu finden.

»Und so gelangten wir zu der Erkenntnis«, hatte Anthony, der für einen Moment den Faden verloren hatte, den Bruder sagen hören, »daß das autistische Kind nicht nur Eindrücke aufnimmt, sondern sie auch interpretiert, und zwar recht differenziert.«

»Aha«, hatte Anthony eingeworfen, um sein Interesse zu demonstrieren.

»Leider kann man ein autistisches Kind nicht davon überzeugen, daß es autistisch ist, denn es lehnt einen ab, wie es den Rest der Welt ablehnt. Aber wenn man es nun in Bewußtseinsarrest versetzt ...«

»In was?«

»Es handelt sich da um eine Technik, bei der das Gehirn vom Empfinden des Körpers getrennt wird und dadurch seine Funktionen ohne Bezug auf den Körper durchführen kann. Wir haben diese Technik, sie ist äußerst kompliziert, in unserem eigenen Labor entwickelt.«

»Du und deine Mitarbeiter?«

»Ja. Während eines Bewußtseinsarrests können wir den Körper mit gezielten Trugreizen versorgen und das Gehirn mit Hilfe des Elektroenzephalographen beobachten, wobei wir unmittelbar kostbare Informationen über das autistische Individuum erhalten.«

Anthony hatte nachdenklich mit dem Kopf genickt. »Und all das, was du mit Hilfe deiner Techniken über die Gehirnfunktionen erfahren hast, kannst du das auf die Funktion eines Computers übertragen?«

»Nein«, hatte William geantwortet, »das habe ich Dimitri Large auch schon zu erklären versucht. Ich habe keine Ahnung von Computern und weiß noch nicht genug über die Funktion des Gehirns.«

»Und wenn ich dir die Funktion eines Computers und alles, was dazugehört, erkläre und dir detailliert sage, was wir brauchen?«

»Trotzdem unmöglich. Ich ...«

»Bruder«, hatte Anthony gesagt, »du bist es mir schuldig. Bitte, mach den ernsthaften Versuch, über unser Problem nachzudenken. Was du über die Funktion des Gehirns weißt – bitte, übertrage es auf unsere Computer.«

»Ich verstehe deine Lage«, hatte William schließlich gesagt. »Ich werde es versuchen.«

6

William hatte es tatsächlich versucht, und die Brüder waren, wie Anthony es vorausgesagt hatte, einander zugeteilt worden. Anfangs waren sie mehrmals mit anderen zusammengekommen, und William hatte es mit der Schocktherapie versucht und immer gleich gesagt, daß sie Brüder wären, denn es abzustreiten wäre lächerlich gewesen.

So gewöhnte sich schließlich jeder daran, und die Brüder gewöhnten sich aneinander. Manchmal kam es sogar vor, daß sie die verblüffende Ähnlichkeit vergaßen und völlig unbelastet miteinander umgingen.

In stundenlangen Gesprächen und Diskussionen erarbeiteten sich William und Anthony ein gemeinsames Wissen, und William erklärte Anthony schließlich, wie seiner Meinung nach ein Computer wie ein Gehirn funktionieren könnte.

»Und du meinst, das ist durchführbar?« fragte Anthony.

»Ich weiß es nicht«, antwortete William. »Ich bin nicht gerade darauf erpicht, es auszuprobieren. Es kann funktionieren, es kann aber auch sein, daß es nicht funktioniert.«

»Wir müssen die Sache mit Dimitri Large besprechen.«

»Erst wenn wir uns selber ganz sicher sind und die Sache bis ins kleinste Detail durchkalkuliert haben. Wir müssen ihm handfeste Vorschläge machen können, sonst hat es keinen Sinn.«

»Wir?« fragte Anthony. »Meinst du damit, daß wir beide zu ihm gehen sollen?«

»Nein«, antwortete William. »Du gehst zu ihm, sozusagen als mein Sprecher. Warum sollen wir uns miteinander sehen lassen?«

»Vielen Dank, William«, sagte Anthony. »Falls etwas bei der Sache herauskommt, ist dir der Lorbeerkranz sicher.«

»Das ist meine geringste Sorge«, sagte William. »Falls etwas dabei herauskommt, bin ich sowieso der einzige, der es durchziehen kann.«

Sie entwarfen den endgültigen Plan, und wenn zwischen ihnen nicht diese klebrige, gefühlsgeladene Spannung geherrscht hätte, wäre William stolz auf den jüngeren - Bruder - gewesen.

Es folgten lange Besprechungen mit Dimitri Large. Besprechungen, bei denen jeder anwesend war, von den Brüdern allerdings jeweils nur einer. Und schließlich wurde der Merkur-Computer, wie er genannt wurde, nach quälenden Geburtswehen genehmigt.

William kehrte erleichtert nach New York zurück. Er hatte nicht vor, dort zu bleiben - vor einigen Monaten hätte er sich das noch nicht vorstellen können -, mußte jedoch so manches am Homologischen Institut erledigen.

Nach einer knappen Woche kam William mit der nötigen Ausrüstung und zwei jungen Helfern nach Dallas zurück, um auf unbegrenzte Zeit zu bleiben.

7

Anthony war bei der neuerlichen Ankunft des Bruders teils erfreut, teils enttäuscht. Unterbewußt hatte er während dessen Abwesenheit gehofft, William würde einen Vertreter schicken, jemand mit einem anderen Gesicht, der Anthony nicht das ständige Gefühl aufdrängen würde, ein vierbeiniges Monster mit zwei Köpfen und einem Gesicht zu sein.

Aber William kam zurück. Anthony beobachtete die Landung des Frachtflugkörpers, er beobachtete, wie ausgeladen wurde und schließlich auch William ausstieg. Also doch. Anthony drückte sich um die Begrüßung herum.

Am Nachmittag suchte er Dimitri Large auf.

»Ich glaube, ich kann jetzt gehen«, sagte er. »Die Details sind ausgearbeitet, ein anderer kann den Job übernehmen.«

»Kommt nicht in Frage«, sagte Dimitri Large prompt. »Schließlich war es Ihre Idee, und Sie führen die Sachen jetzt auch bis zum Ende durch.«

Weil sonst keiner das Risiko eingehen will, dachte Anthony. Die Sache kann immer noch schiefgehen. Ich hätte es mir denken können.

»Ich kann aber nicht mit William zusammenarbeiten«, sagte er verstockt.

»Aber warum denn nicht?« fragte Dimitri Large und tat erstaunt. »Sie sind doch so gut miteinander ausgekommen.«

»Weil ich mich pausenlos zusammengerissen habe, aber ich bin am Ende meiner Kräfte. Glauben Sie denn, ich weiß nicht, wie das aussieht?«

»Mein lieber Anthony, Sie übertreiben. Gut, die Leute starren Sie an, aber Sie sind schließlich auch bloß Menschen. Man wird sich schon daran gewöhnen. Ich bin längst daran gewöhnt.«

Bist du nicht, du Lügenmaul, dachte Anthony.

»Aber *ich* nicht«, sagte er.

»Sie sehen die Dinge falsch, Anthony. Ihre Eltern waren offensichtlich merkwürdige Menschen, aber was sie getan haben, war nicht illegal, sondern lediglich ungewöhnlich, sehr ungewöhnlich. Außerdem ist es schließlich nicht Ihre Schuld. Ihnen beiden kann man doch keinen Vorwurf daraus machen.«

»Aber den Stempel tragen wir«, sagte Anthony und deutete auf sein Gesicht.

»Ach was«, sagte Dimitri Large ungeduldig. »*Ich* sehe viele Unterschiede. Sie wirken jünger und sind es, glaube ich, auch. Ihre Haare sind welliger. Nur auf den ersten Blick meint man, daß Sie gleich aussehen. Kommen Sie, Anthony, es wird kein Zeitdruck ausgeübt, alle technischen Geräte sind vorhanden, an Mitarbeitern fehlt es nicht – alles wird wie am Schnürchen klappen. Denken Sie doch bloß an die Befriedigung ...«

Und so ließ sich Anthony breitschlagen, William wenigstens beim Aufbau der Ausrüstung behilflich zu sein. Auch William schien überzeugt davon zu sein, daß alles wie am Schnürchen klappen würde. Er war vielleicht nicht ganz so zuversichtlich wie Dimitri Large, aber er strahlte eine wohltuende Ruhe aus.

»Es ist lediglich eine Angelegenheit korrekter Verkettungen«, sagte er, »wobei ich zugebe, daß es sich um ein sehr großes Lediglich handelt. Deine Aufgabe wird es sein, die sensorischen Eindrücke auf einem unabhängigen Bildschirm so anzuordnen, daß wir – nun, auf Handsteuerung kann man schlecht sagen –, daß wir nötigenfalls auf Bewußtseinskontrolle umschalten können.«

Anthony nickte. »Das müßte durchführbar sein.«

»Okay, dann machen wir uns an die Arbeit. Ich brauche mindestens eine Woche, bis die Verdrahtungen durchgeführt sind und ich sichergehen kann, daß die Instruktionen ...«

»Das Programmieren«, fiel ihm Anthony ins Wort.

»Meinetwegen«, sagte William. »Benützen wir deine Terminologie. Meine Assistenten und ich werden den Merkur-Computer programmieren, aber nicht auf eure Weise.«

»Was ich nur hoffen kann. Das Programm, das ein Homologe ausarbeitet, soll schließlich um ein Vielfaches breiter gestreut sein als das eines simplen Telemetrikers.«

William überhörte die Ironie der Worte.

»Wir fangen damit an«, sagte er, »daß der Robot gehen lernen muß.«

8

Eine Woche später stakste der Robot tausend Meilen von Dallas entfernt durch die Wüste Arizonas. Manchmal stürzte er, manchmal schlug er mit dem Knöchel gegen einen Stein, und manchmal drehte er sich plötzlich auf einem Fuß und nahm eine total andere Richtung ein.

»Wie ein Kind, das laufen lernt«, sagte William.

Dimitri Large kam ab und zu, um sich nach den Fortschritten zu erkundigen.

»Bemerkenswert«, sagte er dann jedesmal.

Anthony war anderer Meinung. Wochen vergingen und Monate. Je mehr Programme dem Computer eingegeben wurden – William pflegte ihn ›Gehirn‹ zu nennen –, desto mehr leistete der Robot. Aber alles reichte noch längst nicht aus.

Eines Morgens sprach Anthony es aus. Er hatte die Nacht zuvor kein Auge zugetan.

»Seltsam«, entgegnete William gelassen. »Und ich wollte gerade sagen, daß wir es meiner Meinung nach geschafft haben.«

Anthony konnte sich kaum noch beherrschen. Der Streß, tagtäglich mit William zusammenzuarbeiten und den Robot herumhampeln zu sehen – er konnte es nicht mehr ertragen. »Ich gebe auf, William«, sagte er. »Den ganzen Job. Tut mir leid ... mit dir hat das nichts zu tun.«

»O doch.«

»Nein, William. Die Sache haut nicht hin. Wir schaffen es nicht. Schau dir doch bloß an, wie unbeholfen der Robot herumtrampelt, dabei befindet er sich auf der Erde und ist nur tausend Meilen von hier entfernt. Die Signalzeit hin und zurück beträgt den winzigen Bruchteil einer Sekunde. Wenn der Robot einmal auf dem Merkur ist, wird sie Minuten dauern. Sich einzubilden, daß die Sache funktionieren wird, ist heller Wahnsinn.«

»Du kannst jetzt nicht aufgeben, Anthony«, sagte William. »Ich schlage vor, daß wir den Robot auf den Merkur transportieren lassen. Ich bin überzeugt davon, daß er ausreichend trainiert ist.«

Anthony lachte laut auf. »Du bist verrückt, William.«

»Nein, das bin ich nicht. Du denkst, daß die Bedingungen auf dem Merkur härter sind, aber das ist nicht der Fall. Auf der Erde sind die Bedingungen härter. Der Robot ist für ein Drittel der normalen Erdschwerkraft konstruiert und muß hier bei voller Erdschwerkraft arbeiten. Er ist für vierhundert Grad Celsius gebaut und arbeitet hier bei dreißig Grad. Er ist für ein Vakuum ausgelegt und arbeitet in einer atmosphärischen Suppe.«

»Dieser Robot kann die Unterschiede aushalten.«

»Das Metallgehäuse ja. Aber wie steht es mit dem Computer? Er arbeitet nicht mit voller Leistung, weil sich der Robot nicht in der Umgebung befindet, für die er konstruiert ist. Wenn du einen Computer haben willst, der so komplex ist wie ein Gehirn, dann mußt du auch mit Idiosynkrasien rechnen. Ich schlage dir folgendes vor: Du setzt dich mit mir zusammen dafür ein, daß der Roboter zum Merkur transportiert wird, was sechs Monate dauern wird, und ich verdrücke mich für die Zeit, und du bist mich los.«

»Und wer kümmert sich um den Merkur-Computer?«

»Du kannst dich mittlerweile mit ihm unterhalten, meine beiden Assistenten werden dir helfen.«

Anthony schüttelte den Kopf. »Ich übernehme weder die Verantwortung für den Computer, noch setze ich mich dafür ein, daß der Robot zum Merkur transportiert wird. Die Sache wird nicht funktionieren.«

»Ich bin überzeugt davon, daß sie funktioniert.«

»Das kannst du nicht sein. Außerdem wird man mir den Vorwurf machen, was dir allerdings egal sein kann.«

Anthony wurde erst sehr viel später klar, daß dies der kritische Moment gewesen war. Wenn William aufgegeben hätte, würde auch Anthony das Handtuch geworfen haben, und alles wäre umsonst gewesen.

»Mir egal sein?« fragte William. »Jetzt hör mir einmal gut zu. Vater war offensichtlich verrückt nach Mutter. Ich finde das genauso bedauernswert wie du, aber diese Tatsache ist nun einmal nicht mehr zu ändern, aber etwas sehr Komisches ist dabei herausgekommen. Wenn ich von Vater spreche, dann meine ich damit auch deinen Vater, und es gibt viele Menschen, die dasselbe sagen können: zwei Brüder, zwei Schwestern oder Bruder und Schwester. Und wenn ich Mutter sage, dann meine ich damit auch deine Mutter, und es gibt wiederum viele Paare, die dasselbe sagen können. Aber es existiert kein zweites Geschwisterpaar, das Vater *und* Mutter gemeinsam hat.«

»Das weiß ich selber«, sagte Anthony mit finsterer Miene.

»Schon, aber versetze dich einmal in meine Lage und überlege dir meinen Standpunkt. Ich bin Homologe. Ich arbeite mit Genbildern. Hast du je über unsere Genbilder nachgedacht? Wir haben beide dieselben Eltern, das heißt, denselben Vater *und* dieselbe Mutter, was bedeutet, daß sich unsere Genbilder ähnlicher sind als die jedes anderen Geschwisterpaares auf diesem Planeten. Du brauchst bloß an unsere Gesichter zu denken.«

»Auch das weiß ich selber.«

»Falls also dieses Projekt funktioniert und du ein ruhmreicher Mann wirst, so hat es sich erwiesen, daß dein Genbild für die Menschheit höchst nützlich ist – und infolgedessen meines ebenfalls ... Begreifst du denn nicht, Anthony? Ich teile mit dir die Eltern, das Gesicht, das Genbild und damit auch die Verachtung oder den Ruhm. Ich muß also an deinem Erfolg interessiert sein. Niemand auf der Welt hat ein stärkeres Motiv als ich. Es ist ein sehr selbstsüchtiges Motiv. Ich bin auf deiner Seite, Anthony, denn du bist fast ich.«

Sie sahen sich lange an, und für Anthony blieb das Gesicht, das er teilte, zum erstenmal ungesehen.

»Veranlassen wir, daß der Robot zum Merkur transportiert wird«, sagte William schließlich.

Und Anthony gab nach.

Dimitri willigte sofort ein – auch er hatte auf den Vorschlag gewartet –, und Anthony verbrachte den Rest des Tages in tiefen Gedanken.

Und dann suchte er William auf.

»Hör zu«, sagte er.

Es entstand eine lange Pause.

»Hör zu«, wiederholte Anthony.

William wartete geduldig.

»Du brauchst dich wirklich nicht zu verdrücken«, sagte Anthony endlich. »Es besteht nicht der geringste Grund dafür. Außerdem kümmerst du dich doch sicher lieber persönlich um den Merkur-Computer.«

»Heißt das, daß *du* dich verdrücken willst?« fragte William.

»Nein, ich bleibe auch.«

»Wir brauchen uns ja nicht zu sehen«, sagte William.

Anthony hatte das Gefühl, als schnüre ihm jemand die Kehle zu. Der Druck wurde fast unerträglich, aber trotzdem gelang es ihm, es auszusprechen.

»Wir brauchen uns nicht zu meiden«, sagte er. »Wirklich nicht.«

Ein unsicheres Lächeln huschte über Williams Gesicht. Anthony lächelte nicht. Er ging schnell weg.

9

William sah von seinem Buch auf. Seit über einem Monat schon war er nicht mehr erstaunt, wenn Anthony zu ihm hereinkam.

»Und?« fragte William.

»Sie setzen zur Landung an. Läuft der Merkur-Computer?«

William wußte, daß Anthony genau Bescheid wußte.

»Ab morgen früh«, sagte er trotzdem.

»Und es gibt keine Probleme?«

»Absolut keine.«

»Dann müssen wir abwarten, bis sie gelandet sind.«

»Ja.«

»Etwas geht bestimmt schief«, sagte Anthony.

»Unsere Raketentechniker sind längst Routiniers. Nichts wird schiefgehen.«

»Dann wäre alles umsonst gewesen.«

»Nichts wird umsonst gewesen sein.«

»Vielleicht hast du recht«, sagte Anthony, die Hände tief in die Taschen vergraben. »Übrigens, vielen Dank.«

»Wofür?« fragte William.

»Dafür, daß es dich gibt.«

William lächelte scheu und war froh, daß man ihm seine Gefühle nicht ansah.

10

Sämtliche Mitarbeiter waren anwesend. Der kritische Moment war gekommen. Anthony, der im Augenblick nichts zu tun hatte, hielt sich im Hintergrund, den Blick auf die Monitoren geheftet. Der Roboter war aktiviert.

Auf den Monitoren war vorerst nur schwacher Lichtschein. Wahrscheinlich die Oberfläche des Merkur.

Schatten flogen über die Bildschirme. Wahrscheinlich Unregelmäßigkeiten dieser Oberfläche. Anthony wußte es nicht, aber diejenigen, die an den Kontrollgeräten saßen und die Daten mit Hilfe von Methoden analysierten, die feinfühliger waren als das Auge, machten einen ruhigen Eindruck. Keines der roten Lämpchen, keines der Notsignale leuchtete auf. Anthony beobachtete die Beobachter.

Eigentlich hätte er bei William im Computerraum sein sollen. Der Merkur-Computer wurde erst nach geglückter Landung eingeschaltet. Anthony hätte bei William sein sollen, aber er hatte es nicht fertiggebracht, zu ihm zu gehen.

Die Schatten flogen schneller über die Monitoren. Der Robot näherte sich der Oberfläche des Merkur. War die Geschwindigkeit zu groß?

Die Schatten zitterten, schienen sich zusammenzuziehen, wurden dunkler und dann wieder blaß. Ein Geräusch war zu hören, und es dauerte einen Moment, bis Anthony begriffen hatte, was das Geräusch bedeutete.

»Landung vollzogen ... Landung vollzogen.«

Ein Murmeln ging durch den Raum, es verwandelte sich in aufgeregte Ausrufe und Lachen, das abrupt wieder abbrach.

Das Bild änderte sich und wurde scharf. Im gleißenden Licht der Sonne war eine Masse zu sehen, die auf der einen Seite in weißen Flammen zu lodern schien und auf der entgegengesetzten pechschwarz war. Die Masse drehte sich erst nach rechts, dann nach links, als sähen Augen in diese Richtung. Dann tauchte eine Metallhand auf, und es war, als betrachteten diese Augen einen Teil des eigenen Körpers.

»Der Computer ist angeschlossen!« hörte sich Anthony rufen.

Und im selben Augenblick hatte er auch schon den Raum verlassen, lief die Treppe hinunter und rannte durch den Gang.

»William!« rief er, als er in den Computerraum stürzte. »Er funktioniert! Er ...«

William hob die Hand. »Pst! Bitte! Keine fremden Gefühlsregungen. Er soll nur die des Robots in sich aufnehmen.«

»Soll das heißen, daß er uns hört?« fragte Anthony im Flüsterton.

»Das weiß ich nicht genau«, sagte William.

Auch im Computerraum befand sich ein Monitor. Das Bild auf seinem Schirm veränderte sich. Der Robot bewegte sich.

»Er tastet seinen Weg ab«, sagte William. »Die ersten Schritte sind zwangsläufig schwerfällig. Zwischen Reiz und Reaktion liegt eine Verzögerung von sieben Minuten, das ist der Grund.«

»Trotzdem wirkt er selbstsicherer als in Arizona, findest du nicht auch?« Anthony packte William an den Schultern und schüttelte ihn. »Findest du nicht auch?«

»Doch, Anthony«, sagte William.

Die Sonne brannte auf eine heiße kontrastierende Welt aus Weiß und Schwarz herunter, aus weißer Sonne gegen einen schwarzen Himmel und weißer Oberfläche mit schwarzen Vertiefungen. Der süßliche Geruch der Sonne auf jedem Quadratzentimeter Metall, der ihr ausgesetzt war, und der Geruch der Finsternis auf der anderen Seite des Körpers.

Er hob die Hand, betrachtete sie und zählte die Finger. Heiß, unendlich heiß ... umdrehen und jeden Finger, einen nach dem anderen, in den Schatten der anderen bringen, das langsame Ersterben der Hitze und das Gefühl sauberen, angenehmen Vakuums.

Noch nicht ganz Vakuum. Er richtete sich hoch auf, hob die Arme über den Kopf, streckte sie aus. Die sensiblen Strahlen an den Handgelenken spürten die Dämpfe – die dünnen schwachen Spuren von Zinn und Blei, die sich durch das übersättigte Quecksilber zogen.

Ein zäherer Geruch stieg von seinen Füßen auf. Silikate in verschiedenartigster Zusammensetzung. Er hob einen Fuß und setzte ihn einen Schritt weiter auf den festgebackenen Staub und empfand die Veränderungen wie das Erklingen einer sanften Symphonie.

Und über allem die Sonne. Er sah zu ihr auf, groß und fett und hell und heiß, und hörte ihre Freude. Er beobachtete den sanften Anstieg der Wölbung an ihren Rändern und hörte den knisternden Geräuschen zu. Wenn er die Strahlung verdunkelte, wurden die roten Irrlichter von Wasserstoff zu Explosionen von Gelb und die schattigen Stellen dazwischen zu tanzenden Sonnenfackeln. Gammastrahlen und kosmische Partikelchen sprangen wie Kobolde in dem farbenprächtigen Geschehen hin und her, schienen das immer sich erneuernde Atmen der Sonne zu lobpreisen und sich im kosmischen Wind zu baden.

Er sprang in die Höhe und schwebte mit einem nie gekannten Gefühl von Freiheit in die Höhe, er kam auf den Boden zurück und sprang erneut in die Höhe, er lief und hüpfte und sprang und genoß seinen Körper, der so perfekt in diese strahlende Welt paßte, in dieses Paradies, in dem er sich endlich befand.

So lange, so schmerzlich lange war er ein Fremdling gewesen, doch nun war er im Paradies.

»Er lebt«, sagte William.

»Aber was macht er?« fragte Anthony.

»Er genießt. Das Programm funktioniert. Er hat seine Sinne getestet und verschiedene visuelle Betrachtungen angestellt. Er hat die Sonne verdunkelt und sie studiert. Er hat die Atmosphäre in sich aufgenommen und die Bodenstruktur geprüft. Alles funktioniert genau nach Wunsch.«

»Aber warum springt er durch die Luft?«

»Weil ihm danach ist, nehme ich an. Anthony, bei einem Computer, der genauso kompliziert ist wie ein menschliches Gehirn, mußt du dich damit abfinden, daß er eigenständige Ideen und Gelüste entwickelt.«

»Aber laufen und hüpfen? Wird er sich denn nicht dabei beschädigen? Du kennst dich mit diesem Computer aus. Mach, daß er damit aufhört.«

»Das tue ich ganz bestimmt nicht«, sagte William. »Dann beschädigt er sich eben, das Risiko müssen wir auf uns nehmen. Kapierst du denn nicht, was da vor sich geht? Er ist glücklich. Er war auf der Erde, einer Welt, für die er nicht geschaffen war und mit der er nicht zurechtgekommen ist. Jetzt ist er auf dem Merkur, auf einem Planeten, dessen Verhältnissen sein Körper von hundert Wissenschaftlern angepaßt worden ist. Für ihn ist der Merkur das Paradies. Laß es ihn genießen.«

»Genießen?« fragte Anthony entgeistert. »Aber er ist ein Robot.«

»Ich meine nicht den Robot. Ich spreche von seinem Gehirn, das hier lebt.«

Der Merkur-Computer, in Glas eingeschlossen und gewissenhaft geschaltet, lebte und atmete.

»Es ist Randall, der endlich ins Paradies eingegangen ist«, sagte William. »Er hat die Welt gefunden, für die er autistisch aus dieser geflohen ist. Er hat jetzt eine Welt, in die sein Körper paßt.«

»Er scheint ruhiger zu werden«, sagte Anthony.

»Natürlich«, sagte William. »Aufgrund seiner Freude wird er nun um so gewissenhafter arbeiten.«

»Dann haben wir es also geschafft, du und ich«, sagte Anthony und lächelte. »Sollen wir jetzt zu den anderen gehen und uns bewundern lassen?«

»Miteinander?« fragte William.

Anthony hakte sich bei William ein. »Ja, miteinander, Bruder.«

Noreen schüttelte den Kopf. »Teufelsmärchen, um uns Angst einzujagen. Wir haben unsere Lektion gelernt. Mit der Hilfe des Multivac sind wir durchgekommen, aber wir brauchen diese Hilfe jetzt nicht mehr. Jede weitere Hilfe macht uns weichlich und bringt uns um. Ohne Multivac steuern *wir* die Millionen von Robotern, *wir* leiten die Farmen, Minen und Fabriken.«

»Wie erfolgreich?«

»Erfolgreich genug. Und mit anwachsender Praxis besser. Wir brauchen den Anreiz, sonst sterben wir.«

»Wir haben doch unsere Arbeit, Noreen«, sagte Bakst. »Unser jeweilig selbst gewähltes Betätigungsfeld.«

»Jeweilig selbst gewählt, solange es unwichtig ist, und sogar das kann nach Belieben weggenommen werden, wie bei Hines. Und was hast du schon für ein Betätigungsfeld, Ron? Mathematische Spiele? Striche auf Papier zeichnen? Zahlenkombinationen ausdenken?«

Bakst streckte die Hand nach ihr aus. Es war eine fast flehentliche Geste.

»Das kann sehr wichtig sein«, sagte er. »Es ist kein Unsinn. Unterschätze nicht ...«

Er brach ab. Es drängte ihn, es ihr zu erklären, er wußte aber nicht, wie. Er durfte sich nicht in Gefahr bringen.

»Ich arbeite an einem schwerwiegenden Problem«, sagte er schließlich. »Ich stelle vergleichende Analysen über Genbilder an, die dazu dienen können ...«

»Dich und ein paar andere zu amüsieren«, fiel sie ihm ins Wort. »Ich kenne dein Gerede über Spiele. Du tüftelst aus, wie du mit einem Minimum von Schritten von A nach B kommst, und das zeigt dir, wie du mit einem Minimum von Risiken vom Mutterleib ins Grab gelangst, und auf dem ganzen Weg bedanken wir uns bei Multivac.« Sie stand auf. »Ron, dir wird der Prozeß gemacht werden. Ich bin überzeugt davon. *Unser* Prozeß. Man wird dich fallenlassen. Multivac wird dich vor physischem Schaden schützen, aber du weißt, daß er uns nicht zwingen kann, uns um dich zu kümmern, mit dir zu sprechen, mit dir zu verkehren. Du wirst feststellen, daß du ohne den Anreiz zwischenmenschlicher Beziehungen nicht denken, deine Spiele nicht spielen kannst. Lebe wohl!«

»Noreen! Warte!«

An der Tür drehte sie sich noch einmal um. »Du wirst natürlich Multivac haben«, sagte sie. »Du kannst dich ja mit Multivac unterhalten, Ron.«

Er sah ihr nach, bis sie nur noch ein winziger Punkt auf der Straße war, die sich durch die immergrüne, ökologisch gesunde Parklandschaft zog, die von stummen, arbeitsamen Robotern gepflegt wurde, die man nur selten zu Gesicht bekam.

Ja, dachte er, ich werde mich wohl mit Multivac unterhalten müssen.

Multivac hatte keinen festen Wohnsitz mehr. Er war eine globale Allgegenwärtigkeit, zusammengefügt aus Draht, optischer Textur und Mikrowellen. Er hatte ein Gehirn, das aus hundert Nebengehirnen bestand, jedoch wie ein Ganzes funktionierte. Er hatte überall Datenstationen, und nicht einer der fünf Millionen Menschen war weit von einer dieser Stationen entfernt.

Zeit war für alle vorhanden, denn Multivac war in der Lage, mit jedem einzelnen Menschen und mit allen gleichzeitig zu sprechen, ohne die Aufmerksamkeit von seinen Hauptproblemen abzuwenden.

Bakst hatte keine falschen Vorstellungen bezüglich seiner Stärke, hatte er doch schon vor einer Dekade begriffen gehabt, daß die unglaubliche Kompliziertheit des Multivac lediglich ein mathematisches Spiel war. Er kannte das System, das die Bindeglieder von Kontinent zu Kontinent in einem riesigen Netz zusammenschloß, dessen Analyse die Basis eines faszinierenden Spiels ergeben konnte. Wie legt man das Netz dergestalt an, daß die Flut der Information nie blockiert wird? Wie müssen die Weichen gestellt sein? Wo bleibt der Beweis, daß immer eine Weiche existiert, bei deren falscher Stellung ...

Als Bakst das Spiel begriffen hatte, war er aus dem Kongreß ausgetreten. Was konnte der Kongreß schon tun, außer reden, und das brachte nichts ein. Multivac ließ Gespräche jeder Art und jeden Inhalts zu, weil diese absolut unwichtig waren. Nur Taten, Handlungen verhinderte Multivac, er bog sie ab und bestrafte sie.

Und Hines Handlungsweise rief die Krise hervor. Und das zu einem Zeitpunkt, wo Bakst noch nicht gerüstet war.

Bakst mußte sich beeilen und gab daher um ein offenes Interview mit Multivac ein.

Man konnte Multivac jederzeit Fragen stellen. Es existierten fast eine Million Datenstationen von dem Typ, der Hines' Angriff standgehalten und in den man hineinsprechen konnte. Und Multivac antwortete.

Ein Interview war natürlich etwas anderes. Dafür brauchte man Zeit, man mußte ungestört sein, und vor allem setzte es voraus, daß Multivac von dessen Notwendigkeit überzeugt war. Obwohl Multivacs Belastbarkeit größer war als alle Probleme der Welt an Belastbarkeit hätten fordern können, ging er irgendwie sparsam mit seiner Zeit um. Vielleicht war dies eine Folge seiner anhaltenden Selbstverbesserung. Er wurde sich seines Wertes immer mehr bewußt und ertrug Banalitäten mit immer geringer werdender Geduld.

Bakst mußte sich also auf Multivacs guten Willen verlassen. Die Tatsache, daß er aus dem Kongreß ausgetreten war, all seine Handlungsweisen seitdem, ja sogar die Zeugenaussage gegen Hines waren darauf abgezielt gewesen, diesen guten Willen aufzubauen. Das war eben der Schlüssel zum Erfolg in dieser Welt.

Er mußte einfach annehmen, daß Multivac den nötigen guten Willen aufbrachte. Nachdem er um das Interview eingegeben hatte, schickte Bakst nicht etwa sein Abbild, sondern flog persönlich zur nächstgelegenen Subeinheit des Geräts. Auf diese Weise würde der Kontakt mit Multivac enger sein.

Der Raum machte fast den Eindruck, als sei eine menschliche Zusammenkunft geplant, die für Multivision aufgezeichnet werden sollte. Einen flüchtigen Moment lang bildete sich Bakst ein, Multivac würde Menschengestalt annehmen.

Er tat es natürlich nicht. Das leise, flüsternde Geräusch erfüllte den Raum, das ein Beweis für Multivacs unaufhörliches Wirken war. Nach einem Moment wurde es von Multivacs Stimme übertönt.

Es war nicht seine übliche Stimme. Es war eine ausgeglichene Stimme, ruhig, klangvoll, einschmeichelnd und ganz aus der Nähe kommend.

»Guten Tag, Bakst. Herzlich willkommen. Deine Mitmenschen lehnen dich ab.«

Nie Umschweife, dachte Bakst.

»Das macht nichts, Multivac«, sagte Bakst. »Ich akzeptiere deine Beschlüsse, weil diese dem Wohle der Menschheit dienen, und das ist es, was zählt. Bereits in den primitiven Versionen deiner selbst warst du dazu angelegt und ...«

»Und meine Selbstverbesserungen haben dasselbe Ziel verfolgt. Wenn du das verstehst, warum verstehen es so wenig Menschen? Ich habe die Analyse dieses Phänomens noch nicht ganz zum Abschluß gebracht.«

»Ich bin mit einem Problem zu dir gekommen«, sagte Bakst.

»Sprich es aus.«

»Ich habe viel Zeit damit verbracht, mathematische Probleme zu beleuchten, die sich aus der Studie der Gene und ihren Kombinationsmöglichkeiten ergaben. Ich finde die nötigen Lösungen nicht, und der Heimcomputer ist mir keine Hilfe.«

Ein seltsames Klicken folgte. Bakst schauderte zusammen. Der plötzliche Gedanke drängte sich ihm auf, daß Multivac ein Lachen hinuntergeschluckt hatte. Nicht einmal er, Bakst, war bereit, eine so menschliche Reaktion zu akzeptieren.

»Die menschliche Zelle setzt sich aus Tausenden von Genen zusammen«, sagte Multivac. »Jedes Gen tritt in durchschnittlich fünfzig Variationen auf, wobei die Anzahl der unterschiedlichen Gene nicht bekannt ist. Falls ich versuchen sollte, alle Kombinationsmöglichkeiten zu berechnen, würde allein deren Aufstellung bei Höchstgeschwindigkeit die längste im Universum mögliche Lebensdauer in Anspruch nehmen und wäre dann immer noch lediglich ein Bruchteil der Gesamtzahl.«

»Eine lückenlose Aufstellung ist nicht nötig«, sagte Bakst. »Das gerade ist der springende Punkt meines Spiels. Gewisse Kombinationen sind wahrscheinlicher als andere, und die Aufgabe kann enorm vereinfacht werden, wenn man Wahrscheinlichkeit auf Wahrscheinlichkeit stützt. Ich wollte dich bitten, mir beim Aufbau dieses Gebäudes von Wahrscheinlichkeiten zu helfen.«

»Auch das nimmt immer noch sehr viel Zeit in Anspruch«, sagte Multivac. »Wie soll ich das vor mir verantworten?«

Bakst zögerte. Überredungskünste waren hier fehl am Platz. Bei Multivac war Offenheit der kürzeste Weg zwischen zwei Punkten.

»Durch eine angemessene Kombination von Genen«, sagte er, »könnte ein Mensch geschaffen werden, der dir Entscheidungen bereitwilliger überläßt, der glaubt, daß du den Menschen glücklich machen willst, und erpicht darauf ist, glücklich zu sein. Ich kann die entsprechende Kombination nicht finden, aber vielleicht findest du sie, und mit Hilfe gezielter genetischer Manipulationen ...«

»Ich verstehe, worauf du hinauswillst. Die Idee ist gut. Ich werde ihr einige Zeit widmen.«

Bakst hatte Schwierigkeiten, sich in Noreens private Wellenlänge einzuschalten. Dreimal brach die Verbindung ab. Er war nicht erstaunt darüber. In den letzten zwei Monaten war eine steigende Tendenz technischer Schnitzer zu verzeichnen gewesen. Es hatte sich in keinem der Fälle um gravierende oder lang anhaltende Fehlleistungen gehandelt, doch jede einzelne hatte Bakst mit einer Art Schadenfreude registriert.

Jetzt kam die Verbindung zustande. Noreens Gesicht tauchte auf. Das dreidimensionale Bild flackerte einen Moment lang, dann blieb es stehen.

»Hiermit rufe ich zurück«, sagte Bakst mit stumpfer, unpersönlicher Stimme.

»Ich dachte schon, ich erreiche dich überhaupt nicht mehr«, sagte Noreen. »Wo bist du denn gewesen?«

»Nicht im verborgenen. Ich bin hier, in Denver.«

»Was machst du denn in Denver?«

»Die Welt gehört mir, Noreen. Ich kann mich aufhalten, wo ich will.«

Sie zog die Mundwinkel nach unten. »Und es überall gleich leer finden«, sagte sie. »Wir werden dir den Prozeß machen, Ron.«

»Jetzt?«

»Ja, jetzt.«

»Hier?«

»Ja, hier.«

Das Bild hinter Noreen nahm immer mehr Tiefe an und verbreiterte sich zu beiden Seiten. Bakst zählte ab. Sie waren zu vierzehnt. Sechs Männer und acht Frauen. Er kannte jeden einzelnen Mann, jede einzelne Frau. Er war mit allen einmal gut befreundet gewesen. Es war noch gar nicht so lange her.

Im Hintergrund des Bildes die wilde Landschaft Colorados an einem Sommertag, der zur Neige ging. Früher hatte es dort einmal eine Stadt mit dem Namen Denver gegeben. Die Landschaft trug immer noch den Namen ... Bakst zählte zehn Roboter, die das verrichteten, was eben die Aufgabe von Robotern war.

Bakst nahm an, daß sie sich um die ökologischen Aufgaben zu kümmern hatten. Einzelheiten waren ihm nicht bekannt, aber Multivac wußte Bescheid. Fünfzig Millionen

Roboter waren über die Erde verstreut, und jeder einzelne stand unter seinem Kommando.

Hinter Bakst befand sich eines der konvergierenden Schirmgitter Multivacs. Es wirkte fast wie eine kleine Festung der Selbstverteidigung.

»Warum jetzt?« fragte Bakst. »Und warum hier?«

Automatisch wandte er sich an Eldred. Sie war die älteste von ihnen und besaß Autorität, wenn das von einem Menschen überhaupt gesagt werden konnte.

Eldreds dunkelbraunes Gesicht sah besorgt aus. Man sah ihr die zwölf Dekaden an, ihre Stimme jedoch war fest und entschieden.

»Weil wir den entscheidenden Beweis haben«, sagte sie. »Noreen soll es dir auseinandersetzen. Sie kennt dich am besten.«

Bakst sah Noreen an. »Welches Verbrechen soll ich angeblich begangen haben?« fragte er.

»Bitte, keine Spielchen, Ron«, sagte Noreen. »Unter Multivacs Herrschaft gibt es keine Verbrechen, es sei denn, man versucht, sich dieser Herrschaft zu entziehen. Du hast ein menschliches Verbrechen begangen, Ron, und aus dem Grunde werden wir darüber entscheiden, ob irgendein menschliches Wesen weiterhin daran interessiert ist, deine Gegenwart zu erdulden, deine Stimme zu hören, dein Gesicht zu sehen oder in irgendeiner Weise auf dich zu reagieren.«

»Warum droht ihr mir mit Isolation?«

»Weil du die Menschheit verraten hast.«

»Wodurch?«

»Streitest du ab, daß du versuchen willst, einen Menschen zu erschaffen, der Multivac total ergeben ist?«

»Aha.« Bakst verschränkte die Arme über der Brust. »Das habt ihr schnell herausgekriegt, aber ihr habt ja nur Multivac zu fragen brauchen.«

»Streitest du ab, daß du ihn gebeten hast, dir bei genetischen Manipulationen zu helfen? Bei Manipulationen, die aus den Menschen willenlose Sklaven machen sollen?«

»Ich habe die Zucht einer zufriedenen Menschheit vorgeschlagen. Ist das Verrat?«

Eldred schaltete sich ein.

»Erspar uns deine Wortklauberei und Sophisterei, Ron«, sagte sie. »Wir kennen sie in- und auswendig. Fang nicht wieder davon an, daß man Multivac angeblich keinen Widerstand leisten könne, daß es keinen Sinn habe, sich gegen ihn aufzulehnen, daß wir alle in Frieden und Sicherheit lebten. Was du Sicherheit nennst, nennen wir Sklaverei.«

»Geht ihr jetzt zum Urteilsspruch über?« fragte Bakst, »oder darf ich etwas zu meiner Verteidigung sagen?«

»Du hast gehört, was Eldred eben gesagt hat«, schaltete sich Noreen ein. »Wir kennen dein Plädoyer.«

»Alle haben gehört, was Eldred gesagt hat«, konterte Bakst. »Aber mein Plädoyer hat niemand gehört. Was sie mein Plädoyer nennt, entspricht nicht meinem Plädoyer.«

Die Mitglieder des Kongresses sahen sich schweigend an.

»Sprich«, sagte Eldred schließlich.

»Ich habe Multivac gebeten«, sagte Bakst, »mir bei der Lösung eines Problems zu helfen, das in das Gebiet mathematischer Spiele fällt. Um sein Interesse zu gewinnen, habe ich betont, daß das Problem die Kombination von Genen betrifft und die Lösung des Problems dazu dienen könnte, eine Kombination von Genen aufzustellen, die dem Menschen keinen Nachteil bringt, ihn aber gleichzeitig zu einem willigen Anhänger Multivacs machen könnte.«

»Meine Worte von eben«, sagte Eldred.

»Nur so war Multivac dazu zu bringen, die Aufgabe zu übernehmen«, sagte Bakst. »Aus Multivacs Sicht ist eine Menschheit mit diesen Eigenschaften wünschenswert, also hat er jedes Interesse an ihrem Entstehen, was zur Folge haben wird, daß er sich automatisch mit den viel größeren Schwierigkeiten eines Problems beschäftigt, dessen Umfang sogar seine Fähigkeiten übersteigt. Jeder einzelne von euch wird Zeuge sein.«

»Wovon?« fragte Noreen.

»Hattet ihr nicht die größten Schwierigkeiten, Kontakt mit mir zu bekommen? Habt ihr in den letzten zwei Monaten nicht bemerkt, daß Dinge, die bisher wie von selbst gingen, plötzlich kompliziert geworden sind?«

Keiner sagte etwas.

»Ihr schweigt?« Bakst lächelte. »Darf ich daraus schließen, daß ihr meiner Meinung seid?«

»Falls ja, was dann?«

»Multivac hat all seine nicht beanspruchten Schaltkreise für die Lösung des Problems eingesetzt. Er hat ein Minimum an Leistung auf die Führung dieser Welt verschwendet, weil - seiner Ethik entsprechend - nichts dem Wohle des Menschen im Weg stehen darf und weil dieses Wohl und die Zufriedenheit des Menschen noch gesteigert werden können, wenn dieser Multivac voll akzeptiert.«

»Was soll das alles heißen?« fragte Noreen. »In Multivac steckt immer noch genug Leistung zur Führung dieser Welt. Falls diese Führung jedoch nicht mit vollem Einsatz geschieht, macht das unsere Sklaverei momentan unangenehmer, als sie es bereits ist. Aber nur momentan, denn lange wird dieser Zustand nicht anhalten. Früher oder später wird Multivac nämlich feststellen, daß das Problem nicht zu lösen ist, oder er wird es gelöst haben. In beiden Fällen werden damit die Vorkommnisse, die wir in den letzten zwei Monaten verzeichnen mußten, ein Ende haben. Tritt aber der zweite Fall ein, so wird für immer und unwiederbringlich Sklaverei herrschen.«

»Aber vorerst einmal ist Multivac abgelenkt«, sagte Bakst. »Wir können uns über ein höchst gefährliches Thema unterhalten, und er merkt es nicht einmal. Ich wage es jedoch nicht, mich zu lange auf seine Unachtsamkeit zu verlassen, also versucht, mich schnell zu verstehen. Ich arbeite an einem weiteren mathematischen Spiel - an der Aufstellung eines Netzwerkes, das dem des Multivac entspricht. Ich habe bereits herausfinden können, daß bei aller Kompliziertheit und Weitschweifigkeit des Netzwerkes alle

Impulse unter gewissen Bedingungen in wenigstens einem Punkt zusammenlaufen. Wird dieser Punkt störend beeinflußt, ist das Fiasko komplett.«

»Und?«

»Und das ist der springende Punkt – ich bin mir des Doppelsinns durchaus bewußt. Aus welchem Grund soll ich denn sonst nach Denver gekommen sein? Das weiß auch Multivac, und der eben erwähnte Punkt ist elektronisch und von Robotern so abgeschirmt, daß er nicht störend beeinflußt werden kann.«

»Und?«

»Multivac ist abgelenkt und vertraut mir. Ich habe alles daran gesetzt, um dieses Vertrauen zu erwerben. Ich habe sogar meine Freundschaft mit euch aufs Spiel gesetzt und habe sie auch prompt verloren. Wenn einer von euch es wagen sollte, sich diesem bewußten Punkt auch nur zu nähern, würde Multivac wahrscheinlich aus seiner momentanen Abwesenheit auftauchen. Wenn Multivac nicht abgelenkt wäre, dürfte wahrscheinlich nicht einmal ich mich diesem Punkt nähern. Aber Multivac *ist* abgelenkt, und daher muß *ich* es tun.«

Bakst ging mit ruhigen Schritten auf das konvergierende Gitter des Multivac zu, und die vierzehn Bilder, die mit ihm in Kontakt waren, gingen mit ihm. Das leise Surren eines vollbeschäftigten Multivac hüllte sie ein.

»Wieso einen Gegner angreifen wollen, der nicht verletzbar ist?« sagte Bakst. »Man muß ihn erst einmal verletzbar machen, und dann ...«

Bakst zwang sich, Ruhe zu bewahren. Alles hing von ihm ab. Alles! Mit einer schnellen Bewegung unterbrach er einen Kontakt.

Wenn er doch nur noch mehr Zeit gehabt hätte, um sich absolut sicher zu sein!

Bakst hielt die Luft an, bis er merkte, daß das Surren verklungen war.

Wenn es nicht im nächsten Moment wieder einsetzte, hatte er den richtigen, den einzig möglichen Punkt getroffen, und ein Wiederaufleben des Multivac war nicht möglich. Wenn er nicht im nächsten Moment von Robotern angegriffen werden würde ...

Bakst drehte sich in der anhaltenden Stille um.

Die Roboter in der Ferne standen still. Nicht einer kam auf ihn zu.

Die Bilder der vierzehn Männer und Frauen des Kongresses waren noch anwesend. Sie waren starr.

»Multivac ist tot«, sagte Bakst. »Er kann nicht repariert und nicht rekonstruiert werden. Seit ich euch verließ, habe ich auf diesen Moment hingearbeitet. Als Hines seine Wahnsinnstat begangen hatte, habe ich gefürchtet, daß Multivac seine Schutzmaßnahmen verstärken würde, daß nicht einmal ich – ich mußte mich beeilen – ich wußte nicht mit Sicherheit ...« Er rang nach Luft, nach Selbstbeherrschung.

»Ich habe uns die Freiheit geschenkt«, setzte er schließlich hinzu.

Die Stille schien immer lauter zu werden. Vierzehn Bilder starrten ihn an, keiner der vierzehn Männer und Frauen sagte etwas.

»Ihr habt doch ständig von Freiheit gesprochen«, sagte Bakst scharf. »Jetzt habt ihr sie.« Dann, unsicher werdend: »War es das nicht, was ihr wolltet?«

Worfeln

Fünf Jahre waren vergangen, seit die ständig dicker werdende Mauer um die Arbeit Dr. Aaron Rodmans gezogen worden war.

»Zu Ihrer eigenen Sicherheit«, hatte man gesagt.

»Falls es in die falschen Hände gerät«, hatte man erklärt.

In den richtigen Händen jedoch, in denen von Dr. Rodman zum Beispiel, war die Erfindung seit Pasteurs Entdeckung der Mikroben eindeutig eine neuerliche Gnade für die Gesundheit des Menschen.

Kurz nach seinem 50. Geburtstag, passenderweise am ersten Tag des 21. Jahrhunderts, hatte er an der New Yorker Akademie für Medizin einen Vortrag gehalten, und danach war ihm Schweigepflicht auferlegt worden. Er hatte nur noch mit gewissen Menschen sprechen dürfen und konnte natürlich auch nichts mehr veröffentlichen.

Daß ihn die Regierung unterstützte, versteht sich von selbst. Er hatte alles Geld, das er brauchte, und sämtliche Computer standen ihm zur Verfügung. Er kam mit seiner Arbeit schnell voran, und Regierungsvertreter kamen zu ihm und ließen sich Erklärungen geben.

»Dr. Rodman«, fragten sie zum Beispiel. »Wie kann ein Virus innerhalb eines Organismus von Zelle zu Zelle verbreitet werden, ohne von einem Organismus zum anderen ansteckend zu sein?«

Dr. Rodman empfand es als ausgesprochen mühsam, immer wieder betonen zu müssen, daß er nicht auf jede

Frage eine Antwort wüßte. Er empfand es außerdem als mühsam, das Wort ›Virus‹ gebrauchen zu müssen.

»Es handelt sich um kein Virus«, pflegte er zusagen, »weil es sich um kein Nukleinsäuremolekül handelt. Es geht hier um etwas völlig anderes – um ein Lipoprotein.«

Es war ihm angenehmer, wenn seine Befrager keine Mediziner waren. Dann brauchte er nicht ständig Details zu erklären, sondern konnte die Angelegenheit in großen Zügen behandeln.

»Jede lebende Zelle«, sagte er dann, »und jede kleine Struktur innerhalb der Zelle, ist von einer Membran umgeben. Die Lebenstätigkeit der Zelle hängt davon ab, wie viele Moleküle in jeder Richtung durch die Membran gelangen. Eine leichte Veränderung der Membran verändert den Fluß der Moleküle und damit die chemische Beschaffenheit und die Tätigkeit der Zelle.

Jede Krankheit kann eine Folge von Veränderungen der Membrantätigkeit sein. Jede Mutation kann möglicherweise durch solche Veränderungen durchgeführt werden. Jede Technik, welche die Membrantätigkeit reguliert, reguliert das Leben. Die Hormone kontrollieren den Körper durch ihre Einwirkung auf die Membranen, und mein Lipoprotein ist kein Virus, sondern eine Art künstliches Hormon. Das LP dringt in die Membran ein und bewirkt das Entstehen weiterer Moleküle seiner eigenen Art – und das ist der Punkt, den ich selbst nicht verstehe.

Die feinen Strukturen der Membranen sind nirgends identisch. Sie sind in allen Lebewesen verschieden. Das LP wirkt auf zwei verschiedene Organismen niemals in gleicher Weise ein. Was die Zellen des einen Organismus Glukose aufnehmen läßt und somit gegen Diabetes wirkt, verschließt die Zellen eines anderen Organismus vor Lysin und tötet ihn.«

Die Tatsache, daß es ein Gift war, schien die anderen am meisten zu interessieren.

»Ein selektives Gift«, pflegte Dr. Rodman zu sagen. »Nicht einmal mit Hilfe genauester, durch Computerergebnisse untermauerte Studien der biochemischen Membranbeschaffenheit eines Individuums kann man im voraus sagen, wie ein spezielles LP auf es einwirkt.«

Mit der Zeit wurden die Vorschriften immer strenger und beschnitten seine Freiheit. Trotzdem führte er ein behagliches Leben – und das in einer Welt, in der Freiheit und Wohlbehagen schwanden und sich vor einer verzweifelten Menschheit die Pforten der Hölle öffneten.

Man schrieb das Jahr 2005, und die Bevölkerungszahl der Erde betrug sechs Milliarden. Vor der großen Hungersnot waren es sieben gewesen. Eine Milliarde Menschen waren im Verlauf der letzten Generation verhungert, und noch mehr würden verhungern.

Peter Affare, der Vorsitzende der World Food Organisation, kam häufig in Rodmans Labor, um mit dem Wissenschaftler Schach zu spielen. Er behauptete, der erste gewesen zu sein, der die Bedeutung von Rodmans Vortrag an der New Yorker Akademie für Medizin begriffen habe, was ihm wiederum zum Vorsitz der WFO verholfen hatte. Rodman war der Meinung, daß die Bedeutung leicht zu begreifen gewesen war, sprach es aber nicht aus. Affare war zehn Jahre jünger als Rodman. Als Vorsitzender der WFO sprach er meistens über den Hunger in der Welt, und obwohl das Thema kaum zum Lächeln veranlaßte, lächelte er pausenlos.

»Falls der Vorrat an Nahrungsmitteln gerecht auf alle Bewohner der Erde verteilt werden würde, müßten alle verhungern«, sagte er.

»Falls er gerecht verteilt werden würde«, sagte Rodman, »würde dieses Beispiel von Gerechtigkeit wenigstens zu einer gesunden Weltpolitik führen. Aber so herrscht Wut und Verzweiflung auf dieser Welt. Diejenigen, die genügend zu essen haben, werden von den anderen gehaßt, und ihr Haß ruft irrationales Verhalten hervor.«

»Sie gehören aber auch nicht zu denen, die freiwillig ihr Essen an andere verschenken«, sagte Affare.

»Weil ich selbstsüchtig wie jeder Mensch bin«, sagte

Rodman, »und meine gute Tat nichts nützen würde. Mich sollte man gar nicht erst in die Lage bringen, mich für eine freiwillige Tat entscheiden zu müssen.«

»Sie sind ein Romantiker«, sagte Affare. »Begreifen Sie denn nicht, daß die Erde ein Rettungsboot ist? Wenn man den Vorrat an Nahrungsmitteln gerecht verteilte, würden alle sterben. Wenn einige aus dem Rettungsboot geworfen werden, können die anderen überleben. Es erhebt sich nicht die Frage, ob einige sterben werden, denn sie *müssen* sterben. Es erhebt sich die Frage, ob einige leben werden.«

»Sie wollen damit aber doch nicht sagen, daß offiziell einige geopfert werden sollen, damit der Rest gerettet werden kann?«

»Nein, das will ich insofern nicht sagen, als das nicht möglich ist. Diejenigen, die im Rettungsboot sitzen, sind nämlich bewaffnet. Mehrere Gebiete drohen offen damit, Atomwaffen zu gebrauchen, wenn sie nicht besser mit Nahrungsmitteln versorgt werden.«

»*Du stirbst, damit ich leben kann* ist demnach veraltet und müßte heißen *wenn ich sterbe, stirbst auch du.*«

»Nicht ganz«, sagte Affare. »Es gibt Regionen, in denen die Menschen beim besten Willen nicht gerettet werden können. Sie haben ihr Land hoffnungslos mit Horden von verhungernden Menschen überladen. Angenommen, man versorgt sie mit Nahrungsmitteln, und diese bewirken, daß sie sterben, wäre dann das Problem jeder weiteren Versorgung nicht gelöst?«

Rodman begriff langsam, worauf Affare hinauswollte. »Daß sie woran sterben?« fragte er.

»Die Durchschnittsstruktur der Zellmembranen einer bestimmten Bevölkerungsgruppe kann doch festgestellt werden«, sagte Affare. »Ein LP, das zerstörend auf diese Struktur einwirkt, kann den Nahrungsmitteln beigegeben werden, und damit wäre der Fall erledigt.«

»Undenkbar«, sagte Rodman entsetzt.

»Überlegen Sie doch«, sagte Affare. »Es wäre ein schmerzloser Tod. Die Membranen zersetzen sich langsam, und der betreffende Mensch schläft ein und wacht nicht mehr auf. Ein schönerer Tod als Verhungern, was unvermeidlich wäre, oder die Vernichtung durch Atomwaffen. Außerdem müßte nicht jedermann sterben, denn nicht jede Bevölkerungsgruppe hat dieselben Membraneigenschaften. Im schlimmsten Fall würden siebzig Prozent sterben. Die Auslese wird genau dort durchgeführt, wo die Überbevölkerung und die Hoffnungslosigkeit am schlimmsten sind. Es werden genug Menschen pro Nation übrigbleiben, damit jede völkische Gruppe und jede Kultur erhalten bleiben.«

»Vorsätzlich Milliarden von Menschen zu töten ...«

»Wäre kein Mord. Wir verschaffen dem Menschen lediglich die Möglichkeit zu sterben. Welcher Mensch dann stirbt und welcher nicht, hängt von der biochemischen Anlage des einzelnen ab. Es wäre sozusagen der Fingerzeig Gottes.«

»Und wenn die Welt erfährt, was getan worden ist?«

»Das wird sie erst nach unserer Zeit erfahren«, sagte Affare, »und dann wird eine gesunde, aufwärtsstrebende Welt mit einer begrenzten Bevölkerungszahl ein Loblied auf diejenigen singen, die klug genug waren, durch den Tod von einigen den Tod aller zu verhindern.«

Dr. Rodman spürte, wie sich in seinem Innern alles dagegen aufbäumte. Er mußte sich zwingen, seine Sätze klar zu formulieren.

»Die Erde«, sagte er, »ist ein sehr großes und sehr kompliziertes Rettungsboot. Wir wissen immer noch nicht, was getan werden kann, wenn die vorhandenen Nahrungsmittel gerecht verteilt werden. Es ist unglaublich, daß bis zum heutigen Tag noch nichts getan wurde, um diese gerechte Verteilung durchzuführen. In vielen Gebieten der Erde werden täglich Nahrungsmittel verschwendet, und das ist es, was den hungrigen Menschen zum Wahnsinn treibt.«

»Ich bin völlig Ihrer Meinung«, sagte Affare kühl, »aber wir können die Welt nicht so haben, wie wir sie haben wollen. Wir müssen uns mit den gegebenen Tatsachen herumschlagen.«

»Dann betrachten Sie bitte auch mich als eine gegebene Tatsache«, sagte Dr. Rodman. »Sie wollen, daß ich Ihnen die nötigen LP Moleküle liefere – und ich werde das nicht tun. Ich rühre in dieser Richtung keinen Finger.«

»Dann«, sagte Affare, »sind Sie ein größerer Massenmörder, als ich es in Ihren Augen bin. Ich bin jedoch überzeugt davon, daß Sie Ihre Meinung ändern werden, wenn Sie die Sache gründlich durchdacht haben.«

Dr. Rodman wurde fast täglich von Regierungsvertretern aufgesucht. Alle waren wohlgenährt. Der Umstand, daß diese wohlgenährten Menschen über nichts anderes sprachen als über die Notwendigkeit, die Hungernden umzubringen, fiel Rodman immer mehr auf die Nerven.

»Würden Sie eine Rinderherde«, sagte zum Beispiel der Landwirtschaftsminister zu ihm, »die von Maul- und Klauenseuche befallen ist, nicht lieber ausrotten, als das Risiko zu laufen, daß sich die Seuche auf andere Herden verbreitet?«

»Menschen sind keine Viecher«, entgegnete Rodman. »Und Hunger ist nicht ansteckend.«

»O doch«, sagte der Minister. »Und das ist ja gerade der springende Punkt. Falls wir die Überbevölkerung nicht reduzieren, wird sich der Hunger auf Gebiete verlagern, die bis dahin noch nicht von ihm befallen waren. Sie dürfen sich nicht weigern, uns zu helfen.«

»Wollen Sie mich dazu zwingen? Und wenn ja – wie? Durch Folter vielleicht?«

»Wir würden Ihnen kein Haar krümmen. Dazu sind Sie uns viel zu wertvoll. Aber man kann Ihnen die Lebensmittelmarken nehmen.«

»Durch das Aushungern meiner Person würden Sie mir mehr als ein Haar krümmen.«

»Was Ihnen nichts ausmachen würde, sowie ich Sie kenne. Wenn wir bereit sind, einige Milliarden Menschen zu töten, um die Menschheit zu retten, dann schrecken wir bestimmt nicht davor zurück, auch die Lebensmittelmarken Ihrer Tochter, Ihres Schwiegersohns und Ihres Enkels einzuziehen.«

Dr. Rodman schwieg.

»Wir lassen Ihnen Zeit, es sich zu überlegen«, fuhr der Landwirtschaftsminister fort. »Wir wollen Ihrer Familie kein Leid antun, aber werden es tun, falls Sie uns dazu zwingen. Sie haben eine Woche Zeit. Am nächsten Donnerstag tritt das Komitee zusammen, und man wird Ihnen den Auftrag erteilen, das Projekt in Gang zu bringen. Einen weiteren Aufschub gibt es nicht.«

Die Sicherheitsmaßnahmen wurden verdoppelt, und Dr. Rodman war ein Gefangener in seinem eigenen Labor. Eine Woche später kamen alle fünfzehn Mitglieder des Weltkomitees für Ernährungsfragen und ein paar Vertreter der Regierung zu ihm. Die Verhandlungen fanden im Konferenzraum des Biochemischen Forschungszentrums statt, das aus öffentlichen Mitteln erstellt worden war.

Vier Stunden lang wurde geredet und geplant. Man stellte Fragen, und Dr. Rodman beantwortete sie. Die Frage, ob er zur Mitarbeit bereit sei, stellte man ihm nicht. Man setzte sein Einverständnis voraus.

»Ihr Projekt wird in keinem Fall funktionieren«, sagte Dr. Rodman schließlich. »Kurz nachdem eine Ladung Getreide in einer bestimmten Region zur Verteilung gekommen ist, sterben Millionen von Menschen. Glauben Sie vielleicht, daß diejenigen, die überleben, nicht die richtigen Schlüsse ziehen und sich mit Atomwaffen revanchieren werden?«

»Wir können diese Möglichkeit nicht ausschalten«, sagte Affare, der Dr. Rodman direkt gegenüber saß. »Glauben *Sie* vielleicht, wir verbringen Jahre damit, das Projekt zu planen, und überlegen dabei nicht, wie die Reaktion der betroffenen Gebiete aussehen könnte?«

»Erwarten Sie etwa, daß man Ihnen dankbar ist?« fragte Dr. Rodman verbittert.

»Die einzelnen Gebiete werden nicht wissen, daß sie vom Projekt Auslese betroffen sind. Nicht alle Zufuhren von Getreide werden mit LP infiziert sein. Wir werden uns auf kein Gebiet konzentrieren. Wir werden dafür sorgen, daß auch örtlich angebautes Getreide infiziert wird. Dazu kommt, daß ja nicht alle Menschen sterben werden, und von denen, die sterben, sterben nicht alle zur gleichen Zeit. Einige, die viel von dem infizierten Getreide zu sich genommen haben, sterben überhaupt nicht, und einige, die wenig davon zu sich genommen haben, sterben sofort – alles hängt von der Struktur ihrer Membranen ab. Wie eine Seuche wird es aussehen.«

»Und Panik wird ausbrechen«, sagte Dr. Rodman.

Affare zuckte die Achseln. »Wir werden bekanntgeben, daß ein Antitoxin erfunden worden ist. In nicht betroffenen Gebieten werden wir Massenschutzimpfungen durchführen. Dr. Rodman, die Welt ist hoffnungslos krank und braucht ein hoffnungsloses Heilmittel. Die Menschheit steht am Rande eines grauenvollen Todes, also kritteln Sie nicht an dem einzigen Weg herum, der eingeschlagen werden kann.«

»Darum geht es ja gerade«, sagte Dr. Rodman. »Ist es wirklich der einzige Weg, der eingeschlagen werden kann, oder ist es ein praktischer Ausweg, der von Ihnen kein Opfer fordert – lediglich von Milliarden anderer Menschen? Ich ...«

Dr. Rodman brach ab, denn ein Servierwagen wurde von einer Assistentin hereingeschoben.

»Ich habe uns ein paar Sandwiches richten lassen«, sagte er, als die Assistentin wieder gegangen war. »Vielleicht strecken wir die Waffen, solange wir essen.«

Er nahm sich ein Sandwich und eine Tasse Kaffee von dem Wagen. Die anderen taten desgleichen.

»Wenigstens bekommen wir etwas Anständiges in den Magen, während wir uns über den größten Massenmord aller Zeiten unterhalten«, sagte Dr. Rodman nach dem ersten Schluck Kaffee.

Affare warf einen abfälligen Blick auf das Sandwich in seiner Hand. »Das nennen Sie anständig?« sagte er. »Harte Eier auf einem Stück Weißbrot undefinierbaren Alters? Und der Kaffee ist auch nicht gerade so, daß man noch wochenlang davon spricht.« Er stieß einen Seufzer aus. »Na ja, in einer Welt voll Hungersnot soll man nichts umkommen lassen.«

Damit aß er das Sandwich.

Dr. Rodman beobachtete die anderen und griff schließlich nach dem letzten Sandwich, das übriggeblieben war.

»Ich dachte«, sagte er, »daß vielleicht einige von Ihnen aufgrund des eben diskutierten Themas keinen Appetit haben, aber ich sehe, daß ich mich getäuscht habe. Jeder hat sich genommen und hat gegessen.«

»Genau wie Sie«, sagte Affare ungeduldig. »Und Sie essen immer noch.«

»Ja, das tue ich«, sagte Dr. Rodman und kaute langsam. »Ich muß Sie um Entschuldigung bitten. Das Brot war nicht mehr ganz frisch. Ich habe die Sandwiches selbst gemacht, gestern abend, und das ist jetzt fünfzehn Stunden her.«

»Sie haben sie selbst gemacht?« fragte Affare.

»Zwangsläufig. Wie hätte ich sonst sichergehen können, daß wirklich allen das richtige LP beigegeben ist?«

»Wie meinen Sie das?«

»Meine Herren, Sie sagen, es ist nötig, einige zu töten, um andere zu retten. Vielleicht haben Sie recht. Sie haben mich überzeugt. Aber, wenn wir prüfen wollen, ob wir wirklich das Richtige tun, sollten wir das Experiment vielleicht erst einmal an uns selbst durchführen. Wir werden worfeln. Damit wird die Spreu vom Weizen geschieden. Ich habe mir daher erlaubt, diese Auslese zu arrangieren. Sie ist so harmlos wie Russisches Roulette. Die Sandwiches, die Sie eben gegessen haben, werden entscheiden, wie diese Auslese ausfällt.«

Einige der Anwesenden sprangen von ihren Stühlen auf.

»Sie haben uns vergiftet!« rief der Landwirtschaftsminister.

»Nicht sehr schlimm«, sagte Dr. Rodman. »Leider bin ich über Ihre jeweilige biochemische Beschaffenheit nicht ausreichend informiert, also kann ich die Todesrate von siebzig Prozent, die Ihnen vorschwebt, nicht garantieren. Deshalb ...«

Sie starrten ihn entsetzt an. Dr. Rodmans Lider wurden schwer.

»Trotzdem«, sagte er, »ist anzunehmen, daß zwei oder drei von Ihnen innerhalb der nächsten Woche sterben werden. Sie brauchen lediglich abzuwarten, dann sehen Sie schon, wer daran glauben muß. Heilung oder ein Gegenmittel gibt es nicht, aber keine Angst, der Tod ist schmerzlos, und es wird eine Art Fingerzeig Gottes sein, wie sich einer von Ihnen ausgedrückt hat. Und diejenigen, die überleben, denken dann vielleicht anders über das Projekt Auslese.«

»Das ist doch alles Bluff«, sagte Affare. »Sie haben ja selbst zwei Sandwiches gegessen.«

»Ich weiß«, sagte Dr. Rodman. »Ich habe mir sogar die ausgesucht, die mit dem für meine biochemische Beschaffenheit richtigen LP infiziert waren.« Die Augen fielen ihm zu. »Sie müssen ohne mich weitermachen – ich meine diejenigen, welche überleben werden.«

Der Zweihundertjährige

1

Die Drei Grundregeln der Robotik:

1. Ein Robot darf kein menschliches Wesen verletzen oder durch Untätigkeit gestatten, daß einem menschlichen Wesen Schaden zugefügt wird.
2. Ein Robot muß den ihm von einem Menschen gegebenen Befehlen gehorchen, es sei denn, ein solcher Befehl würde mit Regel Eins kollidieren.
3. Ein Robot muß seine Existenz beschützen, solange dieser Schutz nicht mit Regel Eins oder Zwei kollidiert.

»Vielen Dank«, sagte Andrew Martin und setzte sich auf den Platz, der ihm angeboten worden war. Er sah nicht so aus, als wäre dies seine letzte Äußerung gewesen.

Man sah ihm überhaupt nichts an. Von der Traurigkeit abgesehen, die man in seinem Blick vermutete, war sein Gesicht völlig ausdruckslos. Seine Haare waren glatt, hellbraun und fein. Er war frisch rasiert. Seine Kleider waren altmodisch, aber gepflegt. Er schien eine Vorliebe für Dunkelrot zu haben.

Der Chirurg saß hinter dem Schreibtisch. Auf dem Namensschild stand eine ganze Reihe von Buchstaben und Ziffern, aber das kümmerte Andrew wenig. Ihn Doktor zu nennen, fand er ausreichend.

»Wann können Sie operieren, Doktor?« fragte er.

»Das hängt davon ab, Sir«, sagte der Chirurg in dem

leicht respektvollen Ton, der für Roboter typisch ist, wenn sie mit Menschen sprechen, »wer und wie operiert werden soll.«

Der Robot, in leicht gelblichem Edelstahl, sah Andrew ausdruckslos an.

Andrew Martin betrachtete die rechte Hand des Robots, die ruhig auf dem Schreibtisch lag. Die Finger waren lang und an den Spitzen zu Metallschlingen gebogen. Man konnte sich gut vorstellen, wie sanft sich das Skalpell in diese Schlingen fügte und für die Zeit der Operation zu einem Teil dieser Hand wurde.

Kein Zögern während der Arbeit, kein Zittern, kein falscher Schnitt, nicht ein Fehler. Das war natürlich eine Folge der Spezialisierung, einer Spezialisierung, die der Mensch so zielstrebig verfolgt hatte, daß kaum noch ein Robot individuell behirnt wurde. Bei einem Chirurgen jedoch mußte es der Fall sein. Und dieser spezielle Chirurg war trotz seiner individuellen Behirnung so in seinen Fähigkeiten begrenzt, daß er Andrew nicht erkannte. Wahrscheinlich hatte er nie von ihm gehört.

»Haben Sie sich je gewünscht, ein Mensch zu sein?« fragte Andrew.

Der Chirurg zögerte, als passe die Frage nicht in sein positronisches Gedächtnis.

»Aber ich bin doch ein Robot, Sir«, antwortete er schließlich.

»Wäre es besser, ein Mensch zu sein?«

»Es wäre besser, Sir, ein besserer Chirurg zu sein. Als Mensch könnte ich das nicht sein, Sir, aber als höherentwickelter Robot könnte ich es sein. Ich wäre lieber ein höher entwickelter Robot, Sir.«

»Es kränkt Sie nicht, daß ich Sie herumkommandieren kann? Daß ich Sie nach links und rechts dirigieren kann, wenn es mir beliebt?«

»Es ist mir eine Freude, Sir, Ihnen gefällig zu sein. Falls mich Ihre Befehle daran hindern würden, Ihnen oder anderen gegenüber respektvoll zu funktionieren, würde ich

Ihre Befehle nicht ausführen. Die Erste Grundregel, die meine Pflicht anspricht, die Sicherheit des Menschen zu bewahren, würde den Vorrang vor der Zweiten haben, die mir Gehorsam abverlangt. Sonst ist mir Gehorchen eine Freude ... Aber an wem soll diese Operation durchgeführt werden?«

»An mir«, sagte Andrew.

»Das ist unmöglich. Es ist eine zerstörende Operation.«

»Das tut nichts zur Sache«, sagte Andrew ruhig.

»Ich darf keinen Schaden zufügen.«

»Einem Menschen nicht«, sagte Andrew. »Aber ich bin kein Mensch. Ich bin ebenfalls ein Robot.«

2

Andrew hatte anfangs, direkt nach seiner Herstellung, sehr viel mehr wie ein Robot ausgesehen, glatt und funktionell.

In der Familie, in die man ihn gesteckt hatte – damals, als Roboter im Haushalt, ja auf dem ganzen Planeten noch eine Seltenheit waren –, war er gut zurechtgekommen.

Zu viert waren sie gewesen: Sir und Madam und Miß und Little Miß. Er hatte natürlich ihre Namen gekannt, sie aber nie benutzt. Sir war Gerald Martin.

Seine persönliche Seriennummer war NDR gewesen, die Zahlen hatte er vergessen. Es war natürlich alles ewig lange her, aber wenn er sich hätte erinnern wollen, hätte er die Zahlen nicht vergessen können. Er hatte sich aber nicht erinnern wollen.

Little Miß hatte ihn als erste Andrew genannt, weil sie sich seine Serienbezeichnung nicht hatte merken können. Die anderen hatten den Namen dann übernommen.

Little Miß – neunzig Jahre war sie alt geworden und war längst schon tot. Er hatte sie einmal mit Madam angesprochen, was sie ihm sofort verboten hatte. Sie hatte nicht Madam genannt werden wollen und war bis zu ihrem letzten Tag Little Miß geblieben.

Andrew hatte die Pflichten eines Butlers zu erledigen. Und die eines Dienstmädchens. Es waren seine Lehrjahre gewesen.

Die Martins mochten ihn, und die Hälfte der Zeit wurde er von der Arbeit abgehalten, weil Miß und Little Miß mit ihm spielen wollten.

Miß war es gewesen, die schneller begriffen hatte, wie man das machen mußte.

»Wir befehlen dir, mit uns zu spielen«, sagte sie. »Du mußt unseren Befehlen gehorchen.«

»Verzeihung, Miß«, antwortete Andrew. »Ein bereits von Sir ausgesprochener Befehl hat den Vorrang.«

»Daddy hat lediglich gesagt«, entgegnete Miß, »daß er *hofft,* du würdest dich um das Saubermachen kümmern. Das ist kein echter Befehl. Ich aber befehle dir, mit uns zu spielen.«

Sir hatte nichts dagegen: Er liebte Miß und Little Miß noch mehr, als Madam es tat, und Andrew hatte die beiden ebenfalls sehr gern gemocht. Zumindest hätte man es unter Menschen so ausgedrückt.

Der Anhänger, den Andrew damals aus Holz geschnitzt hatte, war für Little Miß. Sie hatte ihm befohlen, es zu tun. Miß hatte zu ihrem Geburtstag einen Anhänger aus einem elfenbeinähnlichen Material bekommen, und Little Miß war unglücklich gewesen. Sie hatte lediglich ein Stückchen Holz besessen, und das hatte sie Andrew zusammen mit einem Küchenmesser gegeben.

Andrew hatte den Befehl schnell ausgeführt gehabt.

»Der Anhänger ist schön, Andrew«, sagte Little Miß. »Ich zeige ihn Daddy.«

Sir hatte es einfach nicht glauben wollen. »Wo hast du den Anhänger her, Mandy?« fragte er.

Er nannte Little Miß immer Mandy.

Als Little Miß ihm versicherte, daß es wahr sei, hatte er sich an Andrew gewandt.

»Haben wirklich Sie den Anhänger geschnitzt, Andrew?« fragte er in seiner stets etwas förmlichen Art.

»Ja, Sir.«

»Auch der Entwurf stammt von Ihnen?«

»Ja, Sir.«

»Was hat Sie dazu inspiriert?«

»Die Maserung des Holzes, Sir. Sie verlangte nach dieser geometrischen Form.«

Am Tag darauf bekam Andrew von Sir ein größeres Stück Holz und dazu ein Vibromesser.

»Machen Sie etwas daraus, Andrew«, sagte er. »Was Sie wollen.«

Andrew führte den Befehl aus, und Sir sah dabei zu. Als der Gegenstand fertig war, sah Sir ihn sich lange an. Von da an hatte Andrew nicht mehr im Haushalt arbeiten müssen. Er bekam Bücher über alte Möbel zu lesen und lernte, wie man schöne Schränke und Kommoden herstellte.

»Das sind erstaunliche Produkte«, sagte Sir.

»Es macht mir Spaß, sie herzustellen«, erwiderte Andrew.

»Spaß?«

»Es bewirkt, daß meine Gehirnströme leichter fließen. Ich habe Sie das Wort Spaß gebrauchen hören, und es paßt zu dem, was ich empfinde. Es macht mir Spaß, Sir.«

3

Gerald Martin hatte Andrew in die regionale Geschäftsstelle der *United States Robots and Mechanical Men, Inc.* mitgenommen. Als Abgeordneter hatte er keinerlei Schwierigkeiten gehabt, einen Termin beim Chefrobopsychologen zu bekommen, hatte er doch aufgrund seines Postens zu den wenigen Leuten gehört, die sich damals einen Robot hatten halten dürfen.

Andrew hatte von alldem noch nichts verstanden, aber in späteren Jahren, mit wachsendem Wissen, hatte er diese frühe Szene im richtigen Licht gesehen.

Der Robopsychologe, ein gewisser Morton Mansky, hatte aufmerksam zugehört. Die Falte in seiner Stirn war immer tiefer geworden, und er hatte sich nur mit Mühe davon abhalten können, mit den Fingern auf der Schreibtischplatte zu trommeln.

»Die Robotik«, hatte er schließlich gesagt, »ist keine exakte Kunst, Mr. Martin. Ich kann jetzt nicht ins Detail gehen, aber die Mathematik, die dem Bau eines Positronengehirns zugrunde liegt, ist viel zu kompliziert, um mit einem feststehenden Ergebnis rechnen zu können. Es ist immer nur annähernd. Nachdem alles unter Berücksichtigung der Drei Regeln geschieht, sind diese unbestreitbar. Wir werden Ihren Robot selbstverständlich umtauschen und ...«

»Aber ich bitte Sie!« hatte Sir den Robopsychologen unterbrochen. »Er funktioniert einwandfrei. Er führt seine Pflichten perfekt aus. Das Wesentliche ist, daß er außerdem feinste Holzschnitzereien liefert und nie zwei Stücke gleich macht. Er produziert Kunstwerke.«

Mansky hatte verwirrt ausgesehen. »Merkwürdig«, hatte er gesagt. »Wir versuchen heutzutage natürlich, das Gehirn nicht zu engstirnig zu gestalten, aber – Sie glauben allen Ernstes, daß er wirklich kreativ ist?«

»Sehen Sie selbst.«

Sir hatte das Relief zum Vorschein gebracht, auf dem spielende Kinder vor einem bewaldeten Hintergrund zu sehen waren, so fein mit der Maserung des Holzes verquickt, daß auch dieses geschnitzt aussah.

»*Das* hat er hergestellt?« hatte der Robopsychologe gefragt und den Kopf geschüttelt. »Ein Zufallstreffer.«

»Und nicht reproduzierbar?«

»Kaum. So etwas habe ich noch nie gehört.«

»Freut mich. Daß Andrew der einzige ist, soll mir mehr als recht sein.«

»Ich nehme an, daß die Firma den Robot zu Beobachtungszwecken zurückverlangen wird.«

»Kommt nicht in Frage«, hatte Sir gesagt. »Aber wirklich nicht.« Er hatte sich an Andrew gewandt. »Kommen Sie, wir gehen auf der Stelle nach Hause.«

»Wie Sie wünschen, Sir«, hatte Andrew entgegnet.

4

Dann war die Zeit gekommen, in der Miß mit Jugendlichen ihres Alters ausgegangen und wenig zu Hause gewesen war. Und so hatte nur noch Little Miß Andrews Horizont ausgefüllt. Sie hatte nie vergessen, daß er für sie das erste Schnitzwerk angefertigt hatte, und es Tag und Nacht um den Hals getragen.

Und sie war es auch gewesen, die als erste etwas dagegen einzuwenden gehabt hatte, daß ihr Vater die Werke Andrews verschenkte.

»Wenn jemand etwas haben will, Dad«, hatte sie gesagt, »dann soll derjenige auch dafür bezahlen. Die Sachen sind ihr Geld wert.«

»Du bist doch sonst nicht so aufs Geld versessen, Mandy«, hatte Sir gesagt.

»Das Geld soll ja nicht für uns sein, sondern für den Künstler.«

Andrew hatte das Wort ›Künstler‹ noch nie gehört und deshalb im Lexikon nachgeschlagen.

Und dann machten sie wieder einen Ausflug. Diesmal zu Sirs Anwalt.

»Was halten Sie davon, John?« sagte Sir.

Der Anwalt war ein gewisser John Feingold. Er hatte schlohweißes Haar und einen Kugelbauch, und die Ränder seiner Kontaktlinsen waren hellgrün eingefärbt.

Er betrachtete die kleine Plakette, die ihm Sir in die Hand gedrückt hatte. »Ein hübsches Stück«, sagte er. »Es hat sich schon herumgesprochen, Gerald, diese Schnitzerei stammt von deinem Robot.«

»Ja, von Andrew«, sagte Sir und blickte Andrew stolz an. »Stimmt's, Andrew?«

»Ja, Sir«, antwortete Andrew.

»Wieviel würdest du dafür bezahlen, John?«

»Kann ich nicht sagen. Ich sammle so etwas nicht.«

»Kannst du dir vorstellen, daß man mir zweihundertfünfzig Dollar dafür geboten hat? Andrew hat Stühle hergestellt, die ich für fünfhundert Dollar verkauft habe. Auf der Bank liegen bereits zweihunderttausend Dollar, alles Geld aus Andrews Produkten.«

»Mann, dein Roboter macht dich reich, Gerald.«

»Halb reich, John. Die Hälfte ist auf ein Konto eingezahlt, das auf den Namen Andrew Martin angelegt wurde.«

»Auf einen Robot?«

»Richtig, und ich will von dir wissen, ob das auch legal ist.«

»Legal?« Der Stuhl knarrte, als Feingold sich zurücklehnte. »Ich kenne keinen Präzedenzfall, Gerald. Wie hat dein Robot denn die nötigen Papiere unterschrieben?«

»Er kann seinen Namen schreiben, und ich habe die Unterschrift zur Bank gebracht. Ihn selbst habe ich nicht mitgenommen. Müßte sonst noch etwas erledigt werden?«

»Tja ...« Feingold überlegte. »Man könnte einen Treuhänder einsetzen, der die finanziellen Angelegenheiten des Robots regelt, und damit eine Art Isolierschicht zwischen ihm und die feindliche Welt geschoben ist. Darüber hinaus rate ich dir, gar nichts zu unternehmen. Bis jetzt kommt dir noch niemand in die Quere. Falls jemand Anstoß daran nimmt, soll er dich anklagen.«

»Und wirst du den Fall dann übernehmen?«

»Für ein Pauschalhonorar – natürlich.«

»Und wie hoch wäre das?«

»An die zweihundertfünfzig Dollar.«

»Angemessen«, sagte Sir.

Feingold lachte und wandte sich an Andrew. »Freuen Sie sich, daß Sie eigenes Geld haben, Andrew?« fragte er.

»Ja, Sir.«

»Und was wollen Sie damit anfangen?«

»Dinge bezahlen, die sonst Sir bezahlen müßte. Sir spart damit Geld, Sir.«

5

Es hatten sich Gelegenheiten dazu ergeben. Reparaturen waren kostspielig gewesen, eine Überholung hatte ein Vermögen gekostet. Mit den Jahren waren neue Modelle von Robotern produziert worden, und Sir hatte dafür gesorgt, daß Andrew jede Neuerung bekommen hatte, bis er ein Beispiel metallischer Vollkommenheit gewesen war. Und alles war von Andrew selbst finanziert worden.

Er hatte darauf bestanden.

Nur sein Positronengehirn war unberührt geblieben. Darauf hatte Sir bestanden.

»Die neuen sind längst nicht so gut wie Sie, Andrew«, hatte er gesagt. »Die neuen Roboter taugen nichts. Die Firma hat Methoden entwickelt, mit deren Hilfe man kompliziertere Gehirne herstellen kann, aber sie haben keine Phantasie. Die damit ausgestatteten Roboter tun lediglich das, was ihre Aufgabe ist, aber nie etwas Eigenständiges. Sie gefallen mir besser.«

»Vielen Dank, Sir.«

»Und Sie sind der Anlaß, Andrew, vergessen Sie das nie. Ich bin sicher, daß Mansky alles unternommen hat, um den annähernden Ergebnissen, wie er sich ausgedrückt hat, den Garaus zu machen. Unvorhersehbare Eigenschaften, das mögen sie nicht, die Robotiker ... Wissen Sie, wie oft man mich gebeten hat, Sie zu Beobachtungszwecken freizugeben? Neunmal! Jetzt ist er pensioniert, dieser Mansky, und wir haben endlich unsere Ruhe.«

Und allmählich war Sirs Haar grau und schütter geworden, und seine Backen waren nach unten gerutscht, während Andrew immer besser ausgesehen hatte.

Madame hatte sich in eine Kunstkolonie irgendwo in Europa abgesetzt, und Miß lebte als Dichterin in New York. Sie hatte manchmal geschrieben, aber nicht oft. Little Miß war inzwischen verheiratet und hatte in der Nachbarschaft gewohnt. Sie hatte Andrew in der Nähe haben wollen, und als Little Sir, ihr erstes Kind, zur Welt gekommen war, hatte

Andrew die Flasche halten und den Säugling füttern dürfen.

Andrew hatte gefunden, daß Sir durch die Geburt des Enkels nicht mehr ganz so allein war, und hatte es deshalb gewagt, mit der Bitte an ihn heranzutreten.

»Sir«, hatte er das Gespräch begonnen, »es war immer sehr nett von Ihnen, mich mein Geld nach Wunsch ausgeben zu lassen.«

»Es war Ihr Geld, Andrew.«

»Nur weil ... Sie so großzügig gewesen sind, Sir. Das Gesetz hätte bestimmt nichts gegen Sie unternommen, wenn Sie alles für sich behalten hätten.«

»Das wäre mehr als ungerecht gewesen.«

»Trotz all der Ausgaben und Steuern, Sir, sind mir knapp sechshunderttausend Dollar geblieben.«

»Ich weiß, Andrew.«

»Ich möchte das Geld Ihnen geben, Sir.«

»Ich würde es nie nehmen, Andrew.«

»Im Austausch gegen etwas, was Sie mir geben können, Sir.«

»Ach so. Und was wäre das, Andrew?«

»Meine Freiheit, Sir.«

»Ihre ...«

»Ich möchte mich freikaufen, Sir.«

6

So einfach war das nicht gewesen.

Sir lief dunkelrot an. »Ach was!« sagte er, machte auf dem Absatz kehrt und ließ Andrew stehen.

Und wieder war es Little Miß, die ihn dazu überredete – sogar in Andrews Beisein, denn dreißig Jahre lang war alles vor Andrew besprochen worden, selbst Dinge, die ihn persönlich betrafen. Er war schließlich bloß ein Robot.

»Dad«, sagte sie, »warum faßt du das als persönliche Beleidigung auf? Er bleibt ja trotzdem hier. Er wird so treu wie eh und je bleiben. Er will sich lediglich frei nennen können. Ist das so schlimm? Hat er es denn nicht verdient? Du meine Güte, wir sprechen seit Jahren darüber.«

»So, seit Jahren sprecht ihr darüber?«

»Ja, und Andrew hat es immer wieder hinausgeschoben, weil er Angst hatte, er würde dich verletzen. *Ich* habe ihn gezwungen, endlich mit der Sprache herauszurücken.«

»Er weiß nicht, was Freiheit und Freisein bedeutet. Er ist ein Robot.«

»Dad, du kennst ihn nicht. Er hat die gesamte Bibliothek durchgeschmökert. Ich weiß nicht, welche Gefühle in ihm schlummern, aber welche Gefühle in dir schlummern, weiß ich auch nicht. Wenn man mit ihm redet, reagiert er auf die verschiedensten Abstraktionen wie du und ich, und was zählt denn sonst? Wenn die Reaktionen eines anderen so sind, wie deine eigenen, was willst du denn dann noch mehr?«

»Das Gesetz wird anderer Meinung sein«, sagte Sir verärgert und wandte sich mit absichtlich verletzender Stimme an Andrew. »Jetzt hören Sie mir einmal zu, Sie! Ich kann Sie nur auf legalem Weg frei machen, und wenn die Sache offiziell eingereicht wird, dann wird man Ihnen die Freiheit, das heißt genaugenommen die Bürgerrechte, nicht nur verweigern, man wird auch von Ihrem Vermögen Kenntnis bekommen. Es heißt, daß ein Robot kein Recht hat, Geld zu verdienen. Ist dieses Hirngespinst es wert, daß Sie ihr Vermögen verlieren?«

»Die Freiheit ist mehr wert als alles Geld dieser Erde, Sir«, hatte Andrew damals zu ihm gesagt. »Selbst die Chance, eventuell frei zu werden, ist mehr wert.«

7

Der Staatsanwalt, der den Fall verhandelte, hatte sich auf den bequemen Standpunkt gestellt, daß das Wort ›Freiheit‹ keine Bedeutung habe, wenn es auf einen Robot angewandt wurde.

Er wiederholte diese Behauptung mehrmals an passender Stelle und unterstrich sie jeweils mit theatralischen Gesten.

Little Miß bat schließlich darum, an Andrews Stelle sprechen zu dürfen. Sie wurde mit ihrem vollen Namen aufgerufen, den Andrew bis dahin noch nie gehört hatte.

»Amanda Laura Martin Charney bitte in den Zeugenstand.«

»Vielen Dank, Euer Ehren«, sagte sie. »Ich bin kein Jurist und verwende vielleicht nicht die richtige Terminologie, ich darf Sie jedoch bitten, mir zuzuhören und ungeschickte Formulierungen zu ignorieren.

Versuchen wir zu begreifen, was frei sein für einen Robot bedeutet. In vielen Dingen ist Andrew bereits frei. Ich glaube, es ist über zwanzig Jahre her, seit Andrew in der Familie Martin ein Befehl erteilt wurde, der sich nicht erübrigt hätte, weil Andrew immer freiwillig und von sich aus gehandelt hat.

Wenn wir wollen, können wir ihm natürlich Befehle erteilen, und das sogar in autoritärem Ton, denn er ist eine Maschine, die uns gehört. Warum sollen wir das aber tun, wo er uns doch so lange und so treu gedient und so viel Geld verdient hat? Ihn frei zu machen wäre ein reines Wortspiel, aber es bedeutet ihm eben so viel. Es würde ihm alles geben, was er sich wünscht, und uns nichts kosten.«

Der Richter mußte sichtlich ein Lächeln unterdrücken. »Ich verstehe Ihr Argument, Mrs. Charney«, sagte er. »Einen Präzedenzfall gibt es nicht und ein bindendes Gesetz für einen Fall wie diesen ebenfalls nicht. Es gibt aber die unausgesprochene Annahme, daß nur ein Mensch Freiheit genießen kann. Ich muß hier einen Präzedenzfall schaffen, kann aber die unausgesprochene Annahme nicht einfach beiseite schieben. Lassen Sie mich mit dem Robot persönlich sprechen. Andrew!«

»Ja, Euer Ehren.«

Es war das erstemal, daß Andrew vor einem Gericht

sprach, und der Richter war über den menschlichen Klang seiner Stimme sichtlich erstaunt.

»Warum wollen Sie frei sein? Was ergibt sich daraus für Sie?«

»Wären Sie gerne ein Sklave, Euer Ehren?«

»Sie sind kein Sklave, Andrew. Sie sind ein voll zufriedenstellender Roboter, ein Genie von einem Roboter, wie man mir erklärt hat, der mit künstlerischen Talenten ausgestattet ist, die nicht zu überbieten sind. Was könnten Sie darüber hinaus bewerkstelligen, wenn Sie frei wären?«

»Vielleicht nicht mehr als im Moment, Euer Ehren, aber mit noch größerer Freude. Hier in diesem Gerichtssaal wurde gesagt, daß nur ein Mensch frei sein kann. Mir scheint jedoch, daß der frei sein kann, der sich Freiheit wünscht. Ich wünsche mir Freiheit.«

Und das war es, was den Richter letztlich überzeugte.

»Freiheit«, sagte er in seinem Schlußwort, »kann keinem Objekt abgesprochen oder verweigert werden, das geistig fortgeschritten genug ist, den Begriff zu verstehen und den Zustand wünschenswert zu finden.«

Der Oberste Gerichtshof hatte den Richterspruch später gebilligt.

8

Sir jedoch war ziemlich empört gewesen, und seine harte Stimme quälte Andrew fast so sehr, wie ein Kurzschluß es getan hätte.

»Ich will Ihr verdammtes Geld nicht, Andrew«, sagte er. »Ich nehme es bloß, weil Sie sich sonst nicht frei fühlen. Von jetzt an können Sie sich Ihre Aufgaben selbst aussuchen und sie nach Gutdünken ausführen. Ich gebe Ihnen keine Befehle mehr, außer diesen letzten – tun Sie, was Sie wollen. Die Verantwortung für Sie trage allerdings immer noch ich. Das Gericht hat es ausdrücklich betont. Ich hoffe, Sie verstehen das.«

»Sei doch nicht so zornig, Dad«, schaltete sich Little Miß

ein. »Die Verantwortung ist wirklich keine Last für dich. Nichts wirst du diesbezüglich tun müssen. Die Drei Grundregeln gelten nach wie vor.«

»Wie frei ist er dann eigentlich?«

»Sind menschliche Wesen nicht auch an ihre Gesetze gebunden, Sir?« fragte Andrew.

»Ich habe keine Lust, mich mit Ihnen herumzustreiten«, sagte Sir und verließ den Raum.

Andrew hatte ihn danach nur noch ab und zu gesehen.

Little Miß hatte Andrew oft in dem kleinen Haus besucht, das extra für ihn gebaut worden war. Es hatte natürlich keine Küche und keine sanitären Anlagen. Es bestand lediglich aus zwei Räumen, einer Bibliothek und einer Kombination aus Büro, Materiallager und Werkstatt. Andrew hatte viele Aufträge angenommen und als freier Roboter mehr gearbeitet als je zuvor, bis das Haus abbezahlt und im Grundbuch als sein Eigentum eingetragen gewesen war.

Eines Tages war Little Sir, nein, George, gekommen. Der Junge hatte nach dem Gerichtsbeschluß darauf bestanden, nicht mehr Little Sir genannt zu werden.

»Ein freier Roboter«, hatte er betont, »sagt eben den Namen und nicht Sir. Ich nenne dich ja auch Andrew. Du mußt mich George nennen.«

Da die Bitte als Befehl formuliert gewesen war, hatte sich Andrew danach gerichtet. Little Miß allerdings war Little Miß geblieben.

An jenem Tag war George allein gekommen. Er hatte Andrew mitgeteilt, daß Sir im Sterben läge. Little Miß war bei ihm gewesen, und er hatte auch nach Andrew verlangt.

Andrew war zu ihm geeilt.

Sirs Stimme war noch fest gewesen, aber er hatte sich kaum mehr bewegen können.

»Andrew«, hatte er gesagt, »Andrew, ich bin froh, daß Sie frei sind. Das wollte ich Ihnen nur noch sagen, bevor ich sterbe.«

Andrew hatte nicht gewußt, was er erwidern sollte. Er war noch nie mit einem Sterbenden beisammen gewesen, aber er hatte gewußt, daß es sich dabei um das menschliche Erlöschen der Funktion handelte.

Als Sir von ihnen gegangen war, hatte Little Miß eine Hand auf Andrews Arm gelegt.

»Er war gegen das Ende zu nicht mehr sehr nett zu dir, Andrew«, hatte sie gesagt. »Aber er war eben alt, und es hat ihn verletzt, daß du frei sein wolltest.«

Und da hatte Andrew die richtigen Worte gefunden. »Ohne ihn, Little Miß«, hatte er gesagt, »wäre ich nie frei geworden.«

9

Erst nach Sirs Tod hatte Andrew damit begonnen, Kleider zu tragen. Mit einer alten Hose, die ihm George gegeben hatte, hatte es angefangen.

George war inzwischen verheiratet und hatte in Feingolds Kanzlei als Anwalt gearbeitet. Der alte Feingold war längst tot, aber seine Tochter hatte die Kanzlei weitergeführt, die fortan unter dem Namen Feingold & Martin eingetragen war.

Als Andrew zum erstenmal eine Hose trug, hatte sich George ein Lächeln nur mit Mühe verkneifen können.

»Warum trägst du eigentlich eine Hose, Andrew?« fragte er. »Dein Körper ist auf eine so schöne Weise funktionell, daß es ein Jammer ist, ihn zu bedecken – noch dazu, wo Temperaturen und Keuschheit für dich unwesentliche Dinge sind.«

»Menschliche Körper sind auch auf schöne Weise funktionell, George«, entgegnete Andrew. »Trotzdem bedeckt ihr eure Körper.«

»Um sie vor Kälte und Schmutz zu schützen und auch aus Eitelkeit. Aber all das trifft ja für dich nicht zu.«

»Aber ich fühle mich nackt ohne Kleider, George. Ich habe das Gefühl, anders auszusehen.«

»Anders! Es gibt mittlerweile Millionen von Robotern auf der Erde. In dieser Gegend gibt es nach der letzten Statistik fast so viele Roboter wie Menschen.«

»Ich weiß, George. Sie erledigen heutzutage fast alles.«

»Und keiner von ihnen trägt Kleider.«

»Und keiner von ihnen ist frei.«

Nach und nach hatte Andrew seine Garderobe vergrößert, wobei ihn Georges Lächeln und das Starren derjenigen, welche ihn mit Aufträgen überhäuften, störte.

Er war zwar frei, hatte aber die Tatsache nicht aus der Welt schaffen können, daß ihm eine respektvolle Haltung dem Menschen gegenüber einprogrammiert war, und daher hatte er sich nur sehr langsam vorgewagt. Unverhohlene Mißbilligung hätte ihn für Monate zurückgeworfen.

Nicht jeder hatte Andrew als frei akzeptiert. Er war nicht in der Lage gewesen, den betreffenden Personen einen Vorwurf daraus zu machen, allerdings hatte ihm allein der Gedanke daran Schwierigkeiten bereitet.

Wenn er mit Little Miß' Besuch rechnete, unterließ er es immer tunlichst, Kleider anzuziehen. Sie war mittlerweile alt geworden und hatte die meiste Zeit in einem wärmeren Klima verbracht, wenn sie jedoch zu Besuch kam, suchte sie als allerersteș ihn auf.

»Jetzt hat sie mich endlich soweit, Andrew«, sagte George bei einem ihrer Kurzaufenthalte in New York. »Ich lasse mich für die Wahlen aufstellen, nächstes Jahr. Wie der Großvater, so der Enkel, hat sie gesagt.«

»Wie der Großvater ...« Andrew sprach den Satz nicht zu Ende. Ein Gefühl der Unsicherheit hatte ihn befallen. »Ja, wie der Großvater, der ja auch Abgeordneter gewesen ist.«

»Es wäre schön, George, wenn Sir noch ...« Wieder brach er ab, denn den Ausdruck ›funktionsfähig‹ wollte er nicht gebrauchen.

»... am Leben wäre«, half George ihm aus. »Ja, ich denke auch manchmal an das alte Ungeheuer.«

Die kurze Unterhaltung hatte Andrew zu denken gegeben. Sein Stottern war ihm unangenehm gewesen. Seit der Zeit, in der Andrew konstruiert und ihm ein festes Vokabular eingegeben worden war, hatte sich die Sprache verändert. Dazu kam, daß George lässige Ausdrücke benutzt hatte, was bei Sir und Little Miß nie vorgekommen war. Wieso hatte George seinen Großvater ein ›Ungeheuer‹ nennen können, wenn dieser Ausdruck doch wirklich nicht angebracht gewesen war?

Andrew fand in seinen Büchern keinen Rat, geschweige denn einen Anhaltspunkt. Die Bücher handelten fast ausschließlich von Holzbearbeitung, Kunst oder Möbelschreinerei, nicht von Sprache.

Als freier Roboter hatte Andrew plötzlich das Gefühl, sich nicht an George wenden, sondern Fachbücher konsultieren zu müssen. Er beschloß, in die Staatsbibliothek zu gehen. Der Entschluß erfüllte ihn mit so triumphierender Freude, daß sein Elektropotential merklich anstieg und er einen Regelwiderstand einschalten mußte.

Er zog einen kompletten Anzug an und verließ das Haus. Er war noch keine hundert Meter davon entfernt, da hemmte ihn etwas. Er setzte den Regelwiderstand wieder außer Betrieb, aber das half nichts. Er ging nach Hause zurück und schrieb folgenden Satz auf ein Blatt Papier:

»Ich bin in die Staatsbibliothek gegangen.«

Das Blatt Papier legte er auf seinen Schreibtisch.

10

Andrew kam nicht bis zur Staatsbibliothek. Er hatte zwar den Plan genau studiert und sich den Weg eingeprägt, hatte ihn aber nicht wiedererkannt. Die Ausschilderungen entsprachen nicht den Bildzeichen auf dem Plan, und das hatte ihn unsicher gemacht. Schließlich hatte er geglaubt, den falschen Weg eingeschlagen zu haben, denn alles hatte fremd ausgesehen.

Er war zwar an ein paar Robotern vorbeigekommen,

aber als er sich endlich dazu durchgerungen hatte, nach dem Weg zu fragen, war nicht mehr einer in Sicht gewesen. Ein Fahrzeug war vorbeigeschwirrt, hatte aber nicht angehalten. Andrew war stehengeblieben und hatte überlegt, als plötzlich zwei menschliche Wesen aufgetaucht und auf ihn zugekommen waren.

Obwohl sie sich eben noch laut unterhalten hatten, senkten sie die Stimmen, als sie Andrew ansichtig wurden. Sie sahen jung und unsicher aus. Ob sie zwanzig waren? Andrew hatte menschliches Alter noch nie schätzen können.

»Könnten Sie mir den Weg zur Staatsbibliothek sagen?« fragte Andrew höflich.

Der größere der beiden Menschen reagierte merkwürdig. Er blickte nicht Andrew an, sondern den anderen Menschen.

»Das ist ja ein Robot«, sagte er.

»Und noch dazu ein angezogener«, meinte der zweite Mensch zum ersten.

Der erste, der größere der beiden, schnalzte mit den Fingern. »Das ist bestimmt dieser freie Robot«, sagte er. »Sonst würde er doch keine Kleider tragen.«

»Frag ihn doch«, sagte der zweite, der eine auffallend knollige Nase hatte.

»Bist du der Robot von Martins?« fragte der größere.

»Ich bin Andrew Martin, Sir«, antwortete Andrew.

»Aha, dann zieh deine Klamotten aus. Roboter tragen keine Klamotten.« Der Große wandte sich an die Knollennase. »Das ist ja ekelhaft. Schau dir das bloß an?«

Andrew zögerte. Es war schon zu lange her, daß er im Befehlston angesprochen worden war, und infolgedessen hatte sich etwas in dem Schaltkreis, der für die Zweite Regel verantwortlich war, irgendwie verheddert.

»Klamotten runter!« brüllte der Große drohend. »Das ist ein Befehl!«

Langsam setzten Andrews Reaktionen wieder ein.

»Runter damit!« grölte der Große.

»Wenn er niemand gehört«, sagte Knollennase, »dann könnten wir ihn uns eigentlich unter den Nagel reißen.«

»Uns kann sowieso niemand etwas verbieten«, sagte der Große. »Wir verletzen außerdem kein Besitzerrecht ... Stell dich auf den Kopf!«

Der Befehl galt Andrew.

»Der Kopf soll nicht ...«

»Halt den Mund«, unterbrach ihn der Große. »Wenn du nicht auf dem Kopf stehen kannst, dann versuch es wenigstens.«

Wieder zögerte Andrew und bückte sich schließlich doch, um den Kopf auf den Boden zu setzen. Er versuchte die Beine zu heben, verlor das Gleichgewicht und stürzte um.

»Bleib liegen!« befahl der Große und wandte sich an den anderen. »Sollen wir ihn auseinandernehmen? Hast du schon einmal einen Robot auseinandergenommen?«

»Ob er uns läßt?«

»Er kann uns doch nicht daran hindern.«

Andrew hätte sie nicht daran hindern können, wenn sie ihm befohlen hätten, keinen Widerstand zu leisten. Die Zweite Regel, die des Gehorsams, hatte den Vorrang über die Dritte, die des Selbstschutzes. Außerdem hätte sich Andrew nicht verteidigen können, ohne dabei die beiden Menschen zu verletzen und damit mit der Ersten Regel in Konflikt zu kommen. Bei dem Gedanken wurde jeder motorische Kontakt in seinem Innern paralysiert, und er zitterte.

Der Große stieß ihn mit dem Schuh in die Seite. »Er ist ganz schön schwer. Wenn wir ihn zerlegen wollen, brauchen wir Werkzeug.«

»Wir können ihm ja befehlen«, schlug Knollennase vor, »daß er sich selber auseinandernimmt, und wir schauen bloß zu.«

»Meinetwegen«, sagte der Große. »Aber von der Straße muß er weg. Wenn jemand kommt ...«

Es war bereits ziemlich spät. Aber jemand kam des

Wegs, und es war George. Ziemlich atemlos blieb er neben Andrew stehen. Die beiden jungen Menschen wichen ein paar Schritte zurück.

»Andrew«, fragte er aufgeregt. »Ist etwas passiert?«

»Es ist alles in Ordnung, George«, antwortete Andrew.

»Dann steh auf ... Wo sind deine Kleider?«

»Ist das Ihr Robot, Mister?« fragte der Große frech.

George fuhr herum. »Dieser Robot gehört niemand«, sagte er scharf. »Was geht hier vor?«

»Wir haben ihn höflich gebeten, seine Sachen auszuziehen. Aber was geht Sie das an, wenn er nicht Ihnen gehört?«

»Was haben die beiden gemacht, Andrew?« fragte George.

»Sie wollten mich zerlegen«, antwortete Andrew. »Sie wollten mich eben von der Straße wegschaffen, um mich zu zerlegen.«

George blickte die beiden Kerle wutentbrannt an, doch die beiden grinsten nur.

»Und was haben Sie jetzt vor, Mister?« fragte der Große. »Wollen Sie etwa handgreiflich werden?«

»Nein«, sagte George. »Das habe ich gar nicht nötig. Dieser Robot lebt seit über siebzig Jahren bei meiner Familie. Er kennt uns und schätzt uns mehr, als er sonst jemanden schätzt. Ich werde ihm sagen, daß ihr beide mein Leben bedroht und mich töten wollt. Ich werde ihn bitten, mich zu verteidigen. Der Robot wird zwischen euch und mir entscheiden müssen, und für mich wird er sich entscheiden. Wissen Sie, was geschieht, wenn er Sie angreift?«

Die beiden jungen Menschen zogen die Köpfe ein und versuchten sich wegzuschleichen.

»Andrew!« befahl George in scharfem Ton. »Ich fühle mich bedroht. Diese beiden jungen Männer wollen mir Schaden zufügen. Verhindere es.«

Andrew ging auf die beiden zu, die augenblicklich Fersengeld gaben und um ihr Leben rannten.

»Ist schon gut, Andrew«, sagte George. »Vergessen wir die Lümmel.«

»Ich hätte ihnen sowieso nichts tun können, George«, sagte Andrew. »Ich habe ja gesehen, daß sie dich nicht angreifen.«

»Ich habe ihnen doch bloß Angst einjagen wollen, Andrew. Du hast ja gesehen, wie es funktioniert hat.«

»Wie können sie denn vor einem Robot Angst haben?«

»Von dieser Krankheit ist der Mensch eben immer noch nicht geheilt. Aber das ist im Moment unwichtig. Was, zum Teufel, machst du hier draußen? Ich wollte schon wieder umkehren und einen Helikopter mieten, als ich dich plötzlich liegen sah. Wie bist du denn auf den Gedanken gekommen, in die Bibliothek gehen zu wollen? Ich hätte dir doch jedes Buch bringen können.«

»Ich bin ein ...«

»Ja, ja, ein freier Robot. Und was wolltest du in der Bibliothek?«

»Ich will mehr über die menschlichen Wesen wissen, über die Welt und über alles. Und auch über Roboter will ich mehr wissen, George. Ich will ein geschichtliches Werk über Roboter schreiben.«

»Jetzt laß uns erst einmal heimgehen ... Und heb deine Kleider auf. Andrew, es gibt eine Million Bücher über Robotik, und in allen ist auch die Entstehung der Robotik behandelt. Die Welt ist nicht nur mit Robotern, sondern auch mit Informationen über Roboter übersättigt.«

Andrew schüttelte den Kopf, eine menschliche Ausdrucksform, die er inzwischen angenommen hatte. »Kein geschichtliches Werk über Robotik, George, sondern über den Roboter, von einem Roboter geschrieben. Ich möchte erklären, was ein Roboter empfindet und was sich ereignet hat, seit die ersten auf der Erde arbeiten und leben durften.«

George zog die Augenbrauen in die Höhe, sagte aber nichts mehr.

11

Little Miß feierte ihren dreiundachtzigsten Geburtstag, war aber noch so rüstig, daß sie ihren Stock fast ausschließlich zum Gestikulieren benutzte und sich nur selten darauf stützte.

Sie war außer sich, als sie hörte, was Andrew zugestoßen war. »George!« sagte sie. »Das ist ja schrecklich. Wer waren diese Rohlinge?«

»Das weiß ich nicht«, antwortete George. »Es ist jetzt ja auch nicht mehr wichtig. Hauptsache, Andrew ist nichts passiert.«

»Aber es hätte ihm etwas passieren können. Du bist Anwalt, George, und wenn es dir jetzt ausgezeichnet geht, dann nur, weil Andrew ein so hochbegabter Künstler ist. Das Geld, das er verdient, war und ist die Quelle unseres Wohlstandes. Ich lasse es nicht zu, daß er wie ein aufziehbares Spielzeug behandelt wird.«

»Was soll ich denn unternehmen, Mutter?«

»Ich sagte eben, du bist Anwalt. Hörst du mir eigentlich nicht zu? Du machst einen Präzedenzfall daraus, zwingst den regionalen Gerichtshof, etwas Analoges zu den Menschenrechten für Roboter aufzustellen, und paukst es bis zum Obersten Gerichtshof durch – wenn es sein muß. Ich werde die Sache verfolgen, George. Feigheiten lasse ich nicht zu. Du wirst dich voll einsetzen.«

Little Miß meinte es ernst, und was anfangs als Beruhigungsmanöver gedacht war, wurde zu einer verzwickten juristischen Angelegenheit, die interessant zu werden versprach. Als Ältester in der Kanzlei Feingold & Martin entwarf George die Strategie, ließ jedoch die Hauptarbeit die jüngeren Mitarbeiter machen, unter denen sich auch sein Sohn Paul befand, der täglich seiner Großmutter alles berichtete. Und diese wiederum besprach alles täglich mit Andrew.

Andrew war voll mit seinem eigenen Fall beschäftigt. Die Arbeit an seinem Buch über Roboter wurde hintangestellt, er dachte konzentriert über juristische Probleme nach und machte hin und wieder Vorschläge.

»George hat einmal erwähnt«, sagte er, »daß die Menschen sich vor Robotern fürchten. Solange das der Fall ist, werden die zuständigen gerichtlichen Stellen nichts Ernsthaftes für die Rechte des Robots unternehmen. Sollte man nicht versuchen, die öffentliche Meinung zu beeinflussen?«

Man griff seinen Vorschlag auf. Während Paul die juristische Seite bearbeitete, machte sich George an die Öffentlichkeitsarbeit. Für ihn hatte das den Vorteil, daß er sich formlos geben konnte. Er ging manchmal sogar so weit, daß er sich nach der letzten Mode des Faltenwurfstils, also locker und salopp, anzog.

»Stolpere auf der Bühne des Geschehens bloß nicht über dein Gewand, Dad«, spottete Paul.

»Ich werde es versuchen«, erwiderte George und lachte.

Er wandte sich zum Beispiel an die Verleger der Dreidimensionalen Bildpresse, die sich zu ihrer jährlichen Tagung in New York eingefunden hatten.

»Falls wir aufgrund der Zweiten Regel unbegrenzten Gehorsam von jedem Robot verlangen können«, sagte er unter anderem in seiner Rede, »hat jeder Mensch, aber wirklich *jeder* Mensch erschreckende Gewalt über jeden, aber wirklich *jeden* Robot. Besonders weil die Zweite Regel Vorrang vor der Dritten hat und jeder Mensch das Gesetz des absoluten Gehorsams dazu benutzen kann, das Gesetz des Selbstschutzes auszuschalten. Er kann jedem Robot den Befehl geben, sich selbst zu zerstören, sei es mit oder ohne Angabe des Grundes.

Ist das etwa gerecht? Würden wir je ein Tier so behandeln? Selbst ein lebloser Gegenstand, der uns gute Dienste geleistet hat, hat ein Recht, von uns anständig behandelt zu werden. Ein Robot ist nicht unsensibel. Er ist kein Tier. Seine Denkfähigkeiten reichen aus, um sich mit uns unterhalten zu können und sich mit uns zu freuen. Können wir die Roboter wie Freunde behandeln, können wir mit ihnen zusammenarbeiten und ihnen die Früchte dieser Freundschaft voll verweigern, ihnen den Gewinn, der aus der Zusammenarbeit erwächst, einfach entziehen?

Falls der Mensch das Recht hat, einem Robot jeden Befehl zu erteilen, der ein Zuschadenkommen des Menschen nicht einschließt, dann sollte der Mensch den Anstand besitzen, einem Robot keinen Befehl zu erteilen, bei dem ein Robot zu Schaden kommen könnte, es sei denn, die Sicherheit des Menschen verlangt es. Große Macht zieht große Verantwortlichkeit nach sich. Wenn der Mensch den Robot hilflos an drei für ihn unübertretbare Gesetze bindet, um sich selbst zu schützen, so sollte auch der Mensch an Gesetze gebunden werden, die zum Schutz des Robots dienen. Ist das etwa zu viel verlangt?«

Andrew sollte recht behalten. Der Kampf um die öffentliche Meinung hatte zur Folge, daß die Gerichte das Problem ernst nahmen und schließlich ein Gesetz verabschiedet wurde, das besagte, unter welchen Bedingungen keine Befehle an Roboter erteilt werden durften, die Robotern zum Schaden gereichten. Das Gesetz war kompliziert und verschroben abgefaßt, die Strafen bei Verletzung des Gesetzes bei weitem zu mild, aber ein Anfang war gemacht.

Der Oberste Gerichtshof der Welt verabschiedete das Gesetz genau an Little Miß' Todestag.

Das war kein Zufall. Little Miß hatte sich während der letzten Debatte verzweifelt an das Leben geklammert und schloß die Augen erst, als ihr berichtet worden war, daß sie gesiegt hatten.

Ihr letztes Lächeln galt Andrew.

»Du warst immer gut zu uns, Andrew«, waren ihre letzten Worte.

Andrews Hand haltend starb sie, während ihr Sohn, dessen Frau und die Kinder respektvoll im Hintergrund standen.

12

Andrew wartete geduldig, bis die Sekretärin zurückkam. Er hätte die Angelegenheit auch über den 3-D-Holographen abwickeln können, aber er hatte schon immer viel von persönlichem Kontakt gehalten und verzichtete gern auf derlei Einrichtungen.

Ab und zu kam jemand herein und starrte ihn an. Andrew versuchte nicht, die neugierigen Blicke zu meiden. Er sah jeden einzelnen ruhig an, mit dem Erfolg, daß jeder einzelne sofort wegsah.

Schließlich kam Paul Martin zu ihm heraus. Paul war inzwischen auch dazu übergegangen, sich jeden Morgen grell zu schminken, wie es im Moment Mode war und dazu dienen sollte, jeglichen Unterschied zwischen Mann und Frau zu vertuschen – was selbst Andrew ziemlich lächerlich fand. Kritik am Menschen zu üben war für Andrew schon längst zur Gewohnheit geworden. Er hatte nur dann ein ungutes Gefühl dabei, wenn er seine Kritik laut aussprach. Schriftlich machte es ihm nichts aus, aber mündlich – das war ihm nach wie vor unangenehm.

»Komm rein, Andrew«, sagte Paul. »Tut mir leid, daß ich dich habe warten lassen müssen, aber ich mußte noch schnell etwas erledigen. Du hast gesagt, daß du mich sprechen willst, aber ich hatte nicht begriffen, daß du in die Kanzlei kommen wolltest.«

»Falls du zu tun hast, Paul, kann ich gern warten.«

»Ist nicht nötig«, sagte Paul. »Bist du allein in die Stadt gekommen?«

»Ich habe mir ein Auto gemietet.«

»Irgendwelche Schwierigkeiten?« fragte Paul, einen ängstlichen Unterton in der Stimme.

»Nein. Ich bin ja durch das Gesetz geschützt.«

Die Bemerkung schien Paul nicht zu erleichtern. »Andrew«, sagte er, »ich habe dir schon mehrmals erklärt, daß das Gesetz nicht erzwingbar ist, wenigstens meistens nicht ... Gesetze sind bei Menschen nicht auf die Weise bindend wie bei euch Robotern. Wenn du darauf bestehst, Kleider zu tragen, dann bekommst du irgendwann wieder Schwierigkeiten. Denk an das letzte Mal.«

»Das war das einzige Mal. Trotzdem tut es mir leid, daß du Mißfallen an meinem Äußeren findest.«

»*Ich* finde kein Mißfallen an deinem Äußeren, Andrew. Du darfst mich nicht falsch verstehen. Du bist praktisch eine lebende Legende und in vieler Hinsicht viel zu wertvoll, um dir das Recht herausnehmen zu dürfen, irgendwelche Risiken einzugehen ... Wie kommst du mit deinem Buch voran?«

»Ich bin fast fertig. Der Herausgeber ist sehr angetan.«

»Sehr gut.«

»Ich weiß nicht, ob er von dem Buch als solchem angetan ist. Ich glaube, er denkt mehr an die Auflage und seinen Gewinn, denn der Autor ist ein Robot, und das vor allem findet er prima.«

»Was nur menschlich ist.«

»Mir kann das egal sein. Hauptsache, es verkauft sich gut, denn auch ich kann Geld brauchen.«

»Aber Großmutter hat dir doch ...«

»Little Miß war sehr großzügig, und ich bin überzeugt davon, daß ich mit der weiteren Hilfe deiner Familie rechnen kann. Trotzdem hoffe ich, daß ich meinen nächsten Schritt mit dem Geld finanzieren kann, das mir das Buch einbringt.«

»Und was für ein nächster Schritt ist das?«

»Ich möchte den Vorstand der Firma *US Robots* kennenlernen. Ich habe schon versucht, einen Termin bei ihm zu bekommen, konnte ihn bisher aber noch nicht erreichen. Die Firma hat sich nicht sehr kooperativ gezeigt, was die Recherchen für mein Buch anbelangt, also wundert es mich nicht gerade.«

Paul grinste. »Hilfe ist das letzte, was du von denen erwarten kannst. Bei unserem großen Kampf für die Rechte des Robots haben sie auch keinen Finger gerührt. Im Gegenteil, und der Grund liegt klar auf der Hand. Gib einem Robot Rechte, und der Kunde wird kaufunwillig.«

»Kann schon sein«, sagte Andrew. »Aber wenn du dort anrufst, du bekommst bestimmt einen Termin für mich.«

»Aber ich stehe auch nicht besser mit ihnen als du, Andrew.«

»Du kannst ja einfließen lassen, daß Feingold & Martin von einer weiteren Kampagne zur Festigung der Rechte des Robots absehen werden, wenn sie mich empfangen.«

»Ist das denn nicht gelogen, Andrew?«

»Doch, Paul, und da ich nicht lügen kann, mußt du anrufen.«

»Aha, lügen kannst du nicht, aber mich dazu anhalten, das kannst du. Du wirst immer menschlicher, Andrew.«

13

Es war kein leichtes Unterfangen, selbst mit Pauls gewichtigem Namen nicht.

Aber schließlich hatte sich Paul durchsetzen können, und als es soweit war, machte Harley Smythe-Robertson, der mütterlicherseits von dem ursprünglichen Begründer der Firma abstammte und den Doppelnamen angenommen hatte, um dies zu demonstrieren, ein mehr als unglückliches Gesicht. Er stand kurz vor der Pensionierung und hatte seine ganze Laufbahn als Vorstand dem Problem Roboterrechte gewidmet. Seine dünnen weißen Haare waren an den Kopf geklatscht, sein Gesicht war ungeschminkt, und er sah Andrew von Zeit zu Zeit feindselig an.

»Sir«, sagte Andrew, »vor fast einem Jahrhundert hat ein gewisser Morton Mansky in meinem Beisein behauptet – Mansky war Angehöriger dieser Firma –, daß die Mathematik, die der Konstruktion von Positronengehirnen zugrunde liegt, viel zu kompliziert sei, um ein exaktes Ergebnis garantieren zu können. Das Ergebnis entspräche jeweils bloß annähernd den Erwartungen. Meine eigenen Fähigkeiten, hat er gesagt, seien nicht genau vorhersehbar gewesen.«

»Das ist ein Jahrhundert her«, Smythe-Robertson zögerte, »Sir«, setzte er schließlich eisig hinzu, »wir stellen mittlerweile Roboter her, die haargenau den Erwartungen entsprechen und haargenau auf ihr jeweiliges Betätigungsfeld programmiert sind.«

»Ja«, sagte Paul, der mitgekommen war, um dafür zu sorgen, daß man sich Andrew gegenüber korrekt verhielt. »Mit dem Erfolg, daß meine Sekretärin an der Hand genommen und geführt werden muß, wenn auch nur die kleinste Abweichung von der Norm eintritt.«

»Sie wären noch unzufriedener, wenn sie aus eigenen Stücken handeln würde«, sagte Smythe-Robertson.

»Demnach stellen Sie also flexible, anpassungsfähige Roboter wie mich nicht mehr her?« fragte Andrew.

»Schon längst nicht mehr.«

»Die Recherchen, die ich in Zusammenhang mit meinem Buch betrieben habe«, sagte Andrew, »haben mir gezeigt, daß ich der älteste noch tätige Robot bin.«

»Das ist richtig«, sagte Smythe-Robertson. »Sie werden auch immer der älteste bleiben und der älteste gewesen sein, den es je gegeben hat, denn es hat sich herausgestellt, daß Roboter nach einer Funktionsdauer von etwa fünfundzwanzig Jahren nicht mehr brauchbar sind. Sie werden eingezogen und durch neuere Modelle ersetzt.«

»Keiner von den im Moment hergestellten Robotern ist nach fünfundzwanzig Jahren noch brauchbar«, sagte Paul lächelnd. »Da ist Andrew dann aber eine sehr große Ausnahme.«

»Als ältester und flexibelster Robot der Welt«, sagte Andrew und verfolgte damit genau die Linie, die er sich im voraus zurechtgelegt hatte, »bin ich da nicht ungewöhnlich genug, um von Ihrer Firma bevorzugt behandelt zu werden?«

»Gewiß nicht«, entgegnete Smythe-Robertson frostig.

»Ihre Ungewöhnlichkeit ist uns unangenehm genug. Wenn Sie bloß vermietet und nicht käuflich erworben gewesen wären, hätten wir Sie längst eingezogen und gegen einen neuen Robot ausgetauscht.«

»Aber das ist ja gerade der springende Punkt«, sagte Andrew. »Ich bin ein freier Robot und gehöre allein mir selbst. Daher komme ich zu Ihnen und bitte Sie, mich auszutauschen. Ohne das Einverständnis des Besitzers können Sie keinen Austausch vornehmen. Heutzutage ist dieses Einverständnis eine erpresserische Bedingung des Mietvertrags, in meinen Tagen jedoch war das nicht der Fall.«

Smythe-Robertson war sowohl erschrocken als auch erstaunt. Einen Moment lang herrschte Stille. Andrew starrte auf das dreidimensionale Objekt an der Wand. Es war eine Totenmaske von Susan Calvin, der Schutzheiligen aller Robotiker. Sie war mittlerweile fast zwei Jahrhunderte tot, aber durch sein Buch kannte Andrew sie so gut, daß man hätte meinen können, er sei ihr noch persönlich begegnet.

»Wie kann ich Sie gegen Sie austauschen?« fragte Smythe-Robertson schließlich. »Falls ich Sie als Robot austausche, wie kann ich den neuen Roboter dann seinem Besitzer übergeben, wenn dieser durch den Austausch zu existieren aufgehört hat?«

»Das ist doch überhaupt nicht schwierig«, sagte Paul. »Der Sitz von Andrews Persönlichkeit ist sein Positronengehirn, und das ist der Teil, der nicht ausgetauscht werden kann, ohne einen neuen Robot aus Andrew zu machen. Das Positronengehirn ist daher Andrew, der Besitzer. Jedes andere Teil des robotischen Körpers kann ausgetauscht werden, ohne dabei die Persönlichkeit des Robots in irgendeiner Weise zu beeinträchtigen. Diese anderen Teile sind Besitz des Gehirns. Andrew, wenn ich mich so ausdrücken darf, möchte sein Gehirn mit einem neuen robotischen Körper ausstatten.«

»Genau das«, sagte Andrew ruhig und wandte sich an

Smythe-Robertson. »Sie haben doch auch schon gelegentlich Androiden hergestellt, oder? Ich meine, Roboter, die haargenau wie Menschen aussehen.«

»Ja«, sagte Smythe-Robertson, »das haben wir. Sie funktionieren perfekt mit ihrer Haut und ihrem Gewebe aus synthetischen Faserstoffen. Nirgends auch nur eine Spur Metall, lediglich im Gehirn. Dabei aber genauso widerstandskräftig wie metallische Roboter. Wenn man vom Gewicht ausgeht, sogar noch widerstandsfähiger.«

»Das wußte ich gar nicht«, sagte Paul. »Wie viele gibt es denn davon? Auf dem Markt, meine ich.«

»Keinen«, sagte Smythe-Robertson. »Es gab nur Prototypen. Sie wären in der Produktion viel zu teuer, und eine Marktanalyse hat gezeigt, daß der Kunde sie nicht akzeptiert. Sie sahen zu menschlich aus.«

»Aber die Konstruktionspläne sind bestimmt noch vorhanden«, sagte Andrew. »Ich wünsche, daß ich durch einen organischen Robot ausgetauscht werde. Durch einen Androiden.«

Jetzt war es an Paul, erstaunt zu sein. »Heiliger Himmel!« sagte er.

»Das ist völlig unmöglich«, sagte Smythe-Robertson steif.

»Wieso ist das unmöglich?« fragte Andrew. »Wenn der Preis angemessen ist, kommt es mir auf das Geld nicht an.«

»Wir stellen keine Androiden her«, sagte Smythe-Robertson.

»Sie *belieben* keine Androiden herzustellen«, sagte Paul. »Aber in der Lage dazu sind Sie.«

»Die Herstellung von Androiden richtet sich gegen das allgemeine öffentliche Interesse.«

»Aber es existiert kein Gesetz, das die Herstellung von Androiden verbietet«, sagte Paul gelassen.

»Trotzdem stellen wir keine Androiden her, und wir werden auch keine Androiden herstellen«, versicherte Smythe-Robertson grimmig.

Paul räusperte sich. »Mr. Smythe-Robertson«, sagte er. »Andrew ist ein freier Robot und steht unter dem Schutz des Gesetzes, das für die Rechte der Roboter eintritt. Ich nehme an, Sie sind sich dessen bewußt?«

»Allerdings.«

»Dieser Robot«, fuhr Paul fort, »hat als freier Robot das Recht, Kleider zu tragen. Er trägt Kleider, wie Sie sehen, wird deswegen aber immer wieder von gedankenlosen Menschen angepöbelt oder von Menschen, denen es entgangen zu sein scheint, daß ein Gesetz existiert, welches die Erniedrigung von Robotern verbietet. Es ist schwierig, Beleidigungsklagen einzureichen, wenn diejenigen, die über Schuld und Unschuld entscheiden, von denselben Vorurteilen geleitet werden wie die, welche sich erlauben, Roboter zu belästigen.«

»Das war uns von Anfang an klar«, sagte Smythe-Robertson. »Der Kanzlei Ihres Vaters schien das jedoch nicht klar gewesen zu sein.«

»Mein Vater ist längst tot«, sagte Paul. »Ich aber sehe, daß wir es hier mit einem eindeutigen Fall von vorsätzlicher Beleidigung zu tun haben.«

»Was soll das heißen?« fragte Smythe-Robertson.

»Mein Klient Andrew Martin – und er ist mein Klient – ist ein freier Robot und hat das Recht, die Firma *US Robots* um einen Austausch zu ersuchen, den die Firma sonst jedem gewährt, der einen Robot besitzt, welcher älter als fünfundzwanzig Jahre ist. Die Firma besteht im allgemeinen sogar darauf.«

Paul lächelte. Er machte den Eindruck eines Menschen, der sich ausgesprochen wohl fühlt.

»Das Positronengehirn meines Klienten ist der Besitzer des Körpers meines Klienten – welcher gewiß mehr als fünfundzwanzig Jahre alt ist. Das Positronengehirn fordert einen Austausch des Körpers, wobei es bereit ist, eine angemessene Summe für einen androiden Körper auszugeben. Falls Sie die Forderung meines Klienten ablehnen, fühlt sich mein Klient durch Sie beleidigt, und wir werden Klage erheben.

Das öffentliche Interesse würde normalerweise die

Klage eines Robots nicht unterstützen, ich darf Sie aber daran erinnern, daß die Firma *US Robots* bei der Öffentlichkeit im allgemeinen alles andere als gut angesehen ist. Selbst Menschen, die gezwungen sind, Roboter zu beschäftigen, und sogar solchen, die durch Roboter verdienen, ist die Firma *US Robots* suspekt.

Das mag ein Überbleibsel aus Zeiten sein, in denen die Roboter von allen Menschen gefürchtet waren, weil sie um ihre Arbeitsplätze bangten. Es mag auch Neid auf die Finanzkraft und die Monopolstellung der Firma sein. Was auch immer der Grund dafür ist, der Unmut der Öffentlichkeit existiert, und ich glaube, Sie tun gut daran, es gar nicht erst zu einer Beleidigungsklage kommen zu lassen, um so mehr, als mein Klient sehr wohlhabend ist, noch viele Jahrhunderte leben wird und keinerlei Veranlassung hat, eine Schlacht, die ewig dauern kann, ungeschlagen zu lassen.«

Smythe-Robertson war rot angelaufen. »Sie wollen mich zwingen ...«

»Ich zwinge Sie zu gar nichts«, fiel ihm Paul ins Wort. »Wenn Sie die begründete Bitte meines Klienten ablehnen wollen, so steht Ihnen das frei, und wir gehen, ohne ein weiteres Wort darüber zu verlieren ... Aber wir werden von unserem Recht Gebrauch machen und klagen. Und Sie werden irgendwann feststellen müssen, daß Sie den darauf folgenden Prozeß verlieren werden.«

»Tja ...« Smythe-Robertson stieß einen abgrundtiefen Seufzer aus.

»Ich sehe, daß Sie es sich überlegen«, sagte Paul. »Noch zögern Sie, aber Sie werden letzten Endes doch zusagen, den Austausch vorzunehmen. Lassen Sie mich deshalb noch einen wichtigen Punkt erwähnen. Wenn im Verlauf dieses Austausches meinem Klienten auch nur der geringste Schaden zugefügt wird, werde ich nicht ruhen, bis ich die Schließung der *US Robots* erwirkt habe. Falls auch nur eine positronische Gehirnbahn in der Platin-Iridium-Substanz meines Klienten in irgendeiner Weise in Mitleidenschaft gezogen wird, werde ich nötigenfalls die Öffentlichkeit mobil machen und eine noch nie dagewesene Kampagne gegen die *US Robots* in die Wege leiten.« Er wandte sich an Andrew. »Habe ich in deinem Sinne gesprochen, Andrew?«

Andrew überlegte eine volle Minute lang. Beantwortete er die Frage mit Ja, so unterstützte er Lüge, Erpressung und erniedrigendes Verhalten Menschen gegenüber.

Er mußte sich jedoch zur Antwort zwingen.

»Ja«, würgte er schließlich heraus.

14

Es war, als würde er noch einmal gebaut. Vier Tage, dann vier Wochen, dann vier Monate kam sich Andrew nicht wie er selbst vor, und selbst die kleinsten Handlungen ließen ihn unvermittelt zögern.

Paul war außer sich.

»Sie haben dich ruiniert, Andrew«, sagte er. »Wir werden sie verklagen.«

Andrew hatte Sprachschwierigkeiten. Die Worte kamen nur sehr langsam und stockend.

»Nein«, sagte er. »Du wirst ihnen nie beweisen können, daß es A – A – A – A –«

»Absicht gewesen ist?«

»Ja, Absicht. Außerdem geht es mir zusehends besser. Das Tra – Tra – Tra –«

»Tragische?«

»Das Trauma ist schuld. Schließlich ist so etwas ja auch noch nie durch – durch – durchgeführt worden.«

Andrew tastete sein Gehirn von innen ab. Dazu war sonst niemand in der Lage. Er wußte, daß nichts zerstört worden war. In den Wochen und Monaten, die es dauerte, bis er seine Motorik wieder voll koordinieren konnte und zu sich fand, verbrachte er viele Stunden vor dem Spiegel.

Noch nicht ganz menschlich. Das Gesicht war steif, viel zu reglos, und die Ausdrücke zu gezwungen. Der gleitende

Übergang fehlte, aber der kam vielleicht im Laufe der Zeit. Aber jetzt konnte er wenigstens Kleider tragen, aus denen kein metallener Hals mit einem metallenen Gesicht ragte.

»Ich werde die Arbeit wiederaufnehmen«, sagte er eines Tages.

»Das heißt, daß du das Gröbste überstanden hast«, sagte Paul erfreut. »Was wirst du tun? Ein zweites Buch schreiben?«

»Nein«, sagte Andrew. »Ich lebe zu lange, um mich mit einer Karriere zufriedenzugeben. Es hat Zeiten gegeben, in meiner Vorvergangenheit, in denen ich hauptsächlich Künstler gewesen bin, und es hat Zeiten gegeben, in denen ich mich als Historiker betätigte, und auf beide Berufe kann ich zurückgreifen, wenn ich will. Jetzt möchte ich Robophysiologe werden.«

»Robopsychologe, meinst du, oder?«

»Nein, dazu müßte ich das Positronengehirn studieren, und dazu habe ich im Moment keine Lust. Der Robophysiologe beschäftigt sich mit dem Körper, der diesem Gehirn beigegeben ist.«

»Müßte das dann nicht Robomechaniker heißen?« fragte Paul.

»Nein, die Robomechanik beschäftigt sich ausschließlich mit dem metallischen Körper, ich aber werde mich mit dem organischen, humanoiden Körper beschäftigen, nämlich mit meinem Körper, der meines Wissens nach der einzige ist, der existiert.«

»Damit schränkst du dein Betätigungsfeld aber stark ein«, gab Paul zu bedenken. »Als Künstler stand dir alles offen, als Historiker hast du dich zwar bloß mit den Robotern beschäftigt, aber das war ein schier grenzenlos weites Gebiet, und jetzt als Robophysiologe willst du dich nur mit dir selbst beschäftigen?«

»Ja, das will ich«, sagte Andrew.

Andrew mußte ganz von unten anfangen, denn er hatte nur wenig Ahnung von Biologie, Medizin und Physiologie. Die Naturwissenschaften waren ihm noch fremd. Er wurde

Dauergast in Bibliotheken, wo er Stunden in den elektronischen Lesesälen saß und sich von den anderen wissensdurstigen Bürgern nicht unterschied. Die wenigen, die wußten, daß er ein Robot war, nahmen keinerlei Anstoß daran.

Andrew richtete sich in einem Raum, den er hatte an sein Haus anbauen lassen, ein Laboratorium ein, und auch seine eigene Bibliothek wuchs und wuchs.

Jahre vergingen. Eines Tages kam Paul zu ihm. »Schade«, sagte er, »daß du nicht mehr an der Geschichte der Roboter arbeitest. Soviel ich höre, schlägt die *US Robots* einen völlig neuen Kurs in ihrer Politik ein.«

Paul war alt geworden. Seine schlechten Augen waren längst herausgenommen und durch fotooptische Zellen ersetzt worden. In der Beziehung hatte er sich Andrew also etwas angenähert.

»Inwiefern?« fragte Andrew.

»Sie stellen jetzt Zentralcomputer her, riesige Positronengehirne, die über Mikrowellen mit Robotern kommunizieren. Ein Computer kann bis zu tausend Roboter bedienen, und die Roboter selbst haben überhaupt kein Gehirn mehr. Sie sind lediglich die Gliedmaßen des Großhirns, wobei Gliedmaßen und Gehirn getrennt sind.«

»Ist das praktischer?«

»Die *US Robots* behauptet es. Smythe-Robertson hat den neuen Kurs gerade noch vor seinem Tod festgelegt. Meiner Meinung nach bist du das auslösende Moment gewesen, Andrew. Die Firma *US Robots* ist fest entschlossen, keinen Robot mehr zu produzieren, der ihr den Ärger bereiten könnte, den du ihr bereitet hast, und aus dem Grund trennen sie Kopf und Körper. Der Körper soll kein Gehirn mehr haben, das spezielle Wünsche äußern kann.«

»Interessant«, sagte Andrew.

»Es ist erstaunlich, Andrew«, fuhr Paul fort, »welchen Einfluß du auf die Geschichte des Robots gehabt hast. Deine künstlerischen Talente haben die *US Robots* dazu veranlaßt, Roboter zu bauen, die spezialisierter und engstirniger waren; deine Freiheit hatte zur Folge, daß der Robot seine Rechte zugesprochen bekam, und dein Bestehen auf einem androiden Körper hat die *US Robots* auf die Idee gebracht, Gehirn und Körper voneinander zu trennen.«

»Das wird darauf hinauslaufen«, sagte Andrew, »daß die *US Robots* eines Tages ein einziges Riesengehirn baut, das Milliarden von Robotern steuert. Alle Eier werden sich in einem Korb befinden. Das ist gefährlich.«

»Da hast du wohl recht«, sagte Paul nachdenklich. »Aber bis dahin wird noch ein Jahrhundert ins Land gehen, und ich werde es nicht mehr erleben. Wer weiß, ob ich im nächsten Jahr noch lebe.«

»Paul!« rief Andrew entsetzt.

Paul zuckte die Achseln. »Wir Menschen sind sterblich, Andrew«, sagte er. »Wir sind nicht wie du. Das ist letztlich nicht so wichtig, veranlaßt mich aber, dich auf etwas hinzuweisen. Ich bin der letzte der menschlichen Martins. Es gibt Nachkommen von einer Großtante von mir, aber die zählen nicht. Das Geld, das mir gehört, wird nach meinem Tod auf das Konto überwiesen werden, das auf deinen Namen läuft. Du wirst also auch für die Zukunft finanziell abgesichert sein.«

»Das ... will ich aber nicht«, brachte Andrew nur mit Mühe heraus.

Trotz seines hohen Alters hatte er sich nicht an die Sterblichkeit der Martins gewöhnen können.

»Laß uns nicht streiten, Andrew«, sagte Paul. »Es wird so gemacht, wie ich es dir eben erklärt habe. An was arbeitest du im Moment?«

»An einer Methode, mit deren Hilfe ein Androide, das heißt ich, durch Verbrennung von Kohlenwasserstoff Energie gewinnen kann.«

Paul zog die Augenbrauen in die Höhe. »Du meinst, damit ein Androide essen und atmen kann?«

»Ja.«

»Wie lange arbeitest du schon an dem Problem?«

»Schon ewig, aber ich glaube, daß ich die entsprechende Verbrennungskammer für die katalytisch beeinflußte chemische Aufspaltung ausgetüftelt habe.«

»Aber wozu das Ganze, Andrew?« fragte Paul. »Als Energiequelle ist die Atomzelle doch bestimmt viel besser, billiger und effektiver.«

»Das mag schon sein«, sagte Andrew. »Aber sie ist unmenschlich.«

15

Es nahm viel Zeit in Anspruch, aber Andrew hatte Zeit. Außerdem wollte er nichts unternehmen, bis Paul in Frieden gestorben war.

Mit dem Tod von Sirs Urenkel fühlte sich Andrew mehr denn je einer feindlich gesinnten Welt ausgesetzt und war aus diesem Grund entschlossener denn je, den Weg weiterzuverfolgen, den er schon vor langer Zeit eingeschlagen hatte.

Trotzdem war er nicht ganz allein. Der letzte der Martins war zwar gestorben, aber die Kanzlei Feingold & Martin lebte weiter. Sie hatte eine lange Tradition, und die behielt sie bei. Andrew, der Pauls Alleinerbe wurde, war und blieb wohlhabend. Da die Kanzlei jährlich eine ordentliche Summe abwarf, wurde diese in die rechtlichen Aspekte der Verbrennungskammer investiert.

Als die Zeit für einen zweiten Besuch bei der *US Robots* gekommen war, ging Andrew allein hin. Einmal hatte er mit Sir eine Geschäftsstelle der *US Robots* aufgesucht und einmal mit Paul die Firma selbst. Diesmal, beim drittenmal, war er allein und menschenähnlich.

Die *US Robots* hatte sich verändert. Die Produktionsmethoden waren anders, also waren die Produktionshallen auf eine große Raumstation verlegt worden. Viele Industrieunternehmen waren diesem Beispiel gefolgt. Eine beachtliche Anzahl von Robotern war zwangsläufig ins All verlegt worden. Die Erde selbst wurde immer mehr zu einer riesigen Grünanlage. Die Bevölkerungsdichte von einer Milliarde blieb relativ konstant. Auch die Dichte der gehirnlosen Roboter, etwa dreißig Prozent der Bevölkerungsdichte, änderte sich kaum.

Der Chef der Forschungsabteilung der *US Robots* war ein gewisser Alwin Magdescu, ein Mann von dunkler Haut- und Haarfarbe mit einem kleinen Spitzbart und dem im Moment modischen Band über der nackten Brust. Andrew war dezent bedeckt, wie es vor ein paar Dekaden üblich gewesen war.

»Ich kenne Sie natürlich aus Erzählungen«, sagte Magdescu, »und freue mich, Sie jetzt persönlich kennenzulernen. Sie sind unser spektakulärstes Produkt, und es ist wirklich unverständlich, daß der alte Smythe-Robertson so gegen Sie eingestellt gewesen ist. Wir hätten einen großen Handel mit Ihnen abschließen können.«

»Das können Sie immer noch tun«, sagte Andrew.

»Das glaube ich nun wiederum nicht«, sagte Magdescu. »Die Zeiten sind vorbei. Über ein Jahrhundert lang hatten wir Roboter auf der Erde, aber das ändert sich jetzt. Sie werden heutzutage ins All geschickt, und die wenigen, die auf der Erde bleiben, haben kein Gehirn.«

»Aber ich habe ein Gehirn und bleibe auf der Erde«, sagte Andrew.

»Das ist richtig, aber an Ihnen scheint nicht viel von einem Robot übrig zu sein. Was führt Sie heute zu uns?«

»Eine weitere Bitte«, sagte Andrew höflich. »Ich möchte, daß noch weniger von einem Robot an mir übrig ist. Da ich fast ausschließlich organisch bin, hätte ich gerne eine organische Energiequelle. Ich habe hier die Pläne ...«

Magdescu sah sie sich in aller Ruhe an. »Erstaunlich«, sagte er irgendwann zwischendurch. »Wer hat diese Pläne entworfen?«

»Ich«, sagte Andrew.

»Aha«, sagte Magdescu. »Ich rate Ihnen davon ab. Wir müßten Ihren ganzen Körper überholen und daran herumexperimentieren. Bleiben Sie lieber so, wie Sie sind.«

Andrews Gesicht war nichts anzusehen, aber seine

Stimme war voll Ungeduld. »Dr. Magdescu«, sagte er. »Sie scheinen nicht begriffen zu haben, daß Sie keine andere Wahl haben. Sie müssen meinem Wunsch entsprechen. Wenn die Verbrennungskammer in meinen Körper eingebaut werden kann, kann eine solche Kammer auch in den Körper eines Menschen eingebaut werden. Die Tendenz, menschliches Leben durch Prothesen zu verlängern, zeichnet sich seit Jahrhunderten ab. Es gibt keine besseren Erfindungen als die, welche ich gemacht habe und noch machen werde.

Ich habe alle meine Erfindungen über die Kanzlei Feingold & Martin patentieren lassen und bin durchaus in der Lage, selbst Verbrennungskammern und andere Prothesen zu produzieren, welche dazu dienen könnten, Menschen zu schaffen, die mit Roboteigenschaften ausgestattet sind. Daß Ihre Firma dann den Markt räumen muß, dürfte Ihnen wohl klar sein.

Falls Sie mich jedoch operieren und sich bereit erklären, dies auch in Zukunft zu tun, werde ich Ihnen die Patente zur Verfügung stellen und Ihnen die Kontrolle der Technologie von Robotern und die Prothetisierung des Menschen überlassen. Das natürlich erst, wenn die erste Operation überstanden ist und es sich herausgestellt hat, daß sie erfolgreich durchgeführt wurde.«

Andrew kam nicht auf die Idee, daß er durch die harten Bedingungen, die er einem Menschen stellte, die Erste Grundregel verletzte. Schon vor langer Zeit hatte er die These aufgestellt, daß angebliche Grausamkeit auf lange Sicht gesehen Menschenfreundlichkeit sein kann.

Magdescu hob die Schultern. »Ich bin nicht derjenige, der das allein entscheidet. Der Aufsichtsrat muß zusammengerufen werden, und das dauert seine Zeit.«

»Ich kann warten«, sagte Andrew, »allerdings nicht endlos lang.«

Andrew war zufrieden mit sich. Paul, dachte er, hätte es auch nicht besser machen können.

16

Es dauerte nicht endlos lang, und die Operation war ein voller Erfolg.

»Ich war absolut dagegen, Andrew«, gestand Magdescu, »aber nicht aus den Gründen, die Sie vermuten. Gegen das Experiment als solches hatte ich nichts, aber daß es an Ihnen durchgeführt werden sollte, bereitete mir Kopfzerbrechen. Ich hatte Angst um Ihr Positronengehirn. Da jetzt die positronischen Gehirnbahnen mit künstlichen Nervenbahnen verbunden sind, ist es möglicherweise schwierig, das Gehirn zu retten, wenn der Körper nicht mehr funktionsfähig ist.«

»Ich habe vollstes Vertrauen zu den Wissenschaftlern von *US Robots*«, sagte Andrew, »und bin jetzt in der Lage, zu essen.«

»Sagen wir, Sie können sich Olivenöl eingießen. Von Zeit zu Zeit muß übrigens die Verbrennungskammer gereinigt werden, aber das wissen Sie ja bereits. Ich stelle mir das nicht unangenehm vor.«

»Könnte es vielleicht sein, wenn ich nicht noch mehr im Sinn hätte«, sagte Andrew. »Selbstreinigung ist durchaus möglich. Ich arbeite bereits an der Entwicklung eines Organs, das feste Nahrungsmittel aufnehmen und verbrennen kann.«

»Das heißt, daß Sie dann zwangsläufig auch einen Anus entwickeln müssen.«

»Etwas Ähnliches, ja.«

»Und was haben Sie sonst noch im Sinn, Andrew?«

»Alles.«

»Auch Genitalien?«

»Wenn sie in meine Pläne passen, ja. Mein Körper ist wie eine Leinwand, auf die ich einen ...«

Magdescu wartete, aber Andrew sprach den Satz nicht zu Ende.

»Einen Menschen malen werde?« fragte Magdescu schließlich.

»Das wird sich zeigen«, sagte Andrew.

»Der Wunsch wäre lächerlich, Andrew, weil Sie nämlich besser sind als ein Mensch. Seit Sie organisch werden wollten, geht es abwärts mit Ihnen.«

»Mein Gehirn hat unter den Eingriffen aber nicht gelitten.«

»Das ist richtig. Aber, Andrew, alle Prothesen, die hergestellt werden, kommen unter Ihrem Namen auf den Markt. Sie sind der Erfinder und werden als solcher anerkannt. Warum wollen Sie mit Ihrem Körper noch weiter Experimente anstellen?«

Andrew beantwortete diese Frage nicht.

Die Ehrungen häuften sich. Andrew wurde Mitglied von mehreren wissenschaftlichen Gesellschaften, unter anderem von einer Gesellschaft, die dem neuen Wissenschaftszweig gewidmet war, den er errichtet hatte. Was er Robophysiologie genannt hatte, wurde allgemein Prothetologie genannt. An dem 150. Jahrestag seiner Fertigstellung wurde bei der *US Robots* ein Diner zu seinen Ehren gegeben. Falls Andrew darin eine gewisse Ironie sah, behielt er es für sich.

Alwin Magdescu, der inzwischen in den Ruhestand getreten war, nahm daran teil. Er war vierundneunzig Jahre alt und lebte nur deshalb noch, weil er sich prothetologische Ersatzteile hatte bauen lassen, welche die Funktion von Leber und Nieren übernommen hatten. Das Diner erreichte seinen Höhepunkt, als Magdescu das Glas erhob und einen Toast auf den Hundertfünfzigjährigen ausbrachte.

Andrew hatte sich die Gesichtsmuskeln korrigieren lassen und war in der Lage, mehr Ausdruck zu zeigen, während des ganzen Diners jedoch saß er mit unbewegter Miene da. Es gefiel ihm nicht, ein hundertfünfzigjähriger Robot zu sein.

17

Die Prothetologie war es schließlich, die Andrew das All öffnete. In den Dekaden, die der Feier des Hundertfünfzigjährigen folgten, war der Mond zu einer Welt geworden, die, von der Schwerkraft abgesehen, erdähnlicher war als die Erde selbst. In ihren unterirdischen Städten war die Bevölkerungsdichte beachtlich.

Bei den prothetologischen Ersatzteilen, die Menschen eingebaut werden sollten, die auf dem Mond lebten, mußte die verringerte Schwerkraft mit in Betracht gezogen werden. Andrew verbrachte daher fünf Jahre auf dem Mond und erarbeitete mit einem Team von lunaren Prothetologen die nötigen Abänderungen. In seiner Freizeit spazierte Andrew durch die Bevölkerung von Robotern, wobei er von allen mit der ausgesuchten Höflichkeit behandelt wurde, die Roboter den Menschen entgegenbringen konnten.

Andrew kam schließlich auf eine Erde zurück, die im Vergleich zum Mond langweilig und ruhig war. Kaum wieder in New York angekommen, machte Andrew einen Besuch in der Kanzlei. Der momentane Kanzleichef, ein gewisser Simon Dalong, war erstaunt. »Wir wußten zwar, daß Sie zurückkommen, Andrew«, sagte er, »haben Sie aber erst nächste Woche erwartet.«

»Ich habe es plötzlich nicht mehr ausgehalten«, sagte Andrew und kam übergangslos zur Sache. »Auf dem Mond, Simon, war ich der Chef eines Teams von zwanzig menschlichen Wissenschaftlern. Ich gab Befehle, die niemand auch nur in Frage stellte. Die lunaren Roboter behandelten mich wie einen Menschen. Warum, frage ich Sie, bin ich dann kein Mensch?«

Besorgnis machte sich auf dem Gesicht des Kanzleichefs breit. »Mein lieber Andrew«, sagte er. »Wie Sie eben betont haben, werden Sie sowohl von Menschen als auch von Robotern wie ein Mensch behandelt, also sind Sie *de facto* ein Mensch.«

»*De facto* ein Mensch zu sein genügt mir nicht. Ich möchte nicht nur wie ein Mensch behandelt werden, ich möchte offiziell als Mensch identifiziert werden. Ich möchte *de jure* ein Mensch sein.«

»Moment«, sagte Simon Dalong, »da wird die Angelegenheit kompliziert. Da stoßen wir mit den Vorurteilen der Menschen und der Tatsache zusammen, daß Sie trotz aller menschlichen Behandlung eben kein Mensch *sind.*«

»Wie ist dieses *Nicht-Menschsein* begründet?« fragte Andrew. »Ich habe die Gestalt eines Menschen und besitze Organe, die menschlichen Organen entsprechen. Meine Organe sind identisch mit denen, die sich in prothetisierten Menschen befinden. Ich habe künstlerisch, literarisch und wissenschaftlich gearbeitet und der Kultur des Menschen mehr beigesteuert als je ein Mensch. Was kann man denn mehr verlangen?«

»Ich persönlich würde nie wagen, mehr zu verlangen. Das Schwierige ist, daß der Oberste Gerichtshof der Welt Sie als Mensch anerkennen müßte.«

»An wen soll ich mich diesbezüglich wenden?«

»Ich würde sagen, an den Vorsitzenden des Komitees für Technologie und Naturwissenschaften. Er fungiert nämlich als Gutachter beim Obersten Gerichtshof.«

»Können Sie mir einen Termin bei ihm verschaffen?«

»Aber Sie brauchen doch niemand, der das für Sie erledigt. In Ihrer Position ...«

»Nein, Sie erledigen das«, sagte Andrew, wobei ihm gar nicht einfiel, daß er in dem Moment einem Menschen einen Befehl gab. Es war ihm auf dem Mond zur Gewohnheit geworden. »Ich möchte, daß er von vornherein weiß, daß die Kanzlei Feingold & Martin meinen Antrag gutheißt und damit unterstützt.«

»Aber ...«

»Unterstützt, Simon. In einhundertdreiundsiebzig Jahren habe ich dieser Kanzlei auf die eine oder andere Weise nur Vorteile gebracht. In der Vergangenheit war ich stets eng mit Anwälten dieser Kanzlei befreundet. Das ist nun nicht mehr der Fall, deswegen kann ich meine Zinsen verlangen, ohne irgendwelche Hemmungen haben zu müssen.«

»Ich werde tun, was ich kann«, sagte Dalong sichtlich betreten.

18

Der Vorsitzende des Komitees für Technologie und Naturwissenschaften stammte aus Ostasien und war eine Frau. Die Frau hieß Chee-Li-Hsing und sah in ihrem transparenten Gewand, das an gewissen Stellen auf Wunsch durch Reflexion undurchsichtig gemacht werden konnte, aus, als sei sie in glitzernde Plastikfolie gewickelt.

»Ich verstehe Ihren Wunsch, volle Menschenrechte zu erlangen«, sagte sie. »Es hat Zeiten gegeben, wo die Menschen um Menschenrechte kämpfen mußten. Aber, welche Rechte wollen Sie denn haben, die Ihnen noch nicht eingeräumt sind?«

»Das Recht auf mein Leben ist mir noch nicht eingeräumt«, sagte Andrew. »Als Robot kann ich jederzeit verschrottet werden.«

»Und als Mensch können Sie jederzeit hingerichtet werden.«

»Nur dann, wenn ein Prozeß vorausgegangen ist. Für das Verschrotten eines Robots ist das nicht Voraussetzung. Das Wort eines autoritätsgewaltigen Menschen genügt. Außerdem – außerdem ...« Andrew versuchte verzweifelt, kein bittendes Wort zu gebrauchen, aber sein neuerworbenes Mienenspiel und seine Stimme verrieten ihn. »Ich möchte eben ein *Mensch* sein. Seit sechs Menschengenerationen wünsche ich nichts sehnlicher, als ein *Mensch* zu sein.«

Chee-Li-Hsing sah ihn mit dunklen, mitfühlenden Augen an. »Der Oberste Gerichtshof der Welt kann Sie zum Menschen erklären – er könnte sogar eine Statue aus Stein zu einem Menschen erklären. Ob er es allerdings tut, ist im ersten Fall so fraglich wie im zweiten. Auch Weltgerichtspräsidenten sind Menschen wie alle anderen, und das Mißtrauen gegen Roboter existiert eben.«

»Nach wie vor?«

»Nach wie vor. Jeder wird sich darüber im klaren sein, daß Sie es verdienen, ein Mensch zu sein, aber die Angst, einen Präzedenzfall zu schaffen, wird dadurch nicht gemindert sein.«

»Von einem Präzedenzfall kann keine Rede sein, denn ich bin der einzige freie Robot der Welt, der einzige Robot meiner Art. Einen zweiten Andrew Martin wird es nie geben. Sie können sich bei der *US Robots* erkundigen.«

»Andrew«, sagte Chee-Li-Hsing, »oder Mr. Martin, wenn Ihnen das lieber ist, ich persönlich würde Ihren Antrag unterstützen, aber der Oberste Gerichtshof wird nicht bereit sein, diesen Präzedenzfall zu schaffen, ganz gleich, wie bedeutungslos er durch die eben von Ihnen genannten Argumente sein würde. Sie haben mein vollstes Verständnis, Mr. Martin, aber Hoffnungen kann ich Ihnen keine machen.«

»Aber ...«

»Moment, lassen Sie mich schnell noch etwas hinzufügen«, sagte Chee-Li-Hsing und lehnte sich zurück, die Stirn in tiefe Falten gelegt. »Falls die Debatte um das Recht, das Sie verlangen, zu heftig wird, könnte man vielleicht auf die Idee kommen, Ihre Argumente gegen Sie zu verwenden. Sie selbst betonen, daß ein Roboter jederzeit verschrottet werden kann. Sich auf diese Weise Ihrer zu entledigen, wäre der leichteste Ausweg aus dem Dilemma. Bedenken Sie das gut, bevor Sie sich an den Obersten Gerichtshof wenden.«

»Wird sich niemand an die Prothetologie erinnern, einen Wissenschaftszweig, den ich immens gefördert habe?«

»So grausam Ihnen das erscheinen mag, nein. Es wird sich niemand daran erinnern. Höchstens, um es gegen Sie zu verwenden. Man wird behaupten, daß Sie die Prothetologie lediglich für sich selbst erfunden haben. Man wird behaupten, daß Sie den neuen Wissenschaftszweig im Zuge einer Kampagne gefördert haben, die zur Robotisierung des Menschen führen sollte, beziehungsweise zur Vermenschlichung des Robots. Sie sind nie Ziel einer politischen Haßkampagne gewesen, Mr. Martin, und ich schwöre Ihnen, daß man Sie zum Gegenstand übelster Verleumdungen machen und es Leute geben wird, welche diese Lügen auch noch glauben werden.«

»Falls ich mich dazu entschließen sollte, für mein Recht zu kämpfen, stehen Sie dann auf meiner Seite?«

Chee-Li-Hsing überlegte einen Moment lang. »Soweit es mir möglich ist - ja«, antwortete sie schließlich. »Falls meine Haltung zu irgendeinem Zeitpunkt meine politische Zukunft bedroht, werde ich Sie fallenlassen müssen, denn es handelt sich hier um eine Sache, die mit meinen Überzeugungen nicht ganz in Einklang zu bringen ist. Verzeihen Sie, aber das ist die Wahrheit.«

»Vielen Dank, mehr verlange ich nicht«, sagte Andrew. »Ich werde um mein Recht kämpfen, ganz gleich, was dabei herauskommt, und werde Sie nur so lange um Ihre Hilfe bitten, solange Sie in der Lage sind, sie mir zu gewähren.«

19

Es war kein offener Kampf. Feingold & Martin rieten zur Geduld, und Andrew erwiderte, er habe alle Geduld dieser Erde. Feingold & Martin entschlossen sich endlich zu einer Kampagne, die das Schlachtfeld kleiner machen und genau abstecken sollte.

Sie konstruierten einen Rechtsfall und lehnten in einem Prozeß Schuldforderungen an ihren fingierten Klienten mit der Begründung ab, der Gläubiger habe ein prothetologisches Herz, also ein Robotorgan, durch dessen Besitz er sich selbst der Menschenrechte begeben hätte. Als Individuum ohne Menschenrechte habe er kein Recht, Schulden einklagen zu wollen.

Sie führten den Prozeß geschickt und hartnäckig, verloren bei jedem Schritt, aber auf eine Weise, daß der Urteilsspruch so breit wie möglich abgefaßt und dem Obersten Gerichtshof vorgelegt werden mußte.

Es dauerte Jahre und kostete Millionen.

Als der letzte und endgültige Urteilsspruch kam, feierte

Dalong die juristische Niederlage als großen Sieg. Andrew war zu diesem Anlaß natürlich in die Kanzlei gebeten worden.

»Wir haben zwei Dinge erreicht, Andrew«, sagte er, »von denen beide ausgezeichnet sind. Erstens haben wir die unumstößliche Behauptung herausgefordert, daß der menschliche Körper auch dann noch ein menschlicher Körper ist, wenn er mit einer unbegrenzten Anzahl von prothetologischen Ersatzteilen gespickt ist. Und zweitens haben wir die öffentliche Meinung dahingehend beeinflußt, daß sie an einer großzügigen Interpretation des Begriffes Mensch interessiert ist, da jeder einzelne hofft, durch prothetische Ersatzteile länger am Leben zu bleiben.«

»Und glauben Sie, daß mein Antrag am Obersten Gerichtshof durchgehen wird?« fragte Andrew.

Dalong machte keinen sehr zuversichtlichen Eindruck. »Da bin ich nicht zu optimistisch, muß ich gestehen. Es geht um das eine Organ, das der Oberste Gerichtshof als Kriterium angeführt hat. Der Mensch besitzt ein Gehirn, das aus organischen Zellen zusammengesetzt ist, während der Robot, wenn er überhaupt eins hat, ein Positronengehirn besitzt, das aus einer Platin-Iridium-Legierung gefertigt ist – und genau so ein Gehirn haben Sie, Andrew ... Nein, bitte nicht diesen Blick. Ein künstliches Gehirn herzustellen, das wie das Gehirn des Menschen aus organischer Substanz ist und somit vom Obersten Gerichtshof anerkannt werden müßte, ist ein Ding der Unmöglichkeit. Nicht einmal Ihnen wird das gelingen, Andrew.«

»Was machen wir dann?«

»Wir stellen erst einmal den Antrag, das ist klar. Chee-Li-Hsing wird auf unserer Seite sein, und wie sich der Präsident zu dem Problem verhält, wird sich herausstellen. Unsere Chancen sind gering, Andrew, das betone ich noch einmal, aber wir werden die Sache durchfechten.«

»Mit allen Mitteln«, sagte Andrew.

20

Chee-Li-Hsing war seit dem ersten Gespräch mit Andrew sichtlich gealtert. Sie trug längst keine transparenten Gewänder mehr.

»Wir haben alles versucht«, sagte sie, »und werden es nach der Pause noch einmal versuchen, aber die Niederlage ist sicher. Meine Bemühungen haben lediglich dazu geführt, mich in ein sehr schlechtes Licht zu rücken, was sich nachteilig auf meine politische Zukunft auswirken wird.«

»Ich weiß«, sagte Andrew, »und es betrübt mich sehr. Sie haben bei unserem ersten Gespräch betont, daß Sie mich fallenlassen würden, wenn dieser Punkt erreicht ist. Warum haben Sie es nicht getan?«

»Weil man seine Meinung ändern kann. Sie fallenzulassen wäre teurer gekommen, als ich zu akzeptieren bereit war. Ich bin lediglich noch eine Sitzungsperiode auf meinem Posten, also kann man mir nicht mehr viel anhaben.«

»Gibt es keine Möglichkeit, den Gerichtshof umzustimmen?«

»Alle, die sich von der Vernunft leiten lassen, sind bereits umgestimmt. Der Rest – leider die Mehrheit – kommt von seinen gefühlsbetonten Antipathien nicht ab.«

»Gefühlsbetonte Antipathien sind kein gültiger Grund für einen Gerichtsentscheid.«

»Ich weiß, Andrew, aber das geben sie ja auch nicht als Grund an.«

»Es läuft also auf das Gehirn hinaus«, sagte Andrew vorsichtig. »Muß man dieses Problem denn auf der Ebene Zellen gegen Positronen belassen? Gibt es keine Möglichkeit, ein Gehirn nach seiner Funktionsfähigkeit zu definieren? Muß denn überhaupt ausgesprochen werden, aus was für einem Material das Gehirn besteht? Kann man nicht sagen, daß das Gehirn etwas ist, was eine gewisse Stufe der Denkfähigkeit ...«

»Funktioniert nicht«, sagte Chee-Li-Hsing kopfschüttelnd. »Ihr Gehirn ist von Menschen angefertigt, das menschliche Gehirn nicht. Ihr Gehirn ist konstruiert, das Gehirn eines Menschen hat sich biologisch entwickelt. Für Menschen, die fest entschlossen sind, die Schranke zwischen sich und dem Robot aufrechtzuerhalten, sind diese Unterschiede ein Eiserner Vorhang von einer Meile Dicke und zehn Meilen Höhe.«

»Wenn man herausfinden könnte, was die Quelle dieser Antipathien ...«

»Nach all Ihren Jahren«, sagte Chee-Li-Hsing mit einem Anflug von Traurigkeit in der Stimme, »versuchen Sie immer noch, dem Menschen mit Logik zu kommen? Aber, Andrew, seien Sie mir nicht böse, es ist der Roboter in Ihnen, der Sie dazu veranlaßt.«

»Ich weiß nicht«, sagte Andrew. »Wenn ich mich dazu bringen könnte ...«

21

Wenn er sich dazu bringen könnte ...

Er hatte seit langem gewußt, daß es darauf hinauslaufen würde, und suchte schließlich einen Chirurgen auf. Er hatte einen ausfindig gemacht, der geeignet war, diese Operation durchzuführen. Daß der Chirurg ein Roboter war, versteht sich von selbst. Keinem Menschen hätte Andrew das nötige Vertrauen entgegenbringen können, weder was die chirurgischen Fähigkeiten anbelangte noch die Emotionslosigkeit.

An einem Menschen hätte der Chirurg die Operation nicht durchführen dürfen, also gab Andrew nach einem kurzen inneren Kampf zu, daß auch er ein Roboter sei. »Ich befehle Ihnen«, sagte er anschließend in dem bestimmten Ton, den er sich in den letzten Dekaden angewöhnt hatte und auch Menschen gegenüber anschlug, »die Operation an mir durchzuführen.«

22

Das Gefühl von Schwäche, das er empfand, mußte Einbildung sein. Er hatte die Operation schließlich gut überstanden. So unauffällig wie möglich lehnte er sich an die Wand. Sich hinzusetzen wäre ein zu eindeutiges Zeichen seines angegriffenen Zustandes gewesen.

»Diese Woche wird das Urteil gesprochen«, sagte Chee-Li-Hsing. »Länger konnte ich es nicht hinausschieben. Wir werden verlieren, Andrew, ich bin leider überzeugt davon.«

»Ich bin Ihnen sehr dankbar, daß Sie den Aufschub erwirkt haben«, sagte Andrew. »Die Zeit reichte gerade aus.«

»Wofür?« fragte Chee-Li-Hsing.

»Ich konnte es Ihnen vorher nicht sagen, Chee. Auch den Leuten von Feingold & Martin nicht. Man hätte mich unter Garantie davon abgehalten. Sehen Sie, wenn das Gehirn der umstrittene Punkt ist, dann wohl deshalb, weil die Unsterblichkeit die größte Rolle spielt. Wen kümmert es wirklich, wie ein Gehirn aussieht oder aus welcher Masse es besteht? Daß Gehirnzellen sterben, sterben *müssen,* das ist der wesentliche Punkt. Selbst wenn jedes andere Organ eines Körpers funktionsfähig bleibt oder gegen ein prothetologisches Ersatzteil ausgetauscht ist, kann das Gehirn ohne die Veränderung und damit die Tötung der Personalität nicht ausgetauscht werden und muß daher sterben.

Meine positronischen Gehirnbahnen haben fast zwei Jahrhunderte lang ihren Dienst getan und können noch jahrhundertelang ihren Dienst tun, und das ohne Verschleißerscheinung. Ist *das* nicht die fundamentale Schranke? Einen unsterblichen Robot tolerieren die Menschen, weil es ihnen egal ist, wenn eine Maschine ewig lebt. Einen unsterblichen Menschen tolerieren die Menschen jedoch nicht, weil sie selbst sterblich sind. Aus diesem Grund lehnen sie es ab, mir Menschenrechte zuzusprechen.«

»Worauf wollen Sie hinaus, Andrew?« fragte Chee-Li-Hsing.

»Ich habe das Problem beseitigt, Chee«, sagte Andrew. »Vor mehreren Dekaden wurde mein Positronengehirn an ein quasi-organisches Nervensystem angeschlossen. Durch eine letzte Operation wurde ein Prozeß eingeleitet, in dessen Verlauf das Potential meiner Gehirnbahnen langsam, sehr langsam von diesem Anschluß abgezogen wird.«

Das zerknitterte Gesicht Chee-Li-Hsings blieb ausdruckslos, nur ihre Lippen wurden schmal. »Wollen Sie damit sagen, daß Sie sich sterblich haben machen lassen?« fragte sie. »Das kann doch nicht sein. Damit hätten Sie ja die Dritte Grundregel verletzt.« Sie griff nach seinem Arm. »Andrew«, sagte sie, »das durften Sie nicht. Machen Sie es rückgängig.«

»Das kann nicht rückgängig gemacht werden«, sagte Andrew. »Es ist bereits zu viel Schaden angerichtet. Ich habe noch ein Jahr zu leben – ungefähr. Den zweihundertsten Jahrestag meiner Fertigstellung werde ich noch feiern können. Ich war sentimental genug, den Chirurgen darum zu bitten.«

»Das kann es doch nicht wert sein. Andrew, Sie sind ein Narr.«

»Wenn es mir die Bezeichnung Mensch einbringt, war es die Sache wert«, sagte Andrew. »Bringt es mir die Bezeichnung Mensch nicht ein, dann wenigstens das Ende der ständigen Sehnsucht danach, und auch das ist es wert.«

Und dann tat Chee-Li-Hsing etwas, was sie selbst erstaunte: Sie weinte.

23

Es war merkwürdig, wie stark die Welt auf seine letzte Tat reagierte. Alles, was Andrew bis dahin getan hatte, war mehr oder weniger als selbstverständlich hingenommen worden. Aber jetzt hatte er sogar den Tod in Kauf genommen, um seine Menschwerdung durchzusetzen, und dieses Opfer bewegte die Massen.

Der offiziellste Akt der Feierlichkeiten wurde auf den

200. Jahrestag seiner Fertigstellung festgesetzt. Der Weltpräsident gratulierte Andrew persönlich, die Verlesung des Urteilsspruches wurde sogar auf den Mondstaat und in die Marskolonie übertragen.

Andrew saß im Rollstuhl. Er konnte zwar noch gehen, aber nur noch ein paar Schritte.

»Vor fünfzig Jahren«, sagte der Präsident, und die gesamte Menschheit sah zu, »wurden Sie zum hundertfünfzigjährigen Robot erklärt, Andrew. Heute erkläre ich Sie zum zweihundertjährigen Menschen, Mr. Martin.«

Und lächelnd streckte Andrew die Hand aus und schüttelte die des Präsidenten.

24

Andrew lag im Bett, und seine Gedanken schwanden langsam dahin.

Verzweifelt klammerte er sich an ihnen fest. Ein Mensch! Er war ein Mensch! Das sollte sein letzter Gedanke sein. Mit diesem Gedanken wollte er sich auflösen – wollte er sterben.

Noch einmal schlug er die Augen auf und erkannte Chee-Li-Hsing, die an seinem Bett stand. Auch andere waren da, aber sie waren unkenntliche Schatten. Nur Chee-Li-Hsing hob sich von dem immer dunkler werdenden Grau ab. Vorsichtig streckte er die Hand aus und fühlte ganz schwach, wie Chee-Li-Hsing sie nahm.

Sie verschwamm vor seinem Blick, und der letzte seiner Gedanken floß dahin.

Bevor er jedoch völlig verschwunden war, kam noch ein allerletzter, flüchtiger Gedanke und verweilte einen Augenblick lang in seinem Gedächtnis, bevor alles aufhörte.

»Little Miß«, flüsterte er so leise, daß es niemand hörte.

Marching in

Jerome Bishop, Komponist und Posaunist, war noch nie in einer Klinik für Geisteskranke gewesen.

Es hatte Zeiten gegeben, in denen er geglaubt hatte, in einem Irrenhaus zu sein, aber daß er je als Gutachter gerufen werden würde, hatte er sich in den wildesten Träumen nicht vorstellen können.

Aber da saß er nun, im Jahr zweitausendundeins, und die Welt war in einem ziemlich schrecklichen Zustand, der sich aber angeblich bessern sollte. Als eine Frau mittleren Alters hereinkam, stand er auf. Die Frau hatte graumeliertes Haar, und Bishop war froh, daß seine eigenen noch dunkel waren.

»Sind Sie Mr. Bishop?« fragte sie.

»Der bin ich.«

Sie gab ihm die Hand. »Ich bin Dr. Cray. Würden Sie bitte mit mir kommen?«

Er schüttelte ihr die Hand und kam mit ihr. Jeder, dem sie begegneten, trug einen schmutzigbeigen Kittel.

Dr. Cray legte einen Finger an die Lippen und forderte Bishop mit einer Bewegung der anderen Hand auf, sich zu setzen. Sie drückte auf einen Knopf, das Licht ging aus, und ein Fenster, das von der anderen Seite beleuchtet war, wurde Mittelpunkt.

Durch das Fenster sah Bishop eine Frau in einer Art Zahnarztstuhl liegen, der ganz nach hinten gekippt war. Ein Wald von gebogenen Drähten verband den Kopf der Frau mit irgendwelchen für Bishop unsichtbaren Geräten, hinter ihrem Kopf ein schmaler Lichtstrahl; ein schmaler Papierstreifen kam aus einem Gerät, das Bishop ebenfalls nicht sehen konnte.

Das Licht ging wieder an, das Fenster war nicht mehr Mittelpunkt.

»Wissen Sie, was wir da drin tun?« fragte Dr. Cray.

»Sie zeichnen Gehirnwellen auf. Das ist lediglich eine Vermutung.«

»Eine richtige Vermutung. Es stimmt. Es ist eine Laseraufzeichnung. Wissen Sie, wie das vor sich geht?«

»Meine Musik ist auch schon mit einem Laser aufgezeichnet worden«, sagte Bishop und schlug ein Bein über das andere, »aber das heißt nicht, daß ich weiß, wie das vor sich geht. Die Techniker kennen sich da aus ... Also, Dr. Cray, wenn Sie glauben, daß ich ein Laser-Techniker bin, dann haben Sie sich gründlich getäuscht.«

»Ich weiß, daß Sie kein Techniker sind«, sagte Dr. Cray. »Sie sind aus einem anderen Grund hier ... Lassen Sie es mich Ihnen erklären. Einen Laserstrahl kann man viel schneller und viel präziser verändern als elektrischen Strom oder einen Elektronenstrahl. Das heißt, daß eine sehr komplizierte Welle in größeren Details aufgezeichnet werden kann als bisher. Mit Hilfe eines mikroskopisch dünnen Strahls bekommen wir eine Welle, die wir unter dem Mikroskop betrachten und an der wir Details feststellen können, die für das bloße Auge unsichtbar und auf andere Weise nicht feststellbar sind.«

»Falls es das ist, worüber Sie mich befragen wollen«, entgegnete Bishop, »kann ich Ihnen gleich sagen, daß es sich nicht bezahlt macht. Ich meine, die Details machen sich nicht bezahlt. Das Ohr hört nur ein bestimmtes Quantum an Wellen. Wenn eine Laseraufnahme über dieses Quantum hinausgeht, wird die Sache zwar teurer, aber der Effekt bleibt derselbe. Manche behaupten sogar, daß dadurch ein Brummen entsteht, das der Musik schadet. Ich persönlich höre das nicht, aber ich sage Ihnen, wenn Sie das Optimale wollen, dann verringern Sie den Durchmesser des Laserstrahls nicht ... Natürlich kann es bei Gehirnwellen anders sein, aber was ich Ihnen gesagt habe, stimmt, und mehr kann ich Ihnen nicht sagen, also gehe ich jetzt wieder, und kosten tut es selbstverständlich nichts.«

Bishop wollte aufstehen, aber Dr. Cray schüttelte den Kopf.

»Bitte, bleiben Sie sitzen, Mr. Bishop. Die Gehirnwelle ist tatsächlich anders. Da brauchen wir alle nur möglichen Details. Bisher haben wir lediglich die kleinen sich überlappenden Effekte von zehn Milliarden Gehirnzellen aufzeichnen können, also einen groben Durchschnitt, der bloß die ganz allgemeinen Effekte zeigt.«

»So, als würde man zehn Milliarden Klavieren zuhören, die hundert Meilen weg sind, und jedes spielt etwas anderes?«

»Genau.«

»Also bloß Krach?«

»Nicht ganz. Wir bekommen schon Informationen, über Epilepsie zum Beispiel. Mit Hilfe von Laseraufzeichnungen jedoch bekommen wir die feinen Details. Wir hören die einzelnen Melodien, die von den einzelnen Klavieren gespielt werden; wir hören außerdem, welches Klavier falsch spielt.«

Bishop zog die Augenbrauen in die Höhe. »Woraus Sie schließen können, warum einer, der spinnt – spinnt.«

»Sozusagen. Schauen Sie sich das an.«

In einer anderen Ecke des Raums leuchtete ein Bildschirm auf, über den sich eine dünne, zittrige Linie zog. Dr. Cray nahm ein kleines, drahtloses Steuergerät in die Hand und drückte auf einen Knopf. Ein winziger roter Lichtfleck tanzte über die Linie.

»Das ist ein Mikrofotograf«, sagte Dr. Cray. »Diese kleinen, roten Unterbrechungen wären mit dem bloßen Auge nicht sichtbar und mit einer weniger genauen Aufzeichnungsmethode ebenfalls nicht. Diese Unterbrechungen treten nur auf, wenn ein Patient unter einer Depression leidet. Je tiefer die Depression, desto größer der Lichtfleck.«

Bishop überlegte einen Moment lang. »Können Sie denn nichts dagegen tun?« fragte er dann. »Bis jetzt heißt das doch bloß, daß Sie durch den Lichtfleck von der Depression wissen. Das müßten Sie aber doch genauso wissen, wenn Sie dem Patienten einfach zuhören.«

»Das ist richtig, aber die Details sind eine große Hilfe. Wir können zum Beispiel die Gehirnwellen in flackernde Lichtwellen verwandeln und sogar in die entsprechenden Schallwellen. Wir verwenden dasselbe Lasersystem, das für Ihre Musikaufnahmen benutzt wird. Wir erhalten ein schwaches, musikähnliches Summen, das den Lichtflecken entspricht. Ich möchte, daß Sie sich das einmal anhören.«

»Die Musik von einer bestimmten depressiven Person, deren Gehirn diese Linie da produziert?«

»Ja, und da wir sie nicht lauter stellen können, ohne dabei Details einzubüßen, muß ich Sie bitten, den Kopfhörer aufzusetzen.«

»Soll ich auch die Linie beobachten?«

»Das ist nicht nötig. Sie können ruhig die Augen zumachen. Von dem Flackern dringt genug durch die Lider, um das Gehirn zu beeinflussen.«

Bishop schloß die Augen. Aus dem Summen hörte er deutlich einen schweren, traurigen Rhythmus heraus. Einen Rhythmus, der alle Sorgen der müden, alten Welt beinhaltete. Er hörte zu.

Das flackernde Licht, das auf seine Lider traf, nahm er nur halb wahr.

Er spürte, wie er am Ärmel gezupft wurde.

»Mr. Bishop ... Mr. Bishop ...«

Er holte tief Luft. »Vielen Dank!« sagte er, und es schüttelte ihn ein wenig. »Das hat mich aufgeregt, aber ich konnte nicht davon ablassen.«

»Sie haben eben eine Gehirnwellendepression gehört, und das hat Sie erregt. Ihre eigenen Gehirnwellen haben sich daran angepaßt. Sie haben sich deprimiert gefühlt, habe ich recht?«

»Allerdings!«

»Sehen Sie, wenn wir die Wellencharakteristik der Depression oder jeder geistigen Anomalität lokalisieren und beseitigen können und nur noch den verbleibenden Rest von Gehirnwellen spielen, ist die Wellenstruktur des Patienten normal.«

»Für wie lange?«

»Für eine gewisse Zeit nach Abbruch der Behandlung. Nicht lang. Ein paar Tage. Eine Woche vielleicht. Dann muß der Patient wieder in die Klinik kommen.«

»Das ist besser als gar nichts.«

»Aber nicht genug. Der Mensch wird mit bestimmten Genen geboren, Mr. Bishop, und diese Gene schreiben eine bestimmte potentielle Gehirnstruktur vor. Der Mensch unterliegt gewissen Umwelteinflüssen. Diese Faktoren sind nicht leicht zu neutralisieren, deshalb haben wir hier in dieser Klinik versucht, wirkungsvollere und länger anhaltende Methoden zur Neutralisierung zu entwickeln ... Und Sie können uns dabei vielleicht helfen. Deshalb haben wir Sie gebeten, zu uns zu kommen.«

»Aber ich verstehe doch von dem Ganzen nichts. Ich habe ja bis eben nicht einmal gewußt, daß Gehirnwellen mit Lasern aufgenommen werden. Ich bin ein blutiger Laie.«

Dr. Cray bohrte die Hände in die Taschen ihres Kittels. »Sie haben doch eben noch gesagt« – sie sah Bishop gereizt an –, »daß der Laser genauer aufzeichnet, als das Ohr es hören kann.«

»Ja, und es stimmt auch.«

»Ich weiß, daß es stimmt. Einer meiner Kollegen hat in der Dezemberausgabe von 2000 im *High Fidelity* das Interview mit Ihnen gelesen, und in diesem Interview haben Sie das auch betont. Das war es, was unsere Aufmerksamkeit geweckt hat. Das Ohr kann das Laserdetail nicht aufnehmen, das Auge aber schon. Das flackernde Licht nämlich wirkt auf das Gehirn, nicht der Ton. Der Ton allein bewirkt gar nichts. Er verstärkt jedoch den Effekt, wenn das Licht seine Wirkung tut.«

»Kann man den Ton nicht weiter verstärken?«

»Doch«, sagte Dr. Cray. »Aber die Verstärkung reicht nicht aus. Die ruhigen, feinen, unendlich reichen Variationen, die durch eine Laseraufnahme festgehalten werden, werden vom Ohr nicht registriert. Zu viel ist gleichzeitig vorhanden und erstickt den Anteil, der verstärkt.«

»Wieso glauben Sie, daß ein solcher Anteil vorhanden ist?«

»Weil wir gelegentlich etwas produzieren – meistens durch Zufall –, was besser zu funktionieren scheint als die ganze Gehirnwelle, aber wir begreifen nicht, warum. Wir brauchen daher einen Musiker, nämlich Sie. Wenn Sie sich zwei Aufzeichnungen von Gehirnwellen anhören, können Sie vielleicht eine Melodie oder eine Klangfärbung erfinden, welche zu der jeweiligen Aufzeichnung besser paßt als die gegebene. Das wiederum könnte dann den Lichteffekt verstärken und die Wirksamkeit der Therapie steigern.«

»Moment mal!« sagte Bishop. »Da wollen Sie mir aber einen ganz schönen Haufen Verantwortung aufladen. Wenn ich Musik mache, streichle ich lediglich das Ohr und lasse Muskeln hüpfen, aber ich versuche nicht, ein krankes Gehirn zu heilen.«

»Wir verlangen von Ihnen lediglich, daß Sie das Ohr streicheln und Muskeln hüpfen lassen, aber in der Weise, daß Ihre Musik zur normalen Musik von Gehirnwellen paßt ... Ich versichere Ihnen, Mr. Bishop, daß Sie bezüglich der Verantwortung keinerlei Bedenken zu haben brauchen. Ihre Musik kann keinen Schaden anrichten, sie kann nur Gutes bewirken. Außerdem werden Sie bezahlt dafür, Mr. Bishop, auch wenn nichts dabei herauskommt.«

»Na ja. Ich kann es ja mal versuchen«, sagte Bishop. »Aber versprechen kann ich nichts.«

Nach zwei Tagen kam er zurück. Dr. Cray wurde aus einer Besprechung geholt und sah ihn mit müden Augen an.

»Haben Sie etwas?«

»Ja«, sagte Bishop. »Vielleicht funktioniert es sogar.«

»Woher wissen Sie das?«

»Ich weiß es eben nicht. Ich habe nur so das Gefühl ... Folgendes: Ich habe mir die Laserbänder angehört, die Sie mir mitgegeben haben. Sowohl die originale Gehirnwellenmusik, wie der depressive Patient sie gespielt hat, als auch ihre zum Normalen hin veränderte Musik. Sie haben recht, ohne das flackernde Licht hat mich keines der beiden Tonwerke beeindruckt. Ich habe sie aber trotzdem gegeneinander abgewogen, um den Unterschied festzustellen.«

»Haben Sie denn einen Computer?« fragte Dr. Cray erstaunt.

»Nein, ein Computer hätte mir dabei auch nichts genützt. Das Ergebnis wäre zu umfangreich. Der Computer nimmt ein kompliziertes Ineinanderklingen von Gehirnwellen in sich auf und zieht davon ein zweites kompliziertes Ineinanderklingen von Gehirnwellen ab, und es bleibt immer noch ein kompliziertes Ineinanderklingen von Gehirnwellen übrig. Nein, ich habe es im Kopf gemacht und bin zu dem Ergebnis gekommen, daß die kranke Musik durch eine Gegenmusik ausgeschaltet werden müßte.«

»Wie können Sie das denn im Kopf machen?«

»Das weiß ich auch nicht«, sagte Bishop, einen Anflug von Ungeduld in der Stimme. »Wie hat denn Beethoven seine Neunte im Kopf hören können, bevor er die Noten aufgeschrieben hat? Weiß der Kuckuck. Auch das Gehirn ist ein ganz guter Computer, oder vielleicht nicht?«

»Doch«, gab Dr. Cray zu. »Haben Sie die Gegenmusik dabei?«

»Ja, aber auf einem ganz normalen Tonband. Der Rhythmus ist ungefähr so: *di-di-did-da* ... *di-di-did-da* ... *di-di-did-da-da-da-did-da* ... und so weiter. Ich habe eine Melodie auf den Rhythmus gesetzt, und Sie können sie der Patientin ja vorspielen, solange diese gerade das normale Gehirnwellenbild auf die Lider gestrahlt bekommt. Wenn ich mich nicht täusche, funktioniert die Angelegenheit.«

»Sind Sie sich sicher?«

»Wenn ich mir sicher wäre, müßte man es nicht ausprobieren, oder?«

Dr. Cray überlegte einen Moment lang. »Gut«, sagte sie schließlich. »Ich mache mit der Patientin einen Termin aus. Ich hätte Sie gerne dabei.«

»Wie Sie wollen.«

»Sie können natürlich nicht mit im Behandlungsraum sein, aber hier draußen.«

»Ist mir auch recht.«

Die Patientin wirkte bedrückt. Ihre Lider waren schwer, ihre Stimme klang leise.

Bishop saß ruhig und unbemerkt in einer Ecke. Er sah die Patientin in den Behandlungsraum kommen. Und was ist, wenn es funktioniert, dachte er, während er geduldig wartete. Warum soll man nicht Gehirnzellengeflacker mit der passenden Musik koppeln und damit erreichen, daß die schlechte Laune vergeht, mehr Energie aufgebracht und die Liebe gesteigert wird? Nicht nur für Kranke wäre das gut, sondern auch für normale Menschen, die ihre Gefühle mit Hilfe von Alkohol oder Drogen ins Lot bringen wollen. Ein absolut sicheres Mittel wäre das, auf den Gehirnwellen selbst aufgebaut ...

Nach fünfundvierzig Minuten war die Therapie beendet.

Die Patientin machte einen ausgeglichenen Eindruck. Ihr Blick war klar, der besorgte Zug um den Mund war verschwunden. Sie wirkte geradezu heiter.

»Es geht mir besser, Dr. Cray«, sagte sie. »Viel besser.«

»Das war aber doch noch jedesmal so«, sagte Dr. Cray ruhig.

»Schon, aber heute ist es trotzdem anders. Sonst habe ich mich zwar wohler gefühlt, aber gleichzeitig gespürt, daß die Depression bloß zurückgedrängt ist und wiederkommt. Jetzt ist sie völlig verschwunden.«

»Wir können nicht sichergehen, ob sie tatsächlich für immer verschwunden ist, deshalb schlage ich vor, daß wir uns in zwei Wochen wiedersehen. Aber Sie rufen mich bitte an, wenn Sie sich vor diesem Termin wieder unwohl fühlen sollten, versprechen Sie mir das? Hatten Sie das Gefühl, daß heute etwas anders war als sonst?«

Die Patientin überlegte. »Nein«, sagte sie zögernd. »Oder vielleicht doch. Das flackernde Licht war anders. Heller und irgendwie schärfer.«

»Haben Sie etwas gehört?«

»Hätte ich etwas hören sollen?«

Dr. Cray stand auf. »Na, dann gut. Bitte, vergessen Sie nicht, sich draußen einen Termin geben zu lassen.«

An der Tür blieb die Patientin noch einmal stehen. »Es ist ein richtig schönes Gefühl, glücklich zu sein«, sagte sie und ging.

Dr. Cray kam zu Bishop in den Nebenraum.

»Sie hat nichts gehört, Mr. Bishop«, sagte sie. »Ich vermute, daß Ihre Gegenmusik das normale Gehirnwellengefüge auf so normale Weise beeinflußt hat, daß der Ton sozusagen vom Licht verschluckt worden ist ... Vielleicht funktioniert Ihre Methode tatsächlich.« Sie sah ihm voll ins Gesicht. »Mr. Bishop, wären Sie bereit, uns auch in Zukunft unter die Arme zu greifen? Wir sind bereit, Sie entsprechend zu honorieren. Sollte es sich herausstellen, daß diese Therapie tatsächlich zur Heilung von Geisteskrankheiten führt, werden wir dafür sorgen, daß Sie die gebührende Anerkennung bekommen.«

»Ich helfe Ihnen gern, Dr. Cray, aber es ist nicht so schwierig, wie Sie sich das vorstellen. Die Arbeit ist bereits getan.«

»Bereits getan?«

»Seit Jahrhunderten gibt es Musiker. Vielleicht hatten sie keine Ahnung von Gehirnwellen, aber sie taten ihr Bestes, Melodien und Rhythmen zu erfinden, die den Menschen erfreuen, die ihn mit dem Fuß den Takt mitklopfen lassen, die seine Muskeln zum Hüpfen bringen, die ihnen ein Lächeln auf das Gesicht zaubern, die ihnen Tränen entlocken und ihr Herz höher schlagen lassen. Die Melodien sind vorhanden. Wenn man erst einmal den Gegenrhythmus hat, kann man sich die entsprechende Musik aus dem existierenden Angebot aussuchen.«

»Und das haben Sie auch in diesem Fall getan?«

»Klar. Was reißt den Menschen wirkungsvoller aus einer trüben Stimmung als ein Lied, das alle mitreißt, eine echte Revival-Hymne, ein musikalischer Wiederbelebungsversuch? Dazu sind die ja schließlich da. Sie haben einen einfachen Rhythmus und gehen unmittelbar in die Glieder.«

»Eine Revival-Hymne?« fragte Dr. Cray zweifelnd.

»Klar. In diesem Falle habe ich eine gewählt, die ich für die beste halte. Sie kennen sie auch. *When the Saints Go Marching In.*«

Bishop sang das Lied und schnalzte mit den Fingern den Takt. Schon nach der ersten Zeile sang Dr. Cray fröhlich mit.

Altmodisch

Ben Estes wußte, daß er sterben mußte, und die Tatsache, daß er es durch all die Jahre hindurch gewußt hatte, war kein Trost. Das Leben eines Astromineralogen, der ständig durch die endlose Weite des Asteroidengürtels gondelte, war nicht sonderlich angenehm, versprach jedoch, kurz zu sein.

Natürlich konnte ein zufälliger Fund lebenslänglichen Reichtum bringen, aber das, was hier passiert war, brachte ganz bestimmt keinen Reichtum. Es brachte den sicheren Tod.

Harvey Funarelli stöhnte in seiner Koje, und Estes drehte sich um, was auch ihm ein Stöhnen entlockte. Daß es ihn nicht so schwer getroffen hatte wie Funarelli, mochte daran liegen, daß Funarelli größer und schwerer war. Dazu kam, daß Funarelli dem Punkt des Fast-Zusammenstoßes näher gewesen war.

»Geht es einigermaßen, Harv?« fragte Estes seinen Kollegen.

»Es geht schon«, stöhnte Funarelli. »Allerdings fühle ich mich, als hätte ich mir sämtliche Knochen gebrochen. Was war eigentlich los? Auf was sind wir denn draufgebrummt?«

Estes humpelte zu Funarelli. »Bleib liegen«, sagte er.

»Ich kann schon aufstehen«, sagte Funarelli. »Du mußt mir bloß die Hand geben. Mann! Eine Rippe ist auch im Eimer. Was war denn los, Ben?«

Estes deutete auf das Hauptbullauge. Es war nicht groß, aber für ein bemanntes Astromineralogenschiff ausreichend. Funarelli ging von Estes gestützt darauf zu und blickte hinaus.

Die Sterne waren natürlich zu sehen, aber das erfahrene Astronautenauge nahm sie nicht zur Kenntnis. Die Sterne waren immer da. Im Vordergrund eine Geröllbank mit Gesteinsbrocken verschiedener Größe, die wie ein Schwarm fauler Bienen im Nichts schwebten.

»Also so etwas habe ich überhaupt noch nie gesehen«, sagte Funarelli.

»Diese Brocken«, sagte Estes, »sind meiner Meinung nach die Überreste eines Asteroiden. Sie kreisen um das herum, was den Asteroiden zerstört und auch uns fast erwischt hat.«

»Was?« Funarelli starrte in die Dunkelheit hinaus. Estes deutete durch das Bullauge. »Das da!«

»Ich sehe nichts.«

»Kannst du auch nicht. Es ist ein Schwarzes Loch.«

Funarelli stellten sich die Haare auf. »Du spinnst«, sagte er.

»Ich spinne überhaupt nicht«, sagte Estes. »Schwarze Löcher gibt es in allen Größen. Das behaupten wenigstens die Astronomen. Das da entspricht der Masse eines ziemlich großen Asteroiden, und wir kreisen darum herum. Wie sollte uns sonst etwas, das wir nicht sehen können, in seine Umlaufbahn zwingen?«

»Noch nirgends wurde ...«

»Ich weiß. Ist ja auch nicht möglich, weil man es nicht sieht. Seine Masse ... Hoppla! Jetzt kommt die Sonne.« Das langsam kreisende Schiff hatte sie der Sonne zugewandt, und das Bullauge hatte sich automatisch verdunkelt. »Wie dem auch sei«, sagte Estes, »wir haben das erste Schwarze Loch im All entdeckt, was uns allerdings wenig nützt, wenn wir nicht lange genug leben, um die Lorbeeren in Empfang nehmen zu können.«

»Was ist denn passiert?« fragte Funarelli.

»Wir sind zu nahe herangekommen und wären von den Auswirkungen der Gezeiten fast erschlagen worden.«

»Von den Auswirkungen der *Gezeiten?*«

»Ich bin kein Astronom«, sagte Estes, »aber, wenn ich es richtig begriffen habe, kann die Gravitation eines solchen Dings sehr intensiv werden, wenn man zu nahe herankommt. Mit wachsender Entfernung nimmt diese Intensität so rapide ab, daß das nahe Ende eines Gegenstandes der Anziehung viel stärker ausgesetzt ist als das entferntere. Der Gegenstand wird daher auseinandergezogen. Je größer ein Objekt ist und je näher es herankommt, desto größer ist die Auswirkung. Deine Muskeln sind gezerrt worden, Harv, und du kannst von Glück reden, daß deine Knochen noch heil sind.«

Funarelli grinste. »Das sagst du so leicht. Ich bin mir da gar nicht so sicher ... Und was ist sonst noch passiert?«

»Die Raketen sind weg. Wir stecken in dieser Umlaufbahn ... zum Glück wenigstens in einer, die weit genug entfernt ist ...«

Können wir S – O – S ...«

»Nicht einmal das«, sagte Estes. »Das Kommunikationssystem ist zerstört.«

»Kannst du es nicht reparieren?«

»Nein.«

»Und sonst? Was bleibt uns sonst?«

»Nichts. Abwarten und sterben. Aber das macht mir weniger aus.«

»Aber mir macht es etwas aus«, sagte Funarelli, hockte sich ächzend auf seine Koje und stützte den Kopf in die Hände.

»Wir haben doch die Pillen«, sagte Estes. »Das ist wenigstens ein leichter Tod. Aber wirklich schlimm ist, daß wir von dem da nichts berichten können.« Er deutete auf das Bullauge, das seit dem Verschwinden der Sonne wieder klar war.

»Von dem Loch, meinst du?«

»Ja, es ist nämlich gefährlich. Es scheint sich in einer Umlaufbahn um die Sonne zu befinden, aber woher soll man wissen, ob diese Umlaufbahn konstant ist? Selbst wenn sie das ist, muß man damit rechnen, daß sie mit der Zeit größer wird.«

»Wahrscheinlich verschluckt es alles, was ihm in die Quere kommt.«

»Eben. Kosmischer Staub wirbelt schon die ganze Zeit hinein und gibt dabei Energie ab. Daher diese schwachen Lichtfunken. Und ab und zu schluckt das Loch einen größeren Brocken, und dann entsteht ein Lichtblitz. Je größer das Loch wird, desto leichter zieht es Material an und aus größeren Entfernungen.«

Die beiden Männer starrten wie gebannt auf das Bullauge.

»Im Moment könnte man vielleicht noch damit hantieren«, fuhr Estes schließlich fort. »Wenn die NASA einen Asteroiden hierher manövrieren und an dem Loch vorbeischicken könnte, würde das Loch durch die gegenseitige Gravitationseinwirkung aus seiner Umlaufbahn gezogen. Das Loch müßte dann in eine Bahn dirigiert werden, auf der es sich aus dem Sonnensystem entfernt.«

»Glaubst du, daß es anfangs ganz klein gewesen ist?« fragte Funarelli.

»Es kann bei der Entstehung des Universums ein winziges Loch gewesen sein, das in den folgenden Milliarden von Jahren immer größer geworden ist. Wenn es sich weiter ausdehnt, wird man eines Tages nichts mehr machen können. Es wird zum Grab der Sonne werden.«

»Und warum ist es bis jetzt noch nicht entdeckt worden?«

»Weil niemand danach gesucht hat. Wer rechnet denn damit, daß sich im Asteroidengürtel ein Schwarzes Loch befindet? Außerdem bewirkt es noch nicht genug, um bemerkt zu werden, die Masse ist noch zu klein. Wir sind schließlich auch bloß durch Zufall darauf gestoßen.«

»Bist du ganz sicher, Ben, daß es keine Kommunikationsmöglichkeit gibt? Wie weit sind wir denn von der Vesta entfernt? Von der Vesta aus könnten sie schnell bei uns sein. Es ist schließlich die größte Station im Gürtel.«

Estes schüttelte den Kopf. »Ich weiß nicht, wie weit wir von der Vesta entfernt sind und wo sie sich überhaupt befindet. Der Computer ist im Eimer.«

»Verdammt! Was funktioniert eigentlich noch?«

»Das Drucksystem funktioniert Gott sei Dank, der Wasserwiederaufbereitungsapparat funktioniert, der Vorrat an Proviant und Energie reicht ein Weilchen. Zwei Wochen halten wir es leicht noch aus.«

Schweigen.

»Hör zu«, sagte Funarelli nach einer Weile, »wenn wir auch nicht wissen, wo die Vesta genau liegt, so wissen wir doch, daß sie bloß ein paar Millionen Kilometer von uns entfernt ist. Wenn wir wenigstens ein Signal hinschicken könnten, dann würden sie uns ein Robotschiff schicken, und das müßte doch in spätestens einer Woche hier sein.«

»Ja.« Estes stieß ein kurzes Lachen aus.

Ein unbemanntes Rettungsschiff konnte die dreifache Geschwindigkeit erreichen, eine Geschwindigkeit, die der Körper und das Blut des Menschen nicht aushalten konnten.

Funarelli schloß die Augen, als könne er dadurch die Schmerzen verringern. »Du brauchst gar nicht zu lachen«, sagte er. »Das Robotschiff könnte uns Ersatzteile bringen und die nötigen Geräte, um das Kommunikationssystem wieder in Gang zu bringen. Dann könnten wir wenigstens durchhalten, bis Rettung kommt.«

Estes setzte sich auf die andere Koje. »Ich habe nicht wegen des Robotschiffs gelacht, sondern über die Tatsache, daß wir kein Signal geben können. Unmöglich. Nicht einmal schreien können wir. Das Vakuum des Alls befördert keine Geräusche.«

»Trotzdem müssen wir uns etwas einfallen lassen«, sagte Funarelli. »Unser Leben hängt davon ab.«

»Das Leben der ganzen Menschheit hängt vielleicht davon ab«, sagte Estes, »aber mir fällt trotzdem nichts ein. Laß du dir doch etwas einfallen.«

Funarelli griff nach den Hanteln, die an der Wand befestigt waren, und zog sich in die Höhe. »Mir fällt zum Beispiel ein«, sagte er, »daß du die Gravitationsaggregate abstellen, den Saft sparen und unsere Muskeln schonen solltest.«

»Gute Idee«, sagte Estes, stand auf, ging zum Kontrollpult und stellte die Gravitation ab.

Funarelli schwebte mit einem Seufzer in die Höhe. »Warum finden sie bloß das Loch nicht, diese Idioten?« sagte er.

»So rein per Zufall wie wir?« fragte Estes. »Unmöglich. Das Loch macht sich ja nicht bemerkbar.«

»Auch ohne Gravitation tut mir immer noch alles weh«, sagte Funarelli. »Wenn das so weitergeht, dann ist die Pille vielleicht eine Erlösung... Können wir nicht etwas unternehmen, damit das Loch etwas aktiver wird?«

»Wenn ein paar von diesen Gesteinsbrocken die Güte hätten, in das Loch zu plumpsen, würde eine Ladung Röntgenstrahlen herausschießen.«

»Würden sie das auf der Vesta registrieren?«

Estes schüttelte den Kopf. »Das bezweifle ich. Sie geben auf so etwas nicht acht. Auf der Erde würde es sofort registriert werden. Dort gibt es Stationen, die den Himmel ständig kontrollieren und nach Strahlungsveränderungen absuchen.«

»Wenn wir die Erde aufmerksam machen könnten, dann würde das auch seinen Zweck erfüllen, Ben. Sie würden sofort die Vestastation benachrichtigen und Ermittlungen anstellen lassen. Die Röntgenstrahlen brauchen an die fünfzehn Minuten, bis sie die Erde erreichen, es dauert weitere fünfzehn Minuten, bis die Radiowellen auf der Vesta ankommen ...«

»Und die Zeit dazwischen?« fragte Estes. »Die Suchgeräte auf der Erde zeichnen vielleicht automatisch ein Bündel von Röntgenstrahlen aus der und der Richtung auf, aber wer soll feststellen, woher sie stammen? Sie könnten ja auch von einer Galaxis sein, die zufällig in dieser Richtung liegt. Man wird nach weiteren Strahlenbündeln aus derselben Richtung Ausschau halten, nichts wird passieren, und man wird den Vorfall als nicht weiter bedeutend abtun. Außerdem würde das sowieso nicht funktionieren, Harv. Als das Loch durch die Auswirkung seiner Gezeiten den Asteroiden gesprengt hat, müssen Unmengen von Röntgenstrahlen ausgesandt worden sein. Aber wahrscheinlich ist das Tausende von Jahren her, und damals hat bestimmt noch niemand den Himmel nach Strahlen abgesucht. Die Reste von dem Asteroiden haben dann aber sicher ziemlich stabile Umlaufbahnen.«

»Wenn wir unsere Triebwerke noch hätten ...«

»Könnten wir das Schiff mitten in das Loch hineinsteuern, meinst du? Uns opfern, damit die Welt auf das Loch aufmerksam wird? Auch keine besonders geistreiche Idee. Sie hätte auch bloß einen einzigen Impuls zur Folge.«

»So habe ich es doch nicht gemeint«, sagte Funarelli verärgert. »Der Heldentod war nie mein Ideal. Wenn wir unsere drei Raketen noch hätten, könnten wir sie abmontieren, sie je auf einen großen Gesteinsbrocken pfropfen und diese der Reihe nach in das Loch jagen. Drei Ausbrüche von Röntgenstrahlen wären die Folge. Wenn wir das Manövrieren noch an drei aufeinanderfolgenden Tagen durchführen würden, wäre das doch sicher wirkungsvoll. Dann würde das Phänomen bestimmt registriert werden, meinst du nicht?«

»Vielleicht, vielleicht auch nicht. Außerdem haben wir keine Raketen mehr, und wenn wir noch welche hätten, könnten wir ohnehin ...« Estes brach ab. »Ob unsere Anzüge wohl noch in Ordnung sind?«

»Die eingebauten Funkgeräte?« rief Funarelli ganz aufgeregt.

»Quatsch«, sagte Estes. »Die haben doch bloß eine Reichweite von ein paar tausend Kilometern. Ich denke an etwas anderes. Ich gehe selber da raus.« Er öffnete den Spind, in dem die Anzüge aufbewahrt waren. »Sie scheinen intakt zu sein.«

»Aber was willst du denn draußen?« fragte Funarelli.

»Wir haben keine Raketen mehr«, sagte Estes. »Aber Muskelkraft haben wir noch. Ich wenigstens. Glaubst du, du kannst auch so einen Brocken werfen?«

Funarelli holte mit dem Arm aus und verzog sofort das Gesicht vor Schmerzen.

»Macht nichts«, sagte Estes. »Dann gehe ich allein ... Der Anzug scheint in Ordnung zu sein. Jetzt fragt sich bloß noch, ob die Tür aufgeht.«

»Und die Luft, die dabei verbraucht wird?«

»Nützt uns in zwei Wochen auch nichts mehr.«

Jeder Astromineraloge muß ab und zu das Schiff verlassen, um Gesteinsproben zu holen oder Reparaturen außenbords durchzuführen. Meistens ist ein Ausstieg eine aufregende Angelegenheit, allein deshalb, weil er Abwechslung bringt.

Diesmal empfand es Estes nicht als aufregende Angelegenheit, sondern er hatte ganz einfach Angst. Sein Vorhaben war so verdammt primitiv, daß er sich idiotisch dabei vorkam. Es war hart genug, sterben zu müssen, daß man es sich eigentlich hätte verkneifen sollen, auch noch als Idiot zu sterben.

Er fand sich umgeben vom Schwarz des Alls und dem Glitzern der Sterne, das er schon hundertmal gesehen hatte. Jetzt jedoch, im schwachen Schein der kleinen, weit entfernten Sonne, sah er außerdem noch spärlich angestrahlte Gesteinsbrocken, die wie ein kleiner Saturnring das Loch umgaben. Die Gesteinsbrocken schienen in der Luft zu stehen, was eine optische Täuschung war, denn sie bewegten sich mit der gleichen Geschwindigkeit wie das Schiff.

Mit Hilfe seines Netzes aus Tantalstahl holte Estes faustgroße Gesteinsbrocken ein. Noch nie war er so froh gewesen, daß die modernen Anzüge volle Bewegungsfreiheit gewährten und nichts mehr von den sargähnlichen Ungetümen hatten, in denen vor über einem Jahrhundert die ersten Menschen auf dem Mond herumstapften.

Als er genug Gesteinsbrocken eingesammelt hatte, warf

er den ersten und beobachtete, wie er einen Bogen beschrieb und auf das Loch zufiel. Er wartete, aber nichts passierte. Er wußte nicht, wie lange es dauern würde, bis der Brocken das Loch erreicht hatte, er wußte nicht, ob der Brocken überhaupt hineinfallen würde, zählte bis sechshundert und warf den nächsten Stein.

Unzählige Male wiederholte er diesen Vorgang. Seine Geduld war grenzenlos, deshalb grenzenlos, weil er dem Tod zu entrinnen versuchte. Und endlich machte sich diese Geduld bezahlt. Ein plötzliches Aufglühen in dem Loch, und Estes wußte, daß Röntgenstrahlen ausgestoßen worden waren.

Estes mußte neue Brocken einsammeln, brachte sich in die günstigste Entfernung und traf jetzt fast bei jedem Wurf. Er plazierte sich so, daß das Loch genau auf dem oberen Rand des Schiffes zu ruhen schien.

Nach vielen, vielen Stunden kam er zurück. Seine Kräfte waren aufgebraucht, seine rechte Schulter schmerzte.

Funarelli half ihm aus dem Anzug.

»Mann!« sagte er. »Du hättest dich sehen sollen. Jeder Wurf ein Treffer.«

Estes nickte. »Ich kann nur hoffen, daß der Anzug die Strahlen abgehalten hat. An Strahlenvergiftung zu sterben, das würde mir gerade noch fehlen.«

»Meinst du, sie merken es auf der Erde?«

»Bestimmt«, sagte Estes. »Aber, ob sie dem Phänomen auch die gehörige Bedeutung beimessen? Aufzeichnen werden sie es und sich wundern auch. Aber ob sie raus ins All kommen, das ist eine andere Frage. Ich muß etwas erfinden, was sie zu uns heraustreibt. Erst muß ich mich aber einen Moment ausruhen.«

Nach einer Stunde zog er Funarellis Anzug an. Abwarten, bis die Solarbatterien seines Anzugs wieder aufgeladen waren, wollte er nicht.

»Hoffentlich finde ich die richtige Entfernung wieder«, sagte er.

Er war wieder draußen, sammelte Gesteinsbrocken ein und warf sie mit wachsendem Selbstvertrauen in das Loch. Irgendwie hatte er den Eindruck, daß das Ziel mit jedem Wurf leichter zu erreichen war und bald auch ihn und das Schiff verschlingen würde. Das war natürlich Einbildung und weiter nichts. Schließlich waren alle Gesteinsbrocken aufgebraucht. Wieder war er Stunden draußen gewesen.

»Das war's«, sagte Estes, als er wieder im Innern des Schiffes war und Funarelli ihm aus dem Anzug half. »Mehr kann ich nicht mehr tun.«

»Das Loch hat die Strahlungsblitze ja nur so ausgespuckt«, sagte Funarelli.

»Allerdings«, sagte Estes, »und sie werden bestimmt registriert. Jetzt müssen wir eben abwarten. Sie *müssen* kommen.«

»Glaubst du wirklich, daß sie kommen? fragte Funarelli.

»Ich glaube, sie müssen«, sagte Estes. »Sie müssen wirklich.«

»Warum müssen sie?« fragte Funarelli, und es hörte sich an, als ob er nach einem Strohhalm greifen wollte, sich aber nicht traute.

»Weil ich ihnen eine Nachricht hinuntergeschickt habe«, sagte Estes. »Wir sind nicht nur die ersten Menschen, die auf ein Schwarzes Loch gestoßen sind, wir sind auch die ersten, die durch dieses Loch eine Nachricht auf die Erde geschickt haben. Wir sind die ersten, die sich das Kommunikationssystem der Zukunft zunutze gemacht haben. Das System, mit dem man Nachrichten von Stern zu Stern schicken wird und von Galaxis zu Galaxis. Ein System, das vielleicht die Hauptenergiequelle der Zukunft sein wird und ...«

»He! Wovon redest du überhaupt?« schnitt ihm Funarelli das Wort ab.

»Ich habe die Steine in einem gewissen Rhythmus geworfen, Harv«, sagte Estes. »Die Strahlungsblitze wurden in demselben Rhythmus ausgestoßen. Es war Blitz – Blitz –

Blitz ... Blitz ... Blitz ... Blitz - Blitz - Blitz - Blitz ... und so weiter.«

»Ja?«

»Es ist ziemlich altmodisch. Sogar sehr altmodisch, aber daran erinnert sich jeder. Ich meine, an die Zeiten, in denen die Menschen noch mit Hilfe von Stromstößen kommunizierten, die durch elektrische Drähte liefen.«

»Du meinst Photographie ... ah ... Phonographie ...«

»Nein, Telegraphie, Harv. Die Blitze, die ich ausgelöst habe, werden aufgezeichnet, und sowie sich jemand die Aufzeichnung ansieht, ist der Teufel los. Nicht bloß, weil sie eine Quelle entdecken, die Röntgenstrahlen ausspuckt, und feststellen werden, daß sich diese Quelle innerhalb des Sonnensystems befindet und sich relativ zum Sternenhimmel bewegt, sondern vor allem, weil sie auf den ersten Blick sehen werden, daß die Quelle keinen konstanten Ausfluß hat, sondern S-O-S-Signale sendet. Und wenn eine Quelle, die Röntgenstrahlen ausspuckt, um Hilfe ruft, kannst du Gift darauf nehmen, daß sie kommen. Daß sie - so schnell wie möglich - und wenn sie - aus bloßer Neugierde ...«

Er war eingeschlafen.

Und fünf Tage später legte ein Robotschiff an ihrem Kahn an.

Der Zwischenfall bei der Dreihundertjahrfeier

4. Juli 2076 –

– zum drittenmal rasteten kraft des konventionellen Dezimalsystems des Rechnens auf der Basis von zehn die beiden letzten Ziffern auf der schicksalhaften 76 ein, dem Jahr der Geburt der Nation.

Es war keine Nation im hergebrachten Sinne, sondern mehr ein geographischer Ausdruck; Teil eines größeren Ganzen, das sich aus dem Weltbündnis aller Menschen auf der Erde, auf dem Mond und in den Kolonien im All zusammensetzte. Der Name und die Idee jedoch lebten in Kultur und Überlieferung fort, und der Teil des Planeten, der noch den alten Namen trug, war der wohlhabendste und fortgeschrittenste Teil der Welt ... Und der Präsident der Vereinigten Staaten war nach wie vor das mächtigste Mitglied des Planetarischen Konsiliums.

Lawrence Edwards beobachtete die kleine Gestalt des Präsidenten aus seiner Höhe von sechshundert Metern. Gemütlich flog er über die Menge hinweg, der Flotronmotor in seinem Rücken surrte leiste. Was er sah, war genau das, was jeder auf seinem Holovisor sehen konnte. Wie oft schon hatte er kleine Figuren wie diese da unten in seinem Wohnzimmer gesehen, kleine Figuren in einem Kubus von Sonnenlicht, die so echt aussahen, daß man sie für lebende Homunculi hätte halten können – wenn man nicht die Hand hätte durchstecken können.

Durch diese Szene konnte man die Hand nicht stecken:

Tausende und aber Tausende von Menschen hatten sich auf dem freien Gelände um das Washington Monument versammelt. Auch durch den Präsidenten konnte man die Hand nicht stecken, aber man konnte nach seiner Hand greifen und sie schütteln.

Die Nutzlosigkeit dieses Händeschüttelns wurde Edwards plötzlich bewußt. Wieviel lieber wäre er doch hundert Meilen entfernt über eine abgelegene Wildnis geflogen, als hier nach irgendwelchen Anzeichen von Ruhestörung Ausschau halten zu müssen. Ein ebenso nutzloses Unterfangen.

Edwards war kein Bewunderer des Präsidenten – Hugo Allen Winkler, 75. Präsident der Vereinigten Staaten.

Edwards hielt Präsident Winkler für einen Flopp, einen Charmeur, einen, der nach Stimmen grapschte und große Versprechungen machte. Nach all den Hoffnungen der ersten Monate nach seinem Amtsantritt hatte er sich als eine Enttäuschung erwiesen.

Das Weltbündnis drohte noch vor Ende seiner Amtszeit zusammenzubrechen, und Winkler konnte nichts dagegen unternehmen. Man hätte eine starke Hand gebraucht, keine fröhliche; eine feste Stimme und keine, die Süßholz raspelte.

Und da schüttelte er nun Hände, bewacht von seinem Sicherheitsdienst, zu dem auch Edwards gehörte.

Der Präsident würde unter Garantie versuchen, ein zweites Mal gewählt zu werden, aber die Chancen, daß er von einem Gegenkandidaten geschlagen werden würde, standen gut. Damit allerdings würde die Situation noch übler werden, denn die Oppositionspartei war für die Zerstörung des Weltbündnisses.

Edwards seufzte. Miserable vier Jahre kamen auf einen zu – vielleicht sogar vierzig –, und er konnte nichts tun, außer in der Luft herumzuschweben und sofort die Beamten vom Sicherheitsdienst auf dem Boden über Laserphon zu informieren, falls sich irgendwo ein Unruheherd zu bilden schien.

Aber es bildete sich kein Unruheherd. Nichts, was von der Norm abgewichen wäre, bloß ein weißes Staubwölkchen, kaum sichtbar und sofort wieder verflogen.

Wo war der Präsident? Edwards hatte ihn aus den Augen verloren.

Und jetzt bemerkte er das Durcheinander. Die Sicherheitsbeamten liefen wie die aufgescheuchten Hühner hin und her. Wie eine Welle bereitete sich der Aufruhr über die Menge aus. Der Lärm wurde immer stärker.

Was die Menschenmasse schrie, brauchte Edwards gar nicht erst zu hören. Er wußte Bescheid. Präsident Winkler war verschwunden, von einer Sekunde zur anderen hatte er sich in Staub aufgelöst.

Edwards hielt die Luft an. Jeden Moment mußte die Menschenmasse in eine Stampede ausbrechen.

Und dann plötzlich eine Stimme, die alles übertönte, die das Volk zum Schweigen brachte. Es war, als sei das Ganze doch ein Holovisionsprogramm, dem jemand den Ton abgedreht hatte.

Großer Gott, dachte Edwards, der Präsident!

Die Stimme war unverkennbar. Winkler stand auf dem bewachten Podium, von dem aus er seine Dreihundertjahresrede halten sollte und das er vor etwa zehn Minuten verlassen hatte, um Hände zu schütteln.

Wie war er auf das Podium gekommen?

Edwards hörte zu.

»Mitbürger, nichts ist mir passiert. Was Sie eben gesehen haben, war nicht etwa das Versagen Ihres Präsidenten, sondern das Versagen einer mechanischen Vorrichtung, was die Feier des glücklichsten Tages, den die Welt je gesehen hat, nicht trüben soll. Mitbürger, schenken Sie mir ihre Aufmerksamkeit ...«

Und dann kam die Dreihundertjahresrede, die größte Rede, die Winkler jemals gehalten hatte beziehungsweise die Edwards je gehört hatte. Edwards war so darauf konzentriert, daß er seine Pflicht vergaß.

Winkler hatte die Situation im Griff! Er hatte begriffen,

daß es ohne das Weltbündnis nicht ging, und würde es über die Krise hinwegretten.

In seinem tiefsten Innern jedoch schlummerte die Erinnerung an die hartnäckigen Gerüchte, daß ein Robot hergestellt worden sei, der haargenau wie der Präsident aussah, Hände schütteln konnte, unerschöpflich sei, keine Launen habe und vor allem – nicht ermordet werden konnte.

Das ist es gewesen, dachte Edwards, und die Haare standen ihm zu Berge. Der Robot hat die Hände der Bürger geschüttelt – und ist ermordet worden.

13. Oktober 2078

Als der etwa einen Meter zwanzig große Robot auf ihn zukam, blickte Edwards auf.

»Mr. Janek erwartet Sie«, sagte der Robot.

Edwards stand auf und kam sich plötzlich riesig vor. Jung kam er sich allerdings nicht vor. In den letzten zwei Jahren hatten sich scharfe Linien in sein Gesicht gegraben, und er war sich dessen bewußt.

Er folgte dem Robot in einen erstaunlich kleinen Raum mit einem erstaunlich kleinen Schreibtisch, hinter dem Francis Janek, ein leicht dicklicher und erstaunlich junger Mann, saß.

Janek stand lächelnd auf und schüttelte Edwards die Hand. »Mr. Edwards.«

»Ich freue mich, die Gelegenheit zu haben, Sir ...«, murmelte Edwards und wußte nicht weiter.

Edwards hatte Janek bisher nie zu Gesicht bekommen, aber als persönlicher Sekretär des Präsidenten trat er ja auch selten in der Öffentlichkeit auf.

»Nehmen Sie doch Platz«, sagte Janek. »Vielleicht ein Sojastäbchen?«

Edwards lehnte höflich ab und setzte sich. Janek machte eindeutig auf betont jugendlich. Sein reichlich zerknittertes Hemd war aufgeknöpft, die Haare auf der Brust hatte er sich violett färben lassen.

»Ich weiß, daß Sie sich seit Wochen um einen Termin

bei mir bemühen«, sagte Janek. »Verzeihen Sie, daß ich Sie so lange habe warten lassen müssen. Sie verstehen, daß ich über meine Zeit nicht frei verfügen kann. Aber jetzt hat es endlich geklappt ... Ich habe übrigens mit dem Chef des Sicherheitsdienstes über Sie gesprochen. Er war sehr angetan von Ihnen und bedauert es, daß Sie aus dem Dienst ausgetreten sind.«

»Ich fand es besser«, sagte Edwards, den Blick nach unten gerichtet, »meine eigenen Ermittlungen durchführen zu können, ohne eventuell den Sicherheitsdienst mit hineinzuziehen.«

Janeks Lächeln verschwand. »Ihre Aktivitäten sind trotz aller Diskretion nicht unbemerkt geblieben. Von Ihrem ehemaligen Chef weiß ich, daß Ihre Ermittlungen den Zwischenfall bei der Dreihundertjahrfeier betreffen, und diese Tatsache hat mich veranlaßt, Sie so bald wie möglich zu sprechen. Sie haben Ihren Beruf dafür aufgegeben? Für nichts und wieder nichts?«

»Die Tatsache, Mr. Janek, daß Sie von einem Zwischenfall sprechen, ändert nichts an der Tatsache, daß es sich um einen Mordversuch handelte.«

»Das ist eine reine Frage des Sprachgefühls. Warum so dramatische Ausdrücke benutzen?«

»Weil dieser Ausdruck der Wahrheit entspricht. Sie werden doch nicht abstreiten wollen, daß man versucht hat, den Präsidenten zu ermorden?«

Janek breitete die Hände aus. »Wenn das wirklich der Fall war, so ist der Anschlag mißlungen. Eine mechanische Vorrichtung wurde zerstört. Weiter nichts. Außerdem, wenn wir die Sache richtig betrachten, hat der Zwischenfall – oder wie immer man sich ausdrücken will – der Nation und der Welt nur Gutes gebracht. Wie wir alle wissen, waren sowohl der Präsident als auch die ganze Nation zutiefst erschüttert. Der Präsident und wir alle haben plötzlich realisiert, was es bedeuten würde, zu den Gewalttätigkeiten des letzten Jahrhunderts zurückzukehren. Der Zwischenfall hat die große Wende gebracht.«

»Das streite ich ja auch gar nicht ab.«

»Das können Sie gar nicht abstreiten. Selbst die Feinde des Präsidenten müssen zugeben, daß die letzten zwei Jahre große Fortschritte gebracht haben. Das Weltbündnis ist heute viel stärker, als es an diesem denkwürdigen Tag gewesen ist.«

»Ja«, sagte Edwards vorsichtig. »Der Präsident ist ein veränderter Mann. Die Meinung vertritt jeder.«

»Der Präsident ist schon immer ein großer Mann gewesen«, sagte Janek. »Der Zwischenfall hat ihn lediglich dazu angestachelt, sich mit höchster Intensität auf die großen Ziele zu konzentrieren.«

»Was vorher nicht der Fall war?«

»Nicht ... äh ... ganz so intensiv ... Wie wir alle, wünscht der Präsident übrigens, daß der Zwischenfall vergessen wird. Ich habe Sie letztlich nur empfangen, Mr. Edwards, um Ihnen das klarzumachen. Wir leben nicht mehr im zwanzigsten Jahrhundert und können Sie nicht einfach ins Gefängnis stecken, weil Sie uns unbequem sind, aber die Globalgesetzgebung stellt jedem Menschen den Versuch frei, einen anderen überzeugen zu wollen. Verstehen Sie, was ich meine?«

»Ich verstehe, was Sie meinen, aber ich stimme nicht mit Ihnen überein. Wir können den Zwischenfall nicht vergessen, wenn die dafür verantwortlich zu machende Person nie festgenommen worden ist.«

»Das hat aber vielleicht auch sein Gutes, Mr. Edwards. Es ist besser, einen – sagen wir – gestörten Menschen entkommen zu lassen, als die Voraussetzungen für einen Rückfall in das zwanzigste Jahrhundert zu schaffen.«

»In der offiziellen Erklärung hieß es«, sagte Edwards, »daß ein Robot plötzlich explodierte. Jeder weiß, daß ein Robot nicht explodieren kann, und davon abgesehen war die Behauptung ein unfairer Schlag gegen die Roboterindustrie.«

»Ich würde nicht den Ausdruck Robot gebrauchen, Mr. Edwards. Es hat sich um eine mechanische Vorrichtung gehandelt. Niemand wird behaupten können, daß Roboter gefährlich sind und die metallischen von heutzutage schon gar nicht. Anders mag es sich vielleicht mit denen aus Fleisch und Blut verhalten. Androiden werden sie, glaube ich, genannt. Sie sind so hochkompliziert, daß die Möglichkeit einer Explosion vielleicht nicht auszuschließen ist. Aber ich bin kein Experte auf dem Gebiet. Die Roboterindustrie wird sich von dem Schlag schon wieder erholen.«

»Niemand«, sagte Edwards, »aber auch wirklich niemand aus den Regierungskreisen scheint an der Wahrheit interessiert zu sein.«

»Aber ich habe Ihnen doch schon erklärt, daß nur Gutes die Folge war. Warum den Grund aufwühlen, wenn das Wasser klar ist?«

»Und die Anwendung des Desintegrators?«

Janeks rechte Hand, die mit einem kleinen Behälter mit Sojastäbchen gespielt hatte, zuckte, verharrte einen Moment lang bewegungslos und nahm das Spiel wieder auf.

»Was ist denn ein Desintegrator?« fragte er.

»Mr. Janek«, sagte Edwards und sah dem Mann geradewegs ins Gesicht, »Sie wissen sehr gut, wovon ich spreche. Als Mitglied des Sicherheitsdienstes ...«

»Zu dem Sie nicht mehr gehören ...«

»Trotzdem, als Mitglied des Sicherheitsdienstes habe ich zwangsläufig Dinge gehört, die nicht gerade für meine Ohren bestimmt waren. Unter anderem habe ich von einer neuen Waffe gehört und einen Zwischenfall beobachtet, der nur mit Hilfe einer derartigen Waffe möglich war. Das Objekt, das jeder für den Präsidenten hielt, löste sich in ein Staubwölkchen auf. Zu einer Wolke von einzelnen Atomen, die sich so schnell zerstreuten, daß das Auge den Vorgang kaum registrierte.«

»Das klingt aber sehr nach Science Fiction.«

»Finde ich nicht. Auf alle Fälle weiß ich, daß eine beachtliche Menge von Energie nötig ist, um die Auflösung eines Körpers in seine Atome zu bewerkstelligen. Die Energiequelle hat sich in der näheren Umgebung der mechanischen Vorrichtung – wie Sie sich ausdrücken – befinden müssen. Die Menschen, die in allernächster Nähe der mechanischen Vorrichtung standen, habe ich inzwischen ausfindig gemacht. Sie sind samt und sonders bereit, auszusagen, daß sie eine Welle der Kälte über sich hinweggehen spürten.«

Janek schob den kleinen Behälter mit den Sojastäbchen zur Seite. »Nehmen wir einmal zum Spaß an, daß es diesen Desintegrator gibt.«

»Es gibt ihn, und mit Spaß hat das nicht das geringste zu tun, Sir.«

»Dann lassen wir den Spaß eben. Ich auf alle Fälle weiß nichts von einer neuen Waffe, deren Existenz streng geheim sein dürfte. Falls sie jedoch tatsächlich existiert, muß sie ein amerikanisches Monopol sein, von dem der Rest des Bündnisses nichts weiß, und über das weder Sie noch ich sprechen sollten. Es könnte sich schließlich um eine Kriegswaffe handeln, die noch gefährlicher ist als die Atombombe, schon insofern, als sie – wenn das stimmt, was Sie sagen – beim Aufprall lediglich totalen Zerfall in Einzelatome und eine Kältewelle bewirkt. Keine Explosion, kein Feuer, keine tödliche Strahlung. Da diese bedauerlichen Nebenerscheinungen nicht vorhanden sind, brauchte man nicht davor zurückzuschrecken, sie einzusetzen. Sie könnte allerdings auch in einer Größe hergestellt werden, welche die Zerstörung des ganzen Planeten zur Folge haben könnte.«

»Richtig«, sagte Edwards. »Da bin ich ganz Ihrer Meinung.«

»Dann sehen Sie doch wohl auch ein, daß es müßig ist, über einen Desintegrator zu sprechen, wenn es keinen Desintegrator gibt. Und falls es doch einen Desintegrator gibt, dann ist es kriminell, darüber zu sprechen.«

»Ich habe außer eben mit Ihnen noch mit keinem Menschen darüber gesprochen. Und mit Ihnen habe ich auch nur deshalb darüber gesprochen, weil ich Ihnen den Ernst der Situation klarmachen will. Falls die mechanische Vorrichtung mit Hilfe eines Desintegrators zerstört worden ist, dürfte die Regierung doch daran interessiert sein, wie es dazu kommen konnte. Man stellt sich doch automatisch die Frage, ob eventuell andere Teile des Bündnisses im Besitz einer solchen Waffe sind.«

Janek schüttelte den Kopf. »Ich glaube, wir können den zuständigen Organen unserer Regierung in der Beantwortung dieser Frage voll vertrauen. Ich würde Ihnen raten, die Angelegenheit nicht weiter zu verfolgen.«

»Können Sie mir *versichern,* daß die Vereinigten Staaten die einzigen sind, denen eine solche Waffe zur Verfügung steht?« fragte Edwards.

»Das kann ich insofern nicht, als ich von der Existenz dieser Waffe nichts weiß und auch gar nicht zu denen gehöre, die davon Kenntnis haben dürften. Sie hätten mit mir nicht darüber sprechen sollen. Selbst *wenn* diese Waffe existiert, kann das Gerücht über ihre Existenz schon äußerst gefährlich sein.«

»Aber da ich mit Ihnen nun einmal darüber gesprochen habe und das nicht mehr zu ändern ist, geben Sie mir die Chance, Sie davon zu überzeugen, daß Sie und niemand sonst den Schlüssel zu einer beängstigenden Situation besitzen, die vielleicht nur mir klar ist.«

»Nur Ihnen? Ich und niemand sonst?«

»Lassen Sie es mich Ihnen erklären und urteilen Sie dann selbst.«

»Gut, ich höre Ihnen noch einen Moment lang zu, aber was ich gesagt habe, gilt. Sie müssen dieses Hobby ... ich meine, Sie müssen diese Ermittlungen sein lassen. Die Angelegenheit ist zu gefährlich.«

»Die Angelegenheit aufzugeben, wäre zu gefährlich. Nehmen wir einmal an, daß der Desintegrator existiert und Monopol der Vereinigten Staaten ist. Was ist die Folge? Die Folge ist, daß nur eine sehr begrenzte Anzahl von Menschen Zugang zu dieser Waffe hat. Als Ex-Beamter des Sicherheitsdienstes weiß ich über derlei Bestimmungen Bescheid und sage Ihnen, daß der einzige Mensch der Welt, der einen Desintegrator aus den streng geheimen Waffenlagern entfernen könnte, nur der Präsident selbst ist. Nur der Präsident der Vereinigten Staaten, Mr. Janek, kann den Mordversuch arrangiert haben.«

Janek starrte Edwards fassungslos an, dann drückte er auf einen Knopf. »Verstärkte Vorsichtsmaßnahmen«, sagte er. »Jetzt kann unser Gespräch nicht mehr abgehört werden. Mr. Edwards, sind Sie sich der Gefahr dieser Behauptung bewußt? Für sich selbst? Sie dürfen die Macht der Globalgesetzgebung nicht überschätzen. Eine Regierung hat das Recht, Maßnahmen zum Schutz ihrer eigenen Stabilität zu ergreifen.«

»Ich habe mich an Sie gewandt, Mr. Janek, weil ich Sie für einen loyalen amerikanischen Bürger halte. Ich wende mich an Sie, weil es hier um ein Verbrechen geht, das ganz Amerika und das ganze Weltbündnis betrifft. Ein Verbrechen, das eine Situation hervorgerufen hat, die vielleicht nur Sie berichtigen können. Warum antworten Sie mir mit Drohungen?«

»Zum zweitenmal stellen Sie mich jetzt bereits als potentiellen Retter der Welt hin. Ich sehe mich nicht in dieser Rolle. Mit dem besten Willen nicht. Und übernatürliche Kräfte habe ich keine.«

»Aber Sie sind der Privatsekretär des Präsidenten.«

»Was nicht bedeutet, daß ich freien Zugang zu seinen Amtsräumen habe oder zwischen ihm und mir ein besonderes Vertrauensverhältnis besteht. Manchmal glaube ich, daß andere mich für einen besseren Kammerdiener halten, und es gibt auch Tage, wo ich mich selber dafür halte.«

»Trotzdem sehen Sie den Präsidenten regelmäßig, Sie kennen ihn besser als ...«

»Ich kenne ihn sogar so gut«, sagte Janek ungeduldig, »daß ich weiß, wie unsinnig das alles ist. Der Präsident würde den Befehl zur Zerstörung dieser mechanischen Vorrichtung nie gegeben haben. Nie und nimmer!«

»Sie halten es also für unmöglich?«

»Das habe ich nicht gesagt. Ich habe gesagt *würde*.

Wozu auch? Warum sollte der Präsident plötzlich einen Androiden zerstören wollen, der ihm auf das Haar glich und ihm drei Jahre lang beste Dienste geleistet hatte? Und wenn er sich seiner hätte entledigen wollen, warum dann in aller Öffentlichkeit? Stellen Sie sich allein die Konsequenzen einer solchen Tat vor.«

»Unerwünschte Konsequenzen haben sich für den Präsidenten als Folge des Zwischenfalls nicht ergeben, oder?«

»Nein«, antwortete Janek. »Er hat lediglich eine kürzere Rede gehalten als beabsichtigt und ist heute nicht mehr so leicht zugänglich wie früher.«

»Sie meinen, wie der Robot es gewesen ist?«

»Wenn Sie so wollen«, sagte Janek.

»Der Präsident ist sogar wiedergewählt worden«, sagte Edwards, »und seine Popularität hat keinen Schaden gelitten – obwohl sich der Zwischenfall in aller Öffentlichkeit abgespielt hat. Das Argument, das Sie eben angeführt haben, scheint nicht sehr stichhaltig zu sein.«

»Aber die Wiederwahl war ja gerade eine *Folge* des Zwischenfalls«, sagte Janek. »Die schnelle Reaktion des Präsidenten und die Tatsache, daß er die beste Rede gehalten hat, die je von einem Präsidenten der Vereinigten Staaten gehalten worden ist, haben ihm die Wiederwahl eingebracht. Es war ein erstaunlicher Auftritt, das müssen selbst Sie zugeben.«

»Wirklich erstaunlich«, sagte Edwards. »Es hat fast so den Eindruck gemacht, als habe der Präsident mit dem Zwischenfall gerechnet.«

Janek lehnte sich in seinem Schreibtischsessel zurück. »Wenn ich Sie richtig verstanden habe, Mr. Edwards, wollen Sie damit sagen, daß der Präsident den Zwischenfall angezettelt hat? Daß er während der Feierlichkeiten und in aller Öffentlichkeit und vor den Augen der ganzen Welt den Robot zerstören ließ, um sich durch seine schnelle Reaktion die Bewunderung aller zu sichern? Wollen Sie damit sagen, daß er es darauf angelegt hatte, sich als einen Mann von unerwarteter Tatkraft und Stärke präsentieren zu können, um die Wahl zu gewinnen? Mr. Edwards, Sie lesen zu viele Märchen.«

»Wenn ich all das, was Sie eben angeführt haben, behaupten würde, wäre es tatsächlich ein Märchen, aber das tue ich nicht. Ich habe nie behauptet, daß der Präsident die Zerstörung des Robots angeordnet hat. Ich habe lediglich gefragt, ob Sie es für möglich halten – und Sie haben sich entschieden gegen diese Möglichkeit ausgesprochen. Ich bin übrigens sehr froh darüber, denn ich bin ganz Ihrer Meinung.«

»Was soll dann das ganze Gerede? Ich glaube allmählich, Sie vergeuden meine Zeit.«

»Gewähren Sie mir noch einen Moment, bitte. Haben Sie sich je gefragt, warum die Sache nicht mit einem Laserstrahl erledigt wurde? Oder mit einem Deaktivator oder in Gottes Namen mit einem Schlaghammer? Warum soll sich jemand der Gefahr ausgesetzt haben, eine von größten Sicherheitsmaßnahmen bewachte Waffe an sich zu bringen, wenn eine solche Waffe gar nicht vonnöten war? Warum? Von den Schwierigkeiten, in den Besitz der Waffe zu kommen, abgesehen, warum das Risiko eingehen, daß die ganze Welt von der Existenz dieser Waffe erfährt?«

»Diese ganze Desintegrationsangelegenheit beruht lediglich auf einer Theorie von Ihnen.«

»Der Robot hat sich vor meinen Augen in nichts aufgelöst. Ich war Zeuge und muß mich gar nicht erst auf die Aussage von anderen verlassen. Wie die Waffe heißt, das ist unwesentlich. Es zählt lediglich die Tatsache, daß der Robot durch sie in Atome aufgelöst wurde, die sich sofort zerstreut haben. Wozu? Hätte eine einfache Zerstörung nicht ausgereicht? Wozu diese Übertreibung? Dieser ... dieser Overkill?«

»Woher soll ich wissen, was im Kopf eines Attentäters vor sich geht?«

»Das wissen Sie nicht? Dabei gibt es doch für den vorliegenden Fall nur eine logische Erklärung. Die in Anwendung gebrachte Waffe hat den zu zerstörenden Gegenstand in seine Atome aufgelöst, und es ist keine Spur des zerstörten Gegenstandes zurückgeblieben. Nichts, was zur Identifikation des Gegenstandes hätte dienen können – ob nun Robot oder etwas anderes.«

»Ich denke, wir brechen das Gespräch ab«, sagte Janek abrupt. »Sie sind wahnsinnig.«

»Überlegen Sie doch«, sagte Edwards unbeirrt. »Mein Gott, überlegen Sie doch. Der Präsident hat den Robot nicht zerstört. In dem Punkt sind Ihre Argumente überzeugend. Es war umgekehrt. Der Robot hat den Präsidenten zerstört. Präsident Winkler wurde am vierten Juli Zweitausendsechsundsiebzig in aller Öffentlichkeit ermordet. Ein Robot, der dem Präsidenten aufs Haar gleicht, hat die Rede gehalten, hat sich wieder aufstellen lassen, ist wiedergewählt worden und regiert als Präsident der Vereinigten Staaten.«

»Schierer Wahnsinn!«

»Ich wende mich an *Sie,* Mr. Janek, weil *Sie* es beweisen und die Situation retten können.«

»Eben nicht, weil der Präsident der Präsident ist.« Janek wollte aufstehen und damit das Gespräch beenden.

»Sie haben doch selber betont«, sagte Edwards schnell, »daß der Präsident sich verändert hat. Diese Rede hätte der alte Winkler nie zustande gebracht. Haben Sie sich nicht selbst gewundert, was in den letzten beiden Jahren alles zustande gebracht worden ist? Seien Sie ehrlich, hätte der Winkler der ersten Amtsperiode all das zustande bringen können?«

»Ja, weil der Präsident der ersten Amtsperiode der Präsident der zweiten Amtsperiode ist.«

»Wollen Sie abstreiten, daß er sich verändert hat? Ich überlasse es Ihnen. Sie entscheiden die Antwort, und ich nehme die Folgen Ihrer Entscheidung auf mich.«

»Er ist durch die Aufgaben, die sich ihm gestellt haben, über sich hinausgewachsen.« Janek sank stöhnend in seinen Sessel zurück. Er schien sich nicht mehr sehr wohl zu fühlen in seiner Haut.

»Er trinkt nicht«, sagte Edwards.

»Er hat – noch nie viel getrunken.«

»Er interessiert sich nicht mehr für Frauen. Wollen Sie abstreiten, daß das früher eine seiner Lieblingsbeschäftigungen war?«

»Er hat keine Zeit mehr dazu«, sagte Janek. »Er geht ganz in seinen Pflichten als Präsident auf.«

»Lobenswert«, sagte Edwards, »aber auch eine Veränderung. Wenn er natürlich eine feste Frau hätte, könnte die Maskerade sowieso nicht weitergehen, oder?«

»Ein Jammer, daß er keine feste Frau hat«, sagte Janek. »Dann wäre damit alles bewiesen.«

»Die Tatsache, daß Präsident Winkler keine feste Frau hatte, machte das Verbrechen erst möglich. Aber Winkler war Vater von zwei Kindern. Soweit ich weiß, waren sie seit dem bewußten Tag nicht mehr im Weißen Haus. Stimmt das?«

»Sie haben dort auch nichts verloren«, sagte Janek. »Sie sind erwachsen und führen ihr eigenes Leben.«

»Werden sie überhaupt eingeladen? Ist der Präsident daran interessiert, sich mit ihnen zu treffen? Sie sind sein Privatsekretär. Sie müssen es doch wissen.«

»Sie verschwenden Ihre Zeit«, sagte Janek. »Ein Robot kann einen Menschen nicht töten. Die Erste Regel der Robotik verbietet es ihm.«

»Ich weiß. Aber niemand behauptet, daß der Robot-Winkler den Menschen-Winkler persönlich getötet hat. Als sich der Menschen-Winkler unter dem Volk befand, stand der Robot-Winkler auf dem Podium, und ich bezweifle, ob ein Desintegrator auf diese Entfernung ausgelöst werden kann, ohne breiter gestreuten Schaden anzurichten. Meiner Meinung nach hatte der Robot-Winkler einen Komplizen – verzeihen Sie, das ist ein Wort aus dem zwanzigsten Jahrhundert.«

Janek runzelte die Stirn. In seinem dicklichen Gesicht zuckte es. »Ich ertappe mich bereits dabei, daß ich über Ihre absurde Theorie nachdenke. Zum Glück hält sie keiner logischen Prüfung stand. Ich komme immer wieder auf denselben Punkt zurück. Warum soll der Menschen-Winkler in aller Öffentlichkeit ermordet worden sein? Alle Argumente, die gegen die Zerstörung eines Robots in der Öffentlichkeit sprechen, gelten auch für die Ermordung eines Menschen in aller Öffentlichkeit. Begreifen Sie denn nicht, daß das Ihre ganze Theorie zunichte macht?«

»Das macht sie nicht ...«

»O doch! Niemand, außer ein paar Personen, wußte von der Existenz der mechanischen Vorrichtung. Falls Präsident Winkler heimlich ermordet und seine Leiche weggeschafft worden wäre, hätte der Robot seinen Platz einnehmen können, ohne Mißtrauen zu erwecken.«

»Aber die paar Personen, von denen Sie eben sprachen, hätten es gewußt, Mr. Janek«, sagte Edwards. »Die Nachricht von dem heimlichen Mord hätte sich verbreitet.« Edwards lehnte sich nach vorn. »Sehen Sie, normalerweise hätte die Gefahr einer Verwechslung von Mensch und Robot nicht bestehen können. Ich nehme an, daß der Robot nicht dauernd gebraucht wurde, sondern je nach Bedarf hervorgeholt wurde. Eine Anzahl von Regierungsmitgliedern, und diese Anzahl war sicherlich nicht klein, wußte doch immer, wo sich der Präsident gerade aufhielt und was er an dem jeweiligen Ort tat. Das Verbrechen mußte daher zu einem Zeitpunkt geschehen, wo diejenigen, die immer Bescheid wußten, den Präsidenten für den Robot hielten.«

»Ich kann Ihnen da nicht folgen.«

»Folgendes: Hände zu schütteln gehörte zu den Aufgaben des Robots. Also war derjenige, der während der Feierlichkeiten Hände schüttelte, für die Eingeweihten automatisch der Robot.«

»Genau. Jetzt habe ich Sie verstanden. Der Robot schüttelte die Hände.«

»Normalerweise schon«, sagte Edwards. »Aber während der Feierlichkeiten konnte es sich der Präsident nicht verkneifen, persönlich Hände zu schütteln. Für einen leeren Schwätzer und Süßholzraspler – und das war der alte

Winkler nun einmal – war es nur zu menschlich, daß dieser die Ovationen des Volkes persönlich und hautnah genießen wollte. Vielleicht hat der Robot diesen Wunsch sogar noch unterstützt und dafür gesorgt, daß er von dem Präsidenten den Befehl bekam, sich hinter dem Podium versteckt zu halten, während dieser sich unter das Volk mischte und Hände schüttelte.

»Heimlich?«

»Natürlich heimlich. Hätte der Präsident jemand vom Sicherheitsdienst oder von seinen persönlichen Betreuern eingeweiht, würde man soweit gegangen sein, ihn gewähren zu lassen? Seit den grauenvollen Zeiten Ende des zwanzigsten Jahrhunderts ist die Angst vor politischen Attentaten ja geradezu zur Seuche geworden. Durch die Ermittlungen eines klugen Robots unterstützt ...«

»Sie halten den Robot für klug, weil Sie ihn für den Präsidenten halten. Sie denken im Kreis, Mr. Edwards. Falls er nicht der Präsident ist, besteht kein Grund, ihn für klug zu halten, demnach auch nicht für klug genug, einen derart raffinierten Plan zu entwerfen. Außerdem, welches Motiv sollte einen Robot dazu veranlassen, einen Mord begehen zu wollen? Selbst wenn der Robot den Präsidenten nicht persönlich getötet hat, verbietet ihm die Erste Grundregel – ich zitiere: Ein Robot darf kein menschliches Wesen verletzen oder durch Untätigkeit gestatten, daß einem menschlichen Wesen Schaden zugefügt wird –, es zuzulassen, daß ein Mensch getötet wird, Mr. Edwards.«

»Die Erste Regel ist nicht oberstes Gesetz«, sagte Edwards. »Was tritt ein, wenn der Tod eines einzelnen Menschen das Leben von mehreren Menschen, vielleicht von drei Milliarden Menschen, bewahrt? Der Robot kann geglaubt haben, daß die Rettung des Weltbündnisses Vorrang vor der Rettung eines einzelnen Menschen hat. Schließlich handelt es sich nicht um einen gewöhnlichen Robot. Er war dahingehend programmiert, daß er mit Fähigkeiten ausgestattet war, die denen des Präsidenten ähnlich genug waren, um jeden zu täuschen. Angenommen, der Robot hatte die Intelligenz eines Winkler, aber nicht dessen Schwächen, und wußte, daß er das Bündnis retten konnte, dies aber Winkler nie gelingen würde.«

»Diese Schlüsse können *Sie* ziehen«, sagte Janek, »aber woher wollen Sie wissen, daß eine mechanische Vorrichtung in der Lage ist, dieselben Schlüsse zu ziehen?«

»Weil das die einzige Erklärung ist.«

»Sie leiden an Wahnvorstellungen.«

»Dann erklären Sie mir doch, warum das Objekt in seine Atome aufgelöst worden ist«, sagte Edwards. »War das nicht die einzige Möglichkeit, die Tatsache zu verschleiern, daß kein Robot, sondern ein Mensch zerstört worden ist? Liefern Sie mir eine andere Erklärung.«

Janek wurde rot. »So ein Unsinn!« erwiderte er gereizt.

»Das ist überhaupt kein Unsinn«, sagte Edwards, »weil Sie nämlich den Beweis liefern oder den Gegenbeweis antreten können. Deshalb wende ich mich doch an Sie.«

»*Wie* kann ich denn den Beweis liefern oder den Gegenbeweis antreten?«

»Der Präsident hat keine Familie, und Sie sind der einzige Mensch, der ihn häufig und in Situationen sieht, wo er sich leger geben kann. Beobachten Sie ihn.«

»Ich brauche ihn nicht zu beobachten und sage Ihnen doch ...«

»Sie haben ihn eben *nicht* genau beobachtet, Sir, weil Sie keinen Grund dazu hatten. Kleine Details haben Ihnen nichts bedeutet. Beobachten Sie ihn unter dem Verdacht, daß er ein Robot sein *könnte,* und Sie werden schon sehen.«

»Ich kann ihn schlecht zusammenschlagen«, sagte Janek sarkastisch, »und ihn mit einem Ultraschalldetektor abtasten. Sogar ein Android hat ein Gemisch aus Platin und Iridium im Kopf.«

»Drastische Maßnahmen sind auch nicht nötig«, sagte Edwards. »Beobachten Sie ihn, und Sie werden feststellen, daß er nicht der Mann ist, der er war, und daher kein Mensch sein kann.«

Janek blickte auf die Kalenderuhr an der Wand. »Jetzt sitzen wir schon über eine Stunde hier«, sagte er.

»Es tut mir leid, Ihre Zeit so in Anspruch genommen zu haben, Sir, aber ich hoffe, Sie sehen ein, wie wichtig diese Angelegenheit ist.«

»Wichtig?« wiederholte Janek. Er stand auf, und der eben noch gelangweilte Ausdruck auf seinem Gesicht verschwand. »Ist es denn wirklich so wichtig?« fragte er.

»Einen Robot als Präsidenten der Vereinigten Staaten zu haben ...«

»Nein, das meine ich nicht«, unterbrach ihn Janek. »Vergessen Sie doch einmal, was Winkler nun wirklich ist, und überlegen Sie folgendes: Jemand, der das Amt des Präsidenten bekleidet, hat das Weltbündnis gerettet. Er hält es zusammen und vertritt eine Politik des Friedens und des konstruktiven Kompromisses. Das geben Sie doch zu, oder?«

»Natürlich gebe ich das zu«, sagte Edwards. »Aber was geschieht, wenn der Präzedenzfall einmal eingetreten ist? Heute noch mag ein Robot im Weißen Haus ein Segen sein, aber wenn ein Robot im Weißen Haus in zwanzig Jahren kein Segen mehr ist und in fernerer Zukunft nur noch aus überlieferter Gewohnheit Roboter im Weißen Haus sitzen, was wird dann? Dann ist das Ende der Menschheit gekommen.«

Janek zuckte die Achseln. »Angenommen, ich stelle fest, daß er tatsächlich ein Robot ist. Posaunen wir es in die Welt hinaus? Wissen wir, wie das Bündnis darauf reagiert? Wissen wir, was dann aus der Weltwirtschaftsstruktur wird? Wissen Sie überhaupt ...«

»Ja, ich weiß es. Deshalb bin ich ja zu Ihnen persönlich gekommen und habe offizielle Stellen gemieden. An Ihnen liegt es, die Angelegenheit zu überprüfen und zu einem endgültigen Entschluß zu kommen, wie es auch an Ihnen liegt – natürlich nur, wenn Sie festgestellt haben, daß er ein Robot ist, aber das werden Sie feststellen –, wie es auch an Ihnen liegt, den Präsidenten davon zu überzeugen, daß er abdanken muß.«

»Und nach *Ihrer* Auslegung der Ersten Grundregel der Robotik wird er mich daraufhin umbringen, weil ich sein fabelhaftes Meistern der größten Globalkrise des einundzwanzigsten Jahrhunderts bedrohe.«

Edwards schüttelte den Kopf. »Der Robot hat bisher im verborgenen gehandelt, und niemand hat versucht, die Argumente, die er sich selbst gegenüber angeführt hat, in Frage zu stellen. Mit *Ihren* Argumenten jedoch werden Sie ihm eine strengere Interpretation der Ersten Regel aufzwingen. Falls nötig, können Sie Experten der Herstellerfirma *US Robots and Mechanical Men, Inc.* zuziehen. Wenn der Präsident erst einmal abgedankt hat, wird der Vizepräsident das Amt übernehmen. Wenn der Robot-Winkler die Welt wieder in die Angeln gehängt hat – um so besser. Der Vizepräsident, eine wirklich kluge und ehrenwerte Frau, wird die Dinge schon im Lot halten können. Aber ein Robot als Regierungschef, das geht einfach nicht.«

»Und wenn der Regierungschef ein Mensch ist?«

»Das überlasse ich Ihnen. Sie werden es schon in Erfahrung bringen.«

»Ich bin mir da nicht so sicher«, sagte Janek. »Was mache ich, wenn ich mich nicht entscheiden kann? Wenn ich es nicht über das Herz bringe? Und wenn mir der Mut dazu fehlt? Was dann?«

Edwards sah müde aus. »Das weiß ich auch nicht«, sagte er. »Dann sehe ich mich möglicherweise gezwungen, mich an die *US Robots* zu wenden. Aber ich glaube nicht, daß es dazu kommen wird. Ich bin ziemlich sicher, daß Sie nicht ruhen werden, bis das Problem, das ich in Ihre Hände gegeben habe, gelöst ist. Wollen *Sie* von einem Robot regiert werden?«

Er stand auf, und Janek ließ ihn gehen. Die Hände schüttelten sie sich nicht.

Der Schock saß Janek noch in allen Gliedern.

Ein Robot!

Da war dieser Mann hereingekommen und hatte mit völlig logischen Argumenten behauptet, daß der Präsident der Vereinigten Staaten ein Robot sei.

Die Behauptung hätte leicht zu entkräften sein müssen, aber alle Argumente, die Janek eingefallen waren, hatten nichts genützt. Der Mann war nicht davon abzubringen gewesen.

Ein Robot als Präsident! Edwards war felsenfest davon überzeugt und würde es bleiben. Falls Janek darauf bestand, daß der Präsident ein Mensch war, würde sich dieser Edwards an die *US Robots* wenden. Er würde keine Ruhe geben.

Janek dachte an die achtundzwanzig Monate, die seit den Dreihundertjahrfeierlichkeiten verstrichen waren, und runzelte die Stirn. Wie glatt war doch alles gegangen. Und jetzt?

Er war noch im Besitz des Desintegrators, aber die Waffe gegen einen Menschen zu richten, dessen Körperstruktur einwandfrei feststand, war unnötig. Ein lautloser Laserangriff an einem einsamen Ort würde es genauso tun.

Es war nicht leicht gewesen, den Präsidenten zu der Tat am 4. Juli 2076 zu überreden, aber in dem vorliegenden Fall brauchte er nicht einmal etwas davon zu erfahren.

Geburt eines Begriffs

Daß der erste Erfinder einer brauchbaren Zeitmaschine ein Science Fiction-Fan war, ist beileibe kein Zufall. Es war unvermeidlich. Aus welchem anderen Grund sollte es ein geistig sonst völlig normaler Physiker auch nur wagen, die verschiedenen absurden Theorien ausfindig zu machen, die auf die Befahrbarkeit der Zeit in den Krallen der allgemeinen Relativität hinweisen.

Es kostete natürlich Energie. Alles kostet Energie. Aber Simon Weill war bereit, diesen Preis zu zahlen. Nichts, oder fast nichts, konnte ihn davon abhalten, seinen utopischen Traum zu verwirklichen.

Das Ärgerliche war bloß, daß weder die Richtung noch die Entfernung, durch die man geschleudert wurde, zu steuern war. Alles war das Ergebnis zufälliger zeitlicher Überschneidungen von Tachyonen. Weill konnte sogar Mäuse und Kaninchen verschwinden lassen – aber ob in die Vergangenheit oder in die Zukunft, das konnte er nicht beeinflussen. Einmal tauchte eine Maus wieder auf, also mußte sie lediglich ein kleines Stück in die Zukunft eingedrungen sein, was ihr nicht weiter geschadet zu haben schien. Aber die anderen? Woher sollte er es wissen?

Er erfand einen automatischen Auslöser für die Maschine. Theoretisch machte dieser den Ausstoß rückgängig und holte das Objekt aus der jeweiligen Richtung und der jeweiligen Entfernung wieder zurück. Der Auslöser funktionierte nicht immer, aber fünf Kaninchen wurden unbeschädigt wieder zurückgeholt.

Wenn der Auslöser narrensicher gewesen wäre, hätte Weill es selbst ausprobiert. Es war sein ganzes Sehnen – eine abartige Reaktion für einen theoretischen Physiker, aber ein durchaus verständlicher Wunsch für einen Science Fiction-Fan, denn die Weltraumspielzeuge, die aus Zeiten vor dem Jahr 1976 stammten, faszinierten ihn.

Der Unfall war daher nicht zu vermeiden. Unter keinen Umständen hätte er sich mit Absicht zwischen die Tempoden gestellt.

Er wußte, daß die Chancen, nicht zurückzukehren, fünf zu zwei standen. Andererseits sehnte er sich danach, es zu versuchen, also stolperte er über die eigenen Füße und kam rein zufällig zwischen die beiden Tempoden. Aber – gibt es wirklich Zufälle?

Er hätte sowohl in die Vergangenheit als auch in die Zukunft geschleudert werden können. Wie es sich ergab, wurde er zufällig in die Vergangenheit geschleudert.

Er hätte ungezählte Tausende von Jahren in die Vergangenheit geschleudert werden können oder auch nur eineinhalb Tage. Wie es sich ergab, wurde er einundfünfzig Jahre in die Vergangenheit geschleudert, in eine Zeit hinein, wo der Teapot-Dome-Skandal in vollstem Gange war, die Nation jedoch mit Coolidge cool blieb und wußte, daß niemand Jack Dempsey übertreffen konnte.

Aber es gab nichts, was Weill hätte seinen Theorien entnehmen können. Er wußte, was mit den Einzelteilchen selbst passieren konnte, aber vorauszusagen, was aus der Beziehung der Einzelteilchen untereinander werden würde, war unmöglich. Und wo ist die Beziehung von Einzelteilchen komplizierter als im Gehirn?

Und während er also rückwärts durch die Zeit flog, spulte sich sein Geist ab. Zum Glück nicht ganz bis zum Ende, da Weill in dem Jahr vor Amerikas Hundertfünfzigjahrfeier noch nicht einmal gezeugt gewesen war, und ein Gehirn mit weniger als keinem Entwicklungsstand wäre eindeutig ein Handikap gewesen.

Sein Geist spulte sich langsam, zögernd und ruckartig

ab, und als Weill sich auf einer Parkbank wiederfand - die Bank stand in einer Grünanlage in Manhattan, ganz in der Nähe der Wohnung, in der er 1976 gelebt hatte –, befand er sich im Jahre 1925, hatte Kopfweh und wußte mit bestem Willen nicht, was geschehen war.

Er ertappte sich dabei, wie er einen Mann von etwa vierzig Jahren mit angeklatschten Haaren, breiten Backenknochen und Hakennase anstarrte, der auf derselben Bank saß.

»Wo kommen Sie denn her?« fragte der Mann mit besorgtem Blick. »Sie waren doch eben noch nicht da.«

Der Mann sprach mit teutonischem Akzent.

Weill wußte es nicht genau. Er konnte sich nicht daran erinnern. Ein Wort hatte er allerdings in seinem verwirrten Kopf. Was es jedoch bedeutete, wußte er nicht.

»Zeitmaschine«, sagte er.

Der Mann sah ihn skeptisch an. »Lesen Sie pseudowissenschaftliche Romane?« fragte er.

»Was?« fragte Weill.

»Haben Sie die ›Zeitmaschine‹ von H. G. Wells gelesen?«

Die Wiederholung der Frage besänftigte Weill ein wenig. Die Schmerzen in seinem Kopf ließen nach. Der Name Wells kam ihm bekannt vor. Oder war das sein eigener Name. Nein, er hieß Weill.

»Wells?« sagte er. »Ich heiße Weill.«

Der Mann streckte ihm die Hand entgegen. »Und ich bin Hugo Gernsback«, sagte er. »Ich schreibe nämlich manchmal pseudowissenschaftliche Romane, aber natürlich ist es nicht richtig, sie ›pseudo‹ zu nennen. Da hat man gleich den Eindruck, daß etwas Verlogenes dabei ist. Das ist nicht der Fall. Wenn so ein Roman gewissenhaft geschrieben ist, dann handelt es sich um wissenschaftliche Fiktionen oder eben Scientifiction, wie die Amerikaner es nennen.«

»Ja«, sagte Weill und versuchte verzweifelt, Ordnung in sein durchgerütteltes Gehirn zu bekommen.

»Haben Sie meinen Roman ›Ralph 124C41+‹ gelesen?« fragte der Mann.

»Hugo Gernsback«, sagte Weill. »Berühmter ...«

»Auf bescheidene Weise«, sagte der Mann und nickte. »Ich veröffentliche seit Jahren technische Fachzeitschriften. Kennen Sie die ›Science and Invention‹?«

Weill schnappte das Wort Erfindung auf und ahnte plötzlich, was er mit dem Wort ›Zeitmaschine‹ gemeint hatte.

»Ja, sicher«, sagte er eifrig.

»Und was halten Sie von der Scientifiction, die ich in jeder Ausgabe als Anhang bringe?«

Wieder dieses Wort. Es übte eine beruhigende Wirkung auf ihn aus, aber irgend etwas stimmte nicht damit, nicht ganz ...

»Nicht ganz ...«, sagte er und brach ab.

»Nicht ganz zufriedenstellend, meinen Sie?« fragte der Mann. »Das finde ich manchmal auch. Im vergangenen Jahr habe ich Rundschreiben an Schriftsteller verschickt, weil ich mich mit der Idee trage, eine Zeitschrift herauszugeben, in der *nur* Scientifiction enthalten ist. Was man mir übrigens zugeschickt hat an Beiträgen, war sehr enttäuschend. Wie erklären Sie sich das?«

Weil hörte nicht zu. Er konzentrierte sich immer noch auf das Wort ›Scientifiction‹. Irgendwie stimmte es nicht, aber er kam nicht drauf, weshalb.

»Das Wort stimmt nicht«, sagte er.

»Für eine Zeitschrift?« fragte der Mann. »Vielleicht haben Sie recht. Ich habe noch nicht über einen besseren Titel nachgedacht. Der Leser muß gefangen sein, wenn er den Titel bloß sieht. Das wird es sein! Ich suche mir einen guten Titel, bringe die Zeitschrift einfach mit den Beiträgen heraus, die ich bereits auf dem Schreibtisch liegen habe, und im nächsten Frühjahr hängt sie an jedem Kiosk.«

Weill starrte den Mann mit leeren Augen an.

»Die Beiträge, die *mir* vorschweben, sollen nicht nur amüsant, sondern auch lehrreich sein. Der Leser soll einen Blick in das enorm große Feld der Zukunft tun. Flugzeuge sollen den Atlantik überqueren und ...«

»Flugzeuge?« fragte Weill und sah einen riesigen Fisch aus Metall vor sich, der sich auf seinem eigenen Atem in die

Lüfte erhob. Die Vision verschwand. »Große, mit Hunderten von Menschen an Bord, schneller als der Schall.«

»Warum nicht?« sagte der Mann. »Unter ständigem Kontakt zur Erde über Radio.«

»Satelliten«, sagte Weill.

»Was?« fragte der Mann und sah Weill entgeistert an.

»Radiowellen werden von künstlichen Satelliten im All zurückgeworfen.«

Der Mann nickte eifrig. »In meinem Buch ›Ralph 124C41+‹ habe ich den Gebrauch von Radiowellen für die Entdeckung entfernter Flugkörper vorausgesagt. Weltraumspiegel? Auch die habe ich vorausgesagt. Und natürlich Fernsehen. Und Atomenergie.«

Weill war wie neu belebt. Bilder tauchten vor seinem geistigen Auge auf. Abgerissene, unzusammenhängende Bilder.

»Atom«, sagte er. »Ja, Atombomben.«

»Radium«, sagte der Mann.

»Und Plutonium«, sagte Weill.

»Was?«

»Plutonium. Kernfusion. Imitiert die Sonne. Nylon und Plastik. Chemische Schädlingsbekämpfung. Computer zur Lösung von Problemen.«

»Computer? Sie meinen wohl Roboter?«

»Taschencomputer«, sagte Weill glücklich. »Kleine Geräte. Man hält sie in der Hand, und sie lösen Probleme. Kleine Radios. Man kann sie auch in der Hand halten. Kameras, die ihre Fotos selber entwickeln. Dreidimensionale Bilder.«

»Schreiben Sie utopische Geschichten?« fragte der Mann.

Weill hörte nicht zu. Er grapschte nach den Bildern, die immer schärfer wurden. »Wolkenkratzer«, sagte er. »Aluminium und Glas. Autobahnen, Farbfernseher. Der Mensch auf dem Mond. Sonden zum Jupiter.«

»Der Mann auf dem Mond«, sagte Gernsback. »Jules Verne. Lesen Sie Jules Verne?«

Weill schüttelte den Kopf. Seine Gedanken waren mittlerweile ziemlich klar.

»Ausstieg auf der Mondoberfläche«, sagte er. »Jeder hat

es im Fernsehen miterlebt. Jeder. Und Bilder vom Mars. Keine Kanäle auf dem Mars.«

»Wie?« fragte der Mann erstaunt. »Keine Kanäle auf dem Mars? Aber sie sind doch gesichtet worden.«

»Nein«, sagte Weill entschieden. »Vulkane. Die größten. Canyons, die größten. Transistoren, Laser, Tachyonen. Man muß die Tachyonen einfangen und sie gegen die Zeit schleudern. Man muß durch die Zeit – man muß – eine Zeitma ...«

Weills Stimme erstarb, seine Konturen erzitterten. Und es ergab sich, daß der Mann genau in dem Moment zum Himmel aufblickte.

»Tachyonen sagten Sie?« murmelte er. »Was ist damit gemeint?«

Wenn sich ein Fremder, dachte er, den man zufällig auf einer Parkbank trifft, so für utopische Geschichten interessiert, dann ist es an der Zeit ...

Aber er hatte ja noch keinen zugkräftigen Titel und ließ den Gedanken fallen.

»Tachyonische Reisen in die Zeit, eine erstaunliche Gesch ...«

Der Mann drehte den Kopf. Er hatte Weills letzte Worte gehört, ihn aber nicht verschwinden sehen, als er in seine Zeit zurückkehrte.

Hugo Gernsback starrte entsetzt auf die Stelle, wo der Mann gesessen hatte. Er hatte ihn nicht kommen sehen, und er hatte ihn nicht gehen sehen. Und verschwunden konnte er schließlich nicht sein. Ein merkwürdiger Mensch. Schon allein die seltsamen Kleider und die wirren Worte.

Der Fremde hatte es ja selbst gesagt. Eine erstaunliche Geschichte. Das waren seine letzten Worte gewesen.

»Eine erstaunliche Geschichte«, murmelte Hugo Gernsback vor sich hin, und ein Aufblitzen ging über sein Gesicht.

Erstaunliche Geschichten?

Ein toller Titel!

Und kurze Zeit darauf war die erste Nummer von Hugo Gernbacks ›Amazing Stories‹ an den Kiosken zu sehen.

Von

ISAAC ASIMOV

sind im

WILHELM HEYNE VERLAG

erschienen:

HEYNE ALLGEMEINE REIHE:

Auf der Suche nach der Erde · 01/6401
Aurora oder Der Aufbruch zu den Sternen · 01/6579
Das galaktische Imperium · 01/6607
Die Rückkehr zur Erde · 01/6861
Die Rettung des Imperiums · 01/7815
Nemesis · 01/8084
Robot ist verloren · 01/8199
Die vierte Generation · 01/8228
Die Menschheit wird gerettet · 01/8358
Das Foundation-Projekt · 01/9563
Einbruch der Nacht (mit Robert Silverberg) · 01/10090
Kind der Zeit (mit Robert Silverberg) · 01/10366
Der positronische Mann (mit Robert Silverberg) · 01/10624

HEYNE SCIENCE FICTION & FANTASY:

Der Mann von drüben · 06/3004
Geliebter Roboter · 06/3066
Der Tausendjahresplan · 06/3080
Der galaktische General · 06/3082
Alle Wege führen nach Trantor · 06/3084
Am Ende der Ewigkeit · 06/3088
SF-Kriminalgeschichten · 06/3135
Ich, der Robot · 06/3217
Die nackte Sonne · 06/3517
Der Zweihundertjährige · 06/3621
Foundation (10 Bände im Schmuckschuber) · 06/8100
Die Foundation-Trilogie · 06/8209

Die frühe Foundation-Trilogie · 06/7033
Die Stahlhöhlen · 06/7036
Meine Freunde die Roboter · 06/8219

Als Herausgeber:

Science Fiction Erzählungen des 19. Jahrhunderts · 06/4022
Fantasy-Erzählungen des 19. Jahrhunderts · 06/4023
Der letzte Mensch auf Erden · 06/4074
Zukünfte – nah und fern · 06/4215
Spekulationen · 06/4274
Die Wunder der Welt · 06/4332
Science Fiction aus den Goldenen Jahren · 06/4600

Seit 1978 erscheinen Auswahlbände aus dem bekannten amerikanischen Periodikum ›Isaac Asimov's Science Fiction Magazine‹, inzwischen ›Asimov's Science Fiction‹.
Die letzten Folgen waren:

Bd. 51: 06/5948
Bd. 52: 06/5989
Bd. 53: 06/6318
Bd. 54: 06/6345

BIBLIOTHEK DER SCIENCE FICTION LITERATUR:

Lunatico · 06/7
Meine Freunde, die Roboter · 06/20
Die Stahlhöhlen · 06/71
Die nackte Sonne · 06/72
Foundation · 06/79

Als Herausgeber:

Das Forschungsteam · 06/13

MEISTERWERKE DER

SCIENCE FICTION

Herausgegeben von Sascha Mamczak

Leserinnen und Leser haben in einer weltweiten Umfrage über die besten Science-Fiction-Romane abgestimmt, die je geschrieben wurden. Der Heyne-Verlag präsentiert eine Auswahl dieser Meisterwerke in einmaligen Sonderausgaben – kommentiert von den renommiertesten SF-Autoren unserer Zeit.

Arthur C. Clarke
2001 – Odyssee im Weltraum

William Gibson
Die Neuromancer-Trilogie

Philip K. Dick
Das Orakel vom Berge

Ray Bradbury
Fahrenheit 451

Anthony Burgess
Clockwork Orange

Joe Haldeman
Der ewige Krieg

Ursula K. Le Guin
Die linke Hand der Dunkelheit

David Brin
Sternenflut

Isaac Asimov
Die Foundation-Trilogie

Alfred Bester
Der brennende Mann

Walter M. Miller jr.
Lobgesang auf Leibowitz

Frank Herbert
Der Wüstenplanet

George Orwell
1984

William Gibson
Cyberspace

Robert Silverberg
Es stirbt in mir

Dan Simmons
Die Hyperion-Gesänge

Arkadi & Boris Strugatzki
Das Experiment

Iain Banks
Bedenke Phlebas

Isaac Asimov
Meine Freunde die Roboter

Larry Niven & Jerry Pournelle
Der Splitter im Auge Gottes

Stanisław Lem
Solaris

Arthur C. Clarke
Die letzte Generation

Mary Doria Russell
Sperling

Frederik Pohl
Die Gateway-Trilogie